天津师范大学学术著作出版基金
天津市比较文学与世界文学重点学科　资助出版

丘特切夫诗歌

研究

曾思艺 著

人民出版社

序 一

张铁夫

我与丘特切夫的初次邂逅，是 20 世纪 50 年代在大学读书的时候。当时，为了增加自己所学专业的背景知识，我读了瞿秋白的《饿乡纪程》和《赤都心史》。后者收了瞿氏自译的两首丘氏的诗，一首为《一瞬》，另一首为《Silentium（寂）》，作者的名字写作"邱采夫"。诗前有译者写的一个作者简介："邱采夫（F. I. Tuttcheff），俄国斯拉夫派的诗人，一生行事，没有什么奇迹，可是他的诗才高超欲绝。当代评论家白留莎夫称他继承普希金的伟业。邱采夫的人生观，东方式得厉害，亦饶有深趣。他崇拜自然，一切人造都无价值而有奴性，自然当与人生相融洽；承认真实的存在，只在宇宙的心灵，而不在个性的'我'。——和那后来流入德俄的印度哲学不约而同（邱采夫曾屡为驻德外交官，为席勒的好友）。'自然'对于他一切神秘：爱，欲，浑朴的冲动；所谓'抽象的思想，都虚讹无象'。"这段话和那两首诗引起了我对丘特切夫的兴趣。遗憾的是，当时找不到更多的资料，对丘特切夫其人也就逐渐淡忘了。

再次与丘特切夫相遇，已是 20 多年后的事了。1981 年，我们在为漓江出版社翻译《普希金论文学》一书时，把《同时代人回忆普希金谈文学》译出作为附录。其中，Ю. Ф. 萨马林给 C. 阿克萨科夫的信和 И. C. 加加林给丘特切夫的信谈到普希金读了丘特切夫的诗"是多么狂喜"，"把它们大大称赞了一番"。普希金决定把这位青年诗人尽快介绍给俄国读者，于是在自己主编的《现代人》杂志上发表了丘特切夫的 24 首诗。为了更准确地理解和把握这两封信，我读了一些俄文的丘诗，算是对丘氏有了较多的了解。

然而，真正对丘特切夫有比较全面的了解，还是 20 世纪 80 年代后期的事。1987 年，85 级研究生着手做学位论文的开题报告，思艺提交的选题是《诗与哲学的结晶——试论丘特切夫的哲理抒情诗》。当时，我因国内资料相当匮乏，担心他难以驾驭，劝他换一个题目。但他坚持要做这个题目，并且充满信心。我知道他对丘特切夫有一种特殊的爱，又有扎实的中外文学基础和哲学基础，于是就同意了。论文出来后，我感到相当满意，答辩委员会也给予了很高的评价。

思艺的学位论文逼着我读了不少关于丘氏的资料。从那以后，我与丘特切夫也似乎结下了不解之缘。思艺毕业后，几乎每年都有关于丘氏的新论文发表，而且一篇不漏地寄给我。他调来湘潭大学后，便开始做撰写专著的准备。他四处收集资料，寻师访友，近一年来更是沉浸在书稿的写作中。由于他对丘特切夫的那种痴迷，周围的人送了他一个雅号，索性称他为"丘特切夫"。

与普希金相比，丘特切夫来到我国要稍晚一些，而且命运也要坎坷得多。普氏的作品自 1903 年首次译成中文出版后，译介工作可谓长盛不衰（"文革"时期除外），并且在 30 年代、50 年代和 90 年代形成三次高潮。作为自由的歌手（也是爱情的歌手）的普希金，不管是在火热的斗争年代，还是在改革开放的年代，在我国都受到热烈欢迎，这是非常自然的。丘特切夫则不同。自从 1922 年瞿秋白译出他的两首诗之后，便再也无人问津。直到 80 年代初期，即相隔约 60 年后，他的作品才重新出现在我们的出版物中。在强调阶级斗争的年代，作为爱情、自然和艺术的歌手的丘特切夫，他的诗歌中的哲学沉思和唯美倾向，显然与当时的时代气氛是格格不入的。只有到了改革开放的时期，当文学呈现多元化的局面之后，他的诗歌才开始受到重视。

我们注意到，在短短的十多年里，丘特切夫诗歌的翻译，从最初零星篇章的发表到选集的出版和全集的问世，应该说是很有成绩的，然而研究工作却相对滞后，特别是缺乏一部综合性的学术著作，因而难以令人满意。思艺的《丘特切夫诗歌研究》正好填补了这一空白，它是国内第一部丘氏研究专著。

　　《丘特切夫诗歌研究》是在丰富的前期成果基础上撰写的。这是作者十多年心血的结晶。在此之前，作者已发表了11篇丘诗研究论文，是国内发表这类论文最多的人。它们是：《丘特切夫的哲理抒情诗与谢林哲学》、《丘特切夫诗歌中的多层次结构》、《在诗意的自然中探索人生之谜——丘特切夫对屠格涅夫的影响》、《俄罗斯诗心与德意志文化的交融——试论丘特切夫哲理抒情诗的形成》、《风景与哲理的结晶——诗人丘特切夫对画家列维坦的影响》、《异国文化背景中的丘特切夫》、《细腻独特的体察　深刻悲沉的探寻——试论丘特切夫的爱情诗》、《试论丘特切夫对俄国诗歌的独特贡献》、《丘特切夫诗歌的现代意识》、《内心的历史　精致的形式——丘特切夫对海涅的借鉴与超越》、《在自然中追寻人生出路的诗人——王维与丘特切夫》。这些论文不仅对丘诗本身作了论述，而且在广阔的文化背景，特别是异国文化背景中，探讨了丘诗形成的原因及其所产生的影响。应该说，它们对丘诗的研究已经达到了一定的高度。然而，作者并未对此感到满足，而是给自己提出了新的更高的目标。

　　丘特切夫是一个具有复杂的生活经历和独特的艺术个性的诗人。一方面，他受到俄国传统文化的熏陶；另一方面，由于他长期住在国外，同外国文化又有着千丝万缕的联系。他的诗歌的内容超越了自己的时代，具有明显的现代性；他的创作手法新颖独特，但有时又未免令人费解。以上种种无疑是丘特切夫研究中的难点。但作者并没有回避它们，而是迎难而上，把难点当做重点，一一去加以攻破。为了阐明丘诗的现代性，作者设置了《丘诗与现代人的困惑》一章，从"自然意识中的矛盾与困惑"、"社会意识中的异化与孤独"、"死亡意识与生命的悲剧意识"三方面对丘诗进行解读；为了对丘诗独特的创作手法进行探讨，他具体分析了丘诗的意象艺术、多层次结构、通感手法，并对丘诗的总体特征和流派归属作了论述；为了阐述丘氏与俄国传统文化的关系，他不仅论述了丘氏对茹科夫斯基、普希金和俄国传统诗歌的继承，而且专设一节论述丘氏与东正教的关系，为了说明丘氏与外国文化的关系，作者广泛地探讨了丘氏对古希腊罗马哲学与文学、法国哲学与文学、德国哲学与文学的借鉴以及与基督教的关系。许多问题学术界并无定论。如丘诗的艺术归属，国内外学术界是有争议的，论者们各执一词，将丘氏或归入浪漫主义，或归入现实主义，或归入象征主义，或归入唯美主义，而本书作者则认为，丘氏是一个兼具多种流派之长的诗人，不能将他的归属简单化。又如丘诗与谢林哲学的关系，苏联学者或否认，或承认，均语焉不详，本书作者则作了详尽的论述。再如丘诗与古希腊罗马文学的关系，苏联学者也未曾深入探讨过，而本书则用了12000字的篇幅，就古希腊罗马的哲学观念、艺术观念对丘诗的影响，以及丘诗中古希腊罗马文学典故和意象的运用，作了深入的论述。所有这些，使这部著作成为一部富有创见和具有相当深度和广度的学术专著。

屠格涅夫说："如果要充分评价丘特切夫的话，那读者就应当成为具有一定的精细的理解力和对于较深刻的思想有一定的敏感力的人。紫罗兰的芬芳不会散发到20步以外的地方，要闻到它的香气就应该去接近它"（《略谈丘特切夫的诗》）。为了闻到丘诗的芬芳，思艺作了多方面的准备。他阅读了大量的哲学、宗教、美学书籍，以提高自己的"理解力"和"敏感力"；他收集了不少俄文资料，以掌握有关丘诗研究的前沿信息；他长期从事外国文学和比较文学的教学，有广博的外国文学知识，熟练掌握了比较分析的方法；他还具有相当扎实的中国文化功底，对古典诗词有一定的研究，曾参与编写《四库大辞典》、《毛泽东诗词鉴赏大辞典》等书，并发表过《中国古典诗词中的"渔父梦"》、《以词法写叙事诗——试论吴梅村叙事诗的艺术创新》等论文，丘诗研究中随处可见的中西诗歌比较，尤其是丘特切夫与王维的比较，使本书显得更为开阔、厚实，也较好地显示了作者这方面的素养。特别值得一提的是，他本人就是诗人，对诗歌有很强的感悟力。据我所知，他写过三四百首诗，在海内外报刊上发表的诗达百首之多。他还译过300多首俄语诗，其中丘诗有80多首，与丘诗风格相近的费特的诗有180多首，在台港及大陆的报刊登载过数十首。他自己的一些诗作也颇有丘诗的风格。《白蛇传》写人与自然的融合，《蒙娜·丽莎》探讨人在宇宙的位置和生存问题，《失眠夜》、《秋夜》等诗是对丘诗夜的题材的发展。正因为如此，他才能如此贴近丘诗，充分领略它的芬芳。

思艺曾经写过一首题为《野葡萄》的诗：

不能更紫晶一些了

每一颗都已紫晶得够饱满

每一颗都已紫晶得够圆润

每一颗都已紫晶得够深沉

每一颗都已紫晶得够梦幻

一颗颗野葡萄把山林变成星空

一嘟噜饱满的紫晶

就是大自然一嘟噜美妙的童话

一串串圆润的紫晶

就是大自然一串串动人的传奇

这一份饱满而圆润的成熟啊

这一份亮丽而芬芳的野性啊

如此纤柔圆腻的生命里

竟如此熠熠地紫晶着

大自然的七彩神奇①

　　诗中一颗颗饱满、圆润、深沉、梦幻、成熟、芬芳的"野葡萄"，就是丘特切夫诗歌的象征。如今，这一颗颗"野葡萄"在一位年轻的中国学者的著作中，闪耀着大自然的神奇的光彩，焕发出了新的生命。这也许是丘特切夫生前未曾预料到的吧！

2000 年 2 月 14 日于湘潭大学

---

① 载台湾《葡萄园》诗刊 1995 年夏季号（总第 126 期）。

序 二

朱宪生

诗歌王国是一个美妙的世界：这里，百花竞放，争奇斗艳，美不胜收；这里，万紫千红，芬芳馥郁，妙不可言。可是，名贵的花卉并非都是以艳丽的色彩和浓郁的香气来招引人们的。即便是处在花园的一隅，它们也总是雍容华贵、落落大方，从不在乎围观者的多寡。自然，赏花者也不都是那种"追星族"，不过一旦与名贵的花卉不期而遇，也会喜不自禁。可是，也确有那种"锲而不舍"者，不寻到他心目中的花魁则不会死心。他会上下寻索，乐此不疲：等到他终于走近自己梦寐以求的目标时，那种快乐并不是每个人都能体会得到的。

在俄罗斯诗歌的花园里，丘特切夫的诗歌就是这样的名贵花卉。普希金当年与它不期而遇，感受到的是一阵"狂喜"；而屠格涅夫、费特、托尔斯泰等大师几乎毕生都在孜孜不倦地追寻它、走近它。可是，丘特切夫是这样一位奇特的诗人，俨如一位东方隐士：他按照自己的方式生活着创作着，写诗并非他的职业，他生活并非为了创作，而创作却是为了生活。他并不去刻意追求诗人的桂冠，对自己的诗作所引起的反响和荣誉也不在意，甚至他的第一部诗集也是别人编选的，而他竟然连目录和校样都不愿意过目一下。他的创作，作为一种纯粹的诗，作为俄罗斯诗歌的奇葩，准确地说，不是自己走进花园的，而是被人请进花园的。它独处俄罗斯诗歌花园的一隅，显得那么自信、高贵而矜持。

作为诗人第一部诗集的编选者，屠格涅夫曾说过这样的话："谁不能欣赏丘特切夫谁就不懂诗。"他又意味深长地说："紫罗兰的芬芳不会散发到二十步以外的地方，要闻到它的香气就应该去接近它。"

在中国，第一个走近丘特切夫的是瞿秋白。他在 20 世纪 20 年代初赴俄罗斯考察，行色匆匆之中，居然还注意到了当时并不广为人知的丘特切夫，可谓眼力非凡。瞿秋白翻译了丘特切夫的两首名诗，并写了一段很精辟的介绍文字："邱采夫，俄国斯拉夫派诗人，一生行事，没有什么奇迹，可是他的诗才高超欲绝。当代评论家白留莎夫称他继承普希金的伟业。邱采夫的人生观，东方式得厉害，亦饶有深趣。他崇拜自然，一切人造都无价值而有奴性，自然当与人生相融；承认真实的存在，只在宇宙的心灵，而不在个性的'我'……"

然而在瞿秋白慧眼识珠之后，在长达 60 年的时间里，丘特切夫的姓名几乎在中国消失。只是在最近 20 年间，随着社会逐渐步入正常的发展轨道，中国译界和学界才有可能真正地走近丘特切夫。而与此同时，俄罗斯和世界兴起一股"丘特切夫热"，丘特切夫作为一位与普希金同时代的 19 世纪俄罗斯古典诗人，以其创作的强烈的现代意识和深刻哲理内涵，在 20 世纪快要结束的时候，也真正地走向了世界：1993 年，联合国教科文组织授予丘特切夫"世界文化名人"的称号。

如果仅从译介的角度看，我们已经全方位地走近了丘特切夫。从 20 世纪 80 年代中期起，我们陆续出版了诗人的多种选集，此外在各种报刊上，也不断出现了诗人作品的译介。特别是在 1998 年，我们出版了《丘特切夫诗全集》（漓江版）。这标志着我国对丘特切夫的译介已进入了一个新的阶段。最近，《丘特切夫诗全集》已走上了网络，他的姓名对于中国读者已不再陌生，他的创作也以其独特的魅力得到中国现代读者的认同和喜爱。中国丘特切夫译介的先驱瞿秋白九泉有知，该会感到欣慰的。

然而走近还有另一层含义，那就是研究，在某种意义上说，这一点还更为重要。正如瞿秋白所言，丘特切夫的人生观"东方式得厉害"，而中国作为一个东方诗国，面对着这位有着世界性影响的诗人，理应有更多的发言权。在这方面，虽然我们以往也有一些论文问世，但就研究的广度和深度而言，显然是不能令人满意的。

使我感到高兴的是，青年学者曾思艺历经十年寒窗，在远离中心都市的

7

湘南一隅，潜心研究丘特切夫，终于完成并出版了我国第一部有关丘特切夫的研究专著——40万字的《丘特切夫诗歌研究》，它填补了我国学界长期以来没有这位杰出诗人研究专著的空白。

初读这部著作，给我印象最深的有三点。

一是作者全面而系统地介绍了丘特切夫的生活史和创作史，这一介绍是此前中国学界有关这位诗人的介绍中最为详尽和完整的，它使得中国读者有可能真正走近这位诗人的生活和创作。可能有人会问，这种介绍性的工作不属于研究范畴，至少不属于深层研究范畴。如果在一般情况下，这种疑问有其合理性。但对丘特切夫而言，这恰恰是研究工作的前提。普希金20岁出头就已成名，此后他的创作乃至他的个人生活都成为社会注目的中心。光是他与一些女性的交往，以及他与他的情敌的决斗等"艳事"，当年就被"炒作"得沸沸扬扬，所以后世有关他的生活史与创作史的材料可谓汗牛充栋，真伪难辨。可丘特切夫"一生行事，没有什么奇迹"，再加上他自己生前不喜欢出人头地，过着隐居式的生活，所以后人对他的生平知之甚少。就是俄罗斯的一些研究著作中，对此也是语焉不详。作者在这方面作了相当艰苦的细致的探寻，有时甚至不得不到诗人的创作中去寻觅他生活中的蛛丝马迹。总体说来，作者在这方面的归纳、整理和发现都具有一定的开拓意义。

二是对丘特切夫创作本身的研究也达到相当的深度。在俄罗斯诗人中，丘特切夫有着他独特的"话语"系统。作为俄罗斯第一位"哲学家—诗人"，他的诗作渗透着思想和理念，闪耀着思辨的光芒。此外，他的诗歌技巧也有一定的超前性，一些后来在现代主义诗人作品中常出现的手法，诸如隐喻、意象、通感等，在他的作品中也时有表现。正是这种哲学意识和超前的表现手法，使得他后来被俄罗斯现代主义诗人奉为先驱。因此，对他的作品的研探，首先存在一个"解读"问题。作者在前辈学者的研究成果的基础上，对丘特切夫的诗作进行了全方位的"解读"和探索：从诗人的世界观到艺术观，从自然诗、爱情诗到社会政治诗，从诗艺到风格。而这样系统的研究是此前国内学者从未做过的，同样具有开拓意义。

三是作者在对丘特切夫的创作进行全面论述的同时，还力图把诗人放在俄罗斯和世界的文化和文学的背景中去观察，专著始终贯穿着一种上下联系、纵横比较的意识。平心而论，这样的工作说来容易而做来则不易。它对研究者的知识结构、审美意识等方面都有较高的要求。作者考察了丘特切夫与俄罗斯的传统诗歌乃至东正教的联系，探讨了他对前辈诗人的继承和发展，阐述了他对后世影响的方方面面，总结了他在诗歌艺术方面的成就和贡献。同时，作者还在"丘特切夫与外国文学与哲学"这一大题目下做了大量的考察工作。应该说，这一系列联系比较工作，有力地拓展了专著的深度和广度。值得注意的是，还探讨了丘特切夫与中国的关系，回顾了这位诗人在中国被译介的历程，并把他与我国著名的山水诗人王维放在一起进行了饶有兴味的比较研究，这样的比较从一个侧面显示和印证了丘特切夫的"东方式"的哲学观和审美观。

我与思艺同志很早就有过书信联系。十几年前我编杂志时，曾编发过他的关于丘特切夫的论文；但后来一直未有谋面的机会。《丘特切夫诗全集》出版后，我最先想到的就是赶快给他寄上一本，以期对他的研究工作有所帮助。几年前，他调到湘潭大学任教，对教学和研究工作都十分投入，特别是对丘特切夫简直到了痴迷的地步，以至于学生们送给他一个雅号"丘特切夫"。这种对研究对象的痴迷其实正是一种执著的敬业精神，在当今的商品社会中尤其显得难能可贵。此外，他自己也写诗、译诗，这对他的研究工作无疑是很有帮助的。我衷心祝愿这位有才华的青年学者今后的研究工作能跃上一个新的台阶。

2000 年夏天于上海

目　录

Contents

导　言

平凡的一生　探索的一生

生活富于意义，去发现这种意义就是我的美酒佳肴。

——［英］勃朗宁

多少作家只是在他故去很久才获得他们应得的声誉。这几乎是所有天才的命运，他们不为他们的时代所理解。

——［法］狄德罗

丘特切夫是俄国 19 世纪一位伟大的天才诗人。这颗新星刚在俄国诗坛升起，就以其独特的光辉赢得了当时有识之士和文坛泰斗们的一致赞赏。早在 1825 年，Н. А. 波列伏依就称他为具有"光辉希望"的诗人①。1836年，阿玛莉雅·克留杰涅尔男爵夫人（丘特切夫过去的恋人，名诗《啊，我记得那黄金的时刻》就是为她而作）从慕尼黑来到彼得堡，带回丘特切夫的一卷诗稿。她把诗稿交给丘特切夫的好友 И. С. 加加林公爵，加加林立即转呈德高望重的茹科夫斯基和维亚泽姆斯基。两位诗人完全为"诗中吐露的诗情所倾倒"②，赞不绝口，第二天即把它送到普希金手中。普希金

---

① 转引自《简明文学百科辞典》，莫斯科 1971 年版，第 7 卷，第 23 页。

② 加加林 1836 年 6 月 12 ［24］日致丘特切夫的信，转引自《普希金论文学》，张铁夫、黄弗同译，漓江出版社 1983 年版，第 211 页。

为这些"色调明丽，充满新意，语言有力"且处处可见"新颖画意"的诗而狂喜①，"沉浸于其中整整一星期之久"②。在加加林面前，他"对这些诗作了应有的评价"，"把它们大大称赞了一番"③，并在《现代人》杂志上发表了24首。涅克拉索夫后来正是依据这24首诗称丘特切夫为"第一流的诗歌天才"④ 和"俄国文学中不多见的光辉现象"⑤。

随着诗歌更多的发表及诗集的出版，丘特切夫在俄国上层文学圈子里获得了越来越多也越来越高的评价。屠格涅夫把他誉为"我国最优秀的诗人之一"⑥，"谁若是欣赏不了他，那就欣赏不了诗"⑦。列夫·托尔斯泰甚至认为丘特切夫高于普希金，并且仿照培根的名言"没有哲学，我就不想活了"，宣称："没有丘特切夫，我就不能活。"⑧ 费特则认为丘特切夫是"大地上存在的最伟大的抒情诗人之一"⑨，他那小小的诗集，竟然包容了"如此之多的美、深邃、力量，一言以蔽之——诗意"⑩。陀思妥耶夫斯基称丘

① ［俄］普列特涅夫：《关于四等文官 Ф. И. 丘特切夫的笔记》，转引自《同时代人谈丘特切夫》，图拉1984年版，第18—19页。
② ［俄］萨马林1873年7月22日致 И. С. 阿克萨科夫的信，转引自 В. В. 吉皮乌斯：《从普希金到勃洛克》，莫斯科—列宁格勒1966年版，第205页。
③ 加加林1836年6月12［24］日致丘特切夫的信，转引自《普希金论文学》，张铁夫、黄弗同译，漓江出版社1983年版，第211页。
④ ［俄］涅克拉索夫：《俄国的二流诗人们》，转引自《同时代人谈丘特切夫》，图拉1984年版，第55页。
⑤ ［俄］涅克拉索夫：《俄国的二流诗人们》，转引自《同时代人谈丘特切夫》，图拉1984年版，第52页。
⑥ ［俄］屠格涅夫：《略谈丘特切夫的诗》，见《屠格涅夫散文精选》，曾思艺译，长江文艺出版社2010年版，第107页。
⑦ ［俄］屠格涅夫1858年12月27日致费特的信，转引自《同时代人谈丘特切夫》，图拉1984年版，第58页。
⑧ 拉茹斯基1894年7月20日的日记中关于托尔斯泰的一段，转引自《同时代人谈丘特切夫》，图拉1984年版，第76页。
⑨ ［俄］费特：《与丘特切夫的会晤》，《同时代人谈丘特切夫》，图拉1984年版，第66页。
⑩ ［俄］费特：《谈谈丘特切夫的诗》，见《费特：诗歌·散文·书信》，莫斯科1988年版，第285页，他还具体、形象地谈道："两年前，在一个静谧的秋夜，我站在大斗兽场漆黑的甬道上，透过一个窗口望着星空。较大的星星聚精会神、目光炯炯地看着我，我凝视着精致的蓝天，更多的小星星显现出来，同大星星一样，它们神秘地、富有表情地瞧着我。在这些星星后面，在蓝天深处，渐渐地有细微的光线射出。由于巨大的石墙遮挡，我的眼睛只是看见了一部分有限的天空，而我感觉到，它无边无垠，美不胜收。翻开丘特切夫的诗集，我有同样的感受。"

特切夫为"我们伟大的诗人"①，是"第一个哲理诗人，除普希金而外，没有人能与他并列"②。杜勃罗留波夫通过丘特切夫与费特的比较，对丘特切夫高度推崇："费特君是有才能的，丘特切夫君也是有才能的……这一位才能，只能够把全部力量发挥在从那些静止的自然现象上，捕捉一些过眼云烟的印象；而那一位却除此以外，还了解火炽的热情，粗犷的精力，深刻的思索，这种思索不单被一些自然的现象所激动，而且被一些道德问题和社会生活的利益所激动。"③迈科夫、德鲁日宁等也给予丘特切夫很高的评价。

车尔尼雪夫斯基在狱中还要人寄一本丘特切夫的诗集给他，并在1863年于彼特罗巴甫洛夫斯克要塞中写成的长篇小说《故事中的故事》里，以丘特切夫1851年的《暮色苍茫……》一诗作为卷首题词④。列宁也十分喜爱并高度评价丘特切夫的诗。据邦奇—布鲁耶维奇的回忆录，丘特切夫诗集是列宁的案头必备书，这是他心爱的诗集，"他经常翻阅，反复细读，一再朗诵"⑤。"弗拉基米尔·伊里奇……所特别重视的一个诗人是丘特切夫。他非常欣赏他的诗。一方面，他很理解他是来自哪一阶级的，而且完全精确地估计到了他的斯拉夫主义者的信念、心情和体验；但另一方面，他谈到了这个天才诗人的原始的反抗性，恰恰是预感到当时在西欧业已酝酿成熟的伟大事件的到来"⑥。正是列宁，亲自把丘特切夫列为必须建立纪念碑的文化名人。著名哲学家别尔嘉耶夫称丘特切夫为"最深刻的俄国诗人之一"，是"歌唱自然之隐秘本质的诗人"⑦。俄国象征派则把丘特切夫奉为祖师，阿赫玛托娃、曼德尔施塔姆、叶赛宁、帕斯捷尔纳克等人也对他十分推崇……

在苏联，"丘特切夫的名字——自然而然地、习惯地与普希金、巴拉丁

---

① ［俄］陀思妥耶夫斯基1877年4月17日的信，转引自《同时代人谈丘特切夫》，图拉1984年版，第68页。

② 转引自［俄］科日诺夫：《丘特切夫》"序言"，莫斯科1988年版，第6页。

③ ［俄］杜勃罗留波夫：《黑暗的王国》，见《杜勃罗留波夫选集》第一卷，辛未艾译，上海译文出版社1983年版，第281页。

④ 参见《丘特切夫抒情诗选》，陈先元、朱宪生译，漓江出版社1986年版，第145页。

⑤ 转引自［俄］卡莫里宁：《丘特切夫诗歌和生活中的勃良斯基故乡》，见《对俄罗斯只能信仰——丘特切夫和他的时代》（论文集），图拉1981年版，第89页。

⑥ 转引自《丘特切夫诗选》，查良铮译，外国文学出版社1985年版，第180页。

⑦ ［俄］别尔嘉耶夫：《俄罗斯思想》，雷永生、邱守娟译，三联书店2004年版，第83页。

斯基、莱蒙托夫、涅克拉索夫的名字连在一起"，他的诗"决定性地进入了20世纪的门槛"，并且"是读者最多的俄国诗人之一"①。西方的权威出版物也把丘特切夫和普希金、莱蒙托夫并称为俄国三大古典诗人；英国学者勒尼甚至认为，丘特切夫不仅在晚年的诗歌中对俄国文学做出了独特贡献，就是在创作的早期，也独具一格，贡献巨大，堪与普希金并驾齐驱："学者们开始认识到1812—1838年见证了一个可以与普希金相提并论的诗才的沉浮：独自生活于异邦，与自己的母语相隔绝，仅靠一些俄国朋友的鼓励，他的诗歌开创了俄国诗歌的先河。"② 1993年，正值丘特切夫诞辰190周年、逝世120周年之际，联合国教科文组织授予他"世界文化名人"的称号。这迟到的殊荣，一方面使人顿生诗圣杜甫那"千秋万岁名，寂寞身后事"（《梦李白二首》其二）的感叹；另一方面又为时间和历史的公正无私而深感欣慰。目前，在俄罗斯，人们公认，"俄罗斯诗歌有过黄金时代，它是由普希金、丘特切夫、莱蒙托夫、巴拉丁斯基、费特等等诗人的名字来标志的。有过白银时代——这就是勃洛克、安年斯基、叶赛宁、古米廖夫、别雷、勃留索夫等等诗人的时代"③。

然而，在我国，丘特切夫的译介工作的全面深入，却还只有30多年的历史，对他的研究也起步不久。原因是多方面的。

其一，正如瓦·科日诺夫所说的那样："诗人的荣誉是件非常复杂的东西。比方说，普希金在其创作的前半期是受到异常广泛的推崇的，那时他跟十二月党人有所交往。但一旦普希金上升到世界诗坛的高峰时，他却失去了'普及性'。至于巴拉丁斯基、丘特切夫和费特等一些卓越诗人，他们是在去世之后过了许多年才获得至高声誉的。实际上，只有在20世纪他们才真正被人承认为伟大诗人，与普希金并列而无愧。"④

---

① ［俄］列夫·奥泽洛夫：《丘特切夫的银河系》，见《丘特切夫诗选》，莫斯科1985年版，第6—7页。
② ［英］勒尼：《丘特切夫在俄国文学中的地位》，载《现代语言评论》1976年第2期。
③ ［俄］科日诺夫：《俄罗斯诗歌：昨天·今天·明天》，张耳节译，载《外国文学动态》1994年第5期。
④ ［俄］科日诺夫：《俄罗斯诗歌：昨天·今天·明天》，张耳节译，载《外国文学动态》1994年第5期。

其二，丘特切夫的诗歌本身注定要经过长时间才能为大众欣赏。屠格涅夫指出："他的才华，按其自身的特质来说，是不会面向普通人们的，他也并不期望从他们那里获得反响和称赞；如果要对丘特切夫先生做出充分的评价，读者本身就应当具有某种精细的理解力，应当让他那长期无所事事的思想具有某种灵活性。紫罗兰不会把自己的芳香散发到二十步以外：只有走到它跟前，才能闻到它的芬芳。"① 以致时至今日，"作为当今最受欢迎的诗人之一，丘特切夫暂时还是 19 世纪最费解的诗人之一……其诗作费解的主要原因之一在于这位天才诗人绝对独特的创作手法。他的思想是那样明显地超越了自己的时代，以至他的作品已经与 20 世纪的诗篇产生共鸣，并积极参与了当今时代对世界和人的认识"②。

其三，丘特切夫正是里尔克所说的那样一种诗人——他进行创作，只是"反躬自问"，探索"生活发源的深处"，描写自己的"悲哀与愿望、流动的思想与对于某一种美的信念"，"用周围的事物、梦中的图影、回忆中的对象表现自己"③。这样，他写诗仅仅是为了倾诉内心隐秘的感情，探讨心灵、自然、生命之谜，他一直避免成为职业文学家。阿纳特·戈列罗夫指出："在他所有的同代人中——从普希金和莱蒙托夫到涅克拉索夫，也包括陀思妥耶夫斯基、车尔尼雪夫斯基、托尔斯泰在内——他在最小程度上属于职业文学家。从 20 岁到临终，有半个世纪，他是一个官吏，完全沉溺在自己的职务之中。"④ 英国学者勒尼也认为："或许少年时代是丘特切夫唯一考虑过做一名'诗人'的阶段，除此之外他没有通常意义上的'诗人'的生涯。"⑤ 丘特切夫虽无 19 世纪美国女诗人艾米莉·狄金森那"发表等于拍卖灵魂"的偏激，但他对作品发表、出版的兴趣也不太大，同时，他不慕名

① ［俄］屠格涅夫：《略谈丘特切夫的诗》，见《屠格涅夫散文精选》，曾思艺译，长江文艺出版社 2010 年版，第 111 页。

② 苏联文艺学家语，转引自吕进主编《外国名诗鉴赏辞典》，河北人民出版社 1989 年版，第 529 页。

③ 王家新、沈睿编选《二十世纪外国重要诗人如是说》，河南人民出版社 1992 年版，第 5 页。

④ ［俄］阿纳特·戈列罗夫：《未卜先知的心灵：费·丘特切夫》，见《三种命运》，列宁格勒 1980 年版，第 12 页。

⑤ ［英］勒尼：《丘特切夫在俄国文学中的地位》，载《现代语言评论》1976 年第 2 期。

利，躲避赞扬——他的好友加加林在 1874 年的一封信中谈道："他对财富、地位甚至荣誉都不感兴趣。他最热心和最深刻的爱好是观察展现在他面前的世界画图，以毫不减弱的好奇心注视它的一切变化，并同他人交换印象。"①因此，"当伊万·阿克萨科夫准备出版丘特切夫的新诗选时，都无法让他哪怕浏览一下自己的手稿"②。早年，丘诗发表的数量不多，就是这为数不多的诗篇也主要是应拉伊奇、基列耶夫斯基兄弟、波戈金等师友之请求而交给杂志的。1854 年，丘特切夫的第一本诗集出版，这是屠格涅夫登门说服，并亲自担任编辑和出版者的结果。因而，丘诗很少发表，在当时读者面很窄，仅在上层文学圈子里有所影响，难以造成宏大的声势。

其四，俄国象征派把丘特切夫奉为祖师，丘诗又带有某种唯美倾向，而象征派、唯美主义无论在苏联，还是在我国，都长期受到冷遇，不太为人所知，丘特切夫也受到株连。

20 世纪 50 年代中期以后，随着苏联文艺政策的宽松，丘特切夫开始真正受到重视。我国则是在 80 年代初才开始公开发表他的译诗。20 多年来逐渐全面深入的译介工作，为我国学界深入系统地研究丘特切夫，打下了良好的基础，但至今尚无一本综合性的丘特切夫研究专著问世。本书即拟以俄罗斯文学和世界文学为背景，从哲学、宗教和美学等高度，运用比较文学的方法，多角度、全方位地对丘诗进行全面、系统、深入的研究，以填补国内尚无综合性的丘特切夫研究著作这一空白。

一、探寻人生出路的一生

列夫·奥泽洛夫指出："关于丘特切夫的生平，我们所知道的，比我们

---

① ［俄］彼得罗夫：《费多尔·丘特切夫的个性和命运》，莫斯科 1992 年版，第 71 页。
② ［俄］Н. Я. 别尔斯科夫斯基：《丘特切夫》，见《丘特切夫诗选》，莫斯科—列宁格勒 1962 年版，第 16 页。

想要知道的要少得多。"① 由于丘特切夫"一生行事，没什么奇迹"②，更由于他在世时不太重视自己诗歌的发表与影响，只在具有相当鉴赏水平的上层高雅圈子里享有盛名，他的生平资料保存不多，以致最能说明他的生平的，反而是他的诗歌。这给我们今天的研究工作，带来了极大的不便。此处，只是综合有关资料，主要勾勒一下诗人的生平概况与重要经历。

1803 年 12 月 5 日（俄历 11 月 23 日），费多尔·伊万诺维奇·丘特切夫诞生于俄国奥尔洛夫省勃良斯基县奥甫斯图格村一个古老的贵族家庭。

丘特切夫的一位远祖扎哈利伊·丘特切夫是库里科沃战役③功勋卓著的英雄之一。他的英雄事迹激励着丘特切夫从小就向往建功立业，并帮助他树立了初步的历史感。

丘特切夫的父亲伊万·尼古拉耶维奇·丘特切夫（1776—1846）受过新式教育，性情温和，十分善良，具有高洁的道德情操，赢得了人们普遍的敬重。丘特切夫非常敬爱父亲。他最早的一首诗——7 岁时创作的《致亲爱的老爸》，就是献给父亲该年 10 月 12 日寿辰的礼物。诗中不仅表达了对父亲的热爱，也描写出了父亲的性格特点：

> 在这个幸福的日子里，
> 儿子能给你怎样的贺礼！
> 送一束鲜花——但花已谢，
> 草地和山谷已是一片枯萎，
> 我能否献上一首诗歌？
> 于是我便向心灵求助。
> 我的心灵这样回答：
> 在一个幸福家庭里，你——

---

① ［俄］列夫·奥泽罗夫：《丘特切夫的诗歌》，莫斯科 1975 年版，第 8 页。
② 《瞿秋白文集》（一），人民文学出版社 1954 年版，第 175 页。
③ 库里科沃位于顿河和涅普列德瓦河地区。1380 年 9 月 8 日，莫斯科公国大公德米特里·顿斯科依率军与金帐汗国马麦的军队在此激战，大获全胜，对俄罗斯从蒙古鞑靼人桎梏中解放出来起了重大历史作用。著名诗人勃洛克有《在库里科沃原野》组诗歌咏此事。

最温存的丈夫，最慈祥的父亲，

善良的好朋友，不幸的保护者，

祝愿你的宝贵的岁月永远长流！

你打骂过的孩子用爱包围着你，

你会看见你的周身环绕着欢乐。

你就像太阳一样微笑着，

用那充满活力的光芒

从高天注视着地上的花朵。①

丘特切夫的母亲叶卡捷琳娜·里沃芙娜·丘特切娃（1776—1866，娘家姓托尔斯泰，列夫·托尔斯泰与诗人丘特切夫是第六代表兄弟，同时也是著名诗人普希金的远房表侄②），是一位具有非凡智力而又有点儿神经质的女性。她身材瘦削，生性抑郁，有一种发展到近乎病态的想象力③。

丘特切夫只在善良这一点上像父亲，其他方面（包括身材不高、比较干瘦及智力出众、想象力超群、某种程度的抑郁）则大多为母亲遗传。"对诗人的成长起决定作用的是母亲"④。这主要是指：上述母亲的遗传因素及母亲对儿子教育的关心与精心安排（详见后）。

丘特切夫的故乡奥甫斯图格村四周丛林围抱，田野肥沃。这里绿树荫浓，鲜花怒放，风景如画，恬静舒适。美丽的大自然培养了童年丘特切夫的诗心。他常常在花园里流连忘返，常常在薄暮时分爬上乡村公墓远远的一隅，陶醉于紫罗兰的芳香和虔诚的沉思之中。可以说，正是在故乡，丘特切夫学会了观察大自然，热爱大自然，也学会了感受与思考。1846 年，在长期出国回到家乡后，他在给妻子的一封信中写道："古老的花园，远近闻名的四棵椴树，虽然只有百多步，但对童年的我来说却似乎永远都走不到尽头

---

① 《丘特切夫诗全集》，朱宪生译，漓江出版社 1998 年版，第 1—2 页。

② ［俄］科日诺夫：《丘特切夫》，莫斯科 1988 年版，第 29 页。

③ 参见［俄］И. С. 阿克萨科夫：《Ф. И. 丘特切夫》，见《丘特切夫选集》，莫斯科 1985 年版，第 301 页。

④ ［俄］科日诺夫：《丘特切夫》，莫斯科 1988 年版，第 27 页。

的十分幽暗的林荫道，这一切就是我童年美妙的世界。"① 三年后，他用诗更明确地表达了故乡对自己的影响：

> 在这儿我曾首次思索、感受，
>
> 如今借着黄昏时白日的微光，
>
> 在这儿，我童年的岁月
>
> 正以迷茫的眼睛把我打量……
>
> （《就这样，我又和您见面了》）②

离奥甫斯图格以西仅四俄里的地方，在杰斯纳河边高高的山冈上，保存着一件古代俄罗斯的历史残迹——武西日城。该城公元 900 年已经存在，在 11 世纪中叶成为武西日独立公国的首都。12 世纪后期这里发生过长期的激战，1238 年春天该城遭到破坏。童年的丘特切夫常到古城去游玩、做客。

远祖丘特切夫的卓越功勋及历史遗迹武西日古城，唤起了童年丘特切夫悠远的时间感和历史感，培养了他建功立业的雄心——后来他一直想成为一个政治家与此不无关系。1871 年，当他最后一次回到故乡时，还特意去重游了一趟武西日古城，并且创作了一首深刻而极富感染力的丘特切夫式的诗《在这儿，生活曾经如何沸腾》（初次发表题为《去武西日途中》）：

> 在这儿，生活曾经如何沸腾，
>
> 人喊马嘶，血水流成了河！
>
> 但那一切哪里去了？而今
>
> 能看到的，只有坟墓两三座……
>
> 是的，还有几株橡树在坟边
>
> 生得枝叶茂盛，挺拔动人，

---

① 《丘特切夫诗歌、书信选》，莫斯科 1957 年版，第 391 页。
② 曾思艺译自《丘特切夫诗歌全集》，列宁格勒 1957 年版，第 166 页。

> 它们喧响着——不管为谁追念，
> 或是谁的骨灰使它们滋荣。
>
> 大自然对过去毫不知道，
> 也不理会我们岁月的浮影；
> 在她面前，我们不安地看到
> 我们自己不过是——自然的梦。
>
> 不管人建立了怎样徒劳的勋业，
> 大自然对她的孩子一视同仁；
> 依次地，她以自己那吞没一切
> 和使人安息的深渊迎接我们。①

　　这一份深远的历史感，这一种对人生、自然真相的洞悉，表达得如此深刻凝重，而又如此生动感人，与我国古代的一些著名诗词异曲同工，如唐代诗人刘禹锡的《西塞山怀古》："王濬楼船下益州，金陵王气黯然收。千寻铁锁沉江底，一片降幡出石头。人世几回伤往事，山形依旧枕寒流。今逢四海为家日，故垒萧萧芦荻秋。"又如清代词人纳兰性德的《南乡子》："何处淬吴钩，一片城荒枕碧流。曾是当年龙战地，飕飕，塞草霜风满地秋。霸业等闲休，跃马横戈总白头。莫把韶华轻换了，封侯，多少英雄只废丘。"

　　丘特切夫终生深深热爱自己的故乡。一有时间，他就回到故乡小住，如无机会，则在言谈与书信中一再带着热爱与温情回忆起生于斯长于斯的故乡。故乡美妙的一切成为他诗歌的源泉。

　　1812年卫国战争开始时，丘特切夫只有9岁，全家在雅罗斯拉夫尔度过了动荡不安的时期。著名作家茨威格指出："一个人在童年所耳濡目染的

---

① 《丘特切夫诗选》，查良铮译，外国文学出版社1985年版，第167页。本书作者引用时对部分地方根据原文做了改动。

时代气息已融入他的血液之中，是根深蒂固的。"动荡的童年对丘特切夫产生了极大的影响：第一，造成了他成年时对动乱的敏感；第二，燃起了他对祖国的热爱之情。这些，都在他的诗歌创作中反映出来。

丘特切夫很早就有阅读的嗜好，很早就学会了法语。但关心孩子教育的母亲十分重视俄语及其他方面的学习。因此，当时著名的诗人和翻译家拉伊奇被请来担任孩子的家庭教师。

拉伊奇（1792—1855），原名谢苗·叶戈罗维奇·阿姆菲捷阿特罗夫，生于奥尔洛夫省克罗姆斯基县一个神甫家庭。在宗教学校毕业后，移居莫斯科，在莫斯科大学附属的寄宿学校担任语文教师，著名诗人莱蒙托夫是其学生之一。拉伊奇精通希腊语、拉丁语、意大利语，长期研究古希腊和德国的哲学，对希腊神话也造诣颇深。他曾是"幸福同盟"的成员，思想进步，诗歌创作继承了公民抒情诗的传统。十二月党人起义失败后，他安于现实，转向茹科夫斯基的诗歌原则，更多地致力于诗歌创作新形式的探索，在民歌的基础上对韵律和诗节进行大胆、有益的尝试。他先后钻研过古罗马作家、意大利的语言和文学，翻译了古罗马著名诗人维吉尔的《农事诗》、意大利诗人阿里奥斯托的《疯狂的奥兰多》、塔索的《解放了的耶路撒冷》，塔索这一著名长诗的翻译给他带来了极大的声誉。他还长期编辑过《莫斯科通报》（1827—1830）等杂志。

在近 8 年时间（1812—1819）里，具有哲学、文学、语言等方面高度修养和水平的拉伊奇，把俄国和世界最优秀的文学作品介绍给丘特切夫，为他讲解古希腊和德国的哲学，尤其是谢林的哲学著作，并向他传授诗歌的秘密。这些，对丘特切夫后来在哲学和文学方面的兴趣的发展，产生了重大影响。可以说，丘特切夫的诗歌天才、创作成就，与拉伊奇密不可分。

师生之间建立了非常友爱的关系。"他们在交谈中度过时光，在散步时，他们朗诵贺拉斯的颂歌，声音响彻四周。拉丁语和俄语交替进行。两种声音融合成一体———一种是清脆的童音，一种是年轻的浑厚的声音（拉伊奇到丘特切夫家来工作时仅 21 岁）"①。后来，拉伊奇在自传中回忆道："我

---

① ［俄］列夫·奥泽罗夫：《丘特切夫的诗歌》，莫斯科 1975 年版，第 10 页。

是带着怎样的满足之情去回忆那甜蜜的时刻呀！春天和夏天，我们常常住在莫斯科的近郊，我和费多尔·伊万诺维奇一起来到野外，准备好了贺拉斯、维吉尔和我国诗人的作品，坐在玫瑰丛中，坐在山冈上，沉醉在阅读天才诗人作品的纯净的美的享受中。"①

在拉伊奇的影响下，丘特切夫广泛阅读了古希腊罗马的哲学和文学著作，特别是贺拉斯和维吉尔的作品。12 岁，他就开始翻译贺拉斯、维吉尔的诗歌，并取得了极好的成绩。拉伊奇对丘特切夫的好学和天才曾大加称赞："亲爱的学生的非凡天赋和对教育的激情使我惊奇，也使我快慰。3 年后，他已不是我的学生，而是我的同事了——他就这样迅速地发展成熟他那求知欲望旺盛和理解力很强的头脑。"②

丘特切夫对拉伊奇充满敬爱、感激之情，他几乎终生都在极力领会并达到老师所描绘的精神境界。在 1822 年的一首诗中，他描绘了自己所知的拉伊奇的经历，并表达了对他的推崇③。在 1820 年创作的《致拉伊奇》一诗中，他祝贺老师译成了维吉尔的《农事诗》，称其获得了阿波罗的桂冠，登上了诗歌的殿堂，而自己，则在老师的身上"攀爬"④。

丘特切夫早年在诗歌方面的另一位老师是诗人、批评家、翻译家、莫斯科大学语文系教授阿列克赛·费多罗维奇·梅尔兹利亚科夫（1778—1830）。1816 年或 1817 年，丘特切夫开始去听他讲课，并引起这位教授的注意。他在 1817 年 6 月 3 日的一封信中谈到丘特切夫。梅尔兹利亚科夫被别林斯基称为"有才干的，聪明的人、诗魂"⑤，他在创作上属于卡拉姆津的感伤主义流派，但强调诗歌在社会道德教育和宣传方面的作用，善于写作情歌与歌曲，他的一些歌在今天已成为民歌，广为传唱，如《在平坦的谷地，在坦荡的高原》。他还翻译过古希腊罗马诗人的许多作品。他的理论见解、诗歌创作，尤其是所译古希腊罗马诗人的作品，给予丘特切夫较大的影

---

① 转引自《丘特切夫抒情诗选》，陈先元、朱宪生译，漓江出版社 1980 年版，第 264 页。
② 转引自［俄］列夫·奥泽罗夫：《丘特切夫的诗歌》，莫斯科 1975 年版，第 10—11 页。
③ 见《丘特切夫诗全集》，朱宪生译，漓江出版社 1998 年版，第 32—33 页。
④《丘特切夫诗全集》，朱宪生译，漓江出版社 1998 年版，第 20—23 页。
⑤ 转引自［俄］谢·瓦·伊凡诺夫：《莱蒙托夫》，克冰译，上海译文出版社 1993 年版，第 39 页。

响，使他更广泛地阅读了语言、文学方面的著作，尤其是古希腊罗马作家的作品。1818 年 2 月 22 日，梅尔兹利亚科夫在"俄罗斯语言爱好者协会"朗诵了丘特切夫一首模仿贺拉斯的诗《一八一六年新年献辞》，该诗受到热烈欢迎。14 岁的丘特切夫因此被这个著名的文学团体破例授予"同行"的荣誉称号，成为该组织的外围成员。这无疑激发了少年丘特切夫对文学的更大兴趣，对坚定他以后文学创作的信心也不无作用。

丘特切夫一家夏天住在奥甫斯图格村，冬天则在莫斯科度过。丘特切夫家在莫斯科近郊特罗伊茨基的亚美尼亚胡同第 11 号有自己的住宅。这一带是莫斯科"真正的文化中心"①。从 18 世纪到 19 世纪初，一批杰出的俄国文化名人在此居住：卡拉姆津、尼古拉·诺维科夫、伊万·德米特里、赫拉斯科夫等等，而茹科夫斯基、巴丘什科夫、梅尔兹利亚科夫等诗人也常常光顾此处。丘特切夫的父母喜欢交际，十分好客，从而教会丘特切夫爱好社交，并从社交中学会倾听和理解别人的谈话，同时，也在社交场合中培养了丘特切夫后来善说隽永之言和俏皮话的特点。在亚美尼亚胡同一带，还住着小俄罗斯人（乌克兰人）、亚美尼亚人，这诱发了丘特切夫后来形成把各民族统一到俄罗斯中的思想②。

1819 年秋，丘特切夫进入俄国的最高学府莫斯科大学语文系。当时，"莫斯科大学不仅是一个重要科学中心，而且还成了重要的社会生活中心"③。这里，学术空气相当浓厚，各种思想十分活跃。"在莫斯科大学，（19 世纪）10 年代末—20 年代初产生了许多各种各样的小组和青年协会"④，"他们的宗旨是为了促进他们自己圈子里成员的精神、文艺（或文学）和知性发展"⑤。其中最为著名的有 1819 年成立的拉伊奇小组，包括丘特切夫、安德烈·穆拉维约夫、奥陀耶夫斯基、舍维廖夫、波戈金等人，和

---

① 参见［俄］科日诺夫：《丘特切夫》，莫斯科 1988 年版，第 35 页。
② 参见［俄］科日诺夫：《丘特切夫》，莫斯科 1988 年版，第 43 页。
③ 苏联科学院历史所列宁格勒分所编《俄国文化史纲（从远古至 1917 年）》，张开等译，商务印书馆 1994 年版，第 276 页。
④ ［俄］科日诺夫：《丘特切夫》，莫斯科 1988 年版，第 71 页。
⑤ ［美］拉伊夫：《独裁下的嬗变与危机——俄罗斯帝国二百年剖析》，蒋学祯、王端译，学林出版社 1996 年版，第 98 页。

从 1817 年就团结在梅尔兹利亚科夫周围的小组（梅尔兹利亚科夫戏称为"我的小小的科学院"），包括丘特切夫、霍米亚科夫、韦涅维季诺夫、基列耶夫斯基兄弟等人。其中，波戈金、穆拉维约夫兄弟成为丘特切夫的知交好友。丘特切夫积极参加各种文化思想活动，尤其是文学活动，与老师和同学讨论自然科学、社会科学、人文科学方面的诸多问题，阅读古今文学作品，同时练习创作。他尤其广泛地涉猎了人文科学许多领域的著作，并开始思考人生的一些根本性问题，为以后的诗歌创作打下了良好的基础，正式拉开了终生探索人生之谜的序幕。

1821 年冬，丘特切夫大学毕业，获语文学副博士学位。1822 年 2 月，他来到彼得堡，进入俄国外交部工作。同年 5 月，在娘家亲戚、1812 年卫国战争著名英雄奥斯特尔曼·托尔斯泰伯爵的帮助下，成为俄国驻巴伐利亚慕尼黑外交使团的编外人员。6 月 11 日，他随同奥斯特尔曼—托尔斯泰伯爵等出国赴任。从此，开始了长达 22 年的国外生活。在德国，丘特切夫大量阅读自然科学、社会科学尤其是哲学及其他人文科学书籍，深入执著地进行贯穿终生的人生探索，试图从哲学的高度解决人生的根本问题，并把这些探索形象地变为一首首精美动人、深刻丰厚的诗歌。

1823 年春，丘特切夫在慕尼黑爱上了 15 岁的美貌少女阿玛莉雅·封·莱亨菲尔德，但这位少女后来却嫁给了丘特切夫的同事克留杰涅尔男爵。丘特切夫对她终生不忘。1824 年，曾为她写了《给 H》一诗。1833 年，婚后的丘特切夫又为她写下名诗《啊，我记得那黄金的时刻》。1870 年，年近古稀的老诗人在卡尔斯巴德遇到了这位年轻时的恋人，虽然此时她已再嫁阿德勒伯格伯爵，且已年过花甲，但久别重逢使诗人再次满怀激情地为她创作了《克·勃》（又译《给 Б》）一诗。

丘特切夫两次结婚，娶的都是德国世袭名门望族的女子。1826 年 2 月，他和一位年轻的贵族寡妇艾列昂诺拉·彼得逊（1801—1838）结婚。1838 年，艾列昂诺拉在从俄国返回德国时，所乘坐的轮船起火，她勇敢地冲入火海，抢救孩子们，结果烧成重伤，不久长辞人世。1839 年 7 月，丘特切夫娶早在 1833 年 2 月认识的爱尔涅斯蒂娜·乔恩贝尔克（1810—1894）为妻。

通过妻子的关系，丘特切夫与当地上流社会过从甚密。1828 年，他在慕尼黑结识了诗人海涅，两人结成挚友，他被海涅誉为"自己在慕尼黑的最好的朋友"①。同年，丘特切夫结识了德国著名哲学家谢林，被谢林誉为"一个卓越的、最有教养的人，和他往来永远给人以欣慰"②。但丘特切夫的德国朋友们并不知道他是一位诗人，他们喜欢的是他那深刻的思想、敏锐的智慧、独特的见解，和他对哲学、政治、科学的浓厚兴趣。1831 年，他与加加林公爵建立了深厚的友谊。加加林是丘特切夫诗歌的知音，后来为推广丘诗的传播起了颇大的作用。

1836 年，普希金在自己主办的《现代人》杂志发表了尚未成名的丘特切夫的一组诗（共 24 首，分两期连载），标题为《寄自德国的诗章》，署名"Ф. T."（费·丘）。诗的标题既表明这组诗作者的所在地，又点出了这组诗的哲学内涵，因为在当时人们的心目中，德国就是哲学的故乡。1859 年，普希金的朋友——著名作家 П. A. 普列特涅夫教授回忆道："普希金带着怎样的惊喜和激动迎接这些充满着深刻思想、明净的美、新意和语言的力量的诗作的意外出现。"③

1837 年，丘特切夫被委任为驻意大利都灵外交使团的一等秘书。一年后，又被指定为驻都灵外交使团的代办。都灵既非文化中心，又远离了他熟悉的朋友，而且，在这里又经历了丧妻的痛苦，丘特切夫深感这里的生活与流放差不多。因而，心情不好，工作出现了严重失误，被免除一等秘书的职务。

1839—1843 年，丘特切夫和第二位妻子在慕尼黑赋闲。曾一度访问布拉格，结识了捷克学者和作家岗卡（1791—1861）。在此期间，他用法文撰写了论著《俄罗斯与德意志》。该书出版后引起了人们的关注，据说沙皇尼古拉一世也颇表赞赏。丘特切夫后来官复原职，仍留外交部，与此不无关系。

1843 年，丘特切夫回到俄国，从此，定居祖国。他常常往返于莫斯科、彼得堡两地，有时也回故乡小住，有机会就出国旅行。

---

① 转引自《丘特切夫诗选》，查良铮译，外国文学出版社 1985 年版，第 170 页。
② 转引自《丘特切夫诗选》，查良铮译，外国文学出版社 1985 年版，第 170 页。
③ 转引自［俄］皮加列夫：《丘特切夫的生平与创作》，莫斯科 1962 年版，第 84 页。

在较长的一段时间里（约从 1841 年至 1849 年），丘特切夫几乎中止了诗歌创作，而潜心于政论文的写作，把用诗歌对宇宙、人性、心灵的探索转到政治上来，希望通过政治来为世界寻找一条光明的出路。为此，他还经常出入沙龙，以宣传自己的思想，因为"那时的高级官员经常在权贵命妇主持的沙龙里与一批知名作家、报界人士、思想家和评论家会面"①。丘特切夫试图通过沙龙，把自己的政治主张既广泛地传播向社会，更能转达给沙皇。

尽管丘特切夫对诗歌兴趣日减，游离于文学圈子之外，但有识之士并未忘记他。1846 年，迈科夫首先撰文评价丘诗（指《寄自德国的诗章》）。1850 年，《现代人》一月号发表了涅克拉索夫的文章，把丘特切夫列入"俄国第一流的诗歌天才"。接着，热心文学事业的屠格涅夫登门劝说丘特切夫，并于 1854 年出版了第一本丘诗集，屠格涅夫还撰文高度评价丘诗。这些评论，不仅确认了丘特切夫在俄国文坛的地位，而且还成为他重返文学创作的推动力。

1848 年，丘特切夫担任俄国外交部特别办公室主要检察官。为了防止革命思想的传播，杜绝革命爆发的可能性，沙皇尼古拉一世及第三厅加强了对书报的检查和控制，早在 1826 年 6 月，就颁布了新的出版检查条例。"条例规定，凡怀疑宗教法规、不敬政府、批评君主统治形式和提议国家改造的任何著作均不得出版。历史著作如有损沙皇专制统治，医药及自然科学著作如触及教会条例，一律禁止出版。哲学书籍，'凡其中充满无益而有害的现代哲学推理者，完全不应该出版'。由于 1826 年这个条例的苛刻和死板，因而被称之为'生铁的条例'。"② 丘特切夫此时的任务，主要是负责审查外国书刊的引进、翻译与出版，控制激进、革命的西方思想的渗入。这虽与已转到泛斯拉夫主义立场的丘特切夫有某些共同之处，但作为一个在西方待了 22 年的开明人士，他对这种专制与高压不能不感到不满。有时，他的诗人之气发作，便拿起笔来对此进行辛辣讽刺。如 1868 年他给当时谨小慎微、

---

① ［美］拉伊夫：《独裁下的嬗变与危机——俄罗斯帝国二百年剖析》，蒋学祯、王端译，学林出版社 1996 年版，第 116 页。

② 赵士国：《俄国政体与官制史》，湖南师范大学出版社 1998 年版，第 154 页。

唯命是从的书刊检察官写了一首诗：

> 这俄罗斯志愿者的印章，
> 就像你们所有人，先生们，
> 令人作呕——而不幸
> 就在于还没有呕吐出来。①

在另一首诗中，他更是把矛头对准书刊检察机关，嘲弄它不为精神服务而只滋养肉体：

> 这吵闹不休的书刊检查机关，
> ——早已是众所周知的傻瓜，
> 它马马虎虎地滋养我们的肉体，
> ——上帝啊，请赐福于它吧!②

1850 年，丘特切夫与斯莫尔尼学院（他的两个女儿在那里读书，他经常去看望她们）副院长的侄女、24 岁的美女叶莲娜·阿列克山德罗芙娜·杰尼西耶娃（1826—1864）开始了长达 14 年的婚外热恋，并生下了一个女儿、两个儿子。这段被丘特切夫称为“最后的爱情”的经历，使诗人对世界和人生有了更真切、更深刻的认识，对人的生存意义与价值进行了更新、更深的探索，创作了被苏联评论家认为堪与托尔斯泰、陀思妥耶夫斯基的社会心理小说相媲美的世界抒情诗瑰宝——“杰尼西耶娃组诗”。

1857 年，丘特切夫当选为俄国科学院语文学部的通讯院士。

1858 年，被任命为俄国外交部外国书刊审查委员会主席。他担任该职一直到逝世。他明确地指示下属既要把握原则，又要尽量宽松。1870 年，他在当时俄国外文书刊检查委员会委员普拉东·阿列克山大罗维奇·瓦卡尔

---

① 《丘特切夫诗全集》，朱宪生译，漓江出版社 1998 年版，第 457 页。
② 曾思艺译自《丘特切夫诗歌全集》，列宁格勒 1957 年版，第 291 页。

的纪念册上题诗一首，指明方向：

> 遵从最高的命令，
> 充当"思想"的卫兵，
> 尽管手握枪支，
> 却不好斗寻事。
>
> 掌握武器，并非本意，
> 坚持哨所，很少唬人，
> 宁愿不当"囚禁"，
> 但要受人"尊敬"。①

1862 年，丘特切夫参加了在诺夫戈罗德举行的庆祝俄罗斯建国一千周年的盛典。

从 1864 年开始，丘特切夫进入了相当痛苦的晚年。1864 年 8 月，杰尼西耶娃因病去世，丘特切夫受到巨大打击，健康状况从此显著恶化。1865年，丘特切夫与杰尼西耶娃所生的的大女儿叶莲娜病死（14 岁）、儿子尼古拉夭折（1 周岁）。1866 年，90 岁的母亲仙游。1870 年，长子德米特里及诗人唯一的兄弟尼古拉先后逝世。1872 年，女儿玛丽亚·比雷列娃死于肺病。在接二连三的重重打击中，丘特切夫对死亡有了更深切的感受，心情变得苍凉，因而，晚年的诗歌对生与死的问题有了更多更深的思考，调子也更凄凉悲沉乃至悲观。1873 年 1 月，丘特切夫患了脑溢血，卧病在床。即便如此，他仍时刻关心社会的动态和外界的新闻。"1873 年 6 月—7 月，70 岁的费多尔·伊万诺维奇·丘特切夫处于生死关头。看来，末日降临了……不料丘特切夫睁开眼睛问道：'近来政治方面有些什么消息？'""'请你们让我稍稍感

---

① 《丘特切夫诗全集》，朱宪生译，漓江出版社 1998 年版，第 499 页。

受自己周围的生活吧！’临终前，诗人这样请求他的亲人”①。同年 7 月 15 日，丘特切夫在皇村去世。

丘特切夫一生虽然绝大多数时间是俄国的官吏，但他对人、宇宙、自然、心灵、生命之谜兴趣浓厚，总是通过钻研哲学，观察自然，面对社会，来探究上述一切的奥秘。他的诗歌即是他思考与探索的结晶。从 7 岁直到 70 岁躺在病床上以口述的方式写诗，丘特切夫的一生可以说是为诗歌而活的一生——尽管表面看来，他把精力更多地花在政治方面，但政治也是丘特切夫拯救世界，为人生寻找出路的一个主要方面。因此，不能过分地把丘特切夫的政治活动与诗歌创作截然对立，而应看到正是这种成为政治家、从政治方面拯救世界的理想，在某种程度上也赋予丘诗以特有的深度和宏大的气势。因此，丘特切夫的一生既是平凡的一生，又是探索的一生。

二、社会政治思想与创作分期

“在诗人中，即使是最富公民责任感的诗人，也很少像丘特切夫这样对政治问题经常保持浓厚的兴趣”②。这是因为丘特切夫从小就有建功立业的雄心，成年后又试图以政治来拯救世界。

虽然丘特切夫一生对政治兴趣浓厚，但他的社会政治思想，从青年时代起就具有双重性。

青年时代，丘特切夫社会政治思想的两重性具体表现为：既强烈反对封建农奴制，热切希望改变沙皇专制制度造成的“俄罗斯的一切办公室和营房都随着鞭子和官僚运转”③ 的现状，但又反对暴力革命，希望用美和艺术来改善人性，并对沙皇抱有幻想。这一两重性具体体现在早年创作的两首诗中。

---

① ［俄］列夫·奥泽洛夫：《丘特切夫的银河系》，见《丘特切夫诗选》，莫斯科 1985 年版，第 12 页。

② ［俄］列夫·奥泽洛夫：《丘特切夫的诗歌》，莫斯科 1975 年版，第 21 页。

③ 丘特切夫语，转引自《丘特切夫选集》，莫斯科 1985 年版，第 21 页。

一首是 1820 年写的《和普希金的〈自由颂〉》：

自由之火，烈焰腾腾，

锁链的声音在火中泯没，

诗歌振奋阿尔凯精神，

奴役的灰尘纷纷坠落。

诗歌的火花风驰电掣，

荡涤一切的激流般不可阻遏，

仿佛是上帝的圣火，

已烧到了帝王苍白的前额！

谁忘却高官，鄙夷权势，

谁就幸福，声音勇敢坚定，

向着执迷不悟的暴君宣示，

神圣的真理必将诞生！

哦，诗人，你定会得到奖励，

从那伟大的命运手中！

请用甜美的声音颂歌，

温情脉脉，动人心魂，

把专制君主的冷酷同伙

变成善与美的友人！

但不要惊扰公民的宁静，

不要使华丽的花环蒙上阴影，

歌手，在名贵的锦缎下，

让你那有魔力的琴声

更柔和，且莫惊扰心灵！①

一方面是诗的火花，烧到帝王苍白的前额，鄙夷权势，反对暴君；另一

---

① 曾思艺译自《丘特切夫诗歌全集》，列宁格勒 1957 年版，第 65 页。

方面又希望用艺术把暴君及其冷酷同伙变成善与美的友人，表现了青年诗人思想的两重性。

在 1826 年写的《一八二五年十二月十四日》一诗中，这种两重性更加明显：

专制制度宠坏了你们，

它的剑已把你们击中——

法律对你们做出了宣判，

以它不可收买的公正。

人民唾弃你们的不义，

把你们的名字辱骂——

你们的记忆已远离后代，

像死尸一样被埋入地下。

轻率念头的牺牲品啊，

或许，你们还想指望，

你们可怜的贫乏的血

能融化那永恒的极地！

可是它冒着烟，仅仅在

古老的巨冰上闪了一闪，

铁血的冬天吹了一口气——

一切都不留下半点踪迹。①

1825 年 12 月 1 日，沙皇亚历山大一世在探望生病的皇后途中染病，在离首都很远的塔甘罗格突然驾崩。亚历山大一世没有子嗣，按俄国皇位继承法，应该由其皇弟康斯坦丁继位。然而，康斯坦丁在华沙担任波兰王国军队总司令，并娶了非皇族血统的波兰女子为妻，早已致信亚历山大，声明放弃

---

① 《丘特切夫诗全集》，朱宪生译，漓江出版社 1998 年版，第 50—51 页。

皇位继承权。亚历山大收到声明信后，立即决定让另一皇弟尼古拉继承皇位。他授命大主教菲拉雷特草拟了一份诏书，宣布皇位继承的变化。但这份诏书当时并未公布，只是将它的三个副本分别存放在国务公会、圣教总会和参政院，而诏书正本则由菲拉雷特保存。亚历山大在正本的封套上亲笔签署："在我下达新的指示之前，本件应存放于圣母升天节教堂内国家文件之列；若我身后未曾留下其他指示，则首要之事即应由莫斯科教区大主教和莫斯科总督二人于圣母升天节教堂内开启本件。"① 沙皇的两个弟弟康斯坦丁、尼古拉都不知道有这样一份未公布的诏书。亚历山大病死后，在彼得堡的尼古拉立即向华沙的康斯坦丁宣誓效忠，而康斯坦丁也同样向尼古拉宣誓，由于彼得堡和华沙相隔遥远，加上当时通讯落后，因而俄国出现了皇统中断20 多天的局面。

一批在反拿破仑战争中到过西方、受到西欧自由主义思想影响的贵族军官，因"回国后看到农奴制、人民的贫困和对自由派的迫害，心情特别沉重"②，而秘密组织起来，力图废除沙皇专制统治和农奴制，实现政治自由。他们便趁这千载难逢的有利时机，密谋举行武装起义。1825 年 12 月 14 日，他们率领几个近卫军团在彼得堡枢密院广场发动起义。起义由于组织不严密，行动不果敢，特别是没有人民群众的支持和参加而失败，史称"十二月党人起义"。

尼古拉登基后，对十二月党人进行残酷镇压，1826 年 7 月 13 日公布了对全体案犯的判决书，雷列耶夫等 5 名特等罪被判处分尸刑（后改为绞刑），丘赫尔别凯、尼基塔·穆拉维约夫等 31 名一等罪被判处砍头（后改为服苦役），卢宁等 17 名二等罪被判处"政治死刑"和终身苦役，穆哈诺夫等 16 名四等罪被判处 15 年苦役……

在《一八二五年十二月十四日》一诗中，丘特切夫一方面认为十二月党人试图以暴力推翻沙皇统治是"不义"的举动，另一方面又对十二月党

---

① ［法］亨利·特罗亚：《神秘沙皇——亚历山大一世》，世界知识出版社 1984 年版，第 310 页。
② 俄国军官雅库什金语，转引自姚海：《俄罗斯文化之路》，浙江人民出版社 1992 年版，第 116 页。

人表示同情，认为他们力量悬殊（"可怜的血溶化极地"），称他们为"轻率念头的牺牲品"；一方面，对俄国的专制制度不满，称其为"铁血的冬天"，另一方面，又自觉地维护沙皇的统治，指责十二月党人的武装起义。这首诗充分体现了丘特切夫对十二月党人和沙皇专制制度的两重态度。

　　当然，对于十二月党人起义的意义与作用，俄苏国内一直有不同看法。一派认为："十二月党人起义在俄国革命运动史上具有重大的意义。这是拿起武器反对专制制度的第一次公开起义"①，充分肯定"他们的事业没有落空"②，"十二月党人唤醒了赫尔岑……并且第一次唤起了千百万农民进行公开的革命斗争"③。他们开创了 19 世纪俄国的解放运动，他们的思想影响了后来的先进分子——革命民主主义者发扬了他们的斗争精神，自由主义者继承了他们的理论观点，无产阶级进一步发展和扩大了这种革命暴动。甚至认为，"十二月党人起义不仅是 19 世纪前半期俄国社会政治生活中的一件大事，而且也是俄国文化史的一个重要里程碑。十二月党人思想对社会科学、文学和艺术的发展产生了重大影响"④。另一派则持否定态度。卡拉姆津在当时即称十二月党人起义是"我们那些没有理智的自由主义者的荒谬悲剧"⑤。高尔基认为十二月党人是"美丽而诚实"的"梦想家"，"他们盲从着不甚了解的外国经验，飘飘然跑在自己祖国历史的前头，于是乎——惨败了！"并得出结论："十二月党人的社会政治作用，是无足轻重的；它对于国内生活的进展是没有什么影响的，甚至他们对文化的意义也是成问题的，无论如何这种意义是并不深刻的吧。十二月党人本身和他们的战略，就没有引起模仿者，靠近 70 年代之时，他们这种浪漫主义心理便绝迹了。"⑥

　　我们认为，十二月党人作为俄国革命的先驱者，在一定程度上确有启迪

①　[俄] 涅奇金娜：《十二月党人》，黄其才、贺安保译，商务印书馆 1989 年版，第 147 页。
②　列宁语，转引自苏联科学院历史所列宁格勒分所编《俄国文化史纲（从远古至 1917 年）》，张开等译，商务印书馆 1994 年版，第 266 页。
③　[俄] 涅奇金娜：《十二月党人》，黄其才、贺安保译，商务印书馆 1989 年版，第 4—5 页。
④　苏联科学院历史所列宁格勒分所编《俄国文化史纲（从远古至 1917 年）》，张开等译，商务印书馆 1994 年版，第 267 页。
⑤　转引自姚海：《俄罗斯文化之路》，浙江人民出版社 1992 年版，第 121 页。
⑥　[俄] 高尔基：《俄罗斯文学史》，缪灵珠译，上海译文出版社 1979 年版，第 141—142 页。

后来者的意义，但绝不可夸大这种影响。近几十年来，苏联和我国都过于拔高了十二月党人起义的意义。实际上，十二月党人的确是在对国情民心了解不够的情况下匆促起义的，并未触动沙皇专制，更未深入到文化层面。因此，高尔基的话无疑是眼光独到，而且一针见血的。

丘特切夫的诗表现了他对沙皇信赖的一面，是他不主张暴力革命思想的一贯体现，也是其《和普希金〈自由颂〉》一诗的正常继续与发展。同时，这也体现了丘特切夫的冷静与睿智——他看清此时沙皇专制制度的强大，认为根本不具备革命的条件。丘特切夫这种反对暴力革命，维护沙皇统治的思想一直贯穿终生。1866 年 4 月 4 日，П. В. 卡拉科佐夫行刺亚历山大二世，丘氏为此写诗，表明自己的愤怒与谴责①。

20 年代末，丘特切夫逐渐形成泛斯拉夫主义的政治观，认为俄国是一个巨人国家，它肩负着上帝赋予的历史使命，应该发挥"世界创造者"的作用，拯救世界与基督教。40 年代至 50 年代，他更明确地主张斯拉夫各民族统一起来，在兼具东西方之长的俄国的领导下，对抗西方和革命，以宗法社会的道德和基督教的自我牺牲及忍让精神来排斥资本主义西欧自私自利的个人主义。为此，他甚至一度放弃他终生视为生命倾诉与人生探索的诗歌创作，而精心用法文撰写了一系列政论文章和专著，如小册子《俄罗斯与德意志》（1844 年，先在慕尼黑以《致古斯塔夫·科尔贝医生的信》为书名出版，后改为现名）、《俄罗斯与革命》（1849 年，巴黎）、论文《罗马教廷与罗马问题》（刊载于 1850 年的法国杂志）、《关于俄国书刊检察机关的一封信》（写于 1857 年，1873 年 3 月诗人逝世前不久才发表）。在这些论著或论文里，丘特切夫系统地阐明了自己上述泛斯拉夫主义观点。

对于丘特切夫的泛斯拉夫主义观点，俄苏学者、中国学者大多持否定态度。这是有一定道理的。但必须看到，丘特切夫这一观点的形成，是有深刻的社会政治思想根源的。

---

① 见《丘特切夫诗全集》，朱宪生译，漓江出版社 1998 年版，第 419 页。

自彼得大帝改革以来，"俄国与俄国文化欧洲化的愿望已被内在化了"①，反拿破仑战争的胜利，使西欧思想纷纷涌入，俄国更进一步欧洲化。然而，在这股欧化的浪潮中，一些具有远见卓识的人士开始思考如何保持俄国传统文化的延续问题。丘特切夫是其中的一位。今天看来，这种思考及他们为保持俄国文化传统而作的努力，是有启发意义的。春天之所以绚丽多姿，是因为各具特色的千万种花卉一齐竞彩争妍，如果整个大自然只是一两种花卉开放，纵然香满宇宙，也未免过于单调乏味。一个国家、一个民族之所以能独立存在、引人注目，除了国势强盛外，更重要的应是它那独特的文化。因此，尽管俄国的斯拉夫主义者有种种狭隘与不足之处，但他们对如何保持乃至发展俄国传统文化所进行的思考和努力，对于面对西方文化的强大冲击且经历了"五四"和"文化大革命"等向传统文化开火乃至猛烈扫荡的思想文化运动与政治运动的中国人来说，尤其具有借鉴意义。我们不能一味跟在苏联学者后面指责斯拉夫主义者们的狭隘与保守，而应从他们保护传统的奋斗中汲取可资借鉴的经验教训，既吸收西方文化的精华，又使之与本民族文化的优良传统结合起来。日本在这方面做得颇为成功，值得学习。

丘特切夫久居慕尼黑、都灵，并常到法国、英国、瑞士、希腊、意大利及德国各地旅行，对欧洲社会及思想有较为全面、深刻的了解。此时的欧洲，旧的秩序已被推翻，新的秩序尚未完全建立起来，流血、革命、恐怖与混乱不时发生。而欧洲文化中的个人主义在资本主义功利价值观的引导下更是趋向极端，自私自利，损人利己，唯利是图，拼命追求物欲的满足，对他人、对社会造成了较大的危害。因此，丘特切夫从早年的倾向西欧、歌唱自由、赞扬个性转向重视精神、重视群体、重视道德修养的俄国传统文化，进而希望俄国成为第三罗马帝国，统一斯拉夫各民族，抗拒这股欧洲化的浪潮，并把西方从革命与极端个人主义的泥坑中解放出来。这与托尔斯泰、陀思妥耶夫斯基等人的观点不谋而合，可谓英雄所见略同。

丘特切夫思想中更深层的思想是对人、自然、宇宙、心灵的哲学思考。

---

① ［美］拉伊夫：《独裁下的嬗变与危机——俄罗斯帝国二百年剖析》，蒋学祯、王端译，学林出版社1996年版，第44页。

在某种程度上，他的社会政治思想是从属于他的哲学思想的。他的哲学思想也具有两重性。一方面，他认为人是具有高度智慧和理性的生物，能够观察、思索乃至创造一切，能在社会政治活动、文学艺术创作、哲学探索和爱情中建立功勋，更能反思自己存在的意义与价值；另一方面，他又认为人只是自然微不足道的一部分，被梦幻、潜意识乃至永恒的自然力或命运支配，即使努力奋斗，最终也将像梦一样昙花一现，消失无踪。

瞿秋白先生在其《赤都心史》中称丘特切夫"一生行事，没有什么奇迹，可是他的诗才高超欲绝"①。这"高超欲绝"的诗才并非天生，而是经过漫长的探索、发展而逐渐形成的。

关于丘特切夫的诗歌创作，中俄学者至今仍无统一、明确的分期。一般是按早年、20 年代、30 年代、50 年代、60 年代等顺序加以阐述，或称为早期、慕尼黑时期、晚期。英国学者勒尼则认为："他的创作可分为两个相当的时期：1812—1838 和 1848—1873。两个时期之间的 10 年空白期里他没有任何诗歌作品。"② 这几种方法都未能清晰勾勒出丘诗发展的阶段性，难以展示丘特切夫不同时期的创作特点。我们认为，丘特切夫从 7 岁试笔至 70 岁逝世共 60 余年的创作历程，大约可分为以下三个阶段。

早期（1810—1828 年），这是创作的第一阶段，也是诗人的练习、模仿期，主要写作古典诗、田园诗、浪漫主义诗歌。

如前所述，丘特切夫从 7 岁开始试笔，12 岁大量翻译贺拉斯、维吉尔等古希腊罗马诗人的诗歌，并进行适当的模仿创作，而且成绩颇佳。仿作《一八一六年新年献辞》几乎达到贺拉斯诗歌的水平，深得"俄罗斯语言爱好者协会"的好评。后来，茹科夫斯基那种浪漫主义诗风——把自然人化，对生与死的思索，对自然和人心内部隐秘的感受，对丘特切夫产生了较大的影响，我们甚至可以从丘诗的某些意象中看到茹科夫斯基的影子，如：轻盈的幻想、神秘的造访者、竖琴、天鹅、蝴蝶、彼岸……而最能体现茹科夫斯基影响的丘诗是《闪光》、《捉迷藏》等诗。到德国后，丘特切夫精研歌德、

---

① 《瞿秋白文集》，（一），人民文学出版社 1954 年版，第 175 页。
② ［英］勒尼：《丘特切夫在俄国文学中的地位》，载《现代语言评论》1976 年第 2 期。

席勒、海涅及德国浪漫主义的诗歌，并翻译了歌德、席勒、海涅等人的不少作品，如《浮士德》片断、《欢乐颂》、《在异乡》（海涅的"在阴郁的北方……一棵孤独的雪松"），从 1828 年起，创作趋向成熟。

这个时期，古典诗部分是格言警句诗，一般篇幅较短，而富于哲理，主要有《我强大有力……》、《致反对饮酒者》等，如《我强大有力……》：

> 我强大有力，又羸弱无比，
> 我是个君王，又是个奴仆，
> 我是在行善，还是在作恶？
> 对此，我并不想加以评说。
>
> 我奉献甚多，而索取甚少，
> 我是为了自己把自身掌握。
> 如果我想要打击谁，
> 也就是要打击自己。①

部分是颂歌体，篇幅较长，哲理内涵更为丰富，也更有宏大气势，如《一八一六年新年献辞》一诗注目宇宙，放眼历史，思考人生，警醒愚顽，甚至有着与少年丘特切夫不太相称的一种人世沧桑的深重哲理感悟。

具有古典颂诗特征的部分抒情诗则大多较长，而且泛泛铺叙，如《春天》、《眼泪》。田园诗则已预示了下一阶段的变化，表现了对自然最美妙瞬间的敏锐细致的捕捉，主要有《黄昏》、《正午》、《春雷》、《夏晚》等。如《黄昏》：

> 好像遥远的车铃声响
> 在山谷上空轻轻回荡，

---

① 《丘特切夫诗全集》，朱宪生译，漓江出版社 1998 年版，第 3 页。

> 好像鹤群飞过，那啼唤
> 消失在飒飒的树叶上；
>
> 好像春天的海潮泛滥，
> 或才破晓，白天就站定——
> 但比这更静悄、更匆忙，
> 山谷里飘下夜的暗影。①

以过人的敏锐观察力，以生花妙笔，把黄昏时夜幕降临的美妙瞬间生动地显形在读者面前。

浪漫诗则对生与死（生存与永恒）、现实与梦想等有所思索，如《闪光》。

总而言之，这一阶段的诗主要是歌颂友谊，赞美爱情，阐发哲理，寓教于乐，格调高昂，激情满怀，洋溢着青春的感人的欢乐与活力，同时又清新隽永（如《春天》、《眼泪》、《捉迷藏》，等等），也透露了诗人的某种唯美倾向——试图以艺术来唤醒人性，唤醒爱，从而改变世界，这突出地表现在《和普希金的〈自由诗〉》一诗中：不仅希望用甜美的艺术使暴君及其冷酷的同伙变成真善美的友人，而且希望艺术不要扰乱公民的宁静。

中期（1829—1844 年），这是创作的第二阶段，是诗歌独特风格的形成时期。

有人把 1822 年至 1837 年称为"慕尼黑时期"，认为这是诗人创作的中期②。这种只以地点而不以诗歌本身发展的特点来划分创作时期的方法不太妥当。因为从 1822 年至 1828 年，诗人主要还处于模仿阶段，还未形成自己独特的风格。其间，虽然有几首稍具个性的诗，如《黄昏》、《正午》、《春雷》、《夏晚》，但毕竟为数太少。因此，这几年只能划归第一阶段，是练笔模仿时期。从 1829 年开始，丘特切夫基本进入独创、成熟阶段。

---

① 《丘特切夫诗选》，查良铮译，外国文学出版社 1985 年版，第 3 页。
② 《丘特切夫诗选》，查良铮译，外国文学出版社 1985 年版，第 171 页。

列夫·奥泽洛夫指出："在 1829—1830 年和 1834—1836 年之间，丘特切夫特别紧张地探索自己的诗歌风格。正是在这段时间形成了丘特切夫诗歌的独特个性。"① 他还指出，有三首诗是丘特切夫从古典主义走向浪漫主义，形成自己独特风格的标志。这三首诗是：1830 年的《好像海洋围抱着陆地》、1836 年的《大自然并不是你们想象的那样》、1834—1836 年的《从城市到城市……》。在这些诗里，早年明朗、和谐、宁静的世界消失了，代之而出现的是一个骚动、混乱的世界。在这个骚动、混乱的世界中，人的内心激剧冲突，与自己展开争论。唯一的慰藉是大自然，它不再是图形，也不再是死板的脸，而是像人一样的生命体，能与人对话，给人安慰。

经过紧张的探索，诗人的创作发生了巨变，从模仿而又带点独创性的诗歌中超越出来，大步向前迈进。一方面，以"我"的感受、思索以及对大自然的精细观察来探究自然、人、生命、心灵的奥秘，陶醉于自然、风景、爱情、哲理之中；另一方面，更为重要的是，充分展现了现代人骚动不安的内心世界——它失去了平衡与和谐，混沌一片，充满了惊慌、不安和疯狂。有时，诗人也象征性地表现自己原始的反抗与对革命的渴望。这样，丘特切夫就完成了从古典主义向现代诗歌的转变，从追求平衡、崇高的古典主义颂歌和宁静、和谐的田园诗转向表现心灵的骚动不宁、混乱疯狂的现代诗。这种诗，调子比较低沉，显得温柔、深沉而凄凉，富有深邃的哲理，是一种独特的哲理抒情诗。它从自然中汲取灵感，把自然与人结合为一个完美的整体，来探讨自然、人、生命、心灵的奥秘，是风景与哲学的精美的结晶。

这一时期的代表作品颇多，除上述诗歌外，还有《幻影》、《最后的激变》、《西塞罗》、《沉默吧》、《春水》、《秋晚》、《海驹》、《阿尔卑斯》、《啊，我记得那黄金的时刻》、《杨柳啊……》、《灰蓝的影子溶和了》、《紫色的葡萄垂满山坡》、《午夜的大风啊》、《我的心愿意作一颗星》、《喷泉》、《昨夜，在醉人的梦幻里》、《春》、《日与夜》……

晚期（1848—1873 年），这是创作的第三阶段，也是诗人的稳定拓展时

---

① ［俄］列夫·奥泽洛夫：《丘特切夫的诗歌》，莫斯科 1975 年版，第 50 页。

期。在这一阶段，丘特切夫的诗风继续保持中期哲理抒情诗的一面，对自然、人、生命、心灵之谜进行深入、系统的探寻，创作了一系列好诗，如《宴会终了》、《两个声音》、《看哪，在广阔的河面上》、《波浪和思想》、《树林被冬天这女巫》、《在生活中有一些瞬息》、《尽管在山谷中筑起了小巢》、《在海浪的咆哮里》、《在那潮湿的蔚蓝天穹》、《夜晚的天空是这么阴沉》、《白云在天际慢慢消溶》、《在这儿，生活曾经如何沸腾》、《失眠夜》。这些诗比前一时期写得更为深沉有力。只是越到晚年，由于亲人接二连三去世，自己的身体每况愈下，诗歌的调子也出现了越发低沉、悲观的一面，如1873 年的《失眠夜》：

> 在城市的荒原中，在深夜里，
> 有一个时刻令人沉思郁郁；
> 整个城市都铺着一层夜影，
> 到处加倍的昏黑，一切肃静
> 而沉默；月亮开始在天际呈现，
> 透过夜雾，洒下灰蓝的光线。
> 只有远方迷离的几座教堂
> 这时露出金顶，闪着忧郁的光，
> 啊，好像黑暗张着野兽的嘴，
> 阴森森的，和不眠的眼睛相对；
> 我们的心会像弃婴一般，
> 对生命，对爱情嚎叫和哭喊，
> 但有什么用？它白白在祈祷，
> 周围一切是荒凉，黑暗和寂寥！
> 可叹它的哀呼顶多也只能
> 延续一两刻，以后就衰弱，沉静。①

---

① 《丘特切夫诗选》，查良铮译，外国文学出版社 1985 年版，第 168 页。

不过，这一时期的主要成就是另外两个方面的诗歌。

一方面是著名的爱情组诗——"杰尼西耶娃组诗"。在这组诗中，丘特切夫体现了深刻的心理分析的深度及对社会控诉的深度，塑造了一个高傲的青年妇女形象。她勇敢地向上流社会挑战，为爱情建立了功勋，并且在为这一爱情的绝望的斗争中毁灭了。这是一个具有独特个性、心理学特征的深刻感人的妇女形象，她与陀思妥耶夫斯基笔下的娜斯塔西雅·费里波夫娜（《白痴》）和托尔斯泰的安娜·卡列尼娜（《安娜·卡列尼娜》）有着共同之处。在这组诗中，诗人开始向现实生活过渡，对上流社会进行了揭露、控诉，同时也真实地展现了自己与杰尼西耶娃爱情生活中的许多细节和种种矛盾心理，这与前一时期那种空灵、超脱的爱情诗，如《啊，我记得那黄金的时刻》、《对于我，这难忘的一天》，迥异其趣。

另一方面是自然风景诗。这些诗中的现实主义倾向也很明显，主要表现为风景带有突出的地方和民族特色，显得平静而深沉。皮加列夫指出："在丘特切夫后期的抒情诗中，大自然被早期所没有的俄罗斯民间色彩美化了。"[1]

此时，丘特切夫受时代潮流的影响，富有现实主义和民主主义精神，这表现在《给一个俄罗斯女人》、《世人的眼泪》、《穷困的乡村》、《归途中》等诗中。如《给一个俄罗斯女人》：

> 远远离开阳光和大自然，
> 接触不到社会和艺术，
> 没有爱情，和生活也疏远，
> 你青春的岁月如此荒芜。
> 你活跃的感情暗淡了，
> 你的幻想也不再缭绕……
>
> 你的一生悄悄地过去，

---

[1] 转引自《简明文学百科辞典》，莫斯科1972年版，第7卷，第712页。

在荒凉而无名的地方，

没有人知道你，看见你，

好像在阴暗、低沉的天上，

一缕烟云消逝得无踪

在秋日的无边的幽暗中……①

诗人以极大的同情反映了俄国妇女的被压迫地位和不幸的生活，通过一位俄国妇女概括了大多数俄国妇女的普遍命运，很有概括力，也极感人，杜勃罗留波夫在《真正的白天何时到来》一文中曾加以引用。《世人的眼泪》、《穷困的乡村》、《归途中》等诗则从不同的角度，反映了社会的贫困和被侮辱与被损害的人们的悲哀，对黑暗的现实进行了大胆的揭露。

总之，丘特切夫晚期的诗，达到了新的艺术与思想的高度。

---

① 《丘特切夫诗选》，查良铮译，外国文学出版社 1985 年版，第 82 页。

第一章

丘诗与现代人的困惑

啊，我的未卜先知的灵魂！

啊，我的焦虑不安的心丸！

仿佛处在双重生活的门槛，

你是如此不停地来回狂奔！

你是两个世界的居民，

你的白天——病态而激情吐焰，

你的梦——朦胧而充满预言，……

仿若神灵的启示的图纹……

——［俄］丘特切夫

诗唤出了与可见的喧闹的现实相对立的非现实的梦境的世界，在这世界里我们确信自己到了家。

——［德］海德格尔

丘特切夫一生，共写了将近400首诗。

丘特切夫的诗是一种哲学抒情诗，它把深邃的哲理、自然的形象、丰富的感情，通过瞬间的境界，以精练清新的形式表现出来，达到了相当的艺术高度，在俄国乃至世界诗坛史上，占据了一个独特的位置。苏联文艺学家指出："作为当今最受欢迎的诗人之一，丘特切夫暂时还是 19 世纪最费解的诗人之一……其诗作费解的主要原因之一在于这位天才诗人绝对独特的创作手法。他的思想是那样明显地超越了自己的时代，以至他的作品已经与 20 世纪的诗篇产生共鸣，并积极参与了当今对世界和人的认识。"① 这说明丘诗具有强烈的现代意识。

的确，丘诗深刻、系统地探索了人、自然、生命、心灵的奥秘，充分表现了现代人骚动不宁的内心世界——它失去了平衡与和谐，混沌一团，充满了惊慌、不安与疯狂，进而积极参与了当今时代对世界和人的认识，这使得我们 20、21 世纪的读者读这位 19 世纪古典诗人的诗就像读同代人的诗一样。

文学是人学。随着社会的日益发展，文明的日益进步，人类对自身本质问题的思考也越发摆到议事日程上来了。文学是人认识自己的强有力的工具，对人的本质问题的思考更是列为重点。而哲学研究的正是人的本质问题，因此，现今世界各国文学与哲学的结合已呈现水乳交融之势。文学哲学化，可以说是 20 世纪以来世界文学现代性的一种标志，如存在主义哲学与文学，尤其是萨特、加缪等人的哲学与文学密不可分，他们的文学即为其哲学。

飞白先生指出，丘特切夫"用抒情诗回答着哲学的问题"②。丘诗与德国古典哲学家谢林的"同一哲学"密切相关。丘特切夫以自己独特的个性气质与丰富的感情融合了谢林哲学，同时创造性地加以背离，以诗长期、系统地探索人、自然、生命、心灵之谜等本质问题，从而形成了自己独特的诗与哲学的结晶，实现了诗与哲学的圆满融合，从而具有了 20、21 世纪的文学的现代性。

丘诗的现代性不只是诗与哲学的结合，更重要的是这种诗与哲学的结晶品在思想内容方面所表现的现代意识，即以诗对人、自然、心灵、生命之谜等人的本质问题进行执著、系统的探索，用抒情诗回答哲学的问题，并超前

---

① 转引自吕进主编《外国名诗鉴赏辞典》，河北人民出版社 1989 年版，第 529 页。
② 《诗海》现代卷，飞白著译，漓江出版社 1990 年版，第 804 页。

地在某些方面表现了现代人心灵的困惑。

一、自然意识中的矛盾与困惑

丘特切夫终生热爱自然，即使身处慕尼黑、彼得堡这样的大都市，他也总是想方设法外出旅行，以求回归自然。他对自然有细致敏锐的观察，更以一种深刻的哲学思想去理解大自然，并试图从中寻找到人生的安顿。他长期在对自然的观察与对人、生命、自然、心灵之谜的探索中努力，并且终生乐此不疲。长期的探索，形成了丘诗独特的自然意识。而其自然意识中所体现出的矛盾乃至困惑，由于其超前性、深刻性，与 20、21 世纪基本合拍，具有突出的现代感。

丘诗自然意识中的矛盾与困惑主要表现在以下两个方面。

第一，在永恒自然面前的矛盾与困惑。

当自然作为部分，处于不断变化的过程中时，丘特切夫把自然当做美景欣赏，宣称自然像人一样，有着活的灵魂，有着自己的个性、语言、生命和爱情。为此，他发表了诗歌的泛神主义宣言《大自然并不是你们想象的那样》，与不懂自然之美与生命的人争辩：

> 大自然并不是你们想象的那样：
> 它不是图形，不是一张死板的脸——
> 它有自己的灵魂，它有自己的意志，
> 它有自己的爱情，它有自己的语言……
>
> …………
>
> 你们看看树上的枝叶、花朵，
> 难道这些都是那园丁的制作？
> 你们再看母体内孕育的硕果，

难道是外界异己力量的恩泽？

…………

他们不会观察，也不会谛听，
生活在无比黑暗的小小天地。
他们认为，海浪中没有生命，
他们仅仅知道太阳不会呼吸。

光芒还没有照入他们的胸间，
他们心中的春天还没有开花。
他们四周的森林不可能交谈，
满天的繁星也只是一个哑巴！

河流和森林美妙神奇的语言，
使滂沱大雨的心房激情洋溢，
这大雨和善友好的夜间聚谈，
没有和他们细细地一起商议。

这不是由于他们自己的错误，
须知他们的器官是又哑又聋！
唉！即使大地母亲亲自来打招呼，
也不会使他们的心灵受到激动！……①

在此基础上，诗人从大自然中发现了人的生命变化与自然变化的同一性。首先，人有幼年、青年、壮年、老年，自然则有春夏秋冬四季。人有生

---

① 《丘特切夫抒情诗选》，陈先元、朱宪生译，漓江出版社1986年版，第85—86页。引用时部分地方做了改动。

老病死，自然中的万物也有生老病死。人可能突遭飞来横祸，死于非命，自然中的生命也可能横遭不测，在《恬静》一诗中，诗人就写了一棵"巨大的橡树"，"被雷击倒"这一突发事件。其次，大自然的阴晴冷热等情况可以引发人相应的喜怒哀乐之情。如《阿尔卑斯》：

> 阿尔卑斯的雪山峻岭
> 刺透了湛蓝的夜幕，
> 峰峦睁着死白的眼睛
> 给人以彻骨的恐怖。
> 虽然都在破晓前安睡，
> 却闪着威严的荣光，
> 雾气缭绕，峥嵘可畏，
> 像一群倾覆的帝王！
>
> 但只要东方一泛红，
> 死亡的瘴气便消散，
> 最高的山峰像长兄
> 首先亮出他的冠冕；
> 接着，曙光从高峰流下，
> 把辅峰也都一一点燃，
> 顷刻间，这复活的一家
> 金冠并呈，多么灿烂！……①

在《春》一诗的开头，诗人更是明确写到不管人在忍受怎样的"残酷的忧患"，但只要一碰到"初春的和煦的风"，便会立即"都随风飘去"。

由于人的生命的变化与自然的变化有着同一性，丘特切夫有时干脆把人与自然现象融合起来加以描写，使自然现象成为人的心灵与思想感情的外

---

① 《丘特切夫诗选》，查良铮译，外国文学出版社1985年版，第27页。

化，使你分不清是人还是自然现象，如《树叶》一诗中人与树叶就难以区分①。

当自然故叶已坠、新芽方萌的新陈代谢作为一个整体呈现在作为个体的诗人面前，显示出永恒循环的特点，与个体的人那生命的一次完结性形成鲜明、强烈的对照时，诗人深感自然的强大、永恒与人生的脆弱、短暂，恐惧、悲哀袭上心头，如《灵柩已经放进墓茔》：

> 灵柩已经放进墓茔，
> 人们都已聚集在墓地……
> 说话勉强，呼吸困难，
> 腐朽的气味令人窒息……
>
> 在掘开的墓穴的上方，
> 在放好的棺木的前头，
> 一位有名的博学的牧师
> 正在把祭词高声宣读。
>
> 他宣讲人生的短暂、
> 罪恶、还有基督的鲜血……
> 他把众人的心深深打动，
> 用睿智而又得体的语言……
>
> 可天空永远这样明净辽阔，
> 永远地凌驾于大地之上……
> 在蓝色的天空的深处，
> 鸟儿在飞翔、在歌唱……②

---

① 见《丘特切夫诗选》，查良铮译，外国文学出版社1985年版，第25—26页。
② 《丘特切夫诗全集》，朱宪生译，漓江出版社1998年版，第147页。

这是托尔斯泰最为推崇的两首丘诗之一（另一首是《沉默吧》），它在作为整体的永恒的自然的对照下，深刻地表现了人的短暂、渺小与徒劳的挣扎——对牧师的轻微讥讽即是揭示人力图在宗教中求得永恒与不朽纯属幻想。既然宗教无法给人安慰，使人不朽，诗人便渴望成为永恒自然的一部分，投入并融化于永恒的普在之中，在《春》一诗中，诗人先是写到春天的永恒、充实，最后希望放弃自我，融入大自然：

> 个体生活的牺牲者啊！
> 来吧，摈弃情感的捉弄，
> 坚强起来，果决地投入
> 这生气洋溢的大海中！
> 来，以它蓬勃的纯净之流
> 洗涤你的痛苦的心胸——
> 哪怕一瞬也好，让你自己
> 契合于这普在的生命！①

然而，人永远不能摆脱个体的"我"，因此，只能永远处于惊慌、恐惧、迷惑、矛盾之中。矛盾、困惑的诗人继续矛盾、困惑地努力探索着人的本质问题。

一方面，他认为，尽管自然永恒，人生短暂，但人总不能在这世上白走一趟，他得证明自己生命的价值，因此，他渴望，他斗争，他力图以自己奋斗的成果来证明生，从而否定死，超越死。这使丘诗颇具证明自我价值的现代意识。

另一方面，诗人又强烈地感到：人奋斗过了，老了，被证明了的生命的价值已随时间的流逝而渐渐模糊，甚至完全失去了意义——成长起来的年轻一代，已把上一代连同他们的时代忘得干干净净，如《不眠夜》：

---

① 《丘特切夫诗选》，查良铮译，外国文学出版社1985年版，第74—75页。

> ……我们看见自己的生活站在
> 对面，像幻影，在大地的边沿，
> 而我们的朋友，我们的世代，
> 都要远远隐没，逐渐暗淡；
>
> 但同时，新生的年轻的族类
> 却在阳光下生长和繁荣，
> 而我们的时代和我们同辈
> 早已被他们忘得干干净净！……①

在社会中这令人恐惧，在永恒的自然中，这更叫人揪心。这不仅因为在强大、冷漠甚至邪恶的自然力量前，人十分软弱无力：

> 在天然的恶毒力量面前，
> 人，沮丧地站立，
> 垂下双手，默默无言，
> 就像软弱无力的孩子。
> （《火灾》)②

更因为人的一切努力都是徒劳的，人，"不过是自然的梦"（《在这儿，生活曾经如何沸腾》)，人生则是瞬间的梦幻般短暂，甚至无所谓的，最后剩下的，只是自然那茫茫的无限与永恒（《伴我多年的兄长》)。

在这里，丘诗已迥然相异于一般浪漫主义诗人对自然的无限倾倒与顶礼膜拜，而把自然作为人的对立面，对人产生强烈的压抑感，表现了人对此产生的空虚感乃至虚无感，表现了人内心的骚动、惊慌、恐惧与矛盾，很有现代意识。更为突出的是，自文艺复兴以来，西方人发扬了古希腊哲学中

---

① 《丘特切夫诗选》，查良铮译，外国文学出版社1985年版，第10—11页。
② 曾思艺译自《丘特切夫诗歌全集》，列宁格勒1957年版，第239页。

"人是万物的尺度"的思想，宣称人是"宇宙的精华，万物的灵长"，自然的主宰，以勇敢无畏、不知疲倦的奋斗，征服大自然。启蒙运动更是把人对自然的征服作为主要目标。启蒙时代又叫理性时代，正是因为启蒙运动的旗帜就是理性。而"理性的优先主导性的引申之一产生了一种含糊却广泛存在的对'理性'的设定。一般知识分子认定进步之为物，无非日益有效地运用理性，以控制自然与文化的环境"①。笛福的《鲁滨逊漂流记》、歌德《浮士德》的结尾，都肯定甚至宣扬了人对大自然的征服。而丘特切夫却认为人只是大自然的一部分，必须顺应自然，投身自然，以求得人与自然的新和谐。在今天，饱受环境污染与自然报复的现代人，不再盲目地以自然的主人自居，而强调人也是自然整体的一个组成部分，万物平等，人必须与自然友好和谐地相处。丘诗在某种意义上早已超前表达了现代人的心声。

对自然的矛盾、困惑，使丘特切夫有时不禁对大自然产生怀疑，如《大自然，这个古怪的斯芬克斯》：

> 大自然，这个古怪的斯芬克斯，
> 老爱用自己的考验把人们折腾，
> 哦，也许自从世界第一日开始，
> 就没有什么谜语藏在它的心中……②

怀疑自然是否存在奥秘与神秘性，从而产生了与自然的疏离感。进而，产生了本体论上的非理性的神秘主义。在《沉默吧》一诗中，他宣称心与心无法沟通，你的心事别人不能懂得，"说出来的思想已经是谎言"。飞白先生对此诗曾进行过精辟的论析："这首名作不仅表现了现代西方的异化主题，同时也深刻地表现了丘特切夫对'存在'的本体的态度。诗人认为：思绪之所以不能让人理解，不仅由于社会的庸俗和肤浅，其更本质的原因是

---

① ［美］艾恺：《世界范围内的反现代化思潮——论文化守成主义》，贵州人民出版社1999年版，第9页。
② 《丘特切夫抒情诗选》，陈先元、朱宪生译，漓江出版社1986年版，第241页。

理性的词句在说明非理性世界（包括外在世界和内心世界）时的无能为力。能说明神秘的无底深渊的，唯有沉默，唯有心灵与宇宙的沉默的契合。"①

因此，丘特切夫转而致力于挖掘内心世界的奥秘，通过内心世界与宇宙世界本体契合瞬间的潜意识、梦幻等来展示心灵、自然、宇宙的深渊与混沌，充满了非理性、无意识的内容。如《好像海洋围抱着陆地》：

好像海洋围抱着陆地，
尘世的生命被梦笼罩；
黑夜降临——自然的伟力
击打着海岸，以轰鸣的波涛。

它在逼迫我们，乞求我们……
魔魅的小舟已从码头扬帆；
潮水飞涨，迅疾地把我们
带到黑浪滚滚的无垠深渊。

星星的荣光灼灼燃烧的苍穹
从深处神秘地向下凝眸，——
我们浮游着，深渊烈火熊熊，
从四面八方包围着小舟。②

诗中明确指出生命被梦围抱，并写到无垠、深渊、夜间的海洋，它们构成非理性的一切。

关于丘诗的非理性、无意识内容，俄中学者已多有论述。如俄国宗教哲学家弗兰克指出："他的全部抒情诗都贯穿着诗人面对人的心灵的深渊所体

---

① 飞白：《试论现代诗与非理性》，载《外国文学评论》1987 年第 2 期。
② 曾思艺译自《丘特切夫诗歌全集》，列宁格勒 1957 年版，第 112—113 页；或见《丘特切夫哲理抒情诗选》，曾思艺译，载《诗歌月刊》2009 年第 7 期下半月刊（总第 104 期）。

验到的形而上学的颤栗，因为他直接感受到人的心灵的本质与宇宙深渊、与自然力量的混沌无序是完全等同的。"① 飞白先生也认为，丘特切夫的"全部诗歌创作，仿佛就是一座沟通理性与非理性、意识与无意识的桥梁。他的诗中，汪洋梦境在生活的四周喧哗，混沌之世在我们的脚下晃动，无声的闪电在天边商议神秘的事情，秋景的微笑露出了'面临苦难的崇高的羞怯'……通过他的笔触，一切事物都获得新的神秘的光彩"②。

第二，人在宇宙中无所适从的尴尬局面。诗人终生热爱自然，研究自然，并通过自然去研究人、心灵和生命之谜。可自然是如此神秘深沉，充满了如此多的不解之谜，诗人越研究，越感到疑惑，以致不得不发出浩叹："大自然，这个古怪的斯芬克斯，总爱用自己的考验把人们折腾。"由疑惑产生恐惧，进而发现人在宇宙中无所适从的尴尬局面。

由于受谢林哲学的影响，丘特切夫的宇宙往往体现为"深渊"与"混沌"。他既爱这个"深渊"或"混沌"，又害怕它们。这种又爱又怕的矛盾充分体现了人在宇宙中无所适从的尴尬局面，并促使他一再描写黑夜。

在他看来，白昼是一幅金线编织的帷幕，而"夜"比白昼要真实而有活力得多，因为它来自那个神秘的"混沌"世界，显露了那个万物从中诞生的"无底的深渊"，但诗人对此又深感恐惧，因为黑夜袒露了"混沌"世界的全部"恐惧与黑暗"，而自己与黑夜之间却"没有遮拦"。如《日与夜》：

为这神秘的精灵的世界，

这无可名状的无底深渊，

由神的至高旨意盖上了

一层金色的帷幕——白天。

白天啊，这幅璀璨的画帷，

白天啊，你医治病痛的心魂，

① ［俄］弗兰克：《俄国知识人与精神偶像》，徐凤林译，学林出版社1999年版，第18页。

② 飞白：《试论现代诗与非理性》，载《外国文学评论》1987年第2期。

> 你给世间万物充满生气，
>
> 人和神都把你当做友人！
>
> 但白天消逝了——黑暗降临；
>
> 夜来了，就把恩赐的彩幕
>
> 一下子拉开，使无底的深渊——
>
> 使那致命的世界赫然暴露
>
> 在我们眼前，于是我们看见
>
> 它那幽暗的、可怕的一切，
>
> 而我们面对它，又没有遮拦——
>
> 这就是何以我们害怕黑夜！①

在《午夜的大风啊》一诗中，他对午夜更加明显地表现出自己这种无所适从的两难心境。一方面，午夜的大风唱着歌，在对人暗示着"那原始的混沌"，人的心灵"感到多么亲切，听得多凝神"；另一方面，诗人又深感忧惧，请求午夜的大风别唤醒"沉睡的风暴"，因为它的下面正蠕动着使人浑身战栗的地狱。② 实际上，这地狱就是人骚动的隐秘的内心世界。正如弗兰克指出的那样："夜风的呼号与灵魂深处的忧伤的倾诉，都是同一宇宙存在本质的表现。自然的杂乱无章——我们的母亲怀抱——隐藏在我们自己的心灵深处，因此尽管它不可得见，却仍然在每个人心中引起反响。"③

在《庄严的夜从地平线上升起》一诗中，诗人高度集中而又生动形象地展现了人在宇宙中无所适从的尴尬局面：

> 庄严的夜从地平线上升起，
>
> 可爱的白日啊，我们的慰安，

---

① 《丘特切夫诗选》，查良铮译，外国文学出版社1985年版，第76页。

② 见《丘特切夫诗选》，查良铮译，外国文学出版社1985年版，第55页。

③ [俄] 弗兰克：《俄国知识人与精神偶像》，徐凤林译，学林出版社1999年版，第19页。

立刻像一幅金色的画帷

被它卷起，露出无底的深渊。

外在的世界梦幻似地消失……

而人，突然像孤儿，无家可归，

只有站在幽暗的悬崖之前

软弱无力，赤裸裸地颤巍。

智力已无用，思想失去了依据，

他只有靠自己了，因为外间

再也没有任何支持或藩篱，

唯有心灵，像深渊，任由他沉湎……

现在，一切明亮、活跃的感印

对他都好似久已逝去的梦……

而那不可思议，幽暗和陌生的，

他看到：原来是久远的继承。①

　　这种在宇宙面前无家可归的"孤儿感"，入木三分地表现了人无所适从的尴尬局面。读惯了以各种荒诞手法来表现人在宇宙中无所适从的尴尬局面的现代读者，读到这些诗，自然备感亲切，而诗中对沉入自我心灵的强调也颇合 20、21 世纪读者的胃口。

　　总之，丘诗既表现了回归自然、顺应自然的思想，又表达了与自然疏离甚至与上帝疏离、沉入自己内心世界的观念。这与 20、21 世纪是完全合拍的。

　　由于高扬理性，大力发展科学技术，疯狂掠夺大自然，当今世界已出现严重的环境污染与能源危机，以致有识之士发出了"救救地球"的呼声。人们开始改变以自然的主人自居的态度，而提倡回归自然，顺应自然，与自然友好和谐地共同生存。

　　与此同时，现代世界也继续存在着人与自然疏离、人与上帝疏离的突出

────────────

① 《丘特切夫诗选》，查良铮译，外国文学出版社 1985 年版，第 83 页。

现象。理性与自然科学的辉煌胜利，使"人再也看不到世界和自然的奥秘和神秘性，人和最高的真实失去了接触。古人经由神秘知识，诗人经由想象，哲学家经由他们整体性的理解，都和这最高的真实有所接触。今天是有史以来人类头一回除了他自己和他自己的产品外无以所对。现代人甚至和他内心的自我都失去了接触，科学和科技用人自己的构式和发明，计划和目标来阻挡人，以至于现代人只能够从理性的构思和实用性的观点来看自然。今天，一条河在人看来只是推动涡轮机的能源，森林只是生产木材的地方，山脉只是矿藏的地方，动物只是肉类食物的来源。科技时代的人不再和自然做获益匪浅的对话，他只和自己的产品做无意义的独白"①。因而，人们纷纷潜入内心世界。

丘诗自然意识中所表现的非理性与本体神秘观，及强调从内心出发认识世界，也为现代科学所证明。

启蒙精神奠基其上的古典科学，认为一切都是客观的、绝对确定的，只要理性的光芒照彻世界的一切黑暗角落，人类就会进入明晰、美好的新世界。然而，现代科学的发展，使古典科学的基础土崩瓦解。"曾经是科学基础的确定性，而今一去不复返了"②。

爱因斯坦的相对论否定了牛顿的脱离物质的绝对时空观，有力地证明了时空的相对性、可变性，即时空不仅随物质运动状态的改变而改变，而且与物质分布的密度，即引力场强度密切相关③。

普朗克量子力学的研究表明，微观客体具有量子性、波粒二象性、几率性和不确定性等宏观客体不具有的本质特征，客体的运动和转变不是连续的、有规律的，而是不连续的、跳跃式的突变。这就揭示了微观物体运动的或然性，动摇了经典物理学中的机械决定论④。

玻尔进一步在波粒二象性和测不准关系的基础上，提出"互补原理"：人参与自然现象的创造，人从内心出发意会外在世界，"实在"并非纯客观

① ［德］孙志文：《现代人的焦虑和希望》，陈永禹译，三联书店1994年版，第67—68页。
② ［美］克威利克：《爱因斯坦与相对论》，赵文华译，商务印书馆1996年版，第145页。
③ 参见刘大椿、何立松主编《现代科技导论》，中国人民大学出版社1998年版，第45—53页。
④ 参见刘大椿、何立松主编《现代科技导论》，中国人民大学出版社1998年版，第53—65页。

的东西，而是主客合致、天人共缔①。

　　数学家哥德尔于1931年证明演绎推理不完备，不能保证所有系统的真理性。图灵证明有限时间内无法确定一个数学命题的真伪。葛里高里·柴依亨提出"算法信息论"：由于自然界深处所隐藏的不定性与随机性，数学逻辑的可靠性已大为降低。以《时间简史》闻名中国的科学奇才斯蒂芬·霍金认为，量子不确定性引起物质、能量、时空结构涨落不定，因此整个宇宙飘忽不定，客观真理不可捉摸。1996年，专业作者詹恩·霍根访遍当今世界级科学名家，写成《科学的终结——科学没落时代面临的知识极限》一书，向人们展示了延续几个世纪的科学梦的破灭，转而诉诸心灵的、诗意的神秘体验：在一次入静忘我的经历中，他顿悟出人类理性外向征伐、诛求无度，使天人两分、物我对抗，人类和自然面临被摧毁的危险处境，从"与天地共存、与万物为一"的诗意心境中遥遥瞥见了一个广阔安详的生命家园和灵魂家园，并呼吁世人反思生命的真正根基②。

　　可见，颇具超前意识、沉入内心世界的丘诗，在某种程度上只能为20世纪及其以后的时代所真正理解，并获得应有的评价。

二、社会意识中的异化与孤独

　　丘诗中的社会意识颇为复杂。一方面，他鉴于俄国长期受农奴制的压迫与束缚，过于重视专制王权，强调集体利益，蔑视个人人格（这在中世纪著名史诗《伊戈尔远征记》中就已有所表现，史诗号召王公贵族为了俄罗斯而团结起来，共御外敌，认为伊戈尔冒险远征，是不明智的个人英雄主义行为③），亟须

---

① 参见纪树立：《两种文化间的彷徨》，载《读书》1997年第8期。
② 参见纪树立：《两种文化间的彷徨》，载《读书》1997年第8期。
③ 详见曾思艺：《反对个人英雄　宣扬集体团结　表现爱的力量——也谈〈伊戈尔远征记〉的主题》，载《邵阳学院学报》2010年第1期；或见曾思艺：《俄苏文学及翻译研究》，中国社会科学出版社2011年版，第1—11页。

个性与自由，因此，他主动接受西欧思想的影响，主张发展个性，追求自由。这样，他极力反对压抑人的主动性和个性的黑暗、严酷的社会，愤怒地谴责"在俄国一切办公室和营房都随着鞭子和官僚运转"。另一方面，他长时间生活于西欧，发现过分高扬个性从而导致个性恶劣膨胀的弊端——形成极端的自我主义，一切以自我为中心，损害集体，祸及他人，因此又反对个性的过分发展，而主张俄罗斯式东正教的道德修养与集体主义。

丘诗社会意识中最具现代意义的，主要表现如下。

一是人的异化。德国古典哲学以对工业文明的忧虑和反思为重要标志，费希特、谢林在科学技术、工业文明对人的异化问题上做出了积极、深入的思考。诗人、戏剧家、美学家席勒对此更是做出了全面、深刻的反思，指出现代社会把人变成了一个"断片"。丘特切夫深受德国哲学与文学影响，又在西欧生活长达 20 多年，对此不仅有书本的感悟，更有现实的目睹。

当时的欧洲经历了法国革命，一切旧的秩序已被粉碎，新的秩序正在建立，整个欧洲还处于动荡之中。作为一个天才的诗人，丘特切夫既深深感到工业文明所带来的人的异化，又敏锐地意识到社会现实秩序的脆弱，预感到社会巨变即将来临，从而产生一种空虚与孤独之感。这种空虚与孤独感，更进一步加深了诗人对异化的全面理解。

丘诗中的异化主题包括两个方面。

一方面，是社会对人的异化。在西欧，是资本主义工业文明把人变成孤零零的断片，随着不断运动的生活传送带与工业大机器不由自主地旋转、运动。而在当时的俄国，则到处是死一般的沉寂，如《在这儿，只有死寂的苍天》：

在这儿，只有死寂的苍天
委顿地望着贫瘠的大地——
在这儿，疲倦了的大自然，
堕入铁一般沉重的梦里……

只有白桦在这里那里，

> 或是灰苔，或是矮树林，
> 好像热病患者的梦呓
> 惊扰这死沉沉的寂静。①

一切，都被监禁在贫困之中，毫无生气，如《归途中》：

> 这里没有任何生息、色彩和活力——
> 生命消失了——屈从于
> 命运的摆布，在一种疲惫的昏迷里，
> 这里的人只是在发出梦呓。
> 他们的目光像白昼里的光一样暗淡，
> 就是看见过去也是满怀狐疑……②

在西欧、在俄国，社会都是严酷的。丘特切夫发现，在这个严酷的世界里，人们的一切都深深异化了。人的主动性、人的个性化被异化了，因为一切都被预先规定好了，如《喷泉》：

> 看啊，这明亮的喷泉，
> 像灵幻的云雾，不断升腾，
> 它那湿润的团团水烟，
> 在阳光下闪闪烁烁，缓缓消散。
> 它像一道光芒，飞奔向蓝天，
> 一旦达到朝思暮想的高度，
> 就注定四散陨落地面，
> 好似点点火尘，灿烂耀眼。
>
> 哦，宿命的思想喷泉，

---

① 《丘特切夫诗选》，查良铮译，外国文学出版社1985年版，第17页。
② 《丘特切夫诗全集》，朱宪生译，漓江出版社1998年版，第341页。

> 哦，永不枯竭的喷泉！
>
> 是什么样不可思议的法则
>
> 使你永远激射和飞旋？
>
> 你多么渴望喷上蓝天！
>
> 然而一只无形的命运巨掌，
>
> 却凌空打断你倔强的光芒，
>
> 把你变成纷纷洒落的水星点点。①

  一方面是无穷无尽、永不枯竭、充满活力的人类思想（人的主动性与个性的化身），它激射着、飞旋着，奔向朝夕思慕的高空——蓝天；另一方面，一只无形的命运巨掌早已设定了它的进度与高度，会凌空打断其倔犟的光芒，使之注定化为纷纷洒落的水星点点。

  人的活动，人的个性也是如此。如《杨柳啊……》一诗：

> 杨柳啊，是什么使你
>
> 对奔流的溪水频频低头？
>
> 为什么你那簌簌颤抖的叶子，
>
> 好像贪婪的嘴唇，急欲
>
> 亲吻那瞬间飞逝的清流？……
>
> 尽管你的每一枝叶在水流上
>
> 痛苦不堪，颤栗飘摇，
>
> 但溪水只顾奔跑，哗哗歌唱，
>
> 在太阳下舒适地闪闪发光，
>
> 还无情地将你嘲笑……②

---

① 曾思艺译自《丘特切夫诗歌全集》，列宁格勒 1957 年版，第 148 页；或见《丘特切夫哲理抒情诗选》，曾思艺译，载《诗歌月刊》2009 年第 7 期下半月刊（总第 104 期）。

② 曾思艺译自《丘特切夫诗歌全集》，列宁格勒 1957 年版，第 139 页；或见《丘特切夫哲理抒情诗选》，曾思艺译，载《诗歌月刊》2009 年第 7 期下半月刊（总第 104 期）。

　　一股溪流从旁边经过，而杨柳俯身也不能触及它，并非杨柳想要俯身，而是某种外在的力量使它俯身又注定它够不到水流。在严酷的社会里，人的生活、人的个性不也如此？生活迫使你去渴望，迫使你去追求，又往往注定你徒劳无功，这就是人生的悲剧！这也是当时"一切办公室和营房都随着鞭子和官僚运转"、一切都"堕入铁一般沉重的梦里"的俄国以及当时工业文明正大力向前发展、人已变成"整体一个孤零零的断片"的欧洲社会里的人被异化的必然归宿。而这在当时是相当可怕的，康德早已指出："再没有任何事情会比人的行为要服从他人的意志更可怕了。"①

　　另一方面，在此基础上，丘特切夫进一步表现了人与人相互关系的异化，即人与人的疏远化、孤立化，无法沟通思想感情，而这是 20 世纪文学尤其是现代派文学的中心主题。这方面的典范之作是《沉默吧》一诗：

<blockquote>
沉默吧，隐匿并深藏

自己的情感和梦想——

一任它们在灵魂的深空

仿若夜空中的星星，

默默升起，又悄悄降落，——

欣赏它们吧，——只是请沉默！

你如何表述自己的心声？

别人又怎能理解你的心灵？

他怎能知道你深心的企盼？

说出来的思想已经是谎言。

掘开泉水，它已经变浑浊，——

尽情地喝吧，——只是请沉默！

要学会只生活在自己的内心里——
</blockquote>

①　转引自［英］罗素：《西方哲学史》下卷，马元德译，商务印书馆1996年版，第247页。

那里隐秘又魔幻的思绪

组成一个完整的大千世界，

外界的喧嚣只会把它震裂，

白昼的光只会使它散若飞沫，

细听它的歌吧，——只是请沉默！①

飞白先生对此诗论述道："在哲学上，他（丘特切夫——引者）觉得社会的人际关系对人来说已成了异己的力量，人已无法与人沟通和实现交流。他终于发出了'沉默吧'的沉痛的呼吁：满腔感情已不能再托付给别人了，因为你的热情将被看做伪善，你的忠诚将被讥为愚蠢，你的信赖将会受人欺骗，你的爱心将会换来冷酷。那么，把炙热而闪光的感情与梦想都深深地隐匿起来吧，让它们自生自灭吧。再没有别人来欣赏它们了，只有你自己爱抚地观赏它们像美丽的星座一般冉冉升起，只有你自己默默地目送它们在西方徐徐沉没……"②

二是孤独与困惑。丘特切夫具有十分强烈的孤独意识，并在诗歌中鲜明地表现出来。

这种孤独意识的产生，有着多方面的原因。

其一，这是西方文化发展的必然结果。如果说东方是强调群体的文化，那么，可以称西方为重视个体的文化。古希腊时期即强调"认识你自己"，突出了个体生命的自我性。德谟克里特和伊壁鸠鲁的原子论，认为世间万物都由不可分割的单个原子构成，更是为个体的独立性奠定了自然哲学理论基础。个体一旦有了突出的独立性，也就挣脱了群体的过分束缚，获得自由，与此同时，也带来了孤独———一切，全靠个体自己去应付，"我"活着的意义便是独自承担一切烦恼乃至死亡。中世纪以来形成的"神、人、自然相分"的传统，进而培养了西方人在独自向上帝悔罪时对孤独的理解和需要——只有从自然中分裂、独立乃至超越出去，才有希望接近神，或者说与

---

① 曾思艺译自《丘特切夫诗歌全集》，列宁格勒1957年版，第126页。

② 飞白主编《世界名诗鉴赏辞典》，漓江出版社1989年版，第234—235页。

上帝合一。近代以后，随着科学的发展，人们不再试图在人类与宇宙之中寻找神或上帝，再也无须神或上帝的保护。这样，人的孤独感便比以往任何时候都要强烈。一时之间，表现孤独感的作品充斥欧洲。"世纪病"（孤独、忧郁、厌世）在 19 世纪流行世界。丘诗的孤独意识是西方文化及 19 世纪潮流的必然产物。

其二，与丘特切夫本人密切相关。丘特切夫从小志向远大，渴望建功立业，成年后一直试图在政治方面有所成就，思考了不少问题，撰写了不少论著及论文，希望引起沙皇政府的重视，甚至经常出入贵族沙龙，在那里宣讲自己的政治主张，力求通过贵妇人、官吏们而影响沙皇，但收效甚微，这使他必然产生一种"英雄无用武之地"的冷落感，长久的冷落感必然诱发孤独意识的萌生。丘特切夫又是一个思想深刻的人，尽管他的睿智风趣、博雅健谈赢得了不少崇拜者，但真正理解他的人却寥寥无几，鲍特金指出："来访的男人与女人中没有任何人……感觉和理解他诗中的诗意。"① 列夫·托尔斯泰 1873 年 2 月在致 A. A. 托尔斯泰娅的信中也谈道："您不会相信——我和他一生中只见过十余面：但我爱他，并且认为他是那种无法计量地高出于所生活的庸众中的人们中不幸的一个，所以永远是孤独的。"②

尽管丘特切夫的孤独意识的产生有其自身的原因，也是时代大潮推涌的结果，但其深刻的思想性与独特的感受性，表现在其诗中，却颇具现代意识。

首先，丘诗表现了在永恒自然前的孤独。

丘特切夫从小热爱自然，成年后更是酷爱自然。然而，在自然中，他发现时空长存，自然永恒，春夏秋冬，循环往复，而人生却极其短暂，自然对此则冷漠无情，如《春》：

> 美好的春天……她不知有你，
> 也不知有痛苦和邪恶；

---

① 转引自［俄］皮加列夫：《丘特切夫的生平与创作》，莫斯科 1962 年版，第 181 页。
② 转引自［俄］皮加列夫：《丘特切夫的生平与创作》，莫斯科 1962 年版，第 180 页。

她的眼睛闪着永恒之光，

从没有皱纹堆上她前额。

她只遵从自己的规律，

到时候就飞临到人间，

她欢乐无忧，无所挂碍

像神明一样对一切冷淡。

她把花朵纷纷洒给大地，

她娇艳得像初次莅临；

是否以前有别的春天，

这一切她都不闻不问。

天空游荡着片片白云，

在她也只是浮云而已，

她从不想向哪儿去访寻

已飘逝的春天的踪迹。①

　　面对自然永恒，时光流逝，人世沧桑，人生短暂，诗人不由自主地产生了人事无常的孤独感。它具体表现在以下两个方面。

　　一是自然永恒、人世沧桑的孤独感。在永恒的大自然中，随着物转星移、人事变迁，人的努力、人所建立的功业转瞬即逝，甚至人所创造的辉煌文明也脆弱不堪，顷刻之间变成废墟或化为荒漠，人因而产生强烈的孤独无助感和渺小感，如前述之《一八一六年新年献辞》、《不眠夜》、《在这儿，生活曾经如何沸腾》。

　　二是亲友死亡所带来的孤独。亲友是人生的伴侣，也是使人快乐或忧患的社会关系。亲友的死亡，既使人意识到死亡冷森森的黑舌头时刻在眼前晃动，在痛悼亲友的同时忧惧着自己，更重要的是伴随着自己多少年的亲友突然离去，心灵中突然显得空空荡荡，极易使人产生世道无常、人生短促的悲

---

① 《丘特切夫诗选》，查良铮译，外国文学出版社1985年版，第73—74页。

哀，陷入深深的孤凄之中，产生强烈的孤独感。如《伴我多年的兄长》：

> 伴我多年的兄长，
> 你去了，朝我们都要去的地方，
> 如今我在光秃的山头上
> 独自站立，四周一片空荡荡。
>
> 在这里独自站立了多长时间？
> 年复一年——仍将是空虚一片，
> 如今我望着这茫茫的黑夜，
> 四周的一切，我自己无法分辨……
>
> 一切都消失殆尽，连痕迹都没有！
> 有我还是无我——哪儿又会需要什么？
> 一切都将如此——暴风雪依然这样悲号，
> 依然是这样的黑暗，笼罩草原的四周。
>
> 日子剩下不多，用不着算计，
> 蓬勃焕发的生命早已完结，
> 前头已经没有了路，而我已
> 站在那注定的不幸的跟前。①

　　丘诗这种在永恒自然面前所产生的压抑与孤独之感，及投入自然以求永恒的思想，既与中国古人在时空长存的压力下所产生的孤独颇为相似，又带有较浓的现代色彩。

　　庄子指出，人处于茫茫宇宙中，在空间上只是巍巍大山中的一块微不足道的小石小木（《庄子·秋水》：“吾在天地之间，犹小石小木之在大山也，

---

① 《丘特切夫诗全集》，朱宪生译，漓江出版社1998年版，第500页。

方存乎见少，又奚以自多！计四海之在天地之间也，不似垒空之在大泽乎？中国之在海内，不似稊米之在大仓乎？")；在时间上则如白驹过隙，一闪即逝（《庄子·知北游》："人生天地之间，若白驹之过隙，忽然而已。"《庄子·盗跖》："天与地无穷，人死者有时，操有时之具，而托于无穷之间，忽然无异骐骥之驰过隙也。"）。陈子昂《登幽州台歌》表达得更为简洁警醒："前不见古人，后不见来者，念天地之悠悠，独怆然而涕下。"苏轼在《前赤壁赋》中也表示了类似的思想，他借客人之口大发感叹："寄蜉蝣于天地，渺沧海之一粟，哀吾生之须臾，羡长江之无穷。"丘诗显然与此近似。

但丘特切夫进而表现了那种具有强烈自我意识的孤独，明确表示要摒弃自我，融入普在。这使他超越了中国古人，而具有现代意识。中国古人由于受制于家庭、群体、国家，更有"天人合一"的传统，自我意识很不鲜明，偶有自我意识，一遇痛苦，即从哲学的高度开悟自己，并投身自然，以求"天人合一"。如苏轼在《前赤壁赋》中，面对客人那自然永恒、人生短暂的感叹，始以"变"与"不变"的哲理开悟之，进而鼓吹逍遥于自然，怡然忘情："客亦知夫水与月乎？逝者如斯，而未尝往也；盈虚者如彼，而卒莫消长也。盖将自其变者而观之，则天地曾不能以一瞬；自其不变者而观之，则物与我皆无尽也，而又何羡乎？且夫天地之间，物各有主，苟非吾之所有，虽一毫而莫取。惟江上之清风，与山间之明月，耳得之而为声，目遇之而成色；取之无禁，用之不竭，是造物者之无尽藏也，而吾与子之所共适。"现代人的自我意识很强，又有悠久的征服自然的传统，很少意识到自己是自然的一部分。当前，一些有识之士呼吁世人，重新调整人与自然的关系，认清人只是自然的一部分，应遵从自然规律，须顺应大自然，从而与自然和谐生存。丘诗宣扬人是自然的一部分，鼓吹摒弃自我，投身普在，确有现代色彩。

其次，丘诗表现了人性异化中的孤独。

俄罗斯是一个重视集体、讲究亲情的宗法社会。然而，随着个人意识的觉醒，随着西欧资本主义的影响，人与人原先具有的那种和谐、友爱的亲密关系被破坏了，人们相互疏远，各自为生计、前程奔忙，甚至自私自利，损人利己。西欧个人主义的泛滥更是令人害怕。

在西方高扬自我、追求自由的思想影响下，在泛神主义思想影响下，丘特切夫曾一度改变早期即有的对宗教的虔诚，而追随海涅，宣称：上帝死了，撒旦也已死了。如他曾借海涅《当模糊的忧伤潜入心底》一诗的自由移译表达自己类似的心声：

> 当模糊的忧伤潜入心底——
> 我便把古老的岁月回忆：
> 那时一切都是如此舒适，
> 人们都好像生活在梦里。
>
> 而今天的世界似乎都已崩溃，
> 底在上面，一切都乱了阵脚，
> 在天上，上帝已经不在了，
> 在地狱，撒旦已经死了。
>
> 人们多么勉强地活在世上，
> 到处是分裂，到处是争斗，
> 假如爱人对我没一点爱情，
> 我早已不再在人世逗留。①

一个早年深受宗教影响的人，突然之间发现上帝死了，人成了无依无靠的孤儿，再没有人为他指明奋斗的方向，再没有一种可以保护、遮庇他的强大力量，他跌入一个浓雾重重的世界，辨不清方向，理不出思绪，就像突然脱离脐带的婴儿一样，裸露着面对陌生的、异己的茫茫世界。这使他不能不深感孤独。

---

① 《丘特切夫诗全集》，朱宪生译，漓江出版社 1998 年版，第 58 页。引用时对诗的结尾有所改动。

海涅至少还能把希望寄托在爱情上，爱情给了他生存的力量。而丘特切夫则感到，人与人之间已无法沟通——不仅因为你的心事别人不愿也难以理解，而且因为语言难以表达真正的心声，说明对世界的认识（"说出来的思想已经是谎言"）。即使爱情也不再能给人慰藉，也已随风远去。《从城市到城市……》一诗非常集中地表达了诗人复杂、孤独的内心：

> 从城市到城市，从乡村到乡村，
> 命运如同旋风一样席卷着人们，
> 它从不管你是高兴还是不高兴，
> 它需要的就是——前进，前进！
>
> 风儿给我们送来了熟悉的声音：
> 啊，别了，别了，最后的爱情……
> 我们身后是太多太多的泪水，
> 我们前面是一片一片的烟尘！
>
> "回头看一下吧！停一停！
> 为什么要跑？要往哪儿奔？
> 爱情已落在了你的身后，
> 世上还有什么比它更加迷人？
>
> "爱情已落在了你的身后，
> 你眼中泪水模糊，胸中充满痛苦……
> 啊，去怜悯一下自己的忧愁，
> 啊，去珍惜一下自己的幸福！
>
> "回忆一下，去回忆一下
> 那多少个幸福的日日夜夜，
> 这一切对你是多么的亲切，

而你却要把它抛弃在路边！"

不要让时间唤起旧日的阴影，
这样每一分钟都会觉得沉重。
生活中越是充满着美好温存，
过去就会显得更加可怕阴森。

从城市到城市，从乡村到乡村，
命运如同旋风一样席卷着人们，
它全然不问你高兴还是不高兴，
它知道的就是——前进，前进！①

　　这是丘诗中期转折的突出标志，充分表现了孤独者内心的混乱——爱情已随风远去，前途一片迷茫（身后是太多的泪水，前面是一片片烟尘），搞不清为什么要跑，要往哪儿跑，于是，他在内心与自己展开争论，既想沉浸在心灵对过去的回忆中，又深恐这样一来生活的每一分钟反而会更加沉重。这份孤独感，这种对人的内在心理矛盾的生动揭示，只是在几十年后陀思妥耶夫斯基、托尔斯泰、屠格涅夫的小说中才可见到，在诗歌中则直到 20 世纪勃洛克等人的作品中才会出现。可见它极富超前性与现代感。

　　由于在外部世界中无法找到慰藉，孤独的诗人只好转向内心，在《沉默吧》一诗中他宣称要学会只在内心里生活，在《我的心是灵魂的乐土》中他更是孤独地、自得其乐地陶醉于自己的内心世界——这灵魂的乐土和天堂：

我的心是灵魂的乐土，
我静穆、光明而美丽的天堂，
它既不受狂热年代意志的摆布，

---

① 《丘特切夫诗全集》，朱宪生译，漓江出版社 1998 年版，第 127—128 页。

也漠然于快乐或忧伤。

我的心是灵魂的乐土，

心啊，你和生活截然不同！

你把这一群无知无觉之物

变为逝去的美好时光的幻影！……①

然而，丘特切夫在这方面也是矛盾而困惑的。他既热爱孤独，尽情沉溺于内心，在灵魂的乐土与天堂里逍遥，又特别害怕孤独，力求逃避孤独。他一生中逃避孤独的方法主要有：

第一，摒弃自我，投入普在，在自然中寻求一种遗忘一切的精神慰藉（详见上述）；

第二，试图以诗歌来排除孤独，超越孤独——他不仅力求像贺拉斯一样以诗歌为自己建立一座纪念碑，而且更主要的是把诗歌当做自我倾诉内心、探索生命奥秘的法宝，尝试通过对内心郁结情感的自我倾诉与宣泄来排解孤独，通过对生命奥秘的探索来把握生命、宇宙、心灵的奥秘，找到人与自然和谐的办法，到晚年，他更是希望通过诗歌寻找知音，消解孤独，在1866年的《当一颗心灵对我们的话语》一诗中他写道：

当一颗心灵对我们的话语

赞许地加以回应——

我们再无须任何别的奖励，

我们已心满意足，深深庆幸。②

在1869年的另一首诗中他甚至认为：

---

① 曾思艺译自《丘特切夫诗歌全集》，列宁格勒1957年版，第145页。

② 曾思艺译自《丘特切夫诗歌全集》，列宁格勒1957年版，第277页。

> 我们不能预测，
>
> 我们的话会有什么反应——
>
> 给我们以同情
>
> 就是给我们以幸福……①

第三，力求不断地以新的体验构成新的刺激，从而使生命总是处在与新事物、新感情的频繁接触与波动之中，以化解孤独。他曾在《我得以珍藏的一切》一诗中表现了自己不断体验的人生追求：

> 我得以珍藏的一切：
>
> 希望，信念和爱情，
>
> 都汇进了一种祈祷：
>
> 体验吧，不断体验！②

因此，他总是不断地外出旅游，不断地追求女性，追求爱情。进而，他把对事物的追求转化为对纯洁的理想的追求，对更广阔的永恒世界的追求，如《尽管在山谷里筑起了小巢》：

> 尽管在山谷里筑起了小巢，
>
> 但有时，我也能感受到
>
> 在山顶上奔流的空气，
>
> 是多么的爽神美妙——
>
> 我们的心胸多么渴望
>
> 冲破这浓厚云层的封闭，
>
> 远离这窒息心灵的大地，
>
> 在高山上轻松自如地呼吸。

① 《丘特切夫诗全集》，朱宪生译，漓江出版社1998年版，第468页。
② 《丘特切夫诗全集》，朱宪生译，漓江出版社1998年版，第317页。

我久久久久地凝望
那高插云霄的山峰——
怎样的甘露和清凉
从那里汩汩地向我们奔涌。
忽然它们那纯洁的白雪上
有什么火焰般灿烂晶莹：
那是天使的翅膀
悄悄滑过戴雪的峰顶……①

由于上述原因，丘特切夫一方面竭力高扬自我，发展个性，追求自由；另一方面又深感脱离群众的个人主义的自由纯属虚幻的自由，如《在海浪的咆哮里有一种节拍》：

在海浪的咆哮里有一种节拍，
在元素的冲击里有一种和声，
当芦苇在河边轻轻摇摆，
簌簌的音乐就在那儿流动。

万物都有条不紊，合奏而成
一曲丰盛的大自然的交响乐，
只有在我们虚幻的自由中，
我们感到和自然脱了节。

噫，为什么要有这种不协和？
为什么在万物的大合唱里，
这颗心不像大海一般高歌？

---

① 曾思艺译自《丘特切夫诗歌全集》，列宁格勒 1957 年版，第 212—213 页。

或像沉思的芦苇那样低语？①

　　丘诗所反映的人的异化、人的孤独与困惑，也是现代人的异化、孤独与困惑。

　　一方面，"在哲学上，'存在'也被称为'自觉存在'，是指'作为个人的人'。把个人称为存在必须有其充分的理由。在近代尽管人们强调和主张个人的自由与解放，相反地这却是基于消去了个人的判断。进一步讲，近代所主张的个人已不是个人。此外，笛卡尔、鲁逊及卡顿等人曾针对个人作过很深的研究，他们所主张的个人是'合理的、客观的、普通的个人'，即'即使有容纳作为团体的个人的余地，也没有容纳主张独立自主的个人的余地'。因而尽管社会越进步，个人越被强调主张，实质上却相反地否定了个人。也就是说，理应尊重个人的现代社会，相反地却变成了抹杀个人的社会。与此相对抗，虽然仍强调'存在'，但是'存在必须是客观的、不能还原的绝对的个体，即必须是自觉存在'。'存在的孤独'，这就是所谓的'主体性'。因此，只要追求主体性，'在存在与存在之间就会有不可跨越的天堑'"②。因而，"当今世界中的一个最重要的也是最为人忽略的现象就是，每一个稍有灵魂上的追寻的人，在自己内心都是隐藏着一大堆秘密。这不是因为不愿意诉说，而实在是没处诉说。说出来，有谁听得懂，又有谁能理解呢？"③

　　另一方面，上帝死了，传统价值观崩溃了，西方文化一直高扬的个人主义发展为极端的利己主义，"利己主义的虚伪和罪过决不在于一个人过高估计自己，相信自己有绝对重要意义和无限价值：在这一点上他是对的，因为每个人的主体，作为生动力量的独立中心，作为无限完美的潜能（可能性），作为能在自己意识和生命中容纳绝对真理的受造物——每个具有这种品格的人，都具有绝对意义和价值，都是绝对不可替代的，也不可能过高估计自己。谁要是不承认自己的这个绝对意义，就等于否定人的价值……利己

---

①《丘特切夫诗选》，查良铮译，外国文学出版社1985年版，第154页。
②［日］岸根卓郎：《宇宙的意志》，何鉴、王冠明译，国际文化出版公司1998年版，第7页。
③ 刘小枫：《诗化哲学——德国浪漫美学传统》，山东文艺出版社1986年版，第209页。

主义的虚伪和罪过不在于主体的这种绝对自我意识和自我评价，而在于他公正地认为自己有绝对意义，却不公正地否定他人也有绝对意义；承认自己就是存在的核心，他确也是核心，但却把他人归入自己存在的范围，给他人留下一点点外在的相对价值"①。这样，利己主义者便为所欲为，践踏他人，造成了人与人之间的极度隔膜。

此外，西方人强烈的物欲也使人异化，工业文明的发展更是越来越把人变成无足轻重的零件。而科技力量在两次世界大战中的运用，核武器的大量生产等，则进而使人深感自己已是身不由己的怪物，完全为外界力量所控制。

在当今社会，人们一方面渴望与人沟通；另一方面又深感人与人无法沟通，"他人就是地狱"。一方面，渴望与自然、社会和谐相处；另一方面又感到自然冷漠无情，社会把人变成甲虫（卡夫卡《变形记》），亲密如夫妻也陌生如路人（尤奈斯库《秃头歌女》），人们的心里充满了惊慌不安、混乱与矛盾，丘特切夫的诗不正是如此？

三、死亡意识与生命的悲剧意识

死亡像影子，时时刻刻伴随着人类，而且每当阳光灿烂之时，它便显现得越发鲜明，豪雄如曹操，在生命的盛年和霸业辉煌之时，也不禁黯然长叹："对酒当歌，人生几何，譬如朝露，去日苦多"（《短歌行》）。因此，人类对死亡普遍有一种强烈的恐惧感。俄国20世纪哲学家列夫·舍斯托夫指出："……关于死亡，无论我们说什么，无论我们怎么想，在我们的所有言语和思想之中，总隐藏着巨大的恐惧和极度的紧张。我们陷入死亡的思绪越深，我们的恐惧感也就变得越大。"②

---

① ［俄］索洛维约夫：《爱的意义》，董友、杨朗译，三联书店1996年版，第45—46页。
② 转引自［俄］拉夫林：《面对死亡》，成都科技翻译研究会译，内蒙古人民出版社1997年版，第162—163页。

这种恐惧的产生，有多方面的原因。

一是由于不知道自己能活到何时而产生的恐惧，即对未知的恐惧，或者说，"对死的恐怖是人可以认识到未知所引起的对于死后未来的联想所造成的恐怖即由死的观念所造成的恐怖"①。活着的人不知自己何时死，死后将有怎样的境遇（或如哈姆莱特说的死后将做些什么样的梦），这不能不令人恐惧。

二是由于对死的极度孤独而产生的恐惧，即"死不能与他人共有的恐怖"②。死是一件无法与人分享的事，每个人都只能孤独地承受自己的死，因此，一想到这完全与人隔绝的事便叫人恐惧。

三是由于死的不可经验性而产生的恐惧。我们活着时，无法知道死亡，我们死了，就更无法活过来了解死亡，所以，死亡显得十分神秘，它究竟为何物不能不让人恐惧。

印度当代哲学家乔德哈里指出了产生死亡恐惧的另外三个原因："第一，死亡是一种痛苦的经验，一个垂死的人，通常要经历巨大的痛苦。第二，死去之后万事皆空，我们生前孜孜以求的享受、荣誉、名位、财富等等，一切将化为乌有。第三，我们将被周围的人忘却，因此失去我们的骨肉和亲朋挚友。"③

在对死亡的恐惧中，人类对死亡进行了细致的观察和深入的思考。人类对死亡的认识、思考与人类创造的其他文明一样悠久。死亡为人类的一切思考提供了一个原生点，促使人在沉思中力求超越生命的界限，趋向无限的精神价值，揭开死亡的奥秘，洞烛生命的幽微，让人趋向哲学与宗教。这样，死亡便具有了独特的审美价值，并与战争、爱情一起成为文学艺术的三大永恒主题。

对死亡的认识与思考，是一种哲学的认识与思考。对此。柏拉图有一句不朽名言："哲学是死亡的实习"④，"凡侍奉哲学的人，都是在培植死

① ［日］岸根卓郎：《宇宙的意志》，何鉴、王冠明译，国际文化出版公司1998年版，第10—11页。
② ［日］岸根卓郎：《宇宙的意志》，何鉴、王冠明译，国际文化出版公司1998年版，第11页。
③ ［印度］乔德哈里：《现代印度神秘主义》，转引自陆扬：《中西死亡美学》，华中师范大学出版社1998年版，第6页。
④ 转引自段德志：《死亡哲学》，湖北人民出版社1996年版，第71页。

亡"①。叔本华则称"死亡是给予哲学灵感的守护神和它的美神","如果没有死亡的问题,恐怕哲学也就不成其为哲学了"②。雅斯贝尔斯提出了"从事哲学即是学习死亡"的著名命题③。今道友信谈得更为具体:"对于人来说,没有像死那样使人思考虚无的场所了。对自我来说,死是虚无最强烈的现象。正如虚无曾经使柏拉图和德谟克利特所惊惧那样,死在他们那里,不,自古以来,就是一般哲学最正统的课题。思索存在的人,而且思索人的人,不能不思索死。"④

西方由于其独特的文化传统,形成了不同于东方的独特死亡观。关于西方的死亡观发展轨迹,国内学者尚无一致的看法。

杨鸿台先生认为,西方对死亡的认识与思考(即西方的死亡观),大约经历了四大阶段:(1)古希腊罗马时代的"迷惘阶段"(在这个阶段中,人类用自然的眼光讨论死亡的本性问题,即死亡的终极性与非终极性、灵魂的可毁灭性与不可毁灭性、人生的有限性和无限性等);(2)中世纪的"向往死亡阶段"(人们开始用宗教或神的眼光看待死亡,认为死亡是人实现永生、回归到神那里去的必然途径,从而将对天国的憧憬落实到对死亡的向往上);(3)文艺复兴时期的"漠视死亡阶段"(许多哲学家用形而上学的思维模式来看待生死问题,将死亡看做与生存不相干的自然事件而重视生存、轻视死亡);(4)当代的"直接面对死亡阶段"(此时的哲学家们一改近代哲学家们漠视死亡的态度,重提死亡是人生的一个基本问题,要求人们直接面对死亡去积极思考和筹划人生)⑤。

段德智先生的概括与杨鸿台先生比较近似,也分为四个阶段。他认为,随着人类社会由奴隶制社会向中世纪封建社会和近现代资本主义社会的演进,西方对死亡的认识与思考也相应地呈现出四个具有质的差异性的阶段:"死亡的诧异"阶段(人类用自然的眼光审视死亡和死亡本性,侧重于讨论

---

① 转引自陆扬:《中西死亡美学》,华中师范大学出版社1998年版,第56页。
② [德]叔本华:《爱与生的苦恼》,陈晓南译,中国和平出版社1986年版,第149页。
③ 转引自陆扬:《中西死亡美学》,华中师范大学出版社1998年版,第56页。
④ [日]今道友信等著《存在主义美学》,崔相录、王生平译,辽宁人民出版社1987年版,第70页。
⑤ 杨鸿台:《死亡社会学》,上海社会科学院出版社1997年版,第20页。

死亡的本性问题——死亡的终极性与非终极性、灵魂的可毁灭性与不可毁灭性、人生的有限性与无限性），"死亡的渴望"阶段（人类用宗教的或神的眼光看待死亡，把死亡看做人实现"永生"、回归到神中的必要途径，因而把对死后天国生活的渴望转嫁到对死亡的渴望上，其基本特征是"厌恶生存，热恋死亡"），"死亡的漠视"阶段（开始用人的眼光看待死亡，视"热恋生存，厌恶死亡"为人的天性，断言"自由人的智慧不是默思死而是默思生"，把死亡看成与人生毫无关系的自然事件，对死亡采取极端漠视的态度），"死亡的直面"阶段（重又把死亡当做人生的一个基本问题提出，代表理论为海德格尔的"向死而生"和弗洛伊德的"生本能"与"死本能"学说，都要求人们不要漠视死亡和回避死亡，而要"直面死亡"，面对死亡去积极地思考人生和筹划人生）[1]。

陆扬先生则认为，西方人对死亡概念的认识可归纳为以下四种模式。

第一种模式大致可称为"自然的死亡"。这是原始时代至中世纪早期对死亡的基本认识。死亡被认为是人的既定命运，这使无论贵族还是平民，对于生命终结的态度，都以平静坦然为美。

第二种模式源起于中世纪后期，可称为"自我的死亡"。这与此一时期个人意识的崛起直接相关。骑士和僧侣们鼓吹的理想主义死亡观念受到冲击。一方面，权贵们希图死后仍然保留他们生前的荣耀和地位，于是产生遗嘱一类，令意志在生命消殒后继续延续；产生弥撒一类，作为对天堂的投资。另一方面，人文主义对个人命运的注重，也明显强化了死亡之中的自我意识，这在文艺复兴时期的悲剧中已经表现得十分清楚。

第三种模式可谓"他人的死亡"。这与资产阶级和浪漫主义的崛起不无关系。在这一模式中，死亡与罪恶的不解之缘被抛弃，死者不复为"末日的审判"担忧。死亡被局限在家庭的范围之内，牵涉的仅是私人的喜怒悲愁。个人的死亡不再被视为一个影响社会的事件，不再引起整个社团的悼念和悲哀。这实际上反映了 20 世纪西方人对死亡的观念和感情。

第四种模式即为死亡意识的现代模式，或许可称为"无形却有形的死

---

[1] 段德志：《死亡哲学》，湖北人民出版社 1996 年版，第 9—11 页。

亡"。一方面，它是 20 世纪他人之死在现代社会的极端表现。现代生活的高节奏，商业化的激烈竞争，使人似乎忘却了必死的悲哀。死亡本身亦从社会中解脱出来：死者交由他人去火化、埋葬，生者的哀痛益发局限于个人的情感，与社团的关系更加淡薄，死亡变得无形无状了。但另一方面，现代社会中人为物役的悲哀，以及由此产生的那一种深深的生存危机感，又使死亡在一个更高的层次上，复归了中世纪后期自我之死的模式。对死之必然性的思考，再一次占据突出地位①。

在此，我们不拟评述各家观点，只是尽力通过上述介绍，勾勒出西方死亡观的发展轨迹，以便考察丘诗中的死亡意识是否具有现代意义。

必须指出的是，对死亡的关注与思考，绝非消极悲观的表现，而是热爱现世、珍惜生命的标志，它具有积极的意义。

第一，它有助于突显生命的个体性和主体意识。死，总是个体生命的死，它具有突出的不可替代性和不可经验性，这样，对其进行思考，有助于突显生命的个体性，使其从与他人共在的群体性中摆脱出来，意识到自身此时此地的存在，觉悟到万物皆空，唯有自己才是真实，从而确知、肯定自己是最有能动性与主体性的此在："死亡是此存的最本己的可能性。向这种可能性存在，就为此在开展出它的最本己的能在，而在这种能在中，一切都为的是此在的存在。在这种能在中，此在就可以看清楚，此在在它自己的这一别具一格的可能性中保持其为脱离了常人的，也就是说，能够先行着总是已经脱离常人的。领会这种'能够'，却才揭露出实际上已丧失在常人自己的日常生活中了的情况。"②

第二，它有助于确立人的价值意义，激发人的创造力。拉夫林指出："正是对于死亡的理解，对于个人存在的终结性和唯一性的认识，促使人们去弄清人生的道德思想和价值。意识到生活的每一瞬间不可重复，人的所作所为不会消灭，而且在许多情况下无法纠正，能促使人明白对自己的事情应负怎样的责任。死亡就其物质本质而言是纯生理性的行为，它涉及的只是人

---

① 陆扬：《中西死亡美学》，华中师范大学出版社 1998 年版，第 128—130 页。
② ［德］海德格尔：《存在与时间》，陈嘉映、王庆节合译，三联书店 1987 年版，第 315 页。

的肉体，而绝不触动使人获得独立存在的人的事业。这种认识要求在衡量人的行为、言语、举止时，不仅使用眼前利益这样有限和局部的尺度，而且使用人的生与死这种充分而彻底的尺度。"① 李向平先生进而谈道："个体生命与死亡的矛盾，也就是人类社会文化与个体生命如何维持，如何才能获取永恒、不朽的价值意义的矛盾，也就是必有一死的孤独个人如何才能在无限历史长河中产生价值意义与超越祈向的问题。"② 可见，对死亡的认识和思考，确实有助于确立人的价值意义，并激发人的创造力，使人力求通过个体独特而有益的创造来抵御死亡、超越死亡，臻于不朽。

丘特切夫是一个具有强烈死亡意识的诗人。之所以如此，大约有以下几方面的原因。

第一，童年经历的影响。主要有四件与死亡有关的事件在诗人后来的创作中留下了痕迹。一是襁褓中弟弟的夭折所留下的深深印象。这使他幼小的心灵过早感受到死亡的阴影，以致到 1849 年 6 月 13 日，他在写于故乡的《就这样，我又和您见面了》一诗中，还特意提到"就像我那死在襁褓里的小弟弟"一事。相隔 40 余年，印象还这么深，足见此事对诗人童年的心灵影响之大。二是 1812 年的卫国战争、莫斯科大火，死亡、毁灭深深震撼了诗人幼小的心灵，以致不仅造成了诗人成年后对动乱的敏感，也形成了诗人对死亡的恐惧与关注。三是他所喜爱的古希腊罗马文学对死亡的描写。荷马史诗广泛地描绘了英雄们各种各样的死，埃斯库罗斯、索福克勒斯、欧里庇得斯三大悲剧家也大量写到死，维吉尔的《埃涅阿斯纪》也较多地写到死，贺拉斯、西塞罗等人对死也相当关注。这些，强化了童年丘特切夫对死的感受。四是他喜欢游观曾有过长久鏖战的武西日古城，尤其喜欢在乡村公墓间流连忘返。这既说明他对死亡很早就有浓厚兴趣，同时这种游观、流连也能加深他对死亡的了解。

第二，亲人的接连死亡。1838 年，第一个妻子因轮船失火事件突然致

---

① ［俄］拉夫林：《面对死亡》，成都科技翻译研究会译，内蒙古人民出版社 1997 年版，第 124 页。

② 李向平：《死亡与超越》，上海文化出版社 1997 年版，第 6 页。

死，这给诗人以巨大打击。到晚年，他更是接二连三地眼睁睁看着死亡夺去一个个亲人：先是杰尼西耶娃，接着是他们所生的大女儿、儿子，然后是母亲，又一位女儿、兄长、长子（详见导言中有关部分）。这样，丘特切夫不能不格外关注死亡，其诗中也不能不表现出强烈的死亡意识。

丘诗中的死亡意识主要包括以下几种类型。

第一，对死亡抽象的哲理感悟。这主要表现为面对时光流逝，人世沧桑，深恐死亡将至。主要是早期诗歌，也包括部分中期诗。

丘特切夫是罕见的很早就具有强烈死亡意识的诗人。不到 14 岁，他就写出了显示自己才华的《一八一六年新年献辞》一诗，诗中表现了与其年龄不大相称的深重的哲理感悟，尤其是对时光飞逝、人世沧桑、死亡将临的感悟，如：

> ……带着那命定不幸的骨灰盒，
> 飞来了太阳年轻的儿子——新年！

> 沿着不停旋转的时间的长河，
> 它的前驱已从大地上消失殆尽，
> 如沧海中的一滴，永远地沉没！
> 新年又至！上天的法规严格而神圣……
> 时间啊！你是永恒的一面流动的镜子！
> 一切都在倒塌，都要落入你的手心！
> 你的大限是多么威严而又神秘，
> 它起于那虚弱的要合上的眼睛！

> 一个个世纪诞生之后又轮番逝去，
> 这个百年又被那个百年拭擦干净。
> 什么能幸免于凶恶的克隆的愤怒？
> 什么能在这威严的上帝面前站稳？
> 沙漠之风在巴比伦的废墟上呼啸！

孟菲斯的兴盛之地已是野兽成群！

特洛亚城如今已变成一片瓦砾，

四周荆棘缠绕，到处杂草丛生！……①

这首诗，尤其是上面所引最后一段，完全可以与雪莱的《奥西曼迭斯》相媲美：

我遇到过一位来自古老国土的旅客，

他说：一双巨大的石足，没有身躯，

矗立在沙漠……近旁的黄沙半露着

一副破碎残缺的面孔，它眉峰紧蹙，

嘴唇起皱，号令万方睥睨一切的神色，

表明雕刻师对这类情欲曾深有感受，

却由于留痕在这了无生命的物体上，

竟比孕育它们的心，仿造它们的手，

都存活得更加长久；台座上石足下，

有这样的字迹依稀可读："众王之王——

奥西曼迭斯就是我，看看我的业绩吧，

纵然一世之雄，也定会颓然而绝望！"

残骸的四周，此外再没有留下什么，

寂寞、荒凉，无边的平沙伸向远方。②

即使在爱情中，丘特切夫也深感幸福的一切转瞬即逝，难以挽留：

奔流的生活化为幽影，

正甜蜜地在我们头上飞逝。

（《啊，我记得那黄金的时刻》）

---

① 《丘特切夫诗全集》，朱宪生译，漓江出版社1998年版，第4—7页。

② 《雪莱全集》第一卷，江枫译，河北教育出版社2000年版，第94页。

需要指出的是，诗人这种对时间、死亡的哲理感悟，是一种博学、睿智的抽象的哲理感悟。中期以后，这种哲理感悟与自身的经验结合，显得更加深沉，如《我独自默坐》：

> 我独自默坐，
> 以泪眼望着
> 燃尽的壁炉……
> 往事的回忆
> 令我沉思郁郁
> 语言怎能表述？
>
> 往事如烟云，
> 今朝也只一瞬
> 就永远逝去——
> 就像过去那一切；
> 无尽的岁月
> 已被幽暗吞去。
>
> 一年年，一代代……
> 人何必愤慨？
> 这大地的谷禾……
> 很快就凋谢，
> 新的花和叶
> 又随夏日而复活……①

第二，试图以自己的创造和勋业超越死亡，获得不朽。这主要是中期的诗歌创作。

---

① 《丘特切夫诗选》，查良铮译，外国文学出版社1985年版，第58—59页。

丘特切夫对死亡感悟越深，就越是希望获得不朽，超越死亡。在早年的《拿破仑之墓》中，他认为拿破仑尽管最后惨遭失败，但他建立了不朽的功业，可以名垂千古，不怕孤独①。在中期的《西塞罗》一诗中他更是认为，即使不能建功立业，只要赶上并生活在世界翻天覆地的时刻，也就不虚此生，与永恒、不朽有缘了：

> 幸运的人啊！只要能看到
> 世界的翻天覆地的一刻——
> 只要是能被众神邀请
> 作为这一场华筵的宾客，
>
> 那他就看到庄严的一幕，
> 他是走进了神的座谈会，
> 虽然活在世上，却好似神仙
> 啜饮着天庭的永恒之杯！②

这与华兹华斯《序曲》第11章写法国革命的名句"能活在那个黎明，已是幸福，若再加年轻，简直就是天堂"③，真是异曲同工。

诗人更看重的是以奋斗来超越死亡。在《两个声音》一诗中，他明知与死亡、与命运相比，人的力量太小，但仍通过自我分裂、自我争辩的形式，表现了人生的目的在于不屈的斗争，并认为在这种意义上人高于神，从而对那些高踞于无差别境界的奥林匹斯众神表示了极大的蔑视，表达了类似尼采"对我们来说，生活就意味着不断地把我们的全部人格或经历变成光和烈焰"④ 的思想：

---

① 《丘特切夫诗全集》，朱宪生译，漓江出版社1998年版，第66页。
② 《丘特切夫诗选》，查良铮译，外国文学出版社1985年版，第30—31页。
③ ［英］华兹华斯：《序曲或一位诗人心灵的成长》，丁宏为译，中国对外翻译出版公司1999年版，第293页。
④ 转引自［美］威尔·杜兰特：《探索的思想》，上册，朱安等译，文化艺术出版社1991年版，第2页。

（一）

振奋起来，朋友们，不停地战斗，

尽管力量悬殊，胜利毫无希望！

在你们头上，星宿沉默无言，

在你们脚下，坟墓也一声不响。

让奥林匹斯的众神怡然自得，

他们是不朽的，不知劳苦和忧虑；

劳苦和忧虑只为人的心而设……

对人来说，只有终结而没有胜利。

（二）

振奋起来，战斗吧，勇敢的朋友们，

别管斗争多么持久，多么残酷！

在你们头上，是无言的一群星辰，

在你们脚下：沉默的、荒凉的坟墓。

让奥林匹斯的众神以羡慕的眼光

看着骁勇不屈的心不断奋战。

那在战斗中倒下的，只败于命运，

却从神的手里夺来胜利的花冠。①

这种奋斗类似于我国《三国演义》中为蜀汉鞠躬尽瘁的诸葛亮，更类似古希腊悲剧中明知结局悲惨，仍要奋斗到底的主人公，所以，勃洛克说："在丘特切夫的诗歌中有一种古希腊悲剧式的，基督教产生以前的宿命感。"②

——————————

① 《丘特切夫诗选》，查良铮译，外国文学出版社 1985 年版，第 103—104 页。

② 转引自《丘特切夫抒情诗选》，陈先元、朱宪生译，漓江出版社 1986 年版，第 133 页。

　　第三，认为在死亡面前，一切都是徒劳，死亡吞噬了一切。

　　如前所述，丘特切夫理想高远，抱负宏大，但在当时社会里，越是高远的理想，越是宏大的抱负，就越难以实现，而随着年龄的增大，死亡的阴影越来越浓，他深感在流逝的时光中，在死亡阴森森的无形巨嘴前，一切都将是徒劳。这在中年已经出现，如《不眠夜》就深恐不可抗拒的浩劫——死亡，及时光的流逝，会使自己被下一代忘得干干净净。进而，他感到不论功业、耻辱都会随着死亡而消泯，都会在时光流逝中淹没，如《我驱车驰过利旺尼亚的平原》①。利旺尼亚是拉脱维亚和爱沙尼亚的古称，13 世纪至 16世纪被德国的僧侣骑兵团统治。而今，骑士团占领利旺尼亚的功勋，当年利旺尼亚人俯首屈膝的屈辱，都已荡然无存，只有目睹过当年一切的滔滔河水、巍巍橡树仍然存在，但它们缄默不语，只发出神秘的微笑，任伤感的诗人如何询问，也不为所动。这种关注历史、追问存在的境界，这份哲理性的感伤，十分类似于我国明代杨慎的《临江仙》（后经《三国演义》引作卷首词，已家喻户晓）："滚滚长江东逝水，浪花淘尽英雄。是非成败转头空。青山依旧在，几度夕阳红。　　白发渔樵江渚上，惯看秋月春风。一壶浊酒喜相逢。古今多少事，都付笑谈中。"

　　到了晚年，由于政治理想无从实现，而亲人、朋友又一个个接连去世，面对死亡他更是悲观。《在这儿，生活曾经如何沸腾》明确表示人的一切勋业都是徒劳的，死亡将吞没一切。《伴我多年的兄长》更为悲观——一切随之消失，甚至痕迹！有我或无我，有什么需要？只有风雪依旧，茫茫的黑暗依旧。

　　第四，彻悟自然之道是有死有生，进而认识到在建立功勋之后瓜熟蒂落般死亡，是人生的一大幸福。

　　尽管丘特切夫害怕死亡，但作为一个具有深刻思想和哲学头脑的诗人，他又清醒地认识到，自然之道是有死有生，死只是个体的死，而整个自然、整个世界依然生机勃勃，如《恬静》：

---

① 见《丘特切夫诗选》，查良铮译，外国文学出版社 1985 年版，第 21—22 页。

> 雷雨过了。巨大的橡树
> 被雷击倒，灰蓝色的烟
> 从枝叶间不断地飘出，
> 飞入雷雨洗过的碧空间。
> 林中的鸟儿早已在啼叫，
> 那歌声更加响亮动听；
> 彩虹从天上弯下一只角，
> 搭在高山翠绿的峰顶。①

橡树被雷击倒，经受了个体的死亡，而整个大自然则依旧漠然无睹地生气盎然：鸟儿欢歌，长虹飞架，山峰翠绿，多彩多姿。

进而，诗人认识到，个体在建立了功业之后瓜熟蒂落般死亡，是人生的一大幸福，如为纪念歌德的逝世而写的小诗：

> 在人类这株高大的树上
> 你是那最碧绿的一叶，
> 受着最明净的阳光抚养，
> 充满了它的最纯的汁液！
>
> 对它伟大心灵的每一轻颤
> 你比谁都更能发出共鸣：
> 或则与欲来的雷雨会谈，
> 或则快乐地戏弄着轻风！
>
> 不等夏日的暴雨或秋风
> 把你吹落，你便自己飘下，
> 你的寿命适中，享尽了光荣，

---

① 《丘特切夫诗选》，查良铮译，外国文学出版社1985年版，第18页。

好似从花冠上坠落的一朵花！①

歌德是人类的代表，他以丰富的文化遗产为人类建立了功勋，在83岁高龄去世。丘特切夫十分钦慕，认为他"寿命适中"，且"享尽了光荣"。因此，他也力求以诗歌创作来探索人生的奥秘，寻找人生的出路，为人类建功立业。艺术，成为诗人对抗死亡和超越死亡最有力的工具，他终生热爱艺术，把最本质的思索最隐秘的情感付托给艺术。这不仅是因为歌德在这方面做出了榜样，而且是由于艺术本身也得天独厚地具备这方面的条件。

"在某种意义上，艺术的本质之一是人类集体无意识的生命冲动的表现，它追求生命永恒和生命自由的美妙境界，反抗死亡和追求不朽就自然而然地渗透其境域。其次，从艺术创造主体来看，艺术家作为生命个体，比常人的心理结构方面更富有生命冲动和生命意识，更具想象力、热情和敏感，对于生命与死亡这一人生的最高主题尤为反映强烈、情思炽热。丹纳认为，艺术家从出生至死，心中都刻着苦难和死亡的印象，感悟到：'尘世是谪戍，社会是牢狱，人生是苦海，我们要努力修持以求超脱。'这就需要他构建一个艺术世界与现实对抗，摆脱对死亡的苦痛的印象，置身于一个生命自由、死亡消隐的完美精神境界。波德莱尔也认为，正是由于艺术家的审美创造，'灵魂窥见了坟墓后面的光辉'，'在地上获得被揭示出来的天堂'。艺术家的创造精神使死神在艺境中隐遁而带来生命的狂欢聚会"②。同时，"从创造的心理动机考察，艺术对死亡的克服主要导源于这三种动机。（1）从艺术的审美创造过程感悟到生命不朽……（2）以艺术文本的物化形式象征生命的不朽……（3）用想象力虚设生命永恒的艺术空间来满足不朽的欲望"③。

综上所述，丘诗的死亡意识是一种"直面死亡"的现代意识，类似于海德格尔的"向死而生"，力求以"生本能"战胜"死本能"，用自己的创造、爱和功勋战胜死亡，超越死亡。丘特切夫尤其善于把对死亡的观察思

---

① 《丘特切夫诗选》，查良铮译，外国文学出版社1985年版，第36页。
② 颜翔林：《死亡美学》，学林出版社1998年版，第19—20页。
③ 颜翔林：《死亡美学》，学林出版社1998年版，第20—22页。

考，对死亡必然性的哲理感悟，通过诗歌生动形象地表现出来，既展示了对死亡的全面探索，又留下了一首首精美深沉的艺术作品。丘特切夫的这些努力与思考，他对生与死的矛盾与困惑，也是20、21世纪的人们所共有的，因而具有突出的现代性，深为现代人所喜爱。

笛卡尔指出："古代世界站在宇宙的剧场，现代世界则站在灵魂内在的剧场。"① 20世纪文学特别是现代派文学，主要通过人的内心灵魂的冲突乃至分裂来揭示人的本质问题，因而表现矛盾的两重心理与命运的悲剧意识便成为20世纪文学的重要主题。丘诗也具有鲜明的生命悲剧意识。

由于意识到自然的强大、永恒与人生的脆弱、短暂，意识到人在宇宙中无所适从的尴尬局面，意识到社会对人的异化，人与人关系的异化，更重要的是，意识到死亡将吞噬一切，丘特切夫产生了深刻的生命的悲剧意识。这种生命的悲剧意识在诗中主要通过矛盾的两重心理展示出来。

诗人往往以矛盾对比的方式直接展现自己复杂的矛盾对立的内心世界，如《两个声音》之自我分裂，《沉默吧》之外界与内心的矛盾及个人与他人无法沟通，在《海上的梦幻》与《啊，我的未卜先知的灵魂》两诗中更是直接指出："两个无极，两个宇宙，尽在固执地把我捉弄不休"，并使他终生"处在双重生命的门槛"。这样，他就能像现代派作家一样，由客观世界转到内心世界，充分展现出只有现代人才有的那一份内心的矛盾、不安、惊慌、恐惧和骚动，并由此而体现生命的悲剧意识。

诗人一方面热烈地渴望和谐与平静，力图进入普在生命，以换来内心的平静（如《春》、《灰蓝的影子溶和了》）；另一方面，他又喜爱夜、风暴、雷雨、骚乱与混沌，他呼唤雷雨、风暴，呼唤夜，呼唤混沌（《春雷》）、（《夏天的风暴是多么快活》、《日与夜》）。一方面，是对大自然美妙活力的歌颂，对生活的热爱，尽情歌唱鲜花烂漫的五月的欢乐，红红的光，金色的梦和美妙的爱情；另一方面，又对大自然的神秘力量深感疑惑与恐惧，对人世深感厌恶，公开表示"我爱这充沛一切却隐而不见的恶"（这个恶就是死亡）（《病毒的空气》）。在爱情中，丘特切夫也深感有两种力量，不断地撕

---

① 转引自［德］孙志文：《现代人的焦虑和希望》，陈永禹译，三联书店1994年版，第35页。

扯着自己的心：一种是死，另一种是人的法庭（《两种力量》）；一种是自杀，另一种是爱恋（《孪生子》）；一种是幸福，另一种是绝望（《最后的爱情》）。而且，从爱情的欢乐中看到不幸，从两颗相爱的心的接近中看到彼此的敌对："两颗心注定的双双比翼，就和……致命的决斗差不多"（《命数》），较20世纪文学早半个世纪探索了两性的爱情中原始的性敌对。

总之，在丘诗中，到处是矛盾、对抗、互相排斥以及正在形成的爆炸，以及各种感情的对立统一：喜气洋洋与毫无希望，强烈的兴奋与感情的麻木，满怀信心与悲观怀疑，感受的丰富与心灵的空虚，春天的愉悦与秋天的忧愁，无忧无虑地把握世界的美与悲剧性地听天由命，脱离人群孤独地沉溺于内心生活与对人的爱与同情……这一切，深刻地展示了一个与现代人一样丰富复杂的内心世界，展示了类似西方现代派的困惑感、压迫感、异化感与幻灭感，体现了深刻的生命悲剧意识。正因为如此，丘特切夫成为20世纪最受欢迎的诗人之一，并被联合国教科文组织授予"世界文化名人"的称号。

第二章

丘诗分类研究

了解一部文学作品，就是了解作者的灵魂，而作者也正是为了展示其灵魂而创作。

——［英］默里

领会诗歌，就是追溯存在的思想。

——［奥］特拉克尔

丘特切夫一生流传下来近 400 首诗（实际创作数量要远远高于这一数量，原因有二：第一，丘特切夫常常即兴创作，灵感袭来马上随手抓住能到手的任何纸条、烟盒之类，匆匆写下，写完便放下不管，丢失不少；第二，早年丢失和自己毁掉不少诗歌和译诗，勒尼指出："诗人两个主要创作时期（1812—1838 年，1848—1873 年）创作的诗歌数量大体相当，数量在 3300—3400 行之间。不过由于意外情况，诗人在 1833 年遗失了他的'大部分'诗作。另外据诗人所说他 1836 年寄回俄国的至少 300 行、多到 500 行的诗作只是他创作的'极少部分'。诗人还补充说他曾毁掉了所翻译《浮士德》的第二部分、第一幕，此部分若逐行翻译的话，应该包含大约 2000 行诗，大概可相当于诗人到 1830 年为止所创作和翻译的作品数量。从这些事实可以看出，我们所读到的诗人 1812—1833 年的作品只是诗人所创作的极少部分。我们知道诗人后期的作品保存较完整，因此，粗略估计他 1838 年

前创作的作品要比之后多得多。"①），这些诗歌按其表述的内涵大体上可以
分为五大类：自然诗、爱情诗、社会政治问题诗、题赠诗和译诗。下面，将
对这五大类诗歌逐一进行初步的研究与探索。

一、自然诗

丘特切夫是在奥甫斯图格风景如画的大自然中长大的，美丽的大自然以
多姿多彩的光影声色丰富了他的感觉，培养了他童年的诗心。卢梭"回归
自然"的理论，浪漫主义对自然的热爱，进一步强化了他对大自然的深情。
他在《不，大地母亲啊》一诗中，抒发了对自然（诗中的"大地母亲"是
其活生生的化身）的无比热爱和深情依恋：

> 不，大地母亲啊，我不能够
> 掩饰我对你的深深爱情！
> 你忠实的儿子并不渴求
> 那种空灵的、精神的仙境。
> 比起你，天国算得了什么？
> 还有春天和爱情的时刻，
> 鲜红的面颊，金色的梦，
> 和五月的幸福算得了什么？……
>
> 我只求一整天，闲散地，
> 啜饮着春日温暖的空气；
> 有时朝那碧洁的高空
> 追索着白云悠悠的踪迹，

---

① ［英］勒尼：《丘特切夫在俄国文学中的地位》，载《现代语言评论》1976年第2期。

> 有时漫无目的地游荡，
>
> 一路上，也许会偶尔遇见
>
> 紫丁香的清新的芬芳
>
> 或是灿烂辉煌的梦幻……①

从早年到晚年，丘特切夫整个一生都在不断地观察自然，描绘自然景物，探索自然与生命的奥秘，以至皮加列夫指出，"在读者的印象中，丘特切夫是个自然的歌手"②。涅克拉索夫也认为："对自然的爱，对自然的同情，对自然的充分理解和善于精巧地描绘它那千姿百态的现象——这是丘特切夫天才的主要特点。"③

在丘特切夫的400多首诗中，自然诗（包括自然哲学诗）共有110首左右，占四分之一强。这100余首自然诗，内容相当丰富，前后变化也较大，此处拟从两个方面加以探讨。

首先，丘特切夫的自然诗中的自然形象经历了大约三个发展阶段。这三个阶段与丘诗总体发展的三个阶段有所不同，不完全吻合。

第一阶段主要是早期和中期的诗（从练笔到40年代中期），诗中的自然具有普遍性的特征。具体表现为：一般不写出具体花草树木的名称，而往往称之为"林中"（如《春雷》里"林中的小鸟叫个不停"）、"树木"（《拿破仑之墓》中"树木的周围是初开的花朵"），即使写出，整个景物也无特殊的地方色彩，而往往是比较常见的"橡树"（《恬静》中被雷击倒的巨大橡树）、"松林"（如《松软的沙子深可没膝……》中路旁的松林）。之所以如此，并非此时诗人对俄罗斯及故乡不热爱，也不是对大自然缺乏细致敏锐的观察和深刻透彻的理解，而是由于泛神论观念的影响，尤其是出于表达哲理思索与感悟的需要，不得不舍弃地方特色和具体的花草树木形态。因此，即使像《春水》这样描写俄罗斯景物并已成为俄国名歌乃至民歌的作

---

① 《丘特切夫诗选》，查良铮译，外国文学出版社1985年版，第44页。

② ［俄］皮加列夫：《丘特切夫的生平与创作》，莫斯科1962年版，第203页。

③ 转引自［俄］萨莫恰托娃：《丘特切夫诗中的人与自然》，见《对俄罗斯只能信仰——丘特切夫和他的时代》（论文集），图拉1981年版，第48页。

品，俄罗斯的地方特色也并不十分明显：

　　　　　　　田野里还闪着积雪，
　　　　　　　春天的河水已在激荡——
　　　　　　　流啊，流啊，它唤醒了
　　　　　　　沉睡的两岸，边流边唱：

　　　　　　　"春天来了，春天来了！
　　　　　　　我们是新春的先锋，
　　　　　　　她派我们先来通报。"
　　　　　　　果然，紧随着这片喧声，

　　　　　　　文静、温和的五月
　　　　　　　跳起了欢快的环舞，
　　　　　　　闪着红面颊，争先恐后
　　　　　　　出现在春水流过的峡谷。①

　　至于那些富于哲理内涵的诗，地方色彩就更被淡化了，如《从林中草地》一诗：

　　　　　　　从林中草地，白莺一跃
　　　　　　　而飞起，朝天空，朝云端
　　　　　　　盘旋上升，越飞越上，
　　　　　　　终于没入高空而不见。

　　　　　　　啊，造物主给了它一双
　　　　　　　有力的灵活的翅翼，

---

①《丘特切夫诗选》，查良铮译，外国文学出版社1985年版，第33页。

> 而我，自命为万物之王，
>
> 却黏固在地面和泥里！……①

这类诗写得相当成功，以至 Б. Я. 布赫什塔布认为："丘特切夫的力量不在描写风景的特殊敏锐性，而在于描写普通的自然现象。"②

第二阶段主要是中期的部分诗和晚期的大多数诗（约从 40 年代至 1866 年）。此时，虽然有部分诗继续保持第一阶段的特点，但更多的诗中的自然风景具有俄罗斯地方特征。皮加列夫指出："在丘特切夫的抒情诗中，对具体细节的敏锐性明显地逐年增加。"③

诗人或者描写最具俄罗斯特色的树木，如《新叶》描写了充满生机的白桦④。白桦是俄罗斯国土上最常见的一种树，它深受俄罗斯人的喜爱，已成为俄罗斯民族的象征，俄罗斯诗歌中有不少描写白桦的名篇佳作⑤，丘诗也是其中之一。它不仅描绘了最具俄罗斯特色的白桦，而且以相当敏锐细致的观察，生动地表现了白桦新叶萌发时的情景，表达了对强大、青春的生命力量的喜悦、赞美之情。或者，丘诗直接妙笔生花地描写最具俄国季节特色的景象，如《树林被冬天这女巫》：

> 树林被冬天这女巫
>
> 用魔咒迷住，呆呆站定，
>
> 只见一片冰雪的流苏
>
> 垂在额际，它既安静
>
> 而又闪着奇异的生命。

---

① 《丘特切夫诗选》，查良铮译，外国文学出版社 1985 年版，第 52 页。
② 转引自［俄］皮加列夫：《丘特切夫的生平与创作》，莫斯科 1962 年版，第 227 页。
③ 《丘特切夫诗选》，查良铮译，外国文学出版社 1985 年版，第 224 页。
④ 见《丘特切夫诗全集》，朱宪生译，漓江出版社 1998 年版，第 264 页。
⑤ 参见曾思艺：《"我的俄罗斯啊，我爱你的白桦"——谈谈俄罗斯诗歌中的白桦形象》，载《名作欣赏》1997 年第 6 期；或见曾思艺：《文化土壤里的情感之花——中西诗歌研究》，东方出版社 2002 年版，第 200—207 页。

啊，它站着，如此固定，

仿佛有美妙的梦缭绕，

既不像死，也不像生，

而是被轻柔、松软的镣铐

整个捆住，捆得牢牢……

不管冬日太阳的光线

怎样对它斜送眼波，

林中也不见一丝轻颤；

那时，它像全身烧着火

闪着光灿夺目的美色。①

俄罗斯以天寒地冻著称，俄罗斯的冬天寒冷而又美丽动人，丘诗为我们展现了俄罗斯冬天这份独特的美，写得生动、活泼、纯净、优美。

因此，第二阶段的自然诗与第一阶段的自然诗，在描写对象——大自然及其一切上，有了明显的不同。前期抽象、概括而具有普遍性，此时则具体、生动而具有俄罗斯地方色彩；前期更富哲理内涵，此时虽仍不乏哲理性，但更多的是诗意的感悟。如同是写秋景，中期和晚期的两首诗就大不相同。

中期的诗是1830年的《秋天的黄昏》：

秋天的黄昏另有一种明媚，

它的景色神秘、美妙而动人：

那斑斓的树木，不祥的光辉，

那紫红的枯叶，飒飒的声音，

还有薄雾和安详的天蓝

静静笼罩着凄苦的大地；

---

① 《丘特切夫诗选》，查良铮译，外国文学出版社1985年版，第124页。

有时寒风卷来，落叶飞旋，
像预兆着风暴正在凝聚。
一切都衰弱，凋零；一切带着
一种凄凉的，温柔的笑容，
若是在人的身上，我们会看做
神灵的心隐秘着的苦痛。①

晚期的诗是 1857 年的《初秋有一段奇异的时节》：

初秋有一段奇异的时节，
它虽然短暂，却非常明丽——
整个白天好似水晶的凝结，
而夜晚的天空是透明的……

在矫健的镰刀游过的地方，
谷穗落了，现在是空旷无垠——
只是在悠闲的田垄的犁沟上
还有蛛网的游丝耀人眼睛。

空气沉静了，不再听见鸟歌，
但离冬天的风暴还很遥远——
在休憩的土地上，流动着
一片温暖而纯净的蔚蓝……②

前者写的是"斑斓的树木，不祥的光辉……"一切都"带着一种凄凉、温柔的笑容"，这是泛神主义自然的拟人化；而后者则是"矫健的镰刀"、

---

① 《丘特切夫诗选》，查良铮译，外国文学出版社 1985 年版，第 24 页。
② 《丘特切夫诗选》，查良铮译，外国文学出版社 1985 年版，第 131 页。个别地方有改动。

"谷穗"、"悠闲的田垄的犁沟"、"蛛网的游丝"，完全是地方性的、带有俄罗斯民族色彩的现实生活的写照。列夫·托尔斯泰特别喜欢"悠闲的田垄"、"蛛网的游丝"这两行诗，他指出："这里'悠闲的'一词仿佛是无法理解的，仿佛在诗歌中不能够这样写。然而，这个词意味着田间工作已经结束，庄稼已经收割完毕。这样它就具有了完整的印象。写诗要学会找到这样的蕴涵着艺术性的形象，在这一方面，丘特切夫是一位大师。"他还说："我特别赞赏'悠闲的'一词，这首诗的特点就在于诗中的一个词包含着多层的意思。"① 在毫无浪漫色彩的现实中能如实地发现并写出它的美来，并且通过精细观察得来的一个词体现多层意思，这不能不说是一种迥异于早期泛泛描写的现实主义的精神。同样歌颂劳动、生命的诗还有《在那夏末静谧的晚上》等。

第三阶段主要是晚期的部分诗（约从 1866 年至 1873 年）。这类诗虽然为数不多，但极具特色。主要以幻想式的手法，表现奇异的自然景物。如 1871 年写的一首四行诗：

> 这样一种结合我真不敢想象，
> ——虽然我迷迷糊糊地听见，
> 雪橇，在雪地上吱吱作响，
> 春天的燕子，在软语呢喃。②

冰天雪地却飞来了春燕，这要么是诗人的美丽幻想，要么是大自然显示的奇迹，在日常生活中，这是很难看到的，以致诗人也称自己"不敢想象"。或者，丘特切夫捕捉平常难得一见的景致，如 1866 年的《上帝的世界里屡见不鲜》一诗写的是五月飘雪③。而五月里白雪飘飘，即使在天寒地冻的俄罗斯恐怕也不多见，这种罕见的景象，诗人称之为"上帝的世界里

---

① 转引自《丘特切夫抒情诗选》，陈先元、朱宪生译，漓江出版社 1986 年版，第 181 页。
② 曾思艺译自《丘特切夫诗歌全集》，列宁格勒 1957 年版，第 291 页。
③ 见《丘特切夫诗全集》，朱宪生译，漓江出版社 1998 年版，第 420 页。

屡见不鲜"的景象，而在人间，则指出它到来的"不合时宜"。因此，这一阶段，丘诗中的自然形象主要是一种幻想的或罕见的景物。

其次，丘特切夫的自然诗富有泛神论色彩，并具有颇为丰富而深刻的哲学意蕴。

泛神论的影响源自卢梭，但主要是谢林和德国浪漫主义，这是丘特切夫自然诗的决定性的基础。正是在泛神论的影响下，丘特切夫认为自然是一个活的有机体。它有自己的生命，自己的意志，自己的语言和自己的爱情。这样，他眼中的自然，既非古希腊人那样是众神的殿堂，也不是基督教中上帝这宇宙的唯一创造者的神庙，而是一个生气勃勃的生命有机体。苏联学者布拉戈伊指出："在丘特切夫的意识里，自然没有任何静止的、僵死的东西，一切运动着，一切呼吸着，一切生活着。"①

作为一个有机生命体的大自然的一切，都为丘特切夫热爱，也在其笔下得到了广泛的描绘。列夫·奥泽罗夫在论述丘特切夫及其诗歌时指出："他喜爱尘世的一切，喜爱现实生活的丰富多彩，渴望用自己的整个生命去了解它们。他喜爱春天的雷雨和初萌感情的汛滥，喜爱太阳下闪光的白雪和群山的顶峰，喜爱骑兵队似的海浪和当'万物在我中，我在万物中'的黄昏时候神秘的宁静，喜爱一端架在森林上，另一端隐在白云中的彩虹，喜爱喷泉的飞沫和黏糊糊的新叶，喜爱天空中飞翔的鸟群和'在悠闲的犁沟里'闪闪发光的'蛛网的细丝'。世界的一切元素对他敞开：大地，水，火，空气。"② 因而，"'奇异的生机'的闪光，早晨的宁静，夜的沉入幻想的宽广，春天的繁荣，'微笑在一切中，生命在一切中'的时候，夏天的正午，凉爽的灌木林，风平浪静的大海，令人狂喜的蓝色海湾，'一颗颗喷泉的珠玉'，往远处浮游的白云，所有这一切充满了丘特切夫的诗。"③ 而"丘特切

---

① ［俄］布拉戈伊：《天才的俄国诗人（费·奥·丘特切夫）》，见《文学与现实》，莫斯科1959年版，第447页。

② ［俄］列夫·奥泽洛夫：《丘特切夫的银河系》，见《丘特切夫诗选》，莫斯科1985年版，第5页。

③ ［俄］列夫·奥泽洛夫：《丘特切夫的银河系》，见《丘特切夫诗选》，莫斯科1985年版，第16页。

夫最喜欢的主题之一是水和太阳，水和月光，丘特切夫喜欢一切明亮、鲜艳的色调"①。

　　丘特切夫描写自然的诗，观察细致，感觉敏锐，笔触细腻，语言优美，被称为"诗中风景画"，表面上看，只是优美的风景描绘，但这优美的"诗中风景画"却包含着丰富而深刻的生命哲学意蕴。其中最明显的一点，便是表现生命的运动。为了表现生命的运动，丘特切夫在自然诗中最喜欢描绘一种现象向另一种现象的更替，或一种状态向另一种状态的转化，如《太阳怯懦地望了一望》：

<blockquote>

太阳怯懦地望了一望，
立刻收回了它的光彩；
听，乌云后面一片轰响，
大地皱着眉，满面阴霾。

热灼的旋风忽起忽歇，
远方响着雷，也有阵雨……
碧绿的无际的田野
在雷雨下更显得碧绿。

看，乌云时时被划破，
驰过了蓝色的电闪——
那仿佛是一条流火
给乌云边镶着银线。

时时落下一阵急雨，
田野的尘土跟着飞旋，
这时雷声响得更急，

</blockquote>

---

① ［俄］皮加列夫：《丘特切夫的生平与创作》，莫斯科 1962 年版，第 225 页。

更愤怒地震摇着天。

太阳又一次皱着眉
从云端露出了眼睛，
并且以明亮的光辉
把惊惶的大地浸润。①

　　全诗细致生动地描写了从晴转雨又由雨转晴的转化状态。又如《十二月的黎明》：

夜的浓密阴影寂然不动，
月亮银晃晃地高挂天空，
它尽情弥漫，并未发现
白日早已准备一跃上升。

尽管微光一线接一线
懒洋洋、怯生生地汇添，
辽阔的天空还是依然
整个儿闪耀着夜的庄严。

然而，不过两三个瞬间，
黑夜便在大地上空消散，
白天的世界突然降临我们身边，
我们的四周，到处阳光灿烂……②

　　颇为精细地写出了十二月从黑暗的黎明转变到阳光灿烂的清晨的全过

---

① 《丘特切夫诗选》，查良铮译，外国文学出版社1985年版，第84—85页。
② 曾思艺译自《丘特切夫诗歌全集》，列宁格勒1957年版，第212页；或见《丘特切夫哲理抒情诗选》，曾思艺译，载《诗歌月刊》2009年第7期下半月刊（总第104期）。

程。而《黄昏》则细腻地描绘了白天向夜晚过渡的黄昏时刻，《夏晚》则写夏天傍晚炎热开始转凉快的情景。这类诗还有《东方在迟疑》等。

有时，诗人致力于表现自然的某种运动过程，如《昨夜，在醉人的梦幻里》细致地描绘了晨光的流动：

>……轻轻地流着，徐徐地飘着，
>仿佛随着一阵细风流入，
>烟一般轻，幽洁如百合，
>有什么突然扑进窗户。
>
>看，有什么无形地流过
>那在幽暗中灼烁的地毯，
>啊，它已经悄悄地攀着
>被子的一角，顺着它的边——
>
>像一条蛇蜿蜒地爬行，
>终于来到了卧榻上，
>看啊，它已窥进帐帏中
>好似一条丝带在飘荡……
>
>突然，它以颤动的光线
>触动了少女的前胸，
>又以洪亮的、绯红的叫喊
>张开了睫毛的丝绒。①

有时，他通过大自然对立力量的矛盾来表现大自然季节交替的运动。而这，是丘诗最常见的题材之一，萨莫恰托娃指出："特别吸引丘特切夫的是

---

① 《丘特切夫诗选》，查良铮译，外国文学出版社 1985 年版，第 66—67 页。

自然生命在繁荣和衰落时表现出的过渡状态。"① 如《冬天这房客已经到期》：

> 冬天这房客已经到期，
> 却死赖着不肯迁出，
> 她白白发了一阵脾气，
> 春天却来敲打窗户。
>
> 这惊动了自然的一切，
> 大家都纷纷起来撵她；
> 听，天空中几只云雀
> 已把赞歌洒上一片云霞。
>
> 冬天还是对春天咆哮，
> 并做出凌人的姿态，
> 但春天只是对她大笑，
> 并且比她嚷得更厉害……
>
> 那老巫婆被逼得跑开；
> 但是为了发泄怒气，
> 最后还抓起一把雪来
> 向那美丽的孩子掷去……
>
> 春天一点也没有受害，
> 索性在雪里洗个澡；
> 真出乎对手的意外，

---

① ［俄］萨莫恰托娃：《诗人的悲剧自白》，见《对俄罗斯只能信仰——丘特切夫和他的时代》（论文集），图拉1981年版，第50页。

　　　　她的面颊倒更红润了。①

　　但丘特切夫自然诗中最深刻的生命哲学意蕴还是他把自然与人结合起来写，探索人与自然的关系。

　　丘诗往往让自然与人内心沟通，通过对自然的描绘，展示心灵的运动过程，这样，他的诗在结构上往往构成了人与自然的对比或类比，造成多层次结构（详见后面"丘诗的多层次结构"）。

　　进而，丘特切夫在自然诗中思考人与自然的关系。他认为自然是美妙永恒的，更是强大有力的。对于自然来说，人只是瞬间的梦幻：当人已经从年轻力壮变得衰弱无力时，自然依旧年青而美丽。人一天天变老，最终来自泥土，复归于泥土，而自然则永恒地活着，并且毫无变化地年青美妙，如前述之《春》，又如《白云在天际慢慢消溶》②。人热情洋溢，自然则冷漠无情。人试图融化于普遍的自然中，天人合一，获得和平与宁静，忘掉个体的"我"，忘掉自己的惊慌、忧伤和忙碌，如曾使列夫·托尔斯泰感动得老泪纵横的《灰蓝色的影子溶和了》：

　　　　　　　　灰蓝色的影子溶和了，
　　　　　　　　声音或沉寂，或变得喑哑，
　　　　　　　　色彩、生命、运动都已化做
　　　　　　　　模糊的暗影，遥远的喧哗……
　　　　　　　　蛾子的飞翔已经看不见，
　　　　　　　　只能听到夜空中的振动……
　　　　　　　　无法倾诉的沉郁的时刻啊！……
　　　　　　　　一切充塞于我，我在一切中……

---

① 《丘特切夫诗选》，查良铮译，外国文学出版社1985年版，第60—61页。
② 见《丘特切夫诗选》，查良铮译，外国文学出版社1985年版，第161页。

> 恬静的幽暗，沉睡的幽暗，
>
> 请流进我灵魂的深处；
>
> 悄悄地，悒郁地，芬芳地，
>
> 淹没一切，使一切静穆。
>
> 来吧，把自我遗忘的境界
>
> 尽量给我的感情充溢……
>
> 让我尝到湮灭的存在，
>
> 和安睡的世界合而为一！①

但人却永远无法摆脱个体的"我"，因此，他只能面对时间的运动和生命的变化，让自己的一切慢慢流逝，不留一丝痕迹（《不眠夜》、《在这儿，生活曾经如何沸腾》）。

正是对生命的关注和热爱，使丘特切夫对大自然的运动变化十分关心，尤其是对自然的时空十分敏感。科瓦廖夫指出："丘特切夫认为空间和时间对人来说是敌对的力量，正是时间把不可磨灭的皱纹刻上了亲爱的脸庞，而空间则分离了人们，就像那'强大的旋风'一样，它独立于意志，夺去人们的朋友，把他们放置在四面八方。"② 自然本身尽管不断地运动着，但它是永恒的，也是冷漠而和谐的，人面对时空的压力，不断思考着、抱怨着，终于懂得了现实的脆弱，过去的不可挽回，未来的难以预知，因此，只想消溶于和谐宁静的大自然（《春》）……

二、爱情诗

自然诗和爱情诗是丘特切夫诗歌创作中最具特色也最能体现其高超诗才

---

① 《丘特切夫诗选》，查良铮译，外国文学出版社1985年版，第50页。
② ［俄］科瓦廖夫：《对丘特切夫哲学抒情诗的范围和诗艺的考察》，见《对俄罗斯只能信仰——丘特切夫和他的时代》（论文集），图拉1981年版，第40页。

的两类诗，它们在其创作中占据同等重要的地位，具有深邃的内涵，达到了相当的艺术高度。因此，丘特切夫的爱情诗，和他的自然诗一样，是俄国诗苑的瑰宝，也是世界诗歌中不可或缺的珍品。

　　从青年到晚年，丘特切夫大约创作了40多首爱情诗，占其全部诗歌创作的十分之一强。这些诗，部分赠献的对象无从查明，如《致尼萨》、《致N．N．》、《给两姊妹》、《我记得，这一天对于我……》、《给——》，而绝大多数是献给诗人一生所爱的四位女性的。

　　第一位是阿玛莉雅·克留杰涅尔男爵夫人。她是诗人最早倾心爱恋的女性，但她后来却嫁给了诗人的同事克留杰涅尔。丘特切夫一生为她创作了好几首爱情诗：《给H》、《啊，我记得那黄金的时刻》、《一八三七年十二月一日》（这一天诗人与阿玛莉雅在意大利热那亚诀别）、《克·勃》。

　　第二位是诗人的第一位妻子艾列昂诺拉，他为她写了《捉迷藏》、《多么温存，多么迷人的忧愁》、《我还被思念的痛苦所折磨》等诗。诗人对她颇为热爱，在她逝世十年后，还深情如火地思念着她，回忆她的音容笑貌：

> 我还被思念的痛苦所折磨，
> 这颗心啊，依旧充满着旧情；
> 在"回忆"的暗雾中，热望的火
> 驱使我去追索着你的形影……
>
> 啊，无论何时何地，在我眼前，
> 总浮现你难忘的，可爱的面容，
> 无法抓得住，但也永远不变，
> 好似夜晚天空中的一颗星……
>
> 　　（《我还被思念的痛苦所折磨》）①

　　第三位是他的第二位妻子爱尔涅斯蒂娜，他为她写了《我不知道美好

_____

① 《丘特切夫诗选》，查良铮译，外国文学出版社1985年版，第81页。

东西能否触及》、《在恋人的离别中》、《我保存下来的一切东西》、《她独自一人坐在地上》、《严厉惩罚的上帝把我的一切夺掉》、《准时到达……》等诗。诗人对她也是深情款款的，保留至今的书信中，大多数是写给她的，在诗中也有明确表白，或者说"在恋人的离别中有着高深的含义"（《在恋人的离别中》），或者称她为上帝留给自己的精神支柱，如《严厉惩罚的上帝把我的一切夺掉》：

> 严厉惩罚的上帝把我的一切夺掉：
> 健康、气质、美梦和意志的力量，
> 他又把你孤独一人留在我的身旁，
> 好让我还能继续向他默默地祈祷。[①]

并且，为自己爱上杰尼西耶娃而在妻子面前深感愧疚，自我反省，赞美她灵魂的纯洁、内心的美好，称她为"人间的上帝"，写了《我不知美好东西能否触及》一诗：

> 我不知美好东西能否触及
> 我那病态的和罪恶的灵魂？
> 它能否复活，并重新挺立？
> 能否经住精神昏厥的折腾？
>
> 但是假如我的灵魂在这里，
> 在这人世间能够找到安慰，
> 你就会给我带来美好东西——
> 你，你，我的人间的上帝！[②]

---

① 《丘特切夫抒情诗选》，陈先元、朱宪生译，漓江出版社1986年版，第256页。
② 《丘特切夫抒情诗选》，陈先元、朱宪生译，漓江出版社1986年版，第142页。

1872 年诗人在垂暮之年，还深情地希望生生世世永远守在她的身边，听她说话：

> 我多么希望，当我躺在坟墓里，
> 也能像如今躺在自己的沙发上，
> 一个世纪又一个世纪似水流逝，
> 我永恒地倾听着你，一声不响。[①]

第四位是杰尼西耶娃，他为她创作了世界爱情诗的瑰宝——"杰尼西耶娃组诗"。

丘特切夫一生多次恋爱，不断地追求自己喜爱的女性。他无视社会正统习俗和道德规范，婚后仍旧像未婚时一样，不仅追求未婚女子（如杰尼西耶娃），而且追求已婚女性，如《致 N．N．》

> 你爱假装，你善于假装——
> 在人群中，背开人们的目光，
> 我用腿偷偷地把你的腿触动——
> 你给我一个答复，不要脸红！
>
> 依旧是漫不经心、无情冷漠，
> 举止、目光、笑容也依然如故……
> 而你的丈夫，这可恨的守卫者，
> 欣赏玩味着你的顺从的秀色。
>
> 因为人们，也因为命运，
> 你品尝到那隐秘的快乐，
> 体验到光明：它给与我们所有

---

① 曾思艺译自《丘特切夫诗歌全集》，列宁格勒 1957 年版，第 295 页。

背叛的快乐……背叛使你快活。

不可挽回的羞耻心的红晕，
从你年轻的面颊上一掠而逝——
而阿芙洛拉初开的玫瑰的光辉，
连同芬芳纯洁的心灵在奔驰。

可好吧！浓烈炽热的感情
越是得到满足，目光越是诱人，
在眼神中，如同在葡萄串之间，
血液透过浓阴在闪耀沸腾。①

令人惊奇的是，丘特切夫能同时真诚地爱几个女性。金庸的武侠小说《天龙八部》中的大理王段正淳，见一个女性爱一个女性，但他毕竟是小说中的虚构人物，而且是见到一个才忘掉另一个而爱上这一个，丘特切夫的本领远远胜过他："丘特切夫能真诚地爱，深挚地爱……不是一个妇女之后紧接一个，而是同时爱几个。"② 如他在热恋杰尼西耶娃的同时，又深爱着爱尔涅斯蒂娜。

究其原因，大约在于：

第一，俄罗斯独特的道德观使然。"对待爱情，俄罗斯道德与西方的道德是有区别的。我们在这种关系中经常比西方人更自由些；我们认为男女之间的爱情是个人的问题，并不涉及社会。如果法国人说爱情自由，那么他指的首先是性的关系。而很少按自然来感受事物的俄罗斯人则从另一个角度，即感情的价值（它不依赖于社会法律、自由和正义）去理解爱情的自由。俄罗斯知识分子认为，以真正的爱情为基础的男女之间认真的和深刻的关系才是真正的婚姻，即使它没有经过教会仪式和国家法律使之神圣化。相反，

---

① 《丘特切夫诗全集》，朱宪生译，漓江出版社1998年版，第83—84页。
② ［俄］科日诺夫：《丘特切夫》，莫斯科1988年版，第28页。

男女之间的联系，即使经过教会和国家法律的神圣化，如果缺少爱情，如果是靠生育和金钱打算维系的，那也应该看做是不道德的，这种关系可能成为道德败坏的掩盖物"①。这样，丘特切夫就从感情出发、从个人出发，去追求爱情，并不断追求合意的女性。

第二，诗人不断体验新感情追求新理想的心理要求所致。"具有艺术和演员气质的细腻的病态般热情的人，往往倾向于更换自己钟情的对象。相当集中的感受使他们很快地对一种恋爱际遇的单调感到饱和。他们一心追求新的对象，追求刺激的多样性"②。丘特切夫在《我得以珍藏的一切》一诗中就明确提出要不断生活、不断体验：

> 我得以珍藏的一切：
>
> 希望，信念和爱情，
>
> 都汇进了一种祈祷：
>
> 体验吧，不断体验！③

而且，这种追求新的女性又与追求新的理想往往是一回事。"历史上不乏伟大人物经常更换钟情对象的事例。奥维德、洛贝·德·维加、拜伦、歌德、雨果……不胜枚举。但是，我们不要急于下结论。深入的研究说明，天才人物的这种变化无常往往表现了他们对理想的痛苦探索，同现实发生冲突所引起的失望，和试图通过不同的人来实现自己理想形象的某些特点的结合"④。

第三，孤独的需要。如前所述，丘特切夫具有十分强烈的孤独感，为了躲避孤独，摆脱孤独，他不断地追求女性，陶醉于爱情。而他能同时爱几个女性，恐怕只能说他具有超乎常人的和特别丰富、深广的感情。

---

① ［俄］别尔嘉耶夫：《俄罗斯思想》，雷永生、邱守娟译，三联书店2004年版，第111—112页。
② ［保］瓦西列夫：《情爱论》，赵永穆译，三联书店1987年版，第294页。
③ 《丘特切夫诗全集》，朱宪生译，漓江出版社1998年版，第319页。
④ ［保］瓦西列夫：《情爱论》，赵永穆译，三联书店1987年版，第293—294页。

丘特切夫的爱情诗依据其内容的不同，可以分为早晚两个时期，其分界点是 1850 年。

早期爱情诗的特点是注重对爱情的细腻深刻的体察。

初入青年，由于受古希腊、罗马文学及浪漫主义作品影响较深，再加上初涉爱河，飘飘然又茫茫然，对爱情体察不深，丘特切夫所写的爱情与一般浪漫主义诗人无异，与茹科夫斯基、普希金等尤为接近，泛泛地大写特写的是所谓"美酒"、"鬈发"、"逝去的青春，死去的爱情"，但在轻飘飘中也开始体现出诗人在爱情中特别强调真纯，注意精神美的特点，如《给 H》，写到 H 小姐真诚、纯洁的眼睛，"你充满着无邪热情的脉脉秋波，是你的圣洁感情的珍贵的黎明"，对于缺乏真诚情意的心灵来说，它只是"无言的谴责"，然而，"这秋波对于我是神赐厚礼，仿佛是一股生命之泉"，因为"这种向上精神的光芒使人美好"，以"神圣"净化和提升人的精神境界。①

丘特切夫是一个天性敏感、感情丰富、精于观察、善于思考的学者型诗人，一有机缘必然很快走向成熟与深刻。在德国，随着年龄的增长，见识的增广，尤其是德国哲学的影响，他在思想上成熟起来。爱情也逐步深刻，对爱情的体察转为细腻，爱情诗开始独具特点。

诗人开始注意捕捉充满情趣和诗意的生活细节来体察爱情，如新婚时献给艾列昂诺拉的《捉迷藏》就捕捉住了"捉迷藏"这一最能体现女性淘气可爱、充满诗意和欢乐情趣的生活细节：

> 她的竖琴就放在常放的角落，
> 窗旁照样安放着石竹花和玫瑰，
> 正午的阳光在地板上似睡非睡，
> 约定的时间到了，可她在哪里？
>
> 啊，谁能给我找到这个淘气姑娘？
> 我的轻盈仙女到底在哪儿躲藏？

---

① 见《丘特切夫诗全集》，朱宪生译，漓江出版社 1998 年版，第 43—44 页。

我感到在空气中弥漫着一种喜气，
犹如那醉人的幸福之光在荡漾。

石竹花并非故意地在窥探打量，
玫瑰啊，怎么你的脸颊在绿叶上
会发烫，就连气味也越来越香：
我知道，是谁在花丛中躲藏！

我听到的不是你的竖琴的音响，
你还幻想在金色的琴弦里隐藏？
你拨动的金属琴弦早就响起，
那甜蜜的声音还在那儿震荡。

仿佛烟尘在正午的阳光中飘舞，
仿佛蹦跳的火星在火堆上飞扬，
我看见熟识的眼睛中的火焰，
我当然知道此时它正欣喜若狂。

小蝴蝶在花间不停地飞舞，
它飞来飞去，假装成无忧无虑，
我的亲爱的客人，你尽情飞吧！
难道我还认不出轻盈如气的你？①

　　诗人也善于通过人所习见而往往熟视无睹的日常生活细节来体察爱情，如《对于我，这难忘的一天》一诗，除写了"金色的爱情的表白"给自己带来了"新世界"（精神美）外，还有生动细腻、栩栩如生的对恋人形象的独到观察："她默默地站在我面前，/胸脯如波浪起伏，她的脸/泛起一片朝

①《丘特切夫诗全集》，朱宪生译，漓江出版社1998年版，第69—70页。

霞的嫣红。"《我的朋友，我爱看你的眼睛》更是细致入微地捕捉到在热吻时恋人的眼睛中所透出的"沉郁而幽暗的欲望的火焰"，这充分体现了诗人捕捉细节的非凡才华和对美的敏锐、独特的感受能力。这种细致入微的观察与感受使丘特切夫早期的爱情诗远远超越了一般因所写泛泛而显得空洞的爱情诗。

丘特切夫早期的爱情诗还善于把人与自然结合起来，构成优美动人的意境，最突出的例子便是《啊，我记得那黄金的时刻》这一早期爱情诗的代表作：

> 啊，我记得那黄金的时刻，
> 我记得那心灵亲昵的地方：
> 临近黄昏，河边只有你我，
> 而多瑙河在暮色中喧响。
>
> 在远方，一座古堡的遗迹
> 在那小山顶上闪着白光，
> 你静静站着，啊，我的仙女，
> 倚在生满青苔的花岗石上。
>
> 你的一只纤小的脚踩在
> 已塌毁的一段古老的石墙上，
> 而告别的阳光正缓缓离开
> 那山顶，那古堡和你的面庞。
>
> 向晚的轻风悄悄吹过，
> 它把你的衣襟顽皮地舞弄，
> 并且把野生苹果的花朵
> ——朝你年轻的肩头送。

你潇洒地眺望着远方……
晚天的彩霞已烟雾迷离，
白日烧尽了，河水的歌唱
在幽暗的两岸间更清沥。

我看你充满愉快的心情
度过了这幸福的一日；
而奔流的生活化为幽影，
正甜蜜地在我们头上飞逝。①

　　这首诗不同于前述爱情诗的直接感情抒发，而是把人与自然结合起来，通过回忆的、抒情的调子，向我们展开一幅美丽的画图：在暮色降临的美妙黄昏时分，在宁静宜人的多瑙河边，远方，有古堡在山顶闪着白光，眼前，心上人倚着生满青苔的花岗岩，脚踩塌毁的古老石墙，沐浴着夕阳的红辉，潇洒地眺望远方，一任向晚的轻风悄悄地顽皮地舞弄衣襟，把野生苹果的花朵一一朝肩头吹送。全诗充满着柔情蜜意盈盈溢出的生活细节，弥漫着幸福、和美、愉快的气氛。涅克拉索夫对这首满蕴诗情画意的诗非常赞赏，认为它属于丘特切夫本人，甚至是全俄罗斯最优秀的诗歌之列。

　　值得一提的是，在这首诗的结尾，表现了诗人对人生美好易逝、时光难留的哲理感慨：幸福的时光已化为幽影从头上飞逝。在爱情诗中表现对人生的哲理感悟乃至深刻探索，是丘特切夫爱情诗的一大特点，主要表现在其晚年的"杰尼西耶娃组诗"中，但早期已开先河。除上述这首诗外，还有《给——》一诗。它一方面写"爱情展翅飞翔/轻轻送来这多情的目光"，一方面又感到"它带着一种奇异的权力/要把心灵诱入美妙的牢狱"，巧妙、独特地表达了对爱情与自由的人生哲理感悟。

　　总之，丘氏早期的爱情诗以细腻独特的体察为主要特点，但已开始把人与自然结合起来，并开始对人生的哲理进行某些探寻，调子明快，感情真

———————————

① 《丘特切夫诗选》，查良铮译，外国文学出版社1985年版，第40—41页。

挚，对于生活细节有着精细入微的把握，对美与精神境界有着独特的追求。

1850 年，丘特切夫与他两个女儿就学的那所学院副院长的侄女叶莲娜·阿列克山德罗芙娜·杰尼西耶娃经过长久了解后（皮加列夫指出："杰尼西耶娃何时开始强烈吸引丘特切夫，已不得而知。她的名字首次出现在丘特切夫的家庭便条上，是在 1846 和 1847 年"①），陷入深深的热恋，从此保持婚外同居 14 年，组织了另一个家庭，并生了三个子女（女儿叶莲娜、儿子费多尔与尼古拉），直到 1864 年杰尼西耶娃因肺病含恨辞世。

当时，丘特切夫虚岁 48 岁，杰尼西耶娃芳龄 24 岁。这是姗姗来迟的爱情。这一爱情，像诗人自己所说的那样，是最后的爱情，它改变了诗人生活的整个秩序。正如列夫·托尔斯泰在其名著《安娜·卡列尼娜》中所揭露的那样，上流社会允许偷鸡摸狗，却容许不得真正的爱情。一时之间，舆论大哗，道貌岸然的上流社会作正人君子状，群起而攻之，社交的大门也对诗人和杰尼西耶娃相继关闭。但舆论的压力更多地落在女方的头上。虽然两人非常痛苦，但爱情并未有丝毫的减弱。在这种情形下，诗人怀着复杂的心情，为自己挚爱的恋人写了一首首意蕴复杂、感情深沉的情诗。1864 年，杰尼西耶娃去世，给诗人以沉重打击，他在出殡后的第二天给 A．H．格奥尔吉耶夫斯基写信说："一切都完了——昨天我们把她埋葬了。这究竟是怎么回事？发生了什么事情？我这是在给您写什么——我不知道……对于我来说，一切都死去了：思想，感情，记忆，一切……"② 在深深的悲痛之中，他继情诗之后，创作了不少悲沉含蓄的悼亡诗。

这些献给杰尼西耶娃的诗，在文学史上被称为著名的"杰尼西耶娃组诗"，从 1850 年至 1868 年共 22 首。它们是：《尽管炎热的正午》、《我们的爱情是多么毁人》、《你不止一次听我承认》、《孪生子》、《命数》、《不要说他还像以前那样爱我》、《啊，不要用公正的责备来惊扰我的心！》、《你怀着爱情向它祈祷》、《我见过一双眼睛》、《哦，我的大海的波浪呀》、《午日当空》、《最后的爱情》、《火光红红火焰熊熊》、《北风息了》、

---

① ［俄］皮加列夫：《丘特切夫的生平与创作》，莫斯科 1962 年版，第 146 页。
② 转引自［俄］皮加列夫：《丘特切夫的生平与创作》，莫斯科 1962 年版，第 169 页。

《哦，尼斯》、《一整天她昏迷无知地躺着》、《在我的痛苦淤积的岁月中》、《到今天，朋友，十五年过去了》、《一八六四年八月四日周年纪念日前夜》、《在那潮湿的蔚蓝的天穹》、《我的心没有一天不痛苦》、《我又站在涅瓦河上了》。

苏联当代著名评论家列夫·奥泽罗夫指出："丘特切夫的抒情自白作为世界爱情诗的高峰之一，在我们今天得到了承认。它具体体现在著名的'杰尼西耶娃'名下（这个名称不是作者取的）的组诗中，它们构成了一部独特的'诗体长篇小说'。在丘特切夫之前，还没有谁塑造出这样具有个性、心理学特征的深刻的妇女形象。'杰尼西耶娃组诗'讲述了一个高傲的年轻妇女，她向上流社会挑战，为爱情建立了功勋并且在为这一爱情的绝望的斗争中毁灭。这个形象在性格方面和陀思妥耶夫斯基的娜斯塔西雅·费里波夫娜以及托尔斯泰的安娜·卡列尼娜有共同之处。"①

我国丘特切夫诗歌的翻译者朱宪生教授在其介绍、研究丘特切夫的文章和著作中精当地指出，"如果说'杰尼西耶娃组诗'是一部交响乐的话，那它的第一乐章便是'乞求'"，"'乞求'显然包含有两层意思，一是乞求爱情，这种乞求与祝福、崇拜的感情交织在一起；一是乞求宽恕，这种乞求是与诗人的一种负罪感联系在一起"，而"第二乐章可以说是'搏斗'"，"这里早已不存在'爱'或者'不爱'的问题，而只有'爱是什么'和'爱与死'的问题"，"交响乐的第三乐章的主题是'沉思'"，"交响乐的第四乐章的标题便是'怀念'了"，并且为"杰尼西耶娃组诗"的深刻悲沉的内容而惊叹："这是怎样的一组诗啊！真诚、坦白、执著、深沉。既充满着炽烈的感情，又不乏冷静的理性；既有绵绵不断的倾诉和表白，又有严格无情的自我剖析和反省。它既是爱的颂歌，又是爱的挽曲。诗人那支饱蘸心血的笔，遨游着爱的领海，探索着爱的奥秘。"②

---

① ［俄］列夫·奥泽洛夫：《丘特切夫的银河系》，见《丘特切夫诗选》，莫斯科 1985 年版，第 12 页。

② 朱宪生：《自然世界的沉思　爱情王国的绝唱——略论丘特切夫的诗》，载《外国文学研究》1989 年第 1 期；亦可见朱宪生：《俄罗斯抒情诗史》，陕西人民教育出版社 1993 年版，第 245—268 页。

以上所说均有道理，且很有见地，但"杰尼西耶娃组诗"的最大特点还应该是对爱情细腻独特的体察，对人生深刻悲沉的探寻。

其细腻独特的体察表现在对日常生活细节的精细入微的捕捉上，这既是早期爱情诗细节捕捉特点的继续，更是一种发展。早期仅限于通过细节展示独特的观察，晚期则在此基础上细致地描绘了日常生活的现实图画，进而以此塑造杰尼西耶娃这一堪与陀氏笔下的娜斯塔西雅·费里波夫娜和托翁笔下的安娜·卡列尼娜媲美的形象。诗人对日常生活现实图画的描绘是如此细致，以至我们能从中看到具体的人与具体的情节，连日常琐事的细枝末节都历历如在眼前。如《我见过一双眼睛》一诗，就细致独特地描绘了杰尼西耶娃"这一个"特有的眼睛：

我见过一双眼睛——啊，那眼睛！
我多么爱它的幽黑的光波！
它展示一片热情而迷人的夜，
使被迷的心灵再也无法挣脱。

那神秘的一瞥啊，整个地
呈现了她深邃无底的生命，
那一片柔波向人诉说着
怎样的悲哀，怎样的深情！

在那睫毛的浓浓的阴影下，
每一瞥都饱含深深的忧愁，
它温柔得有如幸福的感觉，
又像命定的痛苦，无尽无休。

啊，每逢我遇到她的目光，
我的心在那奇异的一刻
就无法不深深激动：看着她，

我的眼泪会不自禁地滴落。①

诗人与杰尼西耶娃虽然都是自愿进入一种"非法的"爱情关系，并因此而受到上流社会的大肆围攻，但由于男女社会地位不平等，两人所承受的压力不同：男子随时可以摆脱这种沉重的负担，女子却只能终生承受一切后果。因此，爱得真诚、爱得深挚的杰尼西耶娃的每一瞥，就不能不"温柔得有如幸福的感觉"，悲哀得"又像命定的痛苦"。从诗中，我们还可知道，杰尼西耶娃有着俄罗斯人中不太多见的黑色眼睛，它"闪烁着幽黑的光波"，像"热情而迷人的夜"。又如《你不止一次听我承认》一诗，具体地向我们展现了：杰尼西耶娃生了一个女儿，并在摇着婴儿的摇篮，诗人还进一步向我们暗示，由于非婚所生，未能受洗，这婴儿尚未命名（英国著名作家哈代的名作《德伯家的苔丝》中有类似情节）。而《一整天她昏迷无知地躺着》一诗更是细致入微地展示了杰尼西耶娃临死的一切细节：夏日温暖的雨，雨打树叶的声音，杰尼西耶娃在床上缓缓地醒来，凝神细听"淅淅沥沥的雨声"……

总而言之，这组诗通过细腻独特的生活细节描绘，不仅为我们塑造了杰尼西耶娃这样一位栩栩如生的迷人的妇女形象——她为爱情建立了功勋，并在为爱情的幸福所作的斗争中毁灭了，而且从许多生活琐事的细节方面展示了他们间爱情的进程。

但这组诗更重要的是，体现了诗人对爱情、对人生的深刻悲沉的探索。皮加列夫指出："丘特切夫的爱情诗不像其他诗人那样把爱情描绘成光明和谐的感情，而是描写成带来心灵痛苦乃至毁灭的'命定的'激情。"② 这与诗人独特的爱情生活经历有关，更与谢林哲学的影响密切相连（详见丘特切夫与谢林哲学）。

由于谢林哲学的影响，爱情，在思想成熟期的丘特切夫那里，已不是早期那样单纯的美好，而是混沌世界本源的外在表现形式之一——它作为一种

---

① 《丘特切夫诗选》，查良铮译，外国文学出版社1985年版，第119页。
② ［俄］皮加列夫：《丘特切夫的生平与创作》，莫斯科1962年版，第232页。

自然初始便留下来的宿命的遗产，必然具有母体的种种特征，是一种原始的、无法控制的力量，因为自然界本身总是处于敌对力量的从不间断的冲突之中。这样，诗人在"杰尼西耶娃组诗"中，就深刻地体现了这种原始性，如"我认识她已经很久，还在那神话的世纪"（《我认识她已经很久》），又如《我们的爱情是多么毁人》，则表现了这种原始热情的盲目性和毁灭性：

> 我们的爱情是多么毁人！
> 凭着盲目的热情的风暴，
> 越是被我们真心爱的人，
> 越是容易被我们毁掉……①

进而，突破了一般关于爱情的心理表现，如普希金，相爱时心满意足——"等待你的只是欢快"（《窗口》），分手时痛苦不堪——产生"不幸的爱情的悲哀"，勾起"种种疯狂的幻想"（《心愿》），而挖掘到某种独特的、深层的、较为现代的感情——从爱情的快乐、幸福中看到不幸、痛苦，从两颗心灵的亲近中看到彼此的敌对："两颗心注定的双双比翼，就和……致命的决斗差不多"（《命数》），并发现在爱情中"有两种力量——两种宿命的力量"，一种是死，一种是人的法庭（《两种力量》）；一种是自杀，另一种是爱情（《孪生子》）；一种是幸福，另一种是绝望（《最后的爱情》）。在这方面，丘特切夫超过了同时代或稍后所有歌颂、表现爱情的诗人、作家，对人性中的爱情心理层次、爱的奥秘、生命的悲剧作了更新、更深、更现代、更富哲理的开拓。半个世纪后，英国的劳伦斯才深入这一领域，做出了类似于诗人的探索（主要体现于其著名长篇小说《彩虹》、《恋爱中的妇女》等中）。无怪乎列夫·奥泽罗夫要惊呼："无论是在丘特切夫之前，还是在他之后，在俄国文学中没有过如此突出地揭示生活的悲剧的抒情诗！"②

---

① 《丘特切夫诗选》，查良铮译，外国文学出版社1985年版，第113页。
② ［俄］列夫·奥泽洛夫：《丘特切夫的银河系》，见《丘特切夫诗选》，莫斯科1985年版，第13页。

丘特切夫在"最后的爱情"中，对杰尼西耶娃有着极其深情的痴爱，以致在她面前深深自惭形秽，如《你不止一次听我承认》：

你不止一次听我承认：
"我不配承受你的爱情。"
即使她已变成了我的，
但我比她是多么贫穷……

面对你的丰富的爱情
我痛楚地想到自己——
我默默地站着，只有
一面崇拜，一面祝福你……①

同时，由于杰尼西耶娃受到较之诗人过重的社会压力，诗人又产生了深深的内疚与负罪感——他为恋人饱经压抑、形容憔悴而痛心：

才多久啊，你曾骄傲于
自己的胜利说："她是我的了。"……
但不到一年，再请看看吧，
你那胜利的结果怎样了？

她面颊上的玫瑰哪里去了？
还有那眼睛的晶莹的光，
和唇边的微笑？啊，这一切
已随火热的泪烧尽，消亡……②

---

① 《丘特切夫诗选》，查良铮译，外国文学出版社1985年版，第107页。
② 《丘特切夫诗选》，查良铮译，外国文学出版社1985年版，第113页。

　　并且，深感自己的爱情对于杰尼西耶娃来说"成了命运的可怕的判决"，认为"这爱情以无辜的耻辱/玷污她，一生都难以洗雪"（《我们的爱情是那么毁人》①）。因而诗人在这既深情痴恋，又饱含内疚与负罪感的矛盾心境中，强烈地感受到这"最后的爱情"如此"痴迷"，又如此"温柔"，"如此幸福，而又如此绝望"，于是，诗人情不自禁地大声疾呼："行将告别的光辉，亮吧！亮吧！/你最后的爱情，黄昏的彩霞！"（《最后的爱情》）

　　正是上述心境，使诗人能把谢林哲学的影响与自己对爱情、人生、心灵等问题的体验与深思融为一体，写出"杰尼西耶娃组诗"这组旷世奇作来。正因为如此，诗人写这一组诗时，根本未曾考虑过发表，而只是久久盘郁内心的激情酝酿得过酵过浓，不吐不快。因此，这组诗是发自心底的情之所至的声音。

　　如果说在早期的爱情诗里，丘特切夫还注意辞藻，巧于技巧的话，那么，到了晚期的"杰尼西耶娃组诗"，则是一任真情裹挟深思而出，数十年的艺术功力已臻炉火纯青、大巧若朴之境，往往点铁成金，着手生春，通过日常生活中平凡的琐事，进行深刻的心理剖析，化平凡为神奇，不用象征而象征自现，使其诗富于心理深度，在含义上构成多层结构，并且在无须苦心经营技巧的情况下，常常出人意料之外，又在人情理之中地冒出奇绝笔法，如《我又站在涅瓦河上了》一诗：

> 我又站在涅瓦河上了，
> 而且又像多年前那样，
> 还像活着似地，凝视着
> 河水的梦寐般的荡漾。
>
> 蓝天上没有一星火花，
> 城市在朦胧中倍增妩媚；
> 一切静悄悄，只有在水上

---

① 《丘特切夫诗选》，查良铮译，外国文学出版社1985年版，第114页。

才能看到月光的流辉。

我是否在做梦？还是真的
看见了这月下的景色？
啊，在这月下，我们岂不曾
一起活着眺望这水波？①

诗人的感情竟深厚如斯！痴情的诗人并不以未亡者的身份来悼念死者，竟设想自己也死了（"还像活着似的"），然后以死者的身份与因病逝世的杰尼西耶娃一起活着赏月，这真是匪夷所思的奇绝笔法！但它又是如此的平凡、如此的质朴，显然并非绞尽脑汁，煞费苦心地杜撰而得，而是情之所至的自然流露。正如飞白先生所指出的那样："本来，以死者身份写诗是荒谬的，但诗人确实又可以写不可能发生的事（亚里士多德语）。——因为过于完美不容于世的叶莲娜已经像诗人早已预感到的那样逝去，而当年的春江月夜却和过去一样重现眼前，这时，年已垂暮的诗人怎能独自在人世赏月呢？诗人确实产生了自己也已死去的感觉，觉得与叶莲娜同赏此景已是隔世的事情了。于是，不可能发生的事发生了，荒谬化成了真实——这是情感的真实。"②

由上可知，丘特切夫的爱情诗，确实对爱情有着细致独特的体察，对人生进行了深刻悲沉的探寻，只不过早期偏重于前者，晚期兼有二者而又以后者为主。由此，决定了其爱情诗的又一特点，这就是真诚深挚的感情与清醒睿智的理性的密切结合。从早期的《给——》一诗对爱情与自由的警觉，《啊，我记得那黄金的时刻》对美好易逝、韶光难留的感悟，到"杰尼西耶娃组诗"中大量的沉思、反省、分析、解剖、推理（如《请看那在夏日流火的天空下》一诗，自比为乞丐，经过内心的反复思考，向所恋的人发出了大胆又迟疑的爱情恳求，而《你不止一次地听我承认》、《我们的爱情是

---

① 《丘特切夫诗选》，查良铮译，外国文学出版社 1985 年版，第 160 页。
② 飞白：《诗国的一束紫罗兰》，载《西湖》1983 年第 8 期。

多么毁人》等诗不仅充满自愧的感觉、反省的调子，而且展示了对自己的分析、解剖，均是如此）。因此，丘特切夫的爱情诗的确不愧为俄国文学乃至世界文学中的高峰之一。

三、社会政治诗

丘特切夫一生关心社会政治问题，力求在政治上有所作为，并创作了不少社会政治诗。这些诗大约有70余首，如果把"杰尼西耶娃组诗"及题赠诗中涉及社会政治的诗也计算在内，则有90余首，占其全部诗歌创作的近四分之一。这些诗大体上可分为反映社会问题的诗和反映政治问题的诗两个部分。当然，这两部分诗歌有时无法截然分开，这里为了论述方便，不得不加以区分。

反映社会问题的诗主要包括以下内容。

第一，思考个人与时代的关系，反思时代存在的普遍问题。

如前所述，19世纪在社会生活的各个方面都发展很快，使人感到难于应付，诗人身处慕尼黑这样的西欧现代都市和文化中心，对此日新月异的变化，更感难以适应。尽管他一再努力，却还是感到难以跟上飞速发展的时代。在《我们跟着时代前行》一诗中，他写道：

> 我们跟着时代前行，
> 就像跟着埃涅阿斯的克瑞乌萨，
> 我们走了一会儿就觉疲乏，
> 步子渐小——最后只得停下。①

克瑞乌萨是特洛亚老王普里阿摩斯与王后赫卡柏之女，希腊神话和传说

---

① 《丘特切夫诗全集》，朱宪生译，漓江出版社1998年版，第89页。

中特洛亚著名英雄埃涅阿斯的妻子，特洛亚城被希腊英雄俄底修斯用木马计里应外合攻破后，她跟随丈夫逃命，但无法跟上丈夫如飞的捷步，累得渐渐停下，终被希腊联军杀死。丘特切夫借用这一典故，形象地写出了自己对时代和社会的感情，同时又表明时代发展实在太快了，自己无法适应。在《像小鸟一样猛地一抖》一诗的结尾，他进一步表达了自己对时代的公正理解和疲于奔命的感觉：

> 你们，度过自己光阴的
> 过去了的一代的残片碎影！
> 你们在抱怨，你们在责备，
> 这既不公正但又公正！
> 我整个身心疲惫不堪，
> 犹如半睡不醒的忧郁影子，
> 迎着太阳和运动，
> 跟着新的一代艰难前进！①

　　这种对个人与时代关系的思考，在当时具有较为普遍的意义，反映了人们普遍的心态，因为："法国革命后的一个世纪是一个剧烈和巨大变革的时期。和这个世纪相比，以前时代的生活几乎是静止的。在这么短的一个时期里人们的生活方式所经历的激烈变化和一向受人们尊奉的传统所遭受的破坏程度是前所未有的。层出不穷的发明如此急速地加快了生活的节奏，他们会使莱纳尔多·达·芬奇和艾萨克·牛顿感到吃惊……现代人的生活具有空前的复杂性和多样性。新的政治思想和社会思想多得眼花缭乱。整个时代是一个不断变化的时代，各种倾向互相冲突，人们对社会问题存在着尖锐的分歧。"② 在高科技的信息时代，人们对社会和时代的发展，更感眼花缭乱，

---

① 《丘特切夫诗全集》，朱宪生译，漓江出版社1998年版，第149—150页。
② ［美］爱德华·麦克诺尔·伯恩斯、菲利普·李·拉尔夫：《世界文明史》第三卷，罗经国等译，商务印书馆1995年版，第45页。

应接不暇，丘诗使我们备感亲切，仿佛它替我们说出了心灵深处憋得太久的话。

进而，诗人反思时代存在的普遍问题，表现个性与社会的矛盾，超前揭示了人的异化。在丘特切夫看来，当时的时代尽管发展迅速，却是一个很坏的时代。它是"犯罪的、可耻的世纪"（《愉快地睡吧……》），是"绝望的、怀疑的世纪"、"病痛的、没有信念的世纪"（《纪念 M. K. 波里特科夫斯基》），他甚至发现这个时代，"在广场上，在议会上，在供桌上无处不成为真理的私敌"，因此称之为"这个被叛乱教养出来的时代，这个没有心肝的恶狠狠的世纪"（《即使真理从大地上销声匿迹》），并且感到在这样一个时代，人已没有希望，无法有所作为，最好沉默、无为、麻木不仁，得过且过：

> 不要去谈论什么，不要这样匆匆忙忙，
> 疯狂在四处寻觅，愚笨坐在审判台上，
> 白天的创伤夜间用梦去医治，
> 而那就要到来的明天又会是怎样？
>
> 活下去，就会感受一切：
> 有忧愁，有快乐，还会有恐慌。
> 有什么可希望的？又有什么值得悲伤？
> 日子一天天过着——得感谢上苍！
>
> （《不要去谈论什么……》）①

在这样一个社会和时代里，个性被彻底压抑，人心无法沟通，人已被异化，人们只能各自沉浸在自己的内心世界里（详前）。

第二，反映乡村的贫困、下层人民的苦难与妇女的悲惨命运。

别尔嘉耶夫指出："对于丧失了社会地位的人、被欺辱的与被损害的人

---

① 《丘特切夫诗全集》，朱宪生译，漓江出版社1998年版，第260页。

的怜悯、同情是俄罗斯人很重要的特征。"① 俄国知识分子更因此而形成一种十分深厚的人道情怀，对"小人物"的命运极其关注，拉吉舍夫、普希金、果戈理、屠格涅夫、陀思妥耶夫斯基、列夫·托尔斯泰等莫不如此，丘特切夫也不例外。

丘诗对"小人物"的关心，首先，表现在对其贫困、凄凉的生存环境的反映上。这方面的诗歌，主要有《在这儿，只有死寂的苍天》、《穷困的乡村》、《归途中》等。《在这儿，只有死寂的苍天》描写了"死寂的苍天"，贫瘠、疲倦的自然；《归途中》则揭示了俄罗斯的乡村已没有色彩、活力，人们屈从于命运的摆布，在疲惫的昏迷里，发出喃喃的梦呓。其次，诗人反映了"小人物"的不幸。如《世人的眼泪》通过漫天的雨与泪的交融，揭示了下层人民苦难的深重。再次，反映了俄罗斯妇女的悲惨命运。如《给一个俄罗斯女人》描写了俄罗斯妇女的一生——远离阳光和大自然，也远离社会和艺术，没有爱情，不能进入生活，在荒凉中、在默默无闻中，青春暗淡，感情熄灭，理想成灰……

值得一提的是，诗人在揭示乡村的穷困与下层人民的苦难时，也善于从中发现闪光点，以给人们精神鼓舞，如《穷困的乡村》：

> 穷困的乡村，枯索的自然：
> 这景色哪有一点点生气？
> 你长期来忍受着苦难，
> 啊，你这俄国人民的土地！
>
> 异邦人的骄傲的眼睛
> 不会看到，更不会猜想
> 在你卑微的荒原的底层
> 有一些什么秘密地发光。

————————

① ［俄］别尔嘉耶夫：《俄罗斯思想》，雷永生、邱守娟译，三联书店2004年版，第88页。

祖国啊，在你辽阔的土地上，

那背负着十字架的天主

正把自己化作奴隶模样

向你的每一个角落祝福。①

第三，描写公众普遍关注的国内重大事件。如《致反对饮酒者》一诗，对反对饮酒者进行了很有说服力的艺术性的反驳。《皇帝之子死在尼斯》、《一八六五年四月十二日》则分别反映了沙皇亚历山大二世的长子尼古拉·亚历山大罗维奇患病及死后的情景与丹麦公主、沙皇的继承人——后来的亚历山大三世的新娘达格玛拉抵达俄罗斯的情况。《火灾》反映了1868年彼得堡近郊森林和泥炭沼泽地大火的情况，并在结尾从哲学高度指出人在自然灾害面前的软弱无力。这类诗中，最有名的是《一八三七年一月二十九日》：

是谁的手射出致命的铅弹，

击中了诗人的高贵的胸膛？

是谁摧毁了这神奇的金觥，

竟像摔破一个易碎的杯盏？

面对着我们人世间的真理，

且不说他是无辜还是有罪，

上天之手将在他身上烙下

永久的"刺杀王者"的印记。

可是，你，突然间过早地

从世间被黑暗的深渊吞没，

你安息吧，你诗人的灵魂，

愿你在光明的世界里安息！

---

① 《丘特切夫诗选》，查良铮译，外国文学出版社1985年版，第129页。

不管世人对于你怎样妄论，
你的命运是这样伟大神圣！
你是上天神灵们的管风琴，
可滚烫的血在你身上奔腾。

你以你身上的高贵的热血，
实现了对荣誉的热烈渴望——
你静静地长眠了，民众把
那苦难的大旗盖在你身上，
谁听得见热血的奔腾激荡，
就让谁去审判那魑魅魍魉……
就像铭记自己的初恋一样，
俄罗斯心中不会把你遗忘！①

　　1837 年 1 月 27 日下午普希金因与丹特士决斗身负重伤，1 月 29 日下午长辞人世。这是震惊俄国的一件大事。丘特切夫虽然身在国外，闻讯后也义愤填膺，创作了此诗，既充分肯定了普希金的文学成就，表达了对他的敬仰与悲痛之情，又愤怒地谴责杀死普希金的凶手，宣布他为"刺杀王者"的罪人，是魑魅魍魉，将受到审判。

　　反映政治问题的诗大体可分为以下几类。

　　一是关注俄国的生存与发展。丘特切夫像绝大多数俄国文化人一样，对俄国有着极其深厚的感情，认为俄国应成为第三罗马帝国，负有特殊历史使命。因此，他以极大的热情关心俄国的生存发展，并为此创作了不少诗歌。这些诗歌又可分为两个方面。

　　其一，揭露、讽刺王公贵族、政府机关存在的问题，希望唤起他们的注意，得到改正。当时的社会极其黑暗，陀思妥耶夫斯基仅因加入进步的彼得拉谢夫斯基小组，并在该小组的一次集会上宣读了别林斯基的一封信，信中

①《丘特切夫诗全集》，朱宪生译，漓江出版社 1998 年版，第 182—185 页。

充满了对最高当局与正教教会的"狂妄言论",而被逮捕,先是被判处死刑,然后改判服苦役,与此同时,还有不少进步人士动辄遭逮捕、被流放。丘特切夫虽为政府官员,公开批判政府与贵族,也不无风险。何况,他的笔锋直指上至沙皇下至政府各部门的俄国上层机构。如《给尼古拉一世的墓志铭》就公开指出这位沙皇从未爱国,一生作为全是谎言、全是演戏,这些言论是何等大胆、"狂妄":

> 你不曾为上帝和俄罗斯服务过,
>
> 你只是为你自己的虚荣,
>
> 你的全部行为,无论是善事还是恶行,
>
> 全都是谎言,全都是空虚的幻影,
>
> 你不是一个君王,而是一个优伶。①

《神圣的罗斯》则指出俄罗斯由"一所农民的政府机关"变成了"一个仆人",并为其前进的方向感到疑虑重重,诗意与早年的名言"俄罗斯的一切办公室和营房都随着鞭子和官僚运转"接近。当海军上将 C. A. 格列依格被委任为财政部长,诗人又大胆地写诗讽刺政府用人不当(《当这乱糟糟的财政……》)。在《这俄罗斯志愿者的印章……》、《在张臂躺着的俄罗斯上空》等诗中,诗人揭露了俄国书报检查机关及其他机关所存在的问题。这类诗往往以独到的眼光,透过现象把握本质,然后以格言警句式简洁的语言,揭示毛病所在,短小精悍,生动有力。

其二,从正面关注俄罗斯的前途与命运。诗人指出俄罗斯是一个具有独特气质、性格的国家,凭理智不能理解她,用普通的尺度无法衡量她,只有对她宗教般虔诚地信仰,才能与之沟通。如《凭理智无法理解俄罗斯》:

> 凭理智无法理解俄罗斯,

---

① 《丘特切夫诗全集》,朱宪生译,漓江出版社 1998 年版,第 314 页。

她不能用普通尺度衡量：

她具有独特的气质——

对俄罗斯只能信仰。①

汤普逊认为：“这个诗体论断很像安东尼奥·葛兰西的辩证法命题，他说，在马克思主义的实践以外，是不能理解马克思主义的。”② 他进而指出丘诗中的这类论断对俄国文化发展的意义：“正如圣愚大部分时间的行为并不神圣但依然被视为圣人那样，俄国人民即使行为不纯洁也被视为本质纯洁。诗人丘特切夫对这种辩证法贡献颇大。”③

接着，诗人通过鼓舞人心的历史事件来激励人们，如《谁满怀着信念和爱情》一诗，借讴歌 1812 年抗击拿破仑军队入侵的胜利，宣扬爱国主义精神，并为人们指明方向——只有卫国战争那样真正爱国的英雄，才能成为新一代的首领，号召人们向他们学习。

最终，诗人通过俄罗斯独特的文化传统，来宣扬爱国——保持俄罗斯自己的民族特色，以自立于世界民族之林。如《基立尔字母绝世的伟大日子》一诗，回顾了俄文字母的基础——基立尔字母的创造历史，宣扬“伟大的俄罗斯，不要改变自己”，呼吁自己的故乡“不要相信别人虚假的智慧或者无耻的欺骗”，而要“像基立尔那样”，为斯拉夫做出“伟大贡献”。

这类诗还有《你，俄罗斯之星》、《祖国的烟对我们甜蜜而愉快》、《彼得一世栽下的树木》，等等。

二是通过俄国与西方的关系，进一步思考俄国的发展方向。

丘特切夫对俄国与西方的关系问题进行过长期、系统的思考，曾撰写过政论文章《俄罗斯与西方》。在这方面，他具有得天独厚的条件。一方面，他是俄国政府的官员，既了解俄国的社会与文化，又了解政府的许多对外政

---

① 曾思艺译自《丘特切夫诗歌全集》，列宁格勒 1957 年版，第 230 页。

② ［美］汤普逊：《理解俄国：俄国文化中的圣愚》，杨德友译，三联书店·牛津大学出版社 1998 年版，第 284 页。

③ ［美］汤普逊：《理解俄国：俄国文化中的圣愚》，杨德友译，三联书店·牛津大学出版社 1998 年版，第 283 页。

策；另一方面，他又长期作为外交人员居住在西欧，这使他不仅能比较冷静地观察、思考俄国的文化与政策，而且为他深入、切实、全面、迅速地了解西欧的社会、政治、文化提供了方便。

在诗歌方面，丘特切夫往往厚积薄发，以诗人的灵敏，诗意地表现政治的主题，形象地展现自己对俄国与西方关系的思考。这类诗主要有：《看，西方的天边上》、《黎明》、《预言》、《涅曼河》、《徒劳之举》、《致斯拉夫人》（一）、（二）、《一八六九年五月十一日》、《黑海》等。其内容包括以下几个方面。

其一，揭示俄国与西欧的矛盾。丘特切夫对西欧的极端个人主义和以资产阶级功利观为核心的资本主义文明十分不满，认为注重道德修养、重视集体、富于人道情怀的俄罗斯是与之矛盾的。在《看，西方的天边上》一诗中，他以象征的手法表现了俄国（东方）与西欧（西方）的矛盾：

> 看，西方的天边上
> 燃起了晚霞的光焰，
> 渐暗的东方却穿上了
> 阴冷的灰色的鳞片。
>
> 它们之间可是有什么仇恨？
> 或是太阳并非它们的同一光源？
> 难道是这个不动的媒体
> 把它们割裂而不是相联？①

因此，他经常将俄国与西欧对照着描写，以显示西方的不足，俄国的优越，如《两种统一》：

---

① 《丘特切夫诗全集》，朱宪生译，漓江出版社 1998 年版，第 195 页。

> 从盛满上帝的愤怒的酒杯中，
>
> 血溢了出来，西欧沉没在血泊里，
>
> 血涌向你们，我们的朋友和弟兄——
>
> 斯拉夫的世界，联合得更加紧密……
>
> "或许只有用铁和血才能达到……"
>
> 但是我们将要用爱来统一——
>
> 那样我们看到的统一会更为牢靠……①

诗中，西欧靠"铁"和"血"来统一，而俄国则靠"爱"来统一，孰优孰劣，一望而知。

然而，西欧明显比俄国发达，并且形成了对俄国的思想文化乃至政治经济方面的强大冲击，诗人只好通过历史与现实中俄国与西方矛盾所获得的胜利来激励俄国人，如《涅曼河》描写了历史上打败法国侵略军的英雄业绩，《黑海》则抒发了1870年俄国在与西欧的外交中的胜利（废除了西欧禁止俄国拥有黑海舰队和要塞的条约）。

其二，谴责西欧派，号召俄国人站立起来，担当起统一整个斯拉夫人的神圣使命。

19世纪40年代初至50年代，俄国形成了"西欧派"与"斯拉夫派"。"西欧派"认为俄罗斯与西欧的历史道路是共同的，俄罗斯民族已落后于西欧，主张走西方的道路，建立君主立宪政体和议会政治，实现资产阶级自由主义的改良，其代表人物是莫斯科大学教授格拉诺夫斯基、谢·索洛维约夫，作家屠格涅夫、鲍特金等。"斯拉夫派"是与"西欧派"同时出现的一个政治派别，认为俄国是一个特殊的国家，应该走自己的特殊道路——回到彼得大帝改革以前的老路上去。他们把彼得大帝改革前的古代罗斯宗法制社会理想化，主张调整专制制度和村社制度的关系。其代表人物是霍米亚科夫、基列耶夫斯基兄弟、阿克萨科夫兄弟、萨马林等。丘特切夫与"斯拉夫派"接近（他与霍米亚科夫、基列耶夫斯基兄弟关系很好），属泛斯拉夫主义者。

---

① 《丘特切夫诗全集》，朱宪生译，漓江出版社1998年版，第493页。

因此，丘特切夫站在斯拉夫主义的立场上，谴责过分的西化，反对"西欧派"的主张，甚至对过分描写俄国落后的东西都深感不满（他因屠格涅夫的长篇小说《烟》而写了《烟》、《祖国的烟对我们甜蜜而愉快》，批评屠格涅夫这位天才"在太阳里寻找斑点"，"用令人厌恶的烟熏黑了我们的祖国"）。

与此同时，他呼唤俄罗斯奋起，承担统一斯拉夫人的大业。在《黎明》一诗中他号召俄罗斯人"鼓起勇气，奋起反抗"，指出漫漫长夜已经过去，光明白昼即将降临。在《预言》一诗中他呼吁："俄罗斯皇帝啊——再作为整个斯拉夫的帝王站起！"在《一八六九年五月十一日》和《致斯拉夫人》（一）、（二）中，他进而倡议全体斯拉夫人在俄罗斯的旗帜下团结起来，结成强大的联盟，组成亲密友爱的大家庭。

三是反映国内外重大政治事件。

丘特切夫一生对政治有非凡的热情，即使晚年重病昏迷，稍一清醒，即询问最近的政治新闻。这种对政治的无比关心不能不在诗歌中体现出来，他创作了一定数量的反映政治问题的诗。这类诗也可分为两个方面。

其一，反映俄国国内重大政治事件及俄国对外关系。这方面的诗主要有：表现自己政治、文学观的《和普希金的〈自由颂〉》，表现自己对十二月党人和沙皇专制制度双重态度的《一八二五年十二月十四日》，因1861年农奴制改革而献给沙皇的《致亚历山大二世》，反映亚历山大二世被刺的《他得救了》，反映1828—1829年间俄土战争的《奥列格的盾牌》，表达对波兰反俄罗斯运动态度的《就像阿伽门农……》，间接描写塞瓦斯托波尔战事的《从海洋到海洋》及表现克里木战争的《一八五六年》等。

其二，及时反映国外重大政治事件。皮加列夫指出："从60年代中期，他开始注意到西方的事情。"[①] 这种说法不够确切，因为丘特切夫长期生活在西欧，对西欧的一切都颇为关注。到60年代中期，由于泛斯拉夫主义思想的影响，出于以俄国抵制乃至战胜西欧的需要，他对西欧及其他国家的事情，尤其是重大政治事件特别关注，并在诗中有所反应。这方面的作品主要有：表达对法国1848年革命态度的《什么能使智者引以为荣》，间接反映

---

① ［俄］皮加列夫：《丘特切夫的生平与创作》，莫斯科1962年版，第172页。

意大利被奥地利统治的《威尼斯》，因希腊克里特岛起义而写的《即使真理从大地上销声匿迹》，因意大利加里波黎爱国者与教皇政权的武装斗争事件而作的《应有的惩治得以实现》，描写 1869 年 10 月土耳其隆重庆祝苏伊士运河竣工庆典的《当代事件》。这些诗大多表达的是诗人对国外事件的关注与思考（思考其作用及俄国从中可吸取的经验、教训），有些也表达了诗人对时代弊端的反思，如《即使真理从大地上销声匿迹》指出，这是一个"被叛乱教养出来的时代"，"没有心肝的恶狠狠的世纪"，"恶毒的谎言强奸了所有的理智，整个世界都成为谎言的化身"，"施虐的刽子手重又成为主宰，而牺牲者——被谣言出卖！"

丘特切夫的社会政治诗早期、中期、晚期有所不同。早期这类诗较少，而且往往从艺术家以美和爱改造世界的角度来谈论社会政治问题。中期开始关注具体的重大社会政治事件，并体现出政治家的冷静、理智与敏锐。60年代中期至 70 年代初，社会政治主题的诗在丘诗创作中占压倒优势，其他类型的诗则相对较少，此时，主要以泛斯拉夫主义者的眼光，关注并评价国内外的一切重大社会政治事件。

丘特切夫的社会政治问题诗，大多采用描写、议论和象征等手法。一般来说，采用描写、议论手法的大多数诗，艺术水平颇为一般，而用象征手法创作的少数诗（如《看，在西方的天边上》、《大海和悬崖》），则有较高的艺术性。

值得一提的是，丘特切夫的社会政治问题诗，一方面体现了他作为一个诗人和官员对有关问题的独特思考，另一方面也突出地表现了其思想的保守性，不少诗还反映出他的大国沙文主义观念。我们不能因为他是一位伟大诗人而神化他的一切，当然也不能因为其思想的保守与大国沙文主义而彻底否定他。必须辩证地对待他，他本来就是一个双重性十分明显的诗人。

四、题赠诗

所谓题赠诗，是丘特切夫写在纪念册之类东西上的诗和献给他人之诗的总称。实际上，题写在纪念册之类东西上的丘诗只有寥寥数首，大多数是献赠他人之作。当然，有些献诗可能具有题写的特点——丘特切夫喜欢社交，而且写诗有一个习惯，灵感一来，随手抓住什么东西就写，不管它是废纸条、烟盒、纪念册或别的东西。因此，本书把上述两类合称"题赠诗"，一并探讨。

题赠诗在丘特切夫诗歌全集中约有 50 首，占全部丘诗的八分之一。尽管这类诗数量不是太多，而且由于题赠诗本身的应酬性质，艺术性受到一定影响，但诗人题赠的对象相当广泛，从沙皇、政府官员、诗人、艺术家、贵族妇女、学者直到妻子女儿，同时，诗人又往往是有感而发，大多善于选择独特的角度，并具有真情实感，且融合了人生的智慧与哲理，因而，颇具特色，值得研究。

题赠诗的内容表面上因人而异，但仔细研究，其中有一些共同的基本因素，如友谊、爱情、人生、政治、文艺，等等，下面，拟以此为中心分别加以探讨。

第一，关于友谊的题赠诗。这方面的诗占题赠诗总数的将近一半，但往往与文艺、政治问题交织在一起，真正纯写友谊的只有几首，如《春天——赠友人》、《给安年科娃》及献给维亚泽姆斯基命名日的两首诗——《致维亚泽姆斯基公爵》、《不幸的乞丐……》，献给 М. Д. 勃鲁多娃伯爵夫人的《这遗留的纪念册……》等。堪称代表性作品的是《春天》和《给安年科娃》。《春天》通过青春的欢乐、宏大的志向、生命的激情，等等，表现了青年丘特切夫风华正茂、意气风发、指点江山、挥斥方遒的胸襟与神采，也歌颂了友谊的可贵。《给安年科娃》则表达了颇为丰富复杂的内涵：

> 在我们的日常生活里，
> 有时梦如彩虹一样美丽，
> 在陌生的迷人的世界，
> 那陌生而真挚的情意，
> 突然间会令我们陶醉。

我们看见，从那深蓝的苍穹，

一种非人世的光辉照耀我们，

我们看见另一个自然世界，

那里没有落日，没有黄昏，

另一个太阳永远高悬在天空……

那里一切都美好、宽广和光明，

一切都离尘世那样遥远……

一切都与我们这个世界不同——

在纯净而热烈的天空，

心灵是这样轻快欢欣……

我们醒了——幻影消隐，

梦中的一切都荡然无存，

那至死都追随我们的

暗淡而呆滞的生活之影，

又紧紧地抓住了我们。

可有一个难以觉察的声音，

在我们的头顶上久久荡漾，

在一颗痛苦忧伤的心灵面前，

那迷人目光总是带着笑意，

就像在梦中所见到的一样。①

　　E. H. 安年科娃（1840—1866），是诗人的忘年交。这首献给她的诗，既是一首典型的友情诗，也隐含着朦胧的异性爱（诗人自称这感情是一种"陌生而真挚的情意"，而且诗人善于恋爱，对合乎心意的女性都极力追

---

① 《丘特切夫诗全集》，朱宪生译，漓江出版社1998年版，第342—343页。

求）。诗中的内容颇为丰富复杂，有对现实生活的平庸、死亡的阴影、时光的流逝的不满与悲哀，又有异性友谊对痛苦忧伤心灵的慰藉。这种慰藉，既类似歌德《浮士德》中所说的"永恒的女性，引领我们飞升"，更类似但丁《神曲》中的贝雅特丽齐，把诗人引进美妙的精神天堂。全诗境界开阔，情感起伏，一波三折，摇曳多姿，堪称题赠诗中的精品。

第二，关于爱情的题赠诗，这方面的诗约占题赠诗总数的三分之一。这里的"爱情"，包括两层意思：一是狭义的男女之爱；二是广义的，包括亲戚之情与家庭温情。狭义的爱情题赠诗，主要有早期的《给 H》、《致尼萨》、《致 N. N.》、《给——》及晚期的《克·勃》（即《给 Б》），主要抒写诗人对纯真爱情的追求，往往直接写出自己的理想及求之不得的苦恼。广义的爱情题赠诗主要是：献给堂兄 A. B. 舍列梅捷夫的《致 A. B. 舍列梅捷夫》，向作为军人的堂兄提出劝告，请他"忘掉那些官衔和空想"，"名副其实地缔结良缘"，并"做好自己妻子的副官"，表达了对堂兄的爱戴及对其个人生活的关心；献给兄长和姐夫命名日的《愿两位尼古拉》，则对同名的两位尼古拉——兄长和姐夫表示衷心的祝福；写给第二位妻子的电报诗《准时到达……》，则巧用双关词，以诙谐幽默的方式向妻子通报了旅途平安的消息；为小女儿 M. Ф. 丘特切夫娃写的《当你的十八岁……》更是充满温情地请已是成人的女儿注意保持家庭的亲情温暖①。

第三，关于人生的题赠诗。主要阐述人生哲理，总结生活经验，指明努力方向。如《A. H. M.》一诗，是献给安德烈·尼古拉耶维奇·穆拉维约夫（1806—1874）的。它反对理性，崇尚自然，认为理性"依仗着严密的法规"，"会把一切摧毁"，"能让生命干涸见底"，提议读"大自然母亲这本书"，宣称人的梦境有时比理性更美妙，对人生更有益。这是俄国较早的一首从人生高度反对理性的诗。近 50 年后的《致安德烈·尼古拉耶维奇·穆拉维约夫》一诗，则总结了穆拉维约夫的一生经历和人生经验。《致 A. Д. 勃鲁多娃伯爵夫人》阐明了自己的一生智慧——"感受"并不等于"生活"。而《在上帝没有默许的时候》一诗则以哲理性的语言开导女儿 M.

----

① 见《丘特切夫诗全集》，朱宪生译，漓江出版社 1998 年版，第 333 页。

Ф. 丘特切娃，为她指明人生的努力方向①。

第四，关于政治的题赠诗。这方面的诗涉及面颇广，但有一个基调：希望俄国繁荣强大，团结所有的斯拉夫人，以抗击西方的资本主义文明。它约有 10 来首，大体可分为以下两类。

一是在与外国友人的感情联络中，通过题赠诗宣传俄罗斯的伟大。如献给同时代一位德国作家的《旗帜与语言》，宣称俄罗斯的旗帜是"救星的先驱"，它"浴着血色风暴，穿过熊熊战火"，指引着人们"走向永恒的胜利"，指出在神圣同盟的历史里，俄罗斯语言和俄罗斯旗帜，"就像兄弟一样紧紧跟随"。献给德国作家伍尔夫松（1820—1865）的《无怪你从小就铭记俄罗斯的声音》，则指出，正因为伍尔夫松"从小就铭记俄罗斯的声音"，并把它"视为珍贵藏于心中"，因此，他如今能"站在科学的高峰上"，"成为两个世界的中间人"。在写给捷克学者和作家冈卡（1791—1861）的《致冈卡》一诗里，诗人宣扬斯拉夫民族应该团结起来，共同对付异教徒和西方。

二是通过对沙皇的政策、作为及某些同事政治才能的评价，表达爱国热情，对重大政治、外交问题做出反应。如《致亚历山大二世》充分肯定了1861 年的农奴制改革，而《给尼古拉一世的墓志铭》则讽刺揭露了尼古拉的戏子行径与无能。在写给当时俄国外交家戈尔恰科夫公爵的几首诗中，更是集中体现了丘特切夫对俄国的赤诚及其外交思想。《致戈尔恰科夫公爵》一诗，赞美他在 1863—1864 年波兰起义期间，受命代表俄国，成功消解了外国力量的干预。《题 A. M. 戈尔恰科夫公爵纪念册》一诗，是为纪念这位外交家为国效力 50 周年而作，尤其称赞他在克里米亚战争（1853—1856）之后，为俄国外交所进行的长达 12 年的不懈努力，进而肯定他首次在外交上证明了"俄罗斯精神"。1870 年创作的《致戈尔恰科夫公爵》则反映了丘特切夫的外交思想。1870 年 10 月 19 日，经过长期的外交努力，戈尔恰科夫代表俄国外交部发表声明，否定了 1856 年巴黎条约的有关规定，从而使俄国重新取得对黑海的主权。丘特切夫的这首诗既充分肯定了戈尔恰科夫的外交功绩，又

---

① 见《丘特切夫诗全集》，朱宪生译，漓江出版社 1998 年版，第 389 页。

提出了自己的外交思想："富于耐心和朝气"，"把勇敢和谨慎融于一体"，善于抓住机会（"善于找寻阿基米德的那个支点"），"不用血"，而"用智慧赢得胜券"，"征服那聪明人的顽强以及糊涂人的鲁莽"，使俄罗斯"重新把自己的权利得到"，获得对西方的胜利，扩大影响与势力。

第五，关于文艺的题赠诗。这方面的诗大多融友谊与文艺于一体，既表达深厚的友情，又谈论文艺问题，肯定文艺家们的努力与成就。这类诗又可分为文学与艺术两个方面。

关于文学方面的题赠诗，大多是赠给师友，肯定他人成就的。如《致拉伊奇》祝贺老师经过艰苦努力，完成了维吉尔《农事诗》的翻译。《被大自然……》在概括拉伊奇生平经历的同时，肯定了他的诗歌成就。《致 H. Φ. 谢尔宾纳》则充分肯定了俄国诗人谢尔宾纳（1821—1869）醉心于古希腊罗马文化及"面对着美的理想所付出的呕心沥血的努力"。《致费特》在表达友善之情的同时，指出费特具有善于透过"可察觉的表层"，以"一种自发的先知的本能"倾听、理解大自然的本领。写给维亚泽姆斯基的几首诗，也在表达友爱的同时，祝贺其文学成就。《关于这一故事的构想》一诗表达了对托尔斯泰小说《哥萨克》构思的看法。《给克罗尔》一诗，是献给俄国剧作家、讽刺诗人、《火星报》编辑尼古拉·伊万诺维奇·克罗尔（1823—1871）的，以九月冷风带来衰败飘零的秋天却因克罗尔的"小鸟"的歌唱而使"一切重新回到春天"，巧妙地肯定了他的艺术魅力。

在文学方面，也有另外一些为数不多的诗，或者表达对朋友创作的不满，如《烟》、《祖国的烟对我们甜蜜而愉快！》表明了对屠格涅夫长篇小说《烟》的不满；或者思考诗歌的命运，展示诗人的个性，如《致米哈依·彼得罗维奇·波戈金》一诗，在把诗歌抄本赠给这位大学同学与好友时，题诗谈到诗歌在当时的命运："如今诗歌只能存在几个瞬间，早晨出世，傍晚就会死亡。"写给尼古拉一世之女玛丽亚·尼古拉耶娃（1819—1876）的《啊，我恳求……》一诗，则写出了诗人的个性特点及其与女性的关系。

关于艺术方面的题赠诗，为数极少，如《致阿芭查》。这是献给当时著名的歌唱家和音乐家尤莉娅·费多罗芙娜·阿芭查的，她曾和法国的古诺、匈牙利的李斯特等大师一道创建了俄国音乐协会。这首诗生动有力地赞美了阿芭查的歌唱艺术及其对自己心灵的深深打动：

> 您的歌声是这样和谐优美，
> 对于灵魂有着无上的权威，
> 一切活着的人都会喜爱
> 您那忧郁而亲切的语汇。
>
> 它里面有什么在呻吟、跳动，
> 好像被镣铐禁锢的灵魂
> 要不由自主地冲脱出来，
> 高声地倾诉着它的隐情。
>
> 不知是完全沉入了您的歌声，
> 还是我们自己在浮想联翩，
> 在那儿充满一种解脱，而最后，
> 不是被征服，就是思绪万千……
>
> 摆脱沉闷不堪的山谷，
> 挣脱一切缠绕的锁链，
> 被解放了的自由的灵魂，
> 纵情无羁地跳跃、欢腾……
>
> 您那无所不能的吟哦呼唤
> 驱走了黑暗，送来了光明，
> 而我们是无声地用心灵来感受
> 在那里面我们听见了您的心声。①

---

① 《丘特切夫诗全集》，朱宪生译，漓江出版社1998年版，第479—480页。

值得一提的是，丘特切夫还颇有远见地在女儿 E. Φ. 丘特切娃纪念册上题诗《你现在还估计不到诗歌》，较早地考虑了俄罗斯语言的民族性、纯洁性及其与现实和诗歌的关系①。

题赠诗在丘特切夫创作的三个时期里也有所区别。早期，这类诗创作较多，但大多限于友谊和祝贺，部分涉及政治问题。中期，主要忙于自然诗的创作，题赠诗写得较少。晚期，较大量地创作题赠诗，这是由于：第一，他喜爱社交，又有一定的名气和地位，而且睿智、风趣，别人乐意求其题赠；第二，此时对人生、世界、政治、艺术的感受深刻，看法成熟，且乐于宣传自己的观点。这样，晚期的题赠诗不仅写得较多，而且涉及面广，不少地方体现了诗人独到的见解，达到了较高的艺术水准。不过，总的说来，题赠诗在丘特切夫的诗歌创作中，艺术成就相对低于其他种类的诗。

五、译　诗

在中国，译诗一向不被当做既是诗人又是译者的文人的创作，在编选一个诗人的选集时，译诗一般是不会选入的。但在俄国及西方，译诗却构成诗人创作的一部分。事实上，翻译也是一种艺术创作，译诗尤其如此。诗人译诗，不仅心灵上易受感应，能更准确传神地理解诗的神韵，在艺术技巧、诗歌语言方面，也较其他译者要更为纯熟、更为妥帖、更为优美。因此，它本身就是一种优美的艺术品。故此，我们把丘特切夫的译诗当做其创作的一部分进行初步的研究。

当然，译诗研究会有相当的困难。研究者最好精通两门或两门以上的外语，以便自如地对照、比较原作与译诗，考察译诗的忠实程度与创造性。丘特切夫译诗的研究难度更大。因为他精通拉丁语、法语、德语、英语、意大利语等四五种外语，他所翻译的诗歌主要有德国、法国、英国、意大利等国

① 《丘特切夫诗全集》，朱宪生译，漓江出版社1998年版，第305—306页。

诗人的作品，要同时精通这么多种外语，显然不是一般人所能做到。此处只好采用退而求其次的办法，通过德、法、英、意等国诗歌中众所公认的比较忠实可靠的中文译本，来对照研究丘诗。好在这里只是初次探讨，权当抛砖引玉，期待更有能力的专家对此加以提高与深化。

丘特切夫的译诗应该有较为可观的数量。因为如前所述，早在他师从拉伊奇时，便开始翻译古罗马诗人，尤其是贺拉斯的诗歌。但至今丘特切夫诗歌全集里（此处指俄文诗歌全集，而非朱宪生先生的《丘特切夫诗全集》——这个中文译本有五六十首丘诗未曾收入，特别是其译诗）却未曾收录古罗马诗人的任何一首译诗，可能都已散失了。

据 1957 年俄文版《丘特切夫诗歌全集》统计，丘特切夫的译诗共有41 首。

其中德文译诗 31 首，包括：

歌德诗 15 首（苏联学者认为只有 10 首，因为其中《浮士德》片断的摘译 5 首算作 1 首，译自长篇小说《威廉·麦斯特》的诗，两首算作 1 首，我们认为，丘特切夫所译《浮士德》的 5 个片断，本来就有一定长度，且可独立成篇，不宜定为 1 首，而《威廉·麦斯特》中的诗，歌德本来就是作两首写的，不能只算作 1 首，因此，这里按其实际翻译作品计算）——《沙恭达罗》、《灵魂的致意》、《谁不曾和泪咽过面包》、《谁要是自甘寂寞》（以上 2 首译自长篇小说《威廉·麦斯特的学习时代》，是琴师吟唱的歌曲）、《北方、西方、南方在分崩》（译自《东西诗集》，原名《希吉勒》）、《太阳按着古老的调门》（共 28 行）、《谁唤我》（共 34 行）、《温存有力的天上歌声》（共 23 行）、《何必用这种郁闷的谈话》（共 32 行）、《崇高的地灵、我所祈求的一切》（共 23 行）（以上 5 首分别摘译自《浮士德》第一部的《天上序曲》、第一场《夜》、第二场《城门外》、第十四场《森林和山洞》，诗题均取自钱春绮译《浮士德》第一部有关片断的首句，上海译文出版社 1982 年版）、《歌手》（叙事诗）、《珍藏的金杯》（叙事诗，原名《图勒的国王》）、《夜的沉思》、《你知道吗，那柠檬花开的地方》（即著名的《迷娘曲》中最脍炙人口的一首）、《在真正的享受中包孕着快乐和忧伤》（摘译自戏剧《哀格蒙特》）。

海涅诗 7 首——《在异乡》、《就像一轮明净的月亮……》、《当模糊的忧伤潜入心底》、《问题》、《同伴说，这将是美好的一天》（译自《旅行速写》）、《两人都是十分可爱》、《海涅的歌》。

席勒诗 6 首（实际应为 5 首，因其中 1 首是对已译《欢乐颂》片断的重译）——《赫克托尔与安德洛玛克》、《欢乐颂》、《欢乐颂》片断、《悼念》、《湖面吹拂着凉爽与安逸》（即《渔歌》）、《弗尔图娜同宠臣在争论》。

译诗 1 首的德国诗人及诗名主要有：赫尔德尔——《斯堪的纳维亚战士之歌》，乌兰德——《春天的安慰》，勒瑙——《安慰》，采得丽茨——《拜伦》。

法文译诗 5 首，它们是：拉马丁——《孤独》，雨果——《伟大的卡尔，请原谅》（摘译自戏剧《欧那尼》），拉辛——《我们刚刚……》（摘译自戏剧《费得尔》），贝朗瑞——《曾经，几乎死在峡谷》，佚名——《在罗马》。

英文诗 3 首：莎士比亚 2 首——《疯子、情人和诗人》、《饿狮在高声咆哮》（均摘译自戏剧《仲夏夜之梦》）、拜伦 1 首——《题友人的纪念册》。

意大利文诗 2 首：米开朗基罗《不要唤醒我……》，曼佐尼《灵敏的预感》。

根据译诗忠实于原作的程度，丘特切夫的译诗可分为以下三类。

第一类是忠实于原文的译诗。这类诗主要有席勒的《赫克托尔与安德洛玛克》、《欢乐颂》，拉马丁的《孤独》，歌德的《灵魂的致意》、译自《威廉·麦斯特的学习时代》的 2 首诗、译自《浮士德》的 5 首诗、《歌手》、《珍藏的金杯》、《夜的沉思》，海涅的《就像一轮明净的月亮》、《当模糊的忧伤潜入心底……》。这主要是早中期所译，重在通过翻译学习表达方式、写作技巧，因而比较忠实于原文。如歌德的《夜的沉思》：

> 我真可怜你们，不幸的星星！
> 你们这样美丽，这样明亮地燃烧，
> 你们乐意为航海家指引道路，

并不指望上帝和人的回报，

你不知道爱——永远都不知道！

时间女神马不停蹄地带引

你们穿过漫漫无尽的夜空，

啊！你们已走完了多少路程

而在那时，我在温柔的怀抱里

多么甜蜜地忘记了子夜和你们。①

歌德的原诗，钱春绮先生译为《夜思》：

我真可怜你们，不幸的星辰，

你们很美，而且光辉灿烂，

你们乐意照着苦难的船夫，

却得不到神和人的报答：

因为你们没有爱，从不知道爱！

永恒的时间无休无止地领着

你们的大群巡行广阔的天空。

你们已经走完了多远的旅程，

自从我，休憩在我爱人的怀中，

把你们和午夜全都遗忘以后！②

　　第二类是比较自由的译诗。这类诗近乎那种半译半改的诗，但总体上还是符合原作，只是小部分进行了改译或加工。如拜伦的《题友人纪念册》：

---

① 《丘特切夫诗全集》，朱宪生译，漓江出版社1998年版，第120页。首句及诗中个别地方根据俄文原文作了改动。

② 《歌德诗集》下，钱春绮译，上海译文出版社1982年版，第88页。

> 就像旅行者的注意力
>
> 在冰冷的墓石上停留，
>
> 我朋友们的目光也会
>
> 被熟悉的笔迹吸引住！
>
> 许多年以后，它还会
>
> 使他们想起旧日的友人：
>
> "他已不在你们当中
>
> 但这里埋藏着他的心灵！"①

杨德豫先生译为《在马耳他一本签名纪念册上的题词》：

> 正如一块冰冷的墓石
>
> 死者的名字使过客惊心，
>
> 当你翻到这一页，我名字
>
> 会吸引你那沉思的眼睛。
>
> 说不定有一天，披览这名册，
>
> 你会把我的姓名默读，
>
> 请怀念我吧，像怀念死者，
>
> 相信我的心就葬在此处。②

两相比较，第一节比较忠实于原作，第二节则在文字上作了一定的改动。又如《海涅的歌》：

> 假如死亡是黑夜，生命是白天，
>
> 啊，五光十色的白昼使我疲惫不堪！……

① 《丘特切夫诗全集》，朱宪生译，漓江出版社1998年版，第48页。
② 《拜伦抒情诗七十首》，杨德豫译，湖南人民出版社1981年版，第22页。

> 在我的头上，阴影越来越浓，
>
> 我的头渐渐低垂入梦……
>
> 我筋疲力尽，全然放弃抵抗……
>
> 但一切透过沉寂的黑暗活跃于想象——
>
> 在那边的某处，爱情的无形合唱声传远方，
>
> 在它的上方，明亮的白昼闪烁金光……①

这是《还乡曲》第 99 首，钱春绮先生译为：

> 死亡是严寒的黑夜，
>
> 生命是闷热的白天。
>
> 天黑了，我进入睡乡，
>
> 白天使我很疲倦。
>
> 一棵树长到我坟墓上面，
>
> 年轻的夜莺在枝头歌唱；
>
> 它歌唱纯洁的爱情，
>
> 在梦中我也听得见。②

译诗的第二节不仅在文字上改动很大，就连诗意也进行了较大的变更。

第三类是意译的诗。主要是取原诗之意，而不太理会原诗的文字与行数。如歌德的《沙恭达罗》本来只有 4 行：

> 你要把那春季的百花，晚秋的果实，
>
> 使人迷惑、欢喜、满足、颐养的一切，

---

① 曾思艺译自《丘特切夫诗歌全集》，列宁格勒 1957 年版，第 239—240 页。

② 《海涅诗集》，钱春绮译，上海译文出版社 1990 年版，第 239 页。

你要把皇天和后土全用一言以蔽之，

我只要说起你，沙恭达罗，就囊括殆尽。①

而丘特切夫则根据世上一切诗意的光辉都汇聚于沙恭达罗一身这一基本意蕴，重加组合，意译成长达 14 行的《沙恭达罗》：

青春的年华给鲜花什么——

它们处女的淡红；

成熟的年华给果实什么——

它们威严的深红；

什么像海中璀璨的珍珠

令目光温柔而又欢乐；

什么像万能的琼浆玉液

使心灵燃烧而又蓬勃：

理想宝库的全部色彩，

创造力量的所有源头，

总而言之，天空的美丽

在想象的光辉中闪烁——

一切一切的诗意都汇于

你一人身上——沙恭达罗。②

而米开朗基罗的名诗《夜间的话》，钱鸿嘉先生译为 7 行：

睡眠固然又香又甜，但在

破坏与屈辱统治的时刻，

我宁愿睡得像一块岩石。

---

① 《歌德诗集》下，钱春绮译，上海译文出版社 1982 年版，第 171 页。
② 《丘特切夫诗全集》，朱宪生译，漓江出版社 1998 年版，第 49 页。

> 视而不见，麻木不仁，
>
> 对我是很大的收益。
>
> 可别唤醒我，哎！
>
> 说话要轻声些！①

丘特切夫则译为4行，而且无题：

> 不要唤醒我，请别开口！
>
> 哦，在这犯罪的、可耻的世纪，
>
> 不再活着，没有感觉是难得的福气……
>
> 愉快地睡吧，睡成甜蜜的石头。②

第四类是借题发挥。严格说来，这已不是一种翻译，而是由原诗引发感想，借原诗之题，描写自己的感觉与思考。不过，这类诗极少。如《在真正的享受中包孕着快乐和忧伤》：

> 在真正的享受中包孕着快乐和忧伤，
>
> 在永恒的激动里涌现出思想与精神，
>
> 天上欢乐无比，人间苦闷异常，
>
> 天上的欢乐愈是温馨如春，
>
> 人间的郁闷越发强烈难当，
>
> 生命的无上幸福只在唯一的爱情中蕴藏。③

它摘译自歌德的名剧《哀格蒙特》中的一首诗，是克莱尔辛所吟唱，钱春绮先生译为：

---

① 《意大利诗选》，钱鸿嘉译，上海译文出版社1987年版，第72页。

② 曾思艺译自《丘特切夫诗歌全集》，列宁格勒1957年版，第202页。

③ 曾思艺译自《丘特切夫诗歌全集》，列宁格勒1957年版，第246页。

> 又是喜，
>
> 又是忧，
>
> 思绪纷纷，
>
> 又盼望，
>
> 又担心，
>
> 忐忑不安，
>
> 一会儿欢声震天，
>
> 一会儿悲不欲生，
>
> 唯有恋爱的人，
>
> 才是幸福的人。①

丘特切夫的译作，可以说仅仅是根据原诗"唯有恋爱的人，才是幸福的人"所作的独特发挥，与原作大不相同，更富生命的哲理思考。

纵观丘特切夫留存至今的译诗，主要集中于慕尼黑时期和晚期。

慕尼黑时期，正是丘特切夫创作风格的探索、形成期。为了形成独特的创作风格，他不断探索，广泛学习，转益多师，博采众长。译诗，既可在忠实于原作的情况下锻炼自己的领悟能力和把握艺术的水平（指对整首诗的艺术把握及组织、表达能力），又可在较为自由的翻译中训练自己展开、深化的才能，如《沙恭达罗》的扩译，主要就是练习如何把抽象的观念通过具体可感的意象生动形象地传达出来。

慕尼黑时期，丘特切夫的译诗，在内容上主要包括以下几个方面。

一是展示心灵的历程，尤其是内心的矛盾冲突。这类译诗有：拉马丁的《孤独》、海涅的《在异乡》、歌德的《威廉·麦斯特》和《浮士德》中的片段，拉辛《费得尔》及雨果《欧那尼》的片段、席勒的《赫克托尔与安德洛玛克》等。如拉马丁的《孤独》，细致表现了诗人在恋人朱丽死后追忆往事、柔肠寸断、寻寻觅觅、难以解脱以及最终觉悟的心灵历程②。席勒的

---

① 《歌德戏剧选》，钱春绮、章鹏高、汪久祥译，人民文学出版社1984年版，第185页。
② 参见《拉马丁诗选》，张秋红译，上海译文出版社1994年版，第3—6页。

《赫克托尔和安德洛玛克》描写了赫克托尔在爱情与责任面前的矛盾心理与选择——一方面，他忠于爱情，深深爱着安德洛玛克，而她也呼唤他为了爱情，为了幼子而留下来；另一方面，作为国家的支柱、特洛亚的大将，他不得不暂时抛开爱情而参加战斗①。《浮士德》片段不仅以灵与肉的冲突吸引诗人，而且教会他透过自然提升精神，不断进取，以及在观察自然时如何内省、发掘胸中的秘藏。

二是探索人生的奥秘。这主要是歌德、席勒、海涅的诗，它们较全面地思索了人类存在的本体论问题。或追问人生的意义和价值是什么，人来自何处，去向何方，如海涅的《问题》②。或从辩证的哲学高度领悟生命的秘密，如《浮士德》第一场"夜"中的片段："波浪在斗争，/元素在争辩，/生命在变换，/——这是永恒的潮流……"或憧憬人类美好的未来——人们亲如兄弟般团结，纯洁的道德光辉中显现一个和谐的天国，如席勒的《欢乐颂》："亲密的心灵！噢。天国的光辉！/请尊重这共同的情感！/它引领你们走向星空，/那里有冥冥的天庭！"或宣传"遁入纯洁的东方"，在那"纯朴、正义之地"，"面向人类的原始"，"穷根究底，探本寻源"，如歌德的《北方、西方、南方在分崩》③。

三是思考文学艺术问题。如歌德的《歌手》，通过行吟歌手的故事，提出：艺术家不为名不为利而创作，艺术发自内心，美妙的艺术品就是对艺术家艰辛劳动的最好酬报：

> 我引吭高歌，就像枝头
> 停着的小鸟一样；
> 从嗓子里发出妙歌，
> 就是丰富的酬赏。④

---

① 参见《席勒诗选》，钱春绮译，人民文学出版社1984年版，第3—4页。
② 参见钱春绮译《疑问》，见《海涅诗集》，上海译文出版社1990年版，第331—332页。
③ 参见《歌德诗集》，下，钱春绮译，上海译文出版社1982年版，第306—309页。
④《歌德诗集》下，钱春绮译，上海译文出版社1982年版，第228—229页。

后来，丘特切夫终生只创作绝妙的诗歌而不关心发表、不追求名利，与此诗的思想不无关系。译自莎士比亚《仲夏夜之梦》的片段《疯子、情人和诗人》，则以形象的手法，生动地描绘了想象的作用①。

在艺术上，丘特切夫主要学习的是：

第一，通过自然之物的烘托，情景交融地表达思想感情，或以自然之物构成象征，含蓄地传情达意。如拉马丁的《孤独》，通过夕阳西下时的各种自然景物，情景交融地表达了失去恋人后的满怀忧伤。海涅的诗也十分善于以自然景物传达胸中情思。象征手法运用得十分出色的，有歌德的叙事诗《珍藏的金杯》，通过图勒国王珍藏爱妃临死留下的金杯，死期将近时举办国宴，隆重地把金杯沉入海底的故事，含蓄生动地写出了国王对爱情的忠诚，黑格尔对此赞不绝口，称歌德善于"用这种象征型的方式来描绘"，他"用简单明了的外表方面仿佛无关要旨的寥寥几笔，把心灵中的全部真实和无限都揭示出来"，本诗"就是一个最美的例子"②。海涅的《在异乡》也运用了十分成功的象征手法（详后）。

第二，通过情感运动或心理矛盾揭示内心秘密的方法。如上述之《赫克托尔与安德洛玛克》、《浮士德》片段及海涅的一些诗。

第三，把人生哲理感悟化为格言警句的方法。如拜伦的《题友人的纪念册》、歌德、席勒、海涅的大部分诗。

晚期，诗人已形成独特的创作风格，译诗往往是深有同感，或借题发挥，数量不多，只有9首。这些诗在内容上偏重对生命的哲理思考，如米开朗基罗的《不要唤醒我……》、勒瑙的《安慰》、海涅的《海涅的歌》、歌德的《在真正的享受中包孕着快乐和忧伤》，尤其注重时光流逝中生命的价值问题，如法文佚名诗《在罗马》：

> 古老的罗马修建了高楼大厦，
> 涅隆则建造了金碧辉煌的宫殿，

---

① 参见《莎士比亚全集》二，人民文学出版社1984年版，第352页。
② ［德］黑格尔：《美学》，第二卷，朱光潜译，商务印书馆1996年版，第351页。

就在宫殿的花岗岩拱基下面，

漫漫青草同凯撒君王展开竞赛：

"人间的上帝，我绝不让你，你清楚这一点！

你那可恶的压迫，我掉头不顾，弃置一边！"

"怎么，你不让我？全世界都屈服在我脚下！"

"整个世界是你的仆从，而我只屈服于时间！"①

同时，他还选择了一些视野开阔、既优美又雄健的经典之作，如歌德的《迷娘曲》。

在形式上，诗人不再像慕尼黑时期那样主要翻译长诗，而主要选择短小精悍之作，甚至以自己善说格言警句的特点处理译诗，使之成为精警动人的诗句，如米开朗基罗的《不要唤醒我……》、歌德的《在真正的享受中包孕着快乐和忧伤》、《海涅的歌》，均是如此。

关于丘特切夫的译诗，别尔科夫斯基曾经指出："他给我们留下了不少的译作。这些译作不是为了普及和用于抽象的教育的目的。丘特切夫翻译的目的，是为了让别人的诗成为自己未来的第一个特写，他不止一次地预先准备把别人的诗写进自己的作品中。"②

丘特切夫的译诗显然是一种创造性的译作。关于创造性的译作，前苏联著名学者日尔蒙斯基有精辟的论述："文学作品的翻译……反映了特定历史阶段的艺术趣味，反映了特定的文学流派的存在。就像对文学楷模的比较松散、比较自由的仿作一样，任何翻译都跟建立在译者本人风格基础上的创造性思考、跟译者本人的再创造有关，至少它提出了、强化了、揭示了原作中为译者所感悟、所接受的一面。这样的创造性译作已经有机地融入了译者所属的文学之中，融入了该文学不断发展的进程之中，并且在其中占据了与它在其本国文学中所占地位不尽一致的地位。"③

丘特切夫的译诗虽然不曾在其本国文学的发展进程中起过多大作用，但

---

① 曾思艺译自《丘特切夫诗歌全集》，列宁格勒 1957 年版，第 232 页。
② ［俄］别尔科夫斯基：《丘特切夫》，见《丘特切夫诗选》，莫斯科 1962 年版，第 22—23 页。
③ ［俄］日尔蒙斯基：《俄国文学中的歌德》，列宁格勒 1981 年版，第 11—12 页。

也由于诗人创造性的翻译，强化了、揭示了原作中为他所感悟、所接受的一面，从而，使这些作品获得了另一种生命力，并且，成为丘特切夫诗歌创作的一部分。

由上可见，译诗的确是丘特切夫诗歌创作不可分割的一个部分，值得研究。

第三章

丘诗艺术研究

只有伟大的天才才善于用深思熟虑的结果来游戏，才善于从他原来所依附的，也许曾经是他的诞生地的形式中把思想解放出来，才善于把思想移植到一种新奇的丰富想象之中，才善于在那样少的耗费中蕴藏那么多的艺术，在那么简单的形式中蕴藏那么多的财宝。

——［德］席勒

形式的艺术性是内容充实的直接后果。

——［俄］费特

丘特切夫之时，普希金在诗歌创作中已达到了俄国诗歌的辉煌境界。在文学的王国里，低能儿、因循守旧者是永远没有立足之地的。丘特切夫于是发挥自己眼光敏锐、思想深刻的特点，走哲学与文学的结合之路，在普希金之后，另辟蹊径，开创了俄国诗歌中的"哲理抒情诗派"，对后来的俄苏诗歌创作影响深远。

丘特切夫在艺术形式上进行了多方面探索，有不少独创性的艺术手法，取得了很高的艺术成就。本章拟先从意象艺术、多层次结构、通感手法三个方面进行探讨，然后归纳丘特切夫诗歌的总体特征，最后就丘特切夫的流派问题谈一谈笔者个人的思考。

一、丘特切夫的意象艺术

意象是诗歌必不可少的一个基本元素。意象的选择与运用，能体现一个诗人的趣味与爱好，成熟诗人的意象体系，更能显示其个性、品格乃至创作风格，如屈原的香草、美人及鬼神意象体系，展示了他那高洁的品格和浪漫的气质，李白的大鹏、长风、春天、明月意象体系，表现了他那奔放不羁的个性和潇洒豪迈的气质，而惠特曼那包罗万象的意象体系，体现了他那广阔的胸襟和非凡的进取精神，泰戈尔的女性、母亲、儿童、花草意象体系，则展现了诗人那博爱的胸怀和温柔的个性。

那么，什么是意象呢？国内外对此界定不一。我们认为，最有代表性的，国外是意象派领袖、美国著名诗人庞德的观点——意象是“在一刹那时间里呈现理智和情绪的复合物的东西”[1]，国内则是袁行霈先生在其《中国古典诗歌的意象》一文中所下定义：意象是“融入了主观情意的客观物象，或者是借助客观物象表现出来的主观情意”[2]。综合上述中西两位论者所言，“意”即作者主观方面的思想、观念、意识、情感，“象”即包括自然、社会各种客体的客观物象，“意象”就是作者主观方面的思想、观念、意识、情感与包括自然、社会各种客体的客观物象的有机融合。

意象的组合运用是一个复杂的形象思维过程，要想全面、深入地进行研究，绝非易事。此处仅拟从丘特切夫诗歌在意象运用及意象体系方面的特点加以探讨。

每一位成熟的诗人都有自己运用意象的独特方式，丘特切夫也不例外。丘特切夫在意象的运用方面，有三种方式最为常见，从而构成丘诗意象艺术的独特个性。

---

① 转引自《意象派诗选》，裘小龙译，漓江出版社1986年版，第152页。
② 袁行霈：《中国诗歌艺术研究》，北京大学出版社1987年版，第63页。

第一，寄托式意象象征。这是一种以意象为中心的表述方式，它往往在意象中灌注自己的情感，寄托自己的哲思，从而使这一意象上升到象征的高度，因此，称为"寄托式意象象征"。它又包括两种形式。

一是以一个意象为中心，铺开描写，使之成为象征，表现自己对人生、世界的哲理思考。如《从山顶滚下的石头躺在山谷》：

> 从山顶滚下的石头躺在山谷。
> 它是怎样跌落的？如今已无人知。
> 是它按自己的意志从山巅坠落，
> 还是一只有思想的手把它掷弃？
> 过了一个世纪，又是一个世纪，
> 还没有谁能解答这个难题。①

全诗围绕"石头"这一意象展开，并使石头成为人生命运的一个象征，从而比较隐晦地表达了诗人一种宿命的悲剧感。"石头"这一意象，来自荷兰著名哲学家斯宾诺莎。斯宾诺莎在给舒列尔的信中说："如果一块被抛向空中的石头具有意识的话，那么，它也会相信自己是按其自由意志而运动。我对此所能做的补充就是：石头将是对的。冲力之于石块犹如动机之于我；体现在石块中的一致性、引力和刚性在本质上无异于我自身能意识到的意志，当然，倘若石块能感知，便也能意识到这种意识。"② 然而，"每个人都先验地认为自己是完全自由的，甚至他的个别行为亦不例外，并且以为自己能在任何瞬间开始另外一种生涯，也就是说变成另一个人。但是通过经验，他又惊异地发现自己并不自由，而必须服从必然性；虽反复考虑、决心如山，他仍不能改变自己的行为；从呱呱坠地到辞别人世，他必须始终扮演他自己不愿扮演的角色，并像演戏一般，把自己的角色演至剧终"③，因此，

---

① 曾思艺译自《丘特切夫诗歌全集》，列宁格勒1957年版，第131页。
② ［美］威尔·杜兰特：《探索的思想》下，朱安等译，文化艺术出版社1991年版，第326页。
③ ［美］威尔·杜兰特：《探索的思想》下，朱安等译，文化艺术出版社1991年版，第326页。

"无论在石块中，还是在哲学家身上，这种意志都不是'自由的'。意志作为总体是自由的，因为别无其他约束性意志；可是，普遍意志的各个部分——每个物种、每个机体、每个器官——都无条件地受到总体的制约"①。丘特切夫深深懂得人的异化，人的意志不自由，在本诗中，他通过石头是自己坠下还是被掷下的疑惑，比较含蓄地表达了人的命运不由自主的宿命论思想。

又如《东方在迟疑》：

> 东方在迟疑，沉默，毫无动静；
> 到处屏息着，等待它的信号……
> 怎么？它是睡了，还是要等等？
> 曙光是临近了，还是迢遥？
> 当群山的顶峰才微微发亮，
> 树林和山谷还雾气弥漫，
> 城市在安睡，乡村无声无响，
> 啊，这时候，请举目望望天……
>
> 你会看到：东方的一角天空
> 好像有秘密的热情在燃烧，
> 越来越红，越鲜明，越生动，
> 终至蔓延到整个的碧霄——
> 只不过一分钟，你就能听到
> 从那广阔无垠的太空中
> 太阳的光线对普世敲起了
> 胜利的、洪亮的钟声……②

---

① ［美］威尔·杜兰特：《探索的思想》下，朱安等译，文化艺术出版社1991年版，第396页。
② 《丘特切夫诗选》，查良铮译，外国文学出版社1985年版，第155页。

围绕"东方"这一意象展开具体描写，使"东方"成为东方斯拉夫民族政治觉醒的象征。其他如《疯狂》、《请看那在夏日流火的天空下》也莫不如此。

二是全诗围绕两个对立的意象展开，构成象征，寄托自己的哲思。如《啊，多么荒凉的山林峭壁》：

> 啊，多么荒凉的山林峭壁！
> 一路上，溪水朝我流得欢腾——
> 它忙于到谷中去另觅新居……
> 而我则往山上缓缓地攀登。
>
> 我坐在山顶，伴着一株白松，
> 这儿一片静，令人感到欣慰……
> 溪水啊，你朝着山谷和人群
> 奔流吧：尝尝那是什么滋味！①

"山谷"是庸俗尘世的象征，"山顶"则是永恒的精神境界的象征，全诗通过这两个对立的意象，表达了诗人富有哲理意味的思想——厌恶纷纭扰攘庸俗的人世，向往纯洁、永恒的精神境界。这类诗，在丘诗中颇多，如《曾几何时……》中象征自由、充满活力的"南方"与象征专制、窒息人的环境的"北方"，《日与夜》中象征文明的"白昼"和象征自然的"黑夜"，《大海和悬崖》中象征着坚定不屈的"悬崖"和象征着狂暴力量的"大海"（可能还隐喻俄国与西方）。

第二，对喻式意象并置。这是丘特切夫独创的一种意象运用手法。他往往在一首诗中平行地突出两个主要意象，让它们既相互对应又互相映衬，形成彼此比喻的局面，以传达哲思，因此，可称之为"对喻式意象并置"。如《看哪，在广阔的河面上》：

---

① 《丘特切夫诗选》，查良铮译，外国文学出版社1985年版，第51页。

看哪，在广阔的河面上，
水流下坡时变为活跃，
朝着那吞没一切的海洋，
一块冰跟着一块冰流泻。

或者在阳光下五色缤纷，
或者在深夜里暮气沉沉，
冰块总是不可免地融解，
而且都向一个目的航行。

无论大，无论小，一起漂流，
而且丧失了原有的形状，
彼此没有区别，好似元素，
汇合了——与那命定的深渊！……

哦，我们的神思所迷恋的
命题啊，这人类的"小我"！
你的意义岂不就是如此？
你的宿命和冰块也差不多。①

诗中，向着大海的深渊漂流的冰块与人类的自我（诗中的"小我"）二者既彼此对应，又相互映衬，从而更生动地表现了人的个性在现代社会里必然湮灭的哲学思考，这也与诗人的异化思想有关。又如《波浪和思想》：

绵绵紧随的思想，滚滚追逐的波浪，
——同一自然元素的两种不同花样：
一个，小小心田，一个，浩浩海面，

---

① 《丘特切夫诗选》，查良铮译，外国文学出版社1985年版，第105页。

一个，狭窄天地，一个，无垠空间，

同样永恒反复的潮汐声声，

同样使人忧虑的空洞的幻影。①

丘特切夫的诗，往往使人感到，他仿佛把事物之间的界限消除了，他常常潇洒自由地从一个意象或对象转到另一意象或对象，似乎它们之间已全无区别，在本诗中，由于完全取消动词（俄文原诗未出现一个动词，笔者所译基本上也未出现动词），而让"思想"和"海浪"两个意象交错出现，平行对照，并自由过渡，更突出了这一特点。这种无动词诗在当时的俄国诗坛是一种大胆创新，仅费特写过几首，他们的创新对此后的俄国诗歌创作产生了积极影响，不少诗人群起仿效，创作了一些无动词诗。与普希金相比，丘诗的这种创新更加明显。如在普希金的诗歌里，写某一意象或某一事物仅仅就是这一意象或事物本身，当他写出"海浪"这个意象时，他指的只是自然间的海水，但在丘特切夫笔下，"海浪"这一意象就不仅是自然现象，同时也是人的心灵，人的思想感情。"海浪"和"思想"两个意象仿佛都被解剖、被还原，成为彼此互相沟通的物质，从而表达了人类思想既强大又无能这一深刻的哲理内涵。

第三，情感式意象组合。这是一种以情感为中心的表达方式。即围绕所要表达的思想情感，跳跃性地组合一些精心选择的意象，把情感表现得鲜明动人。它又分两种形式。

一是围绕情感，先作多种意象组合铺垫，最后再推出主导意象，使诗的情感推进一层，更为突出。有时，这一主导意象是以正面衬托的形式推出，给人一种类似"锦上添花"的递进感，突出主导意象比其他意象的内容更好，如《泪》，以美酒、葡萄、玫瑰、美人等意象来衬托主导意象——眼泪，突出表达了眼泪的圣洁及其丰富的内涵（是"生活的雷雨"绘出的"活泼的彩虹"）②。又如《午日当空》先极力突出午日当空时大自然的无比

---

① 曾思艺译自《丘特切夫诗歌全集》，列宁格勒1957年版，第185页；或见《丘特切夫哲理抒情诗选》，曾思艺译，载《诗歌月刊》2009年第7期下半月刊（总第104期）。

② 见《丘特切夫诗选》，查良铮译，外国文学出版社1985年版，第1—2页。

欢乐：万物滋荣，河水欢歌，树林的枝叶快乐得轻颤。最后指出，它们都比不上杰尼西耶娃那忍受痛苦的生命所发的一丝感伤的笑意。而《黄昏》则以车铃声响、鹤群啼唤、海潮泛滥、晨光降临等意象突出黄昏这一主导意象，传神地写出其到来之静悄与匆忙。有时，诗人以反衬的形式，推出主导意象，如《山谷里的雪灿烂耀目》：

> 山谷里的雪灿烂耀目，
> 但积雪会融化而不见，
> 春天的禾苗布满山谷，
> 但它闪耀不久，也就凋残。
> 然而，是什么在那雪山顶峰
> 永远光灿而不衰萎？
> 啊，那是由朝霞所播的种，
> 至今还鲜艳的玫瑰！……①

以积雪、禾苗等意象的短暂性反衬雪山顶峰朝霞意象的永恒性，表达了诗人追求永恒、纯洁与美的思想感情。又如《北风息了》以日内瓦湖边的美景，碧波、艳阳、彩叶、白峰，反衬出故国的坟墓（指杰西耶娃之墓）给自己带来的极度痛苦。

二是围绕情感，点缀式地组合各种意象。如《宴会终了……》②，全诗点缀着各种意象：倾空的酒瓮、倒了的篮子、留有残酒的酒杯、揉乱的花冠、明亮空旷的厅堂、满天的繁星、充满车马与喧声的大街、熙熙攘攘不睡的人们、暗红的光、纯洁的星星……但它们共同营造了一种类似中国宋代词人谢逸《千秋岁》（"楝花飘砌"）一词中的名句"人散后，一钩新月凉如水"的意境，从而表达了诗人对扰攘而耽于享乐的人世的厌恶，与对永恒、纯净的天空（即精神境界）的向往，也暗含这样一种哲理意蕴：不管这烟

---

① 《丘特切夫诗选》，查良铮译，外国文学出版社1985年版，第63页。
② 见《丘特切夫诗选》，查良铮译，外国文学出版社1985年版，第95—96页。

雾缭绕的人世如何动荡不安地追求享乐，甚至彻夜不眠地喧嚣，永恒的只有默默无言、纯洁孤寂的星空。又如《秋天的黄昏》，通过斑斓的树木、不祥的光辉、紫红的枯叶、薄雾、天蓝、落叶、凄苦的大地等点缀式意象，表现了对秋天黄昏的一种凄凉而温柔的感情。《在这儿，只有死寂的苍天》、《归途中》等诗也属此类，兹不赘述。

丘特切夫的意象体系包罗万象，上至天穹的星星，下至细小的沙粒，宇宙万物尽在其中，充分体现了诗人那探索自然、宇宙、人生之谜的心灵及深思的个性。这种包罗万象的意象体系，包括以下几种意象类型。

第一类是空中意象，包括天空、星星、月亮、太阳、彩虹、朝霞、云彩等等，其中天空是永恒的象征，星星是心灵的化身，彩虹代表短暂之美，朝霞象征永恒之美，云彩以乌云出现时，是恶劣心情的化身，以白云出现时，往往又代表纯美，太阳则是生命力的图腾。

第二类是大地意象，包括山顶、山谷、树林、大海、波浪、喷泉、雷雨、沙粒、天鹅、苍鹰、白鸢、新叶……几乎是大地上的一切。其中山顶象征永恒，山谷代表污浊的人世，诗人常常希望离开山谷，去到山顶。而波浪和喷泉往往意味着人类的思想。

第三类是无形意象，包括混沌、梦、宇宙、南方、北方、白昼、黑夜、春天、夏天、秋天、冬天、黄昏、正午、黎明等。其中混沌和梦既象征着原始的自然（即自然的混沌，诗人向往自然，越过中古而奔向原始），又代表着原始的人性（即人性的混沌，诗人追求人性底层被掩盖了的东西，力求反璞归真），还意味着无穷的能量，无限的可能性。

第四类是文化意象，包括宗教意象——基督、圣母、上帝、蛇、禁果、洪水，等等；历史意象——阿尔凯、西塞罗、罗蒙诺索夫、彼得一世，等等；神话意象——乌剌尼亚、克瑞乌萨、宙斯、俄耳甫斯、阿波罗之树、克隆、赫芭、阿特拉斯，等等。主要是为了造成深厚的文化历史感，探索人性、自然底层之光辉。

通过上述四类意象，诗人或是探索宇宙的本质，自然的奥秘，人的心灵之谜及人类存在的价值与意义，或是体现一年四季乃至一天之间大自然的种种细微变化，追求自然与人性底层的光辉。

在丘特切夫的诗中，往往可以看到两类对立的意象体系：日与夜、山谷与山顶、海和梦、北方和南方、社会和混沌、文明和自然……日、山谷、海、北方、社会、文明……是不自然的东西，是夜、山顶、梦、南方、混沌、自然……的对立面，它们矛盾着、冲突着，一旦诗人达到自我意识阶段，它们就消失了。这一切，都与谢林哲学有关（详后）。

丘诗的意象世界既囊括宇宙万有，体现了诗人博大的胸襟与沉思的个性，也往往以月亮、星星、海浪、雷雨、新叶等意象构成优美的意境，让人体会到其个性中柔美、细腻的一面。丘特切夫还常常运用色彩来构成各种丰美的意象，表现自己复杂多变的心绪。与极喜运用色彩的叶赛宁相比，丘诗中的色彩虽然不算十分丰富，但也极富特色。

丘诗常用的色彩有：金色、白色、红色、蓝色、黑色、铅灰等。

金色代表白昼（"金色辉煌的白天"）、爱情（"金色的爱情"）、幻想（"金色的梦"）；白色象征纯洁（"洁白的天鹅"）、美（"银白的月光"）；红色表现激情（"好像秘密的热情在燃烧，越来越红"）、欢乐（"红红的欢乐"）、青春和生命力（"文静、温和的五月/跳起了欢快的环舞，/闪着红面颊，争先恐后/出现在春水流过的峡谷"）；黑色意味着苦闷、忧郁、痛苦（"幽黑的夜，沉郁的夜"）、神秘（"我见过一双眼睛——啊，那眼睛！/我多么爱它的幽黑的光波/它展示一片热情而迷人的夜，/使被迷的心灵再也无法挣脱！"）、生命的本源（万物尽笼其中的"无底深渊"）；蓝色表示安详、恬静（"安详的天蓝"）、神秘（"但只要月光投给幽暗以妩媚，/使你那一角披上蓝色的光辉，/你的弦会突然轻轻地战栗，/并发出乐音，像心灵的梦呓"）、纯净（"天蓝的明净"）；铅灰则常和黑暗、专制、落后、寒冷的俄国现实相连（北方"铅灰色的天空"）。

但是，当诗人心境发生变化时，颜色有时也随心境改变象征的寓意。如白色——当诗人心情舒畅时，白云懒懒，白雪闪光，"白"是一种可爱的颜色；而当诗人心烦意乱时，"阳光变得苍白"（"苍白"表现了悲凉、怜惜的心理），甚至"峰峦睁着死白的眼睛，给人以彻骨的恐怖"。

在俄国诗歌中，丘特切夫以其对自然、生命、心灵等本质问题的探索而开创了哲理抒情诗派，并且在形式上有独特的创造，其中比较突出的一点，是其意象运用的艺术。丘诗的意象艺术对费特及俄国象征派诗人，产生了积极的影响。如费特借鉴了丘诗的意象并置手法，但取消了对立或对喻，而创造性地大量运用各种意象并置，使之发展成"意象流"式的意象并置，从而创作了"印象主义的杰作"——《这早晨，这欢乐》①。

二、丘诗的多层次结构

丘特切夫被俄国象征派奉为祖师，其诗歌在艺术方面多有创新，其中最重要的一个特点，就是多层次结构。

象征派注重暗示、联想、对比、烘托等艺术手法，主张寻找"对应"（波德莱尔）、"对应物"（庞德）或"客观的关联物"（艾略特），认为人的精神、五官与世界万物息息相通，可见的事物与不可见的精神互相契合。丘特切夫的诗歌创作受德国古典哲学家谢林的"同一哲学"影响很深。谢林认为，自然是可见的精神，精神是不可见的自然，自然与人的智性和意识是一回事。这样，丘特切夫在创作中就能把自然与精神融为一体，从而在无意中与象征派的诗歌理论及诗歌创作暗合。

由于自然与精神是一回事，又重视直觉，丘诗跟象征派诗歌一样，出现了客观对应物，出现了象征，形成了多层次结构，并产生了多义性。

丘特切夫诗歌创作中的多层次结构大体通过三种方式体现出来：出现客观对应物，运用通体（又称通篇）象征，把思想巧妙地隐藏于风景的背后。这在当时的俄国诗坛，的确是前无古人的"绝对独特的创作手法"。

在"俄国文学之父"、"俄罗斯诗歌的太阳"普希金的笔下，大多是客观的白描和主观的抒情，即使在诗歌中运用某物作象征，也仅仅像一颗流星，在全诗中一闪即逝，并未构成通体象征，他的某些诗，如《致大海》、《囚徒》、《毒树》等，象征虽出现于全文，但象征手法不够成熟，过于显

---

① 见《费特诗选》，张草纫译，上海译文出版社1997年版，第147—148页。

露，并未造成多层次结构。莱蒙托夫则有所发展，在他那里已有较好的通体象征或多层次的诗，如《帆》、《悬崖》、《美人鱼》等，但为数甚少。茹科夫斯基喜欢用象征，他的诗作充满了朦胧的幻想，但他的象征也很少构成多层次结构。只有到了丘特切夫，客观对应物与通体象征才大量出现，并形成多层次结构。

首先，丘特切夫在诗歌中让自然景物作为思想与情绪的客观对应物，平行地、对称地出现，从而使内心世界与外部世界互相呼应，可见的事物与不可见的精神相互契合，在诗歌结构中形成两条平行的脉络，出现两组对称的形象。两组平行的脉络的相互交错，丰富了诗歌的情感层次；两组对称形象的交相叠映，深化了诗歌的思想内涵。这种类似于音乐中的二重对位、电影中的平行蒙太奇的艺术手法，我们称之为"对喻"。它是诗人把"对喻式意象并置"发展推进到艺术结构上的结果，从而在俄国诗歌乃至世界诗歌史上，开创了一种独特新颖、别有韵味的丘式对喻结构。

丘诗中的"对喻"又表现为三种情况：

第一，前面整整一段写自然景物，后面整整一段则是思想感情，二者各自构成一幅画面，相互并列又交相叠映，互相沟通且相互深化，既描绘了特定的艺术画面，又抒发了浓厚的思想感情，并使情与思达到水乳交融的境界。如《河流迁缓了》：

> 河流迁缓了，水面不再晶莹，
> 一层灰暗的冰把它盖住；
> 色彩消失了，潺潺的清音
> 也被坚固的冰层所凝固——
> 然而，河水的不死的生命
> 这凛冽的严寒却无法禁闭，
> 水仍旧在流：那喑哑的水声
> 时时惊扰着死寂的空气。
>
> 悲哀的胸怀也正是这样

> 被生活的寒冷扼杀和压缩，
>
> 欢笑的青春已不再激荡，
>
> 岁月之流也不再跳跃，闪烁——
>
> 然而，在冰冷的表层下面，
>
> 生命还在喃喃，并没有止息，
>
> 有时候，还能清楚地听见
>
> 它那秘密的泉流的低语。①

前一节写河面上结了一层薄冰，但凛冽的严寒不能凝固全部的河水，水仍在冰层下面流，后一节则写生活寒冷的重压同样无法扼杀人内心的生命活力及求生的欲望。全诗以鲜明生动的画面，使自然中的严寒与生命之泉同生命中的严寒与生命的欢乐之泉相对举，深邃地表达了生命及生活的活力与欢乐是任何力量都无法扼杀的哲理思想。

又如《喷泉》第一节写自然的喷泉，第二节写思想的喷泉，两相对喻，更深刻地体现了人类的思想既强大又无能这一哲理。这种对喻手法的运用，较之单有一幅自然景物的描绘，或仅有一段思想感情的流露，显然是结构更匀称，层次更复杂，感情更深刻，哲理更深邃，艺术性也更高。

第二，前面整整一段写思想感情，后面整整一段写自然景物。它又分两种情况。

一是以情喻景，而又情景相生。既然自然是可见的精神，精神是不可见的自然，丘特切夫也就能够不仅以景写情，而且还可以以情喻景，这在当时乃至今天都无疑是大胆而独特的。如《在戕人的忧思中》：

> 在戕人的忧思中，一切惹人生厌，
>
> 生活像一堆堆石块重压着我们，
>
> 突然，天知道是从哪里，
>
> 一丝欢欣飘进我们的心田，

---

① 《丘特切夫诗选》，查良铮译，外国文学出版社 1985 年版，第 54 页。

它以往事将我们吹拂和爱抚，

暂时消除了心灵那可怕的重负。

有时正是这样，在秋天，

当树枝光秃秃，田野空荡荡，

天空一片灰白，山谷更加阴暗，

突然袭来一阵风，温暖而润爽，

把落叶吹得东飞西旋，

使心灵仿佛浸泡于融融春光。①

　　前面一段描写生活的重压与突如其来的一丝欢欣所引起的人心情感的激荡，后面一段写大自然中有时秋天突如其来的一阵"温暖而润爽"的风所引起的恍如置身融融春光之中的瞬息感受，以前面的情喻后面的景，但又不仅仅如此。丘诗的妙处与深度也正体现在这里。如前所述，丘诗往往是前后两段对举出现形成"对喻"。"对喻"不同于一般的比喻，它的前后项并不仅仅构成简单的本体与喻体关系，前后项之间更多的是互相对比，互相衬托，前者烘托后者，后者深化前者，二者的关系如红花绿叶，交相辉映，构成一个立体的画面，并且缺一不可。《在戕人的忧思中》一诗就是如此，前面的情衬托了后面的景，后面的景又使前面的情给人留下更深刻的印象。

　　二是以景写情，突出所要表达的思想。如《你看他在广阔的世界里》：

你看他在广阔的世界里，

忽而任性快乐，忽而神情阴郁，

心不在焉，怪异，神秘，

诗人就是这样——而你竟对他鄙视！

---

① 曾思艺译自《丘特切夫诗歌全集》，列宁格勒1957年版，第167页；或见《丘特切夫哲理抒情诗选》，曾思艺译，载《诗歌月刊》2009年第7期下半月刊（总第104期）。

> 看看月亮吧：整个白天
>
> 它在空中瘦弱不堪，奄奄一息，
>
> 黑夜降临——这辉煌的上帝，
>
> 在昏昏欲睡的树林上银辉灿灿！①

以第二节的月亮衬托出诗人虽然怪诞、神秘但不可轻视，表达作者希望世人理解诗人的思想。

有时，丘特切夫把上述两种方法混合起来运用，《大地还是满目凄凉》就是如此。第一节写冬春之交大地满目凄凉中浮现的"春的气息"，第二节则写在麻木中欲醒的人心中所萌发的幻想，二者交相辉映，又互相深化，但最后四行笔锋一转，既写大自然，又写人心，使二者融合为一，分不清界限，似乎自然现象已转化为人的心灵状态了②——这，又具有了我们下面即将论述的对喻第三类的特色。

第三，思想感情与自然景物在全诗中同时平行而又交错地出现，巧妙自然地相互过渡，使人分不出是情是景，辨不清是自然现象还是心灵状态。如《世人的眼泪》：

> 世人的眼泪，哦，世人的眼泪，
>
> 你总是早也流啊，晚也流……
>
> 你流得无声无息，没人理会，
>
> 你流得绵绵不断，无尽无休，
>
> 你流啊流啊，就像幽夜的雨水，
>
> 淅沥淅沥在凄凉的深秋。③

在这首诗里，雨和泪构成二重对位，同时又使二者交织融合为一，是

---

① 曾思艺译自《丘特切夫诗歌全集》，列宁格勒1957年版，第109页；或见《丘特切夫哲理抒情诗选》，曾思艺译，载《诗歌月刊》2009年第7期下半月刊（总第104期）。

② 见《丘特切夫诗选》，查良铮译，外国文学出版社1985年版，第64页。

③ 曾思艺译自《丘特切夫诗歌全集》，列宁格勒1957年版，第170页。

雨？是泪？二者简直不可区分。《在郁闷空气的寂静中》一诗，也同样如此把初恋少女激动的眼泪与酝酿已久而下的雨滴二者融为一体：

> 穿过丝绒般的睫毛
>
> 噗地落下来两滴……
>
> 或许就这样开始了
>
> 一直酝酿着的雷雨？……①

而《波浪和思想》一诗，不仅使波浪与思想二重对位，造成诗歌结构上的双重结构，而且也使波浪与思想仿佛都被解剖、被还原，成为彼此互相沟通的物质。

其次，丘特切夫采用通体象征造成诗歌的多层次结构，形成诗歌内涵的多义性。

丘诗中的通体象征一般造成双重结构。如《天鹅》一诗：

> 休管苍鹰在怒云之上
>
> 迎着急驰的电闪奋飞，
>
> 或者抬起坚定的目光
>
> 去啜饮太阳的光辉；
>
> 你的命运比它更可美慕，
>
> 洁白的天鹅！神灵正以
>
> 和你一样纯净的元素
>
> 围裹着你翱翔的翅翼。
>
> 它在两重深渊之间

---

① 《丘特切夫诗选》，查良铮译，外国文学出版社1985年版，第47页。

　　　　抚慰着你无涯的梦想——

　　　　一片澄碧而圣洁的天

　　　　给你洒着星空的荣光。①

　　这首诗具有表层与深层双重结构。表层结构写的是天鹅比苍鹰的命运更可羡慕——它得到了神灵的爱护。而深层结构是：在欧洲古典诗歌中，鹰与天鹅是经常出现的一对形象，取得胜利的每每是鹰。丘特切夫在这里反其意而用之，通过两者对立的表层结构体现了自己的人生观——酷爱和平与宁静（天鹅），厌恶狂暴与斗争（鹰），情愿终生老死在纯净的美之王国中。

　　又如《杨柳啊……》一诗，不仅具有双重结构，而且具有多义性。其表层结构是全诗极力在铺写杨柳，深层结构则具有多义性。首先，可以认为这是一幕落花有意、流水无情的单相思痴恋场面，进而可以隐喻人与人之间的某种关系；其次，更进一步考察，这里隐喻着个性的悲剧、人生的悲剧：一股溪流从身旁经过，杨柳俯身也不能触及它，可悲的是，并非杨柳想要俯身，而是某种外在的力量迫使它俯身，又使它够不到水流，在社会上、在人世间，人及人的个性不也如此？生活迫使你去渴望，迫使你去追求，而往往又注定你徒劳无功，这就是人生的悲剧！同时，这也是当时"一切办公室和营房都随着鞭子和官僚运转"、一切都"堕入铁一般沉重的梦里"的俄国以及当时工业文明飞跃发展、人已变成"整体中一个孤零零的断片"的欧洲社会里人的必然归宿。

　　由于象征运用得巧妙，丘诗往往构成三重结构。如《海驹》一诗：

　　　　　　骏马啊，海上的神驹，

　　　　　　你披着浅绿的鬃毛，

　　　　　　有时温驯、柔和、随人意，

　　　　　　有时顽皮、狂躁、疾奔跑！

---

① 《丘特切夫诗选》，查良铮译，外国文学出版社1985年版，第12页。

在神的广阔的原野上，

是风暴哺育你长成，

它教给你如何跳荡，

又如何任性地驰骋！

骏马啊，我爱看你的奔跑，

那么骄傲，又那么有力，

你扬起厚厚的鬃毛，

浑身是汗，冒着热气，

不顾一切地冲向岸边，

一路发出欢快的嘶鸣；

听，你的蹄子一碰到石岩，

就变为水花，飞向半空！……①

  初看，它描绘的是一匹真正的马，写了马的形体（"披着浅绿的鬃毛"），马的性格（"有时温驯、柔和、随人意，有时顽皮、狂躁、疾奔跑"），马的动作（"不顾一切地冲向岸边，一路发出欢快的嘶鸣"），这是第一层；可诗歌的结尾两句却使我们惊醒，并点明这是海浪（"听，你的蹄子一碰到石岩，就变为水花，飞向半空"），从而由第一层写实的语言转入带象征意味的诗意的第二层次，使写实与象征两种境界既相互并存，又互相转化。但诗人的一大特点是把自然现象与心灵状态融为一体。因此，这首诗表现的是人的心灵与人的个性，这是第三层。而这第三层又具有多义性：这是一个满腔热情、执著追求的人，朝着理想勇往直前地猛冲，最后达到了理想的境界，精神升华到了另一天国；这也是一个强有力的个性，宁折不弯，一往无前，结果理想被现实的礁岩撞击成一堆水花与泡沫。这一切，都是借助于象征的魔力来实现的，丘特切夫不愧为俄国象征派的祖师。

  其三，丘特切夫还通过把哲理思想完美地融合于美妙的自然景物之中来

---

① 《丘特切夫诗选》，查良铮译，外国文学出版社1985年版，第16页。

形成诗歌的双重结构。这类诗，往往表面但见一片纯美的风景，风景的背后却蕴涵着颇为深刻的生命哲学。如《在那夏末静谧的晚上》一诗：

> 在那夏末静谧的晚上，
> 天空中的星星淡红微吐，
> 田野身披幽幽的星光，
> 一边安睡，一边悄悄成熟……
> 它那无边无际的金色麦浪，
> 在夜色中渐渐平静，
> 那如梦的柔波也无声无息地
> 被月光染得洁白晶莹……①

乍看，这仅仅是自然风景的朴实描绘（表层结构），然而在短短的八行诗中，却蕴涵着深邃的哲理、丰富的思想（深层结构）：这是一片普普通通的田野，在幽幽的星光下，已不见白日的劳作与匆忙，更不见阳光的热力与明媚，在这七月的夜晚，它静静地安睡着。然而，这人类生命的源泉——粮食的诞生地，并未停止生命进程，它一面安睡，一面在成熟中。人们辛勤劳动所培育的生命，已成为自然的一部分，它随时间的进展而时刻成长着。虽然从表面上看不到生命的顶点，也看不到它的运动，但自然和历史却隐藏在表面下一刻不停地向前运动。这不仅是对人的劳动、人与自然那平凡而伟大的日程的赞颂，而且是对世界、自然、历史、生命的某种深刻的哲理把握！这类诗在丘特切夫的诗集中俯拾即是，最著名的有《紫色的葡萄垂满山坡》、《恬静》、《山中的清晨》……

综上所述，丘诗的多层次结构的确是他大胆独创的艺术手法，为俄国诗歌开拓了新的路子。

---

① 曾思艺译自《丘特切夫诗歌全集》，列宁格勒 1957 年版，第 167 页；或见《丘特切夫哲理抒情诗选》，曾思艺译，载《诗歌月刊》2009 年第 7 期下半月刊（总第 104 期）。

三、丘诗的通感手法

在实际生活中，人们通过眼睛摄取事物的各种外部形象，通过耳朵听取外界的各种声音，通过鼻子闻到世界的各种气味，通过舌头尝到各种各样的味道，通过身体触到身边的许多事物。由于生理的原因，上述感觉可以相互沟通，从而形成通感。所谓通感，是指人们让视觉、听觉、嗅觉、触觉、味觉等各种不同感觉范畴所得到的印象互相挪移借用，并相互沟通。

文学作品中的通感是一种特定的心理现象在文学中的反映，是一种艺术通感，它与心理学上的通感有所不同。

一般而言，心理学上的通感是艺术通感的基础。从心理学的角度看，通感是一种心理活动。人的视、听、嗅、味、触等各种感官都能产生美感，同时每一个人的眼、耳、鼻、舌、身、肤等各个感官的领域能相互沟通，一种感觉可以引起另一种或多种感觉的联想，心理学家称这种现象为"通感"，又叫"感觉转移"（简称"移觉"），或"感觉变换"。对此，钱钟书先生具体论述道："在日常经验里，视觉、听觉、触觉、嗅觉、味觉往往可以彼此打通或交通，眼、耳、舌、鼻、身各个官能的领域可以不分界限。颜色似乎会有温度，声音似乎会有形象，冷暖似乎会有重量，气味似乎会有体质。诸如此类，在普通语言里经常出现。譬如我们说'光亮'，也说'响亮'，把形容光辉的'亮'字转移到声响上去，正像拉丁语以及近代西语常说'黑暗的嗓音'、'皎白的嗓音'，就仿佛视觉和听觉在这一点上有'通财之谊'。又譬如'热闹'和'冷静'那两个成语也表示'热'和'闹'、'冷'和'静'在感觉上有通同一气之处，结成配偶。"①

心理学上的通感是潜意识的，内涵广泛的，而且不带感情色彩。而艺术

---

① 钱钟书：《通感》，见舒展编选《钱钟书论学文选》第六卷，花城出版社1990年版，第92—93页。

通感则是文学家们用综合感觉的形式感知事物的结果，它具有以下几个特点。

一是直觉性或幻觉性。文学家们往往较一般人想象力更丰富，也更为敏感，同时也比一般人更执著，更沉迷于所从事的艺术事业，尤其是当其进入创作境界时，往往是："其始也，皆收视反听，耽思傍讯，精骛八极，心游万仞。其致也，情瞳昽而弥鲜，物昭晰而互进，倾群言之沥液，漱六艺之芳润，浮天渊以安流，濯下泉而潜浸。于是沈辞怫悦，若游鱼衔钩而出重渊之深；浮藻联翩，若翰鸟缨缴而坠层云之峻。收百世之阙文，采千载之遗韵，谢朝华于已披，启夕秀于未振，观古今于须臾，抚四海于一瞬。"[1] 在此情况下，艺术家"凭借想象力和他的敏感，可以看出不同事物的相互感应"[2]，从而以直觉或幻觉的方式表现不同事物的感应，并使各种感觉沟通。

二是情感性。文学作品无不深深浸透着作者的情感，王国维甚至认为："一切景语皆情语也。"艺术通感自然也渗透着作者的情感，因而感觉挪移也就是感情的挪移。

三是审美性。艺术通感虽以直觉的形式表现出来，但由于其情感性，更由于它积淀着作者长期的生活经验、人生智慧与艺术修养，因而具有审美性。可以说，艺术通感是审美意义上不同感官印象之间的某种"替代"。"艺术也可以说是要每一个形象的看得见的外表上的每一点都化成眼睛或灵魂的住所，使它把心灵显现出来"[3]。文学中的通感手法，就是文学工作者通过不同艺术手法和技巧，生动逼真地描绘客观事物在自己头脑中所形成的各种感觉的相互沟通或彼此替代的审美意象，并以具体形象的语言，通过更换感受的角度，来描写事物的性状和情貌。

诗歌中运用通感手法，在西方拥有悠久历史。早在古希腊时期，荷马便写出了"那句使一切翻译者搁笔的诗"："像知了坐在森林中一棵树上，倾

---

① 陆机：《文赋》见郭绍虞主编《中国历代文论选》第一册，上海古籍出版社 1979 年版，第170—171 页。

② 波德莱尔语，转引自刘自强：《波德莱尔的相应论》，载《外国文学研究》1980 年第 4 期。

③ ［德］黑格尔：《美学》第一卷，朱光潜译，商务印书馆 1996 年版，第 198 页。

泻下百合花也似的声音"①。17 世纪英国玄学派更是爱用"五官感觉交换的杂拌比喻",即通感,如该派领袖约翰·但恩（一译多恩,1572—1631）的诗歌《香味》中的名句:"一阵响亮的香味迎着你父亲的鼻子叫唤。"② 到19 世纪,通感手法被诗人们广泛运用［如意大利诗人帕斯科利（1855—1912）诗歌中的名句:"碧空里一簇星星喷喷喳喳像小鸡儿似的走动。"③］,并得到了理论概括。

法国著名诗人、象征派先驱波德莱尔,综合诗人们的创作实践与瑞典神秘主义哲学家斯威登堡的理论,提出了系统的"通感论"（又译"交感论"、"应和论"）,它集中、精练、形象地体现在其名诗《应和》中:

> 自然是座庙宇,那里活的柱子
> 有时说出了模模糊糊的话音,
> 人从那里过,穿越象征的森林,
> 森林用熟识的目光将他注视。
>
> 如同悠长的回声遥遥地汇合
> 在一个混沌深邃的统一体中,
> 广大浩漫好像黑夜连着光明——
> 芳香、颜色和声音在互相应和。
>
> 有的芳香新鲜若儿童的肌肤,
> 柔和如双簧管,青翠如绿草场,
> ——别的则朽腐、浓郁、涵盖了万物,

---

① 钱钟书:《通感》,见舒展编选《钱钟书论学文选》第六卷,花城出版社 1990 年版,第 99 页。
② 钱钟书:《通感》,见舒展编选《钱钟书论学文选》第六卷,花城出版社 1990 年版,第 99—100 页。
③ 钱钟书:《通感》,见舒展编选《钱钟书论学文选》第六卷,花城出版社 1990 年版,第 100 页。

像无极无限的东西四散飞扬，

如同龙涎香、麝香、安息香、乳香

那样歌唱精神和感觉的激昂。①

这首诗被称为"象征派的宪章"，对后世影响深远，它全面而系统地总结并升华了"通感论"。

第一，它总结了西方诗人的长期实践，揭示了人的各种不同感觉之间的相互应和、沟通关系，完整而形象地提出了一切感觉相通的观点："芳香、颜色和声音在互相应和。"并从嗅觉的角度阐发了这一理论：香味与触觉沟通——它"新鲜若儿童的肌肤"，又可从声音得到理解——"柔和如双簧管"，最后融入视觉之中——"青翠如绿草场"。

第二，上升到哲学的高度，提出了人与自然的通感，从而奠定了感觉沟通理论的坚实哲学基础。诗歌以一种近乎神秘的笔调，描绘了人与自然的"应和"关系。自然是一种有机的生命，其中的万事万物都是彼此联系的，以种种方式显示各自的存在。它们互为象征，组成一座象征的森林，并向人发出信息，而人心的每一次颤动，人的每一缕情思，都可在自然中找到对应的象征，也就是说，大自然的物质世界与人的精神实在是相互感应，互相沟通的。

丘特切夫在诗歌创作中生动、全面地实现了波德莱尔的"通感论"，既写了人与自然的应和，又写了人的各种感觉的沟通，但与波德莱尔无关，而主要受谢林哲学的影响，同时也受到19世纪诗歌喜用通感风潮的影响。

丘诗中的通感手法不仅量多，而且相当出色。其通感手法大约可分为以下几种类型。

第一，以视觉写听觉。车尔尼雪夫斯基指出："美感是听觉和视觉不可分离地结合在一起的，离开了听觉，视觉是不可设想的。"② 声音作用于人的听觉，感动了人，使人的心中产生视觉的形象，从而使听觉变成视觉形

———————————

① 见《恶之花》（插图本），郭宏安译评，漓江出版社1992年版，第13页。

② ［俄］车尔尼雪夫斯基：《生活与美学》，周扬译，人民文学出版社1957年版，第42页。

象。丘特切夫深知个中奥秘，在诗中较多地以视觉写听觉，如"那春季的第一声轰隆，好像一群孩子在嬉戏"（《春雷》）。轰隆隆的春雷声，清脆地滚过天空，使诗人心中产生了似乎看到一群天真活泼的儿童在相互追逐嬉戏的情景，既化听觉为视觉，使熟悉的事物陌生化，增加了艺术欣赏的情趣，又含蓄地表达了诗人对春雷所带来生命活力的欣喜之情。又如"太阳的光线对普世敲起了胜利的洪亮的钟声"（《东方在迟疑》），太阳的光线本是视觉，但由于太阳升起，人们随之起来，经过长长黑夜休息的万物也充满了活力，生机勃勃，早晨的钟声"当当"敲起，于是，诗人把对生命的热爱、对早晨阳光的赞美以通感的方式，深刻隽永地表达出来。

第二，以触觉写视觉。如"寒雾的薄薄的幽暗"（《我站在涅瓦河上》），"幽暗"本是眼睛所见，但此处居然分出了厚薄，显然运用了触觉（"寒雾"之寒本就需触觉感受，而"薄薄"也需触觉感知），从而生动形象地写出了寒雾将尽、阳光即至的冬日情景。又如"温暖而纯净的蔚蓝"（《初秋有一段奇异的时节》）。初秋时节，天高气爽，天地间有一种水晶般的透明、纯净。我国唐代诗人杜牧《长安秋望》诗云："楼倚霜树外，镜天无一毫。南山与秋色，气势两相高。"此时，冬天的寒冷尚未到来，亮丽的阳光使人心情灿烂，水晶般的秋天使人也变得水晶起来。笔者曾经有一首诗写到秋天的这种独特的魅力：

晴朗的秋天亮丽成水晶

水晶的秋天里一切透明如水晶

风景透明得更风景

蓝天透蓝得发出纯蓝的强磁力

空气透亮得使你感觉不到空气

红于二月花的漫山遍野的霜叶

金黄得耀眼金黄成喜悦的田野

透明得如同经过了诗的过滤

水晶的秋天里

有一种水晶般透明的诱惑

水晶的秋天里

有一种水晶般透明的邀请

你跃跃欲试不知不觉间

也透明成一亮丽的水晶①

　　丘特切夫的这句诗把天空水晶般透明（"纯净"）的蔚蓝（视觉）变成了可感触的"温暖"，有力地表达了对初秋的热爱。"鲜嫩的绿意"（《浅蓝色天空》），也是以触觉写视觉。

　　第三，以嗅觉写视觉。如"芬芳的幽暗"（《尽管炎热的正午》）、"芬芳的、琥珀色的光辉"（《在人群中，在不息的喧哗里》）。"幽暗"、"光辉"本属眼睛所见，而分别以"芬芳的"加以修饰，仿佛能嗅到，这就让嗅觉与视觉沟通了。

　　第四，化虚为实，或变抽象为具象。一些抽象的思想、空灵的观念往往难以为人所知，诗人调动想象力，运用通感手法，充分利用通感的直觉性、审美性，化虚为实，变抽象为具象，使枯燥的东西充满情感，从而大大增强了诗歌的审美情趣，提高了艺术性。他或是采用颇为现代的以具体动词与抽象名词结合的方法（这在现代诗中极为常见，以致一些女诗人写爱情时也能信手拈来，光是新加坡华裔女诗人淡莹的《伞内·伞外》一诗中就有："把热带的雨季/乍然旋开"，"共撑一小块晴天"——"晴天"谐音"情天"，"撑着伞内的春"），如："她们以雪白的肘支起了多少亲切、美好的梦幻"（《在深蓝的海水的平原上》），"梦幻"本是抽象的、难以感知的，但以具体动词"支起"与之搭配，立即使这一空灵虚幻的"幻梦"具有了实体的感觉，从而化抽象为神奇可感的东西。或者，以具有实体感的词修饰抽象的名词，赋予抽象的东西以实感（这同样是现代诗歌惯用的一种现代手法，如淡莹的《伞内·伞外》中有"雨的青涩年龄"，笔者的《蒙娜·丽

---

① 曾思艺：《秋天》，载台湾《葡萄园》诗刊1994年夏季号（总第122期）；或见曾思艺：《黑夜·星星》（抒情诗），山西教育音像出版社2006年版，第152—153页。

莎》中有"几千年抑制不住的迫切探寻/怒放为一朵千古传奇万载芬芳的神秘"①），如："疲倦了的大自然，堕入了铁一般沉重的梦里"（《在这儿，只有死寂的苍天》），抽象的梦以"铁一般的沉重"修饰，使梦具有了重量，真实可感，又如"灿烂辉煌的梦幻"、"金色的梦"（《不，大地母亲啊……》）则让梦幻和梦具有了明亮的颜色，而"寒冷的梦"（《我又看到你的眼睛》）则使梦具备了冷热的触觉感。

第五，多重感觉沟通。如：阳光发出了"洪亮的、绯红的叫喊"（《昨夜，在醉人的梦幻里》），阳光本属视觉所见，发出洪亮的叫喊，则转化为听觉，而"叫喊"又以"绯红的"修饰，又变听觉美为视觉美，短短一首诗，先从视觉变听觉，又从听觉变视觉，构成了多重感觉转换。又如："烟一般轻，幽洁如百合，有什么突然扑进窗户"（《昨夜，在醉人的梦幻里》），同样是写阳光，先写其极轻（触觉），再写其芳香（嗅觉），从而使视觉、触觉、嗅觉沟通，细致传神地写活了早晨的阳光。

丘特切夫的通感手法往往结合一些修辞手法来展开，运用最多的，主要有以下两种。

第一种是比拟，即拟人或拟物。通感与比拟结合，是一种由我及物或由物及我的移觉、移情同时进行的审美心理活动，它不仅仅是主体内心情感的联想，而且是主体内在感觉的联系。如："孤独的、带着呆滞的阴郁"（《在我的痛苦淤积的岁月中》）、"凋残的、凄苦的梦"、"敏锐的暗影"（《夜晚的天空是这么阴沉》），"阴郁"像人一样孤独而神情呆滞，"梦"像花朵一样凋残、凄苦（也可视为像人凄苦），"暗影"具有人的敏锐，这种通感与比拟的结合，化抽象为具体，化空幻板滞为鲜活生动。这类诗句，还有"懒洋洋的光亮"（《十二月的黎明》）、"过去的辉煌的梦/仿佛还在波光中明灭；/它正无忧地、甜蜜地睡着"（《金碧辉煌的楼阁》）等。

第二种是比喻，即以比喻的方式表现通感，化抽象为具象。如："炎热的睡意似雾般浓"（《日午》），"睡意"本是一种可感觉但难以描述的颇为

---

① 曾思艺：《蒙娜·丽莎》，载香港《诗双月刊》1998年4月号（总第39期）；或见曾思艺：《黑夜·星星》（抒情诗），山西教育音像出版社2006年版，第77—78页。

抽象的东西，此处以"似雾般浓"比喻之，不仅化抽象为具体可感，而且极生动地写出睡意之浓。上述"疲倦了的大自然，堕入铁一般沉重的梦里"（《在这儿，只有死寂的苍天》），也是如此。

　　总之，丘诗中的通感手法不仅量多，独特，极富现代感，而且表现了时代的精神和深邃的哲理。余国良先生指出，丘特切夫"通过感觉的变异，使艺术形象的有限性和无限性统一起来，以表现一种时代的精神和深邃的哲理"，如他写雷声："'听！在白色的云雾后，一串闷雷轰隆隆地滚动；飞驰的电闪到处穿绕着阴沉的天空。'（《在郁闷空气的寂静中》）这里的雷声，一扫可爱之态，像憋着一肚子气那样，闷声闷气地向'阴沉的天空'发泄。这沉闷之气，阴郁之感，正是由听觉雷声，引起了视觉对闪电飞驰穿绕的注意，从而调动了人的触觉对云雾中夹带着的湿润气流的敏感，使人感到雷声之沉闷，天空之阴郁，以及两种巨大力量的较量，如果说滚动的雷声是主将，'飞驰的闪电'就是先锋，它们一起撕破'白色的云雾'，向'阴沉的天空'轰击，这恐怕就是丘特切夫寓含的诗中的哲理和时代精神。"①

　　丘特切夫的通感手法在俄国诗歌中也是一种大胆的创新。在丘特切夫以前的俄国诗歌中，通感手法运用不多，即使运用，也往往是偶尔为之。而丘特切夫是有意大量运用通感的手法，而且相当成功，极富现代感，对后来的俄苏诗歌产生了较大的影响。

四、丘诗的总体特征

　　综合以上有关论述，这里我们对丘诗的总体特征试加归纳、概括。我们认为，总体说来，丘特切夫的诗歌是一种哲理抒情诗，它具有以下四个显著特征。

---

① 余国良：《丘特切夫与李贺诗歌的变异感觉》，见戴剑平主编《中外文化新视野》，黄山书社1991年版，第436—437页。

第一，深邃的哲理。丘特切夫哲理抒情诗的深邃哲理表现为对人、自然、生命、心灵之谜等本质问题进行执著、系统、终生的探索。他对人、自然、生命、心灵之谜的探索，又主要建立在对自然的热爱与对自然之谜的执著追寻上。而自然和人是在生命之中的，因此，丘特切夫对人与自然之谜的探索，在某种程度上又集中表现为对生命尖锐矛盾的反映。正是毕生对自然的爱与自然之谜的追寻，不仅使丘特切夫认识了自己心灵的历程，也使他进而认识到生命的各种尖锐矛盾。对生命各种矛盾的反映是丘诗的主要内容，包括以下几个方面：

其一，自然的强大、永恒与人生的脆弱、短暂。在丘特切夫看来，自然是和谐的、永恒的，既强大有力，又冷漠无情，她不考虑过去，也不关心未来，只为现在而生活，但她年复一年，依然如故（《春》）。而人呢，自以为是"大地之王"，却连一只大鸢都不如——不能飞起，无法获得自由，只能紧贴在地上，忙忙碌碌，搞得满面污垢，汗水直淌（《从林中草地》）。而这一切都是徒劳的，人不过只是"自然的梦"（《在这儿，生活曾经如何沸腾》）。在自然面前，人不仅是软弱无力的，而且是无足轻重、可有可无的。人对此感到恐惧，希望忘记自己那个体的"我"，忘记自己的惊慌、忧伤和忙碌，化入那永恒的自然和普在的生命之中，然而，人永远不能摆脱个体的"我"，因此，人与自然的矛盾永远无法解决。

其二，生与死的矛盾。诗人认为，人生在世，必须证明自己生的意义与价值。于是，他力图以自己的奋斗成果来否定死、超越死。首先，他愤怒地否定那代表永恒的上帝：

> 心啊，勇敢吧，直到生命之终：
> 在创造中没有上帝！
> 思想，也不在祈祷中！
>
> （《你的眼睛里没有情意》）①

---

① 《丘特切夫诗全集》，朱宪生译，漓江出版社1998年版，第178页。

在此基础上，他进一步探讨人的生活目的及性格发展。在《两个声音》一诗中，他认为人生的目的在于不屈的斗争，并认为在这种意义上人高于神。在"杰尼西耶娃组诗"中，他塑造了一个深刻动人、为爱情建立了功勋的妇女形象——杰尼西耶娃，她充分证明了自己生的价值。然而，无论是斗争，无论是对爱情的执著追求，虽然证明了自己生的价值，结局却依然是："但这一切都是死亡！"（《病毒的空气》）生与死的矛盾竟是如此尖锐！它还体现在自然中、爱情里、社会上（详前）。可贵的是，诗人明知"一切都是死亡"，还力求"蓬蓬勃勃地活一阵"（《树叶》）。"多么希望把心中/这半死的火任情烧一次/不再折磨，不再继续痛苦，/让我闪闪光——然后就死！"（《好似把一卷稿纸》）[1]

其三，个性与社会的矛盾及人的异化（详前）。

其四，拒绝扰攘的现实，向往永恒、纯净的天界。即厌弃庸俗、忙碌的物质追求，而向往高洁、宁静的精神世界；厌弃短暂、纷纭的现实，追求永恒、纯净的天国。既然自然是永恒的，人生是短暂的，人的斗争、人的个性在现实中又受到种种限制——如前所述，杨柳在其对永恒的生命之流渴求以前已为外力所定形，喷泉到一定的高度注定要降落地面，人对爱情的追求也招来社会的扼杀，人与人之间又无法沟通，这样，丘特切夫便厌倦了扰扰攘攘的现实世界而力图登上山顶，飞向天空（山顶、天空是纯洁、永恒与精神境界的象征），力求忘掉自我，和瞌睡的世界化而为一，力求融入世界的整体，投入永恒、普在的生命之中。甚至，他也像波德莱尔一样，试图用艺术创造一个"人工的天堂"，让自己的灵魂有所安顿。

第二，独特的形象。丘诗中有一个独特的形象——自然。自然，在丘特切夫那里是像人一样，有着活的灵魂、个性、语言、生命和爱情的，这是丘诗的决定性基础，它使诗人能与自然物我相亲，把自然人化，并进而通过追索自然而追索心灵、生命的秘密。因此，诗人描写歌德的诗《在人类这株高大的树上》同样也适合于他自己："你与雷雨交谈，做出预言，或者欢快地与轻风嬉戏。"在不少诗中，他也是常常与自然交谈的，只要看看以下几

---

[1]《丘特切夫诗选》，查良铮译，外国文学出版社1985年版，第32页。

首诗的开头就一目了然了:"杨柳啊,是什么使你/对奔流的溪水频频低头"
(《杨柳啊……》),"这不是你吗,宏伟的涅曼河?/在我面前的不又是你那
湍急的水流?"(《涅曼河》),"你,我大海中的波浪,变幻神秘,固执任
性"(《飘忽不定,仿佛波浪》),"你真美丽,哦,夜晚的大海"(《你真美
丽……》)。他笔下的自然,充满生气,像人一样,《春水》一诗中的"春
水"是报信的人,"五月"像欢快的青年跳起环舞;《杨柳啊……》表面看
去简直像一幕单相思的戏剧场面;《冬天这房客已经到期》则描绘了春天这
小姑娘与冬天这老巫婆的戏剧性斗争过程;《树叶》更是让树叶像人一样直
抒自己的内心激情。

　　丘诗中的自然具有双重性:一方面,它是实实在在的、活生生的自然风
景,正如索洛维约夫所说:"当然,一切真正的诗人、画家都能感觉到大自
然的生命,并把它表现为生动的形象,但同他们之中许多人相比,丘特切夫
的高明之处在于,他完全自觉地相信他的感觉。他不是把他所感觉到的活生
生的美当做自己的幻想,而是当做真实来接受和理解的。"① 因此,丘特切
夫的许多哲理抒情诗就像纯风景诗,如《山中的清晨》、《恬静》、《春雷》、
《夏晚》、《十二月的黎明》、《东方在迟疑》……另一方面,丘诗中的自然
又是提高了的、抽象的、蕴涵有哲学思想的,这不仅是因为他的每一首诗都
源于思想,更主要在于:丘特切夫喜欢的自然不是过于具体的自然,也不是
某一特定地方的自然(晚年的部分诗除外),而是普遍的自然、整体的自
然……他把自然视为独立于人的、复杂的、活的有机整体。这样,他的自然
一方面实在、真实,一方面又抽象、富有哲学内涵。

　　第三,丰富的情感。苏联的丘特切夫研究者皮加列夫称诗人为"抒情
歌手",列夫·托尔斯泰常在所读的丘诗旁边上俄文字母,以记录自己的
感受,其中最常见的一个字母是"Ч"(俄文 чувство 的简写),意即"感情
丰富"。可见情感在丘氏哲理抒情诗中占据重要地位。

　　这丰富的情感,在丘诗中首先表现为对小至沙粒、大至星空的世间万物
的热爱(如:大地母亲、夜晚的海洋、春雨、新叶、宇宙……),以及对人

---

① 转引自〔俄〕迈明:《俄国哲学诗》,莫斯科1976年版,第147页。

的爱与同情——不仅爱兄弟、朋友、恋人，而且爱苦难的人民，对他们的不幸与悲惨遭遇表示极大的同情（《穷困的乡村》、《归途中》、《世人的眼泪》、《给一个俄罗斯女人》）；其次，表现为诸种感情的综合：喜气洋洋与毫无希望、强烈的兴奋与感情的麻木……以及脱离人群、孤独地沉溺于内心生活与对人的爱与同情（详见前述）；再次，表现为精细地展示了同一情感的细微差别，如"思念"是"热烈的"、"炽热的"、"醉心的"、"迟钝的"、"难以言喻的"、"充满希望的"、"绝望的"……

　　丘特切夫的丰富的情感往往通过三种方式表现出来。

　　一是矛盾对比。诗人自述，他的诗，是"在雷声中，在烈火中，/在热烈沸腾的激情中，/在自发燃起的纷争里。"（《诗》）[1]产生的，因此，他往往通过矛盾对比的方式展现自己复杂的内心情感，如《两个声音》之自我分裂，《和普希金的〈自由颂〉》之痛恨专制又对其抱有幻想，《海上的梦幻》之两个无极、两个宇宙的斗争，《沉默吧》之外界与内心的矛盾……无一不充分展现了诗人那复杂、矛盾、骚动、不安的灵魂。

　　二是直抒胸臆。如：《啊，我记得那黄金的时刻》直抒对美好恋爱时光的留恋，《不，大地母亲啊》直抒对大地母亲的深情迷恋，《灰蓝色的影子溶和了》、《春》公开表示要投入普在的生命，化入永恒与无限……

　　三是运用客观对应物或象征。如《喷泉》之喷泉与思想、《河流迂缓了》之冰锁的泉水与庸俗生活所扼杀的生命之泉、《大地还是满目凄凉》之大地的复苏与心灵的复苏，以及《海驹》、《天鹅》、《紫色的葡萄垂满山坡》……之总体象征，此时，感情较为隐蔽，往往藏匿于自然物象（象征）背后。

　　第四，瞬间的境界。丘特切夫深受谢林哲学中非理性审美直觉观念等的影响，探索混沌，探索心灵，表现梦，挖掘潜意识。他往往运用这种非理性的审美直觉，通过"瞬间的印象"（或"永恒的瞬间"）来领悟或把握自然的整体，直探自然、心灵、生命之谜，这样，其诗的抒情境界是瞬息即逝的，诗的表现形式是短小精悍的。列夫·奥泽罗夫把丘诗比作一个美丽、浩瀚的银河

----

[1]《丘特切夫诗选》，查良铮译，外国文学出版社1985年版，第93页。

系，而认为："他的八行诗——十二行诗，都是汇入银河的河口。"① 屠格涅夫也指出："丘特切夫先生最短的诗几乎总是他最成功的诗。"②

我们对 1957 年列宁格勒出版的《丘特切夫诗歌全集》进行了统计：丘特切夫包括译诗在内共约 397 首诗（如《浮士德》片断等算多首，则有 400余首），其中四行诗 51 首，六行诗 14 首，八行诗 58 首，十行诗 11 首，十二行诗 47 首，十六行诗 67 首，二十行诗 31 首，二十四行诗 22 首，十五行诗、十八行诗、七行诗各 4 首，二行诗、五行诗、二十二行诗、二十三行诗各 2 首，三行诗，九行诗、十一行诗、十三行诗、十四行诗各 1 首，二十四行以上的诗仅 70 首。诸如《黄昏》、《正午》、《好像海洋围抱着陆地》、《恬静》、《秋天的黄昏》、《阿尔卑斯》、《春水》、《日与夜》、《初秋有一段奇异的时节》、《在海浪的咆哮里》、《夜晚的天空是这么阴沉》、《白云在天际慢慢消溶……》等名诗，其抒情境界都是瞬间的，篇幅也都短小精悍，大多为八——十六行，可以说，丘特切夫的大多数好诗在二十行以内。正因为这样丘诗显得凝练而含蓄，精致又深沉，优美而又有立体感，达到了相当的纯度和艺术水平，有点儿类似我国的律诗、绝句。

丘特切夫把深邃的哲理、独特的形象、丰富的情感和瞬间的境界完美地结合起来，使其诗歌达到了超常的艺术高度。本来，丰富的感情与哲学完美的结合，已使丘诗区别于一般只有经验而无感情的格言诗或箴言诗（如歌德、尼采等的）和罗蒙诺夫等的哲学诗，同时也相异于一般只重理趣而无多少感情的理趣诗，如苏轼的《题西林壁》、《琴诗》，朱熹的《观书有感》、《泛舟》等，也不同于那种虽有强烈感情，但只是偶有所得，而并非长期、系统地对人、自然、生命、心灵之谜进行哲学探讨的哲理诗，如张若虚的《春江花月夜》，苏轼的《和子由渑池怀旧》、《百步洪》等。

而丘诗之哲学与自然形象水乳交融，密不可分，哲学意蕴渗透于自然物象之中，一方面，如不细察，但见一片纯美之风景，而不知其哲学内涵，这

---

① ［俄］列夫·奥泽罗夫：《丘特切夫的银河系》，见《丘特切夫诗选》，莫斯科 1985 年版，第 5页。

② ［俄］屠格涅夫：《略谈丘特切夫的诗》，见《屠格涅夫散文精选》，曾思艺译，长江文艺出版社 2010 年版，第 110 页。

使它远远高于那种纯是经验的总结，有时"理过其辞，淡乎寡味"（钟嵘《诗品序》）的格言诗、箴言诗、哲学诗，也高于谢灵运那种先对自然作客观描写，然后再抒发道家玄理，自然与玄理又未能融为一体的诗，——这种诗，黄节在其《读诗札记》中称之为"首多叙事，继言景物，而结之以情理"（如《登池上楼》、《石壁精舍还湖中作》）；另一方面，自然形象中蕴涵的深邃哲理又使他比一般风景诗人写得更深刻，因而也更富美学价值，如，同样对自然风景观察精细，同样善于捕捉自然现象中瞬息即逝的画面和意境，而加以独特、细腻的描绘，写得清新、优美，费特与丘特切夫就大不相同。费特仅仅只描绘自己捕捉到的对大自然的感官印象，而丘特切夫则在自然风景中蕴涵了深邃的哲理，对人、心灵、生命之谜进行了探讨。

丘特切夫善于把自然、哲学、情感完美地融合一体，并以优美的画面和动人的音乐性表现出来，这在此前的俄国诗歌史上是不曾有过的，是他对俄国诗歌的独特贡献。就以上诸方面结合之完美而言，恐怕只有我国唐代诗人王维能与之相媲美——王维的诗，概念、形象、情感融为一体，自然与哲学水乳交融，初看，似精美的风景画，细品才能体会其中的佛理禅机，而且，具有相当高的艺术性，与丘诗何其相似！因此，独创的丘诗在俄国诗歌史上具有十分重要的一席地位。

五、丘特切夫的流派归属

关于丘特切夫的流派归属，至今中俄学者的观点还不尽一致。

不少人认为他是一个浪漫主义者。如苏联学者迈明在 1974 年出版的《关于俄国浪漫主义》一书中，就把丘特切夫列入浪漫主义之中，B．B．吉皮乌斯则称丘特切夫的浪漫主义接近莱蒙托夫。[①] 英国学者勒尼也认为丘特

①［俄］B．B．吉皮乌斯：《费·伊·丘特切夫》，见《丘特切夫诗歌全集》，列宁格勒 1939 年版，第 12 页。

切夫是一个浪漫主义者："那种认为丘特切夫曾经是或后来转变为现实主义的观点是没有根据的。在 19 世纪 20 年代到 30 年代期间，他是俄国唯一一位创作浪漫主义诗歌的诗人，他一生的创作都是浪漫主义的。"① 我国学者也大多认为丘特切夫是一个浪漫主义诗人，如飞白先生 20 世纪 80 年代初称之为"俄国浪漫主义诗人、'第一流的诗歌天才'丘特切夫"②，徐稚芳先生也称丘特切夫是"作为浪漫主义诗人"而出现的③。其理由大约如下：

第一，丘特切夫早在出国前已熟悉德国浪漫主义文学，在慕尼黑，更是深受德国浪漫主义理论——谢林哲学及浪漫主义文学的影响；

第二，丘特切夫深受茹科夫斯基的影响，而茹科夫斯基的诗歌属典型的浪漫主义；

第三，丘特切夫还学习、钻研过拉马丁、雨果、拜伦、曼佐尼等一系列浪漫主义诗人的创作；

第四，丘诗中表现出突出的浪漫主义特点：赞美自然，抒发强烈的感情，描写内心的感受，号召回归原始，以淳朴的人性与最本质的自然对抗西欧资本主义文明，并且大量运用对比、夸张等手法。

有人认为，丘特切夫是一个从浪漫主义向现实主义转折的诗人，其创作前期属浪漫主义，后期转为现实主义。这也是中俄学者中最常见的一种观点。如皮加列夫认为："在丘特切夫的抒情诗里，对具体细节的敏锐性明显地逐年增加，反映了俄国诗歌从浪漫主义转向现实主义的普遍运动。"④ 查良铮先生也称："丘特切夫的创作道路，反映了俄国诗歌由浪漫主义过渡到现实主义的道路。"⑤ 丘特切夫结束了长久的国外生活后回到俄国，"和俄国的现实有了较多的接触，从此，他的诗便趋向于现实主义和民主主义。特别是在克里米亚战争（1853—1856）以后，他充分看到沙皇统治的腐败无能，感到了专制政体的必将灭亡，并随之对泛斯拉夫主义失去了热情。虽说他的

① ［英］勒尼：《丘特切夫在俄国文学中的地位》，载《现代语言评论》1976 年第 2 期。
② 飞白：《丘特切夫和他的夜歌》，载《苏联文学》1982 年第 5 期。
③ 徐稚芳：《俄罗斯诗歌史》，北京大学出版社 1989 年版，第 251 页。
④ ［俄］皮加列夫：《丘特切夫的生平与创作》，莫斯科 1962 年版，第 224 页。
⑤ 《丘特切夫诗选》，查良铮译，外国文学出版社 1985 年版，第 187 页。

世界观并未见有显著的变化，诗的题材和手法仍旧和前期大致相似，但是，即使在旧题材的基础上，我们也能看到一种新的倾向，即现实主义倾向，在他的后期的创作中隐隐呈现着。"①

持这种观点的学者，最喜举丘特切夫的两首诗来说明他创作风格的转变。一首是1830年的《秋天的黄昏》，一首是1857年的《初秋有一段奇异的时节》，两者都同样描写秋景，但前者把自然人化，具有浓厚的泛神主义色彩，秋景也没有地域色彩，带有普遍性，后者则描写的是俄国的景色和劳动者的、农民的秋天。他们还指出，丘特切夫在《给一个俄罗斯女人》、《世人的眼泪》、《穷困的乡村》、《归途中》等诗中表现了现实主义和民主主义精神。而其"杰尼西耶娃组诗"，以其心理刻画的深度和对社会的控诉，与屠格涅夫、托尔斯泰及陀思妥耶夫斯基的社会心理小说接近，在诗歌尤其是爱情诗方面，达到了现实主义的新高度②。

有人认为，丘特切夫是浪漫主义和古典主义兼而有之。别尔科夫斯基指出："丘特切夫是浪漫主义中独特的古典主义者。"③ 这不仅是因为，丘特切夫比较严格地遵照古典主义在诗歌形式上强调要赋予诗歌以启迪与教谕意义，往往曲终奏雅，点明诗歌的意义（如《喷泉》第二部分点明人的思想强大而无能），而且因为丘特切夫"善于把浪漫主义最不明确的东西明确化，以坚定的语言表达出它的灵活真理"，因此，"丘特切夫的诗对俄国和世界的浪漫主义来说——是典范，是使进行了几十年的争论结束的最后话语"④，它以精致、明晰、严整的美清除了浪漫主义作品中存在的松散、朦胧乃至含混不清的毛病。

也有人认为丘特切夫属象征主义，是俄国象征主义的先驱、鼻祖或始作俑者。

1912年，俄国象征主义领袖留索夫发表了著名的文学批评文章《遥远

---

① 《丘特切夫诗选》，查良铮译，外国文学出版社1985年版，第187—188页。
② ［俄］别尔科夫斯基：《丘特切夫》，见《丘特切夫诗选》，莫斯科1962年版，第48页。
③ 《丘特切夫诗选》，查良铮译，外国文学出版社1985年版，第187—188页。
④ 《丘特切夫诗选》，查良铮译，外国文学出版社1985年版，第188—193页。

的与亲近的》，首次宣称丘特切夫是所有象征主义诗人的先驱①。他认为，丘诗的实质在于，诗人将个性与混沌，亦即宇宙生命的深处对立了起来，并试图探视"整个人类与之相比只是一个瞬间的宇宙灵魂"。超越尘世界限并进入神秘世界的企图，以及理想主义精神，这些象征主义美学的支柱，在丘诗中都能找到。"说出来的思想已经是谎言"这句被象征主义广为传颂的名言，勃留索夫认为其含义与象征主义观点完全吻合。他因此称丘特切夫为"暗示诗"的大师和鼻祖，是俄国诗歌向新潮诗歌，也即象征主义诗歌迈出的一大步②。

勃留索夫的观点不仅得到所有象征主义诗人的赞同，而且也得到苏联部分学者的承认。近十余年来，这一观点在中国学者中几乎已成共识，就连飞白先生也改变了80年代初称丘特切夫为浪漫主义诗人的观点，而称之为"象征派的先驱"③，并认为他的诗在三个方面体现了现代诗的主要特征：

第一，非理性因素。丘诗"包含的是理性难以探明和解释的领域。——在本体论中，是神秘主义；在认识论中，是直觉主义；在心理学中，是潜意识；在伦理学中，是非道德主义"④，因而是一种现代非理性，"现代非理性诗以哲学神秘主义代替了从前的宗教神秘主义，探索着理性永远不能穷尽的外宇宙和内宇宙"⑤，充满了神秘、无意识、梦幻的内容；

第二，异化主题。"现代诗（特别是现代派的诗）的异化主题，比马克思主义的异化观更为广泛而抽象，表现的主要是：现代物质文明和社会对人的异化；人与人的相互关系的异化，即人的疏远化、孤立化；甚至人对自己的异化"⑥，丘特切夫的《沉默吧》等诗"表现了现代西方的异化主题"⑦，尤其是人与人关系的疏远化；

---

① 参见李明滨主编《俄罗斯二十世纪非主潮文学》，北岳文艺出版社1998年版，第135页。
② 《勃留索夫文集》卷6，莫斯科1975年版，第200—208页，转引自郑体武：《危机与复兴——白银时代俄国文学论稿》，四川文艺出版社1996年版，第34页。
③ 《诗海》现代卷，飞白著译，漓江出版社1990年版，第805页。
④ 《诗海》现代卷，飞白著译，漓江出版社1990年版，第798页。
⑤ 飞白：《试论现代诗与非理性》，载《外国文学评论》1987年第2期。
⑥ 《诗海》现代卷，飞白著译，漓江出版社1990年版，第800页。
⑦ 《诗海》现代卷，飞白著译，漓江出版社1990年版，第801页。

第三，现代诗学。"与传统诗学相比，现代诗学表现出主体性强化、主客体契合、专注于诗自身以及诗学与人文学科贯通等特点"①。丘诗的主体性突出，常用人与自然交融的方式写作，对诗歌形式表现出相当的关注，更重要的是，他"被称为'抒情的哲学家'，他的诗歌创作的核心，仿佛就是要沟通理性与非理性、意识和无意识、自我和非我。哥伦布是他的理想，因为哥伦布超脱了小我，进入了世界……他用抒情诗回答了哲学的问题"②，从而贯通了诗与哲学。

还有人认为丘特切夫是唯美主义（又称"纯艺术派"、"纯美派"）者。在俄国，以费特为代表。"费特认为丘特切夫是一个伟大的纯美诗人。丘特切夫的抒情诗超脱于一般的社会矛盾之上，堪称是纯美诗歌的典范。丘特切夫内心任凭思想纵横驰骋的广阔天地，是一个与世隔绝的独立王国。而那种雅致精巧的艺术形式，正和纯美派诗人的美学观点完全相符。费特的这一看法，影响颇为深远。19世纪末期，斯卡比切夫斯基在《现代俄国文学史》一书中断言，除了某些诗之外，丘特切夫的全部作品'只有最严格最卖力的唯美主义者才会重视'"③。我国也有学者赞同费特的观点，至今仍称丘特切夫为"俄国唯美主义诗人"④。

此外，查良铮先生指出，丘诗中还有被称为印象主义的艺术描写：他"在使用形容词和动词时，可以把各种不同类型的感觉杂糅在一起"，如"诗人对'幽暗'曾使用过各种形容词，说它'恬静'、'沉睡'、'悄悄'、'悒郁'、'芬芳'，可以看出，这里是杂糅许多种感觉的"⑤。

对于以上的种种不同意见，我们认为，从论者立论及阐述的角度来看，都很有道理，颇有见地，但如从全面发展的眼光来看，则各有片面之处。综合考察丘特切夫的诗歌创作，挖掘其所受的影响，我们发现，丘特切夫的创作中融合了以上各种特点。也就是说，他同时具有浪漫主义、现实主义、象

---

① 《诗海》现代卷，飞白著译，漓江出版社1990年版，第804页。
② 飞白：《试论现代性与非理性》，载《外国文学评论》1987年第2期。
③ 转引自《丘特切夫抒情诗选》，陈先元、朱宪生译，漓江出版社1986年版，第279—280页。
④ 李明滨主编《俄罗斯二十世纪非主潮文学》，北岳文艺出版社1998年版，第381页。
⑤ 《丘特切夫诗选》，查良铮译，外国文学出版社1985年版，第199—200页。

征主义、唯美主义、古典主义、印象主义等的特点，只是在不同时期每种倾向的强弱程度稍有不同而已。皮加列夫指出："丘特切夫的创作——是俄国文学中一个最重要的现象……不能把他放在一个狭小的框子里或置于一种文学现象之中。"①

之所以如此，大约有以下两方面的原因。

第一，与其所受教育、博采众长及某些经历、思想立场有关。如前所述，丘特切夫从小酷爱读书，阅读了国内外不少文学作品。拉伊奇更是广泛地向他介绍了不少世界文学著作，尤其是德国浪漫主义文学作品。而他又精通拉丁语、德语、法语、英语、意大利语，这些，为他直接阅读原著，更好地吸收文学营养，创造了无比优越的条件。经过长期的阅读、翻译和练笔，他终于博采众长而自成一家。与此同时，各种思潮、流派、创作方法也不能不在其创作中留下痕迹。

由于早年精研、翻译过古罗马作家尤其是贺拉斯典雅庄重、格律严谨的诗歌，后来又受到追求完整、和谐、纯净、明朗的魏玛古典主义（歌德与席勒）的影响，丘诗形成了明确、精致的古典主义特色。

茹科夫斯基及德国浪漫主义的影响，则使他具有追求无限，思考人生，强调情感，热爱自然，并喜欢运用对比、象征等特点。

泛斯拉夫主义立场，回国后面对的俄国现实，与涅克拉索夫、托尔斯泰、屠格涅夫等的交往，与杰尼西耶娃的奇特爱情经历，则使他关注并反映俄国现实，表现、思考了不少社会问题，并在"杰尼西耶娃组诗"中达到了托尔斯泰、陀思妥耶夫基社会心理小说的高度，从而使其诗歌出现了现实主义的某些特点。

谢林哲学认为自然是可见的精神，精神是不可见的自然，强调直觉、重视瞬间等，使丘特切夫把人与自然结合起来写，在表现自然的运动之中展示心灵的历程，仿佛自然与心灵之间毫无界限，既可在各种状态中自由过渡，又使自然成为心灵的象征，并把各种感觉杂糅起来进行描写，从而形成了其创作的象征主义与印象主义特色。

---

① ［俄］皮加列夫：《丘特切夫的生平与创作》，莫斯科1962年版，第186页。

丘特切夫从小受古希腊文学与哲学的影响。而古希腊文化的突出特征之一是热爱美。希腊神话中，"金苹果"的裁判充分体现了古希腊人的选择。面对赫拉、雅典娜、阿佛洛狄忒三者许诺的权势（亚洲最伟大的君王）、荣誉（天下最伟大的战士）、美（天下第一美女），帕里斯毫不犹豫地选择了美！实际上，这是古希腊人借帕里斯的选择道出了自己的心声。而谢林哲学中"纯艺术论"的观点，席勒、歌德强调通过美的途径，来弥合工业文明所带来的人性的分裂，恢复人性的和谐，达到自由的境界，更是深化了丘特切夫对美的热爱。这样，他便极力追求美，追求纯净和谐的精神王国和艺术王国，其诗歌用词讲究，韵律严谨，形式精致，意境优美，常有超尘脱俗之气，表现出某种唯美倾向。

第二，与丘特切夫创作的诗多为即兴诗有关。皮加列夫指出，丘特切夫不是职业作家，他的创作是发自内心的，情不自禁的，甚至无意识的①。别尔科夫斯基更明确地认为，"从气质上说，丘特切夫是一个即兴诗人。他高度评价人身上自然的、下意识的力量。丘特切夫在自己的诗中作为艺术家，作为大师依靠的是自己心灵中'自然'这一自然因素——依靠即兴的自然力量"，"作为真正的即兴诗人，他根据突然间冒出来的契机，不做准备，但准确地写起诗来。即兴诗歌的印象，毫无疑问，赋予丘特切夫的诗一种特殊的魅力"②。以致阿克萨科夫认为，诗歌对丘特切夫来说，不是一种劳动成果，他不是写诗，而只是记录它们，这种即兴创作性，使丘特切夫经常灵感一来，把诗随手记在各种纸条上。③ 这种即兴创作，有时是感情激越，喷涌而出，富于浪漫主义特色；有时，人与自然融合，各种感觉杂糅，则具有象征主义与印象主义的表征；有时，来自对现实的细致观察与感悟，对社会问题的反映，则有现实主义色彩；有时，极力表现一时的美感，又颇精致、典雅，便兼有唯美主义与古典主义的印象。

总之，丘特切夫是一个兼具多种流派之长的诗人。然而，长期以来，中

---

① 参见［俄］皮加列夫：《丘特切夫的生平与创作》，莫斯科1962年版，第321页。
② ［俄］别尔科夫斯基：《丘特切夫》，见《丘特切夫诗选》，莫斯科—列宁格勒1962年版，第30—31页。
③ 参见［俄］皮加列夫：《丘特切夫的生平与创作》，莫斯科1962年版，第322页。

俄学者形成了一种把一切问题简单化乃至单一化的传统。事实上，每一位真正的文学大师都是博采众长，广泛吸收各个思潮与流派的养分而自成一家的，表现出极大的丰富性与复杂性。如莎士比亚，既有浪漫主义的梦幻、离奇、激情与理想，也有现实主义的广阔的社会背景、典型化的人物形象，更有象征主义的注重意象、营构象征，神秘主义的鬼魂、女巫等超自然的东西；歌德兼具浪漫主义、感伤主义、古典主义、现实主义、象征主义等多种特色；即使被我国学者目为现实主义大师的巴尔扎克，其创作中浪漫主义、自然主义与现实主义成分也是相互交织的①。而与巴尔扎克同时代的司汤达、梅里美、普希金、莱蒙托夫、雨果等，莫不兼具浪漫主义与现实主义的特点。因此，不宜以过于片面或截然分割的眼光看事物。对伟大作家，尤其要用发展的、系统的眼光来看待，把他置于复杂的文学发展与时代长河中加以研究，以便比较正确、全面地认识、了解他。

---

① 曾思艺：《多元合一的巴尔扎克》，见曾思艺：《探索人性，揭示生存困境——文化视角的中外文学研究》，中国社会科学出版社 2004 年版，第 149—160 页。

第四章

丘特切夫与俄国诗歌和东正教

各门艺术都有一种源流关系。每逢看到一位大师，你总可以看出他吸取了前人的精华，就是这种精华培育出他的伟大。

——［德］歌德

诗人，任何艺术的艺术家，谁也不能单独的具有他完全的意义。他的重要性以及我们对他的鉴赏就是鉴赏对他和已往诗人以及艺术家的关系。你不能单独把他评价；你得把他放在前人之间来对照，来比较。

——［英］艾略特

作为诗人的丘特切夫，与俄国的文学乃至文化密切相关。俄罗斯民族的文化精神不仅以一种集体无意识的方式积淀在其心灵中，而且以显形的形式对其产生影响。此处，主要谈论的是显形的影响。

显形的影响，也有强弱之分。在俄国诗歌中，对丘特切夫影响最大的是茹科夫斯基和普希金，因此，本章设专节加以探讨。而丘特切夫与东正教关系也很密切，中俄学者对此则极少涉及，在此也作专门的阐述。

一、丘特切夫与俄国传统诗歌

尽管丘特切夫早年在拉伊奇的带领下，阅读了大量的外国文学作品，后来又长期生活在国外，受外国文学和文化的影响很深，但由于诗人的母亲十分注意儿子的教育问题，尤其注意俄语的学习及俄国文化的熏陶，从而培养了童年丘特切夫对俄国文学和文化的热爱。在大学他广泛阅读俄国文学作品，在国外，他经常关注俄国文学的发展，思考俄国文学的前途与命运。这样，他的创作就不能不受到俄国文学和文化的影响。

俄国的民间诗歌在诗人童年和少年时，就通过民间风俗而给他留下了深刻的印象，并在其后来的创作中体现出来。其中，迎春歌影响最大。

迎春歌又叫春夏组歌，是俄罗斯民间季节仪式歌的组成部分。它主要表达农民盼望春天早日到来，祈求来年风调雨顺、五谷丰登的良好愿望。"许多与迎春歌有关的歌中，都把迎春节比成美女，她面色红润，乌黑的头发梳成长长的辫子，她给人们带来欢乐和幸福……后来，迎春节的歌词也失去原先的仪式特点，歌词的内容演变为对春天的召唤，送别严寒；或者变成描绘春夏两季河水奔流、鲜花遍野、绿柳成荫的充满诗情画意的风景诗。仪式歌表现了人们向往与大自然和谐一致的愿望，表现出人民丰富的想象力"①。

丘特切夫生长于乡村，自然熟悉乡村的民间风俗与民间歌谣。迎春歌在其诗中留下了较深的痕迹。其一，孕育了他向往与大自然和谐一致的思想；其二，《春水》一诗明显体现了迎春歌的影响：描绘春季河水奔流的风景，并采用了拟人手法，把"五月"写成面颊红润、跳起环舞的青年。进而，这种拟人化的手法又为诗人后来接受泛神论打下了基础。

俄国文人创作的诗歌，对丘特切夫产生了更大的影响。综合起来，主要有如下几个方面。

---

① 徐稚芳：《俄罗斯诗歌史》，北京大学出版社1989年版，第4—5页。

第一，醉心古希腊罗马文学。本来，丘特切夫早年受拉伊奇、梅尔兹利亚科夫的影响已对古希腊罗马文学很有兴趣，大学时期，他所接触到的俄国诗人对古希腊罗马文学的热爱，进一步加深了他对古希腊罗马文学的感情。在这方面，影响最大的是俄国古典主义及稍早于丘特切夫的诗人巴丘什科夫。

古典主义是17世纪初兴起于法国，随后影响到欧洲其他国家的一种文学思潮，其突出特点是崇尚理性、要求个人利益服从国家和义务、奉古希腊罗马文学为典范、重视文学的规则、承认艺术的教育作用等。

俄国古典主义受法国古典主义影响，形成于彼得大帝以后的时期，到18世纪中叶才成为一个成熟的流派。康捷米尔、罗蒙诺索夫拥护过古典主义，但这一流派最典型的代表人物是苏马罗科夫、赫拉斯科夫。俄国古典主义兴起、成熟期间，恰值西欧的启蒙文学与感伤主义兴盛或崛起之际，又受到它们的影响，它往往以古典主义文学为榜样，宣传启蒙主义思想，表达感伤主义式的情感。

巴丘什科夫（1787—1855）曾十分醉心古希腊罗马诗歌，别林斯基称他是"一个古典主义者，确定和明了正是巴丘什科夫诗歌的首先的和主要的品德"[①]。后来，他转向感伤主义与浪漫主义。

俄国古典主义与巴丘什科夫对丘特切夫影响最大的一点，便是醉心于古希腊罗马文学。它又可分为两个方面。

一是崇尚理性，重视形式。像法国古典主义一样，俄国古典主义也非常崇拜古希腊罗马文学。他们从古希腊罗马文学中寻找题材，并以古希腊罗马文学为典范。

古希腊罗马文学最显著的特征是热爱美，歌颂美，重视理性，强调形式的完整和谐。受此影响，俄国古典主义"主张有益的内容和悦耳的诗歌形式相结合，使读者从中受到教益。他们要求文学作品像古希腊作品一样，流畅、自然、优美"[②]。如罗蒙诺索夫在诗歌形式上注重格律，想象丰富，辞

---

① 《别林斯基选集》第四卷，满涛、辛未艾译，上海译文出版社1991年版，第194页。
② 徐稚芳：《俄罗斯诗歌史》，北京大学出版社1989年版，第25页。

藻华丽，语言优美。苏马罗科夫诗的韵律丰富多彩，他强调："歌谣的文体应该悦耳、简朴、明晰"①，赫拉斯科夫在歌颂爱情时也富于理性："我牺牲于美，/你应该牺牲于热烈的情焰，/大自然的一切法则，让我们来实现。"②巴丘什科夫的诗"接近了希腊美术的精神"③，富于理想形式的美。

在他们及古希腊罗马作品的影响下，丘特切夫早中期的诗也较多地注意简朴、明晰、优美，不少诗富于古典主义的雄辩，具有理性的安排，这类诗主要有《泪》、《春天——致友人》、《一八一六年新年献辞》、《致反对饮酒者》，等等。如《致反对饮酒者》：

1

唉，人们说得不对——

不应当去饮酒！

健全的理性允许

人们爱酒，喝酒。

4

万一我们的爷爷

已经有了葡萄

却又迷上了苹果，

你能说这是罪过？④

二是歌颂生命的欢乐与爱情。丹纳曾经指出："希腊是一个美丽的乡土，使居民心情愉快，以人生为节日"，希腊人"把人生看做行乐"，"最严肃的思想与制度，在希腊人手中也变成愉快的东西……希腊人心目中的天

---

① 转引自［俄］库拉科娃：《十八纪纪俄罗斯文学史》，北京俄语学院科学研究处翻译组译，北京俄语学院印，1958 年版，第 85 页。

②《俄罗斯抒情诗选》上册，张草纫译，上海译文出版社 1992 年版，第 25 页。

③《别林斯基选集》第四卷，满涛、辛未艾译，上海译文出版社 1991 年版，第 195 页。

④《丘特切夫诗全集》，朱宪生译，漓江出版社 1998 年版，第 15—16 页。

国，便是阳光普照下永远不散的筵席"①。希腊人热爱现世，纵情生活，歌唱生命的欢乐与爱情。这在萨福和阿那克瑞翁的诗歌中体现得尤为鲜明，只是由于萨福的作品在中世纪被焚毁，阿那克瑞翁歌咏美酒、爱情的诗对后世影响更大。

尽管罗蒙诺夫曾写诗表示不愿追随阿那克瑞翁歌颂爱情，而要歌颂英雄的光荣事迹："爱情的思想啊，/你别再扰乱我的智慧；/虽然我在热爱中/并未失去真挚的柔情；/但更能使我欢欣的/是英雄们不朽的光荣。"② 不过苏马罗科夫等典型的古典主义者并未受其影响，而是追随阿那克瑞翁，歌颂爱情，甚至强调爱情对于人有重大作用，是一种不屈服于理智的真挚而强烈的热情。巴丘什科夫不仅歌唱爱情，而且讴歌生命的欢乐，在《欢乐的时刻》一诗中，他高呼："让青春飞翔！/去享受人生，/畅饮欢乐的琼浆。"③ 在《我的老家》一诗中，他更富哲理地指出："在追逐我们的时候/头发斑白的上帝时不时/使用残酷无情的大镰刀/毁灭了鲜花盛开的田野。/我的朋友！赶快飞上/生活的道路追求幸福；/我们痛饮情欲之酒；/就能征服死亡；/我们偷偷地从镰刀刃上，/摘下了花朵/于是我们使短促的懒洋洋的生命/得到了延长，得到了片刻的延长。"④

在他们的影响下，丘特切夫早期也极力歌唱爱情，歌唱生命的欢乐，金色的梦，美好的青春，如《春天——致友人》，就是一首古希腊罗马式的甚至就是巴丘什科夫式的诗歌。

第二，赞颂公民精神。强烈的公民精神是俄国诗歌的优良传统。其真正奠基者是康捷米尔。"按照这位作家的意见，必须教育人们意识到每一个人的生活目的就是为祖国服务。而为祖国服务就是意味着和一切阻碍祖国顺利前进的东西作斗争。一个作家没有权利做无动于衷的旁观者。他是一个公民，是一个作为社会裁判员的公民"，他骄傲地回答其敌人："我现在来回

---

① ［法］丹纳：《艺术哲学》，傅雷译，人民文学出版社1986年版，第263—266页。
② 转引自［俄］库拉科娃：《十八世纪俄罗斯文学史》，北京俄语学院科学研究处翻译组译，北京俄语学院印，1958年版，第59页。
③ 转引自徐稚芳：《俄罗斯诗歌史》，北京大学出版社1989年版，第52页。
④ 转引自《别林斯基选集》第四卷，满涛、辛未艾译，上海译文出版社1991年版，第211—212页。

答派我充当裁判员的人们所要知道的最后一个问题：我仍旧要写作，——按照一个公民的职责来写作，我要消灭那一切可能危害我的同胞的东西。"对此，苏联学者库拉科娃评论道："康捷米尔是第一个明确地谈到诗人作为一个公民的义务和作为一个社会裁判员的权利。同时，他还指出，迫害不可避免地会随时随地降临到一个作为普通公民的诗人头上来的。但是，他教导人们勇敢，他坚决主张必须彻底履行对社会应尽的职责。"① 文学史家布拉戈伊也指出："康捷米尔最早体现了俄罗斯文学的战斗精神和公民气质。"② 此后，经过罗蒙诺索夫、苏马罗科夫、杰尔查文、拉吉舍夫等人的继承与发展，到 19 世纪，俄国公民诗终于形成蔚为壮观的局面，出现了普希金、涅克拉索夫以及以雷列耶夫等为代表的"十二月党人"诗人的作品构成的公民诗歌，在社会上产生了巨大的反响。

俄国的公民诗歌实际上包括两个方面的内容：其一，强调履行公民职责，歌颂尽忠报国，描写有益于国家和人民的重大事件；其二，"和一切阻碍祖国顺利前进的东西作斗争"，具体表现为：关心人间苦难，抨击社会乃至宫廷里的专制与黑暗。前者以罗蒙诺索夫为代表，他的诗歌颂英雄业绩，为国家的重大事件而创作（如新沙皇登基、彼得三世和叶卡捷琳娜完婚），颂扬俄国的内外政策，谈论战争与和平，表达对祖国的热爱。后者以拉吉舍夫为代表，他在其政论文学作品《从彼得堡到莫斯科旅行记》尤其是附于其后的诗歌《自由颂》中，对阻碍祖国顺利前进的各种社会问题（如农奴制及官僚机构的黑暗、贵族的腐化、商人的道德堕落，等等，几乎涉及专制独裁的俄国的每一角落）都进行了无情的分析和大胆的抨击，并把矛头直指沙皇与教会，"沙皇的权力保护宗教，/宗教确认沙皇的权力；/他们联合起来压迫社会；/一个为束缚理性费尽心机，/一个力图把自由消灭；/两者都说：为了公共利益"③，号召人们充分明了大自然赋予的复仇权力，追求

---

① ［俄］康拉科娃：《十八世纪俄罗斯文学史》，北京俄语学院研究处翻译组译，北京俄语学院印，1958 年版，第 33—34 页。
② ［俄］布拉戈伊：《从康捷米尔到今天》，莫斯科 1972 年版，第 29 页。
③ ［俄］拉吉舍夫：《从彼得堡到莫斯科旅行》，汤毓强等译，外国文学出版社 1982 年版，第 234 页。

自由，推翻专制。

杰尔查文则兼有二者。一方面，"诚实正直地为社会服务这个基本思想，鲜明地贯穿着杰尔查文的全部创作……构成了他的信仰与生活的本质"①，另一方面，"18 世纪的诗歌中，没有比杰尔查文的《大臣》、《致君王与法官》之类的颂诗更有力、更富于勇敢的公民热情的作品。要有高度的公民的勇气，才能公开地说出杰尔查文在这些诗中所说的话，才能那样有力地刻画出虚伪与罪恶，使所有的人都能从诗中认出他们那时代的有权有势的人物"②。

公民诗歌对丘特切夫产生了深远的影响，以至越到晚年，这种影响表现得越发明显。如他在创作的晚期，一方面歌颂罗蒙诺索夫等人（如为纪念罗蒙诺夫逝世 100 周年而写了《他死的时候曾忧心忡忡》），并像罗蒙诺夫、杰尔查文等一样，反映国内重大事件，如《皇帝之子死在尼斯》、《一八六五年四月十二日》、《致亚历山大二世》、《浅蓝色的天空》、《黑海》，另一方面又讽刺、揭露沙皇及官员们的无能，如《给尼古拉一世的墓志铭》、《当这乱糟糟的财政……》，关心民间苦难，创作了《归途中》、《给一个俄罗斯女人》、《穷困的乡村》、《世人的眼泪》等诗。

第三，展示心灵，思索人生。

在康捷米尔、罗蒙诺索夫、特列佳科夫斯基等人的作品中，个人的内心感受与独特情感尚未受到应有重视，他们或忙于履行公民职责，或忙于诗歌格律的建设。苏马罗科夫由于重视爱情，在描写爱情时开始触及个人的心灵。他的学生赫拉斯科夫在老师的这一基础上向前推进，"侧重写个人的感受，即所谓'温柔心灵'的抒情诗"③。但真正使个人情感与内心引人注目的，是俄国的感伤主义。

感伤主义又名主情主义、前浪漫主义，是 18 世纪后期发源于英国随后波及欧洲的一种文艺思潮，得名于英国作家斯特恩的小说《感伤的旅行》。

---

① ［俄］布罗茨基主编《俄国文学史》上卷，蒋路、孙玮译，作家出版社1957年版，第138页。
② ［俄］布罗茨基主编《俄国文学史》上卷，蒋路、孙玮译，作家出版社1957年版，第139页。
③ 徐稚芳：《俄罗斯诗歌史》，北京大学出版社1989年版，第27页。

其主要特点是：否定理性，崇尚感情，用感情和仁爱代替启蒙文学的理性作为批判的工具，强调个性和个人的精神生活，常以理想化的大自然和乡村宁静淳朴的生活来否定工业文明带来的弊病，着意表现作家的主观感受，刻画人物的内心活动，描写普通人物的不幸遭遇，抒发个人对生、死、黑夜、孤独的哀思，不少作品流露出阴郁、悲观的情调。

俄国感伤主义受到西欧感伤主义的影响，形成于 18 世纪 90 年代，在诗歌中他们把人的个性和独特的情感体验放在首位，着重抒发个人的心灵感受，歌唱友谊与爱情。其主要代表是卡拉姆津，茹科夫斯基、维亚泽姆斯基、巴丘什科夫曾一度受到其影响，在诗歌创作中表现出感伤主义的特征，杰尔查文在创作的后期也受到感伤主义的影响。其中，对丘特切夫在描写内心感受方面影响最大的，要数卡拉姆津和茹科夫斯基（详后）。

丘特切夫曾写有《纪念 H. M. 卡拉姆津诞辰一百周年》一诗，称他"把一切美好的人性，用俄罗斯情感来充实"。卡拉姆津不仅在小说中重视人的心灵世界和内在情感的描写（如《可怜的雨莎》），而且在诗歌中善于表现个人的感情经历，如《别了》通过自我解剖，反思了自己在情场失意的原因："一无名望二无荣誉，/怎能使人为我着迷？/既不潇洒也无风趣，/人家怎能对我中意？""朴实的心灵、情感——/在社交场上一文不值，/那里要的是手段，/我对此道却一无所知。"[1] 他还善于把抽象的情绪拟人化，如《忧郁》一诗，把忧郁情绪人格化。这些，都在丘诗中得到反映。丘特切夫的早期诗歌，十分重视个人的内心世界，往往通过个人心灵的描绘来反映世界，探索人生，更善于以人格化等手法，显形抽象的思想感情。此外，卡拉姆津宣称，艺术的任务是"只注意优美的事物，描写美与和谐，在人的感情中散布愉快的印象"[2]，这在丘特切夫的《和普希金的〈自由颂〉》一诗中也得到了响应。而丘特切夫早期献给拉伊奇、祝贺他译成《农事诗》的诗歌《致拉伊奇》在意象与诗意方面与卡拉姆津的《岸》

[1]《俄诗精粹》，李家午、林彬译，安徽文艺出版社 1987 年版，第 13—14 页。
[2] 转引自［俄］布罗茨基主编《俄国文学史》上卷，蒋路、孙玮译，作家出版社 1957 年版，第 154 页。

也颇相同（如航海者、风景、波涛、岸边、朋友），只是缺少其深沉的人生哲理感叹①。

　　俄国诗歌有表现人生哲理，探索生命意义的传统，这就是俄国哲理诗。其源头在文人创作中可追溯到俄国第一位职业宫廷诗人、俄语音节诗体的创始人谢苗·波洛茨基（1629—1680）。其被称为俄国文学史上第一部诗集的《多彩的花园》中，收有许多哲理诗，如《酒》、《节制》等（如《酒》写道："对于酒，不知道该赞颂还是指摘，/我同时思考着酒的益处和危害。/它有益于增强体质，却有害于刺激/人体内固有的求欢的欲念。/所以做出如下判定：少喝有益，/既能增进健康，又不会危害身体，/保罗也曾向提摩太提过这样的忠告，/正是这一忠告蕴涵着酒的奥妙。"②）。波洛茨基的这种哲理诗具有开拓意义，对以后也有一定的影响，但还只是停留于人生经验的简单总结或表面的哲理思索，而且说教过多，诗味不足，丘特切夫的《致反对饮酒者》的风格与此近似。

　　把俄国哲理诗推进一步的是罗蒙诺索夫。他的名诗《朝思神之伟大》、《因见壮丽的北极光而夕思神之伟大》，把科学知识与哲理诗结合起来，进而思考自然的规律和一切生命的终极，如《因见壮丽的北极光而夕思神之伟大》："……大自然，你的规律在哪儿？/竟然从北方升起朝霞？/莫非太阳在那里留下了自己的宝座，/还是冰海闪出火花？……关于周围的许多事物，/人们还不能做出确切的回答。/你们能否说出宇宙是怎样广阔？/那些最小的星星之外是什么？/你们可知道一切生命的终极？/你们能否说出上帝是多么伟大？"③ 但是罗蒙诺索夫还只是试图把科学知识、激越的感情与哲理诗结合起来，探索自然的规律、宇宙的奥秘。显然，情感与哲理尚未融合一体。

　　杰尔查文则把对生命的思索与饱满的感情较好地结合起来，并把哲理诗由向外探寻自然规律转向通过人自身的生命追寻宇宙生命的奥秘。他强调，

---

① ［俄］卡拉姆津：《岸》，参见《俄罗斯名诗300首》，谷羽译，漓江出版社1999年版，第9—10页。

② 飞白主编《世界诗库》第5卷，吴笛译，花城出版社1994年版，第33页。

③《俄罗斯抒情诗选》上册，张草纫译，上海译文出版社1992年版，第16—18页。

在卓越的抒情诗中每句话都是思想，每一思想都是图画，每一图画都是感情，每一感情都是表现，或者炽热，或者强烈，或者具有特殊的色彩和愉悦感。这样，他就不仅从理论上，而且从实践上，把俄国的哲理诗开始发展为哲理抒情诗，并初步奠定了其基础。他的一些诗歌已基本具备哲理抒情诗的特点，如其《午宴邀请》中的诗句："而我知道，我们的世纪过眼烟云；/孩提时代刚过去，/老年时期就来临，/死亡早已在围墙外窥伺。"《纪念梅谢尔斯公爵之死》中的诗句："死亡，躯体的颤抖、恐怖！/我们是骄傲和悲惨的结合；/今天是上帝，明天是尘土；/今天诱人的希望将我们迷惑/而明天，人啊，你在何处？/有如梦境，有如甜蜜的幻想，/我的青春早已踪影全无。"①

丘特切夫正是在前人的上述基础上，接受外国文学与哲学的影响，把深邃的哲理、独特的形象、丰富的情感、瞬间的境界完美地结合起来，熔铸成独具一格的哲理抒情诗，并把杰尔查文随感而作、偶一为之的对生命的思索，发展为长期、系统、深入的对生命的意义与价值的探寻，成为影响后世的一代宗师。

第四，描绘自然景物。

俄国古典主义受法国古典主义影响很大，主要描绘义务与情感的冲突，表现公民精神，对自然景物很少关注。即使描绘到自然景物，也往往是古典主义的假想风景，最多也只能像罗蒙诺索夫一样，把它当做科学认识的对象，如《朝思神之伟大》之描绘天空："那里火浪滚滚，/看不到涯岸，/那里烈焰翻卷，/持续了亿万年；/那里的岩石像水一样沸腾；/那里的热雨哗哗不断。"②

俄国感伤主义的一大贡献便是对自然风景的重视，并且以一种审美的眼光欣赏大自然的一切，同时把它与人的心灵结合起来。卡拉姆津认为："大自然和心灵才是我们该去寻找真正的快乐、真正可能的幸福的地方，这种幸

---

① 以上杰尔查文的诗句及其关于"每句话都是思想"一段论述，取自北京大学俄语系彭克巽教授的讲课笔记，引用时在诗意和音韵上作了些修饰。
② 《俄罗斯抒情诗选》上册，张草纫译，上海译文出版社1992年版，第13页。

福应当是人类的公共财物，却不是某些特选的人的私产；否则我们就有权利责备老天偏心了……太阳对任何人都发出光辉，五光十色的大自然对于任何人都雄伟而绚丽……"[①] 他们在诗歌创作中把自然景物的变化（自然的枯荣）与人的生命变化联系起来，对生命进行思索，如卡拉姆津的《秋》，把自然衰枯繁荣与人心的愁苦欢欣联系起来，并面对自然的永恒循环，深感人之生命的短暂[②]。不过，他们的自然风景一般还是普遍的风景，俄国色彩不太明显。

受到俄国感伤主义影响的杰尔查文，在后期的创作中大大增加了对俄国自然风光的描绘，以至自然风景描写在其晚期乃至整个创作中占据一个显要的位置。库拉科娃指出："杰尔查文最先把真正实在的自然景色放到诗歌中，用真正实在的俄罗斯风景来代替古典主义的假想的风景。杰尔查文看到全部色彩和自然界的全部丰富的色调，他听到各种声音。在描写乡村的早晨时，他听到牧人的号角、松鸡的欢悦的鸣声、夜莺的宛转娇鸣、奶牛的鸣声和马的嘶叫……杰尔查文不仅最先在俄罗斯诗歌中描述了真实的风景，而且他还让风景具有极为鲜明的色彩……当杰尔查文谈到自然景色时，他的诗歌中经常闪耀着珍珠、钻石、红玉、绿宝石、黄金和白银。"[③]

这种对大自然的重视，对大自然优美细腻、色彩鲜明的描绘，这种人景结合的思索、表现人生哲理的写法，对丘特切夫产生了深刻影响，使他创作了不少自然诗，并且，把自然诗独特地与哲学结合起来，融俄罗斯诗歌传统与外国诗歌和哲学于一体，形成了独具一格的自然哲学诗，具有极高的艺术价值。

在上述俄国诗人中，对丘特切夫影响最大的依次是杰尔查文、罗蒙诺索夫、巴丘什科夫、维亚泽姆斯基。此外，这些诗人在某些方面对丘特切夫还

① 转引自［俄］布罗茨基主编《俄国文学史》上卷，蒋路、孙玮译，作家出版社1957年版，第152页。

② 参见《俄罗斯抒情诗选》上册，张草纫译，上海译文出版社，1992年版，第92—93页。

③ ［俄］库拉科娃：《十八世纪俄罗斯文学史》，北京俄语学院科学研究处翻译组译，北京俄语学院印，1958年版，第194—195页。

有明显的影响。如 M. H. 爱泼斯坦指出，维亚泽姆斯基诗中的"北方"和"南方"、杰尔查文诗中的"泉水"等意象在丘诗中得到了具有哲学意义的发展①。别雷则发现丘特切夫在韵律方面"力争回到杰尔查文那里去"，丘诗的"雄辩风格"也受到杰尔查文的影响②等。

二、丘特切夫与茹科夫斯基

在俄国诗人中，对丘特切夫影响最大的是茹科夫斯基。

丘特切夫与茹科夫斯基认识很早，交往时间长，感情也颇深。丘特切夫一生都把茹科夫斯基当做师长来尊敬、爱戴。1852 年茹科夫斯基逝世，丘特切夫写了《纪念茹科夫斯基》一诗，勾勒了茹科夫斯基的纯洁的性情、宽厚的胸襟、和谐而崇高的灵魂，肯定了他的文学成就，充分表达了自己的敬爱之情③。

早在少年时期，丘特切夫就认识了茹科夫斯基。那时，茹科夫斯基是常来拜访丘特切夫家的著名客人中的一个。1817 年 12 月 28 日，他在日记中记载："在丘特切夫家吃午饭。"④ 1818 年 4 月 17 日，年轻的诗人在父亲的陪同下，拜访了住在莫斯科的茹科夫斯基。这次拜访给他留下了极其深刻的印象，几十年后他还记得当时的一切细节，1873 年 4 月 17 日，重病中的丘特切夫回忆往事，写下了《一八一八年四月十七日》一诗。在大学时，丘特切夫爱读茹科夫斯基的诗，并受到其影响。后来，丘特切夫虽然身在国外，但依然与茹科夫斯基保持着较为密切的联系。他从慕尼黑托人带回的诗稿，即首先送给茹科夫斯基等人，然后由他们转交给普希金。

---

① ［俄］爱泼斯坦：《自然，世界，宇宙的隐秘处——俄国诗歌中的风景形象体系》，莫斯科 1990 年版，第 170、209 页。
② 详见《俄国形式主义文论选》，方珊等译，三联书店 1992 年版，第 303 页。
③ 见《丘特切夫全集》，朱宪生译，漓江出版社 1998 年版，第 292—293 页。
④ ［俄］科日诺夫：《丘特切夫》，莫斯科 1988 年版，第 56 页。

1838 年，在第一个妻子去世后，丘特切夫十分悲痛。恰值茹科夫斯基来到意大利，丘特切夫立即致函诗人，请他与自己相会叙谈。茹科夫斯基应邀前往，与他一起游览了科莫湖，也对他进行了安慰、开导。在安慰丘特切夫的同时，他对他有了进一步的了解。他在一封信中这样谈论丘特切夫："我最初认识他时，他还是个孩子，而现在我爱上了这个成熟的人……他是一个具有非凡的天才同时又十分善良的人。"①

茹科夫斯基对丘特切夫的影响，主要集中在丘特切夫诗歌创作的早中期。

首先，茹科夫斯基以自己对英国及德国浪漫主义文学的翻译强化了丘特切夫对英国尤其是德国浪漫主义文学的兴趣。

茹科夫斯基最早以翻译英国"墓畔派"诗人格雷的《墓畔哀歌》（茹译《乡村墓地》）而一举成名。随后，他大量翻译德国、英国诗人尤其是浪漫主义诗人的诗歌。苏联学者卡斯普金指出："茹科夫斯基是一位卓越的翻译家。别林斯基认为，茹科夫斯基的翻译活动，是他在俄罗斯文学中的主要功绩。他写道：'茹科夫斯基的诗的成功处，就是他对于德国诗人和英国诗人的作品的翻译和引用。'他翻译了格雷、汤马斯·摩耳、拜伦、歌德、席勒、乌兰德等作家的作品。茹科夫斯基的翻译作品应公平地算做具有典型性的作品。普希金写道：'茹科夫斯基的翻译诗永远是模范的作品。'"②

别林斯基曾经感叹："这位诗人对于俄国诗歌和文学却有着多么无比伟大的意义！"③ 而茹科夫斯基最重要的意义之一，便是让俄国读者熟悉、了解德国、英国的浪漫主义文学，"茹科夫斯基的功绩在于他把浪漫主义引进了俄国诗歌"④，"他以浪漫主义因素使俄国诗大有生气，他使俄国诗对于公众变得容易理解，使它有发展的机会"⑤，特别是，"依靠他，德国诗变成一种对我们血缘相通的东西，我们用不着去进行一番为了理解一个陌生的民族

---

① 转引自［俄］皮加列夫：《丘特切夫的生平与创作》，莫斯科 1962 年版，第 98 页。
② ［俄］卡斯普金：《十九世纪俄国文学史》上，北京大学俄语系文学教研室译，高等教育出版社 1958 年版，第 7 页。
③《别林斯基选集》第四卷，满涛、辛未艾译，上海译文出版社 1991 年版，第 65 页。
④《别林斯基选集》第四卷，满涛、辛未艾译，上海译文出版社 1991 年版，第 65 页。
⑤《别林斯基选集》第四卷，满涛、辛未艾译，上海译文出版社 1991 年版，第 192 页。

所必须有的努力，就能够把它理解"①。

在拉伊奇的引导下，丘特切夫本已对德国与英国文学产生了兴趣，茹科夫斯基如此生动传神的翻译作品，更是强化了这一兴趣。

其次，茹科夫斯基在思想观念和诗歌内容方面对丘特切夫产生了深远的影响。

茹科夫斯基认为："诗歌与生活是一体。"② 对此，别林斯基论述道："茹科夫斯基是罗斯的第一个其诗歌是从生活中来的诗人。在杰尔查文与茹科夫斯基之间，这方面的分歧是多么大。杰尔查文的诗歌是冷漠无情的，而茹科夫斯基的诗歌却是感动人的。因此，庄严的崇高是杰尔查文的诗歌最主要的特点，而同时，悲伤和痛苦则是茹科夫斯基的诗歌的灵魂。在茹科夫斯基之前，在罗斯，没有一个人会想到，人的生活可以同他的最好的传记紧密地联系在一起。那时候人们愉快地生活，因为他们过的是外部生活，并不向自己内心作深刻的观察……而茹科夫斯基，他主要是一个浪漫主义者，在罗斯他是悲伤的第一个歌手。他的诗歌是他以深重的损失以及伤心已极的痛苦作为代价而取得的；茹科夫斯基不是从节日灯彩中，不是在报纸的战绩报告中找到它的，而是在他的受折磨的内心的深处，在他的受到隐秘的痛苦的胸怀深处找到它的。"③

茹科夫斯基这一"诗歌与生活"是一体的观念又来自德国文学，尤其是浪漫主义文学。勃兰兑斯指出："诗与生活之间的关系这个大问题，对于它们深刻的不共戴天的矛盾的绝望，对于一种和解的不间断的追求——这就是从狂飙时期到浪漫主义结束时期的全部德国文学集团的秘密背景。"④ 德国浪漫主义尤其重视诗与生活的联系，如诺瓦利斯宣称，"诗，是生活的外形。个体生活在整体之中，整体生活在个体之中。通过诗，最高的同情与活

---

① 《别林斯基选集》第四卷，满涛、辛未艾译，上海译文出版社1991年版，第192页。
② 转引自徐稚芳：《俄罗斯诗歌史》，北京大学出版社1989年版，第42页。
③ 《别林斯基选集》第四卷，满涛、辛未艾译，上海译文出版社1991年版，第138—139页。
④ ［丹麦］勃兰兑斯：《十九世纪文学主流》第二分册，刘半九译，人民文学出版社1981年版，第37页。

力，即有限与无限的最紧密的统一，才得以形成"①，进而提出"走向内心"②。

茹科夫斯基正是在德国文学的影响下，力求解决生活与诗的矛盾，试图走入内心（在《黄昏》中他写道："啊，诗歌，质朴心灵的纯净的硕果！"），通过对隐秘情感的表现，把生活诗化或把诗歌生活化，从而使诗歌与生活成为一体。在《捷昂和艾斯欣》一诗中，他描写艾斯欣到处奔波，追求幸福，却失败了，原因是，"酒神伐克希和爱神埃罗斯，还有／荣誉和财富把他的心志搅得疲惫不堪；／枯萎的心灵，被摘去了生命的菁英；／他失去了希望，只剩下厌倦"；而捷昂却"没有奢望，也不作非分的妄想"，只是守在自己屋里，最后领悟了人的幸福就在于使自己的内心世界更加完美："世上那些理该不属于我们的，／命运在反掌之间就能把它们毁掉；／只有心灵才是永恒的财宝：／那具有美好的理想的爱情与欢乐——／这就是幸福。"③ 从而，表现了人的幸福就在于发现平凡生活中的诗意与美，沉入内心世界，获得一种诗意的幸福。

茹科夫斯基首先使丘特切夫更关注德国文学，继之又与德国浪漫主义一起，使丘特切夫由最早的古典主义式的铺陈事物、抒发哲理、注重庄严与崇高转向对内心情感的捕捉与对内心世界的挖掘（如《沉默吧》强调挖掘内在的源泉），并把诗看成是对尘世矛盾、内心冲突的一种和解，如其《诗》：

> 当我们陷在雷与火之中，
> 当天然的、激烈的斗争
> 使热情沸腾得难以忍耐，
> 她就从天庭朝我们飞来——
> 对着尘世之子，她的眼睛
> 闪着一种天蓝的明净，

---

① 转引自刘小枫：《诗化哲学——德国浪漫美学传统》，山东文艺出版社 1986 年版，第 29 页。
② 转引自刘小枫：《诗化哲学——德国浪漫美学传统》，山东文艺出版社 1986 年版，第 53 页。
③ 《十二个睡美人——茹科夫斯基诗选》，黄成来、金留春译，上海译文出版社 1989 年版，第 245 页。

就好像对暴乱的海洋

洒下香膏，使它安详。①

茹科夫斯基的诗对生命有颇为深入的思考，表现了一定的生命哲理。他最关心的主要是时间的流逝、生与死、人在尘世的幸福等问题。如他译的《乡村墓地》，借格雷之口说出了自己的思想，表达对生与死的哲理思考。《小花》则表现了生命的短暂易逝。

茹科夫斯基深受德国文学和宗教的影响，相信彼岸世界，相信人类灵魂的存在，也相信命运的力量。在《柳德米拉》、《斯维特兰娜》等诗中，他宣扬上帝万能，人必须相信并安于自己的命运，谁要是敢于反抗，必将遭受惩罚，而只要相信预言，相信上帝，梦幻中所预兆的幸福就会降临。在代表作《十二个睡美人》中，他"力图证明人生就是天堂与地狱两种力量斗争的场所；上帝、圣徒是善的力量的体现，魔鬼与它的地狱则是罪恶的化身；人生的种种诱惑使人灵魂堕落而陷入魔鬼的手掌，唯有皈依上帝才是出路，诚则灵，用祈祷忏悔才能洗净罪孽得到拯救"②。

受茹科夫斯基的影响，丘特切夫对生与死、人生的意义与价值等问题特别关注，并进行了终生、系统、深入的探索。直到晚年，他还在这方面体现出茹科夫斯基的影响。如茹译《乡村墓地》写道："死亡耍起性子来却一视同仁——不论沙皇或璧臣，/它会可怖地找到每一个人……并且迟早会找到；/即使是辉煌的道路亦会将我们引向坟墓，/命运的全能法则不可动摇！"③ 丘特切夫则在《在这儿，生活曾经如何沸腾》中写道："不管人建立了怎样徒劳的勋业，/大自然对她的孩子一视同仁；/依次地，她以自己那吞没一切/和使人安息的深渊迎接我们。"茹诗的宗教感也使丘特切夫在努力奋斗的同时，又具有一种悲剧性的宿命感。

---

① 《丘特切夫诗选》，查良铮译，外国文学出版社 1985 年版，第 93 页。
② 《十二个睡美人——茹科夫斯基诗选》"译序"，黄成来、金留春译，上海译文出版社 1989 年版，第 12 页。
③ 《十二个睡美人——茹科夫斯基诗选》，黄成来、金留春译，上海译文出版社 1989 年版，第 3 页。

　　茹科夫斯基认为美是一种高于尘世的东西，是一种"纯洁的精灵"，它来自天国，抚慰世人，提升其精神境界："为了在阴暗的尘世之上，/心灵能知道天堂的存在，/有时它让我们透过帷幕/去注视那一片地方。/只在生活最纯洁的瞬息，/它才会降临到我们面前，/并且给我们的心灵带来/上天的有益的启示。"① 丘特切夫在《诗》中也认为"诗"来自天庭，消除人的内心冲突和尘世矛盾。

　　茹科夫斯基认为，语言难以传达独特、真实的感受以及大自然那无可名状的美，在《难以表述的》一诗中他写道："在不可思议的大自然面前，我们尘世的语言能有何为？"② 由此，他认为一切真正的美、理想、爱情、希望乃至诗都是神秘的，像幻影一样只有瞬间的显形。在被别林斯基称为"茹科夫斯基最典型的诗歌"的《神秘的造访者》中，他写到希望、爱情、思绪，从"不可知的神秘的地方"翩翩降临，又缄默无言地"悄悄离去"，"无情地昭示甜美欢乐的短暂"。③ 《幻影》一诗更是以象征的手法，写出美、理想、希望的瞬间性的存在。

　　丘特切夫在《沉默吧》等诗中发展了茹诗对语言的思考，进一步从哲学的高度思考了语言的局限性。"在诗人看来，语言不能令人满意地完成互相沟通和交流的任务，因为'思想一经言语就会出错'（即'说出来的思想已经是谎言'——引者）。语言作为表达思想感情的工具是苍白无力的，这种局限性表现在两个方面：一是思想和语言，即'思想'和'言语'，二者之间存在距离和障碍，以至于思想一旦付诸语言就会大打折扣，甚至面目全非；二是说话者和受话者之间存在距离和障碍，'心儿该如何表达？'说话者可能词不达意，'别人该怎样理解？'受话者可能错误理解，于是造成了'言者有心，听者无意'或'言者无意，听者有心'的尴尬"④。进而，丘

---

① 转引自［俄］布罗茨基主编《俄国文学史》上卷，蒋路、孙玮译，作家出版社1975年版，第215—216页。
②《十二个睡美人——茹科夫斯基诗选》，黄成来、金留春译，上海译文出版社1989年版，第50页。
③《十二个睡美人——茹科夫斯基诗选》，黄成来、金留春译，上海译文出版社1989年版，第61—62页。
④ 郑体武：《危机与复兴——白银时代俄国文学论稿》，四川文艺出版社1996年版，第32页。

特切夫试图以瞬间的神秘感悟来捕捉思想与自然的融合，显形无可名状的美，从而形成了诗歌创作的一大特点——瞬间的境界。

茹科夫斯基爱大自然，他的诗几乎离不开大自然。他对大自然景色的描绘相当出色，而且，他描写大自然时观察之敏锐、笔触之细腻，在俄国文学中是前所未有的，如《黄昏》："……夕阳西下的时分有多迷人——/田野浸沉着阴影，/而远处的丛林与如镜水面上荡漾的/城市，却被绛紫的余霞染映；//牛羊群从金色的小山冈跑下水中嬉闹……/轻舟一叶划向灌木丛生的岸渚；//渔夫们此唱彼和，扁舟首尾相逐，/桨橹齐心协力划破水流；/农人掀转耕犁从大田走到一起，/沿着宽深的垄沟……"①

丘特切夫本已热爱自然，善于观察自然，茹诗进而加深了他对自然的热爱，并把自然与对心灵、精神世界的剖析结合起来，更富生命意蕴与哲理，达到了空前的哲理高度与深度。

其三，茹科夫斯基在艺术手法、诗歌结构及诗的意象方面也给予丘特切夫较大的启迪。

茹科夫斯基喜欢运用象征手法，拟人化手法以及情景交融的手法。他往往以象征的手法来表现较为抽象的思想或感情，如《友谊》："橡树遭到雷霆轰击，/遗骸从高山之巅滚落下去，/缠扰橡树的常春藤和它在一起……/啊，友谊，这就是你！"② 或使现实与神秘、主观与客观合而为一，化平庸为神奇，如《大海》中的"海"既是客观的，又是主观的，在描绘海的运动过程中，寄予了诗人的思想和情感："你呼吸着，如此生动；为了爱情，你骚乱而不宁；/你充满了忧思深冥……平静，仅止乎你的表面：/平静的深渊里蕴潜着骚乱，/你，如此恋慕天空，为它颤栗动颜。"③ 他善于把自然拟人化，如《大海》把海拟人化——"你颤抖，你哀号，你掀起浪涛"，《希望》把山谷、昏暝都人格化——"开颜吧，烟氲迷漫的山谷；/让

---

① 《十二个睡美人——茹科夫斯基诗选》，黄成来、金留春译，上海译文出版社1989年版，第15—16页。

② 《俄罗斯名诗300首》，谷羽译，漓江出版社1999年版，第11页。

③ 《十二个睡美人——茹科夫斯基诗选》，黄成来、金留春译，上海译文出版社1989年版，第54—55页。

道吧，沉郁的昏暝"。也善于把抽象的思绪人格化，如《神秘的造访者》中，"希望"、"爱情"、"思绪"、"诗"、"预感"等，全都化为神秘的造访者——"幻想"。这样，茹诗往往是见景生情，情景交融的，如《黄昏》由黄昏时自然变化的景色而引发对往昔幸福生活的缅怀，对友谊、爱情、生与死的沉思，情景交融地表达了感伤的心情。

以上这些，在丘诗中都得到了继承与发展。如象征手法，在丘诗中不仅量多，而且变成了通篇象征，造成了诗歌的双重乃至三重结构，形成诗歌内涵的多义性。拟人化手法，在丘诗中更是常见，《春水》中"春水"是报信的人，"五月"是欢快的青年。丘诗甚至以与大自然对话而开篇，如"杨柳啊，是什么使你……"，等等。丘诗中的情景交融更为出色，他描写自然运动的过程就是描绘心灵的运动，他甚至让自然与心灵二重对位来加以描写。

茹科夫斯基的诗中常常出现双重结构，它们往往由彼岸与此岸、天国与人间等构成，如《一八三二年三月十九日》："你站在我面前，/多么温静。/你忧郁的目光/充满感情。/它使我想起/过去的亲切情景……/这是在人间最后一次/看见你的眼睛。/你离开了，像天使一样轻盈。/你的坟墓/像天堂一样安静。/在那里，尘世的一切/都成了回忆。/那里只有/关于天堂的奥秘。/天空的星星，/静静的夜！……"[①] 这里有过去与现在、天堂与尘世、过去的相爱与现在的孤独等等的双重对照，它们构成诗歌的内在结构，使全诗充满张力。这种双重对照结构也为丘特切夫继承和发扬光大，其诗最大的特点就是双重对位，建构在双重矛盾之上，并由此发展出一种"对喻"手法。而茹诗善于通过矛盾冲突刻画内心的方法，也在丘诗中随处可见。

茹诗的某些意象也对丘诗产生了影响。苏联学者波戈列利采夫尽管一再强调茹科夫斯基与丘特切夫的种种区别，但也不得不指出，他们在意象方面有许多相似之处，如天空、竖琴、深渊、天鹅、蝴蝶、独木舟及具有象征意义的"那里"（彼岸），并指出，丘诗《杨柳啊……》中杨柳俯身的形象，

---

① 《俄罗斯抒情诗选》上册，张草纫译，上海译文出版社1992年版，第165页。

也早已出现在茹诗《奖杯》中①。

三、丘特切夫与普希金

对于丘特切夫与普希金的关系，俄苏学者有四种不同的观点。

第一种观点认为，丘特切夫是普希金的继承者，其主要代表是果戈理、屠格涅夫。果戈理在 1846 年称丘特切夫是被普希金唤醒的诗人之一，其诗产生于普希金成熟作品的土壤②。屠格涅夫则认为自己为丘特切夫编选第一本诗集，仿佛是执行了普希金的遗嘱，并称丘诗的语言具有"普希金式的优美"③。

第二种观点认为，丘特切夫与普希金是敌对者，其代表人物是特尼亚诺夫。特尼亚诺夫在其著作《普希金与丘特切夫》中声称，普希金与丘特切夫是"敌对的"。其理由之一是，普希金在 19 世纪 20 年代末至 30 年代，批评甚至嘲笑了丘特切夫少年时的老师谢苗·拉伊奇（主要是否定拉伊奇主办的杂志）。其理由之二是，普希金在一篇文章中谈到，俄国当时主要由舍维廖夫、霍米亚科夫、丘特切夫等人组成的"德国诗派"里，"前两者的真正天才是无可争辩的"，这是普希金在直接否定丘特切夫具有真正的天才④。

第三种观点认为，普希金是丘特切夫诗歌天才的发现者，他们有共同的敌人，在创作上也有相近之处，以 B. 科日诺夫为典型。科日诺夫首先反驳了特尼亚诺夫的观点。他指出，特尼亚诺夫试图证明，普希金对丘特切夫的态度是冷冰冰的，甚至是敌对的，但这一观点的理由不足。其一，拉伊奇此

---

① ［俄］波戈列利采夫：《茹科夫斯基和丘特切夫的抒情诗》，见《对俄罗斯只能信仰——丘特切夫和他的时代》（论文集），图拉 1981 年版，第 94 页。

② 参见 ［俄］科日诺夫：《丘特切夫》，莫斯科 1988 年版，第 148 页。

③ ［俄］屠格涅夫：《略谈丘特切夫的诗》，见《屠格涅夫散文精选》，曾思艺译，长江文艺出版社 2010 年版，第 110 页。

④ 详见 ［俄］特尼亚诺夫：《文学史批评集》，圣彼得堡 2001 年版，第 189—221 页，亦可参见 ［俄］科日诺夫：《丘特切夫》，莫斯科 1988 年版，第 159—161 页。

时与已出国的丘特切夫联系不是太多，而且在杂志方面出力不大（曾按：即使联系密切，普希金批评、嘲讽拉伊奇，也不见得就是冲着丘特切夫，因为此时他俩既不曾有一面之识，更谈不上有任何私人恩怨）。其二，普希金评论"德国诗派"的文章写于1829年12月至1830年1月之间，当时丘特切夫刚刚进入创作的成熟阶段，但他独具个性的成熟的诗尚未在俄国杂志上发表，普希金所见到的只是不成熟的寥寥几首丘诗，因而充分肯定了舍维廖夫、霍米亚科夫，这是可以理解的。而且，普希金一旦发现成熟的丘诗（如前所述，是阿玛莉雅从德国带回，又由茹科夫斯基、维亚泽姆斯基转给普希金）立即大喜过望，并且在主编的《现代人》上编发了24首之多！科日诺夫进而通过对丘特切夫在普希金逝世后所写的纪念诗《一八三七年一月二十九日》，以及他们共同的爱国热情和泛斯拉夫思想的分析，指出，虽然丘特切夫与普希金之间没有私人交往（主要是条件不具备：当丘特切夫在莫斯科读大学时，普希金在彼得堡的俄国外交部工作；当丘特切夫1821年大学毕业后进入俄国外交部工作，普希金又被流放到南方；当丘特切夫1825年夏至12月底回国休假，住在莫斯科和彼得堡时，普希金却在偏僻的米哈伊洛夫斯科耶过幽禁生活；1830年当丘特切夫再度回国时，普希金正忙于张罗与莫斯科头号美人冈察洛娃的婚事；当丘特切夫1837年5月至8月回彼得堡度假时，普希金已在数月前死于决斗），但"普希金与丘特切夫有共同的敌人"。他们在创作上也有不少相近之处（如写秋天等）[1]。

　　第四种观点认为，丘特切夫是一个与普希金完全不同的独立诗人，他在俄国诗歌中做出了新的开拓。艾亨巴乌姆认为丘特切夫的诗歌延续了茹科夫斯基注重韵律美的"德国流派"和杰尔查文的雄辩风格。蓬皮扬斯基认为丘诗体现了杰尔查文与谢林的结合，巴洛克与浪漫风格共存。奥尔洛夫认为丘特切夫"创造了自己的哲理抒情诗语言"。霍达谢维奇则更进一步指出："丘特切夫已经领会了普希金正在领会的东西。他掌握的（诗歌）语言普希金还正在学习……而他找到的词汇普希金还在苦苦寻觅。"金兹伯格也认为："发现哲理抒情语言的是丘特切夫，而不是斯坦凯维奇或其他人，丘诗

---

① 参见［俄］科日诺夫：《丘特切夫》，莫斯科1988年版，第142—203页。

所引起的革命性竟为同时代的人所不知。"她认为"革命性"表现为："在丘诗中，抒情事件不仅表现在时间里，也展现在空间里，因而既有普遍意义又有特殊性。这一点对于现代诗歌来说是不可或缺的，但对于 19 世纪 20 年代来说这就是一个创新。"斯卡托夫则称丘特切夫为"一个敢于违犯普希金诗歌规范的人"。他把丘特切夫的诗歌语言叫做"一种独特的现象"。一些学者进而认为丘特切夫可以与普希金匹敌，影响巨大，并形成了俄罗斯诗歌中的"丘特切夫流派"。特尼亚诺夫宣称丘特切夫是 19 世纪 20 年代俄国诗坛新方向的指导者之一。克拉苏金认为："学者总是把丘特切夫与普希金相比，但总的来看，他提出了与普希金不同的艺术思想，并质疑他的生活态度。这种态度影响了一系列的诗人，并因此而被称为丘特切夫流派……"金兹伯格对此持赞同观点，认为丘特切夫推动的"革命""对于 19 世纪末期的诗歌发展是极其必要的"。科兹西诺夫认为与普希金派诗歌追求"和谐的精确"不同的是"丘特切夫诗派"以"不和谐"为精髓。他把"不和谐"解释为：作为诗歌中一种独立现象的思想的脱离；对于存在，特别是时间和空间及二元世界的矛盾性表达。①

俄苏学者的观点，除特尼亚诺夫过于主观外，其他均实事求是，颇为精辟。但综观丘特切夫的言行与创作，考察俄苏诗歌发展的流变，我们认为，丘特切夫与普希金的关系，主要是一种竞争者的关系。当然，这是就丘特切夫一方而言的。当时，普希金的声名如日中天，丘特切夫作品发表不多，尚不太为人所知，而且普希金在读到 20 余首成熟的丘诗不久，即死于决斗，他不可能也不会把丘特切夫当做竞争者。

丘特切夫是一个具有独特个性和深邃思想的人，凡事都力求有自己独到的思索。在诗歌创作方面，他虽然不谋求成为职业文学家，也不追求声名，但他立志献身文学，而且终生乐此不疲，甚至 1873 年在重病中还以口授的方式写诗，这必然使他关注文学的发展，并形成自己的独特的创作风格。为此，他广泛涉猎了世界各国的文学作品，大量阅读了社会科学、人文科学、自然科学领域中的理论著作，并在创作中博采众长。而博采众长，实际上就

---

① 详见［英］勒尼：《丘特切夫在俄国文学中的地位》，载《现代语言评论》1976 年第 2 期。

是关注国内外最有影响的诗人及其作品，既学习，又超越，以自己的个性气质融而化之，这在心灵的深处已隐隐含有一种与之竞争的意识（美国学者布鲁姆称之为"影响的焦虑"）。

因此，所谓竞争的关系，包括模仿、学习与超越两个方面。当时，在俄国普希金是举国瞩目的诗人，在国外最知名的诗人是歌德、席勒、海涅、拜伦、拉马丁、雨果等。这些人，都成为丘特切夫最关注的对象，也成为他学习与超越的对象。

丘特切夫把普希金当做竞争者，主要有以下几方面的原因。

第一，普希金风格独特，而且在当时代表俄国诗歌发展的新方向。丘特切夫要想在诗歌方面有所成就，必须要学习他。同时为了形成自己的风格，又必须超越他。

第二，他非常熟悉、了解普希金的作品。从青年时代起，丘特切夫就非常熟悉并了解普希金的作品，并经常与友人谈论普希金。

丘特切夫对普希金的作品十分喜爱，几乎终生都在阅读。大学时，他经常阅读普希金的作品。出国后，则从亲戚朋友及时寄来的俄国诗文集和杂志中，从来到德国的基列耶夫斯基兄弟（普希金曾在 20 年代末与以基列耶夫斯基兄弟为代表的"爱智协会"接近）那里，了解普希金的情况，熟悉其新作。直到 50 年代，他还不断地阅读普希金的作品。他的女儿达丽娅在 1853 年 1 月 5 日从奥甫斯图格村写出的一封信中谈道："晚上，爸爸给我们朗读《鲍里斯·戈都诺夫》。"[1]

在青年和中年时期，丘特切夫经常与好友谈论普希金。普希金较多地出现在青年丘特切夫与好友波戈金的谈话中，如波戈金在 1820 年 11 月 1 日的日记中写道："与丘特切夫谈论年轻的普希金，谈论他的《自由颂》，谈论思想中的自由的美好精神……赞叹普希金在《鲁斯兰（和柳德米拉）》中的某些描写……"[2] 30 年代，丘特切夫虽然远离祖国，但仍然时时关注国内的文学动态，普希金更是他关注的焦点。丘特切夫在慕尼黑的

---

① 转引自［俄］科日诺夫：《丘特切夫》，莫斯科 1988 年版，第 156 页。
② 转引自《丘特切夫选集》，莫斯科 1985 年版，第 13 页。

好友、最能理解其诗歌天才的加加林公爵，在 1833—1835 年间致诗人的一封信的草稿片段中写道："我们经常谈到，普希金在诗歌世界中该占据怎样的位置。"① 那么，在丘特切夫的眼里，普希金在诗歌世界中该占据怎样的位置呢？他在 1836 年称普希金"远远高于现代法国诗人"②。在 1837 年为纪念普希金逝世而写的《一八三七年一月二十九日》一诗里，他全面深刻地评价了普希金——既对诗人过早的去世深表憾恨，给丹特士之流判下"刺杀王者"的大罪，又高度评价了普希金的伟大、神圣及其在俄罗斯的永恒地位，并宣称："就像铭记自己的初恋一样，俄罗斯心中不会把你遗忘！"

第三，丘特切夫与晚期的普希金在思想与艺术方面有不少相近之处。

普希金十分热爱俄罗斯，1812 年卫国战争的胜利更是空前激发了他对俄罗斯的满腔热情。这种爱国热情到 30 年代变成了一种沙文主义思想，宣传"让斯拉夫的条条小溪汇入俄国之海"（《给俄罗斯的诽谤者》），为俄军开进华沙、侵占波兰欢呼，并为此与好友密茨凯维奇产生争论③。这种思想十分近似丘特切夫的泛斯拉夫主义思想。尤其是在对波兰人的态度上，他们完全相同，"普希金、托尔斯泰、陀思妥耶夫斯基、涅克拉索夫和丘特切夫等人，对致力于脱离俄国统治的波兰人的勇敢精神都公开表示切齿痛恨"④，而"诗人费多尔·丘特切夫对波兰人表示了无缘无故的敌意。在一首题为《一个梦魇降临我们头上……》的诗中，他指责波兰人背叛俄国人。在另一首诗《致斯拉夫人》（1867）中，他把波兰人比做犹大，说这个犹大断送了俄国人'统一'全部斯拉夫人的'事业'。他，还有诗人尼古拉·涅克拉索夫，都为立陶宛总督、被波兰人称为'刽子手'的 M. N. 穆拉维耶夫大唱颂歌，因为在他的野蛮统治下，波兰起义战士遭到了屠杀、虐待和流放，

---

① 转引自 ［俄］ 皮加列夫：《丘特切夫生平与创作》，莫斯科 1962 年版，第 89 页注释。

② 转引自《丘特切夫选集》，莫斯科 1985 年版，第 147 页。

③ 参见张铁夫等著《普希金的生活与创作》（修订版），中国社会科学出版社 2004 年版，第 307—322 页。

④ ［美］汤普逊：《理解俄国：俄国文化中的圣愚》，杨德友译，三联书店·牛津大学出版社 1998 年版，第 262 页。

人数多达数万，根本未加审理"①。

他们的诗歌观念也有相似之处。普希金在《致诗人》中认为，诗人不应看重世人的喜好，更应无视"笨伯的指责和世人的冷笑"，并宣称：

> 你是王者：独自活下去，你应走定
> 自由的心灵引你走着的自由之路
> 你要对珍爱的思想果实精益求精，
> 不要为崇高的业绩而对褒赏有所求。②

在《书商和诗人一席话》中，他认为诗人无忧无虑，"凭灵感写诗"，进而赞美：

> 这种人是幸福的，他若能
> 把心灵的崇高创造珍藏，
> 而不想得到人们的赞赏，
> 一如不想从墓地得到回音！
> 这种人是幸福的，他默默地
> 摆脱了名缰利锁的羁绊，
> 也早为市井小民所忘怀，
> 并将无声无息地告别人间！③

如前所述，这也是丘特切夫毕生奉行的人生观与艺术观。

他们的诗风也有相同之处。普希金诗歌的显著特点是朴实、真诚、清新、优美，内容与形式水乳交融。别林斯基指出："普希金的缪斯好比是一

---

① ［美］汤普逊：《理解俄国：俄国文化中的圣愚》，杨德友译，三联书店·牛津大学出版社1998年版，第263页。
② 顾蕴璞编《普希金精选集》，山东文艺出版社1997年版，第89页。
③ 戈宝权、王守仁主编《普希金抒情诗全集》第二集，湖南文艺出版社1993年版，第254—256页。

位贵族姑娘，她的迷人的美，天真烂漫的妩媚，跟娴雅的风度、高贵的朴素融为一体，美丽的内在品质被精美绝伦的形式所发展，显得更加崇高，她同这种形式融合到如此程度，以致这种形式变成她的第二天性。"① 丘诗也是朴实、真诚、清新、优美，内容朴素而形式华美。

喜爱普希金的作品，经常谈论普希金，尤其关注"普希金在诗歌世界中该占据怎样的位置"，思想、艺术观念与诗风的近似，这使得丘特切夫在内心深处形成一种与普希金的竞争意识：普希金已有如此的风格，占据这样崇高的地位，自己的创作怎么办？这样，在"影响的焦虑"下，他就自觉或不自觉地把普希金当做竞争对象，在诗歌创作方面与之展开竞争。

首先，他似乎有意在同类题材上与普希金竞争。这在爱情诗方面尤为明显。

如普希金 1825 年写有名诗《致凯恩》：

> 我记得那美妙的一瞬，
> 你在我面前翩翩降临，
> 仿若转瞬即逝的幻影，
> 仿若纯洁之美的化身。

> 当绝望的忧伤让我烦恼不堪，
> 尘世喧嚣的劳碌使我慌乱不宁，
> 你温柔的声音总萦绕在我耳边，
> 你可爱的倩影常抚慰我的梦。

> 岁月飞逝。狂烈的暴风雨
> 把往日的梦想吹得风流云散。
> 我忘记了你温柔的细语，

---

① 冯春编选《普希金评论集》，上海译文出版社 1993 年版，第 46 页。

和你那天仙般的容颜。

幽禁在阴郁荒凉的乡间，
我苦捱时日，无息无声，
没有崇拜的偶像，没有灵感，
没有眼泪，没有生气，也没有爱情。

我的心猛然间惊醒：
你又在我眼前翩翩降临，
仿若转瞬即逝的幻影，
仿若纯洁之美的化身。

心儿重又狂喜地舒绽，
一切重又开始苏醒，
又有了崇拜的偶像，有了灵感，
也有了生气，有了眼泪，有了爱情。①

丘特切夫则于 1870 年写了《给 Б.》（或《克·勃》）：

我遇见了你，——那逝去的一切
又在我苍老的心中复燃，
我回忆起那金色的时光，
啊，我的心又变得如此温暖……

就好像在凄凉的晚秋季节，
常常会有那么一阵时光
忽然像是飘来了春天，

---

① 曾思艺译自《普希金作品集》第一卷，莫斯科 1958 年版，第 214 页。

使我们的心不禁欢欣激荡——

过去年代的心灵的丰满
又在我的胸中轻轻浮动，
我怀着久已忘却的欢乐
望着你的亲切的面容……

我看着你，仿佛是经过了
永世的别离，又像是在梦中，
而渐渐——越来越清楚地听到
我那从未沉寂的心声……

啊，这不仅仅是回忆而已，
整个生命又燃烧得旺盛；
你的魅力还和以前一样，
我心中的爱情也没有变更！……①

　　普希金的《致凯恩》把爱的激情、生活浮沉的感慨和生命的活力、灵性的激发等有机地结合起来，而且把小说的笔法（或是音乐的手法）引入其中：先是抒情的回忆的调子，就在它渐渐低沉之际，忽然振起，由过去转入现在，出现高潮，既写出了情感的跌宕起伏，又呼应了开篇，从而使全诗荡气回肠，结构完美。丘诗显然借鉴了《致凯恩》，如都以回忆的调子开篇，都把爱的激情、生命的活力与灵性等等有机地联结起来。但丘诗更具生命的哲理感悟（时光流逝是该诗隐含的重要主题之一：晚秋与春天，永世的别离，相见如梦寐的感觉），普诗则更富深厚的感情。两者各具特色，都是难得的精美之作。

　　又如普希金 1828 年写有《她的眼睛》：

----

① 《丘特切夫诗选》，查良铮译，外国文学出版社 1985 年版，第 164—165 页。

她多么可爱——我在私下里说——

她是宫廷的骑士们的祸水，

她那双车尔凯斯人的眼睛

足可以同南方的星星

更可以同诗歌相媲美，

她大胆地频频飞送秋波，

它燃烧得比火焰更妩媚；

但是，我应该承认，我那

奥列宁娜的眸子才算美！

那里藏着多么深沉的精灵，

又有多少天真稚气的明媚，

又有多少懒洋洋的神情，

又有多少幻想、多少欣慰！……

她含着列丽的微笑低垂着眸子——

那副美惠女神的洋洋得意；

抬起眸子来呢——拉斐尔的天使。①

丘特切夫则于 1836 年写有《我的朋友，我爱看你的眼睛》一诗：

我的朋友，我爱看你的眼睛

闪着奇异的灵光，当你突然

抬起它们来，把在座的一圈人

匆匆一瞥，好似天空的电闪……

然而比这更迷人的，是目睹

在热情的一吻时，你把两眼

低低垂下，从睫毛间却透出

---

① 戈宝权、王守仁主编《普希金抒情全集》第三卷，湖南文艺出版社 1993 年版，第 17 页。

沉郁而幽暗的欲望的火焰。①

普诗描绘、赞美了一双天真稚气、既慵懒又充满幻想的明眸。而丘诗则以精细入微的观察，不仅写出了眼睛之美，而且写出了人性的真实，较之普诗更有深度，也更精练。

在社会诗方面，普希金1819年写有《乡村》，生动而沉痛地反映了俄国农村中地主的野蛮强暴和农民的悲惨命运：

> ……愚昧的沉痛耻辱到处可见。
>
> 在这里，命定害人的野蛮的地主们，
>
> 他们丧尽天良，目无法律，
>
> 他们看不见眼泪，听不见呻吟，
>
> 用强制的皮鞭把一切掠夺无遗：
>
> 农民的劳动，农民的财产和时间。
>
> 在这里，一个个瘦骨嶙峋的农奴，
>
> 为别人的犁耙弓腰，忍辱于皮鞭，
>
> 在残忍地主的犁沟上拖步。
>
> 在这里，人人背负重轭到身亡；
>
> 心里不敢存什么希望和欲念，
>
> 在这里，妙龄姑娘如花绽放，
>
> 专供恶徒无情的恣意摧残；
>
> 日渐衰老的父辈的可爱支柱，
>
> 劳动的伙伴，这年轻的儿辈，
>
> 从祖祖辈辈居住的茅屋里走出，
>
> 去壮大受尽折磨的奴隶的行列……②

---

① 《丘特切夫诗选》，查良铮译，外国文学出版社1985年版，第65页。
② 顾蕴璞编选《普希金精选集》，山东文艺出版社1997年版，第21页。

丘特切夫则在 1830 年写有《在这儿，只有死寂的苍天》，又于 1859 年创作了《归途中》，描绘俄国的乡村"如此荒凉"、"单调乏味"、"死气沉沉"，这里已不再有"声息、色彩和活力"，人们"屈从于命运的摆布"，"在一种疲惫的昏迷里"，只是"发出梦呓"。普诗具体，丘诗概括，各有千秋。

其次，在一些观念上，或明显表示与普希金不同，或对普希金的观点加以概括。

普希金在《自由颂》中极力追求自由，反对沙皇专制，"我要为世人歌唱自由，我要把王位上的恶行击溃"，在《致恰阿达耶夫》中更是宣称要推翻沙皇专制："同志，相信，定将升起／一颗迷人的幸福之星，／俄罗斯从梦中惊醒而起，／将在专制制度的废墟上／一个个写上我们的姓名！"[①] 而丘特切夫则主张以美和善感化暴君及其同伙，反对暴力斗争，这十分明显地表现在《和普希金的〈自由颂〉》一诗中（详前）。

普希金在《致娜·雅·波柳斯科娃》一诗中认为："是爱情，是隐秘的自由／使朴实的颂歌在心中产生，／而我这金不换的声音／正是俄罗斯人民的回声。"[②] 在《纪念碑》一诗中他坚信："我将久久地受到我的人民的喜爱，／因为我曾用竖琴唤起善良的感情，／因为我歌颂过自由，在这残酷的时代；／还曾为死者呼吁过同情。"[③] 丘特切夫则在《一八三七年一月二十九日》一诗中，高度评价了普希金及其成就，并且把上述普诗的内涵概括为简短精练、生动形象的千古名句："就像铭记自己的初恋一样，俄罗斯的心不会把你遗忘！"

最后，更重要的是，丘特切夫面对普希金诗歌创作的高峰，独辟蹊径，倾全部心血与毕生精力创作哲理抒情诗，把深邃的哲理、独特的形象、丰富的情感、瞬间的境界完美地融合一体，从而开创了俄国诗歌中与普希金的抒情诗分庭抗礼的哲理抒情诗，甚至形成俄苏诗歌中的"丘特切夫流派"，在

① 顾蕴璞编选《普希金精选集》，山东文艺出版社 1997 年版，第 10、17—18 页。
② 戈宝权、王守仁主编《普希金抒情全集》第一卷，湖南文艺出版社 1993 年版，第 407 页。
③ 顾蕴璞编选《普希金精选集》，山东文艺出版社 1997 年版，第 112 页。

俄苏诗歌史上影响深远。

综上所述，丘特切夫在内心深处的确是把普希金当做自己的竞争对象的，他一边学习、借鉴普希金的诗歌，另一方面，又力求超越他而发出自己的声音，形成独特的风格，进而独树一帜，自成一家。他实现了自己的愿望。

四、丘特切夫与东正教

朱光潜先生指出："诗虽不是讨论哲学和宣传宗教的工具，但是它的后面如果没有哲学和宗教，就不易达到深广的境界。诗好比一株花，哲学和宗教好比土壤，土壤不肥沃，根就不能深，花就不能茂。西方诗比中国诗深广，就因为它有较深的哲学和宗教在培养它的根干。"[1] 丘特切夫的诗歌之所以深广，在哲学方面有赖于外国哲学尤其是谢林哲学，在宗教方面则主要获益于东正教。

东正教是俄罗斯的国教，也是基督教的三大派（天主教、新教、东正教）之一，对俄罗斯的文化气质和民族精神有巨大的影响，俄罗斯现代著名宗教哲学家别尔嘉耶夫指出，东正教表现了俄罗斯的信仰，"俄罗斯的民族精神主要不是被宣传和说教所培养，而是被圣餐式和深入到精神结构最深处的基督教徒慈悲的传统所培养"[2]，俄国当代一位神学家甚至断言："俄罗斯民族文化是在教会里诞生的。"[3]

基督教原为犹太教中的拿撒勒派，公元 1 世纪产生于巴勒斯坦，公元 135 年成为独立宗教，公元 392 年成为罗马帝国的国教。公元 395 年，罗马帝国分裂成东、西罗马帝国（东罗马帝国又称拜占庭帝国），基督教会也随

---

① 朱光潜：《诗论》，安徽教育出版社1997年版，第67页。
② ［俄］别尔嘉耶夫：《俄罗斯思想》，雷永生、邱守娟译，三联书店2004年第2版，第212页。
③ 转引自任光宣：《基辅罗斯—十九世纪俄国文学：俄国文学与宗教》，世界图书出版公司1995年版，第6页。

之渐渐分裂成东西两派。东派教会的经文，以罗马为中心。1054年，几百年的分歧随着历史、地理以及双方领导集团争夺教会最高统治权的冲突而达到顶点，导致东西教会的最终决裂。东部教会为标榜自己的正统性，自称"正教"（意即继承基督教正统教义），因为地处欧洲东部，所以又称"东正教"，又因其在崇拜仪式中使用希腊礼仪，称为"希腊正教"。西部教会强调自己的"普世性"，称为"公教"，因其领导中心在罗马，又称"罗马公教"，汉语译作"罗马天主教"或"天主教"。

　　俄罗斯正式接受东正教作为国教，是在公元988年。这年，基辅大公弗拉基米尔在科尔松城的圣瓦西里教堂，接受了东部拜占庭教会大主教施行的洗礼，皈依了基督教。不久，他宣布基督教为国教，并禁止俄国流行已久的多神教。当然，这件事并非如不少人认为的一蹴而就，而是由来已久。苏联学者约·克雷维列夫指出："罗斯的基督教化，是一段漫长而渐进的过程。这一过程的开始，早于基辅大公弗拉基米尔公国的建立，而其终结则在公国消亡以后几百年。弗拉基米尔的'罗斯受洗'不过是这段历史中的一个插曲。因此，不应当把东斯拉夫人的基督教化同他在公元988年前后所采取的这次行动混为一谈。似乎'罗斯受洗'一举就彻底完成了罗斯的基督教化，这是一种天真的想法。"① 从988年罗斯受洗到丘特切夫所处的19世纪，近千年的时间里，俄罗斯的东正教形成了自己的特点②。

　　第一，教权为王权控制。

---

① ［俄］克雷维列夫：《宗教史》上卷，王先睿等译，中国社会科学出版社1984年版，第316页。

② 本节（尤其是关于东正教的特点）参考了以下著作及论文，在下文中除引述某人原话或重要引文外，不一一注出：［美］罗伯逊：《基督教的起源》，三联书店1987年版；唐逸主编《基督教史》，中国社会科学院1995年版；［俄］克雷维列夫：《宗教史》，中国社会科学出版社1984年版；［美］穆尔：《基督教简史》，商务印书馆1996年版；［英］约·麦克曼勒斯主编《牛津基督教史》，贵州人民出版社1995年版；［俄］赫克：《俄国革命前后的宗教》，学林出版社1999年版；乐峰：《东正教史》，中国社会科学出版社1999年版；张达明：《俄罗斯东正教与文化》，中央民族大学出版社1999年版；任光宣：《基辅罗斯——十九世纪俄国文学：俄国文学与宗教》，世界图书出版公司1995年版；范一：《圣经与俄苏文学》，载《福建师范大学学报》1996年第4期；雷永生：《宗教沃土上的民族精神——东正教与俄罗斯精神之关系探略》，载《中国青年政治学院学报》1998年第1期。由于国内关于东正教及其特点的论述不多，为方便读者，此处综合有关材料，加以简要介绍。

在西部教会中，曾经一度强调君权神授，出现过教权高于王权的历史，但经过长期激烈斗争后，王权摆脱了天主教教皇的控制，教权与王权分立，王权不干预教会之事。东正教会的教权却一直处于王权控制之下。拜占庭人有一种政教合一的思想，认为教会与国家是一个融合的整体，这一传统延续到俄国并有所发展，从而使王权凌驾于教权之上，沙皇可以控制教会。1395年君士坦丁堡主教安东尼在致俄罗斯大公瓦西里的信中即已指出："这个神圣的皇帝在教会中具有至高的地位，他和其他统治者及别的地区的管辖者不一样，因为是他从一开始就在所有有人居住的地区建立和巩固了真正的宗教……对基督徒来说，拥有一个教会而不拥有一个皇帝是不可能的。教会和皇帝具有一种伟大的统一性，同在一个伟大的共同体之中；他们不可能被相互隔离。"①

俄罗斯东正教本已因拜占庭传统而把皇权至上学说合法化、神圣化，把沙皇称为"全世界使徒圣教会一切神圣宝座的摆布者"、"宇宙统御者、神权荫庇者、备受崇敬和朝拜的上帝"②，后来更因在沙皇的支持下，摆脱君士坦丁堡教会的控制，获得独立自主，而对沙皇感恩戴德。"俄罗斯正教会牧首为报答沙皇的支持，不遗余力地维护沙皇君主专制，宣称沙皇是'经上帝涂过油的人'，是'上帝在人间的代表'，因此，所有的人都要听从沙皇的旨意"③。这样，"俄国正教的特点之一，就在于它和国家的密切关系受皇帝的卵翼"④。马克思具体地指出："东正教不同于基督教其他教派的特征，就是国家与教会、世俗生活与宗教生活混为一体"，君主"同时成为他的臣民在地上的主人和在天上的庇护者"⑤。

第二，强调"因信称义"，注重修道生活。

西方教会分裂出来的天主教和新教认为基督来到世上，以自己的死救赎

---

① 转引自［英］约·麦克曼勒主编《牛津基督教史》，张景龙等译，贵州人民出版社1995年版，第111页。
② 转引自［俄］克雷维列夫：《宗教史》上卷，王先睿等译，中国社会科学出版社1984年版，第374页。
③ 唐逸主编《基督教史》，中国社会科学出版社1984年版，第159页。
④ ［俄］赫克：《俄国革命前后的宗教》，高骅、杨缤译，学林出版社1999年版，第189页。
⑤ 转引自张达明：《俄罗斯东正教与文化》，中央民族大学出版社1999年版，第47页。

人类，但并非全体世人，而只是上帝预先特选的人。东正教则认为每个人只要虔诚信教，潜心苦修，积极行善，与神沟通，都能得到上帝的恩典。也就是说，信仰的虔诚是得到救赎和在上帝面前得以称为义人的必须条件，即"因信称义"。人类因祖先亚当、夏娃偷吃禁果而犯有"原罪"，在这充满诱惑、前途漫漫的尘世，还可能犯下"本罪"。因此，要想灵魂升入天堂，不仅要依靠上帝，更要依靠自身的努力，通过对上帝的虔信，经过自我的禁欲苦修，达到与上帝的沟通与交往。这样，东正教会对禁欲苦修的修道生活十分推崇。修道院长圣狄奥多尔认为："修道士是教会的支柱和基石。"有人甚至声称："基督教会的荣耀在于修道士的生活。"

东正教的修道生活还有更重要的意义。他们认为，这是为了救助世人，让每一个人都得救。在东正教徒看来，得救并非个人行为，而具有群体意义。因此，他们特别看重修道生活，尤其是其中的祈祷。对此，俄国宗教哲学家霍米亚科夫曾有精辟论述："我们知道，人死去时，都是独自死去的，但是，没有一个人是单独得到拯救的。在教会中得救的人，是教会的一员，而且是和其他的成员在一起的。任何有信仰的人，都与他人共享信仰；有爱的人，都在分享爱；祈祷的人和他人一起祈祷……正如我们每个人都需要所有人的祈祷那样，每个人也都是为了大家，无论活着的人还是死去的人，甚至还没生的人祈祷；在我们同整个教会一起祈祷中，我们让整个世界达致对上帝的认识，我们祈祷不仅是为了现在的一代人，还为了上帝在以后赋予生命的那些人。共同祈祷是教会的血液，赞美上帝是教会的呼吸。我们用爱的精神祈祷……真正的祈祷是真正的爱。"[①] 所以，赫克认为："这种深刻的崇拜与代祷的精神是东正教的真正动力。"[②]

第三，教义的传统性和保守性。

东正教认为，只有自己才真正坚持了基督教的传统。当然，它与天主教在教义方面也有某些共同基础，如都承认《圣经》是教义的第一和基本来

[①] 转引自［俄］赫克：《俄国革命前后的宗教》，高骅、杨缤译，学林出版社1999年版，第40—41页。

[②] ［俄］赫克：《俄国革命前后的宗教》，高骅、杨缤译，学林出版社1999年版，第41页。

源，"圣传"也是教义的来源。但东正教坚持认为，除此之外，不应再添加任何别的内容，否则就背离了基督教的传统，有损基督教的纯洁性。具体地说，他们信奉基督教尼西亚信经以及公元325—787年间召开的七次主教公会议决议，反对对其作任何修改和补充，否认后来罗马天主教历次主教公会议决议。

公元325年，罗马帝国皇帝君士坦丁一世在小亚细亚尼西亚城，召开罗马帝国第一次基督教首脑会议，对基督教古老的信经——尼西亚信经进行修订。会上争论激烈，意见不一，君士坦丁最后裁决定稿，成为法定的尼西亚信经。以后稍有增减，但从451年的公会议后，再也没有变动过。

东正教坚持传统，与西方天主教会展开争论。其争论的焦点，主要是以下几个问题。

一是"和子"句问题。公元325年尼西亚公会议和公元381年君士坦丁堡公会议制订的信经都确认"圣灵"从父出来。但公元589年罗马教会却在"从父"后增加了"和子"两字，变成：圣灵"从父和子出来"。东正教会对此坚决反对，把它列为西派教会的五大谬误之一，认为"和子"句混淆了"圣父"、"圣子"、"圣灵"的位格，把"圣灵"降到"圣父"、"圣子"以下，破坏了"三位一体"的统一性。公元8—11世纪，东西两派为此激烈争论，但始终无法达成共识。

二是东正教反对天主教的以下观点：天堂与地狱之间存在炼狱；买卖赎罪券；圣母、圣徒所作多余善功可以储藏于"善功宝库"；圣母玛丽亚为其母亚拿贞洁受孕而生。

三是反对罗马天主教会关于"任何人要得救都必须服从罗马教皇"（这是罗马天主教教皇卜尼法斯八世公元1302年发布的著名《神圣一体勅谕》中语①）。

由于东正教十分重视教义的纯洁性，因而，一方面体现出突出的正统性，另一方面也表现出明显的保守性（其保守性还表现为坚持古代礼仪）。

---

① 转引自［英］约·麦克曼勒主编《牛津基督教史》，张景龙等译，贵州人民出版社1995年版，第576页。

第四，注重形式，讲究华丽、庄严的仪式。

东正教十分重视形式，为此不惜财力、精力与时间。举行仪式十分隆重，教堂及有关神职人员装饰华美。俄罗斯东正教中占相当分量的是宗教仪式。彼得一世以前，东正教徒每年将近三分之一的时间花在宗教活动上。

东正教徒认为教堂是上帝的住所，应装扮得像天堂一样，因此，教堂的建筑和装饰十分讲究，教堂内部金碧辉煌，到处装饰着精美的圣像与壁画，外部则庄严宏伟，让人肃然起敬。举行仪式时，教堂里灯火通明，烛光万点，十分隆重肃穆。牧首、大主教、主教都身着仿拜占庭皇帝御袍缝制的法衣，珠光宝气，华丽富贵。盛圣酒的酒杯也十分精美，上面雕刻着基督像，并镶着珠宝。圣乐团演奏乐曲，引领信众从心里同声高唱圣歌，并使参加者陶醉在圣乐和圣歌中。每次仪式都十分庄严隆重，步骤繁多，且时间长达几小时。

第五，议事制的教会结构。

与天主教的君主制结构不同，东正教继承了基督教的早期传统，采用议事制的教会结构，其最高权力机构是普世性的大公会议。因为根据教义，任何个人（包括皇帝和牧首）、任何地方教会，都无法完整地领会上帝的真理，只有普世性的大公会议才能做到——此时，圣灵降临，人们心智统一，真理开启，与此同时，每个人脱离自我，摆脱自我局限，实现共存共识，得到真理。这样，只有大公会议才能得到基督的恩泽。这一议事制结构使各地方教会之间形成平等自主的关系："在尊重按荣誉排列次序的原则下，各地区的独立教会有其主权和完全平等；在遵守共同的宗规法的基础上各地方教会有制订本地的和临时的规定的自主权；在主要礼仪统一的条件下，可有具体礼拜仪式的自由。"①

第六，渗入了多神教的成分。

由于弗拉基米尔大公是以强制的方式使俄罗斯皈依东正教的，因而虽然一时之间信徒众多，但不少人并未彻底抛弃俄罗斯原有的多神教，以致在俄罗斯基督教化以后几百年间，其宗教意识出现了"双重信仰"。这"双重信

---

① 于可主编《世界三大宗教及其流派》，湖南人民出版社 1998 年版，第 135 页。

仰"逐渐磨合成混合性的宗教，但其基础，"与其说是基督教的信仰和仪式，毋宁说是基督教以前的信仰和仪式"①。多神教成分与东正教的基督崇拜、圣母崇拜、圣像崇拜结合，还形成了一些独具的特色。如俄罗斯东正教将其圣母与大地联系在一起，将圣母升天节与庆祝丰收的节日结合起来，形成了对大地母亲的特有深情。别尔嘉耶夫指出："他们总是过分依赖俄罗斯大地，依赖俄罗斯妈妈，几乎把大地母亲与圣母混为一谈，寻求前者的庇护。恰恰是俄罗斯大地统治着俄罗斯人，而不是他们统治着它。"②

第七，神秘主义色彩。

东正教的教会生活十分推崇冥思灵修和神秘感受。其全部宗教生活都充满神赐异象。因此，"教会要求教士作个神秘主义的祈祷者，成为苦修者，追求与神交通，同时实行禁欲主义和与世隔绝，终生过隐修生活"③。

在东正教看来，上帝是万物的创造者，因而，他超然物外，但他又存在于万物之中，是造物中最核心的内容。由于他超然物外，具有超在性，他是不可感的，但从其内在性来说，他又是可以由人的灵魂领悟、晤见的。上帝这种内在性与超在性的统一，要求信徒以虔诚之爱沉入冥思灵修之中，在祈祷中与神沟通，共同参与基督、圣母和圣者的生活，在圣礼中呼唤主的名字，产生内在的神秘体验，与神灵世界接触，成为不可见世界的参与者，在圣光的异象中与基督照面——这种异象，将照亮信徒的灵魂，使之成为与基督一致的人。而这，就是东正教徒生活理想的实现，也即在世界末日到来之前向上帝之国接近。因此，俄罗斯现代著名神学家布尔加科夫在其《东正教——教会学说概要》一书中指出："神秘体验是东正教的空气，它像大气一样在东正教周围，虽然密度不同，但总在运动"，"东正教生活是与看见另外世界的异象相联系的，没有此异象简直就没有东正教生活"④。

不言而喻，作为俄国诗人的丘特切夫，必然也会受到东正教的影响。而

---

① ［俄］克雷维列夫：《宗教史》上卷，王先睿等译，中国社会科学出版社1984年版，第325页。

② ［俄］别尔嘉耶夫：《俄罗斯灵魂》，陆肇明、东方珏译，学林出版社1999年版，第64页。

③ 唐逸主编《基督教史》，中国社会科学出版社1995年版，第172页。

④ ［俄］布尔加科夫：《东正教——教会学说概要》，徐凤林译，商务印书馆2001年版，第179、180页。

且，由于早年受母亲的影响，诗人对宗教的情感可能较一般人更深。丘特切夫的母亲叶卡捷琳娜·里沃芙娜·丘特切娃虔信宗教，并且，对诗人的成长起决定作用的是母亲。受母亲的影响，丘特切夫早年对宗教颇为虔诚，甚至常常在傍晚到乡村公墓的一隅，去感受一种类似于宗教的虔诚、神秘气氛。童年、少年时期的这种影响，在某种程度上形成了诗人毕生的宗教情结。因此，尽管后来在泛神论、唯物论甚至无神论气氛浓厚的欧洲生活了二十多年，思想观念有很大变化，但细加考察，在诗人一生中，东正教的影响始终存在，只是程度有所不同而已。也就是说，诗人一生中不同时期的宗教思想是复杂的、有所变化的，而且对其创作也产生了影响，因而具有独特的诗学意义。

总体来看，丘特切夫的宗教思想，大约可以分为以下三个时期。

一是泛神论时期，大约从19世纪20年代到30年代末。1822年6月，将近20岁的丘特切夫作为俄国驻巴伐利亚慕尼黑外交使团人员出国赴任，从此开始了长达22年的国外生活，主要生活在德国的慕尼黑和意大利的都灵，也常常到巴黎、罗马、日内瓦等地旅游。从青年到中年的这段时期，由于长期身处无神论和唯物论气息浓厚的欧洲，更由于大量涉猎自然科学、社会科学、人文科学的著作，再加上当时欧洲盛行的浪漫主义泛神论的影响，尤其是谢林同一哲学（它认为，自然是可见的精神，精神是不可见的自然，自然与人的心灵是一回事）的影响，丘特切夫形成了泛神论思想。在其诗歌创作方面的表现是：宣称自然是有生命的有机体，试图体认自然本体，与大自然合为一体，歌颂现世生命，赞美人的创造性。

诗人突出的泛神论观念表现在《大自然并不是你们想象的那样》一诗中。如前所述，这首诗被称为丘特切夫诗歌的泛神主义宣言，是其自然诗的一首纲领性作品。它宣称大自然并非死板的图形，而是一个活生生的生命有机体，是最高的本体，有着自己的灵魂、意志、爱情和语言，并且，直接批评那些把自然视为死板的图形的大众"生活在黑暗的小小天地"里，不会观察，也不会谛听，"他们的器官是又聋又哑"，对大自然的生命乃至生机和灵气全无感应，即使大地母亲亲自来打招呼，"也不会使他们的心灵受到激动"。诗中还有些言论可能相当激烈，以致有整整两节共八行诗被当时的书刊检察官删去了（译者以省略号代替）。进而，诗人在《"灰蓝色的影子溶和了"》中，表示要遗忘自我，"和安睡的世界合二为一"，进入庄严而又迷人的"静穆"，进入"一切在我中，我在一切中"的美好境界，以体认大自然本体。《"生活中会有些瞬息"》则进而写出了人与自然和洽一体的动人境界：

> 生活中会有些瞬息——
>
> 难以言传，只能意会。
>
> 那是上天赐予尘世的良机，
>
> 让人怡然自得，忘乎所以。
>
> 我头顶上的树梢，
>
> 在发出阵阵喧哗。
>
> 只有天上的小鸟，
>
> 在和我交谈对答。
>
> 一切庸俗而又虚伪的东西，
>
> 离我们这样遥远。
>
> 一切神圣而又可爱的东西，
>
> 与我们这样亲切。
>
> 我欢愉，我甜蜜，
>
> 世界就在我心中，
>
> 我真是醺醺欲醉——
>
> 时光啊，请停一停！①

　　人与自然融合为一、和洽一体从而深深体认到自然本体的境界，是天人合一的最高境界，这种境界十分美妙，但往往极其短暂，只有如梦似幻并且难以言传的那么一个瞬间，我国晋代的陶渊明在"采菊东篱下，悠然见南山"的瞬间，与自然和谐一体，但旋即深感"此中有真意，欲辩已忘言"

---

① 《丘特切夫诗全集》，朱宪生译，漓江出版社1998年版，第317页。

（《饮酒·其五》），宋代词人张孝祥在 1166 年将近中秋时经过湖南洞庭湖，面对着"玉鉴琼田三万顷"的平湖秋月的浩淼景色，霎时间觉得"素月分辉，明河共影，表里俱澄澈"，甚至"不知今夕何夕"，但也深感"悠然心会，妙处难与君说"（《念奴娇·过洞庭》）。和陶渊明、张孝祥一样，丘特切夫这首诗也十分生动地写出了在天人合一、体认到自然本体的瞬间自己的美妙感受：一切庸俗、虚伪的东西，远远离开了；一切神圣、可爱的东西，则显得更加亲切；此时此刻，诗人深感"世界就在我心中"，觉得欢愉、甜蜜，甚至忘乎所以，醺醺欲醉，并发出了类似浮士德那样的高喊：你真美啊，请停一停！但他也指出，这美妙的瞬间，"难以言传，只能意会"，这既令人满足又让人感到无比遗憾。

在此基础上，诗人甚至有一种独特的类似多神教的思想，如《漂泊者》：

宙斯悦纳贫穷的香客，

神圣的华盖在他头上煜烨！……

无家可归的流浪者

成了天国众神的宾客！……

众神手创这奇妙世界，

千姿百态，气象万千，

就在他的面前一一展现，

给他以启示、教益和喜悦……

通过村庄、田野和城市，

他的道路无比光明——

整个大地任随他步行，

他看见一切并称颂上帝！①

---

① 《丘特切夫诗选》，查良铮译，外国文学出版社 1985 年版，第 19 页。

漂泊者尽管物质生活十分简朴甚至极其贫穷，是"无家可归的流浪者"，但他的精神生活却无比富足，他受到万物之父和众神之父宙斯的悦纳，村庄、田野、城市乃至整个大地都敞开在他面前，任随他步行，他的道路无比光明，他从这美妙大千世界的千姿百态、万千气象中，随时获得"启示、教益和喜悦"。在这里，宙斯与上帝和平共处，多神教和基督教混杂一起——真是众神创造了这奇妙世界。

与此同时，诗人还受到希腊人本主义思想的影响，这使得他在诗中歌颂现实生活，歌颂奋斗，并且力求活得充实，活得有所作为。在《"好似把一卷稿纸"》一诗中，他宣称厌倦那种不死不活、单调乏味、生命忧郁地腐蚀着"每天化为烟飞去"的无聊活法，而宁愿像闪电一样，哪怕霎时间发出照亮大地的光芒即湮灭，也心甘情愿；在《树叶》一诗中，他更是认为只要在人世鲜艳、蓬蓬勃勃地活上一阵，哪怕是极其短暂的一阵，也远远胜过那一年四季"从不变黄"，"也从不会鲜艳"，叶子羸瘦得"像刺猬的尖刺一般"的苍松和枞树。进而，丘特切夫强调通过奋斗，建功立业，以获得不朽。在《西塞罗》一诗中，他甚至认为，即使不能建功立业，只要赶上并生活在世界翻天覆地的时刻，也就与永恒、不朽有缘，成为被众神邀请的宾客，参加了神的华筵，"走进了神的座谈会"，"虽然活在世上，却好似神仙/啜饮着天庭的永恒之杯"，堪称"幸运的人"了。并且，极力赞美人的个性与独创性，在《"你的眼睛里没有情意"》一诗中他高喊："创造中——没有上帝！/祈祷中——没有理性！"用格言警句的方式指出，就像在祈祷中没有理性一样，在你现在所从事的创造中，也没有上帝——因为创造否定既成的东西，而强调人的个性与独创性！

此时期，丘特切夫的宗教观念开始淡薄，但并未放弃东正教思想，思想颇为矛盾。一方面，他受自然科学、唯物论特别是带有浓厚泛神论色彩的谢林同一哲学的影响，宗教观念趋于淡薄，创作了《"灵柩已经放进墓茔"》一类诗歌。如前所述，全诗在作为整体的永恒、强大的自然的对照下，不仅深刻地表现了人的短暂、渺小，而且表现了虔信宗教的徒劳——对牧师的轻微讥讽即是揭示人力图在宗教中求得永恒与不朽纯属幻想，从而表现了在永恒的大自然和死亡面前，宗教说教显得苍白无力的主题。但与此同时，他又写下了《最后的剧变》这类把人世的最终希望寄托在上帝身上的诗歌：

> 当世界末日的钟声当当响起，
> 地上的万物都将散若云烟，
> 洪水将吞没可见的一切东西，
> 而上帝的圣像将在水中显现！①

进行终极思考的诗人，思考到世界和人的极限以及人存在的意义问题，而这是科学和其他哲学无法解答的，于是，又回到唯一能解答这一问题的宗教上来——在世界末日到来之时，唯有上帝及其审判才是人生存的价值与意义。

这个时期，丘特切夫也一度对德国的新教产生兴趣，写下了《"我喜欢新教徒的祈祷仪式"》一诗，不过，在这首诗中，他也指出了宗教信仰的崩溃，无信仰时代即将来临：

> 我喜爱新教徒的礼拜仪式，
> 庄重、严谨而又简易——
> 空荡荡的房屋，光秃秃的墙壁，
> 让我领悟其中的高深教义。
>
> 可曾看见？当你们聚集在路边，
> 信仰最后一次出现在你们面前：
> 她还未跨过门槛，
> 但她的房子已经空了，徒有四壁墙垣，——
>
> 她还未跨过门槛，

---

① 曾思艺译自《丘特切夫诗歌全集》，列宁格勒 1957 年版，第 112 页。

在她身后的房门还未关好……

但时间已到……快祈祷上天，

现在是你们最后一次祷告。①

　　二是转折期，大约从 40 年代初到 50 年代初。20 年代末，丘特切夫逐
渐萌发了泛斯拉夫主义的政治观，认为俄国是一个巨人国家，它肩负着上帝
赋予的历史使命，应该发挥"世界创造者"的作用，拯救世界与基督教。
到 40 年代，由于欧洲的革命与局势的动荡，诗人加紧了对现实的思考，正
式形成了泛斯拉夫主义观点，并且从泛神论转回到东正教，重新皈依了东正
教，试图在东正教的旗帜下，让俄罗斯统一整个斯拉夫民族，进而拯救西方
乃至世界。他明确提出，斯拉夫各民族应该在东正教的旗帜下统一起来，在
兼具东西方之长的俄国的领导下，对抗西方和革命，以宗法社会的道德和东
正教的自我牺牲及忍让精神来战胜资本主义西欧自私自利的个人主义。这种
泛斯拉夫主义的形成，有国内斯拉夫主义思想的影响和西欧动荡局势以及西
欧文明对俄国冲击的现实影响，也与东正教关系密切。

　　早在拜占庭（东罗马）帝国灭亡时，俄罗斯东正教思想家就已提出
"第三罗马帝国说"，鼓吹俄罗斯民族是上帝选来承担特殊使命的民族，是
基督教的真正体现者和捍卫者，只有俄罗斯民族的发展和俄罗斯帝国的强
大，才能使基督教复兴，才能使上帝的事业光大。最早论述"第三罗马帝
国说"的是菲洛费伊，"他认为：第一个罗马帝国由于它任凭异端在早期基
督教会中盘根错节而灭亡。第二个罗马（拜占庭）由于它同渎神的拉丁教
徒缔结合并协定而陷落。现今，历史的接力棒已经递给莫斯科国家。它是第
三个罗马，也是最后一个罗马，因为第四个罗马是不会有的。"② 这一理论
与东正教的千年王国说、基督论等结合，不仅对历代沙皇，而且对俄国知识
分子都产生了深远影响：一方面形成了他们的大俄罗斯主义（如泛斯拉夫
主义），另一方面也形成了他们特殊的历史使命感和宏阔的人类视野——俄

---

① 曾思艺译自《丘特切夫诗歌全集》，列宁格勒 1957 年版，第 133—134 页。
② ［俄］克雷维列夫《宗教史》上卷，王先睿等译，中国社会科学出版社 1984 年版，第 357 页。

罗斯民族负有实现社会真理，实现人类友好情谊的特殊使命，俄罗斯民族有义务实现千年王国。在 19 世纪，面对西欧资本主义的冲击，他们退而号召所有斯拉夫人团结起来，统一在俄罗斯的旗帜下，以对抗资本主义文明，进而实现斯拉夫人的特殊历史使命，从而形成了泛斯拉夫主义。

　　东正教的理论，成为丘特切夫泛斯拉夫主义思想的基础与核心，进而使其诗歌表现恶的肆虐、人的无助，并且把俄罗斯和斯拉夫民族的前途和命运寄托在以东正教为旗帜的泛斯拉夫主义身上。他描写了恶的肆虐，在《致冈卡》一诗中他写道："疯狂的敌视的种子/带来膨胀百倍的结果：/灭绝的种族不止一个，/要末就是在他乡流落"；在《"不要去谈论什么……"》中他写道："疯狂在四处寻觅，愚笨坐在审判台上"；在《"你现在还顾及不到诗歌"》一诗中，他指出："所有的咒骂神的人/所有的不敬神的人，/都想把黑暗的王国建立，/却以光明和自由的名义"。正因为如此，人间苦难深重，而且人们都凄凉无助，如前述之《"世人的眼泪"》中弥天漫地、遍布人间的雨和泪，是下层俄国人民苦难深重的象征，充分表现了人间的悲哀与苦难像雨水一样弥天漫地，到处都有，没有尽头，从而突出了下层人民的苦难与悲哀的广大无穷，同时也表现了人的凄凉无助。与此同时，他也表现了人们的堕落、绝望与没有信仰，甚至不会求上帝帮助，如《我们的时代》：

如今，不是肉体而是精神在堕落，

而人，已陷入绝望，忧心忡忡……

他从黑夜的阴影中奔向光明，

一旦获得光明，却又抱怨声声。

失去了信仰，心灵枯竭，麻木不仁，

如今，他对不能容忍的也能容忍……

他认清自己正在走向毁灭，

渴望信仰……却又不去请求神灵……

无论他在被关闭的门前有多么悲伤，

> 他永远都不会热泪盈眶，不会求诉：
> "放我进去吧——我的上帝！我信，
> 可是，我却是信不足，求主帮助！"①

这首诗标题是《我们的时代》，揭露了那个时代在科学进步、经济发展、个人主义盛行的背景下，人们精神的麻木、空虚乃至堕落，然而尽管如此，人们却依旧没有信仰，永远都不会向上帝求诉，请上帝帮助，这就更进一步表现了人的孤独无助。

但是，在这个时期，诗人又把俄罗斯和斯拉夫的前途和命运的希望寄托在以东正教为旗帜的泛斯拉夫主义身上，在《致冈卡》一诗中，他认为，俄罗斯用东正教的灯在黑暗的夜晚，"把所有的地方都照亮！/整个斯拉夫世界/都出现在我们的前方"；在《预言》一诗中他更是宣称："在重新恢复的拜占庭，/又重现索非亚教堂的拱顶，/基督的祭坛上又香火飘逸，/去顶礼膜拜吧，俄罗斯皇帝啊——/再作为整个斯拉夫的帝王站起！"

三是信仰时期，大约从 50 年代中后期到 1873 年诗人去世。这个时期，诗人由谢林的同一哲学完全转向神学形而上学，承认上帝是世界的创造者，其真理具有权威性乃至惩罚性，以寻求根本的解救之道，并且认为爱才是拯救世界的法宝。其原因有三。一是亲友的不断去世（父母、兄长、恋人杰尼西耶娃、几个子女），使本已对时间流逝、人生短暂十分敏感的诗人，更想寻找一个可以依赖的精神支撑，而东正教正是最好的精神支撑。二是作为一个不断思索人生、自然、宇宙的诗人，面对人生、宇宙等的奥秘，最终只能像维特根斯坦所说的那样："我对上帝和人生的目的究竟知道些什么？我知道这个世界存在。我知道我被置放于这个世界里，有如我的眼睛在它的视野之中。我知道有关这个世界的某些东西是捉摸不定的，而这种东西我们称之为它的意义。我知道这个意义并不存在于它之中，而是存在于它之外……人生的意义，即世界的意义，我们称之为上帝……去祈祷便是思考人生的意义……相信上帝就意味着理解了关于人生意义的问题。相信上帝就意味着看

---

① 《丘特切夫诗全集》，朱宪生译，漓江出版社 1998 年版，第 270 页。

到世界的事实不是事情的结束。相信上帝就意味着看到人生具有一种意义……无论如何，在某种意义上，我们多少是有依赖性的，我们可以把我们所依赖的东西称之为上帝。"① 三是泛斯拉夫主义的需要。

　　这样，在这个时期的诗中，诗人确认了上帝的绝对地位，并且由此探求人类的获救之道。在《教皇通谕》中，他强调了上帝真理的权威性和惩罚性；《圣山》一诗，则歌颂了宗教圣徒与宗教奇迹。他进而探求个人和人类的获救之道，试图在上帝那里消除个人、他人和社会的困苦和疑难。在《啊，我的未卜先知的灵魂》一诗中，他明确表示要紧贴上帝，获得自己灵魂的安宁：

啊，我的未卜先知的灵魂！
啊，我的焦虑不安的心丸！
仿佛处在双重生活的门槛，
你是如此不停地来回狂奔！

你是两个世界的居民，
你的白天——病态而激情吐焰，
你的梦——朦胧而充满预言，
仿若神灵的启示图纹……

让致命的激情去惊扰
那饱经忧患的心房——
我的灵魂像玛丽亚一样
要永远紧贴基督的双脚。②

---

① 转引自毛峰：《神秘主义诗学》，三联书店 1999 年版，第 296 页。
② 曾思艺译自《丘特切夫诗歌全集》，列宁格勒 1957 年版，第 202 页；或见《丘特切夫哲理抒情诗选》，曾思艺译，载《诗歌月刊》2009 年第 7 期下半月刊（总第 104 期）。

在《宿命的日子》一诗中，他明确表示至仁至爱的上帝已深入世俗生活，在最困难的时候关心人爱护人温暖人心，使人恢复生气与活力，重又坚信真理和爱情：

> 宿命的日子常常会有
> 肉体的残暴的疾病
> 和精神的可怕的烦恼，
> 生活，像一个噩梦，
> 压迫我们，折磨我们。
> 在这样的时日里，万幸
> 至仁至爱的上帝深入世俗
> 送来珍贵无比的礼品——
> 朋友般富于同情的手，
> 这鲜活、温暖的手，轻轻
> 轻轻地触摸着我们，
> 在我们身上，麻木烟消云散，
> 可怕的噩梦，无踪无影，
> 命运的打击也高飞远行，——
> 生命重又复活，血液重又畅流，
> 我们，重又坚信真理和爱情。①

在《惩罚人的上帝》一诗中，他更是希望东正教神圣日子祈祷的钟声，能飞越千山万水，到达异国他乡，让患病的女儿 M. Ф. 比雷列娃在基督复活的日子里，生命"完全复活"。在《"穷困的乡村"》一诗中，他希望上帝给贫困的俄罗斯大地带来祝福和希望——诗歌以象征的手法写出在俄罗斯卑微荒原的底层，有人性的东西、俄罗斯民族强大的生命力和创造精神在发光，同时，俄罗斯也得到了上帝的保佑与祝福，这说明，诗人把俄罗斯获救

---

① 曾思艺译自《丘特切夫诗歌全集》，列宁格勒 1957 年版，第 304 页。

的希望寄托在上帝的祝福与拯救上面。《"在这黑压压的一大帮"》一诗更明确地指出，基督会唤醒黑压压一大帮不幸的沉睡人群，疗治暴力和欺骗的疤痕，医好堕落的灵魂，给人间带来自由①。最终，诗人认为这种宗教的拯救之道的关键在于爱，因为：

> 我们一降临人世，
> 宁静与和谐就氤氲在我们之间，
> 你同我，我和你，画着十字，
> 相互庆贺，又为自己向上帝祝愿。②

　　而人类的野心、纷争、追名逐利等，却破坏了这种和谐，因此只有爱，才能拯救世界，拯救人类。如《两种统一》中的西欧与俄国不仅在政治上是对立的，而且在统一的方式上也是对立的：一个靠"铁"和"血"来统一，一个则靠"爱"来统一，并且这种统一要"更为牢靠"。在《致亚历山大二世》一诗中，他认为亚历山大二世1861年进行的农奴制改革是秉承了上帝的爱的旨意，掌握住了大好时机，实现了爱的和谐："把奴隶和人合在一起，/把小兄弟重新还给了大家庭"。他甚至通过摘译并加工改造歌德戏剧《哀格蒙特》中的诗歌，来表现爱的重要性："生命的无上幸福只在唯一的爱情中蕴藏。"这首诗写于1870年，离诗人去世不到三年，因此这里的爱情，更多的是指宗教性的博爱。这种爱，不仅能拯救世界和人类，也是每一个信教者"生命的无上幸福"。

　　综上所述，东正教的影响不仅表现在使丘特切夫写了不少宗教题材的诗，并且使他在诗歌中大量运用宗教的典故与意象，如"上帝"、"诺亚"、"圣母"、"蛇"、"禁果"、"世界末日"、"洪水"等。更重要的是，它对诗人的思想产生了以下几个方面深刻的影响。

　　第一，有助于他形成泛斯拉夫主义思想。如前所述，东正教思想家的

---

① 该诗详见《丘特切夫诗全集》，朱宪生译，漓江出版社1998年版，第322页。
② 曾思艺译自《丘特切夫诗歌全集》，列宁格勒1957年版，第294页。

"第三罗马帝国说",与东正教的千年王国说、基督论等结合,不仅形成了俄国知识分子的大俄罗斯主义,赋予他们特殊的历史使命感——俄罗斯民族负有实现社会真理,实现人类友好情谊的特殊使命,俄罗斯民族有义务实现千年王国。丘特切夫成为一个泛斯拉夫主义者,与东正教的以上理论密切相关。东正教的理论,成为其泛斯拉夫主义思想的基础与核心。他在晚期的诗歌中反对西欧资本主义文明,号召斯拉夫人团结在俄罗斯周围,并赞美镇压波兰人的穆拉维耶夫,即为显证(详见社会政治问题诗)。

第二,有助于他形成人道主义思想。东正教较多地保留着早期基督教的人道主义传统,主要体现为:上帝"道成肉身"拯救人类、"爱上帝、爱邻人"的教义、"上帝是父亲,人人是兄弟"的精神、对社会不公的抗议、对弱者和受欺凌受侮辱者甚至罪人的同情与怜悯。东正教思想的影响,形成了俄罗斯人的人道主义传统,"对于丧失了社会地位的人、被欺辱与被损害的人的怜悯、同情是俄罗斯人很重要的特征",并且"与现实不调和、志在未来、向往更好的、更加公道的生活"[①]。丘特切夫一生对世界万事万物充满热爱,尤其是对下层人民及被损害的人们充满同情与爱,创作了《给一个俄罗斯女人》《归途中》《世人的眼泪》《穷困的乡村》等名诗,并且毕生都对压抑人、异化人的黑暗现实不满,而向往、追求一种更加美好、更加公道的生活,这不能不说是获益于东正教。

第三,有助于他形成追求永恒、无限的思想。《圣经》强调对世界终极目的的无限信仰,东正教鼓励信徒冥思苦修,与神沟通,久而久之,形成了俄罗斯的最高纲领主义。"著名的俄罗斯最高纲领主义,即冲破一切界限、注目深渊的不可遏制的欲望,不是别的,正是对于绝对物的永恒的、不可息止的渴望。在俄罗斯人那里,灵魂之根,正如在柏拉图那里那样,是系于无限的"[②]。丘特切夫一辈子都在探索永恒的混沌,注目无限的深渊,力求窥破宇宙、人生之谜,为自己也为世人寻找灵魂的美好安顿,这显然受到东正教思想的一定影响。

---

① [俄] 别尔嘉耶夫:《俄罗斯思想》,雷永生、邱守娟译,三联书店2004年版,第88、26页。
② [俄] 叶夫多基莫夫:《俄罗斯思想中的基督》,杨德友译,学林出版社1999年版,第31页。

由于世俗的信徒经常冥思灵修，与神沟通，"这样一种和上天的经常性的亲密关系，把人置于两个世界的边缘，形成了一种本质上是神秘的、'着魔般的'思维品质，也就是说，他的灵魂被神性真理之绝对所拥抱。由此可以理解，对于俄罗斯人来说，凡是暂时的、尘世间的事物，都是平淡无奇、无足轻重的。据别尔嘉耶夫认为，俄罗斯人的理念，从来不是一种文明的理念、一种作为历史中公物的理念，它是关于最终的和普遍的拯救、关于世界和生存的形变的理念。生命的价值不是在末尾之中，而是在终极之中，在启示的末世之中。俄罗斯人或者与上帝同在，或者反对上帝，但是永远不能没有上帝"①。丘特切夫摒弃尘世的富贵荣华，不关心诗歌的发表，而致力于对生命的探索，关心生命的最终安顿和普遍拯救，关注世界和生存的发展，显然与此有关。这样，他在《穷困的乡村》等诗中表现了上帝的祝福与拯救，而在《最后的激变》等诗中，表达了生命的价值在终极之中、在启示的末世之中的观念。

此外，丘特切夫诗歌中醒目的两极对立斗争、丘特切夫晚期爱情诗杰作"杰尼西耶娃组诗"中浓厚的罪感意识和真诚的忏悔等，也与东正教的善恶斗争、灵肉矛盾及其强调人的原罪、鼓励真诚的忏悔有关。

丘特切夫与东正教，是一个值得深入研究而且很有意义的课题。俄苏学术界对此以往重视不够（主要是一些宗教哲学家在纵论宗教问题时顺便谈到），专门研究的文章不多。近些年来，大有改观，一些学者开始把眼光转向这方面，如 B. 苏吉写有《丘特切夫的风景抒情诗里的圣母动因》一文，指出在诗人描写大自然的诗歌里，有时候，基督教的动因和多神教的形象性融为一体，编织成一个完整的艺术体系，有时候，大自然又完全进入基督教的价值体系之中②。卡萨特金娜的《丘特切夫的信仰与不信》则谈到丘氏诗歌中对基督教的信仰与不信的问题③。米洛拉多维奇的《丘特切夫诗歌中的

---

① ［俄］叶夫多基莫夫：《俄罗斯思想中的基督》，杨德友译，学林出版社 1999 年版，第 31 页。
② 参见任光宣：《当前俄罗斯对俄罗斯文学与宗教关系研究一瞥》，载《国外文学》1998 年第 2 期。
③ ［俄］卡萨特金娜：《19 世纪俄国文学中的宗教和神话思潮》，莫斯科 1997 年版，第 79—87 页。

多神教与东正教要素》论述了其诗歌的多神教与东正教的因素①。科舍姆丘克则在《丘特切夫的东正教宇宙观》中用相当的篇幅，论述了诗人即使具有谢林的泛神论乃至西欧的无神论观念，也没有完全放弃东正教观念，并且细细列举了其诗歌中各个时期不同的基督教形象。② 我国则在这方面还是一个空白，本节力图填补这一空白，但由于资料和水平有限，只能权充引玉之砖。

---

① ［俄］米洛拉多维奇：《19 世纪俄国文学与东正教》，莫斯科 1997 年版，第 117—131 页。
② ［俄］科舍姆丘克：《东正教文化语境中的俄国诗歌》，圣彼得堡 2006 年版，第 177—287 页。

第五章

丘特切夫与外国文学和哲学

丘特切夫大量阅读，而且善于阅读，也就是说，他善于选择阅读什么，并从阅读中吸取有益的东西。

——［俄］加加林

诗是人类的共同财产……民族文学在现代算不了很大的一回事，世界文学的时代已快来临了。现在每个人都应该出力促使它早日来临。不过我们一方面这样重视外国文学，另一方面也不应拘守某一种特殊的文学……如果需要模范，我们就要经常回到古希腊人那里去找……

——［德］歌德

丘特切夫精通多门外语，而且从小酷爱阅读，成年后更是博览群书。他阅读最多、用力最勤的时候，是在慕尼黑。当时的慕尼黑，被称为德国式的新雅典。尤其是1825年10月，巴伐利亚新国王路德维希——这位具有良好文艺、科学素养的年轻君主即位后，竭力提倡文艺与科学，把兰茨胡特大学迁到慕尼黑，大加整顿、扩充，并采取一系列措施，兴办教育，发展科学，繁荣文艺，一时之间，许许多多的作家、艺术家、哲学家、科学家纷纷迁居此地，与此同时，慕尼黑又拥有出色的美术馆、博物馆、图书馆。在慕尼黑，丘特切夫通过妻子的关系，进入了当地的上流社会，在他的客人中，有许多著名的德国诗人、学者、演员。在这样一种文化氛围中，丘特切夫大开眼界，并勤奋阅读社会科学、自然科学和人文科学方面的著作。他的好友加加林公爵指出："丘特切夫大量阅读，而且善于阅读，也就是说，他善于选择阅读什么，并从阅读中吸取有益的东西。"①

正是大量阅读并且善于阅读，使丘特切夫不仅能吸取本国文学与文化的精华，而且能博采外国文学与哲学之所长，以自己独特的个性气质铸为诗歌，形成了独特的创作风格。在外国文学方面，他受到古希腊罗马、德国、英国、法国、意大利等国的影响；在哲学方面，则受到古希腊罗马尤其是德国哲学的影响。

一、丘特切夫与古希腊罗马文学和哲学

古希腊是西方文化和文学的重要源头。

在哲学思想方面，梯利指出："希腊人不仅奠定了一切后来的西方思想体系的基础，而且几乎提出和提供了两千年来欧洲文明所探究的所有的问题和答案。"② 策勒尔更具体地指出："他们系统地表述了哲学的所有理论和实践的基本问题，并以古希腊人所特有的透彻的清晰去解答这些问题。他们为哲学思想，并且，由于哲学和物理学最初是不可分的，在相当大的程度上为自然科学，构成了基本的观念，后来整个欧洲的哲学和科学，都是在这些基本观念之内活动并至今仍在运用它们。"③

希腊文学是欧洲文学的滥觞，在思想上和艺术上都具有首创性质，而且达到了相当高的艺术水准，奠定了此后欧洲文学发展的坚实基础。伊迪丝·汉密尔顿认为："希腊所创造的艺术作品，所产生的思想观念，直到现在都没有被人们超越，达到它们水平的例子也寥寥无几。西方世界中所有的艺术

---

① 转引自［俄］皮加列夫：《丘特切夫的生平与创作》，莫斯科1962年版，第74页。
② ［美］梯利：《西方哲学史》，葛力译，商务印书馆1995年版，第3页。
③ ［德］策勒尔：《古希腊哲学史纲》，翁绍军译，山东人民出版社1996年版，第3页。

和思想意识都有它们的烙印。"①

古罗马的文学与哲学不仅是连接古希腊与后世欧洲的桥梁，而且，具有自己的特色，"罗马文化充分吸收与发扬了希腊文化的积极方面，主要是指它在东西方一统融汇的新环境中所取得的成果，其中有些是继续发扬了古典文化的固有传统的，如文艺中的现实主义、哲学中的多种流派的哲理探讨和科学技术知识的增进等等，也有一些是新时期出现的新思潮，如对个性的强调和伦理观念的重视、世界主义的眼光和四海为家的心态、综合通达的学术研究和古典遗产的整理考订等等"②。它们和古希腊文化一起对后世欧洲产生了深远的影响。所以，恩格斯说："没有希腊文化和罗马帝国所奠定的基础，也就没有现代的欧洲。"③

自文艺复兴以来，欧洲掀起了学习、研究古希腊罗马文化的热潮，古典主义更是将此热潮推向高潮。19世纪初，浪漫主义虽然高扬中世纪，但古希腊文学仍是他们的理想。丘特切夫在此潮流外，更因拉伊奇、梅尔兹利亚利夫、巴丘什科夫等而对古希腊罗马文学和哲学产生热爱。古希腊罗马的文学和哲学，对丘特切夫的诗歌创作，尤其是早中期的诗歌创作，产生了巨大的影响，具体大约表现在如下几个方面。

第一，对生活和生命的思考，对哲学的重视。古希腊罗马的哲学家一向强调对生活和生命进行思考，重视追求真理的哲学研究。如毕达哥拉斯强调对人生的沉思和对真理的追求："他将生活和竞技场作比，在那里，有些人是来争夺奖赏的，有些人是来卖东西的，但最好的人是在沉思（凝视）的观众；同样，在生活中，有些人出于卑劣的天性追求名和利，只有哲学家才寻求真理。"④ 苏格拉底则宣称："未经思考过的生活不值得活。"⑤ 伊壁鸠鲁更是强调学习哲学的重要性："当一个人年轻的时候，不要让他耽搁了哲

---

① ［美］伊迪丝·汉密尔顿：《希腊方式——通向西方文明的源流》，徐齐平译，浙江人民出版社1988年版，第1页。
② 朱龙华：《罗马文化与古典传统》，浙江人民出版社1993年版，第45页。
③ ［德］恩格斯：《反杜林论》，见《马克思恩格斯选集》第三卷，人民出版社1976年版，第220页。
④ ［古罗马］第欧根尼·拉尔修：《著名哲学家的生平和学说》，转引自包利民《生命与逻各斯——希腊伦理思想史论》，东方出版社1996年版，第60页。
⑤ 转引自包利民：《生命与逻各斯——希腊伦理思想史论》，东方出版社1996年版，第167页。

学研究；当他年老时，也不要让他对他的研究发生厌倦，因为要获得灵魂的健康，谁也不会有太早或太晚的问题。说研究哲学的时间还没有到或已经晚了，就像说享福的时间还没有到或已经晚了一样。所以青年人和老年人都应该研究哲学……"①

在此风气下，人们普遍重视研究哲学，思考生活与生命的问题，即使贵为皇帝，也不例外。如古罗马皇帝马可·奥勒留一生潜心哲学研究，思考人生问题，并且在繁忙的政事中不忘把沉思的灵感与火花随时记下，从而留下了一本颇有影响的《沉思录》（该书在19世纪初的俄国知识分子中颇为流行，恰达耶夫在其《哲学书简》中曾多次提到②），并且强调："应该随时随地地进行这样的思考：认真地思索宇宙的本性和我的本性，连同这二者之间的关系；思索宇宙整体及其中一分子的作用和责任；即使死亡也不能阻碍我所追求的，使我的言行与我成为其中之一部分的整体的符合。"③ "还有什么力量能比思想更能将心灵推至壮丽的巅峰呢？思想可以真实地有条不紊地审视考察生活中发生的一切，深入其本质，并且明彻地把握每一事物出现的意义。"④

在拉伊奇的引导下，丘特切夫本已对哲学颇感兴趣。古希腊罗马的哲学与文学把这种兴趣变成了强烈的嗜好，使他终生研究哲学，并且试图以抒情诗来回答哲学的问题，系统、深入地探究宇宙、自然、心灵、生命的奥秘。

第二，古希腊罗马哲学的某些观念的影响。

一是强烈的命运感。在一般人的印象里，希腊人热爱现世，不关注死后的一切，更不迷信。然而，"社会历史表明，希腊人正如雅典人自己认为的那样，'非常敬神'，或如圣·保罗所说，'过于迷信'。而目前所保存的希

---

① 《古希腊罗马哲学》，北京大学哲学系外国哲学史教研室编译，三联书店1957年版，第365页。
② 参见［俄］恰达耶夫：《哲学书简》，刘文飞译，作家出版社1998年版，第130、137、170页。
③ ［古罗马］马可·奥勒留：《沉思录——一个罗马皇帝的哲学思考》，朱汝庆译，中国社会科学出版社1998年版，第10页。
④ ［古罗马］马可·奥勒留：《沉思录——一个罗马皇帝的哲学思考》，朱汝庆译，中国社会科学出版社1998年版，第20—21页。

腊文学则完全是世俗的……希腊民族在自己国境内每一个山路转角的地方都修建神庙。他们在日常生活中处处拘泥于宗教仪式，希腊的神是众多的，林有林神，河有河神，山泉有山泉之神，无论哪一桩伟大的功业，无论哪一种激动人心的思想，不管是实际存在的或想象中的，都离不开了英雄人物。他们宁可放弃德摩比利（公元前480年，希波战争正酣，适逢奥林匹克大节，希腊盟国均热闹庆祝节日，仅派少数军队到德摩比利参战，结果斯巴达王李奥倪达斯和300名勇士全军覆没——引者），而不愿意中止节日的庆祝活动。他们的一座素称文明之邦的城市，在举棋不定的关键时刻，竟为了月蚀，对邻国军队坐视不救，听任它全军瓦解，损失殆尽"①。可见，正是因为世俗的文学造成了现代人认为希腊人不迷信的观念。而实际上，希腊人是相当迷信的。他们相信神，更相信命运。古希腊哲学与文学的一个显著特点，是强烈的命运感。

在哲学方面，阿那克西曼德早已言简意赅地揭示这一点："事物生于何处，则必按照必然性毁于何处；因为它们必遵循时间的秩序支付罚金，为其非公义性而受审判。"② 在文学中，命运感更为形象，也更为突出。王晓朝先生结合宗教分析《荷马史诗》时指出，古希腊人有"一种命运天定、不可改变的观念"，"《荷马史诗》极力宣扬这种观念，说一切事变均为'定数女神'或'命运女神'所规定，因而必然地按照预定定数实现。此种定数是一种必然的天命，不仅凡人不可抗拒，甚至包括宙斯在内的诸神也无法改变"③。在希腊悲剧中，命运感尤为突出。在埃斯库罗斯那里，命运具有无比的威力，就连宙斯在她面前也不得不屈服（《被缚的普罗米修斯》中宙斯十分害怕自己将被更强大的儿子推翻的命运）。在索福克勒斯笔下，命运是一种具有伤天害理性质的邪恶力量，可以让人成为英雄，也可以使人变成罪人，人不得不忍受命运的摆布和捉弄。诗人泰奥格尼斯则在抒情诗中表达了类似的观念：

---

① ［英］吉尔伯特·默雷：《古希腊文学史》，孙席珍等译，上海译文出版社1988年版，第63页。
② 转引自［德］尼采：《希腊悲剧时代的哲学》，周国平译，商务印书馆1996年版，第40页。
③ 王晓朝：《希腊宗教概论》，上海人民出版社1997年版，第223页。

> 库尔诺，谁也不是自己得失的原因，
>
> 这两者都是众神作赐予者，
>
> 做事的人没谁心里知道他的行动
>
> 是朝向好的还是坏的结果。
>
> 因为往往他想做坏事做了好事，
>
> 他想要做好事却造成坏结果。
>
> 没有人是能够达到他的期望的，
>
> 因为期望会走向难以预计的归宿。
>
> 人总在奉行蠢事，却又并不知道，
>
> 而众神心有成竹，在实现一切。
>
> （《得失》①）

所以，罗素断言："运命对于整个希腊的思想起了极大的影响。"② 古罗马人也有一种强烈的命运感，如维吉尔的《埃涅阿斯纪》中的主人公，一切行动均服从命运：舍弃深爱自己的狄多，去建功立业，等等。

二是世事无常与人生短暂。这更多地表现在文学作品中，《荷马史诗》尤为突出。策勒尔指出："尽管荷马史诗的最显著特色被公正地确认为纯朴天真，但我们不应当忽视这一事实：它包含着许多对于世界和人生的反省……更为重要的是对于世事无常的深刻感受，这使得荷马史诗中的人栩栩如生。而且，尤为强烈的是，在他看来，唯独阳光下的生活才是真正的生活，反之，冥间的阴暗生存是毫无意义的。人生的短暂和人世间的苦难引起对'可怜的凡人'的命运的各种各样的议论。"③ 在抒情诗里，希腊诗人们也常常表现这种观念，如西摩尼得斯的《悲歌》：

> 既生而为人，就莫说明天必将如何，

---

① 《古希腊抒情诗选》，水建馥译，人民文学出版社1998年版，第100页。

② ［英］罗素：《西方哲学史》上卷，何兆武、李约瑟译，商务印书馆1996年版，第33—34页。

③ ［德］策勒尔：《古希腊哲学史纲》，翁绍军译，山东人民出版社1996年版，第10页。

> 若看见某人幸福，也莫说会有多久，
>
> 因为即使那霎时飞走的长翅膀蜻蜓
>
> 也比不上人生变化无常。①

又如其《人力微小》：

> 人力微小，忧虑无益，
>
> 短促人生，苦辛相续，
>
> 死常当头，无可逃躲，
>
> 一旦命尽，良莠同一。②

　　奥勒留也强调人生短暂，世事无常："人生的领域不过只是一点；人的存在只是绵延不断的感觉活动形成的迁流，以及那倾向于瓦解的肉体。灵魂只是一个旋涡，而命运是无从猜测的。依附于肉体的声名不过是模糊的奔驰而过的急流，灵魂从中所得的仅仅是梦幻泡影。""凡所生成的事物，均是变化所生；大自然所醉心的无过于不断改变现存的事物，造成类似的新事物。"③

　　三是强调个人的行动，致力于事业。面对命运，希腊人必然思考人的意志自由，进而思考人的责任。这样，他们强调人的力量、人的奋斗、人对事业的追求。"古希腊是一个崇尚英雄主义和社会活动的时代……在古希腊人的观念中，行动和事业重于一切"④，"希腊人迫切地渴望拥有荣誉和应得的赞美。他过去、现在都必定争强好胜、雄心勃勃，热切地为一己之事而行动"⑤。神话与史诗中的希腊英雄宁肯马革裹尸地追求战场上的声名，也不愿长命百岁无声无息地活下去（如阿基琉斯）。希腊悲剧中的主人公大多是

---

① 《古希腊抒情诗选》，水建馥译，人民文学出版社1998年版，第164页。
② 《古希腊抒情诗选》，水建馥译，人民文学出版社1998年版，第165页。
③ ［古罗马］马可·奥勒留：《沉思录——一个罗马皇帝的哲学思考》，朱汝庆译，中国社会科学出版社1998年版，第14、32页。
④ 蒋培坤、丁子霖：《古希腊罗马美学与诗学》，山西人民出版社1987年版，第164页。
⑤ ［英］基托：《希腊人》，徐卫翔、黄韬译，上海人民出版社1998年版，第321—322页。

敢于行动，极力完成自己事业的英雄。《被缚的普罗米修斯》中，普罗米修斯盗火给人类，并且为了人类敢于做一个伟大的殉道者，忍受非凡的苦难。《俄狄浦斯王》中，俄狄浦斯为了替城邦消灾、给人民造福，排除一切阻拦，追查杀死老王的凶手。《美狄亚》中的美狄亚为了报复忘恩负义地遗弃自己的伊阿宋，接二连三地采取了报仇的行动。古罗马本是个军事大国，更为崇尚行动，崇尚建功立业，即使在战场上不能有所建树，也力求以诗歌来为自己建立一座"纪念碑"（贺拉斯《纪念碑》）。面对着命运的限定和世事无常、人生短暂，古希腊罗马人强调人的行动，看重人的奋斗，鼓励建功立业，这充分体现了他们对人自身及人的力量的重视，展示了个人的尊严与不屈。

丘特切夫深受以上思想观念的影响，一方面他深感世事无常，一切仿佛命运早已注定，奋斗也是徒然，这在《一八一六年新年献词》、《不眠夜》、《我驱车驶过利旺尼亚的平原》、《在这儿，生活曾经如何沸腾》、《伴我多年的兄长》等诗中表现出来；另一方面，他又十分重视自己的奋斗，甚至希望把心中半死的火燃烧一次，希望以创造来超越死（如《两个声音》、《树叶》、《好似把一卷稿纸》）。勃洛克曾指出："在丘特切夫的诗歌中有一种古希腊悲剧式的、基督教产生以前的宿命感。"他是过于强调丘特切夫的宿命感，而忽视了丘诗中所体现的对人的奋斗的重视——丘特切夫甚至认为不断奋斗的人可以蔑视奥林匹斯山上的众神。

四是运动，对立与和谐的思想。古希腊著名哲学家赫拉克利特认为，万物在自身中时刻包含着对立面，一切都为对立的过程所主宰，一切都由对立而产生，世界在不停地运动着，一切都像一条河一样流着。"赫拉克利特否认宇宙间是静止和常住不变的，因为这种状态只有包含着死亡；他认为万物都在运动：永恒的事物永恒地运动着，暂时的事物暂时地运动着"①。他在这方面的一些名言是："一切皆流，无物常住。""太阳每天都是新的。""人

---

① 《古希腊罗马哲学》，北京大学哲学系外国哲学史教研室编译，三联书店1957年版，第17页。

不能两次踏进同一条河流"①。他进而认为："互相排斥的东西结合在一起，不同的音调造成最美的和谐；一切都是斗争所产生的。""自然也追求对立的东西，它从对立的东西产生和谐，而不是从不相同的东西产生和谐。"②对此，尼采评述道："他在两极性的形式中把握这个历程，即一种力量分化成为两种异质的、相反的、力求重归统一的活动。一种质不断地把自己一分为二，分裂为它的对立面，而两个对立面又不断地力求重新并合。普通人认为自己看见了某种凝固、完整、持久的东西，实际上，在每个瞬间，明与暗、苦与甜都是彼此纠缠、形影不离的，就像两个摔跤的人，其中时而这人时而那人占据上风。在赫拉克利特看来，蜂蜜既苦又甜，世界本身是一杯必须不断搅拌的混合饮料。一切生成都来自对立面的斗争。确定的、在我们看来似乎持久的质，仅仅表明斗争一方暂时占上风，但斗争并不因此而结束，它将永远持续下去。万物都依照这种斗争而发生，正是这种斗争揭示了永恒的公义。"③

这种观念对丘特切夫产生了较大的影响。首先，这为他后来接受重视矛盾的辩证对立的谢林哲学奠定了基础。其次，它赋予丘诗以生命的运动感。丘特切夫总是喜欢描写生命的运动过程，即使是炎热的日午、傍晚这样宁静的时候，他也写得富有运动感（《日午》中一切都在"懒懒"地运动，连潘神也躲进洞府，《夏晚》中太阳落山时本很静寂，但丘诗却写出炎热中天空和大地间气流的波动，并写出自然的脉络中"甜蜜的寒战"）。再次，它为丘诗中日后出现的两极对立的意象（如日与夜，山谷与山顶，海与梦……），打下了初步的基础。

此外，古希腊罗马哲学中强调保持内心宁静（如奥勒留："不要让琐碎的事扰乱你，不要让外在的事物占据你的思想，而要保持内在的安宁和自由。这样你便可以轻松地学习善的事物，不会从这件东西到那件东西地追逐

---

① 《古希腊罗马哲学》，北京大学哲学系外国哲学史教研室编译，三联书店1957年版，第17、19、27页。
② 《古希腊罗马哲学》，北京大学哲学系外国哲学史教研室编译，三联书店1957年版，第19页。
③ ［德］尼采：《希腊悲剧时代的哲学》，周国平译，商务印书馆1996年版，第54—55页。

奔波。"①），强调研究自然（如奥勒留："观察自然的进程，进而研究自然的演化史，追溯物体的不同形式和种类的变化，认真地思索这个题目，因为唯有它有助于形成伟大的思想。"②），也对丘特切夫不无影响，在《沉默吧》等诗中，他宣称要沉入内心，隔绝外界影响，而他更是终生观察自然，研究自然，透过自然追索生命与宇宙的奥妙。

第三，古希腊罗马某些艺术观念的影响。

一是理性与热情。希腊精神的一个突出特点，是其对理性的坚定信仰。但"希腊理性不是现代科学的实验理性，现代科学的实验理性以探索自然界为目的，它的方法、知识手段和思想框架是在近几个世纪以来人们为了认识和驾驭大自然而作的艰苦努力中确立下来的。当亚里士多德把人们定义为'政治的动物'时，他就已经强调了希腊理性与现代理性的区别。在他看来，'智慧的人'就是'政治的人'，因为从实质上讲，理性本身就是政治"，"在希腊人看来，人和公民是不可分的；思考是那些自由人的特权，他们在发挥自己的理性的同时，也行使自己的公民权"③。可见，这种理性主要是一种对社会、人生的思考，对一个公民如何行使自己权利的思考。希腊人要求文艺符合理性，富于哲学意味。如亚里士多德认为："诗人的职责不在于描述已发生的事，而在于描述可能发生的事，即按照可然律或必然律可能发生的事。历史学家与诗人的差别不在于一用散文，一用韵文……两者的差别在于一叙述已发生的事，一描述可能发生的事。因此，写诗这种活动比写历史更富于哲学意味……因为诗所描述的事带有普遍性。"④ 而如前所述，古罗马更重视理性，贺拉斯提出："要写作成功，判断力是开端和源泉。"⑤ 更强调反映现实，指导人生，合情合理。

① ［古罗马］马可·奥勒留：《沉思录——一个罗马皇帝的哲学思考》，朱汝庆译，中国社会科学出版社1998年版，第10页。
② ［古罗马］马可·奥勒留：《沉思录——一个罗马皇帝的哲学思考》，朱汝庆译，中国社会科学出版社1998年版，第114页。
③ ［法］让—皮士埃尔·韦尔南：《希腊思想的起源》，秦海鹰译，三联书店1996年版，第117—118页。
④ 《诗学·诗艺》，罗念生、杨周翰译，人民文学出版社1982年版，第28—29页。
⑤ 转引自王焕生：《古罗马文艺批评史纲》，译林出版社1998年版，第188页。

　　另一方面，古希腊罗马的理论家们十分重视情感（热情）。柏拉图提出了"迷狂说"，并且宣称："若是没有这种诗神的迷狂，无论谁去敲诗歌的门，他和他们的作品都永远站在诗歌的门外。"① 柏拉图的"迷狂中包含有两种心理质素：激情和想象。迷狂中的诗人们一方面处于类似酒神信徒们的'狂欢'里，对美的形象产生一种神圣的虔敬感情；另一方面又像'久经闭塞而不能生长'的羽翼又恢复了振翅翱翔的能力，任凭想象在'诗神的园里'汲取美的精英"②。

　　自从温克尔曼提出希腊艺术富于理性光辉、具有高贵的静穆以来，这一观点几乎获得了人们的普遍认同。只有罗素提出了不同意见："虽非所有的希腊人，但有一大部分希腊人是热情的、不幸的、处于自我交战的状态，一方面被理性所驱遣，另一方面又被热情所驱遣，既有想象天堂的能力，又有创造地狱的那种顽强的自我肯定力。他们有'什么都不过分'的格言；但事实上，他们什么都是过分的——在纯粹思想上，在诗歌上，在宗教上，以及犯罪上。"③

　　的确，希腊人具有两种不同的倾向。一种是宗教的、神秘的、出世的、热情的，一种是经验的、理性的、入世的、欢愉的，两者的结合造就了他们伟大的文艺作品："希腊艺术的伟大——让我们在最广泛的意义上使用这个词——就在于它完全调和了两种经常是相反的原则：一方面是节制、明晰及心灵深处的严肃；另一方面则是才华横溢，想象和热情。所有古典希腊的艺术都在很高程度上具有理智性质，而这一特质表现为逻辑性和结构严谨性。"④ 古罗马文学受此影响，在富有理性的同时，也充满热情。

　　丘诗一方面表现丰富的情感，表现非理性、梦幻和直觉，另一方面又注重形式的精致，结构的明晰，以至别尔科夫斯基称其为"浪漫主义中的古典主义者"，古希腊罗马文学的影响不容忽视。

　　二是审美娱乐与审美教育。艺术的审美教育问题，是古希腊罗马美学和

---

① 《柏拉图文艺对话集》，朱光潜译，人民文学出版社 1988 年版，第 118 页。
② 阎国忠：《古希腊罗马美学》，北京大学出版社 1983 年版，第 118 页。
③ ［英］罗素：《西方哲学史》上卷，何兆武、李约瑟译，商务印书馆 1996 年版，第 46 页。
④ ［英］基托：《希腊人》，徐卫翔、黄韬译，上海人民出版社 1998 年版，第 25 页。

文艺思想中的一个重要问题。早在史诗时代，就出现了诗具有"娱乐和教育"作用的说法。后来，对这两种功能的认识有了分歧。荷马史诗一再强调诗的目的在于给人以快感，更重视的是娱乐。而赫西俄德认为诗的任务在于传达神的教诲，即重视教育。后来，强调艺术的教育作用渐渐占了上风。著名哲学家柏拉图反对"听凭快感"来决定艺术的去取，认为艺术的出发点应该是"对国家和人生都有效用"，提出艺术家要"以给人教益为目标"，"把真善美的东西写到读者心灵里去"①。而古希腊"喜剧之父"阿里斯托芬在名剧《阿卡奈人》中，更是正面主张喜剧应起道德教育作用。他与柏拉图反对"快感"不同，认为喜剧可以给人娱乐，但更重要的是发扬真理，主持正义，以最好的教训去教育公民，把人们引上幸福之路②。古罗马的重要理论家，大都能认识到文学同时具有娱乐与教育的功能。西塞罗指出："文学能教育青年，娱悦老年；幸运时是点缀，不幸时是规避和慰藉；在家时给人怡乐，在外时不成为累赘；它能与我们一起共度夜时，一起客居，一起生活在乡间。"③贺拉斯对诗歌的教育功能和娱乐功能关系的论述，在后世欧洲文艺界与理论界广为流传："诗人的愿望应该是给人益处和乐趣，他写的东西应该给人以快感，同时对生活有帮助……寓教于乐，既劝谕读者，又使他喜爱，才能符合众望。"④

　　古希腊罗马理论家们的上述观点，尤其是贺拉斯的观点对丘特切夫影响颇大。早期，他一方面注意诗歌的娱乐功能，在《和普希金的〈自由颂〉》中，他强调"请用甜美的声音颂歌，温情脉脉，动人心魄"，"让你那有魔力的琴声更柔和，且莫惊扰心灵"；另一方面也重视诗歌的教育作用，如《一八一六年新年献词》奉劝奢侈无度的富豪之子，不要用贪婪的手，"从孤儿寡母的口中夺走粮食，把一家家人残酷地赶离故土"，《致两朋友》则奉劝两位朋友——一位把"情感和事业放到一起"，组成幸福，"给温柔的女性做出范例"，一位则以"美德"为名，"维护神圣的宗教"。中晚期，他

---

① 《柏拉图文艺对话集》，朱光潜译，人民文学出版社1988年版，第174页。
② 参见《阿里斯托芬喜剧集》，罗念生等译，人民文学出版社1954年版，第38页。
③ 引自王焕生：《古罗马文艺批评史纲》，译林出版社1998年版，第94页。
④ 《诗学·诗艺》，罗念生、杨周翰译，人民文学出版社1982年版，第155页。

一边写诗自娱，倾诉内心的隐秘，同时，更注重反映社会政治问题，或探索人生、心灵、自然、宇宙之谜，从而使诗歌成为探索人生、心灵、自然、宇宙的有力工具，使诗歌在优美迷人的自然风景画中，承担起更为深刻、更高层次的教育功能。这恐怕也是对前人关于诗歌娱乐和教育功能观念的推进与发展吧。

第四，丘诗较多地运用古希腊罗马的典故、意象，并化用古希腊罗马的诗歌。

丘诗较多地运用古希腊罗马的典故，尤其是神话传说中的典故。如早年的《乌剌尼亚》一诗，就运用了希腊神话传说中九位缪斯中手捧天球仪的乌剌尼亚之典。《一八一六年新年献词》中的"克隆"，是希腊神话中的时间之神，"特洛亚"、"冥河"、"复仇女神"均出自希腊神话。《致拉伊奇》中"阿波罗之树"即月桂树，源自达芙妮化作月桂树的传说。《和普希金的〈自由颂〉》中"阿尔凯的竖琴"，则用了充满反专制精神的古希腊诗人阿尔凯之典。其他还有：《被大自然……》中的俄尔甫斯是希腊神话中琴声能感动大自然的无情之物的著名歌手，《泪》中的"帕幅斯岛女皇"指爱与美之女神阿佛洛狄忒（维纳斯），《日午》中"潘"是牧神，《春雷》中"赫芭"是青春女神，《幻象》中"阿特拉斯"则是以肩扛天的英雄，《我们跟着时代前行》则用了希腊神话及维吉尔《埃涅阿斯纪》中与丈夫失散而被杀的克瑞乌萨之典，《漂泊者》开篇即用宙斯之典……

丘诗也较多地运用古希腊罗马文学中的某些意象。《幻象》中朝天庭的圣殿行进的"灵巧的马车"，源自古希腊神话中阿波罗的太阳车。《海驹》把海浪比做海马，也源自古希腊神话——它早已把海水比做海神的马（英国画家克朗曾由此获得灵感，创作了《尼普顿的马群》一画，该画恰巧为慕尼黑巴伐利亚政府收藏，见美国托·布尔芬奇著《希腊罗马神话》一书的插图，湖南人民出版社 1987 年版）。《松软的沙子深可没膝……》中的"百眼兽"，来自希腊神话中怪物阿尔戈斯的百眼。《在人群中，在不息的喧哗里》、《你看他在广阔的世界里》两诗中从娇弱变辉煌，照耀一切的月亮似有萨福诗的影子："众星环绕可爱的月亮 / 它们闪烁的美将再次黯淡 / 而月亮变圆，照耀着／大地上的一切。"①

丘诗有时在诗意方面还化用古希腊罗马诗人的诗句。如《树叶》，尤其是《我独自默坐》中的"一年年，一代代……／人何必愤慨？／这大地的谷禾！……很快就凋谢，／新的花和叶／又随夏日而复活"，似是明显化用荷马史诗《伊利亚特》中的著名诗句："豪迈的狄奥墨得斯，你何必问我的家世？／正如树叶荣枯，人类的世代也如此，／秋风将枯叶撒落一地，春天来到／林中又会滋发许多新的绿叶，／人类也如是，一代出生一代凋谢。"②而《和普希金的〈自由颂〉》中的："谁忘却高官，鄙夷权势，／谁就幸福，声音勇敢坚定，／向着执迷不悟的暴君宣示，／神圣的真理必将诞生！"则化用了贺拉斯的诗句："正直的人心胸坦荡，／无私无惧，／既不为一切邪念左右，／也不会去花天酒地……／只有他能用无畏的两眼，／面对变幻的万千，／既不怕莫测的深渊，／也不怕高空的闪电。"③

丘特切夫较多地运用古希腊罗马文学中的典故与意象，一是为了更简练有力地表达思想感情，二是为了造成更为深厚的文化历史感，三是他一直试图越过中世纪而向往原始，希腊罗马文学中这些具有原型特征的典故、意象能更生动深刻地传达他那追求人性底层之光辉的思想。而他之模仿或化用古希腊罗马诗人的诗句，则主要是早中期创作中边学习边创作留下的痕迹，也可能是早年阅读或翻译这些诗人的作品时，留下了太深的印象，以至于相距多年以后，在创作中无意识地把一些句式、手法乃至诗意运用上了。

二、丘特切夫与法国等国的哲学和文学

丘特切夫精通多种外语，其中法语最为得心应手。他能像运用俄语一

① 转引自［英］基托：《希腊人》，徐卫翔、黄韬译，上海人民出版社1998年版，第106页。
② 转引自《古希腊抒情诗选》，水建馥译，人民文学出版社1998年版，第3页。
③ 转引自朱龙华：《罗马文化与古典传统》，浙江人民出版社1993年版，第192—193页。

样，非常自如地用法语思考、写作。他的书信、政论文，都是用法语写成的。这一优越条件，使他能大量阅读法国的文学、哲学、宗教等方面的著作，并受到其较大的影响。

总体看来，在丘特切夫阅读、翻译的文学与哲学著作中，德国文学占首位——他毕竟长期生活在慕尼黑，"近水楼台先得月"，而德国文学和哲学的自然观、人生观、道德感也更合他的胃口，法国文学和哲学居其次，英国、意大利又次之。此处，主要探讨法、英、意等国哲学与文学的影响，德国文学和哲学的影响留待下面详谈。

法、英、意等国哲学与文学对丘特切夫的影响，大致可归纳为以下几类。

第一类是思想家的影响，主要是指法国的帕斯卡尔和拉蒙纳的影响。

帕斯卡尔（1623—1662），是法国 17 世纪著名的思想家和最卓越的数理科学家。皮加列夫指出，丘特切夫青年时期曾和好友波戈金一起，专心钻研帕斯卡尔的《思想录》，这位法国思想家对他的世界观产生了深刻的影响①。但其影响究竟体现在什么地方，俄苏学者却语焉不详，此处结合丘氏作品，拟进行初步探讨。

首先，对理性的认识和对立的两极方法。

何兆武先生指出："帕斯卡尔的思想理论集中地表现在他的《思想录》一书中。此书于笛卡尔的理性主义思潮之外，另辟蹊径；一方面它继承与发扬了理性主义传统，以理性来批判一切；同时另一方面它又在一切真理都必然以矛盾的形式而呈现这一主导思想之下指出理性本身的内在矛盾及其界限，并以他特有的那种揭示矛盾的方法（即所谓'帕斯卡尔方法'），从两极观念（他本人就是近代极限观念的奠基人）的独立入手，考察了所谓人的本性以及世界、人生、社会、历史、哲学知识、宗教信仰等方面的理论问题。"②

丘特切夫早年受古希腊罗马哲学与文学的影响，思想中理性成分占相当

---

① 参见［俄］皮加列夫：《丘特切夫的生平与创作》，莫斯科 1962 年版，第 27 页。
② ［法］帕斯卡尔：《思想录》"译序"，何兆武译，商务印书馆 1995 年版，第 1 页。

优势（之所以未全部占据其思想，一则因古希腊罗马文学重视激情与想象，二则应归功于东正教——东正教的神秘主义及强调信仰均具非理性色彩）。帕斯卡尔指出理性本身的内在矛盾及其界限，则使丘特切夫较明确地认识到理性的不足，并在《A. H. M》一诗中指出，"依仗着严密的法规，理性会把一切摧毁"，它将"剥光空气、海洋和陆地"，"让生命干涸见底"，而提议读"大自然母亲这本书"，并认为"长有金翅的梦想"更为"美妙"。此后，他更是在此基础上接受了谢林哲学中的直觉、无意识，在诗歌中以直觉的方式表现非理性。帕斯卡尔那种对立的两极方法也加深了丘特切夫所受赫拉克利特对立思想的影响，有利于他将来更好地吸收谢林哲学中的辩证对立思想。

其次，对人及自然之奥秘的探寻。

何怀宏先生指出，帕斯卡尔的"思想"，"主要是指一种带有浓厚的人生哲学色彩的沉思，一种对人自身，对人的生命和死亡，人与自然的关系，人的境况、目标和使命的认识"[1]，而"他对人生的思考分为两大块，即一是分析人的本性，人的状况；一是探讨人的出路，人的前途"[2]。丘特切夫本已对人生有所思考，帕斯卡尔的《思想录》不仅加强了他探索人生、自然、心灵、宇宙的兴趣，而且还为他指明了一些具体方法。

帕斯卡尔还以一些具体观念影响了丘氏。他强调把人放到自然界中加以考察："人在自然界中到底是个什么呢？对于无穷而言就是虚无，对于虚无而言就是全体，是无和全之间的一个中项。他距离理解这两个极端都是无穷之远，事物的归宿以及它们的起源对他来说，都是无可逾越地隐藏在一个无从渗透的神秘里面；他所由之而出的那种虚无以及他所被吞没于其中的那种无限，这二者都同等地是无法窥测的。"[3] 人尽管脆弱却很伟大，而人的伟大就在于人的思想："思想形成人的伟大。"[4] "人只不过是一根苇草，是自然界最脆弱的东西；但他是一根能思想的苇草。用不着整个宇宙都拿起武器

---

① 周国平主编：《诗人哲学家》，上海人民出版社1987年版，第25页。
② 何怀宏：《生命的沉思——帕斯卡尔漫述》，中国文联出版公司1988年版，第61页。
③ ［法］帕斯卡尔：《思想录》，何兆武译，商务印书馆1995年版，第30页。
④ ［法］帕斯卡尔：《思想录》，何兆武译，商务印书馆1995年版，第157页。

来才能毁灭他；一口气、一滴水就足以致他于死命了。然而，纵使宇宙毁灭了他，人却仍然要比致他于死命的东西更高贵得多；因为他知道自己要死亡，以及宇宙对他所具有的优势，而宇宙对此却是一无所知。"① 因此，"思想——人的全部的尊严就在于思想"②，"人显然是为了思想而生的"③。这些观念不仅使丘特切夫终生以思想为重、勤于思想，而且直到晚年还化用《思想录》中的意象，如《在海浪的咆哮里》最后一句"沉思的芦苇"，就化用了帕斯卡尔"能思想的苇草"。

帕斯卡尔认为人既伟大又渺小，既高贵又卑贱，是个典型的矛盾体："人是怎样的虚幻啊！是怎样的奇特、怎样的怪异、怎样的混乱，怎样的一个矛盾体，怎样的一个奇观啊！既是万物的判官，又是地上的蠢材；既是真理的贮所，又是不确定与错误的渊薮；既是宇宙的光荣，又是世界的垃圾。"④ 人的思想也既伟大又卑贱："思想由于它的本性，就是一种可惊可叹的、无与伦比的东西。它一定得具有出奇的缺点才能为人们所蔑视；然而它又确实具有，所以没有比这更加荒唐可笑的事了。思想由于它的本性是何等地伟大啊！思想又由于它的缺点是何等地卑贱啊！"⑤ 这样，人只有皈依上帝："高傲的人们啊，就请你们认识你们自己对于自己是怎样矛盾的一种悖论吧！无能的理智啊，让你自己谦卑吧；愚蠢的本性啊，让你自己沉默吧；要懂得人是无限地超出于自己的，从你的主人那儿去理解你自己所茫无所知的你那真实的情况吧。谛听上帝吧。"⑥ 但他又认为，应使人同时看清人的两重性，这样才能使人既不狂妄，又不自卑，稳步地向前追求："使人过多地看到他和禽兽是怎样的等同而不向他指明他的伟大，那是危险的。使他过多地看到他的伟大而看不到他的卑鄙，那也是危险的。让他对这两者都加以忽视，则更为危险。然而把这两者指明给他，那就非常之有益了。"⑦ 丘特

① ［法］帕斯卡尔：《思想录》，何兆武译，商务印书馆1995年版，第157—158页。
② ［法］帕斯卡尔：《思想录》，何兆武译，商务印书馆1995年版，第164页。
③ ［法］帕斯卡尔：《思想录》，何兆武译，商务印书馆1995年版，第74页。
④ 转引自周国平主编：《诗人哲学家》，上海人民出版社1987年版，第29页。
⑤ ［法］帕斯卡尔：《思想录》，何兆武译，商务印书馆1995年版，第164页。
⑥ 转引自何怀宏：《生命的沉思——帕斯卡尔漫述》，中国文联出版公司1988年版，第116页。
⑦ ［法］帕斯卡尔：《思想录》，何兆武译，商务印书馆1995年版，第181页。

切夫一生似乎正是遵循了帕斯卡尔的教诲：钻研人、自然、宇宙的奥秘，发现人的两重性、思想的伟大与卑贱，最后，向上帝寻求解答（如《啊，我的未卜先知的灵魂》）。这些观念，尤其是表现思想既强大又无能，既让人看到自己的伟大，又使人了解自己的渺小，特别集中地体现在《喷泉》、《波浪和思想》等一系列诗歌中。

其三，对永恒与无限的追求。

帕斯卡尔认识到："自然总是重新开始同样的事物，年、日、时；空间和数目也同样是从始至终彼此相续。这样就形成了一种无穷和永恒。"① 面对自然的永恒和无限，人强烈地感到自己的渺小、偶然乃至荒诞，不由自主地产生深深的恐惧："这些无限空间的永恒沉默使我感到恐惧"②（托尔斯泰《战争与和平》中安德烈公爵负伤后仰望奥斯特里茨星空一段，是文学家对此更形象、更精彩的描写）。于是，他把人置于茫茫宇宙中，追寻人的奥秘：

> 我不知道是谁把我安置到世界上来的，也不知道世界是什么，我自己又是什么？我对一切事物都处于一种可怕的愚昧无知之中。我不知道我的身体是什么，我的感官是什么，我的灵魂是什么，以及甚至于我自己的那一部分是什么——那一部分在思想着我所说的话，它对一切，也对它自身进行思考，而它对自身之不了解一点也不亚于对其他事物。我看到整个宇宙的可怖的空间包围了我，我发现自己被附着在那个广漠无垠的领域的一角，而我又不知道我何以被安置在这个地点而不是在另一点，也不知道何以使我得以生存的这一小点时间要把我固定在这一点上，而不是在先我而往的全部永恒与继我而来的全部永恒中的另一点上。我看见的只是各个方面的无穷，它把我包围得像个原子，又像个仅仅昙花一现就一去不返的影子。我所明了的全部，就是我很快地就会死亡，然而我最无知的又正是这种无法逃避的死亡本身。
>
> 正像我不知道我从何而来，我同样也不知道我往何处去；我仅仅知

---

① ［法］帕斯卡尔：《思想录》，何兆武译，商务印书馆1995年版，第61页。
② ［法］帕斯卡尔：《思想录》，何兆武译，商务印书馆1995年版，第101页。

道在离开这个世界时，我就要永远地或者是归于乌有，或者是落到一位愤怒的上帝的手里，而并不知道这两种状况哪一种应该是我永恒的应分。这就是我的情形，它充满了脆弱和不确定。①

这种面对自然的永恒和无限，深感人的渺小、偶然乃至荒诞，力求探索人生存的意义与价值，追求永恒，渴望进入无限，也是丘诗的一大特点，如《春》、《灰蓝色的影子溶和了》、《灵枢已经放进墓茔》等，帕斯卡尔的影响相当明显。

拉蒙纳（1782—1854），法国宗教和政治著作家，代表作为《世俗社会里政治和宗教权力评论》（1818—1823）。面对 18 世纪末 19 世纪初欧洲动荡的局势，他主张恢复传统信仰，让世俗权威服从教会权威，认为笛卡尔、卢梭宣扬的信仰由个人判断，只能导致无神论和政治动乱。他的一些观念对丘特切夫有较大的影响，苏联学者 B. A. 米尔钦娜在《丘特切夫与法国文学》一文中指出，丘诗《看哪，在广阔的河面上》中的"哦，我们的神思所迷惑的命题啊，这人类的'小我'"，尤其是《我们的时代》一诗，深受《世俗社会里政治和宗教权力评论》一书的影响，所表达的意思和观念相当近似。②

第二类为既是思想家又是文学家的影响，主要有伏尔泰、卢梭和梅斯特。

丘特切夫少年时代即已熟悉伏尔泰，1818 年他曾因伏尔泰的史诗《亨利亚德》而创作过一首小诗《就让批评家的心……》，为伏尔泰叫好，反驳批评家不公正的评论，认为他们丝毫无损于作家，因为伏尔泰的作品已把"神奇不朽"引进了艺术的殿堂，颇类似杜甫的《戏为六绝句》之二："王杨卢骆当时体，轻薄为文哂未休。尔曹身与名俱灭，不废江河万古流。"

伏尔泰对诗人的影响，主要体现在语言与技巧上，尤其是口头语言上——精辟深刻的格言警句和睿智机敏犀利的讽刺手法。

卢梭对诗人的影响很大。青年时期，丘特切夫就已熟悉卢梭的重要作

---

① ［法］帕斯卡尔：《思想录》，何兆武译，商务印书馆 1995 年版，第 92—93 页。
② 参见《苏联科学院通报》1986 年第 4 期，第 341—345 页。

品。波戈金在 1821 年的日记中曾多次记载他们谈论卢梭作品的情况，丘特切夫不喜欢《新爱洛伊丝》的结尾，但十分赞赏《忏悔录》①。卢梭对诗人的影响，俄苏学者似未做具体深入的论述，此处拟初步谈谈个人的看法。

第一，真诚地剖析心灵，剖析情感，揭示变化发展的人性。

卢梭的《忏悔录》是世界文学史上的一部奇书，它把当时已成为名人的作家本人当做人的标本，极其真诚然而又惊世骇俗地主动披露了人性的弱点——偷窃的习惯、手淫的毛病、撒谎诬陷的过错，以及和女人的肉欲关系、情感关系，以致卢梭的朋友——英国哲学家休谟认为："他好像这样一个人：这人不仅剥掉了衣服，而且剥掉了皮肤，在这种情况下被赶出去和猛烈的狂风暴雨进行搏斗。"② 与此同时，卢梭也写出了人之本性的美好及自身精神的纯洁，只是由于社会环境的污浊，导致了上述不正当的恶习，经过长期的学习、努力、奋斗，他克服了恶习，成为一个纯洁高尚的有用人才。《忏悔录》对人性和人心进行了真实而全面的揭示，既让人看到人性中的卑鄙龌龊，也使人看到人性中的纯洁善良，更令人感觉到人性是美好的，人具有"自我完善的能力"，只要不断努力，自强不息，发展自我能力以完善自己，终会有所成就。

对此，康德评论道："卢梭是另一个牛顿，牛顿完成了外界自然的科学，卢梭完成了人的内在宇宙的科学，正如牛顿揭示了外在世界的秩序与规律一样，卢梭则发现了人的内在本性。必须恢复人的真实观念。哲学不是别的，只是关于人的实践知识。"③ 罗曼·罗兰进而认为卢梭出色地表现了人的潜意识和深层心理："他把潜意识，人的秘密运动，迄今尚未被认识和受到的压抑，它们的连续不断的发酵以及性的本能这样一些财富引进文学里来。他是弗洛伊德学派的源流之一。"④

丘特切夫非常钦佩、赞赏卢梭的这种做法，《忏悔录》开头的一段："不管末日审判的号角什么时候吹响，我都敢拿着这本书走到至高无上的审判者

---

① 参见［俄］皮加列夫：《丘特切夫的生平与创作》，莫斯科 1962 年版，第 22 页。
② 转引自［英］罗素：《西方哲学史》下卷，马元德译，商务印书馆 1996 年版，第 232 页。
③ 转引自徐葆耕：《西方文学：心灵的历史》，清华大学出版社 1990 年版，第 179—180 页。
④ ［法］罗曼·罗兰：《卢梭的生平和著作》，王子野译，三联书店 1993 年版，第 33 页。

面前，果敢地大声说：请看！这就是我所做过的，这就是我所想过的，我当时就是那样的人。不论善和恶，我都同样坦率地写了出来。我既没有隐瞒丝毫坏事，也没有增添任何好事……当时我是什么样的人，我就写成什么样的人：当时我是卑鄙龌龊的，就写我的卑鄙龌龊；当时我是善良忠厚、道德高尚的，就写我的善良忠厚和道德高尚。万能的上帝啊！我的内心完全暴露出来了，和您亲自看到的完全一样，请您把那无数的众生叫到我跟前来！让他们听听我的忏悔，让他们为我的种种堕落而叹息，让他们为我的种种恶行而羞愧。然后，让他们每一个人在您的宝座前面，同样真诚地披露自己的心灵，看看有谁敢于对您说：‘我比这个人好！’”① 更是引起诗人的惊叹：“我还从来不曾带着如此强烈的愿望和快乐反复阅读过。——这本著作对于任何人都应是有趣的。因为，卢梭真是对的：谁能这样谈论自己——我比这个人好。”②

卢梭对丘特切夫产生了深刻的影响。诗人一生都在真诚地通过观察、剖析自己的心灵和情感来探究人与宇宙的奥秘。早中期，他主要通过对大自然及其运动过程的描绘，揭示心灵与情感的运动。晚年，在著名的“杰尼西耶娃组诗”中，则像卢梭一样，极其真诚地以忏悔的调子，严格无情地剖析了自己陷入“最后的爱情”之中的复杂、矛盾的心理，并且达到了世界爱情诗罕见的心理高度。

第二，喜欢旅行，热爱自然，并以自然为武器批判社会。

卢梭极喜旅行，在《忏悔录》中，他写道：“我任何时候也没有像我独自徒步旅行时想得那么多，生活得那样有意义，那样感到过自己的存在，如果可以这样说的话，那样充分地表现出我就是我。步行时有一种启发和激励我的思想的东西……田野的风光，接连不断的秀丽景色，清新的空气，由于步行而带来的良好食欲和饱满精神，在小酒馆吃饭时的自由自在，远离使我感到依赖之苦的事物；这一切解放了我的心灵，给我以大胆思考的勇气，可以说将我投身在一片汪洋般的事物之中，让我随心所欲地大胆地组织它们，选择它们，占有它们。我以主人的身份支配着整个大自然。我的心从这一事

---

① ［法］卢梭：《忏悔录》第一卷，黎星译，人民文学出版社1990年版，第203页。
② ［俄］皮加列夫：《丘特切夫的生平与创作》，莫斯科1962年版，第22页。

物漫游到那一事物，遇到合我心意的东西便与之物我交融、浑然成为一体，种种动人的形象环绕在我心灵的周围，使之陶醉在甘美舒畅的感情之中。"①受此影响，丘特切夫青年以后特别喜欢旅行，即使身处慕尼黑、彼得堡这样的大都市，也常常偷暇到大自然中去。

卢梭热爱大自然，对自然美景有真切生动的感受，并能无拘无碍地与自然美景感应契合："我记得有一次是在城外……对岸的那条路沿途都是一些垒成高台的小花园。那一天白昼非常热，傍晚的景色却令人陶醉：露水滋润着萎靡的花草，没有风，四周异常宁静，空气凉爽宜人，日落之际，天空一片深红色的云霭，映照在水面上，把河水染成了蔷薇色；高台那边的树上，夜莺成群，它们的歌声此呼彼应。我在那里漫步，恍惚置身仙境，听凭我的感官和心灵尽情享受……浓密的树梢构成了我的床帐，我上面正好有只夜莺，我随着它的歌声进入了梦乡。我睡得很甜，醒来时更觉舒畅。天大亮了，睁眼一看，河水、草木尽在目前，真是一件美妙的景色。"②

正因为如此，卢梭极力讴歌自然，并以自然作武器来批判社会的一切，提出了"自然—文明"的二元对立作为理论原则（他的名言是："自然曾使人幸福而善良，但社会使人堕落而悲苦"），作为整个思想体系的基石和核心，贯穿于《论科学与艺术》、《论人类不平等的起源》、《新爱洛伊丝》、《爱弥儿》等一系列著作里。他号召"回归自然"，歌颂美丽的自然风光和淳朴的人们，极力反对文明的代表——科学与艺术，他把自然状态视为最高理想，并由此出发对文明大加挞伐。以往，人们对此不太理解，批判卢梭"反文化、反科学、反进步"，今天，面对全球资源枯竭、环境严重恶化等等问题，有识之士终于发现了卢梭偏激之中的合理之处："卢梭认为科学诞生于人类的'骄傲'和'虚荣心'，起源于我们的'罪恶'，其目的是'虚幻'的，而效果则是'危险'的，这种偏激的说法中实际上却包含着合理的内核。毋庸否认，科学确实产生于人类征服自然，获取最大限度功利效果的强烈欲望。人由于具有主体精神而将自身从自然的母体中分裂出去，站在

---

① ［法］卢梭：《忏悔录》第一卷，黎星译，人民文学出版社1990年版，第203页。
② ［法］卢梭：《忏悔录》第一卷，黎星译，人民文学出版社1990年版，第211页。

自然之外，力图凌驾于自然之上，同时也就站在了与自然相对立的位置。从人与自然的伦理关系看，人对于自然已由和谐与依存的关系变为敌对与掠夺的关系。对外而言，人干预自然、重组自然、破坏自然，可能导致生存环境的恶化，对内而言，人过分受单纯的功利主义和机械唯物论观念的束缚，可以壅塞活泼自由的心智，淡漠对于生存价值的关怀，导致心灵的物化。"①

受卢梭的影响，再加上谢林哲学、赫拉克利特思想的作用，丘诗也建筑了一个"自然"与"文明"二元对立的诗歌意象体系。在他笔下，"夜"、"混沌"、"山顶"、"梦"、"南方"都属自然，它们把人引向原始真实的人性，引向天人和谐的状态，而"日"、"社会"、"山谷"、"海"、"北方"则属文明，它们或者有金线编织的华丽外表，或者喧哗骚动不已，但都压抑乃至扼杀人的自然本性。他通过这些二元对立的意象，表达了向往原始、回归淳朴与自然的思想，以自然否定文明。因此，他渴望"夜"，赞美"混沌"，愿登上山顶，留在南方，甚至潜入梦中……

迈斯特（一译迈斯特尔、梅斯特，1753—1821），法国著名思想家、作家，曾于1803—1817年作为撒丁王国驻彼得堡的全权代表留驻俄国。他是一个有争议的人物。"在许多同代人的眼里，约瑟夫·德·迈斯特是个极可怕的人物。他之所以可怕，乃因他所写下的东西，而不是因为他这个人……埃米尔·法盖大概是19世纪的法国对迈斯特最准确、最公允的批评家。关于迈斯特的一般观点，他有过很公正的评价。他说，迈斯特是'一个狂热的绝对专制主义者，一个激进的神权主义者，一个毫不妥协的严刑酷法论者，一个教皇、国王和刽子手，三位一体说的使徒。他是最严格、最狭隘、最不容更改的教义的始终如一的鼓吹者。一个来自中世纪的幽灵，集博学之士、检察官和刽子手的三重身份于一身。'此外，'他的基督教信仰，就是恐怖、消极服从和国家崇拜'；他的信仰不过是'稍加掩饰的邪教'；他是'梵蒂冈的军事执政官'。"② 但有人认为："他性格坚强纯朴，公开持保皇

① 伍厚恺：《孤独的散步者：卢梭》，四川人民出版社1997年版，第57页。
② ［英］以赛亚·伯林《导言》，见［法］约瑟夫·德·迈斯特：《论法国》，鲁仁译，上海人民出版社2005年版，第1—2页。

和保守的观点，他的知识、智慧和机智使他在沙皇的宫廷占了突出的地位"，以至"为了表示对梅斯特的好感和尊敬，沙皇让他的弟弟和儿子在俄国军队里当了军官"①。伯林更认为迈斯特并非一个过时的人物，而是具有突出的现代性："迈斯特虽然使用过时的语言，但是他的言说内容，却道出了我们今天的反民主言论的根本；把他与当时的进步主义者相比，他其实是现代的，只是生不逢时而已；他的思想没有立刻产生影响，那是因为它们在当时水土不服。他的学说，更不用说他的思想态度，若想生逢其时，需要再等上 100 年。"② 迈斯特的重要著作有《论法国》、《论教皇》、《圣彼得堡对话录》等。他认为："历史表明，从某种意义上说，战争乃是人类社会的常态。也就是说，在地球上，不是这里就是那里，人类的鲜血必须不停地流淌；对于每个民族来说，和平只是一段缓刑期。"因此，"战争在本质上是神圣的，因为它是人间的法则。"③ 这样，他便极力鼓吹战争对人类的重要意义。不过，他也认识到和平与社会安定的关键，是历史和传统，而非理性和科学，强调社会必须建立在超自然的宗教和传统之上。

他的《圣彼得堡对话录》一书包括 11 篇文艺对话，其主要思想是："人民的生活要依靠王权和教会；天意决定着世人的命运；不公正是宇宙的规律，全世界的生物彼此不断残杀，以此来维持各自的生命；人类要靠自己屠杀自己，这就是战争；战争既是神意和宇宙规律的一种体现，又是人类赎罪的一种方式；通过战争，无辜者用自己的生命来补偿人类的罪恶；人类赎罪的另一种形式是死刑，刽子手是神的秩序的永恒体现；世界是一个血流遍地的大祭坛，这是对人不信神的惩罚，等等。"④

该书当时不仅在俄国众口称颂，而且在欧洲影响甚广。苏联学者米尔钦娜认为，丘氏主要受这部作品的影响，尤其是《病毒的空气》的开头两句

① ［丹麦］勃兰兑斯：《十九世纪文学主流》第三分册，张道真译，人民文学出版社 1988 年版，第 85、91 页。
② ［英］以赛亚·伯林《导言》，见［法］约瑟夫·德·迈斯特：《论法国》，鲁仁译，上海人民出版社 2005 年版，第 3 页。
③ ［法］约瑟夫·德·迈斯特《信仰与传统——迈斯特文集》，冯克利、杨日鹏译，商务印书馆 2010 年版，第 20—21、286 页。
④ 柳鸣九主编：《法国文学史》（修订本）第二卷，人民文学出版社 2007 年版，第 65 页。

"我爱这上帝的愤怒！我爱这充沛一切却隐而不见的'恶'"、《一八五六年》中的"新年便在雷声中／诞生在喋血的摇篮里……／它给大地上的人们带来的，／还不只是一场严酷的战争……／它为战斗来执行判决，／随身带来了两把宝剑：／一是带血的交战的刀，一是惩治刽子手的钺"、《看哪，在宽广的河面上》中的一些思想观念，均与迈斯特的《圣彼得堡对话录》有关①。

此外，迈斯特在《论法国》、《圣彼得堡对话录》中一再认为理性主义的观念毫无用处，反对理性乃万物的主宰这种假设，公开宣称："人类的理性越是信赖自身，依靠自身的资源，他就越是荒谬，越会暴露自身的无能。"② 有助于丘特切夫形成反理性而重非理性的观念。

第三类是文学艺术家的影响，主要有英国的莎士比亚、拜伦，意大利的米开朗基罗、曼佐尼，法国的斯塔尔夫人、拉马丁、雨果、贝朗瑞等。

莎士比亚是与荷马、但丁、歌德并称的具有划时代意义的欧洲四大作家之一，丹纳称他是"最大的心灵创造者，最深刻的人类观察者，眼光最敏锐，最了解情欲的作用，最懂得富于幻想的头脑如何暗中酝酿，如何猛烈的爆发，内心如何突然失去平衡，最能体会肉与血的专横，性格的左右一切力量，促成我们疯狂或健全的暧昧的原因"③。徐葆耕先生进而认为："基督文化中的奉献精神、忏悔精神、博爱精神在充分尊重个体的近代意识基础上重放光华，人把对自己的认识和追求都提高到了一个新的阶段：情感与理性、原欲与道德、个体与群体、自尊与谦卑，所有关于人生的重要问题几乎没有不被莎士比亚探讨过，以至于近 300 年的所有新兴哲学都能从他的作品中找到某些端倪。甚至关于人的显意识和隐意识的冲突他也触及到了。"④ 而丘特切夫对心灵、对人自身的认识一向兴趣浓厚，他阅读莎士比亚的作品，一方面是通过它们了解心灵及人自身的奥秘，另一方面则是学习如何形象生动地观察、揭示这一奥秘。此外，根据现存两首丘译莎士比亚的诗来看（其

---

① 参见《苏联科学院通报》1986 年第 4 期，第 338—342 页。

② ［法］约瑟夫·德·迈斯特《信仰与传统——迈斯特文集》，冯克利、杨日鹏译，商务印书馆 2010 年版，第 145 页。

③ ［法］丹纳：《艺术哲学》，傅雷译，人民文学出版社 1986 年版，第 364 页。

④ 徐葆耕：《西方文学：心灵的历史》，清华大学出版社 1990 年版，第 145—146 页。

中一首关于想象，一首关于自然景物），丘特切夫还向莎士比亚学习过重视想象、生动表现自然风景的艺术技巧。

拜伦与拿破仑并称 19 世纪影响最大的两位欧洲人，普希金在《致大海》中称他们为思想上的两位君王，罗素则认为，"在比已往看来重要的人当中，拜伦应有一个崇高的位置"，因为"在国外，他的情感方式和他的人生观经过了传播、发扬和变质，广泛流行，以至于成为重大事件的因素"①，因而在《西方哲学史》中特地为这位诗人专设一节，介绍其思想、情感方式的影响。由于资料极其欠缺，我们难以确知丘特切夫所受拜伦的影响。但从现存的一首译诗来看，有一点可以肯定，丘特切夫主要是向拜伦学习对人生的哲理感悟及生动精辟地表达这一感悟的方法。

丘特切夫对米开朗基罗感兴趣，并以更精练的方式表达其诗意，是借此表达自己对时代的感受，借他人之酒杯浇自己的块垒。

法国诗人们对丘特切夫影响更大。如前所述，丘特切夫称普希金远远高于法国现代的一切诗人，说明他对法国诗人相当熟悉。

米尔钦娜指出，丘诗《病毒的空气》的写作，与斯塔尔夫人的小说《柯丽娜》有关，丘诗《疯狂》中的"寻水者"形象，并非如别尔科夫斯基所说的那样源自谢林哲学，而最早源自斯塔尔夫人的《德意志论》（1810）一书中《论德国的诗歌》关于歌德的叙事诗《渔夫》的一段话："听说有人能够发现地下的隐秘源泉，就因为那些源泉在他们身上引起了神经性的激动：在德国诗歌里常常可以发现这种人与自然界的相互感应所产生的奇迹。德国诗人了解大自然，不仅是作为诗人，而且是作为大自然的弟兄；甚至可以说，空气、水、花草树木，总之，一切创世之处的原始美，都同德国诗人有着亲如家人的密切关系。"②

贝朗瑞则为丘特切夫提供了以生动活泼的民间语言，诙谐讽刺地揭露现实中社会、人生问题的范例。

---

① ［英］罗素：《西方哲学史》下卷，马元德译，商务印书馆1996年版，第295页。
② 参见《苏联科学院通报》1986年第4期，第339—345页，所引斯塔尔夫人的话，采自 ［法］斯塔尔夫人：《德国的文学与艺术》，丁世中译，人民文学出版社1981年版，第73页。

雨果号称法国最伟大的诗人，其诗歌的最大特点，一是善用形象来传情达意，朗松称："雨果是以形象来进行思维的。"瓦雷里更认为："对他来说，没有任何东西是没有生命的，任何抽象的事物，他都能使之讲话，歌唱、呜咽呻吟，或咄咄逼人，但他笔下却没有一行诗不是诗。"① 二是语言丰富，辞藻生动，法国文学史家蒂博代指出："辞藻的王国，是任何敌人也不会向他提出异议的。就运用辞藻而言，雨果在法国可比之于笛卡尔的理性，伏尔泰的才智，在外国可比之于米开朗基罗的雕刻大理石以及伦勃朗的使用光线。"② 阿拉贡认为："奇迹就在于诗句，法语诗被雨果提高到如此完美的程度，无法超越。"③ 三是常用对照手法，雨果在 1827 年的《克伦威尔》序言中，提出了艺术上丑恶滑稽与崇高优美相对照的原则，不仅在小说戏剧中大量运用，而且在诗歌中经常运用。丘特切夫译过雨果的戏剧《欧那尼》的片断，并且十分熟悉雨果的诗歌。雨果首先让他感知法语诗的精妙，学会以法语写诗（丘特切夫用法语创作过一些诗歌），其对照手法和善用形象也给丘特切夫一定的启发。

拉马丁是法国浪漫主义中成名最早、影响最大的人物之一。1820 年，拉马丁的《沉思集》出版，"这部抒情诗集宛如空谷足音，以自然流露的缠绵情思、飘逸的文笔、朦胧而空灵的意境与绝妙的音乐魅力打动了人们的心"④，在法国诗坛受到热烈欢迎。接着，相继出版《新沉思集》（1823）、《苏格拉底之死》（1823）、《哈罗德游记终曲》（1825）、《诗与宗教和谐集》（1830）等诗集，奠定了自己在诗歌史上的独特地位，对法国诗歌的发展起了较大的推动作用。

丘特切夫非常熟悉拉马丁的诗歌，并译过其名诗《孤独》。拉马丁首先以极其真诚地倾诉心灵赢得了丘特切夫的喜爱，他那即兴诗人的才能及不愿做专业作家的想法（他曾一再谈到："诗从来没有把我整个儿占据过，在我的灵魂与我的生活里，我给予诗的地位是一般人给予歌的地位，就是说，早

①《雨果诗选》，译本序，程曾厚译，人民文学出版社 1986 年版，第 15 页。
②《雨果诗选》，译本序，程曾厚译，人民文学出版社 1986 年版，第 17 页。
③《雨果诗选》，译本序，程曾厚译，人民文学出版社 1986 年版，第 22 页。
④《拉马丁诗选》，译本序，张秋红译，上海译文出版社 1994 年版，第 1 页。

晨一点儿工夫，晚上一点儿工夫，日常正经工作之前与之后一点儿工夫。"
"我一辈子都只是个业余诗人，而不是专业诗人"①），使丘特切夫深感兴趣，
而他那"爱寂寞，只有在寂寞时才发现和感到自己丰富……只和大自然感
到共鸣"② 的观念，也很适合丘氏的胃口，这样，在法国诗人中，拉马丁对
丘氏产生的影响最大，其影响大约包括以下几个方面：

　　一是在表现爱情、描绘自然时贯穿哲理沉思，使诗成为对人生的哲学思
考。对此，郑克鲁作过具体分析："《湖》是拉马丁最优秀的一首诗，也是
他的爱情诗的代表作。诗人将爱情比作航船，同湖的背景相吻合，用形象的
比喻表白自己要挽留住爱情的航船的心情，感情强烈而富有诗意。随后，他
把湖光山色拟人化，诗人的内心与景致沟通，达到情景交融。他进一步将个
人感情与幻觉相交织，创造出一种神奇的气氛。诗人插入了恋人的深情呼
喊：'时间啊，暂停飞逝！美妙的时刻，／暂停奔流不息！／让我们回味转
瞬即过的欢乐，／在那美好的日子！……'她的咏唱把一个理想恋人的形
象呈现出来。《湖》虽然是首爱情诗，却包含着哲理沉思。面对不可捉摸的
命运，诗人感到极大的困惑和不安，他不禁同无生命的山崖洞穴作比较，提
出了诘问：'永恒、虚无、往昔——黑洞洞的深渊！／你们吞没光阴，派作
什么用场？／说呀：你们夺走我们迷醉缱绻，／何时能够归还！……'拉
马丁认为，诗歌'是悟性最崇高的观念和心灵最神秘表现的深刻、真实和
真诚的回声'。把爱情诗和哲理思考结合起来，便在思想意境上拓展了爱情
诗的视野。评论家认为：'拉马丁找到了非常深沉的人性和非常动人的真诚
的语调，以致使《湖》成为人面对命运感到不安、追求幸福的冲动和渴望
永恒的短暂爱情的不朽诗篇。'《湖》这首诗包含了拉马丁爱情诗的各种优
点。"③ 拉马丁的自然诗也往往把描绘自然景物与人生哲学沉思结合起来，
如《秋》、《杏枝》、《清静》、《那不勒斯附近的巴亚海湾》等。丘特切夫以
抒情诗回答哲学的问题，其自然诗都是自然哲学诗，其爱情诗尤其是"杰

---

① 转引自《拉马丁诗选》，译本序，张秋红译，上海译文出版社1994年版，第7页。
② 转引自［丹麦］勃兰兑斯：《十九世纪文学主流》第三分册，张道真译，人民文学出版社
　　1988年版，第208页。
③ 郑克鲁：《法国诗歌史》，上海外语教育出版社1996年版，第99—100页。

尼西耶娃组诗"，不仅有细致敏锐的观察，而且有深刻悲沉的人生探寻，拉马丁的诗歌对他不无启发。

二是情景交融的写作方法。拉马丁的抒情诗总是把人与自然结合起来描写，总是借自然景物来抒发自己的感情，富于灵性的大自然与诗人的情感相通，因而往往情景交融，意境清新，具有较高的艺术魅力。如《孤独》一诗，开头是夕阳西下、橡树荫浓的景物，为下文对如烟往事的追忆与眷恋营造了氛围，接着，描绘了大河奔涌、湖水入梦、月光镀银、晚钟声声的美妙风景，然而，山河如故，风景依旧，恋人朱丽·查理却香消玉殒，倩影无存，这物是人非的风景，使痴情的诗人悲哀不已。进而，拉马丁试图通过自然景物的描绘来展示人的心灵，如《黄昏》中黄昏的宁静蕴涵着心境的平和，《秋》更是将秋景与心灵融为一体，满目凄凉的不知是秋景还是心灵。而情景交融，通过自然揭示心灵，正是丘诗的特色，拉马丁的诗歌对此不无作用。

三是某些观念、手法、意象的影响。拉马丁的诗歌经常宣扬自然永恒、人生短暂（如《杏枝》、《哀歌》、《垂危的诗人》），这种观念在丘诗中也颇常见（如《春》、《灵柩已经放进墓茔》）。拉马丁善于运用象征手法，往往赋予自然景物及自然意象以较深厚的哲理象征内涵，"例如他对水的描绘：河流代表流逝的时间和消逝的生活；不动的湖代表永恒；大海代表时间的无限或变化多端的命运；易碎的小舟代表个人生存；岸是冒险的终点、休憩或死亡，拍打岸边的水波表现温存或接吻。拉马丁常常运用光的意象：星星代表神圣的存在，天主的手指引着它们，它们激发人们祈祷和沉思，就像大自然这个神庙的明灯一样。月亮代表忧愁、回忆，有时它的柔和显得多情，激发人去追求爱情。太阳给人生命，是神圣光辉的反映；天主是真正的太阳。白日是天主的目光，而光辉代表信念的真理、纯真和圣洁的爱。拉马丁的意象由于它们重新创造的感受和象征的价值而显得十分吸引人。它们让读者发现诗人主要关心的东西：天主、爱情、人类的命运。它们使诗人的视野具有个人特点。"[1]　这在丘诗中也常可见到，"山顶"、"天空"象征纯洁的精神境界或不朽、永恒，"夜"象征混沌、原始的自然力，"新叶"象征新的生

---

[1] 郑克鲁：《法国诗歌史》，上海外语教育出版社1996年版，第107—108页。

命力，"梦"象征非理性……

此外，丘特切夫的一些诗句，似乎脱胎于拉马丁。如《从城市到城市》一诗，比较类似他曾翻译过的拉马丁《孤独》中的："从南到北，从日出处到日落处，从一个山冈／到又一个山冈，我的目光空自搜索，／我环顾这苍茫大地的四面八方，／不禁叹息：到处都没有幸福在等待我。"而其《北风息了》的结尾，面对日内瓦湖的美景，勾起了对杰尼西耶娃的回忆，感到要是在故国，"能够减少那一座坟墓"，便会深深陶醉，就更类似《孤独》的："这片幽谷，这群宫殿，这丛茅屋，对我有什么意义？／啊，魅力在我心目中早已荡然无存的空幻的风光；／啊，河流，悬崖，森林，如此珍贵的遗世独立之地，／你们仅仅少了一个人，整个世界就显得满目凄凉。"① 而他的《在这儿，生活曾经如何沸腾》、《伴我多年的兄长》等诗则类似拉马丁的《巴亚湾》，不仅思想观念相似（不管人建立了怎样徒劳的勋业功绩），就连一些句子也相像，如拉马丁的"什么都变化，什么都过去；／同样地我们也会过去，／唉！也不留半点痕迹，／就像我们这只小船滑行在海上，／大海会把它的一切痕迹抹去"②，只不过在丘诗中是茫茫黑夜、漠漠雪原抹去了人的一切痕迹而已。

三、丘特切夫与谢林哲学

"借用美国现代诗人威廉·卡洛斯·威廉斯的一句话：要一句'新'的诗出现，还得依赖一种'新'的思想生成。语言的活动与运思的方式是息息相关的。不同的观、感外物的方式会产生不同的语意行为"③。丘特切夫

---

① 《拉马丁诗选》，张秋红译，上海译文出版社1994年版，第4页。
② ［丹麦］勃兰兑斯：《十九世纪文学主流》第三分册，张道真译，人民文学出版社1988年版，第209页。
③ 叶维廉：《寻求跨中西文化的共同文学规律——叶维廉比较文学论文选》，北京大学出版社1986年版，第133页。

独特的哲理抒情诗的形成，与谢林的同一哲学有着密切的关系。

哲学是自然科学、社会科学、人文科学的概括与结晶，"是一切的基础，并包容一切；它将其构成扩及一切级次和知的对象；唯有通过它，始可企及至高者"①。文学是人学。当哲学研究"人和人的处世态度的因素，透过人在世界上的地位来看世界，则是哲学与艺术（也是宗教、道德）相近之处"②。由此，哲学对文学（如尼采哲学对中国现代文学、存在主义哲学对西方后现代主义文学）、文学对哲学（如众所周知的卡夫卡小说对西方现当代哲学）产生双向对流的交互影响。然而，正如巴希在其《艺术与哲学》中所说的："艺术对哲学的影响是无可置疑的……但是艺术史和哲学史证明了哲学对艺术所构成的一种更有力的决定性的影响。"③ 谢林哲学对丘特切夫诗歌创作的决定性影响，便是一个最好的例子。

谢林（1775—1854），德国著名哲学家。以往，人们只是认为他把康德、费希特的主观唯心主义转变为客观唯心主义，推进了德国古典唯心主义的发展；他丰富并发展了康德、费希特的主观辩证法，力图以此进一步解决思维与存在的同一问题，从而奠定了后来黑格尔创立思维与存在同一的唯心辩证法体系的基本思想。近几十年来，"他那看上去好像已被彻底遗忘并仅具有历史意义的哲学……在西方却正在经历着一种独特的复兴过程……国外有关谢林的作品，大多数都是近年来问世的。其中有一本书说谢林是一个'隐姓埋名的现代人'。说他是现代人，因为他是以现实思想家的身份参加当今世界观争论的。面对生态危机和社会崩溃，他呼吁人们要同自己周围的自然界和同自己内在固有的自然界保持一致。说他隐姓埋名，是因为今天的许多思考者对他知之甚少"④。而他那关于审美直观、关于现实世界诗意化、关于神话学的思想，在现当代更是引起了高度

① ［德］谢林：《艺术哲学》上，魏庆征译，中国社会科学出版社1996年版，第17页。
② 张韧：《文学与哲学的渗透和结盟的时代——中篇小说十年启示录之一》，载《文学评论》1986年第4期。
③ 转引自张韧：《文学与哲学的渗透和结盟的时代——中篇小说十年启示录之一》，载《文学评论》1986年第4期。
④ ［俄］阿尔森·古留加：《谢林传》，贾泽林、周国平等译，商务印书馆1990年版，第1—2页。

重视。

谢林哲学思想的发展，大约可以分为三个时期：自然哲学时期（1798—1803 年），同一哲学时期（1803—1841 年），天启（或启示）哲学时期（1841—1854 年）。① 丘氏主要受其同一哲学的影响。

谢林的同一哲学认为，自然界的一切，从物质到人类，都是一种绝对的、不自觉的、发展的精神——"宇宙精神"（又称"世界灵魂"、"绝对同一性"、"绝对"），按一定目的创造出来的。世界本无"自我"与"非我"（主体与客体）、意识与存在、理想与现实之分，只是因为宇宙精神的不自觉的盲目活动，才产生出这些两极对立的矛盾，演变出这千姿百态的世界万物。也就是说，谢林把整个宇宙的发展史看成绝对、理智或精神的矛盾发展史，而这种绝对把主体与客体（自我与非我）、意识与存在、理想与现实等对立的两极融而为一，没有矛盾，没有差别，也没有运动与变化，形成一种"绝对的同一"或"无差别的同一"。人是宇宙精神的产物，他的意识与自然没有差别，因此，主观意识逐渐认识自己的过程，也就是认识客体的过程，反之亦然。人可以认识绝对的"宇宙精神"，那是"宇宙精神"通过人在认识自己。这样，一旦达到"自我意识"阶段，宇宙精神不自觉的盲目活动所产生的自我与非我、意识与存在、理想与现实等两极对立的矛盾重归"同一"，达到无矛盾无差异的境界。

谢林的同一哲学包括自然哲学与先验哲学两部分。

自然哲学以自然界为对象，研究物质、自然，从自然出发追溯到精神，其宗旨是把自然现象归结为精神，他认为："自然应该是可见的精神，精神应该是不可见的自然。"② 进而否认自然的物质性，认为自然是有理性的，与人的意识毫无差别："自然与我们在自身内所认作智性和意识的那个东西

---

① 魏庆征先生则分为五个时期：自然哲学（始于 18 世纪 90 年代中期）；先验唯心主义，即美学唯心主义（1800—1801 年）；同一哲学（19 世纪初年至 1804 年）；自由哲学（1805—1813 年）；启示哲学（19 世纪 10 年代至逝世）。参见［德］谢林：《艺术哲学》上"译序"，魏庆征译，中国社会科学出版社 1996 年版，第 6 页。

② ［德］谢林：《论自然哲学观念》，可参见［美］梯利：《西方哲学史》，葛力译，商务印书馆 1995 年版，第 493 页。

原来是一回事。"① 这种理论赋予自然以生命和精神，从而使人与自然之间存在一种亲密无间的关系。它对德国浪漫主义有很大影响，如诺瓦利斯因此认为："有着树林、景致、石头、图画的心灵是特殊的心灵。应当把景致看做山林女神和山地女神。应当把景致当做一个形体。对特殊的心灵来说，景致乃是理想的形体。"② 而对丘特切夫影响更大。

谢林的先验哲学则以人类精神生活为对象，研究精神、思想，从自我出发，从精神引出自然，其宗旨是表明精神一定得把自己展示于自然之中，即试图从精神出发，论证精神与物质、主体与客体等的同一。他认为在主观精神的活动过程中，既是主观的发展，也是客观的发展，在主观精神逐渐认识自己的过程中，也就认识了客体，并且认识到客体与主体、客观与主观原来是一致的。

谢林的自然哲学和先验哲学都为了同一目的：解决自然与精神的同一——"两者同时存在，而且是一个东西"③。而其根本目的，则是对人类自由的思考。美国学者克鲁贝克指出："谢林的哲学可以说是对自由的一种沉思：'对无根据性、永恒性、时间的独立性、自我及肯定的（沉思）。全部哲学只是致力于发现这种最高肯定'。"④

谢林的同一哲学中包含有丰富的辩证思想。他认为，"在人类中的是黑暗原则的整个能力，而正是在人类中也同时光明的整个力量。在人类中是最深的深渊和最高的天空，或者说是有两个中心"⑤。而对象本身也存在着矛盾，正是矛盾的对立构成对象自身的同一："每种存在物只能在其对立物中启示出来，爱只有在恨中才能启示出来，统一只有在斗争中才能启示出来。"⑥ 事物是不断发展的，而发展是矛盾推动的，矛盾是一切事物运动、

---

① 《十八世纪末——十九世纪初德国哲学》，北京大学哲学系外国哲学史教研室编译，商务印书馆 1975 年版，第 164 页。

② 转引自陈恕林：《德国浪漫派及其评价问题》，载《外国文学研究集刊》第 9 辑。

③ ［德］谢林：《先验唯心论体系》，梁志学、石泉译，商务印书馆 1983 年版，第 6 页。

④ ［美］克鲁贝克：《谢林的爱与恶的哲学简论》，载《哲学译丛》1983 年第 3 期。

⑤ ［德］马丁·海德格：《谢林论人类自由的本质》，薛华译，辽宁教育出版社 1999 年版，第 283 页。

⑥ ［德］马丁·海德格：《谢林论人类自由的本质》，薛华译，辽宁教育出版社 1999 年版，第 292 页。

发展的源泉："对立在每一时刻都重新产生，又在每一时刻被消除。对立在每一时刻这样一再产生又一再消除，必定是一切运动的根据。"① 而对立双方是可以相互转化的，正是对立导致了现实状况的改变，促进了事物的运动和发展。

这样，在谢林看来，自然、社会和人的思维是两种力量的对立不断解决、不断产生的过程，它们处于不断的运动中，世界并非现存各静止事物之总和，而是一个由低级到高级的发展过程："他认为辩证的过程在这世界上发挥作用，在这过程中有两种对立的活动（正和反），在一较高的合中结合并和谐或调和起来。他称为三重法：作用后面跟随着反作用；由对立产生和谐或合，这种合在时间的永无休止的运动中又要分解。"② 而差别和矛盾（对立）最终归于无差别的绝对之中："在理智中一切斗争都应该取消，一切矛盾都应该统一起来。"③

谢林认为，宇宙精神或绝对同一性不能用描述的方法来理解或言传，也不能用概念来解释，只能通过理智直观或艺术的直觉来把握。所谓理智直观，"是在特殊东西中见到普遍东西，在有限东西中见到无限东西，并见到两者结合为有生命统一性的整个能力……在植物中见到植物，在官能中见到官能，简言之，在差别中见到概念或无差别，只有通过理智直观才是可能的"④。具体而言，"'在概念中所描写的东西都是静止的，因此，只有关于各种事物的概念，关于有限的和从知觉得到的东西的概念。运动的概念还不是运动的本身，没有直觉，我们决不会知道什么是运动。自由，只有通过自由来理解；行动，也只有通过行动来理解。'因此，所谓直觉，就不是通过概念，而是通过事物本身，从事物的内部，来认识事物。这样的直觉，谢林称为艺术的直觉或审美的直觉"⑤。

因此，在谢林看来，"最高的人类职能是艺术，而不是哲学知识。在艺

---

① ［德］谢林：《先验唯心论体系》，梁志学、石泉译，商务印书馆1983年版，第148页。
② ［美］梯利：《西方哲学史》下册，葛力译，商务印书馆1979年版，第220页。
③ ［德］谢林：《先验唯心论体系》，梁志学、石泉译，商务印书馆1983年版，第264页。
④ ［德］马丁·海德格：《谢林论人类自由的本质》，薛华译，辽宁教育出版社1999年版，第69页。
⑤ 蒋孔阳：《德国古典美学》，商务印书馆1984年版，第143页。

术作品中，主体与客体、理想和实在、形式和质料、精神和自然以及自由和必然是同一的，或相互渗透：在这里，就达到了哲学所追求的谐和，谐和出现在人的眼前，为人所见、所闻和所触。自然本身是一伟大的诗篇，艺术揭示了她的秘密。有创造性的艺术家在实现理想方面，他的创造同自然的创造一样，所以他知道如何工作。这样，艺术一定能为直觉宇宙而做出绝对的模型：艺术是哲学真正的器官。哲学家犹如艺术天才，必须有知觉宇宙中的谐和与同一的能力：审美的直觉是绝对的认识"①。所以，黑格尔在其《美学》中说，只有到了谢林，"艺术的真正概念和科学地位才被发现出来，人们才开始了解艺术的真正的更高的任务，尽管从某一方面来看，这种了解还是不很正确的"②。

谢林认为人们通过艺术作品可以窥测到绝对的活动，因而艺术作品就成了绝对的表象与象征。绝对是无限的，而在艺术中绝对客观化了，所以在艺术中是无限的绝对表现于有限之中。艺术作品是天才创造性活动的产物。天才的这种创造性活动，既是有意识的，又是无意识的，既是预先计划的，又是本能冲动的，"所有的艺术家都说，他们是心不由主地被驱使着创造自己作品的，他们创造作品仅仅是满足了他们天赋本质中的一种不可抗拒的冲动"③，而"激起艺术家的冲动的只能是自由行动中有意识事物与无意识事物之间的矛盾，同样，能满足我们的无穷渴望和能解决关乎我们生死存亡的矛盾的也只有艺术"④，因此，"艺术作品的根本特点是无意识的无限性（自然与自由）的结合"⑤，由此，引申出美的概念："在有限的形式中表现无限，就是美"⑥ （或"美是自由和必然性的统一……美是高度自由的表现"⑦），美是艺术作品的主要特点，"没有美，也就没有什么艺术作品"⑧。

---

① ［美］梯利：《西方哲学史》下册，葛力译，商务印书馆1979年版，第224页。
② ［德］黑格尔：《美学》第一卷，朱光潜译，商务印书馆1982年版，第78页。
③ ［德］谢林：《先验唯心论体系》，梁志学、石泉译，商务印书馆1983年版，第265—266页。
④ ［德］谢林：《先验唯心论体系》，梁志学、石泉译，商务印书馆1983年版，第270页。
⑤ ［德］谢林：《先验唯心论体系》，梁志学、石泉译，商务印书馆1983年版，第270页。
⑥ 转引自蒋孔阳：《德国古典美学》，商务印书馆1984年版，第141页。
⑦ 转引自汝信：《西方美学史论丛续编》，上海人民出版社1983年版，第191页。
⑧ ［德］谢林：《先验唯心论体系》，梁志学、石泉译，商务印书馆1983年版，第270页。

谢林在《论造型艺术对自然的关系》中指出，艺术既不是自然的模仿，也不是自然的理想化，"艺术的目的是在于揭示真正存在的东西"，而这"真正存在的东西"，即所谓宇宙精神。然而，在自然中，每一件产物都只有那么一个瞬间充分体现宇宙精神，因此，也只有那么一个瞬间，才有完全的真正存在，才有充分的美，艺术要抓住的就是这一瞬间，"这一瞬间就是全部的永恒性……艺术就是要再现事物的这一瞬间，把它从时间中抽出来，让它在它纯粹的存在中，在它生命的永恒中，来表现"，这样，"艺术与自然的最高关系是——它使自然成为展现它所蕴涵的灵魂的手段"，也就是说，艺术的目的是在一个最恰当的瞬间，通过有限的物质形式，表现无限的绝对观念①。

在《先验唯心论体系》等著作中，谢林还提出"纯艺术论"的观点，认为艺术没有自身以外的任何目的，与一切实用的、道德风尚的东西绝缘。

在当时，谢林的哲学思想是一种进步的新思想。艺术，从他开始得到了应有的地位；自然，在他这里也获得了生命；人们把握世界的方式也进了一步——通过审美直觉来把握。新的思想的出现，为新诗的出现创造了条件。

然而，在俄苏学术界，至今对谢林同一哲学（俄苏有些学者也把包括自然哲学、先验哲学在内的谢林早期哲学称为自然哲学）与丘氏哲理抒情诗的关系，还有着不同的看法。

有人认为"谢林对丘特切夫的影响是不大可靠的"②，更有人认为："不应该夸大丘特切夫与谢林自然哲学的联系，因为这种夸大只能以对事物的极其表面和错误的看法为根据。"③ 迈明甚至在题为《俄国哲学诗》的专著中谈到丘特切夫的自然哲学诗与泛神主义诗时，只字不提谢林对丘特切夫的影响④。

当然，俄苏大多数丘特切夫研究著作，都已注意到谢林对丘特切夫的影

---

① 蒋孔阳：《德国古典美学》，商务印书馆1984年版，第146—147页。
② 转引自［俄］格列什内赫：《在浪漫主义世界里（诺瓦利斯和丘特切夫)》，见《对俄罗斯只能信仰——丘特切夫和他的时代》（论文集），图拉1981年版，第144页。
③ 转引自［俄］格列什内赫：《在浪漫主义世界里（诺瓦利斯和丘特切夫)》，见《对俄罗斯只能信仰——丘特切夫和他的时代》（论文集），图拉1981年版，第144页。
④ 参见［俄］迈明：《俄国哲学诗》，莫斯科1976年版，第143—184页。

响，如 B. B. 吉皮乌斯在其专著《从普希金到勃洛克》关于丘特切夫的专章中指出：丘特切夫较深刻、较独特地掌握了稍晚但还未进入"天启哲学"时期谢林的思想（即同一哲学思想）①。列夫·奥泽罗夫在专著《丘特切夫的诗》中指出：丘特切夫在谢林哲学中最深刻地理解了自然哲学②。甚至连苏联哲学家古留加也在其《谢林传》中指出，"这位俄国诗人对这位德国哲学家的思想心领神会"③，并且书中每章的题词全部选自丘特切夫的诗歌。

但俄苏学者的上述论著大多仅仅指出，谢林哲学使丘特切夫把自然人化，同时丘氏的某首诗或几首诗体现了谢林同一哲学的主题和形象。这就把问题简单化了。

我们认为，谢林对丘特切夫的影响是无可置疑的，而且是决定性的。但丘特切夫也对谢林哲学作了独特的接受，使之与自己的诗完美地结合起来，从而献出几百首美妙、深沉的哲理抒情诗。

谢林哲学对丘特切夫的决定性影响，表现在以下几个方面。

首先，深深影响了诗人的世界观。

在 1828 年以前，丘特切夫认为一切是和谐的，生活是美好的，现实是令人留恋的，因而，即使是天堂也"很快会使我们厌倦"（《闪光》）。因此，他尽情地歌唱"大地的爱情"，"年华的美丽"，春天的芬芳，歌唱"生命、力量以及自由的精神"（《春天》），歌唱"使人美好的"爱情（《给 H》）。此时，他感到的是："生命的欢乐到处洋溢"，即使是眼泪，也在"生活的雷雨的乌云之间"，"绘出一道道活泼的彩虹"（《泪》）。这，一是由于青春似火，生气勃勃，因而移情于一切，使一切青春洋溢；二是由于对生活、对人生的认识还很幼稚，因而感到一切都是和谐的，充满一种盲目的乐观。

然而，谢林哲学，尤其是 1809 年出版的《对人类自由的本质及与之相关联的对象的哲学探讨》，对他产生了巨大的影响。《探讨》认为，世界起源于深渊（混沌），宇宙精神只有在克服了个人的意志之后，才能使宇宙的

① ［俄］B. B. 吉皮乌斯：《从普希金到勃洛克》，莫斯科—列宁格勒 1966 年版，第 204 页。
② ［俄］列夫·奥泽罗夫：《丘特切夫的诗》，莫斯科 1975 年版，第 58 页。
③ ［俄］阿尔森·古留加：《谢林传》，贾泽林、周国平等译，商务印书馆 1990 年版，第 1 页。

力量获得同一，而且"普遍的自我表现于我和无数其他个体的自我之中：在灵魂中它觉识到自己。只有我们植根于普遍的自我之中，我们才是实在的；我们要是无所依赖、孤立的个体，就不实在：绝对的孤独的自我是虚幻"①。这样，人是个矛盾体：一方面，宇宙精神通过他显露出来（"因为只有人格的东西才能够拯救人格的东西，为了人能重又到上帝那里，上帝必须变为人"②）；另一方面，他的个人意志又对抗着宇宙精神这普遍的意志（"人由以和上帝区分开的、从自然根据兴起的原则，是人类的自我性"③）。也就是说，人是个体，宇宙是整体；人是有限，宇宙是无限；人是短暂的，宇宙是永恒的；人与宇宙是对立的——他以自己的意志对抗宇宙的普遍意志，人又显露宇宙精神，甚至可以与之融为一体，进入永恒，只要他忘掉个体的自我。而人不可能忘掉个体自我，这样，人就永远处于矛盾、惊慌、忧虑之中。谢林两极对立的辩证思想，加上赫拉克利特、帕斯卡尔的两极对立观念，使丘特切夫能透过一层去看世间的万事万物，从而发现事物的矛盾。

就这样，谢林哲学决定性地打破了丘特切夫以往那种幼稚的和谐论，使他看到宇宙的永恒和人生的短暂，看到人心、世界里的一切都是矛盾的。谢林哲学使丘特切夫脱离了和谐的古典主义世界，进入骚动不已的现代世界，让他真正成熟起来，同时也使他失去了内心的平衡与和谐。从此，丘特切夫认识到，世界在整体上是和谐的，人由于个体的自我而与宇宙精神对立。在人与自然的不和谐中，丘特切夫看到现实生活及自己内心的两重性，这使他成为"两个世界的居民"，并终生处在"双重生活的门槛"，从而在诗歌中深刻地反映出现代人内心的矛盾、不安、惊慌、恐惧与骚动，积极探讨个体的人、生命、宇宙、心灵的秘密，创作了一系列好诗：《灰蓝色的影子溶和了》、《看哪，在广阔的河面上》、《在海浪的咆哮里》、《午夜的大风啊》、《春》、《灵柩已经放进墓茔》、《白云在天际慢慢消溶》……但丘特切夫并

---

① ［美］梯利：《西方哲学史》下册，葛力译，商务印书馆1979年版，第219页。
② ［德］马丁·海德格尔：《谢林论人类自由的本质》，薛华译，辽宁教育出版社1999年版，第298页。
③ ［德］马丁·海德格尔：《谢林论人类自由的本质》，薛华译，辽宁教育出版社1999年版，第284页。

非从事抽象的理论探索，而是以自己心灵的激情和独特的方式把思想变成诗歌本身，使诗与哲学结合，产生美妙的结晶。

其次，谢林强调审美直觉，在永恒的瞬间，通过整体把握事物自身的内部，这种直觉综合了自我中有意识的东西与无意识的东西的同一性以及对这种同一性的意识，它一方面联系着自然，另一方面又联系着精神，并把二者统一起来。这种直觉是一种新的、独特的把握世界的方式。丘特切夫掌握了这种新的把握世界的方式，用它来观、感外物。观、感外物的方式变了，诗风也随之大变。

如前所述，他早期的诗，部分如《致反对饮酒者》等，是比较干巴的格言警句诗，大多则是洋洋洒洒、大段罗列、富有雄辩色彩的古典式诗，如《一八一六年新年献辞》、《泪》、《春天——致友人》等。掌握了直觉后，丘诗往往像即兴诗，"只于心目相取处得景得句"（王夫之《唐诗评选》卷三），在永恒的瞬间里，通过整体，直悟事物的内在秘密，写得短小精致，具有印象主义的特色，如《山中的清晨》、《恬静》、《秋天的黄昏》、《阿尔卑斯》……此时，他很少以格言警句直叙哲理，也不再罗列现象，而往往通过自然本身及其瞬间来展现自然之美与哲学意蕴。

再次，谢林将宇宙视为有机的整体，而人是这个整体的最完美表现。因此，"谢林的哲学展开以后，是一种泛神论，这种泛神论认为宇宙是一活生生的、演化的体系，是一种有机体，其中每一部分都有其地位，都为促进整体而效力"①。而"人所以能够了解自然，就是因为它类似于人，是一活动精神的表现，其中有理性和目的"②。又由于自然与人的意识是一回事，人认识主体的同时也就认识了客体，这样，人与自然就有了一种亲密无间的关系。但丘特切夫还不满足于此，他是个执著的追求者，他进一步追寻人、自然、生命之谜，于是便达到了他自己所说的："万物在我中，我在万物中"，"忘掉自我，和瞌睡的世界化为一体"的境界。从哲学上看，这是谢林无差异无矛盾的绝对同一境界。但丘特切夫是位诗人，因此，从美学上看，这是

---

① ［美］梯利：《西方哲学史》下册，葛力译，商务印书馆1979年版，第222页。
② ［美］梯利：《西方哲学史》下册，葛力译，商务印书馆1979年版，第218页。

审美的自然本体论的境界。

人类认识自然在文学中的观念一般可分为三类：自然神秘论——把自然当做超人间的异己力量，以宗教的虔敬情感去顶礼膜拜；自然价值论——这是人们在自然审美活动中形成的对山水草木的审美认识与人和社会的道德价值、情感价值、理念价值的统一体系；自然本体论——这是审美体验的最高境界，它超脱于一切价值观念之上，是对自然本体的观照，有一个阶梯式的观照过程：物我相亲、物我同化、超越自然，它们逐一升华，最后进入理想的审美王国[1]。

丘特切夫20年代末30年代初的诗，大多还在物我相亲这一审美阶段，此时，自然成为诗人的知音，悄悄亲近人、愉悦人，而诗人则优游自在地陶醉于纯粹的自然物象之中，如《山中的清晨》中蓝天对诗人露出"盈盈的笑意"，《春雷》中五月的雷雨、小鸟、清泉组成一支合唱曲，向诗人演奏。但诗人后来超越了物我相亲阶段，进入物我同化阶段，从而超越自然，向纯净的精神境界升华。此时，诗人无知觉无意识的自我化入无目的无价值的自然，物即我，我即物，自然本体与人的本体同化为一，这样，万物在诗人心里，诗人在万物之中，因此，他往往能捕捉自然最富神韵的瞬间，把握宇宙的本质，而自然本体存在与自我本体存在有着同一性，于是，在获得自然本体的同时，诗人也获得了自我本体[2]。而这，与谢林哲学的绝对同一境界何其相似！这是诗人的每一思想都与自然现象融合的原因，也是其抒情境界瞬息即逝的原因。

以上是谢林哲学关于人与自然的论述对诗人创作的总的影响，我们考虑到文学的特性，结合谢林哲学，放在美学与文学的自然观中加以考察。

由于有了新的世界观，掌握了新的把握世界的方式，又达到了最高的审美境界，丘特切夫在创作中获得了极大的自由，出现了查良铮所说的："在丘特切夫的诗中，令人屡屡突出感到的，是他仿佛把这一事物和那一事物的界限消除了，他的描写无形中由一个对象过渡到了另一个对象，好像它们之

① 参见陈静溪：《中西文学自然观略探》，载《文艺研究》1986年第5期。
② 参见陈静溪：《中西文学自然观略探》，载《文艺研究》1986年第5期。

间已经没有区别","丘特切夫在语言和形象的使用上,由于不承认事物的界限而享有无限的自由;他常常可以在诗的情境上进行无穷的转化,在同一首诗中,可能上一句由'崇高'转到'卑微',由心灵转到物质,下一句又转化回来。这样,一首诗就可能有无穷的情调,和极为变幻莫测的境界。"①需要指出的是,并非丘特切夫不承认事物的界限,而是因为他达到了审美的自然本体论阶段,物即我,我即物,已经不存在什么物我界限以及物与物之间的界限了。正因为如此,他在表现手法上也极为自由,"对喻"、象征、直抒胸臆、矛盾对立、自我分裂、捕捉瞬间……随思想感情的需要随意调遣。

由于外在世界和内心世界互相呼应,又由于直觉的有意识与无意识的结合、自然与精神的统一,丘特切夫在使用形容词和动词时,能够把各种不同类型的感觉杂糅在一起,出现大量的通感手法(详前)。

谢林哲学强调一种无矛盾无差异的绝对同一,又充满普遍的两极对立的辩证色彩,这在丘诗的意象体系上表现出来。

丘诗中经常出现"混沌"、"深渊"、"元素"、"夜灵"、"无极"等等构成体系的意象。他在自然方面,越过中古向往原始,在人性方面,追求人性底层被掩盖的东西,力求返璞归真,重返混沌。他甚至觉得,重返混沌,比起人的直觉意识来更为自由、更为广阔(如《灰蓝色的影子溶和了》)。这个"混沌"是谢林颇为重视的,他认为,"自然之崇高,总之在于其混沌","所谓'混沌',是对崇高者的基本直观","是无限者的象征","绝对者的内在本质(在其中,一切即是统一体,统一体即是一切),归结于这种始初的混沌"②。实际上,就是其绝对同一境界。谢林认为,世界的矛盾一旦达到自我意识阶段就重归同一,绝对同一境界是比自我意识更高的阶段,丘特切夫也把自我意识看得较低,而愿进入"混沌"——绝对同一境界。"深渊"是"混沌"的又一名词。"元素"则是构成"混沌"的因素,"夜灵"、"无极"则是"混沌"的组成部分……

---

① 《丘特切夫诗选》,查良铮译,外国文学出版社1985年版,第197、198页。
② [德]谢林:《艺术哲学》上,魏庆征译,中国社会科学出版社1996年版,第130—131页。

在丘诗中，常常出现两类对立的意象体系："日"与"夜"、"山谷"与"山顶"、"海"和"梦"、"北方"和"南方"、"社会"和"混沌"、"文明"和"自然"……这一切，都与同一哲学有关："日"、"山谷"、"海"、"北方"、"社会"、"文明"等是不自然的东西，是"夜"、"山顶"、"梦"、"南方"、"混沌"、"自然"等的对立面，它们在诗人尚未达到自我意识阶段时激烈斗争着，搅得诗人五内俱沸，而一旦达到自我意识的阶段，它们就消失了，因此，诗人渴望"夜"，赞美"混沌"。

由于谢林哲学的影响，丘特切夫不再把爱情看做单纯、美好的感情，而发现它是混沌世界本源的外在表现形式之一，是一种原始的、充满冲突、无法控制的悲剧力量，从而在爱情的快乐中看到不幸，从两性的接近中察觉彼此的敌对，极富现代色彩（详前）。

此外，谢林对神话的重视也对丘特切夫产生了影响。谢林认为，"神话是由整个人类在自己发展的一定阶段上创造的"，"不能从个别人（甚至民众）那里，而要从一般人类意识那里去寻找神话的根源，因为在人类意识之中发生着神产生（神起源）的实际过程，即宗教信仰形成和更替的实际过程"①。更重要的是，"神话乃是任何艺术的必要条件和原初质料"："神话乃是尤为庄重的宇宙，乃是绝对面貌的宇宙，乃是真正的自在宇宙、神圣构想中生活和奇迹迭现的混沌之景象；这种景象本身即是诗歌，而且对自身说来同时又是诗歌的质料和元素。它（神话）即是世界，而且可以说，即是土壤，唯有根植于此，艺术作品始可吐葩争艳、繁茂兴盛。唯有在这一世界的范围内，稳定的和确定的形象始可成为可能；只有凭借诸如此类形象，永恒的概念始得以呈现。"② 受此影响，丘特切夫不仅大量运用古希腊罗马神话的典故，而且，试图创造自己独特的神话。象征主义诗人兼理论家维·伊万诺夫指出：丘特切夫是独特的神话的创造者，他走的是一条从黑暗到白

---

① 转引自［俄］阿尔森·古留加：《谢林传》，贾泽林、周国平等译，商务印书馆1990年版，第244页。

② ［德］谢林：《艺术哲学》上，魏庆征译，中国社会科学出版社1996年版，第64页。

昼，"从狄奥尼索斯到阿波罗，从混沌到和谐"的道路①。

由上可见，谢林不仅影响了丘特切夫的世界观，给了他把握世界的新武器——审美直觉，而且使他达到了审美的自然本体论阶段，从而能自由自在、轻松自如地捕捉最细微的自然、生活、心理现象，把握永恒，进入无限。谢林对丘特切夫的影响，在对自然的把握上、思想上、诗的抒情境界上、意象体系上、表现手法上、语言上，乃至对神话的重视上，都可以明显看出。可以说，前述丘氏哲理抒情诗的四大特点都与谢林哲学有关。因此，谢林对丘特切夫的影响是毋庸置疑的，也是必须认真加以探讨的。

但是，丘特切夫是以自己独特的方式来接受谢林哲学，并表现其影响的（这也适用于他所受的一切影响）。尽管谢林是德国浪漫主义，特别是耶拿派的理论家②，但即使在耶拿派中也没有谁像丘特切夫这样，领悟了谢林哲学的神韵，并化入自己独特的审美体系之中，从而真正能像谢林所说的，抓住永恒的瞬间，通过整体直悟事物本身的奥秘，从有限中展示无限。

耶拿派的诗人，大多数只是口头追求无限和永恒，没有谁真正把握住自然的永恒瞬间，从而把物我合一、超越自然的境界很好地表现出来，他们大多是直接表白一通完事，如蒂克的《默祷》："我就送出欢呼之歌，／对大自然赞美颂扬，／四面传来一片回声，／一切都只把永恒颂扬。"③ 或如弗·施莱格尔《斯诺萨》："自然，我感到了你的手，／吞吐着你的气息；／也感到你的心在紧逼着／钻进了我的心里。"看来似乎就要物我合一，进入永恒与无限了，接下去却是："于是，我在想，阴暗的森林，／在远古以前时光，／自由人怎样喜爱过你，／在这里作何遐想。"④ 诺瓦利斯虽然达到了物我合一并追求无限境界，但与丘特切夫相比，其诗往往显得过于冗长、过于显露、智性太重、诗味不浓。正因为如此，其著名组诗《夜之赞歌》原来有几首是分行的诗体，发表时也改为散文体了。如称为核心的

① ［俄］维·伊万诺夫：《田沟与地界》，莫斯科1916年版，第121—127页，转引自郑体武：《危机与复兴——白银时代俄国文学论稿》，四川文艺出版社1996年版，第24页。
② 参见陈恕林：《德国浪漫派及其评价问题》，载《外国文学研究集刊》第9辑。
③ 《德国浪漫主义抒情诗选》，钱春绮译，江苏人民出版社1984年版，第80页。
④ 《德国浪漫主义抒情诗选》，钱春绮译，江苏人民出版社1984年版，第42页。

"其三"，从以前在恋人坟墓边的悼念写起，淋漓尽致地写出了自己内心的孤独、忧愁、痛苦与绝望，然后是夜的灵感降临了，它带来了解放的新生，使他看到净化了的恋人——"她的眼睛里栖息着永恒"，最后梦消失了，只留下"对夜空和它的太阳、恋人的永远不可动摇的信仰"①。而丘诗是真正通过瞬间展现无限，物我合一，奔向永恒的，写得短小精致，而又深沉凝重……

丘特切夫对谢林哲学的接受，不仅表现为体现其哲学的神韵，而且也表现为对其哲学的突破与超越。

第一，谢林强调"纯艺术论"，不能否认，丘诗在某种程度上也带有这种理论的痕迹（否则不会出现前述称他为"纯艺术派"、"唯美派"的说法），但他突破了这种理论，以自己的诗反映现实生活中的社会政治问题，反映道德问题。

第二，"丘特切夫礼赞的混沌与谢林的无差别同一，毕竟是有差别的。谢林的同一哲学要求一切矛盾复归调和，发展到后期的'天启哲学'已变成了鼓吹宗教的神学。而丘特切夫的'混沌'中却孕育着叛逆的精神。'混沌'意味着无穷的能量，无限的可能性，也意味着被压制、被封锁的'狂暴'。混沌的涌出，预示着旧的世界秩序的崩溃。丘特切夫越过中古返回原始，这是一种倒退，但又是对现存社会的一种叛逆"②。

第三，反对谢林哲学的理性主义，致力于表现非理性。丘特切夫虽然是个狂热的谢林主义分子，但他又反对谢林哲学的过于理性主义："您所从事的是一种力不胜任的工作：一种拒绝超自然的东西并且将自己的论证只是建立在理性之上的哲学，必然走向唯物主义和无神论……超自然的东西就其基础来说当然是人所固有的。与被称作理性的东西（贫乏的理性）相比，超自然的东西在人的意识中是有其深刻的根源的。而理性则只承认能理解的东西，也就是什么也不承认。"③并且在诗中大量表现梦幻、潜意识、非理性。

①《德国浪漫主义抒情诗选》，钱春绮译，江苏人民出版社1984年版，第45—46页。
② 飞白：《丘特切夫和他的夜歌》，载《苏联文学》1982年第5期。
③ 转引自［俄］阿尔森·古留加：《谢林传》，贾泽林、周国平等译，商务印书馆1990年版，第320页。

也许，有论者担心一谈到谢林哲学的影响，就会使丘特切夫的诗变成其哲学的简单图解，这是没有必要的。现代科学表明，人们接受影响是有选择性的。而最有特色的接受影响，则是创造性的背离，丘特切夫对谢林哲学的接受就是如此。而"'创造性的背离'可能是非常能表露某个时代、某个社会环境和某种个性的形式。有时，'创造性地'接收文本可能比文本自身还重要"①。丘特切夫对谢林哲学的接受正是一种"创造性的背离"。

综上所述，丘特切夫在接受了谢林哲学后，世界观发生了转折，甚至可以说出现了根本的变化，能透过一层去看世界的万事万物，发现现实与内心的两重性，但他把谢林的艺术直觉不仅用于把握世界，而且用于艺术表现，并从谢林关于自然是活的有机整体上前进一步，把它变为审美上的自然本体论，同时创造性地背离，并以自己独特的个性气质去融化谢林哲学及国内国外文学与文化的影响，终于形成了自己独特的诗与哲学的结晶品——哲理抒情诗。正是由于创造性的背离，以及诗人独特气质的融化，以致初读丘诗，往往只见自然风景的展现和心路历程的表现，如《阿尔卑斯》、《日与夜》、《恬静》、《在那夏末静谧的晚上》、《东方在迟疑》、《两个声音》、《沉默吧》……有哪首诗图解了谢林哲学？又有哪首诗直接说出了谢林哲学的一个概念（当然，《疯狂》等极少数诗较明显地表现了谢林哲学的某些观念）？正如梅雷加利所说的："最有特色的接收是在运用和接受影响的同时，又能使这种影响磨灭。"②

四、丘特切夫与魏玛古典主义、德国浪漫派

在外国文学与哲学中，德国对丘特切夫影响最大。究其原因，一是因为

---

① ［意］弗·梅雷加利：《论文学接受》，见江西文艺界编《外国现代文艺批评方法论》，江西人民出版社1985年版，第349页。
② ［意］弗·梅雷加利：《论文学接受》，见江西文艺界编《外国现代文艺批评方法论》，江西人民出版社1985年版，第346页。

俄罗斯民族与德意志民族都有强烈的精神和道德追求，探索内心，向往永恒，并且热爱大自然；二是缘于诗人的经历——早年通过拉伊奇的介绍、茹科夫斯基的翻译，已熟悉德国文学与哲学，后来又有20年生长在德国，能切身体会德意志的民族精神、文化氛围，面对面地与其中一些重要文化人物（如谢林、海涅等）打交道，并且，能十分方便地大量阅读和翻译德国的文学和哲学文本，以至在其译诗中，德国诗歌占绝大多数。德国文学中，对诗人影响最大的是魏玛古典主义、德国浪漫主义和海涅。海涅本属浪漫主义，后来却跳出浪漫主义，并对其反戈一击，而且其创作颇有现代色彩，拟在下节专门论述。

陈恕林先生指出，"浪漫派盛行时期，德国文坛上是个诸流派并存、对立的局面。以歌德和席勒为代表的古典主义（又称魏玛古典主义）和以施勒格尔兄弟、霍夫曼等为代表的浪漫派，是那时两个最大的流派"，它们既彼此矛盾和对立——如前者崇尚客观性和理性，后者强调主观幻想性，喜欢描写神秘莫测、荒诞不经的事物；前者追求尽善尽美、完整无缺的形式，后者向往支离破碎、残缺不全的形式；前者尊重文艺的法规，后者主张打破艺术的条条框框，取消各艺术种类的界限；前者喜欢把事物写得明确、具体，后者却要把事物表现得朦胧、复杂；前者要求塑造内心和谐、平静的人物，调和理想与现实的矛盾，后者则爱好写内心充满矛盾斗争，有时甚至精神分裂的人物，虚构惊心动魄、引人入胜的场面、情节。他进而指出，"实际上，除了彼此对立的一面外，它们的关系还有相互作用、影响的另一面……作为后起的流派，浪漫派在其发展过程中，特别是在初期，曾受惠于古典主义"，而歌德晚年的一些作品，如《西东合集》、《威廉·麦斯特的漫游时代》、《浮士德》等，也受到浪漫主义的影响①。

这样，魏玛古典主义和德国浪漫主义就有了诸多相近之处。这从下述他们对丘诗影响的几个方面表现出来。

第一，对古希腊文化和艺术的推崇与热爱。

在德国，温克尔曼是最早深入系统地研究古希腊艺术史的人，他于

---

① 陈恕林：《德国浪漫派及其评价问题》，载《外国文学研究集刊》第9辑。

1764 年出版《古代艺术史》，把古希腊造型艺术的理想美特征概括为"高贵的单纯，静穆的伟大"。他的书成为名著，在德国"掀起了崇拜希腊古典和民主政治的浪潮"①。

受其影响，歌德和席勒代表的魏玛古典主义，以古希腊文学作为榜样，希望通过古典美使人获得全面发展，促进人性的健全。歌德在其《浮士德》中通过浮士德与海伦的结合，象征性地表现了这一思想。席勒则不仅在论文、论著（如《审美教育书简》）中，而且在诗歌中，一再宣传这一观点，如《希腊的群神》等。

"而反对希腊风，在后世看来，构成浪漫派的主要特征之一，其实这完全不是他们的旨趣所在。相反，如果把绝对不欣赏古希腊事物的蒂克除外，他们全都倾心于古代希腊，特别是施勒格尔兄弟、施莱尔马赫和谢林。他们一心想深入感觉一切人性，果然很快认识到，希腊人身上才具有最丰富的人性。他们渴望从当时人为的社会结构中逃出来，逃向自然去，可是他们也只有在希腊人身上才重新找到永恒的自然。真正的人在他们看来就是真正的希腊人"②。

如前所述，丘特切夫早年即已熟悉并热爱古希腊罗马文学，后来俄国文学前辈们强化了他这方面的兴趣，德国文学更进一步促使他热爱古希腊文学，具体表现为：不仅在慕尼黑时期及晚期的创作中大量运用古希腊典故，而且试图进入古希腊的"混沌"世界，发现完善的人性。

第二，诗与哲学结合，探索人生人性。

席勒既是理论家，又是诗人，早年曾深受康德哲学影响，在其诗歌、戏剧、理论中以极大的热情，对人类生存的本质问题进行了极具哲学意义的探索，致力于使"亿万人民团结起来，相敬相爱如兄弟"（《欢乐颂》），所以，别林斯基称他为真正的"人类的辩护士"，其诗中的热情就是"人类的感情"，他的心灵"永远流出生气勃勃的、热烈而高尚的血液，那是热爱人与

---

① 李醒尘：《西方美学史教程》，北京大学出版社 1994 年版，第 266 页。
② ［丹麦］勃兰兑斯：《十九世纪文学主流》第二分册，刘半九译，人民文学出版社 1981 年版，第 47 页。

人类，痛恨宗教的迷信与民族的狂妄，痛恨偏见，憎恶火刑与鞭笞，因为这一切使人们决裂而教人们忘记了彼此是兄弟"①。

歌德在人们的印象中，是与荷马、但丁、莎士比亚齐名的欧洲划时代的四大文豪之一，但他同时在某种程度又是一位哲学家，其巨著《浮士德》即为哲学与诗歌联姻的结晶（席勒早在1797年6月23日致歌德的信中指出："对《浮士德》的要求，既是哲学的，也是文学的"②），其中的辩证思想尤为突出。

卡西尔指出："把哲学诗歌化，把诗歌哲学化——这就是一切浪漫主义思想家的最高目标。真正的诗不是个别艺术家的作品，而是宇宙本身——不断完善自身的艺术品。因此一切艺术和科学的一切最深的神秘都属于诗。诺瓦利斯曾说：'诗是绝对名副其实的实在。这就是我的哲学的核心。越是富有诗意，也就越是真实'。"③ 德国浪漫主义十分强调诗与哲学的结合。冯至认为："诺瓦利斯是早期浪漫主义诗人，同时在哲学史上亦占有一席之地。与其他早期浪漫主义者一样，他也把诗和哲学融合为一体。"④ 诺瓦利斯"把哲学定义为一种乡愁，一种以四海为家的渴求，他自己就是这样一个哲学家。他从不停留在事物表面，他的精神总是突入事物的最深处"⑤。他的诗充分表现了内心浓浓的"乡愁"及对世界与人生的哲学探索。弗·施莱格尔更是明确宣称："现代诗的全部历史，便是对简短的哲学正文所作的无穷无尽的注解……诗和哲学应该统一起来。"⑥ "浪漫诗是渐进的总汇诗。它的使命不仅在于重新统一诗的分离的种类，把诗与哲学和雄辩术沟通，它力求而且也应该把诗和散文、天才和批评家、艺术诗和自然诗时而混合起来，时而融汇于一体，把诗变成生活和社会，把生活和社会变成诗。"⑦

---

① 转引自［德］维尔蒙特：《席勒论》，载《译文》1955年第5期。
② 转引自董问樵：《〈浮士德〉研究》，复旦大学出版社1987年版，第117页。
③ ［德］卡西尔：《人论》，甘阳译，上海译文出版社1985年版，第198—199页。
④ 冯至：《自然与精神的类比——诺瓦利斯的气质、禀赋和风格》，载《外国文学评论》1993年第1期。
⑤ 转引自周国平主编《诗人哲学家》，上海人民出版社1987年版，第59页。
⑥ 转引自伍蠡甫等主编《西方文论选》下册，上海译文出版社1983年版，第320页。
⑦ ［德］施勒格尔：《雅典娜神殿·断片集》，李伯杰译，三联书店1996年版，第72页。

丘特切夫本已在古希腊罗马文化的影响下，对诗和诗学的结合颇感兴趣，法国文学尤其是谢林哲学、德国浪漫主义、魏玛古典主义的影响，使他毕生致力于以抒情诗回答哲学的问题，从而形成了其独特的诗与哲学的结晶品。

第三，热爱大自然，把大自然视为有机的生命整体。

魏玛古典主义十分重视自然。歌德尽管否认自己对于《自然颂》的著作权，但承认"《自然颂》的作者经常和他谈论所有他感兴趣的问题，而读着这些诗行，他，歌德，陶醉于它们的轻盈流畅"①。可见，《自然颂》的主要内容是为歌德认可并为他欣赏的。该颂表达了对大自然的热爱，并把大自然描绘成一个有机的生命体，把她奉为人类的"母亲"。歌德也曾说过："整个自然界——就是十分和谐的旋律。"② 大自然是一个有机的生命整体，它无所不在、无所不包。歌德的不少抒情诗、叙事诗及《浮士德》、《少年维特之烦恼》等作品，更是明显表达了对大自然的热爱。席勒不仅歌颂自然，而且力求让人类复归自然。他认为，人类曾是自然的一部分，但后来脱离了自然，因此，必须通过审美与艺术复归于自然："它们是我们曾经是的东西，它们是我们应该重新成为的东西。我们曾经是自然，就像它们一样，而且我们的文化应该使我们在理性和自由的道路上复归于自然。"③

德国浪漫主义也崇尚自然，在作品中描写自然、歌颂自然。进而，他们视自然为庞大的有机整体："对于诺瓦利斯来说，世界是一个永远在流动和运行的巨大有机体。一切既结合又裂解、既混合又离解、既联系又分割。同一性、相似性、亲和性，这些就是这个巨大有机体中一切事物的主要特征。"④ 施勒格尔认为："那使我们想到自然的，激励着无限的生命充实感的，就是美的。自然是有机的、最高的美，因而是永恒的及植物性的，对于

① ［德］艾米尔·路德维希：《歌德传》，甘木等译，天津人民出版社1982年版，第201页。
② 转引自［德］艾米尔·路德维希：《歌德传》，甘木等译，天津人民出版社1982年版，第36页。
③ ［德］席勒：《秀美与尊严》，张玉能译，文化艺术出版社1996年版，第263页。
④ 冯至：《自然与精神的类比——诺瓦利斯的气质、禀赋和风格》，载《外国文学评论》1993年第1期。

道德和爱情来说也是如此。"①

第四，重视直觉与瞬间。

韦勒克指出："在大致从18世纪中叶到歌德去世的这一期间，全部德国文学都存在一种基本的统一性。这是一种要创造一种不同于17世纪法国文学的尝试，要建立一种既非基督教，也非18世纪启蒙主义新哲学的尝试。这种新观点强调人的力量整体，不仅仅是理性，也不仅仅是情感，而是直觉，'理智的直觉'、想象力。"② 歌德极富天才，他往往凭借直觉，通过瞬间形成审美想象，并且在《浮士德》中一再使用"瞬间"，如第一部第四场"书斋"中，浮士德与靡非斯特赌赛时说："假如我对某一瞬间说，请停留一下，你真美呀！"在第二部第五幕"宫中宽广的前庭"中，又一次提到"瞬间"，呼应第一部。德国浪漫主义则受谢林审美直觉的影响，而形成重视直觉与瞬间的特点。

丘特切夫本已在谢林哲学影响下，彻底改变了世界观，德国文学更以活生生的实例，进而强化、加深了这一影响。

第五，反功利化、反机械化及反异化。

17世纪以来，科学技术得到了飞跃发展，随之而来不断扩大的工业化，逐渐改变着人们的生活方式及生活内容。工业文明提高、扩展了人类的生活，但也促进了人们对物的强烈追求，对外部世界的肆意攫取。然而，对物的追求越强烈，对外部世界的攫取越多，人类便越发感到迷惘，内在的灵性也越发减少。科学技术、工业文明反过来开始窒息人的生存价值与意义，成为一种外在的、客观的异化力量。于是，在某种程度上以对工业文明的反思和批判为重要标志的德国古典哲学便应运而生。费希特、谢林等对此做出了积极、深入的探索。诗人、戏剧家和思想家席勒，对此更是做出全面而深刻的反思。

席勒从人本主义的异化思想出发，对资本主义的工业文明从两个方面进行了批判："一方面是揭露'现代人'的利己主义，他指出'在我们的高雅

---

① [德] 施勒格尔：《雅典娜神殿·断片集》，李伯杰译，三联书店1996年版，第168页。
② [美] 韦勒克：《文学思潮和文学运动的概念》，刘象愚编，中国社会科学出版社1989年版，第147页。

的社会的胸膛里，利己主义已经建立起它的体系'；另一方面，他的重点在于批判由于专业化的社会分工，并相应通过国家实施的文化教育，在人的精神功能、心理与知识才智方面造成的单一化与片面化。这也就是完整的人异化为'碎片'。"① 如他指出："现在，国家与教会、法律与习俗都分裂开来，享受与劳动脱节、手段与目的脱节、努力与报酬脱节。永远束缚在整体中一个孤零零的断片上，人也就把自己变成一个断片了。耳朵里所听到的永远是由他推动的机器轮盘的那种单调乏味的嘈杂声，人就无法发展他生存的和谐，他不是把人性刻印到他的自然（本性）中去，而是把自己仅仅变成他的职业和科学知识的一种标志。"②

　　面对工业文明带来的人性的分裂、人性的失落，席勒认为只有美的途径，才能达到自由，恢复人性的和谐："美可以成为一种手段，使人由素材达到形式，由感觉达到规律，由有限存在达到无限存在"③，而要实现美，必须有一种游戏冲动，"游戏的根本冲动，就在于自由活动"④，"只有当人是充分意义的人的时候，他才游戏；并且只有当他游戏的时候，他才是完全的人"，而"我们说一个人游戏，是说他审美地观照自然，并创作了艺术，把自然对象都看成是生气灌注的。在这里面，单纯的自然的必然性，让位给了各种能力的自由活动；精神自发地与自然相和谐，形式与物质相和谐"⑤。可见，这种游戏冲动是一种无功利性的审美活动。席勒把美、艺术当做恢复人性、回归自然、达到无限的手段，谢林更是强调艺术的重要性，甚至称之为"最高的人类职能"，以至于黑格尔称其真正发现了"艺术的真正概念和科学地位"（详前）。

　　荷尔德林等德国浪漫主义诗人则在工业化的社会里产生了"乡愁"和"无家可归感"。荷尔德林等的这种感觉不仅揭示了人的异化，其"更深一层的意义在于，他预感到，技术功利的扩展，将会抽掉整个人的生存的根

---

① 毛崇杰：《席勒的人本主义美学》，湖南人民出版社1987年版，第33页。
② ［德］席勒：《美育书简》，徐恒醇译，中国文联出版公司1984年版，第51页。
③ ［德］席勒：《美育书简》，徐恒醇译，中国文联出版公司1984年版，第102页。
④ 蒋孔阳：《德国古典美学》，商务印书馆1984年版，第185页。
⑤ 蒋孔阳：《德国古典美学》，商务印书馆1984年版，第185页。

基，人赖以安身立命的精神根据，人不但会成为无家可归的浪子，流落异乡，而且会因为精神上的虚无而结束自己"①。

丘特切夫综合了上述影响与自己的切身体会，创造了颇能表现现代异化感的不少哲理抒情诗（详前）。

在上述德国作家中，对丘特切夫影响最大的是歌德、席勒、诺瓦利斯。

丘特切夫对歌德十分崇敬，曾在短短几年里，译出歌德的诗歌 10 余首，还翻译了《浮士德》约 2000 行，在歌德逝世后，又写有名诗《在人类这株高大的树上》，对他做出了高度评价。尽管如此，至今却从未留下诗人拜访歌德的任何记载（丘特切夫 1822 年到慕尼黑，而歌德逝世于 1832 年，足足有将近 10 年时间，他有够多的机会访问歌德）。这完全不同于当时流行的风气——那时，俄国和欧洲其他国家不少文化人士一到德国，便急于通过种种途径访问歌德，这也与诗人自己爱好社交的性格相反。由于资料极其匮乏，其中原因已很难说清。也许，青年歌德不去拜访当时名震全国的莱辛，在某种程度上适用于丘特切夫："当领导了对戈特舍德的大论战，同时在理论上和文艺实践上开创了一个新时代的莱辛这位知名之士在 1786 年来到莱比锡时，歌德并没有去访问他。歌德在莱辛的名声面前感到不自在，他知道莱辛代表着当时的民族诗歌；而他自知自己一无成就，再加上青年天才的那种孤芳自赏的骄矜性格使得他没有去看望莱辛。"② 当时，歌德已是世界闻名的大文豪，德意志民族文学的代表，而丘特切夫正处在紧张的探索时期，刚刚形成自己的风格，成熟的作品不多，他只能默默景仰，通过大量阅读和翻译歌德的作品去努力学习。在阅读、翻译歌德作品的过程中，丘特切夫获益匪浅。

首先，他不仅学到了歌德那种形象、直观的诗歌手法，更重要的是，他深受歌德诗歌形式中古典色彩的强烈熏染。

阿尼克斯特指出："在旅居意大利期间，歌德不仅发生了思想观点的转变，而且发生了美学观点的转变，如果说在'狂飙突进'时期，他被德国

---

① 刘小枫：《诗化哲学——德国浪漫美学传统》，山东文艺出版社 1986 年版，第 97 页。
② ［德］汉斯·尤尔根·格尔茨：《歌德传》，伊德等译，商务印书馆 1995 年版，第 13 页。

的中世纪、它临近宗教改革的后期所吸引，被哥特式建筑、浮士德传说所吸引，那么在狂飙突进之后的年代，歌德产生了对古典主义的鲜明性和严整性的追求，产生了对作品各个部分之间一致与和谐的追求。席勒追求的也是这些，所以两朋友共同制订了一项艺术纲领，被文学史专家们誉为'魏玛古典主义'。"① 这样，"歌德长长的成年和老年时期的作品的特点是范围大大扩大，而同时认真讲究形式的简洁和抽象"，并能"把感觉的材料置于精巧形式的驾驭之下"②。

丘特切夫通过《沙恭达罗》等诗的翻译，学到了形象直观的诗歌手法。歌德（也包括席勒）注重形式的简洁、精巧，则进一步强化了他早年所受古希腊罗马文学的影响，并与谢林哲学、海涅诗歌等一起，使他形成了匀称谐调、精致玲珑的诗歌形式。

其次，精神的双重性与辩证的精神。

德意志民族具有明显的双重性："德意志民族的特性就表现为精神上的宗教上的自由和政治上的世俗间的恭顺服从，精神与肉体的分离，意志与环境之间缺乏平衡，理性与强权的对立，结果是自由堕落为自我放纵，服从则成了对强权的盲目的、绝对的崇拜，在善和恶方面都爱走极端，等等。"③

歌德是德意志民族精神的代表，他的身上相当集中地体现了这一民族的双重性："歌德一身享有两个极端：肉欲与超肉欲，反道德与信奉斯宾诺莎主义，自我中心与甘心做出最崇高的自我牺牲，平易近人与极端孤僻。虔诚与厚颜无耻，热爱人类与消极厌世，骄傲与善良，善于忍耐与一触即发，多情善感与行为不端——这就是眼下的歌德。他活着，耽沉于洁身自好的沉思默想之中，而又渴望着行动。冷静而客观地观察着周围的一切而又沉溺于自我之中，一身男子汉气概而又女性化得惊人。"④ 这种双重性在《浮士德》中有生动、鲜明的表现，浮士德不仅宣称："有两种精神居住在我们心胸，

① ［俄］阿尼克斯特：《歌德与〈浮士德〉》，晨曦译，三联书店1986年版，第160页。
② ［德］埃里希·卡勒尔：《德意志人》"译序"，黄正柏等译，商务印书馆1999年版，第281、277页。
③ ［德］埃里希·卡勒尔：《德意志人》，黄正柏等译，商务印书馆1999年版，第1页。
④ ［德］艾米尔·路德维希：《歌德传》，甘木等译，天津人民出版社1982年版，第95—96页。

／一个要想同另一个分离！／一个沉溺在迷离的爱欲之中，／执拗地固执着这个尘世，／别一个猛烈地要离去凡尘，／向那崇高的灵的境界飞驰。"①而且，他的一生就是在克服自身的双重性矛盾，以精神的崇高战胜爱欲的迷离中不断发展、升华的。

丘特切夫本身已初具二重性，如渴望社交与爱好孤独、耽于沉思与渴望行动，谢林哲学为他揭开了宇宙矛盾对立的二重性的普遍事实，歌德更以作品为他提供了如何把握并表现人的二重性的范例。

谢林哲学充分体现了辩证精神，影响了丘氏世界观的形成。而歌德的作品，尤其是《浮士德》，更是为此作了文学上的生动演示。"全部《浮士德》贯穿着辩证的精神。浮士德与靡非斯特是贯穿全剧的两个主要形象。在作者的心目中，实际上这是人的一分为二，所以两者是二而一，浮士德是人的积极的或肯定的一面，靡非斯特是人的消极的和否定的一面。这一人一魔，一主一仆，相生相克，相反相成，如影随形，如呼与吸，如问与答"②。靡非斯特的作恶、否定反而成为浮士德行善、前进的动力。这样，在谢林哲学与歌德作品、古希腊罗马文学与哲学的共同作用下，丘特切夫不仅善于展示自然与心灵的两极对立及相互转化，而且形成了辩证统一的意象体系——"日"与"夜"、"山顶"与"山谷"、"海"与"梦"、自然与文明……它们矛盾斗争着，一旦诗人进入"一切在我中，我在一切中"的境界，它们便和谐同一，形成一片雄浑的和声……

席勒对丘特切夫的影响，主要是以美改善人性、改造世界的观念，以及对形式的高度重视，这与上述异化思想和古典色彩密切相关。

如前所述，席勒认为，由于文化和技术的发展，尤其是工业社会的发展，人已异化，成了职业和科学知识的一种标志，分裂成一个个碎片，失去了自己的归属性。人类要获得真正的解放，达到真正的自由，必须改造人自身。而最能使人恢复人性健全人性，进入真正自由境的，唯有艺术和美。在《审美教育书简》（一译《美育书简》）中，他系统地论述了以美来改善

---

① ［德］歌德：《浮士德》，第一部，郭沫若译，人民文学出版社1989年版，第54—55页。
② 董问樵：《〈浮士德〉研究》，复旦大学出版社1987年版，第11页。

人性与改善世界，从而形成了美的救世主义思想。其诗《艺术家》对丘特切夫产生了更明显的影响。在诗中，席勒宣称，"人啊，唯独你才有艺术"，认为"只有通过美这扇清晨的大门，你才能进入认识的国土"，进而宣扬美与艺术能唤醒并改善人性。① 皮加列夫指出，正是席勒这首诗，使早期的丘特切夫形成并发展了这样一种思想——美是人类精神文化的源泉和动力，通过美才能认识真理。② 丘特切夫在前述《和普希金的〈自由颂〉》中明显体现了席勒的影响。而他终生致力于以诗歌为人生探索出路，也与此不无关系。

由于高扬美与诗歌，席勒必然十分重视艺术形式，以至形成了"形式决定一切"的思想。在《美》一诗中他认为："你（指美——引者）万古一体，而形式无边无际。／正是在这形式的无边无际里蕴涵着你的统一。"③ 在《审美教育书简》第 22 封信中，他更是宣称："在一部真正的美的艺术作品中，内容不应起任何作用，起作用的应是形式，因为只有通过形式才会对人的整体发生作用，而通过内容只会对个别的力发生作用。不管内容是多么高尚和广泛，它对我们的精神都起限制作用，只有形式才会给人以审美自由。因此，艺术大师的真正艺术秘密，就在于他用形式来消除材料。材料本身越是动人，越是难于驾驭，越是有诱惑力，材料越是自行其是显示它的作用，或者观赏者越是喜欢同材料打交道，那么，那种既能克服材料又能控制观赏者的艺术就越是成功。"④

在席勒、歌德、谢林等的影响下，丘特切夫毕生致力于艺术形式的探索，大量采用各种具有独创性和现代性的艺术手法，如"对喻"、通感，以至费特称他为唯美主义者。

诺瓦利斯是对丘特切夫影响颇大的又一诗人。苏联学者对此已有较深入的论述，如别尔科夫斯基指出，丘特切夫的一些诗，如《午夜的大风啊》、

---

① ［德］席勒：《秀美与尊严》，张玉能译，文化艺术出版社 1996 年版，第 365—371 页。
② ［俄］皮加列夫：《丘特切夫的生平与创作》，莫斯科 1962 年版，第 35 页。
③ 转引自毛崇杰：《席勒的人本主义美学》，湖南人民出版社 1987 年版，第 220 页。
④ ［德］席勒：《审美教育书简》，冯至、范大灿译，北京大学出版社 1985 年版，第 113—114页。

《日与夜》、《夜晚的天空是这么阴沉》……与诺瓦利斯十分相似①。格列什内赫则写有专论《在浪漫主义世界里（诺瓦利斯与丘特切夫)》，甚至认为，不是谢林，而是诺瓦利斯影响了丘特切夫世界观的形成②。

我们认为，谢林为丘特切夫提供了深刻的理论指导，而诺瓦利斯则以其生动的作品同时加强并深化了这一影响。诺瓦利斯对丘特切夫的影响，主要表现在以下几个方面。

一是自然与精神同一，透过自然观察心灵。诺瓦利斯认为："自然是什么？自然是我们精神的百科全书式的系统的目录和计划。为什么我们要仅仅满足于我们的财富的目录呢？让我们去观察自然，并广泛地加工和利用自然。"③ 这种观念显然与谢林那自然应该是可见的精神，精神则是不可见的自然的观念近似。谢林是德国浪漫主义的理论家，且与施勒格尔兄弟、诺瓦利斯等交往甚密，他们的不少观念受到谢林的深刻影响。可见，说诺瓦利斯而非谢林影响了丘特切夫的世界观，不太妥当。诺瓦利斯和谢林等的影响，使丘特切夫把自然作为精神的对等物，通过自然来表现人的精神与内心世界。

诺瓦利斯的另一影响是重视对内心的表现与探索。他认为："神秘的道路走向内心。永恒连同它的两个领域即过去和未来只存在于我们的内心。外在世界是影子世界，它把黑暗投入光明的王国。这时我们一定感到内心非常晦暗、孤独和混乱。然而，一旦黑暗消逝，那个影子世界被驱走，我们就会有焕然一新的感觉。我们将享受比以前更多的东西，因为我们曾经缺少精神。"他进而谈到外在世界和内心世界的关系④。正是在诺瓦利斯、谢林、歌德等的影响下，丘特切夫开始了对内心世界的探索。诺瓦利斯的影响还表现为在倡导"走向内心之路"的同时，对人类的深层意识（无意识）给予极大的关注："诗人是在丧失记忆中真实地进行创作……艺术家变成了无意

---

① ［俄］别尔科夫斯基：《德国浪漫主义》，列宁格勒1937年版，第193页。

② 《对俄罗斯只能信仰——丘特切夫和他的时代》（论文集），图拉1981年版，第149页。

③ 冯至：《自然与精神的类比——诺瓦利斯的气质、禀赋和风格》，载《外国文学评论》1993年第1期。

④ 冯至：《自然与精神的类比——诺瓦利斯的气质、禀赋和风格》，载《外国文学评论》1993年第1期。

识的工具，变成了高超力的无意识的属性。"① 这也为丘特切夫表现非理性、潜意识、梦幻等，提供了必要的理论支持。

诺瓦利斯对黑夜十分喜爱，其名作《夜之颂歌》六首，"把黑夜和白昼、尘世和生活对立起来，他赞美一切黑暗、神秘、无意识、本能、自发和不可理喻的东西。在诺瓦利斯那里，黑夜和白昼具有某种哲学的象征性的意义"②。正是通过对黑夜的描写，诺瓦利斯思考了生命乃至宇宙的奥秘，赞美了黑暗、神秘、无意识、本能等被启蒙主义崇拜理性、信仰光明所压抑了的非理性东西。受此影响，丘特切夫也在诗中通过对黑夜、深渊、混沌的描绘，表现人的潜意识与梦幻，并且在诗中形成了描写黑夜的系列作品，对此，别尔科夫斯基、飞白先生都已有论析，兹不赘述。

此外，施勒格尔等对神话的强调与重视，与谢林一起将西方的神话从此推上正统地位，对丘特切夫也产生了一定影响。而丘特切夫通过阅读和翻译乌兰德和勒瑙的诗歌，从他们的创作中汲取了精华。丘诗的一些意象还受益于德国其他浪漫主义诗人，如在丘诗中一再出现的象征永恒的山顶形象，与龚德罗得 1805 年写的《高加索山》颇为近似："白云在我头上漫步，／微风在我身旁吹拂，／浪花在我脚边嬉戏，／它堆聚，翻滚，又落下。——／岁月改变着我的鬓角，／夏季来临，春去冬来，／春天没有给我披上绿装，／夏天没有点燃我的热情，／冬天没有改变我的山顶，／我的山巅高耸入云，／沉浸在不朽的苍穹之中，／愉快地享受着永恒的生命。"③

五、丘特切夫与海涅

作为诗人的丘特切夫，与德意志文化密切相关。德国哲学尤其是谢林哲学，影响了他的世界观与文学观，德国的魏玛古典主义及浪漫派在思想观念、

---

① ［俄］奥弗相尼科夫：《谢林的美学观点和德国浪漫主义》，见《世界艺术与美学》第 5 辑。
② ［俄］奥弗相尼科夫：《谢林的美学观点和德国浪漫主义》，见《世界艺术与美学》第 5 辑。
③ 孙凤城编选《德国浪漫主义作品选》，人民文学出版社 1997 年版，第 345 页。

艺术手法方面对他产生了较大的影响。著名诗人海涅（1797—1856）对他的影响更是不容忽视。国内对此至今尚未注意，本节拟对此进行初步探讨，以求抛砖引玉。当然，作为一个独特的诗歌天才，丘特切夫对海涅影响（当然也包括他所受的一切影响）的接受，表现为既借鉴又超越，从借鉴走向超越。

丘特切夫是海涅诗歌的第一个俄文翻译者，早在海涅成名以前，他已经熟悉了海涅早期的一些诗歌，当他把海涅的作品首次译成俄文时，海涅甚至还未在德国成名。1828 年，丘特切夫在慕尼黑结识了海涅，两人交往频繁，关系密切，海涅称丘特切夫为自己"在慕尼黑的最好的朋友"。此后，海涅虽然离开慕尼黑，他们的友谊还保持了一个时期。在丘特切夫早中期诗歌创作中，译诗约占其创作总数的一半，大多在国外完成。在数十首译诗中，歌德 15 首，占首要地位，海涅 7 首，居第二位。但丘特切夫以改写、半改写、变奏等形式处理的海涅诗歌较多，还译了海涅的著名散文《哈尔茨山游记》的片断。

海涅早期的诗歌对丘特切夫产生了相当的影响，主要表现为描写内心的历史和构建精致的形式（此外，还有对人的本质问题的哲学探讨，详见丘氏译诗一节有关论述）。而丘特切夫又以独特的个性、气质，综合融化海涅及其他各种影响，实现了对海涅影响的超越。

德国作家卡尔·伊默尔曼指出："海涅具有一个诗人最起码的，也是最根本的东西，这就是心和灵魂，以及从心和灵魂中所迸涌出来的东西，即内心的历史。"德国戏剧家黑贝尔也认为："他的诗歌从他心灵深处迸涌而出。"这种从心和灵魂中所迸涌出来的内心历史，不仅包含着强烈的情感，而且写出了心灵所经受的种种矛盾斗争——爱与恨、失意与适意、失望与希望、痛苦与欢欣……总之，海涅真实细腻地写出了内心所经受的一切矛盾运动和情感经历的全部过程。

对此，国外评论家多有论述。如卢卡契指出，海涅"在矛盾运动中寻找美，寻找革命前资产阶级过渡时期的美，寻找痛苦的美，哀伤的美，希望的美，寻找必然在产生又必然在消散的幻想的美"①，这种种美必然引起内

---

① 转引自《海涅研究——1987 年国际海涅学术讨论会论文集》，北京大学出版社 1988 年版，第 128 页。

心复杂的矛盾运动。因此，皮萨列夫指出："海涅的抒情诗正是19世纪优秀人物在其中耗掉自己一生的那些感情和思想，惊惶和痛苦，热烈和冷漠交替出现的不可仿效的完美而真实的图画。"①

国内学者也对此一再谈及。如张玉书指出："海涅的抒情诗就是从诗人的泪水和鲜血里萌生出来的绚丽夺目的娇花，是诗人的叹息化成的一曲优美动听、凄婉动人的夜莺之歌。他的《诗歌集》不啻一座鲜花烂漫、夜莺啼鸣的花园，让人在那里看到以往从未见到的内心的波动，历尽了恋人心情的幽微曲折，读起来感情起伏，心潮激荡。又爱，又恨，又怕，又伤心，又幸福，又失望，期待时心灵在颤抖，受辱时灵魂在流血，欢会时的销魂陶醉，失意时的孤寂凄清。但是，海涅的情诗哀而不伤，艳而不俗，主要在于他把感情写得真实细腻，尤其是自嘲的巧妙运用，使人感到他并未沉溺于哀伤，能够自拔。"②

马家骏更具体地指出："我在赏析《诗歌集》时也说过：'海涅爱情诗中所表现的诗人的感情是真挚的、充沛的，也是复杂的、理想化的。爱情激奋时则血液咆哮、心房燃烧；痛苦时则绝不欲生、悲伤万分。诗人时而含情脉脉、坐立不安，时而忧郁徘徊、心血长流。他可以观花听鸟而感伤，也能豁达自解而放歌山林'。就以《三版序》而言，在这首诗中，海涅说他在一座府邸门前，看到蹲着的狮身女首的斯芬克斯。作为女性，斯芬克斯的亲吻甜蜜而吮吸诗人的气息；作为猛兽，她拥抱诗人时的利爪又撕裂人的肉体。甘美与痛楚，陶醉与残酷，造成'销魂的酷刑，极乐的苦痛'，爱情成为不解之谜。诗人写道：'这是夜莺，它在歌唱／爱情和相思的苦情。／……歌唱眼泪和欢笑，／它凄凉地欢呼，它快乐地啜泣……'悲与喜的结合，就是海涅爱情复杂性的辩证法。"③

丘特切夫在来德国以前所写的诗虽有感情，却不够丰富，也不够强烈，

---

① 转引自《海涅研究——1987年国际海涅学术讨论会论文集》，北京大学出版社1988年版，第124页。
② 张玉书：《海涅·席勒·茨威格》，北京大学出版社1987年版，第55页。
③ 转引自《海涅研究——1987年国际海涅学术讨论会论文集》，北京大学出版社1988年版，第183页。

更不善于写心灵的历史和矛盾复杂的情感。本来，俄罗斯民族是一个情感激烈而丰富的民族，丘特切夫也是一个重视情感、感情奔放的人。但他从小深受古希腊罗马作家重视理性的影响，并在手法上或用干巴巴的格言警句（如《致反对饮酒者》、《我强大有力……》）而剔除了感情，或洋洋洒洒地大段铺叙（如《春天》、《泪》）而淹没了情感。到德国后，丘诗便既短小精悍，又感情丰富，善于表达复杂的心境，德国文化的影响显而易见。德国古典哲学强调天才，解放自我，使强烈感情得以释放出来。而重视情感乃至强烈的情感是所有浪漫主义，也是德国浪漫派的一大特点。德国哲学与文学不仅唤醒了丘特切夫沉睡的感情，而且为他提供了表达内心历史的范例——海涅。丘特切夫很快学会了海涅那种通过展示内心的历史而呈现复杂情绪和丰富感情的方法，并根据自己的个性和需要加以创造性的发展。

丘特切夫的内心历史，表现为对小至沙粒、大至星空的世间万事万物的热爱，以及对各种人的爱与同情，也表现为精细地展示同一情感的细微差别和诸种综合对立的情感。它往往通过矛盾对比、直抒胸臆、运用客观对应物或象征（详前）表达出来。其中以矛盾对比，尤其是运用客观对应物来表达感情的方式，是丘特切夫以自己的个性气质、审美方式，对海涅、德国浪漫派、谢林哲学等的综合影响的融合与超越。

丘特切夫自称是"两个世界的居民"，而且终生"处在双重生活的门槛"（《啊，我的未卜先知的灵魂》），他的诗不仅展示了内心的历史，而且通过内心的历史表现了深刻的生命悲剧意识，这更是海涅的诗中少有的。在爱情诗"杰尼西耶娃组诗"中，丘特切夫详细地展示了自己与杰尼西耶娃从恋爱、同居、生子直到她病死的一切日常生活情景，以及在这整个过程中自己心灵的种种情感变化和矛盾痛苦，进而全面表现了人类心灵（尤其是恋爱心理）中所可能具有的复杂的矛盾心态及生命的悲剧。诗人从两性心灵的亲近中看到敌对，在爱情的幸福中看到痛苦，从而辩证地揭示了人的精神生活的矛盾："有两种力量——两种宿命的力量"（《两种力量》）——一种是死，一种是人的法庭；一种是自杀，一种是爱情；一种是心灵的结合，一种是致命的决斗；一种是幸福，一种是绝望。人就这样生活在矛盾与对抗的心态之中！无怪乎列夫·奥泽罗夫指出："无论是在丘特切夫之前，还是在他之后，在俄国文学中没有过如此突出地揭示生命的悲剧的抒情诗。"①

　　海涅在逝世前两年，回顾自己的一生创作时，曾经进行过这样的总结："德国人古老的抒情诗派随我而终，同时，新的诗派，现代德国抒情诗派又由我而始。"梅林也指出，海涅是"最后一个浪漫主义诗人，同时又是第一个现代诗人"。作为德国现代抒情诗派的开创者，海涅的贡献体现为：在内容上展示内心的历史，在艺术上创建了一种新的精致的诗歌形式。马克思、恩格斯指出："精致的文学始于海涅，它的使命在于磨炼那十分需要磨炼的语言。"② 海涅转益多师，集德国民歌、缪勒、魏玛古典主义等之大成，既有以抑扬格为基础的考究的韵律和天籁般的神韵，又有高度纯净、完整、精练的形式，还有人格化的自然，独创的较为现代的艺术手法，精致凝练而又清新自然生动的语言。

　　海涅的诗歌韵律考究而又自然。这得力于他钻研民歌、学习缪勒，并从魏玛古典主义诗歌韵律中汲取营养。

　　作为浪漫派的同时代人，海涅与浪漫派有着血肉相连的关系。年轻的海涅继承了浪漫派某些有益的文学传统，诸如竭力抒发个人情感，歌颂大自然，重视对民歌的学习等。

　　德国民歌，尤其是阿尔尼姆和布仑坦诺合编的、收集了德国300年民歌的民歌集《男童的神奇号角》，对海涅的诗歌创作产生了较大的影响。勃兰兑斯曾指出："这部民歌集不但在文化史上具有极大意义，而且在德国抒情诗和文学创作的发展上，也普遍地引起了轰动。它扬起了那种天然的音调，多少年来为浪漫派和后期浪漫派的抒情诗添加了新鲜的气息和响亮的和声。即使是海涅的作品，尽管纯粹现代的内容取代了浪漫主义题材，它的韵律、形式和许多不可察觉的文风特色，都从民歌的天真妩媚中不断汲取养料。"③海涅也盛赞此书"是我们文学中一座十分值得注意的纪念碑"，并在回顾自

———

① ［俄］列夫·奥泽罗夫：《丘特切夫的银河系》，见《丘特切夫诗选》，莫斯科1985年版，第13页。
② ［德］马克思、恩格斯：《论艺术》第四卷，人民文学出版社1966年版，第12页。
③ ［丹麦］勃兰兑斯：《十九世纪文学主流》第二分册，刘半九译，人民文学出版社1981年版，第235页。

己学诗的过程时说:"我很早就受德国民歌的影响。"

威廉·缪勒对海涅的影响更大。缪勒是德国后期浪漫派的著名诗人,他的诗巧妙地吸收了民歌的精华,形成了朴素流畅、近似民歌的韵律,不少诗被著名音乐家谱成曲,其中一些还成为流传广泛的世界名曲,如其《流浪》、《何处去》、《打听者》、《早安》、《泪雨》、《小溪的催眠曲》等诗被舒伯特谱成声乐套曲《冬日旅行》。海涅在1826年6月7日致缪勒的信中曾谈到自己所受的影响:"在您的短歌里,我找到了纯净的音调和真正的质朴,这些都是我一直在追求的。"他还学到了缪勒的抑扬格韵律,并终生喜爱。

德国民歌及缪勒的影响使海涅的诗具有天籁般的神韵,诗歌韵律的音乐性极强,语言则自然、流畅、简洁、清新、有力。尤其是海涅的爱情诗,把最真实的情感、最现实的素材用古老的民歌音调表现出来,显得格外自然、生动、精练、感人,具有一种"清水出芙蓉,天然去雕饰"的美,仿佛信手拈来,却又达到一种大巧若朴的纯美境界。

为了使自己的诗歌更凝练、更动人,海涅还向歌德、席勒学习。维尔纳·伊尔贝格指出:"从启蒙运动那里,海涅吸收了使世界尽善尽美的信念,从浪漫派那里接受了外衣,主要是永不停息的渴望和嘲讽……最后从古典主义那里继承的是对形式的追求。在他那里不再有形象朦胧,轮廓模糊。"① 的确,海涅从歌德、席勒的魏玛古典主义那里学到了完整、和谐、明朗的形式,写诗力求明确、纯净、凝练,避免了浪漫派诗人固有的通病——形象朦胧,轮廓模糊。

这样,海涅的诗集德国民歌、缪勒、魏玛古典主义等之大成,既有以抑扬格为基础的考究的韵律、天籁般的神韵,又有高度纯净、完整的形式,以及简洁、自然、精练、清新的语言。

如前所述,丘特切夫出国前所写的作品,大多洋洋洒洒,大段铺叙,到德国后,逐渐转向短小精悍的诗歌形式,并特别喜爱运用抑扬格韵律,海涅的影响显而易见。通过大量阅读并翻译海涅的诗歌,丘特切夫不仅学到了海诗考究的韵律和抑扬格诗律,强化了自己所受古典主义(包括古希腊罗马

① [德] 维尔纳·伊尔贝格:《我们的海涅》,柏林1952年版,第22—23页。

作家和魏玛古典主义）在诗歌形式方面的影响，而且超越了海涅，形成了自己高度纯净、完整、精练、短小的诗歌形式，简洁、自然、清新、有力的诗歌语言，诗歌特别富有音乐美，因此，不少丘诗已被谱成曲。据统计，已有150余位音乐家为丘诗谱曲，如拉赫玛尼诺夫、塔涅耶夫、格列恰尼诺夫、梅特涅尔、阿萨菲耶夫、萨波林、姆雅斯科夫斯基等，一些丘诗已成为名歌，如《春水》、《世人的眼泪》、《杨柳啊……》、《喷泉》、《啊，我记得那黄金的时刻》）。

海涅早期的抒情诗往往把自然景物人格化，进而让情感与景物相互感应、契合，构成情景交融的优美意境。冯至等指出，海涅的"抒情诗语言简单，音调和谐，把自然界的现象：星辰、月光、玫瑰、夜莺、日出日落，以及海上的波涛和晚间的雾霭都融化在他的简洁有力的诗歌里，个人的情感和外界的事物得到美妙的结合"①。如《在绝妙的五月》：

在绝妙的五月，
百花都在发芽，
在我的心中
爱苗也在萌芽。

在绝妙的五月，
百鸟都在歌唱，
我向她表白了
我的恋慕和想望。②

阳春丽日的五月天，百花吐艳，群鸟欢唱，诗人也像大自然一样生机勃勃，心中的爱情怒放，全诗融情入景，以物言情，情景交融。海涅就这样用高度浓缩的诗情和优美凝练的意境，构造了短小精悍的诗歌精品。

---

① 冯至等编著《德国文学简史》，人民文学出版社1959年版，第223页。
②《海涅诗集》，钱春绮译，上海译文出版社1990年版，第119页。

在海涅、德国浪漫派、魏玛古典主义、谢林、拉马丁、卢梭等的综合影响下，丘特切夫在俄国诗歌史，也在俄国文学史上，第一个使自然在文学中占据独特地位，并使自然景物与人的感情完美地融合起来。他不仅赋予自然以生命、灵魂、意志、爱情和语言，而且透过自然去探索心灵、生命、宇宙的奥秘，奔向永恒与无限，达到了深邃的哲学高度，这使他远远超越了海涅。

海涅的诗只是在一定程度上披着浪漫主义的外衣，其实质已透露出现代的气息，因而，海涅成为新一代诗歌的开创者。其诗中的现代气息表现为：对光、影、声、色及细致感觉的印象主义式准确捕捉，突出形象和意象，采用寓意修辞，运用通体象征，以及从崇高到卑贱思想的跳跃，从现实到幻象的转折。

海涅是一位对自然有着精细感受和敏锐观察的诗人，他善于准确地捕捉光、影、声、色及细致的感受入诗，如《夏日的黄昏一片朦胧》一诗，描述了月光下在清清小溪里游泳的美丽女妖，像柯罗的风景画一样透明，但又轻罩着一层朦胧的薄雾。《乘着歌儿的翅膀》一诗，不仅有红花、银月、繁星，还有紫罗兰的笑语谈情、蔷薇花的互相耳语、恒河的阵阵涛声。海涅尤其喜欢突出表现颜色的美，如"小眼睛像蓝色的紫罗兰花，／小香腮像红色的蔷薇花，／小素手像白色的百合花……"

丘特切夫到德国后的诗也善于捕捉光、影、声、色入诗，如"青春的雷一连串响过，／阵雨打下来，飞起灰尘，／雨点像珍珠似的悬着，／阳光把雨丝镀成了黄金"（《春雷》）。又如"被蓝色夜晚的恬静所笼罩／这墨绿的花园睡得多甘美；／从苹果树的白花间透出了／金色的月轮，多动人的光辉"（《被蓝色夜晚的恬静所笼罩》）。

与一般浪漫主义诗人的形象模糊、轮廓不清相反，海涅的诗注重突出形象和意境，表现为不用白描而直接用形象或意象来表现事物，如以百合花样的手、玫瑰似的面颊、紫罗兰一样的眼睛来表现女性的美。丘特切夫也是如此，如"睁大玻璃的眼睛"（《疯狂》）、"她的脸，泛起一片朝霞的嫣红"（《对于我，这难忘的一天》）。

海涅也常常采用寓意修辞，打破以往诗歌那种艺术逻辑，使词成为没有直观性和内在联系的寓意，如"从我的眼泪中／迸发出许多妍丽的花朵"，在这里，"眼泪"寓意痛苦，"花朵"寓意诗歌，两者之间没有明确的逻辑性。在此基础上海涅推进一步，大量运用通体象征，创造了不少名篇佳作，最有名并被丘特切夫译成俄文的是下面这首广为流传的《在异乡》：

> 在阴郁的北方，在荒凉的山岩上面，
> 一棵孤独的雪松身披雪毯，白光闪动，
> 在凝霜的黑暗中，他睡意香甜，
> 大雪纷飞，抚慰着他的清梦。
>
> 他梦见一棵年轻的棕榈，
> 玉立在遥远的东方；
> 孤独地蓬勃着盈盈翠绿，
> 在如火的天穹下，在炎热的山冈上……①

在这里，海涅把自己与恋人永无结合希望的无形痛苦，具体化为松树和棕榈遥遥相隔、永久分离的形象，使全诗构成通体象征，让读者从中引发丰富的联想。丘特切夫精心翻译了这首诗，从中得到了不少启发，此后，他诗中的通体象征越来越多，并且进一步发展，使诗歌具有多层次结构和多义性（如前述之《杨柳啊……》、《海驹》等诗），从而远远超越了海涅，使诗歌更富有现代色彩。

在海涅的诗里还充满了奇特而大胆的跳跃和转折。诗人在描绘现实时，突然飞腾到幻想的高空去描绘虚幻的形象，在描绘虚幻的境界时，又迅速滑落到世俗生活中来，从而使梦幻中包含现实，现实中出现梦幻。勃兰兑斯指出，在海涅的诗中常有"从崇高到卑贱的思想跳跃"②，海涅善于"以一种

---

① 曾思艺译自《丘特切夫诗歌全集》，列宁格勒 1957 年版，第 76—77 页；或见《丘特切夫哲理抒情诗选》，曾思艺译，载《诗歌月刊》2009 年第 7 期下半月刊（总第 104 期）。
② ［丹麦］勃兰兑斯：《十九世纪文学主流》第六分册，高中甫译，人民文学出版社 1988 年版，第 144 页。

令人察觉不出的过渡方式从现实生活中突兀地显现出一个想象中的和梦境中的现代世界，而又让它以同样的方式隐没，不久就达到了这样的程度，即当现实在晦冥中消失后，幻象却清清楚楚地留了下来；不久又反其道而行之，幻象隐没了，现实却慢慢地在光天化日下显现出来"①，如《北海集》中的《海里的幽灵》一诗，先是渲染了一幅海底神话式图景，但当诗人正要投入这一梦想的美妙世界时，却被船长拉住，在诗的最后一节，更是让残酷的现实突然闯进诗人的臆想世界，粉碎浪漫的幻想。其他如《疑问》、《晕船》、《和平》等诗，也莫不如此。

由于受海涅诗歌及谢林哲学的影响，丘诗中也充满了这种转折与跳跃。如《海上的梦》一诗，极力铺写诗人的梦超越一切而飞腾，展示梦中的美景：绿意盎然的大地，澄洁清朗的天空，曲折有致的花园、宫室、回廊，以及各种珍禽异兽，美妙生灵，结尾却是"不料如此平静的梦之王国／竟溅来了咆哮的大海的泡沫"。"梦"是美、理想、艺术王国的象征，"咆哮的大海"则是喧嚣尘世的象征，这一跳跃与转折，凸显了喧嚣尘世对美、理想与艺术的控制与破坏。查良铮甚至认为，丘特切夫仿佛把事物之间的界限消除了，不仅可以在各种对象间自由过渡，而且可以在情境上进行无穷转化——在崇高与卑微、心灵与物质等等之间随意转化，使诗歌富有无穷的情调和极为变幻莫测的境界（详前）。这是与海涅何其相似的艺术手法！

海涅从步入诗坛起就表现出对现实的关注，他用浪漫主义的嘲讽手法来反映时代的内容，有对法国大革命的颂扬，有对封建复辟势力和教会的嘲笑，也有对资产阶级市侩习气的讽刺。这一点，也给丘特切夫良好的影响，使他终生关注现实，并在诗中思考时代问题。当然，丘特切夫是以自己独特的个性气质和俄罗斯的诗心，综合接受谢林哲学、德国浪漫派、魏玛古典主义、古希腊罗马文学、法国诗人与哲学家及海涅等的影响的，因此，其诗对现实的关注，更多地表现为对人及其心灵、命运的思考与探索，直接反映社会政治问题的诗，毕竟是晚期的事，而且也为数不多。

---

① ［丹麦］勃兰兑斯：《十九世纪文学主流》第六分册，高中甫译，人民文学出版社 1988 年版，第 159 页。

正因为丘特切夫转益多师，博采众长，而且熔哲学与诗艺于一炉，所以，丘诗在深度与技巧上都超越了海涅，更富哲理性，更深邃，更炉火纯青，也更具现代性，不仅开创了俄国诗歌史上"哲理抒情诗"一派，而且成为俄国象征派的祖师，影响广泛而深远。

值得一提的是，丘特切夫作为俄罗斯民族文化的体现者，在本民族文化心理的基础上，有选择、有突破地创造性地接受了外国文学与哲学（包括古希腊罗马、德国、法国、英国、意大利等等）的影响，同时又以自己独特的个性、气质加以融会贯通，使俄罗斯诗心与外国文学与哲学的影响完美融合起来，形成了俄罗斯乃至世界诗史上独树一帜的哲理抒情诗，开一代诗风。这本是一个长期而又隐匿的有机过程，为论述方便，本书只好分拆开来，一一加以探讨。

第六章

丘特切夫的影响

我像上帝一样，攀上创作的高峰。

——［俄］丘特切夫

对俄国诗歌，对苏联各族人民的诗歌……丘特切夫过去、现在都有明显的影响。

——［俄］列夫·奥泽罗夫

丘特切夫的影响，久远而广泛。早在19世纪中期，他的诗歌便对一些诗人、作家产生了影响。19世纪后期至20世纪初期，他更是被俄国象征派奉为先驱，人们开始广泛地了解他和他的诗歌，其影响进一步扩大。对苏联、俄罗斯现当代诗歌，尤其是"轻派"（一译"悄声细语派"）及当代哲理抒情诗歌，丘特切夫继续产生强烈的影响。丘特切夫的影响不仅久远，而且颇为广泛。限于篇幅，此处仅拟挑选具有代表性的一些诗人、小说家、画家，加以探讨。

一、丘特切夫与费特

费特（1820—1892）是俄国19世纪又一位天才诗人，近时期在中俄两国才受到应有的重视。其诗歌独具艺术特征，达到了相当高的艺术境界，并且有突出大胆的艺术创新①。

费特的诗歌创作明显受到丘特切夫的影响，这在俄苏及中国学术界是众所公认的。但丘诗对费诗究竟产生了哪些影响，中俄学者往往一笔带过，未做深入研究。本节拟对此进行颇为系统的探讨。

我们认为，费特之所以接受丘诗的影响，主要有以下几方面的原因。

一是都醉心于谢林哲学。费特大学时代就醉心于德国哲学尤其是谢林的哲学，形成了泛神论观念、重视直觉及美的超功利思想，而丘特切夫也深受谢林思想的影响，这是费特对丘诗产生共鸣的基础。

二是都热爱大自然。费特十分热爱大自然，他的800余首抒情诗中，占多数的是关于大自然的诗，而写得最出色的也是关于大自然的诗。丘特切夫也十分热爱大自然，他的诗被涅克拉索夫称为"诗中风景画"，对大自然有着深刻的理解和出色的观察。这使费特易于接受丘诗的影响。

三是费特对丘诗的熟悉与理解。费特和丘特切夫有一定的交往，他对丘诗不仅熟悉，而且颇为理解。费特十分尊敬丘特切夫，曾经为丘特切夫写过三首诗。1862年，他写了《致费·伊·丘特切夫》，借向丘特切夫求赠照片的机会，表达了对丘特切夫的敬重（"你那奔放不羁的想象，／早已使我神魂颠倒，／在我心里早已深藏／你那亲爱的面影和风貌"）。对此，丘特切夫回赠了《给费特》一诗，并随寄了自己的一幅照片。诗中充分肯定了费特在理解、表现大自然方面的卓越才能，称他被大自然赋予了"一种自发的先知的本能"，凭着它"能够听见大地黑暗深处的水声"。费特也颇能理解丘诗，一再肯定它的特点及价值。1866年，他写了《致丘特切夫》一诗：

> 春天过去了——树林渐渐深绿，
>
> 小河变得清浅，杨柳更加低垂，
>
> 炎阳，从高高的天宇，

---

① 参见曾思艺：《试论费特抒情诗的艺术特征》，载《国外文学》1996年第4期；或见中国人民大学书报资料中心《外国文学研究》1997年第2期；或见曾思艺：《文化土壤里的情感之花——中西诗歌研究》，东方出版社2002年版，第115—124页。

使无风的田地深感疲惫。

艰苦的劳动所支配的人们
又拿起自己熟悉的犁，
由驯服的马和犍牛牵引
去翻耕干燥的田地。

但在嫩绿的灌木的幽秘林荫，
一位春天的歌手大梦初起，
在午夜他的歌声如此清纯，
散发出某种超人间的气息。

劳动者充满甜蜜的骚动，
听到这春天的唯一的召唤！
在夜莺嘹亮的欢唱声中，
一片微笑把他们的梦儿轻染。①

指出了丘诗天籁般清纯的美，肯定了这种美给劳动者带来的高度艺术享受与精神愉悦。

他还写了《论丘特切夫的诗》一文，集中深入地论述了丘诗的艺术。他指出，丘特切夫属于这样一类艺术家："当初次看到一对象，思想便会明亮地燃烧，或直接在第二景与情感相交融，或把情感推向深景。"进而指出："丘特切夫诗的力度，即敏锐性，是令人惊叹的。他不仅从独特的视角去观察对象——他能看出对象最最细微的纤维和色调。如果说，有某个人不能被指责为因循守旧，那个人便是我们这位诗人。""除深度外，他的作品还以不可捕捉的细致性和典雅性、最可信的力量证明等见长。"②

---

① 《俄罗斯抒情诗选》，曾思艺译，山西教育音像出版社 2006 年版，第 56 页。
② 见钱善行主编《词与文化——诗歌创作论述》，中国电影出版社 1997 年版，第 67、69、71 页。

作为艺术大师，费特不仅有天才的独特理解力，而且有惊人的超前预见性。1883年12月，他创作了《写在丘特切夫诗集上》一诗：

这一份步入美之殿堂的通行证，
是诗人把它交付给我们，
这里强大的精神在把一切统领，
这里盈溢着高雅生活之花的芳馨。

在乌拉尔一带高原看不到赫利孔山，
冻僵的月桂枝不会五彩缤纷，
阿那克瑞翁不会在楚科奇人中出现，
丘特切夫决不会成为兹梁人。

但维护真理的缪斯
却发现——这本小小的诗册
比卷帙浩繁的文集
分量还沉重许多。①

当时，丘特切夫只在上层文学圈里有一定的影响，并未赢得广大的读者，时至今日，相隔100多年，公正的时间以事实证明了费特的预见：丘特切夫仅以400来首小诗，成为与普希金、莱蒙托夫齐名的俄国三大古典诗人，并且获得联合国教科文组织授予的"世界文化名人"的殊荣。可见，费特当时的眼光是何等的敏锐与深邃。

正因为上述原因，丘诗对费特产生了较为全面、深刻的影响。

第一，自然诗的影响。丘特切夫的自然诗，如前所述，描绘了上至星空下至沙粒的大自然的一切。由于对大自然的热爱，由于丘诗的影响，费特也生动、广泛地描写了大自然的一切——花草虫鱼，烟石云霞，春夏秋冬，白

①《俄罗斯抒情诗选》，曾思艺译，山西教育音像出版社2006年版，第70页。

天黑夜。丘特切夫喜欢写春天、秋日、冬季、夏晚，费特也喜欢描写这些。
如丘特切夫有《夏晚》，描写的是夏日傍晚炎热中的凉意与宁静，费特也写
有《夏日的傍晚》，写的也是宁静、明丽、凉爽的夏日风景：

> 夏日的傍晚明丽而宁静，
> 看，杨柳是怎样睡意沉沉；
> 西边的天空白里透红，
> 河湾的碧流波光粼粼。
>
> 微风沿着树梢轻快滑移，
> 滑过一个又一个树顶，
> 你可听见峡谷里声声长嘶？
> 那是马群在振蹄奔腾。①

但丘氏自然诗对费特的影响更明显地表现在以下几个方面。

一是善于表现大自然的运动变化过程。如前所述，丘诗的一大特点即善
于描写大自然运动变化的过程，如《春雷》、《昨夜，在醉人的梦幻里》等。
受其影响，费特既善于把握自然在黎明、黄昏等时候的细微变化，如《黎
明》就写了黎明降临时的种种细微的光影变化（阴影蜷缩到房舍下面，朝
霞燃起亮丽的渴望，却羞答答不肯亮相），也善于描写季节交替时大自然万
物的特征，如《春天那芬芳撩人的愉悦》：

> 春天那芬芳撩人的愉悦，
> 还没有降临到人间大地，
> 山谷里仍铺满皑皑白雪，
> 一辆马车，碾过冰屑，

---

① 《费特抒情诗选》，曾思艺译，载香港《大公报》1998年4月8日，第7版。

车声辚辚，沐浴着晨曦。

直到中午才感觉到艳阳送暖，
菩提树梢头一片胭红，
白桦林点点嫩黄轻染，
夜莺，还只敢
在醋栗丛中轻唱低鸣。

翩翩飞回的鹤群，双翅
捎来了春的喜讯，
草原美人儿亭亭玉立，
凝望着渐渐远去的鹤翼，
脸颊挂着泛紫的红晕。①

　　二是善用光影声色描绘大自然。如前所述，丘特切夫受海涅等的影响，善于用光影声色来描绘大自然的美景。这在费特诗中也有比较明显的体现，如《傍晚》：

明亮的河面上水流淙淙，
幽暗的草地上车铃叮当，
静谧的树林上雷声隆隆，
对面的河岸闪出了亮光。

遥远的地方朦胧一片，
河流弯弯地向西天奔驰，
晚霞燃烧成金色的花边，

---

①《费特自然诗选》，曾思艺译，载《诗歌月刊》2008 年第 8 期下半月刊（总第 93 期）。

又像轻烟一样四散飘去。

小丘上时而潮湿，时而闷热，
白昼的叹息已融入夜的呼吸——
但仿若蓝幽幽、绿莹莹的灯火，
远处电光清晰地闪烁在天际。①

　　这里有颜色：碧水、青草、红霞、金边、蓝光、绿闪，可谓色彩纷呈；
这里有声音：水流"淙淙"、车铃"叮当"、雷声"隆隆"，还有白昼的
"叹息"和夜的"呼吸"……称得上众声齐发。这一切，构成傍晚美妙的画
面，展示了一个静谧的境界。
　　此外，爱泼斯坦指出，丘特切夫的《树叶》对费特的一些诗也产生过
影响②，兹不赘述。
　　第二，爱情诗的影响。丘特切夫写有"杰尼西耶娃组诗"，费特则有
"拉兹契组诗"。在爱情诗方面，丘特切夫对费特的影响主要表现为自我反
省与忏悔。
　　丘特切夫与杰尼西耶娃真心相爱，不顾社会舆论，毅然结合，但女方从
此陷入种种不利地位，而诗人的处境则好得多。面对女性的伟大牺牲精神，
面对女性为爱情建立的丰功伟绩及其为此付出的惨重代价，丘特切夫深感愧
疚，经常进行自我反省，以致苏联学者萨莫恰托娃称这些诗为"诗人的悲
剧自白"。
　　费特则因早年无法与拉兹契结合，后拉兹契突然死于火灾，而一直悔恨
交加。在丘诗的影响下，他也通过自我反省与忏悔寄托对拉兹契的一片深
情，如《一扎旧信》：

①《费特抒情诗选》，曾思艺译，载香港《大公报》1998年4月8日第7版。
②［俄］爱泼斯坦：《自然，世界，宇宙的隐秘深处——俄国诗歌中的风景形象体系》，莫斯科
　　1990年版，第222页。

久已遗忘的旧信，蒙上了一层细尘，
我眼前又浮现出那珍藏心底的笑靥，
在这心灵万分痛苦的时分，
倏然复活了久已失却的一切。

眼里燃烧着羞愧的火焰，又一次
面对这无尽的信任、希望和爱情
看着这些充满肺腑之言的褪色字迹，
我热血沸腾，双颊火红。

我心灵的阳春和严冬的见证人，
在无言的你们面前，我确有罪过。
你们依然如此美丽、圣洁、青春，
一如我们分手的可怕时刻。

而我竟听信那背叛的声音——
似乎在爱情之外还有别的幸福！——
我粗暴地推开了写下你们的人，
我为自己判决了永久的离分，
冷酷无情地奔向遥远的道路。

为何还像当年那样动情地微笑着，
紧盯我的双眼，细细倾诉爱情？
宽恕一切的声音无法使灵魂复活，
滚滚热泪也不能把这些字行洗净。①

　　第三，哲理诗的影响。丘诗的最大特点，是诗与哲学的结合。对此，费

_____

① 《俄罗斯抒情诗选》，曾思艺译，山西教育音像出版社 2006 年版，第 48—49 页。

特有清醒的认识："正像诗本身不是整个对象的再现，而仅仅是它的美的再现那样，诗的思想也仅仅是哲学思想的反映，而且还是哲学思想的美的反映……诗的思想越一般（尽管具有鲜明性和力度）、越广阔、越精细，它的范围越不可捉摸，那么它就越有诗意。""在诗的思想方面，丘特切夫一向是它的十足的、独特的，因而常常也是奇异的甚至变化无常的主宰。""我们称丘特切夫为思想诗人。"①

在创作的早期，费特很少写哲理诗。偶尔创作的几首，也往往不够成熟、深沉。在丘特切夫的影响下，费特晚年对诗与哲学的结合产生了浓厚的兴趣，并大量阅读和翻译叔本华的哲学著作，形成了对世界的悲观看法，创作了不少哲理诗，而且颇为成熟。最早的一首成熟的哲理诗，大约是《在繁星中》：

> 飞驰吧，像我一样，屈服于瞬间，
> 奴隶啊，这是你们和我天生的命运，
> 只要朝这热情洋溢的天书看上一眼，
> 我就能在其中读到博大精深的学问。
>
> 你们头戴晶冠，钻石灿灿，一片华光，
> 就像穷困尘世那多余的哈里发一般，
> 又仿若紧抱着幻想的象形文字一样，
> 你们说："我们属于永恒，你们属于瞬间。
>
> "我们无数，而你们以极度的渴望，
> 徒然地追寻那思想的永恒的幻影，
> 我们在这天庭里闪闪发光，

---

① ［俄］费特：《诗和艺术——论丘特切夫的诗》，见钱善行主编《词与文化——诗歌创作论述》，中国电影出版社 1997 年版，第 64、69、70 页。

以便你在漆黑中拥有永恒白昼的光明。

"所以，当你深感举步维艰，

你就会从黑暗而贫瘠的大地，

兴冲冲地朝我们抬头观看，

凝视这华丽而明亮的天宇。"①

列夫·托尔斯泰读后，于当年12月6—7日致信诗人："这首诗不仅无愧于是您写的，而且它写得特别好，那种哲理性的诗，我总算从您那里盼到了。最妙的是繁星在讲这些话。最后一节写得特别好。"②

丘特切夫的哲理诗对费特大约产生了如下的影响。

一是对生命的沉思。丘特切夫一生致力于思索生命的奥秘，用抒情诗回答哲学的问题。晚年的费特也试图以哲理诗来表达自己对生命的深深思索，如《微不足道的人》：

我不认识你。我带着痛苦的哭喊

呱呱降生到你的世界。

人世生活的最初驿站，

对于我是那样痛苦又粗野。

希望透过婴儿的泪珠，

以骗人的微笑照耀我前额，

从此一生只是一个接一个的错误，

我不停地寻求善，找到的却只是恶。

岁月不过是劳碌和丧失的轮换交错，

①《费特抒情诗选》，曾思艺译，载香港《大公报》1998年4月8日第7版。

②《托尔斯泰文学书简》，章其译，湖南人民出版社1984年版，第503页。

（不全都一样吗：一天或许多时光）
为了忘掉你，我投身繁重的工作，
眨眼间，你又带着自己的深渊赫然在望。

你究竟是谁？这是为什么？感觉和认识沉默无语。
有谁哪怕只是瞥一眼致命的底层？
你——毕竟只是我自己。你不过是
对我注定要感觉和了解的一切的否定。

我究竟知道什么？是该认清宇宙事物的背景，
无论面向何处，——都是问题，而非答案；
而我呼吸着，生活着，懂得在无知之中
只有悲哀，没有惊险。

然而，即便陷入巨大的慌乱之中，
失去控制，哪怕只拥有儿童的力量，
我都将带着尖喊投入你的国境，
从前我也曾同样尖喊着离岸远航。①

　　全诗通过一生的追求和失落，表达了对这个不可解世界的疑惑，对生命的意义与价值进行了积极的思索，只是稍嫌理性化了点。
　　二是对死亡的关注。如前所述，丘诗具有强烈的死亡意识，越到晚年，对死亡关注越多。费特到了晚年，也对死亡倍感兴趣。他或者像丘特切夫一样，表达了面对死亡的无可奈何的悲剧感，如《死》：

　　"我想活！"他勇敢无畏，声如洪钟，

①《俄罗斯抒情诗选》，曾思艺译，山西教育音像出版社2006年版，第66—67页，一些地方作了修正。

"即使被欺骗！啊，就让我受欺诳！"
他没有想到，这是瞬刻即化的冰，
在它下面却是无底的海洋。

跑？跑往何处？哪里是真，哪里是假？
哪里是双手可以倚靠的支撑？
不管鲜花烂漫，还是笑满双颊，
潜伏在它们之下的死总会大获全胜。

盲人寻路，却徒劳地凭依
瞎眼的领路人导向；
如果生是上帝的喧哗的集市，
那么唯有死才是他不朽的殿堂。①

　　或者像丘特切夫的《两个声音》一样，主动向死亡和命运挑战，如
《致死亡》：

我曾在生活中昏迷不醒，了解这种感受，
那里结束了一切痛苦，只有甜蜜的慵倦醉意；
所以我毫不畏惧地把您等候，
漫漫难明的黑夜和永恒的床具！

哪怕你的魔爪已触及我的发尖，
哪怕你从生命簿上勾除我的姓名，
只要心在跳动，在我的审判面前，
我们旗鼓相当，可我将大获全胜。

---

① 《俄罗斯抒情诗选》，曾思艺译，山西教育音像出版社 2006 年版，第 62 页。

你时时刻刻仍须遵从我的主张，

你是无个性的幽灵，我脚下的影子，

只要我一息尚存——你不过是我的思想，

和郁闷幻想的不可靠的玩具。①

三是对语言之局限的思索。丘特切夫在《沉默吧》一诗中，提出"说出的思想已经是谎言"，在俄国诗歌史上，首次正式从哲学的高度谈到了语言的局限问题——语言难以表达真切、鲜活的感受和深刻的思想。这一观念在此后引起了较强的反响。费特对此也表示了应和。早年，他已写到"语言苍白无力"，无法表达对恋人的深爱，"只有亲吻万能"（1842 年《我的朋友，语言苍白无力……》）。1844 年，在《就像蚊蚋迷恋黄昏》一诗中他希望"假如无须言辞，而用心灵诉说"。在此基础上，他进行了长久的思考与探索，最后找到了突破语言的局限的一些方法。首先，是音乐：

请分享我的美梦，

对我的心细诉热忱，

如果用语言无法表明，

就用乐音对心灵低吟。②

其次，是富有弹性与象征意蕴的诗的语言：

我们的语言多么贫乏！所思所想难以言传！

对朋友的爱，对仇敌的恨，都有口难言，

一任它在胸中惊涛般雪浪卷云崖。

永恒的苦恼中心儿徒劳地困兽犹斗，

---

① 《俄罗斯抒情诗选》，曾思艺译，山西教育音像出版社 2006 年版，第 73—74 页。
② 《俄罗斯抒情诗选》，曾思艺译，山西教育音像出版社 2006 年版，第 34 页。

　　　　　　面对这命定的荒谬，

　　　　　　智者也只能把年高望重的头低下。

　　　　　　诗人，唯有你，以长翅的语言

　　　　　　在飞翔中突然捕获并栩栩再现

　　　　　　心灵模糊的梦呓和花草含混的气味；

　　　　　　就像朱比特的神鹰为了追求无限，

　　　　　　离弃贫瘠的山谷，忠实的利爪间

　　　　　　携着一束转瞬即逝的闪电，向云霄奋飞。[1]

　　第四，艺术手法方面的影响。费特学习、借鉴了丘诗的一些艺术手法，并加以大胆的推进，主要表现在以下两个方面。

　　一是情景交融的手法。在谢林哲学中泛神观念与丘特切夫自然诗的影响下，费特形成了情景交融的艺术手法，表现为把自然视为一个活的有机体，把自然界人化，并且让自己的每一缕情思都和自然界遥相呼应。如《第一朵铃兰》：

　　　　　　啊，第一朵铃兰！白雪蔽野，

　　　　　　你就已祈求灿烂的阳光；

　　　　　　什么样童贞的欣悦，

　　　　　　在你馥郁的纯洁里深藏！

　　　　　　初春的第一缕阳光多么鲜丽！

　　　　　　什么样的美梦将随之降临！

　　　　　　你是多么令人心醉神迷，

　　　　　　你，燃起遐思的春之礼品！

---

①《俄罗斯抒情诗选》，曾思艺译，山西教育音像出版社2006年版，第78页。

　　　　仿佛少女平生的第一次叹息，

　　　　为了她自己也说不清的事情，

　　　　羞怯的叹息芳香四溢，

　　　　抒发青春那过剩的生命。①

　　诗人把铃兰拟人化，让她祈求阳光，深藏欣悦，进而引发人春的遐思，最后一节，是写铃兰还是写少女，已浑然不可区分。

　　在此基础上，诗人大胆推进一步，化景为情，让大自然的一切都化作自己的情感，成为描写自己感受的手段，从而达到类似于中国诗圣杜甫那"感时花溅泪，恨别鸟惊心"的艺术境界。如《又一个五月之夜》：

　　　　多美的夜景！四周如此静谧又安逸！

　　　　谢谢你呀，午夜的故乡！

　　　　从严冰的世界中，从暴风雪的王国里，

　　　　清新、纯洁的五月展翅飞翔！

　　　　多美的夜景！漫天的繁星，

　　　　又在温柔而深情地窥探我的心灵，

　　　　夜空中到处荡漾着夜莺的歌声，

　　　　也到处回荡着焦虑和爱情。

　　　　白桦等待着。它那半透明的叶儿，

　　　　羞涩地撩逗、抚慰我的目光。

　　　　白桦颤抖着，仿如新婚的少女

　　　　对自己的盛装又是欣喜又觉异样。

────────────

①《费特抒情诗选》，曾思艺译，载香港《大公报》1998 年 4 月 8 日第 7 版。

> 夜啊，你那温柔又飘渺的容姿，
>
> 从来也不曾让我如此的着魔！
>
> 我不由得又一次唱起歌儿走向你，
>
> 这情不自禁的，也许是最后的歌。[①]

在这里，天上的星星、地上的白桦都已具有人的灵性，充满诗人爱的柔情，景已化为情。

二是通感手法。如前所述，丘特切夫在俄国诗歌史上最早大量而且出色地运用通感手法。受其影响，费特在诗中也大量运用通感手法，把外部世界与内心世界融为一体，把各种感觉糅合起来，如"温馨的语言"，化听觉为感觉；"消融的提琴"，化听觉为视觉；"脸颊红润的纯朴"，化无形为有形。

他还别具匠心地对此加以推进，大胆地把词性活用与通感手法结合起来，更能表现复杂的思绪和微妙的感觉，如《致一位女歌唱家》：

> 把我的心带到银铃般的悠远，
>
> 那里忧伤如林后的月亮高悬；
>
> 这歌声中恍惚有爱的微笑，
>
> 在你的盈盈热泪上柔光闪耀。
>
> 姑娘！在一片潜潜的涟漪之中，
>
> 把我交给你的歌声多么轻松——
>
> 沿着银色的路不停地向上浮游，
>
> 就像蹒跚的影子紧随在翅膀后。
>
> 你燃烧的声音在远处渐渐凝结，
>
> 如同晚霞在海外融入黑夜——
>
> 却不知从哪里，我真不明白，

---

① 《费特诗九首》，曾思艺译，载台湾《葡萄园》诗刊 2000 年春季号（总第 145 期）。

一片响亮的珍珠潮突然涌来。

把我的心带到银铃般的悠远，

那里忧伤温柔得好似微笑一般，

我沿着银色的路不停地飞驰，

仿佛那紧随翅膀的蹒跚的影子。①

全诗以通感手法，把女歌唱家的歌唱艺术，生动地显现出来，其中"燃烧的声音"的"凝结"、"珍珠潮"、"沿着银色的路"，都是明显的通感。而第一段更是让通感手法与词性活用交错糅合，达到了水乳不分的境地。"忧伤如林后的月亮高悬"，既是通感（化无形为有形，心觉变视觉），又是词性活用（"忧伤高悬"）。第一句对此手法的运用尤其出神入化："银铃般的悠远"，既属词性活用（以"银铃般的"修饰"悠远"）与通感手法（把"悠远"化为"银铃般的"，变无形为有形），又非常生动地把主客体融为一体——女歌唱家的歌声是如此优美动人，听者沉醉其中，只觉茫茫时空、人与宇宙均已融合为一种"悠远"（"悠远"既可指时间长，也可指空间广），当然这"悠远"因歌唱家歌声之圆润优美而是"银铃般的"。于是听者摆脱了滚滚红尘中的千种烦恼、万般苦闷，进入了艺术与美的殿堂，进入了人与宇宙合一的境界。在那里，忧伤也美得好似月亮一般，忧伤与微笑、热泪与柔光和谐地统一在一处。

这类手法，在费特诗中颇为多见，如"但有些日子也这样：／秋天在金叶盛装的血里，／寻觅着灼灼燃烧的目光，／和炽热的爱的游戏"（《秋天》②），利用词性活用与通感手法，把"金叶盛装的林"说成"金叶盛装的血"，把秋天还有的夏日余温说成秋天在"血"里寻觅"炽热的爱的游戏"，寻觅"灼灼燃烧的目光"，从而使主客观完全契合，并深入非理性的世界，直探进秋之生命的深处，也触动了人的灵魂深处。

---

① 《费特诗九首》，曾思艺译，载台湾《葡萄园》诗刊 2000 年春季号（总第 145 期）。
② 《俄罗斯抒情诗选》，曾思艺译，山西教育音像出版社 2006 年版，第 69 页。

二、丘特切夫与涅克拉索夫、尼基京

由于资料有限，丘特切夫与涅克拉索夫（1821—1877）的交往与关系尚不太清楚。但无疑，丘特切夫的创作对涅克拉索夫的诗歌产生过较大的影响。

在定现实主义于一尊的年代，苏联学者大谈涅克拉索夫对丘特切夫的影响。他们认为，丘特切夫晚年关注社会现实问题，创作了诸如《归途中》、《世人的眼泪》、《乡村》等一系列反映社会政治问题的诗，完全是涅克拉索夫影响的结果①。

的确，作为一个现实主义诗人，涅克拉索夫认为"你可以不做诗人，但是必须做一个公民"（《诗人与公民》），坚信"谁要是为时代的伟大目标服务，／把自己的一生完全献给那了／实现人与人是兄弟关系的斗争，／那他就能在死后得到永生……"（《致济娜》），并且以关注社会现实问题为中心，一方面揭露、讽刺沙皇统治的专制与黑暗，另一方面又以极大的人道力量，表现下层人民的不幸与苦难，他宣称："我的诗篇啊！对于洒遍泪水的世界，／你是活生生的见证！／你诞生在心灵上暴风雨／骤起的不幸时分，／你撞击着人的心底，／犹如波涛撞击着峭壁。"② 这样，"他的诗歌的名声一年比一年增长。涅克拉索夫第一本诗集在 1856 年出版，这本诗集获得了甚至果戈理当年也未曾获得的巨大成功。这是因为新的读者——平民知识分子和下层人民——成长起来了，他们在涅克拉索夫的诗歌中找到了自己的思想的反映。50 年代末至 60 年代初，涅克拉索夫成为新的一代的诗歌领

---

① 参见［俄］古科夫斯基：《涅克拉索夫与丘特切夫》，载《科学通报》1947 年第 16—17 期；科瓦廖夫：《俄国诗歌史》第二卷，列宁格勒 1969 年版，第 215 页。
② 《涅克拉索夫文集》第一卷，魏荒弩译，上海译文出版社 1992 年版，第 365 页。

袖"①。在此情况下，关心社会现实问题的泛斯拉夫主义者丘特切夫受到其某些影响，完全是可以理解的。

但必须注意的是，不能过分夸大这种影响。因为此时丘特切夫已形成了独特的世界观，尤其是泛斯拉夫主义观念，即使没有涅克拉索夫的影响，他也会反映社会现实问题，关心下层人民的不幸，只是涅诗适逢其时，起了某种催化作用罢了。

苏联学者过分强调涅克拉索夫对丘特切夫的影响，使得其本国的一些学者也深感不妥。加尔卡维在《涅克拉索夫所理解的丘特切夫》一文中指出，以往只注意涅克拉索夫对丘特切夫的影响，而且往往是夸大的，实际上，丘特切夫对涅克拉索夫的影响更大：其一，前者比后者年长将近20岁，显然思想更成熟些；其二，在丘氏的创作中没有人为的断裂，也没有剧烈的变化，而涅氏的创作，毫无疑问，是激烈变化的②。

我们认为，从作品实际来看，丘特切夫对涅克拉索夫的确产生过较大的影响。

涅氏早年的诗歌，主要受俄国浪漫主义诗歌的影响，尤其是别涅季克托夫诗的影响，陶醉于浪漫的幻想，往往以直抒胸臆的方式表达满腔的激情。别林斯基的影响，使他关注社会现实。别林斯基死后，他产生了创作的危机。正在这时，他接触到丘特切夫的诗歌。他于1849年写成，并于1850年1月在《现代人》上发表的《俄国的二流诗人们》一文，最早较详细、准确地评价了丘诗，并称丘特切夫为"第一流的诗歌天才"。梅列日科夫斯基指出："死和爱。整个大自然都贯穿着死和爱。……借助于两种暗示，即对死亡风景、对混沌风暴的暗示和对爱情、对宇宙起源的暗示，涅克拉索夫比任何一位批评家都更深刻地洞悉丘特切夫创作的奥秘。"为此，他得出结论："普希金、莱蒙托夫、丘特切夫是俄罗斯诗歌的三个高峰、三个源头。"③ 这样，丘特切夫的影响就在这深刻的洞悉中不知不觉地产生了，以

---

① [俄] 布罗茨基主编《俄国文学史》下卷，蒋路、刘辽逸译，作家出版社1962年版，第911页。

② 《对俄罗斯只能信仰——丘特切夫和他的时代》（论文集），图拉1981年版，第6页。

③ [俄] 梅列日科夫斯基：《俄罗斯诗歌的两个奥秘》，载《国外文学》1997年第3期。

至涅克拉索夫不仅走出了创作的危机，而且在不少方面比较明显地表露出丘诗的影响。

第一，自然：情绪的风景画。丘诗的一大特点为"自然是可见的精神，精神是不可见的自然"，自然与人的情感密不可分，每一自然意象都是诗人情感的对应物，每一诗行都饱含情感。涅克拉索夫曾这样评价丘氏的《秋天的黄昏》："每一个诗行都动人心弦，恰似有时骤起的阵阵乱风揪住你的心：听着心里难过，不听又觉得遗憾。"① 梅列日科夫斯基指出："涅克拉索夫没有徒然从丘特切夫的诗作中听到秋风的音符，他自己创作的歌就是从这同一首乐曲中衍生出来的：

　　　　如果白昼阴郁，黑夜无光耀，

　　　　如果秋风不停地狂吼怒号……"②

如前所述，涅克拉索夫早期主要受浪漫主义诗歌影响，大多直抒胸臆地表达激情，很少描绘自然，更不善于把自然作为情绪的风景画，情景交融地表达情感。接触、理解丘诗后，涅克拉索夫则像丘特切夫一样，善于通过自然物象来传情达意，使自然成为自己情绪的风景画。如丘特切夫的《在这儿，只有死寂的苍天》、《归途中》等诗，巧妙地通过自然风景的描绘，来表达对俄国农村贫困落后现状的悲悯。涅克拉索夫在《早晨》一诗中采用了类似手法③。《铁道》一诗也是如此："诗是以大自然的画面、秋天的画面开始的。风景是通过作者的感受描写出来的，但已渲染了作者的情愫：'美好的秋天啊！健康的、清新的空气振奋着疲惫的体力，冻结的小溪上那松软的覆冰，如同正在消融的砂糖。'这实际上是对于生气勃勃的心灵状态的极好的揭示。"④ 而其《绿色的喧嚣》，则明显受到丘特切夫的《春水》、《新

① ［俄］梅列日科夫斯基：《俄罗斯诗歌的两个奥秘》，载《国外文学》1997年第3期。
② ［俄］梅列日科夫斯基：《俄罗斯诗歌的两个奥秘》，载《国外文学》1997年第3期。
③ 见《涅克拉索夫文集》第二卷，魏荒弩译，上海译文出版社1992年版，第277—278页。
④ ［俄］卡普斯金：《十九世纪俄罗斯文学史》下，北京大学俄语系文学教研室译，高等教育出版社1958年版，第421页。

叶》等诗的影响，表现了春天的强大的力量，对此，前苏联学者已有所论析，兹不赘述①。

在丘特切夫的影响下，涅克拉索夫还善于细致地描绘大自然的一切，并且采用了类似丘诗的不少意象，如《片刻的骑士》：

> 远方明澈而皎洁，
>
> 一轮满月在密林上空浮动，
>
> 蔚蓝的、灰白的、浅紫的——
>
> 五色缤纷布满了天空。
>
> 田野中的湖水晶莹闪亮，
>
> 而大地上飘渺地
>
> 滚动着白色月光
>
> 和奇异花影的波浪。
>
> 从图景的巨大轮廓
>
> 到蜘蛛最纤细的丝网
>
> （像一片浓霜紧贴在地上）……②

诗中的月夜、明月、银光、波浪乃至蛛网、密林，都是丘诗中颇为常见的意象。

第二，生命：哲学的沉思。丘特切夫长期系统、深入地对生命进行哲学沉思，以抒情诗回答哲学问题。在人们的印象中，涅克拉索夫是一个公民诗人，关心的是社会现实问题。其实，在丘特切夫的影响下，他的一些诗也达到了对生命进行哲学沉思的高度，如《马驹》：

> 几匹马驹拉着一辆满载的
>
> 巨大车皮，在轨道上轻捷飞奔。

---

① 参见《对俄罗斯只能信仰——丘特切夫和他的时代》（论文集），图拉1981年版，第26页。
②《涅克拉索夫文集》第二卷，魏荒弩译，上海译文出版社1992年版，第77页。

车皮出人意料地脱离了轨道……

马驹儿们性子暴烈而又年轻——

它们齐心协力地猛挣……一再猛挣——

但车皮却怎么也拉不动，

它们鼓着劲儿大约一小时过去，

便挣破了内脏——都栽倒在地……

有人从窗口说："真可怜！"

有人在阳台上说："蠢东西！"……

啊，快把车皮拖上轨道！……

脱轨的车皮，重得实在吓人。①

马驹负重飞奔向前，然而偶然出现了突发事件，它们悲惨地毁灭了。面对这生命的悲剧，同情者有之，鄙视者有之。但他们都未曾想到，人不也和马驹一样，被生活与命运的重压驱使向前，说不定，哪一天会飞来横祸……

第三，爱情：自我反省与伟大的女性。在爱情诗方面，丘特切夫写有著名的"杰尼西耶娃组诗"，涅克拉索夫则写有"巴纳耶娃组诗"。"杰尼西耶娃组诗"始于1850年，"巴纳耶娃组诗"则始于40年代，但其时间跨度远远长于前者。而且，"杰尼西耶娃组诗"中不少诗发表于涅克拉索夫主编的《现代人》杂志上。因此，涅克拉索夫对之十分熟悉，并受到其影响。这种影响主要表现为面对女性的不幸与自我牺牲精神，进行深刻的自我反省。

如前所述，丘特切夫与杰尼西耶娃因为自觉地进入一种非法同居的真诚恋爱，而遭到世俗社会的压制与迫害。面对女性的不幸和自我牺牲精神，丘特切夫在《不要说，他还像从前那样爱我》、《我们的爱情是多么毁人》等诗中进行了深刻的自我反省。涅克拉索夫也与巴纳耶娃自愿同居，二人虽真诚相爱，但因性格原因，经常吵架，最终导致分手。巴纳耶娃很爱诗人，为他做出了颇大的自我牺牲。在丘诗的影响下，涅克拉索夫不再只是回忆美好的过去，或谴责对方，而开始进行自我反省，如其1855年写的丘式诗《她

---

① 《涅克拉索夫文集》第二卷，魏荒弩译，上海译文出版社1992年版，第368页。

注定要背上沉重的十字架》：

>　　她注定要背上沉重的十字架：
>
>　　受难吧，沉默吧，装假吧，但泪别流；
>
>　　她将热情、青春和自由——将一切
>
>　　献给谁——谁就是她的刽子手！
>
>　　她早已不同什么人见面；
>
>　　她变得沮丧、胆怯、忧郁，
>
>　　她必须毫无怨尤地聆听
>
>　　那些疯狂、尖刻的言语：
>
>　　"别说，受尽了我嫉妒的折磨；
>
>　　你已毁掉了自己的青春；
>
>　　别说！……我的死期已近，
>
>　　而你比春花还要鲜嫩！"
>
>　　"从你爱上我的那一天，
>
>　　你就听我说过：我爱你——
>
>　　不要诅咒吧！我的死期已近：
>
>　　我用死补救，用死赎罪！……"①

　　这与丘特切夫1852年写的《不要说，他还像从前那样爱我》和1850年写的《我们的爱情是多么毁人》，是何其相似！

　　第四，艺术手法：通体象征。丘诗善用象征手法，尤其是通体象征，他的诗含蓄深沉，耐人寻味。在受丘诗影响前，涅克拉索夫的诗或者直抒胸臆，或者白描写实，而极少用象征手法。在丘诗的影响下，他在白描写实中

---

① 《涅克拉索夫文集》第一卷，魏荒弩译，上海译文出版社1992年版，第295—296页。

巧妙地运用象征，并使写实与象征融为一体，象征使写实更有深意，引人深思，写实则使象征不过于空幻，厚实凝重。如其名诗《没有收割的田地》，表面上是反映农民困苦穷愁受重病折磨的写实，实际上，这是一首象征诗。丁鲁指出："本诗写于 1853 年春天作者身染重病之后。其中耕种者（农夫）的形象，从某种意义上可以看成作者自己的形象。"① 可见，诗人是把耕种者作为自己的象征，通过耕种者的命运来表现自己重病时的命运。又如上述之《马驹》，表面上写的是马驹拉车皮偶然脱轨的现实情况，实际上它也是一首象征诗，而且具有多义性。既可如上述理解为对生命的悲剧的沉思，也可像魏荒弩那样认为："涅克拉索夫经常在这些《昨日即景》中抨击那些市侩，他们总是怀着虚伪的同情来观望 70 年代青年的革命功绩和在政府高压恐怖下所做出的牺牲。"②

此外，丘特切夫反映社会政治问题的诗，也对涅克拉索夫产生过影响。苏联学者指出，涅诗《寂静》（1857）和《1854 年 6 月 14 日》就受到丘诗的影响③。

尼基京（1824—1861），俄国 19 世纪的杰出诗人。其诗歌创作，早年深受丘特切夫与费特的影响，后来受到车尔尼雪夫斯基、涅克拉索夫的影响。但他终生徘徊在唯美与现实之间。④

丘特切夫对尼基京主要有如下影响。

第一，热爱大自然，善于以鲜明的色彩，细致地描绘大自然的景色，表现自然的运动过程。

丘特切夫终生热爱大自然，善于以鲜明的色彩，细腻地描绘大自然的景物。早中期，他描写的主要是普遍、抽象的自然，晚年则描绘具有俄罗斯地方特色的大自然。受丘特切夫的影响，尼基京不仅十分热爱大自然，而且在

---

① 《涅克拉索夫诗选》，丁鲁译，湖南人民出版社 1985 年版，第 78 页注释。
② 《涅克拉索夫文集》第二卷，魏荒弩译，上海译文出版社 1992 年版，第 368 页注释。
③ 参见《对俄罗斯只能信仰——丘特切夫和他的时代》（论文集），图拉 1981 年版，第 26—27页。
④ 参见曾思艺：《在唯美与现实之间——试论尼基京的诗歌创作》，载《国外文学》2000 年第 1期；或见曾思艺：《文化土壤里的情感之花——中西诗歌研究》，东方出版社 2002 年版，第142—152 页。

早期像丘特切夫一样，描写大自然普遍的诗意与美，及其对自己心灵的抚慰与鼓舞，如《田野》：

> 仿若波状绸缎，田野尽情地四处伸展，
> 与天空融合成一片深蓝色的地平线，
> 在它的上空，好似透明的金色盾牌，
> 辉煌的太阳放射出熠熠的光彩；
> 风儿漫步田垄，就像在海面徜徉，
> 它给山冈穿上濛濛白雾的衣裳，
> 同小草偷偷地嘀咕着什么，
> 又在金灿灿的黑麦中放声高歌。
> 我孤独……我的心灵和思想却无比自由……
> 这里，大自然是我的母亲、老师和朋友。
> 当她允许我像婴儿一样
> 靠近她那强健、宽阔的胸膛，
> 并把一股力量注入我的心灵，
> 我深信未来的生活会更光明。①

全诗抒写诗人在优美、宁静的田野中，感到心灵和思想无比自由，深感大自然是自己的"母亲、老师和朋友"，给他力量，使他对未来充满信心。《森林》的主题也与此类似，在森林的浓荫中，在森林的喧响里，诗人忘记了心灵的悲痛、生活的苦楚，获得了慰藉。

到中后期，尼基京也像丘特切夫一样，诗歌极富地方特色，使人如亲眼目睹其故乡——俄罗斯中部沃隆涅什一带的风景，而且往往与当地农民的劳动生活结合起来，如《别再酣睡了，我的草原》，描绘了草原从冬到秋的美景：冬天，白雪皑皑；春天，嫩草茸茸，仙鹤群飞，百鸟齐集，溪流喧哗；夏天，针茅草一片银白，割草人枕着镰刀熟睡，一个个草垛高垒；秋天，白

---

① 《俄罗斯抒情诗选》，曾思艺译，山西教育音像出版社 2006 年版，第 99 页。

雾濛濛，天气凉爽。《亮丽的星光》则描写了割草人在原野里度过的夏夜：此时，星光亮丽，月光如水，湖湾水平如镜，树丛中篝火熊熊，充满欢声笑语，割草人欢聚在一处，在唱歌，跳着俄罗斯民间舞。远处，长脚秧鸡在啼唤，田野一片金黄，草原无限宽广……①

丘特切夫善于以鲜明的色彩描绘自然美景，这在尼诗中也有明显表现，如《田野上蓝莹莹的天空》：

> 田野上蓝莹莹的天空，
> 镶着金边的云彩浮动；
> 森林上盈盈薄雾轻笼，
> 温煦的黄昏水晶般红。
>
> 轻轻吹来一阵阵夜的凉爽，
> 窄窄的田垄上麦穗进入梦乡；
> 月亮像一个火球冉冉东升，
> 树林辉映着一片片艳红。
>
> 繁星的金光柔和地闪耀，
> 纯净的田野静谧而寂寥；
> 这寂静使我仿佛置身教堂，
> 满怀狂喜地虔诚祷告上苍。②

诗中，天空的蓝色、云彩的金边、薄雾的洁白、黄昏的晶红、麦穗的金黄、树林的青黛、月亮的火红、繁星的金光等，组成一幅和谐、优美、动人的风景画。这种色彩有时甚至表现得细致入微，如《乡村的冬夜》：

---

① 以上二诗见《尼基京诗选》，曾思艺译，载《诗歌月刊》2009 年第 2 期下半月刊（总第 99 期）。
② 《尼基京诗选》，曾思艺译，载《诗歌月刊》2009 年第 2 期下半月刊（总第 99 期）。

> 明月快乐地高照
> 在村庄的上空；
> 皑皑白雪的幽光闪耀，
> 好似蓝色的火星。①

　　银色的月光与皑皑的白雪交相辉映，正是在这月光与雪色的辉映中，诗人发现了人所不易察觉的色彩——皑皑白雪折射出的、像蓝色的火星一样闪烁不定，乃至随着脚步一闪即逝的幽光。

　　丘特切夫最喜欢描写大自然的运动、变化。受其影响，尼基京也十分喜欢描写动态的大自然。他喜爱运动，放声歌唱生命的活力，如《生机》：

> 生机像自由的草原一样蔓延……
> 走吧，请细看——别疏忽大意！
> 山丘那边绿盈盈的长练
> 是你不愿寻找的静谧。
>
> 最好是到处风狂雪暴，
> 最好是漫天大雨倾盆，
> 驾着箭似的三套车满草原迅跑，
> 那该是多么的快人心魂！
>
> 喂，车把式！快拉紧缰绳，
> 干吗紧皱双眉？请纵目远方：
> 天地多么宽广！自编的歌声
> 最能诉说心里的痛苦忧伤。
>
> 让那被强压心底的可恶眼泪，

---

① 《尼基京诗选》，曾思艺译，载《诗歌月刊》2009 年第 2 期下半月刊（总第 99 期）。

哗哗地尽情流淌，

我和你，顶着淫淫雨威，

向着天边，不停地纵马飞缰！①

进而，他在诗中大量描写具有动感的事物，特别是自然运动的过程。如著名的风景诗《早晨》从星光渐暗，朝雾濛濛，云霞似火一直写到旭日东升，万物醒来，人们工作。名诗《暴风雨》更是细致地表现了一场暴风雨从酝酿、始发、狂烈到平息的整个过程。②

第二，象征手法的成功运用。如前所述，丘特切夫在诗中大量而出色地运用象征手法，对俄苏诗歌产生了很大影响。尼基京是其象征手法的受益者之一，他在诗中把象征手法与平凡的现实生活结合起来。有时，他借现实里的平凡之物作象征，来表达自己对下层人民的真挚同情，如《犁》：

你，犁啊，我们的母亲，

熬度痛苦和贫穷的帮手，

始终如一的养育者，

永恒持久的工友。

由于你，犁，恩惠

使打谷场的粮堆更加丰满，

饱生恶，饱生善，

就漫布于大地的花毯？

向谁来回忆你……

你总那么淡泊，默默无声，

---

① 《俄罗斯抒情诗选》，曾思艺译，山西教育音像出版社 2006 年版，第 135—136 页。

② 以上二诗详见《尼基京诗选》，曾思艺译，载《诗歌月刊》2009 年第 2 期下半月刊（总第 99 期）。

你劳动不是为了荣耀，

唯命是从的尽职不应尊敬？

啊，健壮的，不知疲倦的

铁一般的庄稼汉的臂膀，

让犁——母亲享受安宁，

得在那没有星光的晚上。

田塍上绿草如茵，

绿蒿在摇青晃翠——

莫非你悲惨的命运，

完全是野蒿汁的苦味？

谁让你老是想到，

做事永远一心一意？

养活了老老小小的一大群，

自己却像孤儿被抛弃……①

　　表面上歌咏的是俄罗斯农村生活中最为常见的劳动工具——犁，但诗中着力描绘犁的默默无声，淡泊自持，一心一意地尽职工作，以及最后那"养活了老老小小一大群，自己却像孤儿被抛弃"的悲惨命运，却使犁这一形象大大提纯，升华成广大俄罗斯农民的象征。

　　有时，尼基京自然、朴实地描写现实生活中平凡的人，并使之富于象征意味，从而引人深思，如已成为俄罗斯民歌的《纺织姑娘》：

在那矮小的屋里，

灯火在闪着光，

---

① 《尼基京诗选》，曾思艺译，载《诗歌月刊》2009 年第 2 期下半月刊（总第 99 期）。

年轻的纺织姑娘，

坐在窗口旁。

她年轻又美丽，

褐眼睛亮闪闪，

金黄色的辫子，

垂在肩上。

她那伶俐的头脑，

思量得多深远，

你在幻想什么？

美丽的姑娘。①

　　这位纺织姑娘朴实美丽，虽然生活贫困，但充满活力，富有理想，很有思想，她是现实生活中的俄罗斯姑娘，更是当时俄罗斯民族乃至真正的俄罗斯文化传统的象征。

　　这类诗以小见大，由近及远，从日常生活的平凡朴实中发掘出浓郁的诗意、深刻的内涵，而且在艺术上自然生动，优美隽永，达到了相当的纯度与高度，最能体现尼诗独具的特色。可见，丘特切夫对尼基京产生了积极的、有益的影响。

三、丘特切夫与俄苏现当代诗歌

　　丘特切夫对俄苏文学的影响是广泛而深刻的。19世纪后期以来的俄苏现当代文学尤其是诗歌，受到其诗歌强有力的影响。高尔基曾回忆过丘诗及

---

① 见《外国名诗201首》，何燕生译，人民音乐出版社1981年版，第126页。

其他俄国作品对自己的良好影响："我已读了阿克萨科夫的《家庭纪事》，书名叫《林中》的出色的俄国诗集，以及极著名的《猎人笔记》，此外还读了几卷格列比翁卡、索罗古勃的作品和韦涅维季诺夫、奥陀耶夫斯基、丘特切夫的诗集。这些书洗涤了我的身心，像剥皮一般给我剥去了穷苦艰辛的现实的印象。我知道了什么叫好书，我感到自己对于好书的需要。"① 而列米佐夫的小说《表》所涉及的超越时间、反抗时间的主题，《十字架的姐妹》所表现的深层主题——"命运，就像时间一样，对人拥有强大的支配力。在命运面前，人的挣扎和抗议是苍白无力的，人的苦难带有宿命的色彩"②，也明显可以看出丘诗影响的痕迹。限于篇幅，此处仅拟分两个阶段探讨丘诗对俄苏现当代诗歌的影响。

第一阶段是 19 世纪后期至 20 世纪初期的俄苏现代诗歌（包括现代主义和现实主义诗歌）。这是丘特切夫影响特别大的一个时期，其中对俄国象征派诗歌的影响尤为突出，如俄国学者谢列兹尼奥夫的《19 世纪后期—20 世纪初期俄国思想中的丘特切夫诗歌》颇为全面而详细地论析了丘特切夫的思想和诗歌艺术对 19 世纪后期至 20 世纪初期俄国思想和诗歌多方面的影响，特别强调了丘特切夫的抒情诗与审美直觉对索洛维约夫创作的影响③；李辉凡、张捷指出，俄国象征派，"从横向上看，他们直接师承了西欧特别是法国的唯美主义、象征主义的诗学；从纵向上看，他们又接受了俄国 19 世纪丘特切夫、费特等诗人的艺术观点。这是他们的'纯艺术'、艺术至上等审美理想的渊源"④。

丘特切夫的诗歌地位，在某种程度上可以说是俄国象征派树立的。正是俄国象征派，发现了丘诗对俄国诗歌的重要意义与价值。"他们认为，自己的根子在以普希金为先导的 19 世纪俄国诗歌中，在丘特切夫、费特、福方诺夫等诗人的作品中……丘特切夫和费特对'彼岸'世界之神秘关系的叩

---

① ［俄］高尔基：《在人间》，楼适夷译，人民文学出版社 1995 年版，第 199 页。
② 李明滨主编《俄罗斯二十世纪非主潮文学》，北岳文艺出版社 1998 年版，第 43 页。
③ ［俄］谢列兹尼奥夫：《19 世纪后期—20 世纪初期俄国思想中的丘特切夫诗歌》，圣彼得堡 2002 年版。
④ 李辉凡、张捷：《20 世纪俄罗斯文学史》，青岛出版社 1998 年版，第 42 页。

问，对理智、信仰、记忆、直觉和艺术之间的复杂联系的探测，以及他们试图触及的'一切秘密的秘密'、'至高无上的事物'的努力，更使得象征派的美学原则明朗化"①。经过索洛维约夫、梅列日科夫斯基、勃留索夫等著名学者型诗人的一再阐发，丘特切夫的现代意义与独特贡献彰显在人们面前，使他成为献身文学、立志创新者的精神偶像。于是，俄国象征主义诗人不约而同地奉他为先驱，从其诗中汲取必要的艺术营养（周启超指出，丘特切夫和费特的诗，成了俄国象征派，尤其是"第一代象征派最看中的丰富养料"②），其他如阿克梅派与某些未来主义诗人、非现代主义诗人，也纷纷向丘特切夫学习。这样，丘特切夫便对俄苏现代诗歌产生了广泛而深远的影响。这些影响，总结起来，主要表现在以下几个方面。

第一，描写两重世界，表现生活的辩证哲理。

如前所述，丘特切夫以独特的个性气质融合外国哲学与文学的影响，形成了独特的诗风，发现了现代人骚乱不宁的内心世界。这使他终生处于双重生活的门槛，善于表达此岸与彼岸、理想与现实、梦幻与生活、自然与文明、山顶与山谷、夜与昼等的两极对立，深刻揭示心灵深处的矛盾对立因素的种种冲突。受丘诗的影响，"白银时代"的诗歌，尤其是俄国象征派的诗歌，大都喜欢描写诗人所面临的两重世界。或如福法诺夫的《每个诗人都有两个王国》：

每个诗人都有两个王国：

一个是从光明中来的王国，明亮，蔚蓝；

而另一个要比没有月亮的夜晚还要漆黑，

如同严密的监狱一般森严。

在黑暗王国中是一连串阴雨绵绵的岁月，

而在蔚蓝王国里只是——美丽的瞬间。

---

① 汪介之：《现代俄罗斯文学史纲》，南京出版社 1995 年版，第 19 页。
② 周启超：《俄国象征派文学研究》，社会科学文献出版社 1993 年版，第 27 页。

表现了光明与黑暗两重世界的对立。他还写有《两重世界》一诗，表现理想与现实、美与生活等等的矛盾①。或如索罗古勃的《我被沉重的牵累禁锢在……》，表现大地（现实生活）与梦幻（艺术）的矛盾②，勃留索夫的《每一瞬间》也是如此③。

进而，"白银时代"诗歌以此为基础，表达生活的辩证哲理。如梅列日科夫斯基的《双重的深渊》，在较全面展示人所面对的双重矛盾（如生与死、善与恶、自由与锁链、苦难与喜悦、开端与结尾）的同时，总结了生活的辩证哲理——以上一切既矛盾对立，又相互依存，互相沟通，"自由，存在于锁链中"，"有苦难，才有喜悦的冲动"④。吉皮乌斯的《干杯》在这方面更为出色：

> 欢迎你呀，我的失败，
>
> 我爱你，正如我爱胜利；
>
> 谦卑藏在我高傲的杯底，
>
> 欢乐与痛苦从来就是一体。
>
> 晴朗的傍晚一片安闲，
>
> 青雾荡漾在风浪已静的水面；
>
> 最后一滴严酷含有无底温柔，
>
> 上帝的真理含有上帝的欺骗。
>
> 我爱我一无保留的绝望，
>
> 最后一滴总许诺给人陶醉。

① 均见《订婚的玫瑰——俄国象征派诗选》，汪剑钊译，中国文联出版公司1992年版，第8、9页。

② 《俄国现代派诗选》，郑体武译，上海译文出版社1996年版，第114—115页。

③ 参见《俄罗斯白银时代诗选》，汪剑钊译，云南人民出版社1998年版，第90—91页。

④ 周启超主编：《俄罗斯"白银时代"精品文集·诗歌卷》，中国文联出版公司1998年版，第25—26页。

我在世上只懂一点真髓：

不论喝的是什么，都要——干杯。①

尽管生活充满缺陷，人生只是受苦，上帝的安慰与许诺也不过是上帝的欺骗，但诗人仍然爱这生活，因为她已洞悉了生活的辩证法——胜利与失败相连，欢乐与痛苦一体，上帝的真理中有上帝的欺骗，因此，人生应该不计一切，而把失败、痛苦、绝望等，以强者的热情，化为一杯烈酒，彻底喝干，直到最后的一滴。

未来主义诗人谢维里亚宁则从另一个角度，创作了诗歌《奇怪的人生》：

人们相逢只为了分离，

人们相爱只为了离异。

我既想狂笑又想痛哭，

我不愿意再生活下去！

人们发誓只为背弃诺言，

人们幻想只为诅咒心愿。

啊，谁若懂得享乐的虚幻，

就让他活活去忍受熬煎！

身在乡村却向往着都市，

身在都市却向往着乡村。

到处都碰得到人的脸孔，

可就是找不到一颗人心！

---

① 《诗海》现代卷，飞白著译，漓江出版社 1990 年版，第 997 页。

> 犹如美经常包含着丑，
>
> 丑之中时有美的因素；
>
> 犹如卑贱有时很高尚，
>
> 无辜唇舌有时也恶毒。
>
> 如此怎能不狂笑、痛哭，
>
> 如此怎能再生活下去，
>
> 当人们随时可能分离？
>
> 当人们随时可能离异？①

　　诗歌在领悟美丑既对立又相互包含的辩证哲理的基础上，进而通过生活中两极对立的种种现象，揭示了现代社会的荒诞与人性的失落、人的孤独及无所适从。这是对辩证哲理的一种现代发展，颇有现代的荒诞色彩。

　　第二，赞美孤独，宣扬遁入内心。

　　如前所述，丘特切夫深感社会的专制、高压，深感人与人之间关系的异化及人们的难以沟通，因而赞美孤独，宣扬遁入内心（如《沉默吧》、《我的心是灵魂的乐土》）。受其影响，"白银时代"的诗歌极力描写孤独，如梅列日科夫斯基的《孤独》②，它不仅描写了孤独，而且把丘特切夫那种人与人间已无法沟通的观念进一步具体化、深刻化了，指出无论是在爱情中或友谊中，还是在一切方面，人只能永恒地孤独！在强烈的孤独中，他们深感自己是被人世遗弃的"逐客"，在人世不仅找不到知音，而且遭到"无情的指责"，"冷酷的讥笑，恶毒的谩骂"，只有置身大自然中，"饱经忧患的心灵"才能得到"片刻的爱抚"③。

　　这样，"白银时代"的诗人们便一致向丘特切夫看齐，纷纷宣扬脱离人世，遁入内心，如梅列日科夫斯基宣称"我憎恨人类，／我急急忙忙地逃

---

① 《俄国现代派诗选》，郑体武译，上海译文出版社1996年版，第449—450页。

② 见《俄国象征派诗选》，黎皓智译，浙江文艺出版社1996年版，第128—129页。

③ ［俄］别雷诗，见《俄罗斯抒情诗选》下册，张草纫译，上海译文出版社1992年版，第985—986页。

避他们。／我的唯一的归宿——／是我空虚的灵魂"①（《我憎恨人类》），或者希望沉入梦境或梦幻——"我们念念不忘、热衷于在梦境中狂想"（勃留索夫），命中注定"生活在梦幻世界里"（巴尔蒙特）。

第三，对爱情中两性关系的哲理深化与对异化主题的发展。

丘特切夫在"杰尼西耶娃组诗"中首先发现男女之间的爱情，既有如胶似漆生死相许的一面，在其深处更隐藏着两性原始而永恒的斗争："两颗心的双双比翼，就和……致命的决斗差不多。"这一主题在"白银时代"的诗歌中得到了深化。

梅列日科夫斯基在《爱情——怨恨》一诗中写道，相爱的双方，"每人都想凶猛如虎，没有谁愿听从使唤"，在与对方的纷争中"筋疲力尽"，"又总是痛苦地相爱"，就这样在争吵与相爱中度过整整一生。②

霍达谢维奇也宣称："最为致命的痛苦是绝望，最为残酷的故事——是爱情"③（《未完成剧本的序言》）。古米廖夫对此主题更为热心。在《对战》一诗中，他创造了一个传奇式的故事，男女双方既深深相爱，又不得不以刀剑对战，最终是："因为我把你杀死，我将永远属于你。"④ 他的《壁炉前》则从另一个角度写了两性的敌对：男子讲述自己昔日在外东征西闯、建功立业的冒险史，并感叹而今病魔缠身，心怀恐怖，女性不仅不感到难受，安慰男子，反而眼里"藏着一种幸灾乐祸的狠毒"⑤。

丘特切夫在俄国诗歌中最早发现人的异化，这一主题在"白银时代"诗歌中得到了发展，在索洛古勃的诗歌中尤为突出。

在索洛古勃看来，现代社会的种种严酷高压，使人丧失了主体性、个性，变成千人一面、万腔一调的平凡动物，循规蹈矩，恬然安于环境的污臭龌龊，完全放弃了对自由的追求：

① 《俄国象征派诗选》，黎皓智译，浙江文艺出版社1996年版，第197页。
② 《俄国象征派诗选》，黎皓智译，浙江文艺出版社1996年版，第132—133页。
③ 《俄罗斯白银时代诗选》，汪剑钊译，云南人民出版社1998年版，第162页。
④ 《心灵的园圃——古米廖夫诗选》，黎华译，上海译文出版社1996年版，第65—67页。
⑤ 《当今世界——古米廖夫诗选》，李海译，外国文学出版社1991年版，第90—91页。

我们是被囚的动物，
会用各腔各调叫唤，
凡是门，都不供出入，
打开门吗？我们岂敢。

若是说心还忠于传说，
我们就吠，以吠叫自慰。
若是说动物园污臭龌龊，
我们久已不闻其臭味。

只要长期反复，心就能习惯，
我们一齐无聊地唱着"咕咕"。
动物园里没有个性，只有平凡，
我们早已不把自由思慕。

我们是被囚的动物，
会用各腔各调叫唤。
凡是门，都不供出入，
打开门吗？我们岂敢。①

　　进而，他深刻地认识到在这日趋大工业化、机器化、一统化的时代里，人只不过是运转的大机器上一个小小的螺丝钉，完全零件化了，完全与幸福、自由、主体性、个性绝缘，所能拥有的只是沉重的疲惫：

我的命运会怎样？
幸福抑或不幸？
共同劳作的机器

---

① 《诗海》现代卷，飞白著译，漓江出版社 1990 年版，第 1001—1002 页。

正在运转不停。

　　我在那个机器上
　　是颗小小螺丝钉。
　　傍晚我赤足而坐，
　　已经是筋疲力尽……①

　　在这样的社会里，诗人产生了一种强烈的生存荒诞感。如其当年曾轰动一时、广为流传的名诗《鬼的秋千》，极其形象地把人的荒诞的生存，隐喻为是和爱捉弄人的命运这魔鬼荡秋千——只要你一上了秋千，就会身不由己地被恶魔不停地向前、向后推送。②诗歌把人的荒诞生存以及人在这一荒诞生存中万般无奈的心态揭示得淋漓尽致，入木三分，道出了现代人窘困于荒诞生存的共同心声，达到了很高的艺术境界。③

　　第四，对语言与思想之关系的思考。

　　如前所述，丘特切夫提出"说出来的思想已经是谎言"后，费特对此又加以发挥。这样，语言与思想的关系，引起了"白银时代"许多诗人的关注。纳德松在《亲爱的朋友，我知道……》一诗中高喊："世界上没有一种痛苦更甚于文字的痛苦"④（一译"世上最大的痛苦莫过于语言的痛苦"）。吉皮乌斯在《书籍题签》一诗中写道："欲表白绝无仅有的辞令，人间的话语竟难以寻觅"⑤，在《无力》中，她也认为："我仿佛已经领悟到了真理——却找不到词语将它说出。"⑥梅列日科夫斯基在《风》一诗中也深感"有口难言"。为此，他们进行了进一步的思考与探索，力求解决语言

----

① 《俄国现代派诗选》，郑体武译，上海译文出版社1996年版，第101页。
② 参见《俄罗斯文艺》1996年第4期，或周启超主编《俄罗斯"白银时代"精品文集·诗歌卷》，中国文联出版公司1998年版，第54—56页。
③ 详见曾思艺：《在荒诞的生存中创造神话——试论索洛古勃的诗歌主题》，载《邵阳师专学报》2000年第4期。
④ 《俄罗斯抒情诗选》下册，张草纫译，上海译文出版社1992年版，第910页。
⑤ 《俄国象征派诗选》，黎皓智译，浙江文艺出版社1996年版，第32页。
⑥ 《俄罗斯白银时代诗选》，汪剑钊译，云南人民出版社1998年版，第57页。

与思想的问题。在这方面，曼德尔施塔姆的《沉默》值得一提。这首诗不仅仿照丘氏的《沉默吧》，以拉丁文为题，而且大大推进了丘氏的思想——力求把语言还原为乐音，与生命的本原融合，以传达生命最原初的感受，这是对言意关系的一种更为现代的思索①。

第五，对死亡、黑夜的热爱。

如前所述，丘诗具有强烈的死亡意识，对生与死的问题进行了颇为深入的思考，夜也是丘诗最常见的题材。受此影响，"白银时代"的诗歌表现出对死亡和夜的空前热爱。

有时，他们单独歌颂死亡，如吉皮乌斯的《暂时》认为死亡即永恒，宣称："我只接纳你一位，死亡。"② 巴尔蒙特认为死尽管阴森可怕，但也为自己所渴望，因为死"给万物带来无忧无虑的礼品"，是"忘却的精灵"③。索洛古勃更是高喊："哦，死亡！我属于你。"④

有时，他们单独歌颂夜，如索洛古勃通过午夜的寂静寻找精神的沟通——因为在午夜，"使你心灵苦闷的一切"，"都会在你面前点燃"⑤。而勃洛克则通过黑夜写出了世界的循环，表达了一种颇为悲观的宿命的循环观念：

> 黑夜，大街，路灯，药店，
> 死气沉沉的昏暗人间。
> 哪怕你再活二十五年，
> 也没有出路，一切依然不变。
>
> 即使你死去——再活一次，
> 一切循环往复，仍如从前：

---

① 《贝壳——曼德尔施塔姆诗选》，智量译，外国文学出版社1991年版，第11—12页。
② 《订婚的玫瑰——俄国象征派诗选》，汪剑钊译，中国文联出版公司1992年版，第65页。
③ 《俄罗斯白银时代诗选》，汪剑钊译，云南人民出版社1998年版，第41页。
④ 《俄国象征派诗选》，黎皓智译，浙江文艺出版社1996年版，第67页。
⑤ 《俄国象征派诗选》，黎皓智译，浙江文艺出版社1996年版，第106页。

黑夜，阴沟里冻结的涟漪，

药店，大街，路灯点点。①

　　有时，他们把夜与死亡结合起来描写，表现对生命的哲理感悟，如吉皮乌斯的《夜的花朵》，诗中写道：夜"充满着残酷的美"，此时，"人们最靠近死亡"，同时人也最能感悟生命的神秘②。

　　丘特切夫的象征与暗示手法，通过瞬间直觉把握整体的方法，对潜意识、非理性与梦幻的挖掘，对"白银时代"诗歌影响更大，以至它们成为俄国象征派乃至所有现代主义诗歌的突出特征。这早已是众所周知，兹不赘述。

　　此外，丘诗在其他一些方面对19世纪后期至20世纪初期的俄国诗人有明显的影响。

　　冯玉律指出："在1905年革命时期以及随后的年代里，布宁在诗作中便渐渐注意哲理性的主题，而向丘特切夫靠拢了。"③ "在20世纪初的诗作中，蒲宁（即布宁——引者）十分倾心于表达对生命统一整体的感受，对无数看得见和看不见的生物新陈代谢的永恒过程的赞叹。这种对宇宙的观照也正是继承和发展了丘特切夫的传统。"④ 布宁的某些诗明显学习、借鉴了丘诗，如《迟早有一天》⑤ 就是丘诗《灵柩已经放进墓茔》、《春》等诗的变奏。

　　"1910年，叶甫盖尼·伊万诺夫对勃洛克提起丘特切夫的一首诗《两个声音》……这首诗给勃洛克留下了深刻的印象，使他久久不能忘怀"⑥，并促使他克服一切障碍，努力去奋斗。他还引丘诗"我认识她还是在神话的时代"作为《一年年过去……》一诗的题词，并在诗中对丘诗的诗意进行

---

① 曾思艺译自《从象征主义到现实主义艺术联盟》第一卷，莫斯科2001年版，第162—163页。
② 《订婚的玫瑰——俄国象征派诗选》，汪剑钊译，中国文联出版公司1992年版，第46—47页。
③ 冯玉律：《布宁和他的诗歌》，载《俄罗斯文艺》1996年第5期。
④ 冯玉律：《跨越与回归——论伊凡·蒲宁》，上海外语教育出版社1998年版，第49页。
⑤ ［俄］布宁：《米佳的爱》，王庚年等译，漓江出版社1991年版，第148页。
⑥ ［俄］图尔科夫：《光与善的骄子——勃洛克传》，郑体武译，知识出版社1993年版，第288—289页。

了灵活运用①。而马克·斯洛宁指出："曼德尔施坦姆继承了杰尔查文和丘特切夫善于雄辩的传统。"②

勃留索夫的《我记得那个夏天》③ 模仿了丘诗《啊，我记得那黄金的时刻》，索洛古勃的《花园充满了醉人的凉爽》④ 则借鉴了丘诗《请看那在夏日流火的天空下》，巴尔蒙特的《白色火焰》⑤ 则是丘诗《海驹》的发展，阿普赫京则在《苍蝇》一诗⑥中采用丘式二重对位手法。

第二阶段是20世纪50年代至当今的俄苏当代诗歌。丘特切夫对这一阶段俄苏诗歌的影响，主要表现在内容方面，尤其是苏联"解冻"以后，丘诗对一批诗人产生了相当大的影响。一时之间，苏联诗坛掀起了哲理抒情诗的热潮，"传统哲理诗派"、"悄声细语派"都受到丘诗的影响，如刘文飞指出，"静派"的诗是"费特、丘特切夫式的小夜曲"⑦。

一些著名诗人也十分喜欢丘诗，受到丘特切夫的影响。

诺贝尔文学奖获得者帕斯捷尔纳克早年即已十分熟悉丘诗，写过论述丘特切夫的文章，1910年夏天，在莫洛吉别墅居住时，"他每天爬到一棵半倒在水面上的老桦树杈上，一边吟咏老一辈抒情诗人丘特切夫的作品，一边创作自己的诗"⑧。他的诗继承了丘特切夫的优秀传统，锐意创新⑨，表现"理性与非理性的对抗"，"富有哲理"，"抒发对生与死、爱与恨以及大自然的感受"⑩。米沃什指出，美籍俄裔作家布罗茨基（另一位诺贝尔文学奖获得者）的"诗歌主题就是'爱与死'"⑪，而我们早已从梅列日科夫斯基的

---

① 《俄国诗选》，魏荒弩译，湖南人民出版社1988年版，第411页。
② ［美］马克·斯洛宁：《苏维埃俄罗斯文学（1917—1977）》，浦立民、刘峰译，上海译文出版社1983年版，第260页。
③ 《订婚的玫瑰——俄国象征派诗选》，汪剑钊译，中国文联出版公司1992年版，第82页。
④ 《俄国象征派诗选》，黎皓智译，浙江文艺出版社1996年版，第81页。
⑤ 周启超主编《俄罗斯"白银时代"精品文集·诗歌卷》，中国文联出版公司1998年版，第67—68页。
⑥ 《俄罗斯抒情诗选》下册，张草纫译，上海译文出版社1992年版，第880页。
⑦ 刘文飞：《二十世纪俄语诗史》，社会科学文献出版社1996年版，第237页。
⑧ 高莽：《帕斯捷尔纳克——历尽沧桑的诗人》，长春出版社1999年版，第29页。
⑨ 李明滨主编《俄罗斯二十世纪非主潮文学》，北岳文艺出版社1998年版，第305页。
⑩ 《含泪的圆舞曲——获诺贝尔文学奖诗人帕斯捷尔纳克诗选》"译序"，力冈、吴笛译，浙江文艺出版社1988年版，第2、9页。
⑪ 转引自刘文飞：《墙里墙外——俄语文学论集》，中央编译出版社1997年版，第95页。

《俄罗斯诗歌的两个奥秘》一文中知道，这是丘特切夫遗留给俄国诗歌的珍贵秘诀，布罗茨基受其影响自然是不言而喻的了。

马尔蒂诺夫也深受丘诗的影响，"他被认为是俄国诗人丘特切夫和勃留索夫的出色继承者"①，"他在继承俄罗斯诗人巴拉丁斯基、丘特切夫等人哲理诗的基础上，围绕着人与自然、生与死、自然界与文明等主题，努力探索人生的意义、社会的道德风尚和科学发展的作用等问题，寓哲理于抒情，情理并茂"②。维诺库罗夫，则"与马尔蒂诺夫具有相近的风格，努力继承俄罗斯诗人巴拉丁斯基、丘特切夫和费特等人的哲理抒情诗遗产"③。鲁勃佐夫更是明确宣称自己继承、发展了丘特切夫与费特的传统："我不会去重写／丘特切夫和费特的诗句。／……／但是我会去验证／丘特切夫和费特的真挚话语，／可以把丘特切夫和费特的书继续！"（《无题》④）俄国学者爱泼斯坦指出，丘特切夫对扎鲍洛茨基也产生了较大的影响⑤。

一些次要的诗人也受到丘诗的影响，如长期居住在乌克兰的俄罗斯诗人列昂尼德·尼古拉耶维奇·维舍斯拉夫斯基，他"主要写哲理诗，继承了罗蒙诺索夫、巴拉丁斯基、丘特切夫的俄国哲理诗传统"⑥。

在丘特切夫及其他诗人影响下，当代苏联诗坛形成了引人注目的"传统哲理诗派"，主要诗人有加姆扎托夫、卡里姆、维诺库罗夫、索洛乌欣、伊萨耶夫、莫里茨、马尔蒂诺夫、库利耶夫、普列洛夫斯基、费奥多罗夫等，此外还有从其他诗派转向哲理诗派的叶甫图申科、罗日杰斯特文斯基等。他们一般都能以较为开阔的视野、大小兼容的题材和富有哲理的思考去阐发自己对生活、对时代的认识，他们在艺术上则注重将哲理性、抒情性或戏剧性熔为一炉，在浓郁的诗情中给人以启迪⑦。

① 陈建华、倪蕊琴编著《当代苏俄文学史纲》，辽宁教育出版社1997年版，第258页。
② 乌兰汗编选《苏联当代诗选》，外国文学出版社1984年版，第226页。
③ 乌兰汗编选《苏联当代诗选》，外国文学出版社1984年版，第408页。
④ 王守仁：《苏联诗坛探幽》，社会科学文献出版社1990年版，第129页。
⑤ ［俄］爱泼斯坦：《自然，世界，宇宙的隐秘深处——俄国诗歌中的风景形象体系》，莫斯科1990年版，第259页。
⑥ 许贤绪：《20世纪俄罗斯诗歌史》，上海外语教育出版社1997年版，第453—454页。
⑦ 陈建华、倪蕊琴：《当代苏俄文学史纲》，辽宁教育出版社1997年版，第254页。

总体说来，苏联当代诗歌对丘诗的继承与发展，主要包括以下几个方面。

一是自然诗的继承与开拓。

苏联当代诗歌，尤其是"悄声细语派"和"传统哲理诗派"的诗歌，像丘特切夫一样，热爱自然，描写自然，以至"写大自然，写农村景色"①，成为其诗歌的重要主题。如鲁勃佐夫的《田野上的星星》写道："田野上一颗不灭的星星，／为地球上所有惊恐的居民放射着光芒，／星星把温柔可亲的光线，／洒遍遥远地区所有的城乡。"因此，诗人觉得"只要田野上的星星／在人世间发光"，就会"感到内心充满幸福"；在《我宁静的故乡》中他明确指出："我跟每一座农舍和每一片乌云，／跟每一阵就要落地的雷响，／都感到有一种生死与共的关系，／我对它们的感情是多么火热深长。"② 日古林被称为俄罗斯中部平原的歌手，"他善于从自然中撷取意象，擅长描写变幻多姿的大自然，突出人与大自然的密切联系，并使这种联系成为作品的内在主题"③。

在此基础上，诗人们对人与自然的关系进行了富有新时代特征的描写。随着人类科技的飞速发展，生态失衡、环境污染日趋严重，西方一些有识之士发出"救救地球"的呼声。苏联诗人目睹现代工业文明对大自然的侵毁，出于对大自然的热爱，从内心深处也发出了保护大自然的呼声。

在他们笔下，大自然母亲虽然还能像丘特切夫的时代一样给人以慰藉，但更可悲也更可怕的是，她如今已处于被伤害的境地，人类的活动空间一天天扩大，大自然母亲的天地却一天天在缩小。维诺库罗夫在《大自然母亲》一诗中写道：大自然母亲"在期待我们慈悲为怀。／遗憾的是，她不能／从我们这里得到慈爱"④。其长诗《她决不会说》中，人们一向常见的富有生命力与诗意的自然美景，已变成"河流梦见的奇迹"⑤。在舍夫涅夫的

---

① 李明滨、李毓榛主编《苏联当代文学概观》，北京大学出版社 1988 年版，第 256 页。
② 《苏联当代诗选》，上海外国语学院俄罗斯苏联文学教研组译，上海译文出版社 1981 年版，第 240—241、238—239 页。
③ 叶水夫主编《苏联文学史》第二卷，中国社会科学出版社 1994 年版，第 232 页。
④ 陈建华、倪蕊琴编著《当代苏俄文学史纲》，辽宁教育出版社 1997 年版，第 260 页。
⑤ 陈建华、倪蕊琴编著《当代苏俄文学史纲》，辽宁教育出版社 1997 年版，第 260 页。

《奇怪的梦》中，人类不仅成了上帝，而且成了医生，前来就诊的，竟是"病恹恹的江河"、"残废的小溪"、"失明的水潭"、百合、郁金香、"烧焦了的小林木"①。马尔蒂诺夫的《普通的药》，以深沉的忧患写到，由于人类的活动空间过度扩展，自然生态被破坏过分，最普通的自然现象——雷雨后的清新空气，森林中小鸟的歌唱，虫儿的鸣叫，已变得比天鹅的羽毛还要贵重②。

诗人们进而把保护自然与人类自身的生存联系起来，他们在描绘上述种种令人遗憾的情景之后指出，"大自然的悲剧也是人类的悲剧，因为'你（指人类——引者）不可能在我（指大自然——引者）之上，／正如你不能／在我之外'（维诺库罗夫《大自然的独白》）。伤害大自然，也就是伤害人的心灵；保护大自然，也就是保护人类的未来，这样的主题在许多诗歌中回响。伊萨耶夫的《猎人射杀了一只仙鹤》中的主人公误杀仙鹤后的良心审判，普列洛夫斯基的《世纪的路》中抒情主人公从现实的'保护西伯利亚'的急迫呼吁到'将地球变成宇宙的自然保护区'的大胆设想，都具有现实的警策意味，都包含着诗人改变人与自然的紧张关系的渴望"③。

二是爱情诗与其他诗的承续与发展。

丘特切夫在爱情诗中对爱情进行了独到深入的探索。如他在"杰尼西耶娃组诗"中指出，越是真心爱的人越容易被毁掉，这在苏联当代诗歌中有了现代的变奏，如塔季扬尼契娃的《秋夜……》：

> 秋夜，小伙子们
>
> 点起篝火光耀炽人。
>
> 小白桦戴着鲜艳的头巾，
>
> 火苗儿烧亮了
>
> 那双美丽的眼神。

---

① 《苏联抒情诗选》，王守仁译，湖南人民出版社1984年版，第104页。

② 《苏联当代诗选》，上海外国语学院俄罗斯苏联文学教研组译，上海译文出版社1981年版，第24页。

③ 陈建华、倪蕊琴编著《当代苏俄文学史纲》，辽宁教育出版社1997年版，第261页。

> 她站立着，还活着，
>
> 紧闭起苍白的嘴唇……
>
> 我们对谁爱得最深，
>
> 也最经常使她伤心。①

　　而丘氏在爱情诗中，面对深爱的人付出的牺牲，所作的自我反省，在叶甫图申科的《在噙着眼泪的柳树下》一诗中，得到了承续：面对妻子深沉的爱，诗人反省自己："献给妻子的不是鲜花，而是皱纹，／把家务一股脑儿压在她们的双肩，／男人们却偷偷地干着负心的勾当，／而妻子们却只能忍受着凌辱难堪"，深感"怎样使妻子不幸——人人知晓。／怎样使妻子幸福——无人熟谙。"②

　　丘特切夫对语言局限性的思考，在苏联当代诗歌中也得到了回响，如罗日杰斯特文斯基的《我想》，面对"奇异世界"，一直想寻找一个恰如其分而又新颖有力的词儿，但难以如愿③。维诺库罗夫的《语言》，则是对同乡前辈丘特切夫的乐观发展——"语言推动着一切"，一经开掘，它就"闪出光焰"，"开始遨游人间"④。

　　丘特切夫挖掘内心，思考生命的哲理，也在苏联当代诗歌中，获得了更富现代性的特色，如索科洛夫的《我曾在海滨度夜……》：

> 我曾在海滨度夜，睡在篝火旁。
>
> 我梦见一只小鸽，没有翅膀。
>
> 见到鸟儿的苦楚，虽说是在梦乡，
>
> 我也心头沉重，痛苦难当。
>
> 在那个漆黑的夜里我还梦见：

---

① 乌兰汗编选《苏联当代诗选》，外国文学出版社 1984 年版，第 342 页。

②《婚礼——叶甫图申科诗选》，苏杭译，外国文学出版社 1991 年版，第 140—141 页。

③《苏联抒情诗选》，王守仁译，湖南人民出版社 1984 年版，第 266—267 页。

④ 乌兰汗编选《苏联当代诗选》，外国文学出版社 1984 年版，第 414—415 页。

我那高悬的帆落入火中，

小舟无法离岸乘风，

就像那无翅的鸽儿欲飞不能。

大海严峻，乌云沉沉，

可我听见你的声音来自远方。

我快乐地向你游去，

你是我的帆，你是我的翅膀。①

　　全诗把人生的焦虑痛苦、心灵困惑及执著追求等生命的体验与思考，以梦境的方式，形象化地展现出来。而梅热拉伊蒂斯的哲理抒情诗集《人》，更是通过"科技革命时代纵横的感情与理智的'无形的坐标'"，"深入挖掘当代人的内心世界"②。

　　值得一提的是，丘特切夫对俄罗斯当代诗歌依然产生强有力的影响，他的地位在人们心中也越来越高。一些诗人不仅学习、借鉴丘诗的艺术技巧，而且深化、发展丘诗的某些观念，如现任俄罗斯作协（民主派）书记阿巴耶娃的诗《创造中没有创造者》，引丘特切夫的诗句作为标题，并在诗中进行了颇为现代的发挥。③

四、丘特切夫与屠格涅夫

　　丘特切夫被涅克拉索夫称为俄国风景诗大师，他的一些诗被称为"诗中风景画"。屠格涅夫（1818—1883）更是举世公认的写景巨匠。自然风景的描写构成他们作品不可或缺的组成部分，成为他们创作的源泉之一。

────────────

① 《苏联抒情诗选》，王守仁译，湖南人民出版社1984年版，第254页。

② 李明滨、李毓榛主编：《苏联当代文学概观》，北京大学出版社1988年版，第298页。

③ 见《俄罗斯五诗人佳作选译》，郑体武译，载《外国文艺》1999年第6期。

　　然而，屠格涅夫这位蜚声世界文坛的写景巨匠，在写景方面却曾大大受益于丘特切夫。对此，前苏联一些学者曾偶然论及，中国已故的丘诗翻译者查良铮也曾提到："丘特切夫从泛神论观点出发，把人和自然结合为一个整体，这是他的写景诗的一大特色。屠格涅夫和托尔斯泰在小说中所使用的人景交融的描写手法，受到了这些诗篇的影响。"① 可惜均语焉不详，未曾深入论述。实际上，通观两人的创作，屠格涅夫受丘特切夫的影响颇为复杂，且不仅仅为风景描写。本节拟对此进行初步探索。

　　丘特切夫与屠格涅夫有过比较亲密的关系。他们何时何地认识已不可考。屠格涅夫首次出现在丘特切夫的信中，是1852年9月，丘特切夫给在奥甫斯图格的妻子写信，谈到屠氏的《猎人笔记》。大约在此前后，他们建立了比较亲密的关系，经常会面。正是这些经常的会面，使屠格涅夫后来劝说丘特切夫同意出版自己的诗选②。虽然两人思想观念不一致——屠格涅夫倾向西欧，而丘特切夫是泛斯拉夫主义者，丘特切夫对屠氏的某些作品深感不满，如长篇小说《烟》出版后，丘氏接连写了《烟》、《祖国的烟对我们甜蜜而愉快》加以评论，甚至认为屠氏这位天才是在"太阳里寻找斑点"，"用令人厌恶的烟熏黑了我们的祖国"——但他们仍然保持着比较友好的关系。

　　屠格涅夫接受丘特切夫的影响，大约有以下几个方面的原因。

　　一是俄罗斯大自然特有的非同寻常的美。法国作家莫洛亚指出："俄罗斯风景有一种神秘的美，大凡看过俄罗斯风景的人们，对那种美的爱惜之情，似乎都会继续怀念至死为止。"③ 而丘诗细致、出色地描绘了这种美。

　　二是两人都生性敏感，观察细致，而且从小生长于美丽的大自然中，培

① 《丘特切夫诗选》，查良铮译，外国文学出版社1985年版，第183页。

② ［俄］皮加列夫：《丘特切夫的生平与创作》，莫斯科1962年版，第138—139页。丘特切夫长期不愿出版自己的诗集，屠格涅夫一再劝说，并担任编辑和出版者，还为其诗选写了序言，使其诗选在1854年出版。与此同时，屠格涅夫还帮费特清除掉诗歌中的晦涩成分，让其诗集顺利出版。因此，1856年在一次宴会上，他很有成就感地写了首短诗《即兴》："所有这些赞扬对我来说未必适合，但是有一点你们应承认该归功于我：/我迫使丘特切夫敞开了衣服，/还刷净了裤子——为那个费特。"

③ ［法］莫洛亚：《屠格涅夫传》，江上译，台湾志文出版社1975年版，第26—27页。

育了对大自然的热爱，并终生乐此不疲。

三是两人均深受德国文学及德国哲学的影响。丘特切夫有 20 年生活在慕尼黑，深受崇尚自然的德国浪漫派及展开后是一种泛神论的谢林同一哲学的影响；而屠格涅夫在国内读书的时期，正值泛神论风行俄国，1838—1841年，他又亲赴德国柏林大学专攻德国哲学，钻研文学。德国哲学与文学中的泛神论思想以及对人生之谜的执著探索，自然会对他们产生一定的影响。

四是屠格涅夫对丘诗的喜爱。正是在上述三点的基础上，屠格涅夫非常喜爱丘诗，高度评价丘诗。1854 年，正是屠格涅夫亲自登门，再三劝说对发表自己的诗歌毫无兴趣的丘特切夫，在诗人同意出版自己的第一本诗选，但对什么都不闻不问的情况下，又是屠格涅夫亲自担任诗选的编辑者与出版者。他还撰文《略谈丘特切夫的诗》，向广大俄国读者介绍诗人。

在文中，他高度评价诗人"是我国最优秀的诗人之一"，并富有远见卓识地概括了丘诗的特点："他的每一首诗都发源于一种思想，但这一思想好像一粒火星，在深挚的情感和强烈的印象的作用下熊熊燃烧起来；因此，如果可以这样说的话，丘特切夫先生自己的思想由于具有这一起源上的特点，对于读者来说无论何时都不是赤裸裸的和抽象的，而总是同从心灵或自然界捕获的形象融合在一起，总是充满着形象，并且总是不可分割、牢不可破地浸透着形象。丘特切夫先生诗歌的抒情情境是异乎寻常的，几乎是转瞬即逝的，这使他必须表达得凝练、简短，仿佛是他把自己圈定在一个局促而精致的狭小范围之内；诗人需要表述出融为一体的一种思想，一种感情，于是他就主要通过一个统一的形象把它们表述出来，正因为他需要表述，所以他既不想在别人面前夸耀自己的感觉，也不想在自己面前玩弄这种感受。在这个意义上，他的诗歌确实堪称务实的诗歌，也就是真诚的、严肃的诗歌。丘特切夫先生最短的诗几乎总是他最成功的诗。他对大自然的感觉非同寻常的细腻、深切和准确"[①]。此后他又一再宣称："谁若是欣赏不了丘特切夫，那就欣赏不了诗。"

---

① 《略谈丘特切夫的诗》，见《屠格涅夫散文精选》，曾思艺译，长江文艺出版社 2010 年版，第 107、110 页。

由此，屠格涅夫在创作中受到丘诗较为深刻的影响，主要表现为：在诗意的自然中探索人生之谜。

所谓诗意的自然，表现在两人的创作中，包含下述内容：

第一，自然像人一样，是一个有着自己的灵魂、独立的生命的活的有机整体。如前所述，这是丘诗最突出的特点之一。屠格涅夫作品中的自然更是生机勃勃："在所有这些屠格涅夫对自己景物所做的动人描画中，我们见到的好像和其他作家所描写的一般景物不同，大自然和它怀抱中的万物，在屠格涅夫笔下，好像是一种独立于人之外的有生命有灵魂甚至有思想的实体和存在。"①

是的，屠格涅夫就像是大自然的恋人，熟谙她的音容笑貌，深悉她的喜怒哀乐，因而，那千姿百态的森林、辽阔富饶的草原、繁星闪烁的静夜、露珠晶莹的清晨、各种各样的飞禽走兽以及悠闲自在的蓝天白云……大自然的一切，在作家笔下，都成为有感情、有血肉的生命，这是人格化的自然，也是最高极限的自然美。当然，这种人格化的自然，影响更大的是泛神论，但丘诗进一步强化了这种影响。

第二，善于捕捉光、影、声、色，描写运动变化的大自然。

丘诗一再被涅克拉索夫誉为美妙的风景画，光、影、声、色俱全，如前述之《春雷》、《被蓝色夜晚的恬静所笼罩》。

屠格涅夫也极其善于捕捉大自然的光、影、色彩，如《前夜》所写的察里津诺游记："大小诸湖连绵着，亘数里之遥；苍郁的林木笼罩着湖的彼岸。在最大一湖的边岸，山麓上铺展着如茵的绿草，湖水里映出了鲜丽无比的翠玉般的颜色。水平如镜，甚至湖边也全无水沫，全无涟漪的波动。湖水有如巨块坚硬的玻璃，灿烂而沉重地安息于广大的盆中；天幕似乎沉入了湖底，而繁密的树木则正静静地凝视着透明的湖心。"② 这里，翠玉般清亮的湖水，倒映着山光水色、树影天穹，色彩纯净美丽。

---

① 王智量：《从屠格涅夫笔下的自然界说起》，见王智量：《论普希金、屠格涅夫、托尔斯泰》，光明日报出版社1985年版，第117页。

② ［俄］屠格涅夫：《前夜》，见《前夜·父与子》，丽尼、巴金译，人民文学出版社1989年版，第81页。

屠格涅夫也极善于捕捉大自然的各种声音，这种传神入妙的描写在其作品中触处皆是，这里仅引他于 1849 年 8 月 7 日致波丽娜·维亚尔多信中的一段，便可略见一斑："每晚临睡之前，我总要在庭院里做一次小小的散步。昨夜我伫立桥头，静静谛听。我听到各种不同的声音；耳朵里鸣响着呼吸与血液的喧闹，树叶的瑟瑟，不停的私语，夜莺的啼叫——共有四只栖息在院里的树上；鱼儿浮上水面，发出轻轻的接吻般的声音；水滴坠落下地，带着轻轻的银铃般的声响；一根树枝断了，是谁折断了它？哦，这低沉的声音……这是什么？路上的脚步声，还是人的嗓声？突然间在您的耳旁响起了一只蚊子纤细的女高音……"

在丘特切夫看来，自然像人一样有着生命，时时处于运动之中，运动和变化——这是自然界万物的永恒基础，一切都生活着，呼吸着，运动着。因此，诗人喜欢描写运动、变化的大自然，如《昨夜，在醉人的梦幻里》一诗，描绘了一缕阳光的运动过程：先是"无形地流过地毯"，接着"攀着被子的一角"，"像一条蛇蜿蜒地爬行"，来到卧榻，最后以"洪亮的、绯红的叫喊"张开了沉睡少女"睫毛的丝绸"；《十二月的黎明》一诗描绘了 12 月从黎明转到清晨的某一变化过程；《在那潮湿的蔚蓝的天穹》则细致描写了彩虹变化的过程，俄国作家阿克萨科夫指出："不能把彩虹逐渐褪色、化淡、消失的过程表现得比这首诗更为出色的了。"①

屠格涅夫也善于描写景色的运动变化过程，《树林和草原》勾画了俄罗斯树林一年四季景色的变化，《贝仁家的牧场》则描绘了草原一昼夜的景色变化，《叶莫来和磨坊主妇》更是细腻地描绘了一幅从傍晚到深夜不断变化的森林景色图，展示了森林在运转着的太阳的大背景下的微妙变化。

第三，情景交融的写作手法。

丘特切夫善于以景写情。或以美景烘托欢快的心情，使情景交融，如《啊，我记得那黄金的时刻》，通过对美丽的黄昏、静谧的多瑙河、古堡、山岩、野生苹果树及花朵和置身其间的恋人的描写，成功地塑造了一种美好、宁静、欢快的意境；或以美景写悲哀，而倍增其悲哀，如《哦，尼斯》

---

① 转引自《丘特切夫抒情诗选》，陈先元、朱宪生译，漓江出版社 1986 年版，第 221 页。

一诗，首先描绘了尼斯这座法国城市"明媚的风光"、"温暖的太阳"，然而，由于"生命像一只鸟，想展翅飞翔"，却又不能，"只有望着天空／白白张开它已折断的翅膀扑打着"，而更反衬出生命的深深悲哀。

上述情景交融的手法，在丘诗中俯拾即是，在屠格涅夫的作品中也处处可见。如长篇小说《罗亭》中，罗亭的雄辩与启蒙，使娜塔丽亚"感到一种异样的激动"，在熬过一个难眠之夜后，她独自走进花园，此时映入她眼帘的景色是："这是炎热、晴朗、阳光灿烂的一天，虽则时有阵雨。低矮的、如烟的浮云流过晴空，并没有遮住太阳；偶有一阵倾盆疾雨，落向田间。大而耀眼的雨点，以一种干燥的响声，如珠落玉盘一般，倾注而下；阳光就从这闪耀的雨网中，透射出来；草……渴饮着水分；……鸟不住地唱着……于是云收雾散，微风吹拂，草上开始显出了翠绿和金黄的颜色……四周各处，全都发出一股浓厚的香味。"① 美丽变幻的景物与主人公的内心激情交织在一起，构成美妙动人的意境。《幽会》开头、结尾的写景也与人物的心绪密切相关。《树林和草原》中，大自然更是与人融为一体，大自然一年四季的景物变化全都透过人的感受呈现在读者面前。《死》先是描写了大自然具有强大生命力的美景："这些树干高高地上升，在明净的碧空中映出整齐的轮廓线，像天幕一般展开着它们的铺张的、多节的枝丫；鹞鹰、青鹰、茶隼在静止的树梢底下飞鸣着，杂色的啄木鸟用力啄着很厚的树皮；黑鸟的响亮的歌调突然在茂密的树叶丛中跟着黄鹂的抑扬婉转的叫声而响出；在下面，在灌木丛中，知更鸟、黄雀和柳莺啾啾地叫着，歌唱着……"② 以此来反衬后面冬天对树林的摧残以及可怜的马克西姆等人的死亡。

屠格涅夫指出，丘特切夫的每一首诗都始于思想，并总是与自然界密切相连。而福楼拜也曾在一封信中对屠格涅夫说："您的风景描写中包含思想。"风景描写中包含思想，即从诗意的自然中探索人生之谜，这是诗人对作家更深刻、更独特的影响。

从屠格涅夫最早的创作——19 世纪 30—50 年代的抒情诗来看，最初他

---

① 〔俄〕屠格涅夫：《罗亭》，陆蠡译，人民文学出版社 1983 年版，第 83 页。
② 〔俄〕屠格涅夫：《猎人笔记》，丰子恺译，人民文学出版社 1979 年版，第 229 页。

只是善于以清新优美的笔触，细细地描绘俄罗斯的山川景物，善于表现景色的变化，让大自然的一切满蕴灵性，饱含感情，进而融景于情，借景抒情，达到情境水乳交融的境界（列夫·奥泽罗夫因此认为，屠氏早期抒情诗受到丘诗的影响①），但还没有在这诗意的自然中探索人生的真谛，而是或写大自然的美景所引起的纯洁和美好的感受，"仿佛回到童年的心境"（《春日黄昏》），或写在大自然中自己恋爱的幻想、回忆与感觉（《雷雨过去》、《我登上绿色的山岗》），或写在静悄悄、雾濛濛的大自然中自己"沉浸于自由宁静的忧郁惆怅"（《秋》）②。60年代以后的小说与晚年的散文则恰恰相反，几乎每一篇作品的诗意的风景中都蕴藏着对人生之谜的探寻。这固然与个人经历、思想的成熟有关，但编辑出版丘诗选，更进一步系统地熟悉丘诗以后，丘诗也产生了明显的影响。

丘特切夫这种在诗意的自然中探索人生之谜的做法，对屠格涅夫产生了以下影响。

其一，自然与人的关系方面的悲观情调。

如前所述，在自然与人的关系上，丘特切夫认为自然强大有力，人处于自然的神秘力量支配之下，自然和谐永恒，又冷漠无情，但年复一年，风采依旧，人在自然面前不仅软弱无力，就连一切努力都是徒劳的，人只是大自然瞬间的梦，最后剩下的只是自然的茫茫无限与永恒。

受丘特切夫影响，屠格涅夫也认为人从属于大自然力量的控制之下，大自然是人的上帝，人的命运的主宰。他在1849年7月致维亚尔多夫人的一封信中明确指出："……谁说人命中注定应该是自由的呢？历史向我们证明了相反的东西。歌德当然不是出于想当个宫廷的阿谀者而写下自己著名的诗句：'人不是生而自由的。'他是作为一个准确的自然的观察者而道出了这一简单的事实和真理的。"但他并未立即在作品中表现这一主题，而只是从50年代后期开始才深刻、生动地表现这一主题。散文诗《大自然》是这方面的代表作，他表达了与丘诗《春》、《在这儿，生活曾经如何沸腾》等完

---

① 参见［俄］列夫·奥泽罗夫：《丘特切夫的诗》，莫斯科1975年版，第38页。
② 以上诸诗参见《屠格涅夫抒情诗集》，任子峰译，湖南文艺出版社1991年版。

全一样的思想——绿色的大自然女神，是世界的主宰，万物的母亲，但她冷漠无情，难以亲近，连说话都用一种金属般铿锵的声音，她宣称，"我既不知道什么是善，也不知道什么是恶"，理性对她也不是法规，所有造物都是她的孩子，她"一视同仁地爱护他们，也一视同仁地毁灭他们"①。

在屠格涅夫心目中，大自然就是命运，而命运不仅是盲目的，而且任性乖戾，为所欲为，人处于这种状况下，只能是一种宿命的存在。在其著名文章《哈姆莱特与堂吉诃德》中，他既鼓励人们为人类的幸福忘我奋斗，又悲观地指出："而结局——掌握在命运的手里。只有命运能给我们指明，我们是同幻影作战，还是同真正的敌人作战，我们头上遮护着什么武装……我们的事业就是武装起来，并且斗争到底。"但最终，"一切都会过去，一切都会消逝，显赫的地位，无比的权力，无所不知的天才，一切都会灰飞烟灭……"② 在小说《父与子》里，巴扎罗夫突如其来地染病而死，就充分体现了大自然（命运）的盲目与捉弄人。王智量指出："我觉得，也是这个'冷漠'的大自然给了罗亭和拉夫列茨基以蹉跎凄凉的遭遇，给了英沙罗夫一个'壮志未酬'的遗憾，给了涅兹丹诺夫一株苹果树的树荫和一粒子弹让他去收拾自己一生的残局。至于纳塔莉亚、丽莎、叶琳娜、薏林娜以及屠格涅夫笔下那许多美丽的少女，在她们的命运中，我们又何尝不能发现这个'冷漠'的大自然的支配力，只不过有的显著些，有的隐晦些罢了。"③

因而，屠格涅夫也像丘特切夫一样深感自然的强大、永恒与人生的脆弱、短暂，在《父与子》的著名结尾，他表达了与丘特切夫的《灵柩已经放进墓茔》等诗类似的观念："无论埋在坟墓里的那颗心是怎样炽热，怎样有罪，怎样不安分，坟墓上那些盛开的鲜花却用它们天真无邪的眼睛安详地注视着我们：它们不仅对我们说明了一种永恒的安息——那种'冷漠无情的'大自然的伟大的安息；它们也说明了一种永恒的和解与一种无尽的生

---

① 《屠格涅夫散文精选》，曾思艺译，长江文艺出版社 2010 年版，第 237—238 页。
② 《屠格涅夫散文精选》，曾思艺译，长江文艺出版社 2010 年版，第 63、76 页。
③ 王智量：《从屠格涅夫笔下的自然界说起》，见王智量：《论普希金、屠格涅夫、托尔斯泰》，光明日报出版社 1985 年版，第 120 页。

命……"①

其二，作为自然力量之一部分的爱情的悲剧性。

如前所述，在思想成熟期的丘特切夫看来，爱情乃是自然混沌世界本源的外在表现形式之一，它作为一种自然初始便留下来的宿命的遗产，必然具有母体的种种特征，是一种原始的无法控制的力量，因为自然界本身总是处于敌对力量的从不间断的冲突之中。这样，在著名的"杰尼西耶娃组诗"中，他不仅表现了这种原始性，而且深刻地表现了这种原始热情的盲目性与毁灭性。

屠格涅夫对爱情也有同样的看法。"爱情本身，在屠格涅夫笔下，是作为一种自然本性和自然力而出现的。在《书简》这个中篇小说中，他说过：'爱情甚至根本不是一种情感，而是一种疾病。'他认为爱情是人与人之间的一种自然的不可抗拒的关系，正像人不可能左右自然一样，人也不可能左右自己在爱情上的命运，而只能做命运的驯服的工具，只能在这种自然力的严酷性面前放弃了个人的追求，一切听天由命。于是这样的爱情便不可能是个人自由和愿望的满足，而往往会带来痛苦的结局"②。

不过，两人虽然都把爱情视为自然的一种盲目力量，但由于两人的爱情经历不同，表现的角度有一定的差异。

丘特切夫在情场上是春风得意，连连中彩，直到 48 岁，还和一位 24 岁的少女杰尼西耶娃陷入深深的婚外热恋之中，组织了另一个家庭，共同生活 14 年，因此，受到社会的强烈谴责，女方更在强大压力中顽强地爱，直至病逝。这样，丘诗中的爱情作为一种自然盲目的力量，主要表现为无法控制的宿命和对爱情心理的深层次挖掘，而达到颇为现代的深度与高度，对爱情诗做出了崭新的开拓。

屠格涅夫在爱情方面则颇为不幸，尤其是无望地爱上波丽娜·维亚尔多这位有夫之妇和异国女子之后，更是深感爱情的盲目和爱情对人的任意捉弄。因此，在《僻静的角落》、《浮士德》、《阿霞》、《幻影》、《够了》、《春潮》等一系列小说中，一而再、再而三地表现了爱情这种自然力对人的主

---

① ［俄］屠格涅夫：《父与子》，张铁夫、王英佳译，海南国际新闻出版中心 1997 年版，第 244 页。
② 王智量：《从屠格涅夫笔下的自然界说起》，见王智量：《论普希金、屠格涅夫、托尔斯泰》，光明日报出版社 1985 年版，第 122 页。

宰，甚至玩弄、奴役。到了生命的晚年，随着思想情绪的消沉，他在《梦》、《爱的凯歌》、《死后》等小说中，便不仅把爱情视为一种悲剧性的宿命力量，而且更为它涂上一层浓厚的神秘主义色彩。

其三，对死亡主题的强烈兴趣。

如前所述，丘特切夫具有强烈的死亡意识，而且，越到晚年，显得越发突出。屠格涅夫也是如此。早在《猎人笔记》中，就有一篇题名为《死》的作品，描写了俄罗斯人各种各样奇怪的死，而且把俄罗斯人一个个都塑造成在死亡面前听天由命的人。到了晚年，"死亡"这一主题更频繁地出现于其笔下，并且染上了浓郁的悲观的宿命色彩，出现了与丘诗类似的场面，如《父与子》的结尾与丘特切夫的《灵柩已放进墓茔》等诗，晚年散文诗中的不少篇章（如《玫瑰花，多么美丽，多么鲜艳……》、《狗》、《明天！明天！》、《最后一次会晤》、《世界的末日》①等），更是表现了死亡笼罩一切、人在劫难逃的主题，与丘诗《在这儿，生活曾经如何沸腾》、《伴我多年的兄长》等如出一辙……

综上所述，丘特切夫在自然与人的关系，在诗意的自然中探索人生之谜等方面，对屠格涅夫确实有一定的影响。当然，这种影响是与作家个人以及当时社会、哲学、宗教等多方面因素结合在一起的，因而较难把握，此处仅仅作了粗浅的探讨，以期抛砖引玉，深化对这一问题的研究。

五、丘特切夫与托尔斯泰

如前所述，丘特切夫与俄国大文豪列夫·托尔斯泰（1828—1910）是第六代表兄弟（丘特切夫的母亲叶卡捷琳娜·里沃芙娜·丘特切娃娘家姓

---

① 参见《屠格涅夫散文精选》，曾思艺译，长江文艺出版社 2010 年版，第 243—244、170、236、201—202、178—180 页。

托尔斯泰)①，但由于相隔多代，他们自己可能并不知道这一关系，因而并未因此而多加往来，当然，两人的年龄也可能是一个障碍——丘特切夫长于托尔斯泰25岁，整整1/4世纪，尽管他们一生只见过10余次面，但托尔斯泰十分尊敬丘特切夫，而且这种感情越到晚年越是浓烈。

托尔斯泰与丘特切夫初识于1855年11月23日②。直到1906年7月17日，8月21日，他还两次满怀深情地回忆起这次相识："那时我从塞瓦斯托波尔回来后住在彼得堡，当时已大名鼎鼎的丘特切夫来看我，尊重我一个年轻作家，使我深感荣幸。当时，我记得，我大吃一惊……"③。1873年2月初在致A．A．托尔斯泰娅的信中，他曾明确谈到自己对丘特切夫的感情与看法："您不会相信——我和他一生中只见过十余次面：但我爱他，并且认为他是那些无法计量地高出于所生活的庸众中的人们中不幸的一个，所以永远是孤独的。"④ 1871年8月托尔斯泰在从费特庄园做客后回家的途中偶遇丘特切夫。这是两人的最后一次相会。这次相会给托尔斯泰留下了极其深刻的印象，他在给朋友们的信中一再兴奋地谈起此事。在同年8月24—26日致费特的信中他写道："我最近到您那儿去是我历次出门最愉快的一次。……我在契尔尼遇见了丘特切夫，我讲了和听了四个站的话，现在，我时时刻刻都在回想这个伟大的、朴素的、学识高深和真正的老头儿。"⑤ 同年9月13日在致斯特拉霍夫的信中，他再次谈到此事："离开您后不久我就在铁路上遇到了丘特切夫，我们交谈了4个小时。我主要听他讲话……这是一个天才的、堂堂正正的儿童老头。在活着的人们当中，除了您和他，我不知道还有谁能使我产生这样的感想。"⑥

托尔斯泰更热爱丘特切夫的诗歌，他曾说过："没有丘特切夫，我就不能活。"⑦ 托尔斯泰初次接触丘诗大约是1855年12月31日，德鲁日宁在其

---

① ［俄］科日诺夫：《丘特切夫》，莫斯科1988年版，第29页。
② 《同时代人谈丘特切夫》，图拉1984年版，第137页注释15。
③ 《同时代人谈丘特切夫》，图拉1984年版，第78、81页。
④ 转引自［俄］皮加列夫：《丘特切夫的生平与创作》，莫斯科1962年版，第180页。
⑤ 《托尔斯泰文学书简》，章其译，湖南人民出版社1984年版，第445页。
⑥ 《同时代人谈丘特切夫》，图拉1984年版，第69页。
⑦ 《同时代人谈丘特切夫》，图拉1984年版，第76页。

日记中写道:"后到涅克拉索夫家,遇到波特金、托尔斯泰和屠格涅夫。……朗诵丘特切夫的诗……"①。后来,托尔斯泰回忆道:"当时屠格涅夫、涅克拉索夫和 K° 勉强说服我们阅读丘特切夫的诗歌。然而,当我读过以后,我简直被他那创作天才的巨大能量搞得目瞪口呆。"② 他之所以喜爱丘诗,一是因为丘诗风格独特、思想深刻、感情丰富、美③,二是因为丘特切夫严肃认真地对待诗歌艺术,在内容与形式方面精益求精:"他(丘特切夫——引者)是非常严肃的,他不像我的朋友费特那样与缪斯开玩笑……他对一切都要求严格:不论是内容还是形式都如此。"④

即使到了晚年,他已不再喜欢诗歌——因为他认为诗是贵族文化,是绝大多数俄国人民不能理解的、异己的东西⑤,而且,他"对诗歌语言一般说来是持否定态度的。他曾经说过,诗人受格律和韵脚的束缚,时常要拿自己的形象和语句去凑格律和韵脚;他们在表达自己的思想时是不自由的"⑥,但他对丘特切夫诗歌的爱不仅未曾减弱,反而历久弥深了。"他只看重极少数几位诗人:丘特切夫、莱蒙托夫、费特,当然还有普希金"⑦,"列夫·尼古拉耶维奇要是引用诗句或谈到诗歌……那总是普希金和丘特切夫,还有费特"⑧。而且,"他最喜欢读的是费·伊·丘特切夫的诗歌"⑨。他甚至认为丘特切夫高于普希金:"在我看来,丘特切夫是个最好的诗人,其次是莱蒙

---

① 《同时代人回忆托尔斯泰》上,冯连驸、张韵婕、裴兆顺译,上海译文出版社 1984 年版,第 101 页,该页俄文原注认为这大概是托尔斯泰头一次接触丘诗;又《同时代人谈丘特切夫》第 72 页及 136 页注释 2 与此同。

② 《同时代人谈丘特切夫》,图拉 1984 年版,第 136 页注释。

③ 这是托翁晚年对丘诗的评价,他在喜欢的丘诗旁标上特定的记号,表明这些特点,详见陈先元、朱宪生译《丘特切夫抒情诗选》有关注释,漓江出版社 1986 年版;或见《对俄罗斯只能信仰——丘特切夫和他的时代》(论文集),图拉 1981 年版,第 161 页。

④ 《同时代人谈丘特切夫》,图拉 1984 年版,第 74 页。

⑤ 〔俄〕瓦·费·布尔加科夫:《垂暮之年——托尔斯泰晚年生活纪事》"绪论",陈伉译,内蒙古人民出版社 1984 年版,第 15 页。

⑥ 《同时代人回忆托尔斯泰》上,冯连驸、张韵婕、裴兆顺译,上海译文出版社 1984 年版,第 305—306 页。

⑦ 《同时代人回忆托尔斯泰》上,冯连驸、张韵婕、裴兆顺译,上海译文出版社 1984 年版,第 306 页。

⑧ 〔俄〕瓦·费·布尔加科夫:《垂暮之年——托尔斯泰晚年生活纪事》"绪论",陈伉译,内蒙古人民出版社 1984 年版,第 15 页。

⑨ 《同时代人谈丘特切夫》,图拉 1984 年版,第 72 页。

托夫，再次是普希金"①。因为尽管普希金比丘特切夫全面，但他的长处更主要有赖于其散文作品，"而丘特切夫作为一个抒情诗人，无可比拟地深刻于普希金"②。他不仅在晚年的谈话中一再谈到丘特切夫，引用其诗句，而且经常劝导从事文学、爱好文学的人们阅读丘诗、学习丘诗，甚至把丘特切夫诗集当做礼物不断送给他人。③

托尔斯泰如此热爱丘诗，而且时间又长达半个多世纪，这不能不对其思想和创作产生一定的影响。1891 年 10 月 25 日，他在给彼得堡著名出版商、书店老板 M. M. 列杰尔列的信中开列了一份对自己生活各阶段影响最大的书目，其中在"20—35 岁"间明确写出丘特切夫的抒情诗对他的影响为："大"④。然而，中俄学术界似乎由于某种原因，对这一问题很少论及，即使谈到，大多为只言片语："丘特切夫从泛神论观点出发，把人和自然结合为一个整体，这是他的写景诗的一大特色。屠格涅夫和托尔斯泰在小说中所使用的人景交融的描写手法，受到了这些诗篇的影响。"⑤ 即使像 В. Э. 贝克尔那样，撰写了专文《费·伊·丘特切夫和列·尼·托尔斯泰》，也只是统计了托翁所喜欢并标上记号的丘诗有多少首，并选择其中的一些代表作加以分析⑥，而几乎未涉及诗人对作家的影响。

综观两人的创作，我们认为，正如托翁自己所说的那样，丘诗对其有"大"的影响。这一影响时间颇长（从 1855 年直到托翁晚年），范围较广。研究这一影响，不仅有利于促进对托尔斯泰的思想和艺术的理解，而且对诗歌和小说间相互关系的更深入把握也不无裨益，具有较高的学术价值。由于篇幅所限，一些极有价值的问题暂不讨论（如"杰尼西耶娃组诗"对《安

---

① 《同时代人谈丘特切夫》，图拉 1984 年版，第 76 页；或参见《同时代人回忆托尔斯泰》下，周敏显等译，上海译文出版社 1984 年版，第 105 页及上，第 369 页。

② 《同时代人谈丘特切夫》，图拉 1984 年版，第 77 页；或参见《同时代人回忆托尔斯泰》下，周敏显等译，上海译文出版社 1984 年版，第 114 页及上，第 595—596 页。

③ 《同时代人谈丘特切夫》，图拉 1984 年版，第 72—83 页；或参见《同时代人回忆托尔斯泰》下，周敏显等译，上海译文出版社 1984 年版，第 106 页。

④ 倪蕊琴编《托尔斯泰生活和创作简表》，见《托尔斯泰论文集》，上海译文出版社 1983 年版，第 549 页。

⑤ 《丘特切夫诗选》，查良铮译，外国文学出版社 1985 年版，第 183 页。

⑥ 参见《对俄罗斯只能信仰——丘特切夫和他的时代》（论文集），图拉 1981 年版，第 161—168 页。

娜·卡列尼娜》的影响，苏联学者虽然谈及过，但未曾深入），本节集中探讨的只是丘特切夫的自然诗对托尔斯泰创作的影响。

如前所述，丘特切夫的自然诗深受德国古典哲学家谢林"同一哲学"的影响，他眼中的自然，既非古希腊人那样是众神的殿堂，也不是基督教中上帝这宇宙的唯一创造者的神庙，而是一个生气勃勃的生命有机体。这个生命有机体的一切，都为诗人热爱，也在其笔下得到了广泛的描绘。进而，丘特切夫形成了人与自然统一的思想，他最憧憬的人与自然交融为一的完美境界是："万物在我中，我在万物中"①。这样，他往往把人与自然结合起来描写，让自然与人心沟通，展示人与自然的统一与和谐。

托尔斯泰本来就热爱大自然，在丘诗的影响下，他不仅喜欢描绘充满生命活力的大自然的一切，更明确形成了人与自然统一的观念，并且把人与自然结合起来描写。

在未接触丘诗以前，托尔斯泰作品中的自然景物，往往更多的是孤立的背景，而未与人们的心灵沟通起来，如1852年完成的《袭击》中的一段写景就是如此："晚上六点多钟，我们精疲力竭，满身尘土走进宽阔坚固的要塞大门。太阳快落山了，把它那玫瑰红的余晖投向美丽如画的小炮台，投向要塞四周的花园和高高的白杨树，投向金黄色的田野，也投向聚集在雪山周围的白云——白云仿佛在模仿雪山，连成一片，跟雪山一样神奇美丽。一钩新月，好像一小朵透明的云彩，出现在天边。"② 而这在他1856年以前的作品中几乎随处可见。不过，受泛神论影响，托尔斯泰此时也已初步形成了朦朦胧胧的人与自然一致的想法，并在作品中有数量极少、相当简短而又十分可贵的表现，如1854年完成的《少年》在描写经过大雷雨后男主人公的心理时，就初次与大自然挂起钩来："我的心灵像焕然一新的、欢欢喜喜的大自然一样微笑着。"③

---

① 《丘特切夫诗选》，曾思艺译，顿河罗斯托夫1996年版，第78页。
② 《托尔斯泰文集·一个地主的早晨——中短篇小说1852—1856》，草婴译，上海译文出版社1985年版，第12页。
③ ［俄］列夫·托尔斯泰：《童年 少年 青年》，谢素台译，人民文学出版社1984年版，第127页。

在读过丘特切夫的诗歌，并且被他那创作天才的巨大能量搞得目瞪口呆后，托尔斯泰逐渐明确地形成了人与自然统一的思想。他在1861年的旅行笔记中指出，"欣赏大自然的主要喜悦"，在于感到"自己是这无限的美丽的整体的一部分"[1]："我爱这样的自然，当她从四面八方环抱着我，而后无边无际地向远方伸展，但我却处身其中。我喜欢，当炎热的空气从各方面包围着我，而这种空气，缭绕着向无限远的地方散发，当那被我坐皱了的油绿鲜嫩的草叶使一望无际的草地变成一片翠绿的时候，当那远处郁郁葱葱的树林枝叶随风摆动着，在我的脸上移动着影子的时候，当我们所呼吸的空气构成无垠天空的深蔚蓝色的时候，当您不是单独一个人因大自然而欢腾、而快乐的时候，当您的四周有无数昆虫嗡嗡叫着打转，小牛互相顶撞着匍匐而行，周围到处是鸟儿在响亮而婉转地歌唱的时候。"[2] 在自己的创作中，他更是大量把人与自然结合起来写，并且力图阐明人与自然的统一，如1856年9月完稿的《青年》中写道："神秘而伟大的自然，这不知为何高悬在蔚蓝天空的某个地方、同时又无所不在、好像要填满无穷空间的、吸引人的亮晶晶的圆月；还有我，一个已经被各种各样卑鄙的、可怜的人类情欲所污损，但是有着无穷的、莫大的想象力和爱情的微不足道的蛆虫——在这种时刻，我觉得大自然、月亮和我，这三者仿佛融为一体了。"[3] 在《两个骠骑兵》、《哥萨克》、《战争与和平》中，他也多次写到这种统一。

在此基础上，托尔斯泰学习、借鉴了丘特切夫自然诗的一些写作技巧与哲理观念。

丘特切夫自然诗的一大特点是善于通过光、影、声、色来栩栩如生地描写自然景物，托尔斯泰也善于通过光、影、声、色来描绘自然景物，如《哥萨克》中的一段夜景描写："夜黑暗而温暖，没有风。只有小半边天空星光闪烁；山那边的大半边天空都被乌云遮没了。乌云跟山连成一片，因为

---

[1] 转引自蒋连杰：《技巧·方法·思想——谈托尔斯泰的大自然描绘》，见《托尔斯泰论集》，浙江人民出版社1982年版，第402页。

[2] ［俄］普列汉诺夫：《托尔斯泰和大自然》，载《文艺理论研究》1980年第1期；亦可见《托尔斯泰日记》上，雷成德等译，陕西人民出版社1998年版，第325页。

[3] ［俄］列夫·托尔斯泰：《童年　少年　青年》，谢素台译，人民文学出版社1984年版，第325页。

宁静无风，缓缓地向前移动，它那曲折的边缘在湛蓝的星空陪衬下显得格外清晰……芦苇有时无缘无故地东摇西摆，发出飒飒声。从下面看去，摇摆的芦苇在那片明亮的天空衬托下好像蓬松的树枝。脚边就是河岸，河岸下是汹涌的激流。远一点是一大片光滑而流动的褐色河面，河水在浅滩和岸旁泛着单调的涟漪。再远一点，水、岸、云汇成了一片不可渗透的黑暗。河面上浮动着一条条黑影……偶尔亮起一道闪光，映入黑镜子般的水中，照亮了对面微斜的河岸。和谐的夜籁——芦苇的飒飒声，哥萨克的打鼾声，蚊子的嗡嗡声和流水的潺潺声，偶尔被远方的枪声、河岸上泥土的崩落声、大鱼的泼水声，或是野兽窜过荒林的簌簌声所打断。一只猫头鹰沿捷列克河飞过，在飞翔时双翼每挥动两下就相碰一次。"[1] 此类描写在《哥萨克》中为数不少，在《战争与和平》、《安娜·卡列尼娜》、《复活》中也常可见到。

丘特切夫把人与自然看成一个统一的整体，人的意识与自然是一回事，因此，他往往让自然与人心沟通，通过对自然的描绘，展示心灵的运动过程，让自然景物成为思想与情绪的客观对应物或象征，如《河流迂缓了》、《在戍人的忧思中》、《世人的眼泪》等诗莫不如此。这种人与自然结合、情景交融的艺术手法为托尔斯泰所借鉴，并较多地使用于其创作中，最著名的当数《战争与和平》中的老橡树。当安德烈公爵绝望、悲哀的时候，他看到路旁那棵巨大的、两人才能合抱的橡树，"它像一个老迈的、粗暴的、傲慢的怪物，站在带笑的桦树之间，伸开着巨大的、丑陋的、不对称的、有瘤的手臂和手指……不愿受春天的蛊惑，不愿看见春天和太阳"，并且似乎在说，"春天，爱情，幸福……老是一样的，全是欺骗！没有春天，没有太阳，没有幸福！"几天后，被月夜中充满激情与诗意的少女娜塔莎所感动，恢复了青春和希望的安德烈公爵再次看到老橡树时，发现："老橡树完全变了样子，撑开了帐幕般的多汁的暗绿色的枝叶，在夕阳的余晖下轻轻摆动着，昂然地矗立着。既没有生节瘤的手指，也没有瘢痕，又没有老年的不满与苦闷——什么都看不见了。从粗糙的、百年的树皮里，长出了一片片没有

---

[1] 《托尔斯泰文集·哥萨克——中短篇小说 1857—1863》，草婴译，上海译文出版社 1995 年版，第 191—192 页。

枝干的多汁的幼嫩的叶子，使人不能相信这棵老树会长出这样的树叶。"①
在这里，老橡树显然是安德烈公爵的思想和情绪的外化或象征物。《安娜·卡列尼娜》中安娜乘车时的暴风雪、《战争与和平》中彼尔仰首观望的那颗彗星也同样如此。

丘特切夫的自然诗被称为"哲理抒情诗"，显然，它包含着丰富而深刻的哲理意蕴。

首先，丘诗包含着丰厚的生命哲学意蕴，其中最明显的一点，便是表现生命的运动。为了表现生命的运动，丘特切夫在自然诗中最喜欢描绘一种现象向另一种现象的更替，或一种状况向另一种状况的转化，如《太阳怯懦地望了一望》，细致生动地描写了由晴转雨又由雨转晴的转化状态，《黄昏》则细腻地描绘了白天向夜晚过渡的黄昏时刻，《夏晚》则写夏天傍晚由炎热开始转凉快的情景。他也致力于表现自然的某种运动，如前述之《昨夜，在醉人的梦幻里》细致地描绘了晨光的流动。托尔斯泰也善于通过描写大自然的运动与变化来展示生命的哲学意蕴。在他看来，大自然就是生命力的象征："生命的力量无处不在：在青草中，在树芽中，在花中，在昆虫和鸟雀中，于是我想，我们人类有一种特性，多少受制于这种力量，能够在自己身上认识这种力量。"② 在小说中，他更是大量描写运动着的自然，甚至把自然写得像人一样充满生命的活力，以致普列汉诺夫指出："每一个读过托尔斯泰作品的人都知道，托尔斯泰爱大自然，并以任何人任何时候也不曾达到过的技巧描绘了大自然，大自然不是被写出来的，而是活在我们的伟大艺术家身上，有时大自然甚至仿佛是小说中的一个人物，只消回忆一下《战争与和平》中的罗斯托夫家的幼辈们圣诞节之夜驾橇车的无与伦比的场景。"③

即使是柔和宁静的黄昏，在托尔斯泰笔下也被描写得一切都在运动，充

① ［俄］列夫·托尔斯泰：《战争与和平》二，高植译，上海译文出版社1981年版，第597页，602页。

② 转引自蒋连杰：《技巧·方法·思想——谈托尔斯泰的大自然描绘》，见《托尔斯泰论集》，浙江人民出版社1982年版，第404页。

③ ［俄］普列汉诺夫：《托尔斯泰和大自然》，载《文艺理论研究》1980年第1期。

满了生命活力，如《卢塞恩》中的一段："晚上六点多钟。下了一整天雨，这会儿放晴了。浅蓝色的湖水好像燃烧的硫黄；湖上几叶扁舟，拖着一条条渐渐消逝的波纹；光滑宁静的湖水像要满溢出来，从窗外葱绿的河岸间蜿蜒流去，流到两边夹峙的陡坡之间，颜色渐渐变暗；接着就停留和消失在沟壑、山岭、云雾和冰雪之间。近处，潮湿的浅绿湖岸伸展出去，岸上有芦苇、草坪、花园和别墅；远一点是树木苍郁的陡坡和倾圮的古堡；再远一点是淡紫色的群山，那里有形状古怪的巉岩和白雪皑皑的奇峰；万物都沉浸在柔和清澈的浅蓝色大气中，同时又被从云缝里漏出来的落日余晖照耀得瑰丽万状。湖上也好，山上也好，空中也好，没有一根完整的线条，没有一种单纯的色彩，没有一个停滞的瞬间，一切都在运动，哪里也没有平衡，一切都变幻莫测，到处是互相渗透、光怪陆离的线条和阴影，但周围却是一片宁静、柔和、统一和无与伦比的美。"①

但托尔斯泰对此又有所推进。作为一个长期生活于农村并参加了不少农村劳动的作家，他超越了丘特切夫，颇具创造性地写到人的劳动也能给大自然带来变化，从而歌颂了人的生命活力——劳动，如《安娜·卡列尼娜》中描写列文割草后的一段："列文向四下里看了一下，简直不认得这地方了。一切都变了样。有一大片草地割过了，它在夕阳的斜照下，连同一行行割下的芬芳的青草，闪出一种异样的光辉。那河边被割过的灌木，那原来看不清的泛出钢铁般光芒的弯弯曲曲的河流，那些站起来走动的农民，那片割到一半的草地上用青草堆起来的障壁，那些在割过的草地上空盘旋的苍鹰，——一切都显得与原来不同了。"②

丘诗中更深邃的哲理意蕴表现为对人与自然关系的思考。丘特切夫认为，自然纯洁、和谐、永恒，而人世则污浊、喧嚣、短暂，在《宴会终了》一诗中，他写到人世喧喧嚷嚷：歌声震天，杯盘狼藉，车马奔流不息，人们熙熙攘攘，而在这城市的喧嚣之上，只有天空中明净无邪的星星在闪闪耀

---

① 《托尔斯泰文集·哥萨克——中短篇小说 1857—1863》，草婴译，上海译文出版社 1995 年版，第 2 页。

② [俄] 列夫·托尔斯泰：《安娜·卡列尼娜》上，草婴译，上海译文出版社 1982 年版，第 321 页。

耀，从而表达了类似我国古代"人散后，一钩淡月天如水"的思想观念。在《啊，多么荒凉的山林峭壁》一诗中，他更是让人世与大自然两相对照："山谷"是庸俗、污浊、喧嚣的尘世的象征，"山顶"则是纯洁、永恒、宁静的精神境界的象征，全诗通过这两个对立的意象，表达了诗人富有哲理意味的思想——厌恶纷纭扰攘庸俗的人世，向往纯洁、永恒的精神境界。

在丘诗的启发下，托尔斯泰也常在小说中让生机勃勃的美好、纯洁的大自然与作茧自缚甚至自相残害的污浊、丑恶的人世两相对照，从而有力地表达自己对人世和社会的否定与批判，最著名的当数《复活》开头的一段："尽管好几十万人聚居在一小块地方，竭力把土地糟蹋得面目全非，尽管他们肆意把石头砸进地里，不让花草树木生长，尽管他们除尽刚出土的小草，把煤炭和石油烧得烟雾腾腾，尽管他们滥伐树木，驱逐鸟兽，在城市里，春天毕竟还是春天。阳光和煦，青草又到处生长，不仅在林荫道上，而且在石板缝里。凡是青草没有锄尽的地方，都一片翠绿，生意盎然。桦树、杨树和稠李纷纷抽出芬芳的黏稠嫩叶，菩提树上鼓起一个个胀裂的新芽。寒鸦、麻雀和鸽子感到春天已经来临，都在欢乐地筑巢。就连苍蝇都被阳光照暖，在墙脚下营营嗡嗡地骚动。花草树木也好，鸟雀昆虫也好，儿童也好，全都欢欢喜喜，生气蓬勃。唯独人，唯独成年人，一直在自欺欺人，折磨自己，也折磨别人。他们认为神圣而重要的，不是这春色迷人的早晨，不是上帝为造福众生所创造的人间的美，那种使万物趋向和平、协调、互爱的美；他们认为神圣而重要的，是他们自己发明的统治别人的种种手段"，尤其是省监狱办公室的官员，他们"认为神圣而重要的，不是飞禽走兽和男女老幼都在享受的春色和欢乐，他们认为神圣而重要的，是昨天接到的那份编号盖印、写明案由的公文"。[①]

丘特切夫进而认为，自然是美妙永恒的，更是强大有力的。对于自然来说，人只是瞬间的梦幻：当人已经从年轻力壮变得衰弱无力时，自然依旧年轻而美丽。人一天天变老，最终来自泥土，复归于泥土，而自然则永恒地活着，并且毫无变化地年青美妙，如《春天》、《天上隐现出白色的云朵》。在

---

① ［俄］列夫·托尔斯泰：《复活》，草婴译，上海译文出版社1983年版，第5页。

最为托尔斯泰推崇的两首诗歌之一的《灵柩已经放进墓茔》（另一首是《沉默》）中他更是在作为整体的永恒、强大的自然的对照下，不仅深刻地表现了人的短暂、渺小，而且表现了虔信宗教的徒劳。在《伴我多年的兄长》中他甚至极其悲观地宣称："一切都将消失殆尽，连痕迹都没有！/有我还是无我——/哪儿又会需要什么？/一切都将如此——暴风雪依然这样悲号，/依然是这样的黑暗，笼罩草原的四周。"这样，他便产生了面对永恒大自然而深感悲哀的强烈的死亡意识。为摆脱这一幕霭般越来越浓的死亡的阴影，他试图融化于普遍的自然中，天人合一，获得和平与宁静，忘掉个体的"我"（《春天》），在曾使晚年的托尔斯泰感动得老泪纵横的《灰蓝的影子溶和了》一诗中，他甚至宣称："让那忘我的昏黑/在我的感觉中满溢！/让我饱尝湮灭的滋味，/同安谧的世界融为一体！"①

托尔斯泰由此而深受启发，也开始较多地思考人与自然的关系。他赞同丘特切夫那自然永恒、强大，而人短暂、渺小的观念，并且也往往在美妙的自然中产生强烈的死亡意识，如他在 1857 年当做日记的瑞士旅行笔记中写道："令人感到惊讶的是，我在克拉拉度过的两个月，每当清晨，或者特别是在傍晚，饭后打开百叶窗，一缕阴影便从窗口投入，我望着湖水，望着反射在湖中的绿色的远方的蓝色群山，这种美便使我目眩神晕，一瞬间，一种意料不到的力量浸透了我。即刻，使我产生要爱的心情，甚至于觉得自己身上产生了一种对自己爱的情绪，我伤感过去，寄希望于未来。使我感到生活成为一件快活的事，我想活得很久很久。对于死的念头产生了孩子般的诗意的恐惧心理。"② 因此，普列汉诺夫明确指出："托尔斯泰最强烈地感受着面临死亡的恐怖感觉，往往正是他最大限度地陶醉在自己与大自然融为一体的意识中的时候。"③

托尔斯泰小说中对人与自然关系的思考，表现为：在永恒、宁静然而强大的自然面前，人显得如此躁动不安，又如此短暂而微不足道。这方面最著

① 《丘特切夫诗选》，曾思艺译，顿河罗斯托夫 1996 年版，第 78 页。
② 《托尔斯泰日记》上，雷成德等译，陕西人民出版社 1998 年版，第 254 页。
③ ［俄］普列汉诺夫：《托尔斯泰和大自然》，载《文艺理论研究》1980 年第 1 期。

名的例子，是安德烈公爵负伤后躺在奥斯特里茨战场上，望着天空的一段描写："在他头上，除了天，崇高的天，虽不明朗，然而是高不可测的、有灰云静静地移动着的天，没有别的了。'多么静穆、安宁、严肃呵，完全不像我那样地跑，'安德烈公爵想，'不像我们那样地跑、叫喊、斗争；完全不像法兵和炮兵那样地带着愤怒惊惶的面孔，互相争夺炮帚，——云在这个崇高无极的天空移动着，完全不像我们那样的哦。为什么我从前没有看过这个崇高的天？我终于发现了它，我是多么幸福啊。是的！除了这个无极的天，一切都是空虚，一切都是欺骗。除了天，什么、什么都没有了。但甚至天也是没有的，除了静穆与安宁，什么也没有。"[1]

托尔斯泰面对死亡，虽然未曾像丘特切夫那样宣称要忘掉个体的自我，投入永恒的普在，同安谧的世界融为一体，但他以另一种方式，表达了类似丘特切夫的观念。在《三死》这部小说中，他写到了世界上的三种死亡：贵夫人的死、农民的死、一棵树的死[2]。他在1858年5月1日致阿·安·托尔斯泰娅的一封信中阐明了该作品的主旨："我的想法是：三个生物死去了，——一位贵夫人、一个农民和一棵树。贵夫人是既可怜又可厌，因为她一辈子撒谎，直到临终还仍然在撒谎……那个农民死得很安静，就因为他不是一个基督教徒。他的宗教……是他终生相伴的大自然……是他跟整个世界的和谐相处，不像贵夫人，她跟整个世界凿枘不和。那棵树死得安静、诚实、漂亮。漂亮，——因为它既不撒谎，也不做作，既不害怕，也不惋叹。"[3] 也就是说，贵夫人自私自利，自我中心，与大自然格格不入，农民与大自然基本融为一体，而树则本身就是永恒大自然的一部分。通过他们的死，表现了托尔斯泰放弃自我，与大自然融为一体、过真正自然的生活的思想。

值得一提的是，在借鉴丘诗的同时，托尔斯泰又以自己独特的博爱、道德自我完善等观念充实、深化了自己的自然描写，从而超越了丘特切夫，使

---

[1] ［俄］列夫·托尔斯泰：《战争与和平》一，高植译，上海译文出版社1981年版，第398—399页。

[2] 详见《托尔斯泰文集·哥萨克——中短篇小说1857—1863》，草婴译，上海译文出版社1995年版，第57—71页。

[3] 转引自［俄］贝奇柯夫：《托尔斯泰评传》，吴钧燮译，人民文学出版社1981年版，第81页。

自己的作品更显丰厚和深刻。

综上所述，丘特切夫的自然诗的确对托尔斯泰的思想和创作有着"大"的影响，对此的研究应更加深入，本节权作引玉之砖。

六、丘特切夫与列维坦

时代越是向前发展，文艺体裁各不同类别之间的渗透、影响乃至融合就越来越成为可能。尽管莱辛在其《拉奥孔》中大谈特谈诗与画的界限，但在世界文艺的历史长河中，诗与画往往不可截然分开，诗与画间的相互渗透与影响也俯拾即是。中国历代画家大多身兼诗人与画家两职，诗与画的相互影响自然屡见不鲜，如王维之画对其诗就有极大的影响①，唐寅之诗对其画也影响颇深——当有人问到唐伯虎的绘画老师周臣因何不及学生的成就高时，周答："只少唐生数千卷书。"这数千卷书主要的恐怕是诗。西方自然也不例外。本节将要论述的丘特切夫的诗歌对列维坦的绘画的影响，就是一个最好的例子。

列维坦（1860—1900）②，俄国19世纪后半叶一位天才的风景画家，其独特的抒情风景画与丘诗有诸多相似之处。

丘特切夫的不少诗被涅克拉索夫称为"诗中风景画"，表现为：第一，用白描的手法，细致如画地展现自然的风景及其诗意，如《山中的清晨》、《十二月的黎明》、《夏晚》；第二，善于捕捉光、影、声、色入诗，如《春雷》、《初秋有一段奇异的时节》、《白云在天际慢慢消溶》。

列维坦虽是画家，却被人们称为"一个多愁善感的诗人"③，其最突出

---

① 主要表现为以画入诗，参见黄南南：《时空交融的艺术》，载《江西社会科学》1982年第6期。

② 通常认为列维坦生于1861年，此据［俄］普罗罗科娃等著《俄国风景画家列维坦》（陕西人民美术出版社1984年版）第7页正之。

③ ［俄］普罗罗科娃等著《俄国风景画家列维坦》，孙越生译，陕西人民美术出版社1984年版，第270页。

的艺术特色之一，便是画中蕴涵诗意："他画的柳荫覆盖着的《荒塘》，使我们回忆起童年捞鱼捕虾的场所；他画雪橇停留在客舍的门口，早春已至，积雪初融，劳碌的人们又可以四处奔走了（《三月》）；他画暮色苍茫中的牛圈，静静地敞开着木门，农夫们赶着牲口回来了（《黄昏》）。他从这些平凡的自然角落中发现了诗意的美，唤醒了普通人对自己生活的热爱。"①

正是由于"诗中有画"和"画中有诗"的诗画渗透，使得列维坦这位风景大师有可能接受丘特切夫的影响。

巴克舍耶夫指出，"对俄罗斯自然的热爱，在很大程度上也决定了画家对文学的爱好。"

丘特切夫和列维坦都从小就热爱自然。丘特切夫童年时常在花园里流连忘返，并喜欢在薄暮时分爬上乡村公墓的远远一隅，陶醉于紫罗兰的芳香和虔敬的沉思之中。列维坦从孩提时代起就已熟悉自然。他们的个性使得他们更爱自然。丘特切夫在青年时的《海上的梦》与晚年的《啊，我的未卜先知的灵魂》等诗中一再写道，他的心"处于双重生活的门槛"，并感到"两个无极，两个宇宙，尽在固执地把我捉弄不休"。而"从欢乐到哀伤，从平静到不安，从兴奋到颓唐，风云常变，阴晴莫测"②，这是列维坦从小就有的个性。这促使他们到自然中去寻求解脱，且使他们爱自然爱得入迷，爱得痴狂。丘特切夫即使在慕尼黑、彼得堡等都市任职，也时常想方设法回到自然中去。而"列维坦热爱自然已经到了某种出奇的程度。这甚至不是什么爱，而是一种醉心的迷恋"③。

正因为如此，丘诗的很大一部分是自然诗，而其特征之一就是独特的形象——自然。也惟其如此，列维坦才选择了风景画，并且能深刻入微地观察自然的微妙变化，能在最平凡的风景中，发掘出迷人的诗意，揭示出无限的美，描绘出自然中最扣人心弦的情态。也正因为这一点，丘特切夫的诗，才

---

① 迟轲：《西方美术史话》，中国青年出版社1983年版，第364页。
② ［俄］普罗科娃等著《俄国风景画家列维坦》，孙越生译，陕西人民美术出版社1984年版，第36页。
③ ［俄］普罗科娃等著《俄国风景画家列维坦》，孙越生译，陕西人民美术出版社1984年版，第349页。

"对于列维坦来说同自然和音乐一样使他心醉"，并且心醉到丘特切夫的诗句"有如他自己的思想一样"①，以至哪怕在钓鱼时，他也要放下钓竿，情不自禁地朗诵丘特切夫的好诗②。这样，丘特切夫就不能不对列维坦产生深刻的影响。

丘诗最大的特点，诚如屠格涅夫指出的那样，是每一首诗都始于思想，而且总是和从自然界中捕获的形象融合在一起，并且总是不可分割、牢不可破地浸透着形象，即透过自然表现哲理，或者说风景与哲学的结晶。这样，自然就成为丘诗的主要形象，他赋予自然以灵魂、爱情和生命，并通过追寻自然之谜而探索心灵、生命之谜，表现出深刻的哲理性。这影响到列维坦，使他不仅在作品中"揭示出隐藏在每一俄罗斯风景中的淳朴和隐秘的东西——它的心灵、它的魅力"③，而且深刻地揭示了思想，从而使风景与哲学融合成完美的结晶。他们的风景与哲学的结晶品表现出三个特点，从这三个特点基本上可以明显看出丘特切夫对列维坦的深刻影响。

第一，抒情性。

如前所述，丘诗的一大特征是丰富的情感，因此，列夫·托尔斯泰称其"感情丰富"，皮加列夫更是把他誉为"抒情歌手"。

在列维坦之前，希施金的风景画毫无生气，缺乏心灵与情感的震颤，萨拉甫索夫等虽在风景中表现了情绪，但只是偶一为之。只有列维坦，才明确意识到风景画的抒情性，甚至在晚年还忠告自己的学生杰伊莎："努力表现你所感觉的东西，表现当你看到某一自然景物时所产生的情绪。"他以丰富的感情体会出由自然所引起的情绪和微妙的感觉，因而，他在十分确切地传达自然的状态时能达到非凡的诗意和生动性。

对此，苏联美术科学院通讯院士费奥多罗夫—达维多夫指出："人们常常称列维坦为'抒情风景画'的大师……列维坦丰富了艺术，这是因为他

---

① ［俄］普罗罗科娃等著《俄国风景画家列维坦》，孙越生译，陕西人民美术出版社1984年版，第190页。
② ［俄］普罗罗科娃等著《俄国风景画家列维坦》，孙越生译，陕西人民美术出版社1984年版，第349页。
③ ［俄］普罗罗科娃等著《俄国风景画家列维坦》，孙越生译，陕西人民美术出版社1984年版，第276页。

在自然的形象中传达了几乎不可捉摸的、微妙的感觉和情绪，而又不把自然变为这些情绪的象征物或单纯的替身。客观与主观的统一，再现自然的生活和通过自然的形象表达的感受的统一，这就是列维坦的创作中又一个卓越的方面。列维坦也像契诃夫一样，对自然的感觉精细入微，能绝妙地表达自然的各种色调和状态在我们内心所引起的情绪和感觉，表达各种自然现象在我们内心所引起的思维和联想的过程。因此，列维坦的充满各种自然内在生活的创作，是既有时代制约与社会色彩，又有全人类意义与价值的人的思想感情的表现。"[1] 费·普雷特科夫则更具体地指出，列维坦"在俄国现实主义风景画中注入了情绪的因素，在俄国绘画中确立了令人感到亲切的抒情风景画，在《墓地上空》一画里攀登了真正的悲剧音响的高峰，在《弗拉基米尔卡》一画里绘出了对于沙俄的印象"[2]。

值得一提的是，列维坦主要是像丘特切夫一样，在自然的形象中传达微妙的、几乎不可捉摸的情绪，体现人的思想感情的运动过程，只不过丘特切夫是把情绪的因素注入哲理诗，从而开创了俄国哲理抒情诗一派，列维坦是把情绪注入风景画，从而确立了俄国绘画史中抒情风景画的特有地位。

第二，简练性。

丘特切夫受谢林哲学的影响，力求通过瞬间把握永恒，因为自然的美只存在于一个瞬间。而"正是所谓'瞬间印象'导致画家特别注重整体，注重整体必然注重概括，注重概括的直接后果当然是抽象艺术的萌芽"[3]，这一段话也同样适合于诗人。他的诗是概括的，他笔下的自然大多既是具体的实在，更是经过综合处理的普遍、抽象的存在，很少有什么地方特色（晚期的部分诗不在此例）。这样，丘诗往往写得很简短，大多在16行以内，从而充分体现了诗的简练性。这对列维坦很有影响。他曾一再告诫学生："我们表现的是自然的综合面貌，画家的目的即在于此。"因此，李思孝指出：

---

① ［俄］普罗罗科娃等著《俄国风景画家列维坦》，孙越生译，陕西人民美术出版社1984年版，第270页。

② ［俄］普罗罗科娃等著《俄国风景画家列维坦》，孙越生译，陕西人民美术出版社1984年版，第257页。

③ 金岱：《论艺术抽象》，见《文艺研究新方法论文集》，江西人民出版社1985年版，第316页。

"他不过分注意捕捉细节，而是以简练取胜，以有限的事物，激起人们的无限的情感，唤起每个人自己特殊的回忆和切身的体验，为他们提供广阔的思想的天地。"①

这种简练性，首先表现为像丘特切夫一样，展示自然的综合的、抽象的面貌，而又不失具体生动性；其次表现为运用极其简练的手法，对不可重复的瞬间的自然状态，用统一的调子在构图、造型和色彩上作最真实的传达。如《乡村月夜》一画中，他只确切地把握总调子，极朴素、简洁地表达出月夜月色的魅力，《夏日黄昏》一画，则通过正确地掌握住的色彩关系，非常简洁、确切地表达出日落前的自然状态，表达出喧闹白昼的炎热与正在来临的幽静黄昏的凉爽的瞬间交替，充分表现出黄昏的诗意和魅力。

第三，哲理性。

丘特切夫不仅在对自然的把握与表现方面影响了列维坦，也不仅在把自然与哲学结合方面影响了列维坦，而且就在哲理性本身的特点上也影响了列维坦。丘诗的哲理性主要表现为生命的哲学意识，它对列维坦的影响表现在下述几个方面：

其一，生命的运动。如前所述，在丘诗中，自然像人一样有着生命，时时处于运动之中。他的诗，大多蕴涵着运动、生命等哲学内涵。同样，列维坦"赋予自然以灵性，仿佛在其中加进了知觉的因素，以表达自己的思想和情绪来使自然人格化"②。自然人格化，自然有灵性，从而像生命一样充满运动，这正是诗人对画家的影响。看看他那描绘了雪、树林、房子、驾着雪橇的小马……的《湖》，看看他那有着冷清明净的蔚蓝天空与在春水中亭亭玉立的齐整整、光秃秃、亮铮铮的白桦树的《春汛》，难道你不感到从冬眠中苏醒的大自然在战栗吗？还有那落日的余晖洒在篱笆大门的横木上，夜幕就要降临牧场的《夏日黄昏》，以及散发着湿润、清新、鲜活的生命的

① 李思孝：《巡回展览派画廊巡礼》，人民美术出版社 1984 年版，第 124 页。
② ［俄］普罗罗科娃等著《俄国风景画家列维坦》，孙越生译，陕西人民美术出版社 1984 年版，第 257 页。

《雨后河道》，你会发现，生命在一切中，运动在一切中！①

其二，自然的矛盾斗争。丘特切夫十分注意观察大自然的变化，留心捕捉春夏秋冬四季的交替，尤其擅长捕捉冬春之交，大地从冬眠中苏醒时冬春的矛盾斗争。诗人不仅喜爱描绘自然界各种力量之间的冲突，即所谓大自然的争执，而且喜欢写这些争执的因素经过冲突、斗争，最后达到新的和谐的境界（如《阿尔卑斯》、《恬静》、《雪山》）。深受丘诗影响的列维坦，画中的自然也是既矛盾又统一的，《三月》里，一切都在斗争着：冬天与春天，温暖的阳光与寒冷的蓝天，幽暗的松树与白杨那明亮的、泛绿的枝干，积雪的耀眼的反光与深蓝色的阴影，而这一切又统一于初春这一主题，《春汛》、《春雪》等画也莫不如此。

其三，自然的伟大、永恒与人生的渺小、短暂。这是他们诗画中所体现的最深沉的哲理。

在丘特切夫看来，自然是和谐的、永恒的，既强大有力，又冷漠无情。人却是"自然的梦"，人的一切努力都是徒劳的，人生则是瞬间的梦幻般短暂的，甚至无所谓的，最后剩下的，只是自然那茫茫的无限与永恒。

这种自然伟大、永恒与人生渺小、短暂的观念，首先反映在列维坦1886年3月于雅尔达写给契诃夫的一封信里："这里真好呀！您想象一下，眼前翠野芬芳，蓝天无垠，这是多么蓝的天呀！昨日黄昏，我攀登悬崖，从顶峰俯览大海，您知道吗，我竟然哭了，而且是失声痛哭；在这永恒优美的地方，而人却感到自己十足的卑微！"

这种观念，更集中而又突出地表现在他的名作《墓地上空》一画里，列维坦自己认为："整个我，我的全部精神，我的全部内涵，都在这幅画中了！"这是风景与哲学结晶的典范："阴沉沉的乌云像时间那样移动。为了强调永眠的长久，列维坦在画中用普寥斯的木教堂替代了现代的教堂。在教堂的窗户里闪出一线灯光，说明那里有人，有生活。在山包的土下埋着逝去的生活，而山包上的这一线灯光，说明生活的连续。一批生命死去了，另一

---

① 列维坦的一些名画，可参见《俄罗斯风景画》，国际文化出版公司1997年版，或其他出版社有关19世纪俄罗斯风景的画册。

批生命诞生了。但是，人，你在这土地上做了什么？除了这十字架之外，你身后将给人留下什么样的记忆？须知，在天空除了奔驰的乌云之外，什么也没有，而'永寂'则留在这墓地之中。"① 这是与丘特切夫何等类似的表现手法，观念上又是何等的一致！苏联有论者指出："在这幅画中，仿佛把《傍晚钟声》、《渊边》和《弗拉基米尔卡》三画中使画家心灵激动的东西都融合为一了。"② 可见，在那三幅画中，也或多或少地表现了这种观念。

丘特切夫对列维坦的影响还表现在他们对自然意象的选择上。他们都喜爱自然中那些优美幽静而又最富乐感的意象：春、秋、彩虹、明月、白天、积雪、落日、雷雨、波浪、清风、新叶……由此，他们的创作中出现了不少诗画同名而内容也特别近似的情况，如丘特切夫的《夏晚》与列维坦的《夏日黄昏》（也译《夏晚》），丘之《春水》与列之《春汛》、《三月》、《春天的残雪》，丘之《恬静》与列之《寂静》，丘之《山中的清晨》、《春雷》与列之《雨后的普寥斯》、《雨后的河道》，丘之《初秋有一段奇异的时节》、《在那夏末静谧的晚上》与列之《金色的秋天》、《晴朗的秋天》……

此外，两人都被视为现代主义，在手法上也有某些相同之处。丘特切夫不仅被俄国象征派奉为鼻祖，更因其诗作把各种类型的感觉杂糅在一起等手法而被称为"印象主义"。列维坦的绘画则被人称为"包含了印象主义的全部独特的贡献"③，有人甚至更具体地指出，"现代主义的一些特点在《暴风雨》或《城堡》等画中看得最为明显"④。

由上可见，丘特切夫对列维坦确实有着深刻的、积极的影响，在某种程度上甚至可以说这种影响使列维坦达到了俄国风景画的一个高峰：把风景与

---

① ［俄］普罗罗科娃等著《俄国风景画家列维坦》，孙越生译，陕西人民美术出版社1984年版，第146页。

② ［俄］普罗罗科娃等著《俄国风景画家列维坦》，孙越生译，陕西人民美术出版社1984年版，第278页。

③ ［俄］普罗罗科娃等著《俄国风景画家列维坦》，孙越生译，陕西人民美术出版社1984年版，第280页。

④ ［俄］普罗罗科娃等著《俄国风景画家列维坦》，孙越生译，陕西人民美术出版社1984年版，第295页。

哲理完美地结合起来，锻炼出风景与哲理的美妙结晶品。当然，画家本人的天赋与奋斗是起决定作用的。此外，时代和社会风尚必然也对画家有着影响。19世纪三四十年代，学习西方哲学特别是德国哲学，成为当时俄国知识界的一种时髦风尚。当时轰动一时的泛神论哲学不能不对列维坦产生影响，叔本华的悲观哲学也不能不对他有一定的影响作用。而画家所生活的19世纪后期，正是俄国历史上最反动、最黑暗的时期，此时，小资产阶级民粹派土崩瓦解，资产阶级苟且偷安的市侩气氛笼罩着俄国社会，反动势力十分猖獗。作为一个天才的敏感艺术家，列维坦不能不感到压抑，感到痛苦，甚至绝望。这些，不能不在他的创作中留下痕迹。可另一方面，这也为他接受丘特切夫的影响提供了条件。

第七章

丘特切夫与中国

邱采夫的人生观，东方式得厉害……他崇拜自然，一切人造都无价值而有奴性，自然当与人生相融洽；承认真实的存在，只在宇宙的心灵，而不在个性的"我"。

——瞿秋白

所有的作家都是在一遍一遍地写着同一本书。我猜想每一代作家所写的，也正是其他作家所写的，只是稍有不同。

——［阿根廷］博尔赫斯

丘诗在中国的译介史不到 100 年，研究史也只 20 多年，但无论对其的翻译与研究，都已形成系统，颇有特色。丘诗具有鲜明的东方色彩，与中国古典诗歌十分近似，如将其与中国诗歌进行适当的比较研究，不仅可加深对它的理解，而且也可总结中俄文学发展的某些特点或规律。本章拟对以上两个方面加以论述。

一、中国的丘诗翻译与研究

我国对丘特切夫诗歌的译介已有 90 多年的历史。纵观这 90 多年丘诗翻译与研究的历史，大约可以分为四个阶段。

20 世纪 20 年代初期，是序幕阶段。

1922 年初，瞿秋白在其《赤都心史》中，第一次向国人介绍了丘特切夫——当时译为"邱采夫"（其实，这一译名比现今通用的"丘特切夫"，更符合俄语中两个辅音并列出现，前一辅音不发音的读音规则，现今通用译名把"ТЮТЧЕВ"读音全译，可能是为了使其更像外国名字），并翻译了两首丘诗[1]。一首标题为《一瞬》（原诗无题，首句为"Так，в жизнь есть мгновения"，查良铮译为《在生活中有一些瞬息》[2]，朱宪生译为《生活中会有些瞬息》[3]），以五言古体译出，重在传情达意，得原诗神韵，但过于中国化，且添加了一些原诗未有的意象，如"鹿为何去远"；在语言上则文白夹杂，未曾融为一体，如"萧萧高树杪，天鸟语我前"、"梦意盈此心，佳时会有缘"，简洁、古朴、充满诗意，而"鹿为何去远"等则太口语化，节奏、风格也前后不谐。另一首标题为《寂》（原诗标题为《SILENTIUM！》，是拉丁文，意为"沉默安静"，查良铮译为《沉默吧！》、朱宪生译为《要沉默》、飞白译为《沉默》），太中国化，易使人想到道家哲学，译文也与原文有出入。但当时瞿秋白在苏俄行程匆忙，能注意到丘诗，已属不易，且所选择的两首诗，颇能体现丘特切夫的根本特征，很有眼光。

瞿秋白同时也写下了我国第一次介绍丘特切夫的文字："邱采夫，俄国斯拉夫派的诗人，一生行事，没有什么奇迹，可是他的诗才高超欲绝。当代评论家白留莎夫（即勃留索夫——引者）称他继承普希金的伟业。邱采夫

---

[1] 实际上在我国最早提到丘特切夫的是李大钊，他在 1918 年写的《俄罗斯文学与革命》一文中就已谈到丘特切夫："Nekrasov（涅克拉索夫）后，俄国诗学之进步衍为两派：一派承旧时平民诗派之绪余，忠于其所信，而求感应于社会的生活，Gemtchujnikov（热姆丘日尼科夫）（1821—1909）、Yakubovtch（雅库鲍维奇）为此派之著名作者；一派专究纯粹之艺术而与纯抒情诗之优美式例以新纪元，如 Tuttchev（丘特切夫）、Fete（费特）、Maikov（马伊可夫）、Alexis Tolstoy（阿历克塞·托尔斯泰）等皆属之。但纯抒情诗派之运动，卒不得青年之赞助而有孤立之象。一般青年仍多自侪于平民诗派之列，其运动之结果，适以增长俄国诗界之社会的音调而已。"可惜直到 1965 年才在胡适的藏书中发现这份遗稿，《人民文学》1979 年第 5 期首次发表全文。详见《李大钊文集》上，人民出版社 1984 年版，第 587 页。
[2] 详见《丘特切夫诗选》，查良铮译，外国文学出版社 1985 年版，第 130 页。
[3] 详见《丘特切夫诗全集》，朱宪生译，漓江出版社 1998 年版，第 317 页。

的人生观，东方式得厉害，亦饶有深趣。他崇拜自然，一切人造都无价值而有奴性，自然当与人生相融洽；承认真实的存在，只在宇宙的心灵，而不在个性的'我'。——和那后来流入德俄的印度哲学不约而同。（邱采夫曾屡为驻德外交官，为席勒的好友。）'自然'对于他一切神秘：爱，欲，浑朴的冲动；所谓'抽象的思想，都虚讹无象'。"① 这段文字简短而珍贵，它把丘特切夫的生平、思想、才能介绍得简明扼要，而且深中肯綮。其中只有一个错误——丘特切夫并非席勒的好友，而是海涅的好友。席勒死于 1804 年7 月，丘特切夫当时还不到 1 岁，而且，他是 1822 年 6 月才去德国，时间上根本不可能。而丘特切夫与海涅感情甚笃。

随后，瞿秋白在写于旅俄期间（1921—1922）的《俄国文学史》中再次提到丘特切夫："纯粹艺术派的观念，虽说貌似所谓'希腊式的异教文明'，而在俄国却反有偏于东方文化派的；譬如邱采夫（Tuttchev，1803—1873）。他的诗恬静到极点，'一切哲理玄言——都是谎话'。纯任自然，歌咏自然，——他的人生观亦偏于斯拉夫派。"②

郑振铎在其 1924 年完成的《俄国文学史略》中也谈到丘特切夫："邱采夫（T. H. Tuttchev）（一八〇三年生，一八七三年死），是'纯美派'诗人的很好的代表。屠格涅夫非常称赞他。他的诗虽受普希金时代的影响，却到处都显出独创的精神。他的诗的遗产虽少，却都是很珍贵的奇珍。他的诗一部分描写自然，另一部分是哲理的。有时他也写关于政治的诗，但大家却以为是反动的，不表同情于求自由的时代的。"③

汪倜然也在其 1929 年出版的《俄国文学》中谈到："普希金、莱门托夫以后，帝奥柴夫（Tyutchev，1803—1873）（即丘特切夫——引者）是一个最老的诗人。他的诗多发表在一八四〇年以前，但是直到好几年以后才得

---

① 《瞿秋白文集》，（一），人民文学出版社 1954 年版，第 175 页；或见《瞿秋白文粹·饿乡纪程》，太白文艺出版社 1995 年版，第 157—158 页。

② 1927 年蒋光慈出版其《俄罗斯文学史》时，收入瞿秋白该书作为下卷，由上海创造社出版部出版，但有所删削，并改题为《十月革命前的俄罗斯文学》。详见《瞿秋白文集·文学编》第 2 卷，人民文学出版社 1986 年版，第 226 页。

③ 郑振铎：《俄国文学史略》，商务印书馆 1933 年版，第 65 页。

到读者底赏识。他是一个斯拉夫派，他歌颂斯拉夫民族底奋斗与光荣，他也赞美自然。"①

瞿秋白等人在20世纪初拉开了我国丘特切夫诗歌译介的序幕，可惜此后中国的历史风起云涌，波翻浪卷，丘诗的译介被搁置了40来年。

20世纪60年代初期，是"秘密"进行阶段。

由于丘特切夫被俄国象征派奉为祖师，而俄国象征派在苏联长时间里被视为资产阶级颓废派，受到批判，丘诗在20世纪30—40年代的苏联未受到应有的重视。50年代中期至60年代初，苏联重又掀起丘特切夫热潮，丘特切夫的各种诗选、书信选乃至全集纷纷出版，一系列丘氏研究专著接连问世。

由于政治方面的原因，我国俄苏文学翻译界、学术界未注意到这一热潮。但九叶派诗人、著名翻译家查良铮却独具慧眼地发现了丘特切夫，并在受到不公正待遇的恶劣条件下，编译了一本《丘特切夫诗选》，于1963年底，在未告知家人的情况下，寄给人民文学出版社②。遗憾的是，该书直到1985年才由外国文学出版社出版，查良铮的整个译介工作因而显得似乎是"秘密"进行的。

作为一个重感性更重知性的现代诗人，查良铮此时创作与翻译俱臻炉火纯青之境，因而他的《丘特切夫诗选》，不仅是他本人翻译作品中的精品，也是迄今为止丘特切夫诗歌翻译中的精品。它具有以下几个突出的特点。

一是眼光独到，选择精良。丘特切夫一生写诗400多首，除去50多首译诗及部分政治诗、应酬诗，真正精良的作品不到200首，查良铮从中精选出128首译成中文，丘特切夫那些风格独特、思想深邃、精美动人的诗歌大体已网罗其中，这128首诗堪称首首精品。

二是译笔传神，韵律生动。丘诗十分难译。这是因为：第一，它把哲学、诗歌、绘画、音乐完美地融为一体，类似于我国唐代诗人王维的诗，稍不小心，即损失其神韵；第二，形式、手法、语言既古典又现代，既精美又

---

① 汪倜然：《俄国文学》，第46页，详见《民国丛书》第二编63《西洋文学讲座》，方璧等著，上海书店1990年影印版。

② 穆旦：《蛇的诱惑》，珠海出版社1997年版，第194页注释①。

自然，既雅致又深邃，达到了费特所称的"空前的高度"，如只注意或突出一面，必然伤及另一面。查良铮却奇迹般地把以上问题处理得几乎天衣无缝，足见其功力深厚，才华出众。丘特切夫的语言尤其难译，屠格涅夫称其创造了"注定不朽的语言"①。他把简洁古朴与现代技巧熔为一炉，既具很强的音乐性（至今已有150多位音乐家为其谱曲），即兴诗的平易、口语化以及类似谢灵运"池塘生春草，园柳变鸣禽"（《登池上楼》）的神韵，又有现代的通感手法（如阳光"以洪亮的、绯红的叫喊张开了你睫毛的丝绒"，"她们以雪白的肘支起了多少亲切、美好的幻梦"），还有几乎增一字则太长、减一字则太短的凝练精致。这种诗好看，耐看，也好谱曲，好唱，但十分难译，更难译好。查良铮不仅译得韵律动人，而且能传其神韵。他译的丘诗，韵脚方面尽量"复制"原诗的韵脚，几乎是亦步亦趋，但丝毫没有因韵伤辞或因韵损意，同时，他更注意诗歌内在节奏的变化，并把自己多年知性与感性结合的写诗方法用之于译诗，传神地表现了丘诗的现代技巧与凝练精致。

当然，查译也并非完美无缺。某些诗或某些地方，其理解和译法似乎还可商榷。如《杨柳啊……》一诗，他把原诗的10行压缩成8行，诗意的理解也较为表面，似乎变成了只是一幕落花有意、流水无情的单相思痴恋场面。实际上，这首诗写的是人生的悲剧、个性的悲剧：一股溪流从身旁经过，杨柳俯身也不能触及它，其实，并非杨柳想要俯身，而是某种外在的力量迫使它俯身，又使它够不到水流。在社会上、在人世间，人及人的个性不也如此？苏联学者别尔科夫斯基早在1962年出版的《丘特切夫诗选》序言《丘特切夫》中已指出："并非杨柳想要俯身，而是某种外在的力量使它俯身。杨柳在这里体现了人及其精神的命运。"② 而查译却是："杨柳啊，为什么你如此痴心，对急流的溪水频频垂下头？"③ 这句话，变被动为主动，并

---

① ［俄］屠格涅夫：《略谈丘特切夫的诗》，见《屠格涅夫散文精选》，曾思艺译，长江文艺出版社2010年版，第111页。

② ［俄］别尔科夫斯基：《丘特切夫》，见《丘特切夫诗选》，莫斯科—列宁格勒1962年版，第47页。

③ 《丘特切夫诗选》，查良铮译，外国文学出版社1985年版，第48页。

且增加了原诗没有的"痴心"一词（而这是增加得非常糟糕的一个词），从而大大改变了诗意。当然，从总体来说，这只是白璧微瑕。

值得一提的是，查良铮还综合一些俄文资料，写了一篇洋洋 17000 余字的《译后记》。文章第一部分概述了诗人的生平经历、创作发展，以及性格和思想上的双重性。第二部分阐析了诗人性格与思想双重性的根源——是当时新旧交替的时代和社会影响的结果，并具体论述了这一双重性在其诗歌中的体现。第三部分指出泛神论思想对丘诗的影响："丘特切夫的诗通过泛神主义表现了他的奔放的心灵"，"在他和自然景物的某一瞬间的共感中，他往往刻绘出了人的精神的精微而崇高的境界"；进而指出："丘特切夫从泛神论观点出发，把人和自然结合为一个整体，这是他的写景诗的一大特色。屠格涅夫和托尔斯泰在小说中所使用的人景交融的描写手法，受到了这些诗篇的影响。"在此基础上，诗人关切人的生活目的及性格发展，但他既否定了俄国的沉重现实，又否定了西方的个人自由。第四部分结合作品具体论述了丘特切夫如何由浪漫主义过渡到现实主义，着重分析了"杰尼西耶娃组诗"是怎样把爱情关系与社会关系结合起来而具有的深深感人的艺术魅力。第五部分介绍了丘特切夫所具有的独创性的艺术手法，即消除事物之间的界限，把自然和心灵状态完全对称或融合的写法，以及由此产生的多种感觉的杂糅及印象主义色彩，最后，通过费特、屠格涅夫、托尔斯泰、陀思妥耶夫斯基、杜勃罗留波夫等对丘特切夫的评价，指出诗人在俄国文学史上的重要地位。这是我国第一篇较为详尽的丘特切夫评介资料，尽管它在某些地方尚有不足（如丘特切夫不只是由浪漫主义过渡到现实主义，实际上他的诗歌是融浪漫主义、现实主义、唯美主义、古典主义、象征主义乃至印象主义等等于一体），但他对诗人性格、思想、艺术特色、艺术独创性的把握相当准确，堪称丘氏评介的一份力作。

1980—1988 年，是逐步展开阶段。

1980 年，中国权威的诗歌刊物《诗刊》当年 2 月号发表了王守仁译的《丘特切夫诗三首》，向我国读者译介了三首有名的丘诗：《无题》（"无怪乎冬那么肆虐"，查良铮译为《"冬天这房客已经到期"》）、《思想与波浪》、《无题》（"在闷热的空气里一片沉默"），并配有丘特切夫的画像，还附有译者前记:"费奥多尔·丘特切夫(1803—1873),19世纪俄罗斯著名抒情诗人,以风景抒情诗和爱情诗著称。列夫·托尔斯泰对丘特切夫给予很高的评价,把他称为自己'最喜爱的诗人',说他不读丘特切夫的诗就'无法生活'。丘特切夫的诗寓意深刻,富有哲理,大部分是借助大自然的景物抒情,笔触细腻,情景交融。他对俄罗斯抒情诗的发展起过很大影响。"这是新时期以来,我国广大读者第一次了解丘特切夫其人其诗,它造成了较大的影响,也拉开了新时期我国介绍丘特切夫的序幕。

1982年,飞白在《苏联文学》当年第5期发表了《阴影汇合了青灰的阴影》、《昼与夜》、《夜的天色啊多么郁闷》、《昨夜,耽于迷人的幻想》、《两个声音》等一组大体以夜为题材的丘诗,并撰文《丘特切夫和他的夜歌》评介丘诗。文章指出,丘特切夫厌恶文明,向往自然,越过中古而向往原始,在人性方面也总在追求人性底层被掩盖的东西,追求返璞归真,重返混沌。因此,他认为代表自然及原始粗犷的夜和混沌,比金线编织的白昼文明更富生气。这样,他一再抒写夜。进而指出,这种境界,源自德国哲学家谢林的同一哲学,不过,与同一哲学要求一切矛盾复归调和不同,丘特切夫的混沌孕育着悲剧性的叛逆精神。

1983年8月,飞白又在《西湖》当年第8期翻译、发表了丘特切夫的一组爱情诗:《在稠人广众间》、《朋友,我爱你的双眼》、《离别中含有崇高的意义》、《最后的爱情》、《我认识她已经很久》、《我又伫立在涅瓦桥头》,并撰文《诗国的一束紫罗兰》介绍丘氏的爱情诗,着重介绍了俄国抒情诗的珍品——丘氏后期的爱情诗(即"杰尼西耶娃组诗"),探讨了他的悲剧性、象征境界、含义上的多层结构、深刻的心理分析,以及丘氏思想上追求原始性在爱情诗中的体现等等问题。

飞白的译诗,语言简洁自然,格律严整,并较好地体现了丘诗的现代手法。他关于丘诗的文章,从"夜"和"爱情"入手,观点鲜明,论析透辟,对艺术方面的把握尤为独到。

几乎与此同时,《苏联文学》1983年第4期发表张学增翻译的《丘特切夫诗两首》:《人间的泪水啊,泪水》、《初秋的日子》,并附有编后:"丘特切夫(1803—1873),俄国诗人。他的诗大多为哲理、爱情、风景诗。本刊

1982 年第 5 期曾介绍过他的《夜歌》。他的风景诗善于刻画季节的变化和内心的感受。杜勃罗留波夫认为，费特的诗只能捕捉自然的瞬息印象，而丘特切夫的诗则除描写自然外，还有热烈的感情和深沉的思考。"

此前，由于极"左"思潮的影响，文学变成了政治宣传的工具，外国文学，尤其是外国古典文学，基本上被当做资本主义的毒草，被排斥在"社会主义文学"或"无产阶级文学"之外，国内的文学更是成为图解政治的东西，"文学"中尽是清一色的"高大全"人物形象，人们被迫接受一种清教徒式的"艺术"教育，没有爱情，也没有人情，盛极一时的是八大样板戏和部分政治化的小说，它们宣扬的不是阶级斗争，就是民族斗争，人完全变成了政治的工具、"革命的螺丝钉"，即使偶有真情流露，也往往是"爹想祖母我想娘"。人们几乎与探索人性的真正文学作品绝缘。新时期的改革开放，解放了人们的思想，人的个性、主体性也渐渐得到恢复。这样，在物极必反的惯例下，人们逐步由崇高转向世俗，由豪放转向平易，更多地关心自身的生存。他们渴望阅读独具个性、思考自身生存而又富有艺术性的文学作品，尤其是外国文学作品。丘特切夫的作品对人自身生存的关注与深刻思考、高度的艺术性，切合了新时期人们的接受心理。权威刊物《诗刊》、《苏联文学》等对丘特切夫的译介，尤其是飞白等俄苏文学翻译名家一再翻译、评介丘诗，大大增加了人们对丘特切夫的兴趣，提高了人们的鉴赏水平，从而大大推进了我国丘诗的翻译与研究工作。此后，国内多种文学刊物接连刊载丘诗译文，丘特切夫这个名字渐渐为国人所知。

1985 年，外国文学出版社出版了查良铮译的《丘特切夫诗选》，权威出版社的权威译本，使丘诗的知名度进一步提高。

1986 年，漓江出版社出版了陈先元、朱宪生合译的《丘特切夫抒情诗选》。这本诗选有三个特点。一是选择的丘诗较多——共 169 首，比查译多41 首，译文朴实流畅；二是一些诗下附有注释，提供了不少有关的创作背景或相关资料，对理解和研究丘诗十分有益；三是写有 10000 余字的《译后记》，较为详细地介绍了丘氏和丘诗，并首次附上了我国第一份"丘特切夫简要年表"，为系统了解丘特切夫、深入研究丘诗，提供了宝贵的材料。诗选的不足之处是，译文不够凝练有力（因采用闻一多先生提倡的每行字数相等的格律形式，不少地方为凑字数而添加一些多余的字或减少一些必需的字），丘诗的一些现代技巧未表现出来，一些诗句的诗味不够。

1989年至今，是系统深入阶段。

20世纪80年代末90年代初，丘特切夫在俄国诗歌史上的大师地位在我国得到公认。人民文学出版社1989年出版的《致大海——俄国五大诗人诗选》一书，在我国首次正式把丘特切夫列为与普希金、莱蒙托夫、费特及茹科夫斯基齐名的俄国五大诗人之一。与此同时，徐稚芳的《俄罗斯诗歌史》、朱宪生的《俄罗斯抒情诗史》，均像对待普希金、莱蒙托夫一样，列专章介绍丘特切夫及其创作。丘诗的翻译更加广泛，各种文学刊物尤其是外国文学刊物，纷纷刊载丘诗译文，各种世界抒情诗选、爱情诗选、风景诗选、哲理诗选及俄国诗选，各种世界名诗鉴赏辞典，无不选入一定数量的丘诗，飞白、顾蕴璞、张学增、张草纫、黎华、陈先元、朱宪生、曾思艺等成为丘特切夫诗歌译介的主力军。

随着丘诗译介的广泛与普及，系统、全面地译介所有丘诗的问题也提到了议事日程。

1998年，漓江出版社推出了朱宪生翻译的《丘特切夫诗全集》。该书包括了绝大多数丘诗，仅删除了丘特切夫所译法国、德国、英国、意大利诗人的部分诗，及个别篇幅太长、艺术性一般的诗（如《乌剌尼亚》），或格调过于低沉的晚年之作。这样颇为全面、完整的译介，在我国尚属首次，它填补了我国此前尚无丘诗较完整译介的空白，为广大诗歌爱好者，也为俄国诗歌尤其是丘诗研究，提供了较为系统、完善的样本。

这是一部总结性的译著。首先，它是对20世纪以来我国丘诗译介的一个总结，在某种程度上结束了我国尚无丘诗全集的历史。其次，这也是朱宪生自身此前致力于俄国诗歌和丘诗翻译与研究工作的一个总结。如前所述，1986年，他与陈先元合译出版了《丘特切夫抒情诗选》。此后，他又专程到俄罗斯访学，亲临丘特切夫当年生活过的一些地方实地考察，搜集了不少珍贵的材料。回国后，他撰写并发表了一些颇有分量的丘诗研究论文（详后）。1993年12月，他所著的《俄罗斯抒情诗史》，由陕西人民教育出版社出版。该书较全面、系统地介绍了俄国抒情诗的发展，并列专章介绍了丘特切夫及其诗歌，首次把丘氏的"杰尼西耶娃组诗"22首完整地介绍过来。在此厚实的基础上，朱先生把研究与翻译结合起来，以研究促进翻译，进行了总结自己以往科研与翻译的大型工程——译出丘特切夫诗歌全集。

这部总结性的译著，具有以下几个特点。

一是颇为完整。作为一个使20世纪读者产生强烈共鸣的诗人，作为对俄苏当代诗歌影响深远的诗人，作为1993年被联合国教科文组织授予殊荣的世界文化名人，丘特切夫值得深入研究，当然，更值得认真、完整地翻译。而一个完整、系统的中文译本，是进行研究的良好基础。本书把绝大多数的丘诗译成中文，丘氏的名篇佳作无一遗漏，可谓颇为完整。

二是朴实。如前所述，瞿秋白曾指出，丘特切夫的人生观，"东方式得厉害"，"他崇拜自然，一切人造都无价值而有奴性"。这种人生观反应到诗中，便是极力追求自然，诗风朴实，语言简洁，形式短小。翻译而欲传诗人之神，首先须在风格、语言上展现其原貌。温柔忧郁、清新细腻的叶赛宁诗歌，如果以关西大汉执铜琵琶铁绰板（俞文豹《吹剑录》）昂首高歌或"大声鞺鞳，小声铿鍧，横绝六合，扫空万古"（刘克庄《辛稼轩集序》）式的豪放激越的风格去翻译，其效果只会是南辕北辙，适得其反。《丘特切夫诗全集》由于译者对俄罗斯诗歌史十分熟悉，对丘诗颇有研究，因此，深得丘氏朴实的神韵。

三是优美。丘特切夫一生对美的追求十分执著。这与他早年所受教育及后来的经历有关。他从小师从诗人、翻译家拉伊奇，精研古希腊罗马文学，其后又受到重视美的魏玛古典主义者歌德、席勒与谢林哲学等的影响，强化了对美的热爱与追求。这样，他在重视自然、风格朴实的同时，竭力使作品更加优美。《丘特切夫诗全集》很好地传达了丘诗风格的优美。

作为我国第一部颇完整的大型丘特切夫诗集，它难以避免地会有一些今后可以进一步完善的不足，如未收入所有的丘诗，语言不够凝练有力（同样还是为了凑成字数大致相等的诗行），现代技巧体现不够，一些诗句的诗味较淡，某些诗句的理解可以商榷，等等。

与此同时，丘氏的研究也逐步走向深入、系统。

1989年，华中师范大学主办的《外国文学研究》当年第1期，刊载了朱宪生的长篇论文《自然世界的沉思 爱情王国的绝唱——略论丘特切夫的诗》，着重研究了丘氏的自然诗和爱情诗。

关于自然诗，文章指出，丘特切夫认为自然是一个充满活力的生命，但其描写并未停留在大自然的活力与生命上，而是由此深入其中，揭示其内部的运动和斗争，并发现了大自然深处存在的能吞没一切的力量——神秘、不可捉摸、有无比威力的"混沌"。这样，一方面是对大自然美妙活力的赞颂，对生活的热爱；另一方面是对大自然神秘力量的疑惑与恐惧，形成了丘诗大自然交响曲的二部和声。进而，文章探讨了建立在大自然基础上的丘诗的哲理与心理深度，指出其与谢林哲学的关系。

对丘氏爱情诗，尤其是"杰尼西耶娃组诗"的论述是文章最具特色的部分。它首先指出，在爱情方面，丘氏哲学家的深邃思想，因熔铸了个人对爱情极为独特和真切的体验，而显得格外充实丰满，他的诗人的敏锐感受，又因沐浴着哲理性之光，而变得尤其纯净和深沉，因而他的情诗格外动人而深沉，是俄国情诗的一大奇观，也是世界情诗的瑰宝。进而，阐析了包括22首诗的"杰尼西耶娃组诗"，认为其特点是：真诚、坦白、执著、深沉。既充满着炽烈的感情，又不乏冷静的理性；既有绵绵不断的倾诉和表白，又有严格无情的自我剖析和反省；既是爱的颂歌，又是爱的挽曲。它类似一部交响乐，其第一乐章的主题是乞求，第二乐章是搏斗，第三乐章是沉思，第四乐章是怀念。

从音乐尤其是西方交响乐的角度来研究丘诗，不仅显示了论者本身的良好艺术文化修养，及独到、敏锐的眼光，而且颇富神韵地捕捉住了丘诗的本质特点。这是该文新颖、深刻、富有魅力的原因。

与此同时，本书作者曾思艺自1987年开始研究丘诗。但硕士研究生毕业论文《诗与哲学的结晶——试论丘特切夫的哲理抒情诗》的一部分《丘特切夫的哲理抒情诗与谢林哲学》，直到1989年10月，才在《湘潭大学学报》同年第4期刊出。该文较系统深入地探讨了丘特切夫对谢林"同一哲学"的创造性接受。文章指出，作为当时新思想的谢林"同一哲学"，对丘特切夫有着深刻的、决定性的影响——深深影响了诗人的世界观，使丘诗把自然泛神论化，并通过自然追索心灵、生命之谜，谢林的审美直觉、永恒瞬间、无差别的绝对同一及两极对立的辩证色彩，也对丘诗有较大影响；而丘特切夫又以自己独特的气质和感情熔铸谢林哲学，突破、超越了谢林哲学，实现了创造性的背离，形成了独特的诗与哲学的结晶品——哲理抒情诗。这是我国乃至中俄丘氏研究中，第一篇专门探索丘诗与谢林哲学关系的论文，而且比较深入、系统，发表后反响良好，被中国人民大学书报资料中心《外国哲学与哲学史》1989 年第 11 期全文复印，多家刊物摘目编入索引。

1989 年 12 月 2 日，北京的《文艺报》第 6 版，发表了朱宪生的文章《俄罗斯心中不会把你遗忘——俄国抒情诗中的瑰宝：丘特切夫和"杰尼西耶娃组诗"》，介绍丘特切夫，论析"杰尼西耶娃组诗"。

此后，有关丘氏的文章源源不断地出现，丘诗研究越来越深入、系统。据笔者掌握的资料，这些论文有（那些涉及丘氏或丘诗，但非专论的文章，未包括在内）：余国良的《丘特切夫与李贺诗歌的变异感觉》（收入戴剑龙主编之《中外文化新视野》，黄山书社，1991 年），郑体武的《丘特切夫的自然哲学诗》（《外国文学评论》1992 年第 4 期），曾思艺的《风景与哲理的结晶——诗人丘特切夫对画家列维坦的影响》（《天津师范大学学报》1994 年第 2 期，《中国高等学校文科学报文摘》1994 年第 4 期摘要）、《异国文化背景中的丘特切夫》（收入张铁夫主编《多元文化语境中的文学——中国比较文学学会第四届年会暨国际学术讨论会论文集》，湖南文艺出版社 1994 年版）、《丘特切夫诗歌中的多层次结构》（《俄罗斯文艺》1994 年第 6 期）、《在诗意的自然中探索人生之谜——丘特切夫对屠格涅夫的影响》（《外国文学研究》1994 年第 4 期）、《俄罗斯诗心与德意志文化的交融——试论丘特切夫哲理抒情诗的形成》（《国外文学》1994 年第 4 期）、《细腻独特的体察　深刻悲沉的探寻——试论丘特切夫的爱情诗》（《宁德师专学报》1995 年第 4 期），周如心的《浅议丘特切夫诗歌》（《山东大学学报》1995 年第 4 期），曾思艺的《试论丘特切夫对俄国诗歌的贡献》（《湘潭大学学报》1995 年第 6 期），顾蕴璞的《中俄诗苑中的两株奇葩——浅谈丘特切夫与陆游的爱情绝唱》（《俄罗斯文艺》1996 年第 5 期），曾思艺的《丘特切夫诗歌的现代意识》（《湘潭大学学报》1997 年第 1 期，中国人民大学书报资料中心《外国文学研究》1997 年第 4 期全文复印）、《内心的历史　精致的形式——丘特切夫对海涅的借鉴与超越》（《俄罗斯文艺》1998 年第 4 期）、《20 世纪中国丘特切夫翻译与研究综述》（《湘潭大学学报》2000 年第 2 期）、《自然诗人：王维与丘特切夫》（《衡阳师范学院学报》2000 年第 2 期），朱宪生的《走近紫罗兰——旷世之作"杰尼西耶娃组诗"解读》（《名作欣赏》2002 年第 1 期、第 2 期），曾思艺的《丘特切夫诗歌的意象艺术》（《常德师范学院学报》2002 年第 5 期），马永刚的《费·伊·丘特切夫》（《俄语学习》2002 年第 5 期）。

2003 年，是丘特切夫诞辰 200 周年、逝世 130 周年纪念，我国虽因多方面的原因，未能召开专门的丘特切夫纪念会或其诗歌研讨会，但也一南一北，通过两个刊物刊发了丘氏纪念论文专辑。北方的是俄罗斯文学的权威刊物《俄罗斯文艺》（因故到 2004 年第 1 期才发出来），邀请上海师范大学博士生导师、著名俄苏文学研究专家朱宪生教授组织了一组文章（还配发了 10 首精选的丘特切夫爱情诗珍品——"杰尼西耶娃组诗"）。它们是朱宪生的《古典的"现代诗人"——纪念丘特切夫诞辰 200 周年》，曾思艺的《丘特切夫与托尔斯泰》。南方的是湖南的《湘潭大学社会科学学报》，在当年的第 6 期约组了国内有关专家、学人 4 篇论文：徐稚芳的《走近丘特切夫》，朱宪生的《放眼世界的"地球诗人"——纪念"世界文化名人"丘特切夫诞辰 200 周年》，曾思艺的《"对立—和谐"与"变化—永恒"——丘特切夫诗歌中两组重要的哲学观念》，陈世旺的《论"杰尼西耶娃组诗"对〈安娜·卡列尼娜〉的影响》。此外，《国外文学》2003 年第 4 期的《试论丘特切夫的悲剧意识》（曾思艺），《上海师范大学学报》2003 年第 5 期的《从古典到现代——纪念丘特切夫诞辰 200 周年》（朱宪生），也是为纪念丘特切夫而发的文章。

此后，相继发表的论文有：杨玉波的《丘特切夫"杰尼西耶娃组诗"语义修辞格初探》（《黑龙江教育学院学报》2004 年第 6 期），邱静娟的《和谐流动的音乐之声——试谈丘特切夫诗歌语言的音乐性》（《中国俄语教学》2005 年第 1 期）、《丘特切夫诗歌语言的形象性》（《芜湖职业技术学院学报》2005 年第 2 期）、《摹绘·象征·变色——试论丘特切夫诗歌颜色词的运用》（《山东文学》2005 年第 10 期），曾思艺的《意象并置　画面组

接——试析丘特切夫、费特的无动词诗》（《名作欣赏》2005 年第 8 期）、
《完整的断片形式——丘特切夫诗歌抒情艺术的特点》（《俄罗斯文艺》2005
年第 3 期）、《"最后的爱情，黄昏的晚霞"——丘特切夫晚年的爱情及其
"杰尼西耶娃组诗"》（《世界文化》2005 年第 9 期）、《丘特切夫的美学主
张》（《俄罗斯文化评论》第一辑，人民文学出版社，2006 年 12 月）、《现
代生态文学的先声：丘特切夫自然诗的生态观念》（《外国文学研究》2007
年第 2 期）、《试论丘特切夫诗歌中的古语词》（《俄罗斯文艺》2007 年第 2
期）、《丘特切夫诗歌的艺术风格》（《世界文学评论》2007 年第 2 期），金
洁的《丘特切夫诗歌创作中的"月亮"形象》（《语文学刊》2007 年第 12
期），张柳珍的《论丘特切夫诗歌中的弥赛亚意识》（《现代语文》2008 年
第 1 期），张银枝的《穆旦与丘特切夫的诗学相遇》（《语文学刊》2008 年
第 3 期）、《在黑夜与苦难中成长——论穆旦与丘特切夫的黑夜写作》（《廊
坊师范学院学报》2008 年第 3 期）、《从灵的救赎看穆旦和丘特切夫的诗歌
创作》（《社科纵横》2008 年第 8 期），曾思艺的《丘特切夫诗歌中的通感
手法》（《俄罗斯文艺》2009 年第 2 期）、《丘特切夫的哲理抒情诗》（《诗歌
月刊》2009 年第 7 期），李章斌的《〈丘特切夫诗选〉译后记与穆旦诗歌的
隐喻》（《南京理工大学学报（社会科学版）》，2009 年第 4 期），孙大满的
《丘特切夫的自然诗》（《山花》2010 年第 6 期），乔占元的《丘特切夫抒情
诗中的混沌世界》（《烟台大学学报》2010 年第 3 期），曾思艺的《变换的
多角度抒情——试论丘特切夫诗歌的抒情方式》（《邵阳学院学报》2011 年
第 4 期）。

以上论文，大体可分为四大类。

第一类是对丘诗本身的研究，包括探讨丘诗的贡献。其中颇具特色的为
下述论文：郑体武的《丘特切夫的自然哲学诗》，曾思艺的《丘诗的多层次
结构》、《试论丘特切夫对俄国诗歌的独特贡献》、《丘特切夫诗歌的现代意
识》、《丘特切夫诗歌的意象艺术》、《"对立—和谐"与"变化—永
恒"——丘特切夫诗歌中两组重要的哲学观念》、《完整的断片形式——丘
特切夫诗歌抒情艺术的特点》、《丘特切夫的美学主张》、《现代生态文学的
先声：丘特切夫自然诗的生态观念》、《试论丘特切夫诗歌中的古语词》、

《丘特切夫诗歌的艺术风格》、《丘特切夫诗歌中的通感手法》、《变换的多角度抒情——试论丘特切夫诗歌的抒情方式》，朱宪生的《放眼世界的"地球诗人"——纪念"世界文化名人"丘特切夫诞辰 200 周年》，邱静娟的《和谐流动的音乐之声——试谈丘特切夫诗歌语言的音乐性》、《丘特切夫诗歌语言的形象性》、《摹绘·象征·变色——试论丘特切夫诗歌颜色词的运用》，金洁的《丘特切夫诗歌创作中的"月亮"形象》，张柳珍的《论丘特切夫诗歌中的弥赛亚意识》，乔占元的《丘特切夫抒情诗中的混沌世界》。这些文章分别论述了丘特切夫的自然哲学诗与谢林哲学的关系，丘特切夫诗歌中多层次结构的具体表现，丘特切夫对俄国诗歌的独特贡献，丘特切夫的种种意象艺术，"对立—和谐"与"变化—永恒"两组哲学观念的哲学渊源及其在丘诗中的具体体现，丘诗抒情艺术的特点——完整的断片形式，丘诗中的生态观念、古语词的运用、通感手法、艺术风格、变换的多角度抒情，丘诗语言的音乐性、形象性和颜色词的运用，丘诗中早中晚期的不同月亮形象，表现为对上帝深刻而虔诚的信仰、充满了俄罗斯人作为"上帝选民"的自豪、重振乾坤舍我其谁的救世气魄的弥赛亚意识，以及混沌世界所隐含的诗人对彼岸世界的向往、对末日论的期待、对形而上那神秘悠远和虚无缥缈之未来的忧患等问题。其中须特别指出的是朱宪生的《放眼世界的"地球诗人"——纪念"世界文化名人"丘特切夫诞辰 200 周年》，文章在丘特切夫和普希金的多方面比较后，分析了丘诗的全球性内容的多种表现，首次眼光独到而又恰如其分地指出了丘特切夫的地位：放眼世界的"地球诗人"，这标志着我国丘特切夫研究又深入了一个层次。

第二类为影响研究。它又可分为两种。一种是探讨丘特切夫所受的影响。最有代表性的是曾思艺的《俄罗斯诗心与德意志文化的交融》、《内心的历史 精致的形式——丘特切夫对海涅的借鉴与超越》。前者深入、系统地探索了丘特切夫哲理抒情诗的 4 个特点——深邃的哲理、独特的形象（自然）、瞬间的境界、丰富的情感，与德国文化及俄罗斯文化传统的关系。后者则是国内第一篇阐析丘诗与海涅关系的专文，论述了丘特切夫如何以独特的个性、气质，综合融化海涅早期诗歌描写内心的历史、构建精致的形式及其他影响，实现了对海涅影响的超越：深度与技巧上都超越了海涅，更富哲理性，更深邃，更炉火纯青，更具现代性，在俄国诗歌史上影响广泛而深远。第二种是探讨丘氏对他人的影响。较有代表性的是曾思艺的《风景与哲理的结晶——诗人丘特切夫对画家列维坦的影响》、《在诗意的自然中探索人生之谜——丘特切夫对屠格涅夫的影响》、《丘特切夫与托尔斯泰》及陈世旺的《试论"杰尼西耶娃组诗"对〈安娜·卡列尼娜〉的影响》，分别论述了丘特切夫诗歌对俄国画家列维坦、俄国小说家屠格涅夫、列夫·托尔斯泰等的多方面影响。

第三类为中俄诗歌对照比较研究，主要有7篇论文：余国良的《丘特切夫与李贺的变异感觉》，顾蕴璞的《中俄诗苑中的两株奇葩》，曾思艺的《自然诗人：王维与丘特切夫》，张银枝的《穆旦与丘特切夫的诗学相遇》、《在黑夜与苦难中成长——论穆旦与丘特切夫的黑夜写作》、《从灵的救赎看穆旦和丘特切夫的诗歌创作》，李章斌的《〈丘特切夫诗选〉译后记与穆旦诗歌的隐喻》。或者在中俄文化的大背景下，分别探索了丘特切夫与李贺、陆游、王维在诗歌创作乃至人生态度等方面的异同。或者阐析了穆旦与丘特切夫多方面的相同之处：寻找客观对应物，自觉抒写黑夜、苦难、死亡等主题，表现出满怀希望穿越心灵与社会的黑暗，寻求灵魂光亮的努力，体现了他们执著的诗心，其抒写在回归童年（故乡）时都有来路已逝、去路已断之感，并在望乡、祈归的姿态写作中又都寻求灵的拯救，也指出了他们的不同：穆旦在救赎中走向人民，有着更多的时代投影，而丘氏却倾向于构筑诗艺的"人工的天堂"。或者通过穆旦所撰的《〈丘特切夫诗选〉译后记》，论述了其与穆旦本人创作极为密切的内在联系：诗歌的隐喻表达，即"消除事物之间的界限"并实现"内外世界的呼应"，因为这也是穆旦在隐喻表达中体现出的感知与表达方式的核心特征。

第四类为综述类，主要有曾思艺的《20世纪中国丘特切夫翻译与研究综述》。文章认为，丘诗在中国已有近80年的译介历史，其发展大约经历了4个阶段：20年代初期，是拉开序幕阶段，瞿秋白率先译介了两首丘诗；60年代初期，是"秘密"进行阶段，查良铮悄悄翻译了128首丘诗；1980—1988年，是逐步展开阶段，飞白、陈先元、朱宪生等人较多地译介丘诗；1989—1999年，是系统深入阶段，丘氏作为大师广为人知，出版了第一本

丘诗全集，丘诗研究也走向深入、系统，涌现了一系列论文。该文经过适当
扩展，以《中国的丘特切夫研究》为标题，成为陈建华主编之《中国俄苏
文学研究史论》第五编第二十四章（重庆出版社 2007 年版）。

这一阶段最重大的研究成果是曾思艺的《丘特切夫诗歌研究》（湖南文
艺出版社 2000 年版）和《丘特切夫诗歌美学》（人民出版社 2009 年版）。

《丘特切夫诗歌研究》洋洋 40 万字，在导言部分简短地介绍了丘特切
夫探寻人生出路的一生和社会政治思想，并对其创作进行了分期，然后分 7
章对丘诗进行系统、深入的研究。第一章丘诗与现代人的困惑，从自然意识
中的矛盾与困惑、社会意识中的异化与孤独、死亡意识与生命的悲剧意识三
个方面，论析丘诗的现代意义；第二章丘诗分类研究，分自然诗、爱情诗、
社会政治诗、题赠诗、译诗五类对丘诗加以研究，指出了每类诗的发展及特
点；第三章丘诗艺术研究，首先从丘诗的意象艺术、多层次结构、通感手法
几方面，深入探索了丘诗具体的艺术技巧，接着，论述了丘诗的总体特征及
其流派归属；第四章丘特切夫与俄国诗歌和东正教，从丘特切夫与俄国传统
诗歌、与茹科夫斯基、与普希金、与东正教几个方面阐析了丘诗与俄国文
学、文化传统的关系及其超越；第五章丘特切夫与外国文学和哲学，从五个
方面探索了丘诗对外国文学与哲学的创造性接受：丘特切夫与古希腊罗马文
学和哲学、与法国等国的文学与哲学、与谢林哲学、与魏玛古典主义和德国
浪漫派、与海涅；第六章丘特切夫的影响，分别论述了丘特切夫对诗人费
特、涅克拉索夫、尼基京及俄苏现当代诗歌的影响，论述了丘切特切夫对小
说家屠格涅夫和画家列维坦的影响；第七章丘特切夫与中国，第一节综合分
析了 20 世纪中国的丘诗翻译与研究，第二节探讨了丘特切夫与王维的诗歌
的异同，并从文化的角度挖掘了同异的原因。在结语部分，从内容与形式两
方面，论述了丘特切夫对俄国诗歌的独特贡献。书后有三个附录，第一个附
录为丘特切夫生活与创作年表，这是作者花费了不少精力，参照多种俄文资
料，整理而成的我国第一份相当翔实、细致的丘氏生活与创作年表；第二、
第三两个附录为作者翻译的两篇俄国学者关于丘氏的比较有见地的论文，一
篇是苏联当代著名评论家也是丘特切夫研究专家列夫·奥泽罗夫的《丘特
切夫的银河系》，另一篇为丘特切夫研究者别尔科夫斯基的长达 4 万余字的

论文《丘特切夫》。

《丘特切夫诗歌美学》是在博士论文基础上，经过多年加工、修改后出版的，全书约 30 万字。导言部分综合评述了俄罗斯关于丘特切夫的研究和中国对丘氏的翻译与研究。第一章丘特切夫的美学观，指出丘特切夫创造性地接受了谢林同一哲学的影响并以自己的人生经历与深刻思考加以融会发展，从而形成了自己独特的哲学观：建立在"对立—和谐"与"变化—永恒"基础上的一切皆变与和谐思想；带有朴素生态学意识的回归自然、顺应自然观念。第二章丘特切夫的美学观，综合诗人谈论诗歌的有关言论及有关诗歌，归纳了丘特切夫在哲学观影响下的美学观：包括奋斗与宿命感、孤独感、心灵分裂、悲悯情怀在内的悲剧意识；以及诗必须根植于大地、诗是心灵的表现的美学主张。第三章丘诗的抒情艺术，从第一人称主观式角度、第二人称对话式角度、第三人称客观式角度、多种人称变化式角度等方面研究了丘诗多变的抒情角度；从精致、即兴、完整等方面探讨了丘诗的完整的断片形式。第四章丘诗的结构艺术，从意象分列、意象象征、意象叠加三个方面研究了诗人个性化的意象艺术；从出现客观对应物、运用通篇象征、把思想巧妙地隐藏于风景背后等方面阐析了丘诗的多层结构与多义之美。第五章丘诗的语言艺术，从以视觉写听觉、以触觉写视觉、以嗅觉写视觉，化虚为实、多重感觉沟通等方面论述了丘诗中的多种感觉的沟通；从采用多种修辞手法、大量使用古语、大胆地以两个现有的词组成一个新词等方面归纳了丘氏多样的语言方式。第六章丘特切夫的创作个性与艺术风格，则概括了诗人那强调诗是心灵的表现、个性的表现的创作个性，和自然中融合新奇、凝练里蕴涵深邃、优美内渗透沉郁等多方面综合的艺术风格。结语部分首先论述了诗人、作家的哲学观、美学观与职业哲学家、美学家的哲学观、美学观的区别；接着，分析了诗人、作家的哲学观、美学观与其创作的复杂关系；最后指出丘特切夫的哲学观与美学观对其诗歌创作的指导作用和误导作用。该书首次概括了丘特切夫的创作个性和艺术风格，比较全面、深入、具体地论述了诗人的哲学观、美学观以及抒情艺术、结构艺术、语言艺术，试图回归文学的本体研究。书后也有三个附录，第一个附录是《诗意的活自然与生命的哲理——丘特切夫的自然诗对托尔斯泰小说的影响》，主要从诗意的活自然与生命的哲理两个方面论述了丘诗对托尔斯泰小说的影响；第二个附录《费·伊·丘特切夫》为曾思艺和邱静娟译自苏联科学院俄国文学研究所1982年在列宁格勒出版的《俄国文学史》，颇全面而较深入地介绍了丘特切夫及其诗歌；第三个为丘特切夫生活与创作年表，这是在《丘特切夫诗歌研究》原年表的基础上，根据近些年搜集的材料，进一步补充、完善的一份丘特切夫生活与创作年表。

以上两本专著出版后，在国内获得了有关专家的高度评价，《湖南日报》、《三湘都市报》、《中华读书报》、《湘潭大学学报》、《俄罗斯文艺》、《世界文学评论》等十几家报刊发表了评论文章，并且分别获得2002年湖南省社会科学优秀成果三等奖和2010年天津市社会科学优秀成果一等奖。

不过，迄今为止的丘诗翻译与研究，也还存在着一些较为严重的不足。第一，至今尚无一本囊括所有丘诗（包括译诗、早期不太成熟而又较长的诗、中晚年的应酬之作、晚年的情调低沉之作）的诗歌全集问世。第二，至今尚无一本颇为权威的丘特切夫的传记译本问世。第三，丘诗研究的方法还不够多样，神话原型、结构主义的一些方法似可汲取。这些，不能不说是我国丘特切夫翻译与研究的遗憾。我们期待着丘氏翻译与研究的进一步发展，期待着不仅能尽快地弥补以上不足，而且开拓出丘氏翻译与研究的更新、更辉煌的局面。

二、丘特切夫与王维

丘特切夫是俄国19世纪一位伟大的哲理抒情派诗人。王维（701—761）是我国唐代著名山水田园派诗人。尽管这两位诗人生活的时代相距千余年，地域横跨上万里，但他们在诗歌的风格、意象、手法乃至内容方面如此相似，这就不能不引发我们比较的兴趣。他们的诗歌风格十分相近：清新优美而又含蓄深沉，带有某种唯美倾向。两人常用、爱用的诗歌意象也大多相似：丘特切夫是喷泉、彩虹、新叶、雷雨、白云、落日、明月……王维是明月、微雨、绿水、白云、新桃、鸣虫、落日……他们的抒情境界都是瞬间即逝的，诗歌的形式都晶莹剔透、浓缩精制，王维大多数作品是五七言律诗或绝句，即使是古体或排律也不太长，丘特切夫的诗则大多为二十行以内的短诗，如前所述，奥泽罗夫称"他的八行诗——十二行诗，都是汇入银河的河口"。

他们在写作手法与技巧方面也颇多相似。

其一，他们都以绘画的手法写诗，从而使其诗都具有一个突出的特征——"诗中有画"。这种"诗中有画"的特色又得力于下述方法。

第一，以白描手法描写自然景物。如丘特切夫的《山中的清晨》：

> 一夜雷雨清洗过的天空，
> 轻漾一片蓝盈盈的笑意，
> 露水盈盈的山谷蜿蜒着，
> 像一条晶带光华熠熠。
>
> 云雾弥漫的重重山岭，
> 半山腰间雾环云系，
> 仿如那由魔法建成的
> 空中宫殿残留的遗迹。①

王维的《山居秋暝》："空山新雨后，天气晚来秋。明月松间照，清泉石上流。竹喧归浣女，莲动下渔舟。随意春芳歇，王孙自可留。"丘特切夫从蓝天、山谷、露珠写到山岭上重重的云雾。王维则从雨后的空气、松间的明月、石上的清泉一直写到修竹浣女、舟荡莲摇。两人都以白描手法，把自然风景细致如画地展现出来。与此类似的，丘特切夫有《日午》、《十二月的黎明》、《夏晚》……王维则有《辋川闲居赠裴迪》、《渭川田家》、《山居即事》……

---

① 曾思艺译自《丘特切夫诗歌全集》，列宁格勒 1957 年版，第 111 页。

第二，善于捕捉光、影、声、色入诗。丘特切夫的诗一再被涅克拉索夫称为"诗中风景画"，也是有声画。《史鉴类编》指出："王维之作，如上林春晓，芳树微烘，百啭流莺，宫商迭奏，黄山紫塞，汉馆秦宫，芊绵伟丽于氤氲杳缈之间，真所谓有声画也。非妙于丹青者，其孰能之？"如丘特切夫的《紫色的葡萄垂满山坡》：

> 紫色的葡萄垂满山坡，
> 山上飘过金色的云彩，
> 河水奔流在山脚下，
> 暗绿的波浪在澎湃。
> 目光从山谷逐渐上移，
> 直望到高山的顶巅，
> 就在那儿，你会看到
> 圆形的、灿烂的金殿……①

紫色的葡萄、金色的云彩、暗绿的波浪、灿烂的金殿、云彩的倒影、河水的奔流声、波浪的澎湃声……可谓光、影、声、色俱全的有声画。王维的《白石滩》："清浅白石滩，绿蒲向堪把。家住水东西，浣纱明月下。"透明的水、倒映的月、白晰的石、嫩绿的蒲、漂摆的白纱、层层的涟漪、潺潺的流水声、少女的说笑声……构成了一幅有声有色的鲜活画面。这类诗在两人的诗集中触处可见，如前述丘特切夫的《春雷》、《被蓝色夜晚的恬静所笼罩》，王维则有《新晴晚望》（"白水明田外，碧峰出山后"），《春中田园作》（"屋上春鸠鸣，林边杏花白"），《辋川别业》（"雨中草色绿堪染，水上桃花红欲燃"），《送邢桂州》（"日落江湖白，潮来天地青"），《积雨辋川作》（"漠漠水田飞白鹭，阴阴夏木啭黄鹂"）。

其二，两人都爱用通感手法，而且大多在视觉与其他感觉的沟通方面。如王维的"绿艳闲且静"、"色静深松里"，颜色本来只可眼见，此处则感觉

---

① 《丘特切夫诗选》，查良铮译，外国文学出版社1985年版，第53页。

到"静"，化视觉为听觉；"日色冷青松"，色本来只有明暗之分，这里却感到冷热，化视觉为触觉；"山路元无雨，空翠湿人衣"，翠绿再嫩、再润，毕竟只可眼见，这里却润湿人衣，化视觉为感觉。丘特切夫也常常把各种不同类型的感觉杂糅在一起，如：阳光发出了"洪亮的、绯红的叫喊"，"太阳的光线对普世敲起了胜利的、洪亮的钟声"，视觉与听觉沟通；"在日午的幽影下安歇，充满了芬芳的倦慵"，精神感觉"倦慵"也充满了芳香，感觉与嗅觉沟通。

其三，两人都捕捉瞬间印象入诗。如王维的"空山不见人，但闻人语响。返景入深林，复照青苔上"（《鹿柴》），"人闲桂花落，夜静春山空。月出惊山鸟，时鸣春涧中"（《鸟鸣涧》），"隔牖风惊竹，开门雪满山"（《冬晚对雪忆胡居士家》），傍晚深林中青苔上的一缕柔和的夕照，深夜春山的寂静里的一声鸟鸣，寒宵空寂中窗户外一阵竹叶的沙沙声，这些瞬间的印象唤起了诗人的灵感与禅思，铸就了一首首超凡脱俗的诗。丘特切夫写瞬间印象的诗更多，而且极富现代感，如《是幽深的夜》：

> 是幽深的夜，凄雨飘零……
> 听，是不是云雀在唱歌？……
> 啊，你美丽的黎明的客人，
> 怎么在这死沉沉的一刻，
> 发出轻柔而活泼的声音？
> 清晰，响亮，打破夜的寂寥，
> 它震撼了我整个的心，
> 好像疯人的可怕的笑！……①

全诗抓住黎明时分听到云雀歌声深受感动的瞬间印象，但并未从正面按照传统方法赞美云雀歌声的动听，而是反面着笔，说它"好像疯人的可怕的笑"，特别突出了这幽夜死沉沉的气氛，真实新颖、入木三分地写出了在

---

① 《丘特切夫诗选》，查良铮译，外国文学出版社1985年版，第49页。

这一气氛中云雀的歌声给自己的心灵所带来的极其强烈的瞬间震撼。

其四，都写意象并置的无动词诗。为了更好地表达瞬间的感悟印象，两人往往强调意象在空间中的并置，创作了具有意象并置画面叠加效果的无动词诗。

王维的《田园乐七首》其五，是一首典型的无动词诗："山下孤烟远村，天边独树高原。一瓢颜回陋巷，五柳先生对门。"以往一谈中国意象并置的无动词诗，论者动辄搬出元人马致远的《天净沙·秋思》（"枯藤老树昏鸦"），殊不知王维的这类诗比马致远早了几百年，而且无一动词（马致远的散曲中"夕阳西下"句还出现了一个动词"下"），也有些论者喜用温庭筠的"鸡声茅店月，人迹板桥霜"（《商山早行》），它不仅比王维的诗晚，而且不是全篇，仅为一首八行诗中的两句。

丘特切夫则有名诗《波浪和思想》（详见第三章第一节）。和王维的诗一样，丘诗也无一动词，而以名词性词组构成意象，让"绵绵紧随的思想，滚滚追逐的波浪"两个主导意象动荡变幻，构成全诗——时而翻滚在小小的心胸里，时而奔腾在浩瀚的海面上，时而是涨潮、落潮，时而变为空洞的幻影，平行对照，又自由过渡，仿佛二者之间已全无区别，沟通如一，含蓄地表达了诗人对人的思想既强大又无力的哲学反思：像海浪一样，人的思想绵绵紧随，滚滚追逐，时而潮起，时而潮落，变幻万端，表面上似乎自由无羁，声势浩大，威力无比，实际上不过是空洞的幻影。

这种方法，超越了语言的演绎性和分析性，省略了有关的关联词语（如介词、连词之类），语言表现形态上往往打破常态的逻辑严密，甚至完全不合一般的语法习惯与规范，而仅以情意贯穿典型的意象与画面，充分体现了意象的鲜明性、暗示性与内涵的含蓄性，因而更符合诗歌的审美本质，但写作难度极大。超脱于呆板分析性的文法、语法而获得更完全、更自由表达的中国语言如此写作已属十分不易，向以逻辑严密著称的西方语言要用此法难度更大。由此可见，丘特切夫确有挑战传统语法、立意创新的过人胆识。可惜的是，这种更符合诗歌审美本质的方法，在中国新诗创作中殊少继承和发展，迄今为止，似还只见到贺敬之《放声歌唱》中有片断的表现（"春风。/秋雨。/晨雾。/夕阳。……"一段），它反而在20世纪初期远渡重洋，对英美意象派产生了较大影响——他们对此大加运用，并称为"意象叠加"，如庞德的名作《地铁车站》：

> 人群中这张张幽灵般的脸孔；
> 湿漉漉的黑树干上的朵朵花瓣。①

在诗歌内容方面，丘氏与王维的相似更多。

首先，他们的诗歌都表现出早年热爱人生、渴望有所作为，中晚年则比较消极悲观的人生内容。

丘特切夫早年生气勃勃，放声歌唱美妙的爱情，诚挚的友谊，鲜花烂漫的五月，鲜红的面颊，力求以自己奋斗的成果来证明生的价值，力求思考人类本质性的哲学问题，为人们寻找一条出路。中年以后，他渐趋消极，宣称"我爱这充沛一切却隐而不见的恶"，而这个恶就是死亡（《病毒的空气》），深感人与人之间无法沟通，希望避开人世，沉入内心，遁入自然（《沉默吧》、《啊，多么荒凉的山林峭壁》等）。

王维早年壮志凌云，抱负远大，不仅想要"致君光帝典"（《上张令公》），而且能够"动为苍生谋"（《献始兴公》），他浩然长叹："今人作人多自私，我心不说君应知。济人然后拂衣去，肯作徒尔一男儿！"（《不遇咏》）表现出救世济人的大志，以及"孰知不向边庭苦，纵死犹闻侠骨香"（《少年行》其二）之爱国热情和建功立业的雄心。到了中晚年，则渐趋消极，以至悲观。起初是"不厌尚平婚嫁早，却嫌陶令去官迟"（《早秋山中作》），继而感到人心险恶，世态炎凉，力求逃避："酌酒与君君自宽，人情翻覆似波澜。白首相知犹按剑，朱门先达笑弹冠。草色全经细雨湿，花枝欲动春风寒。世事浮云何足问，不如高卧且加餐"（《酌酒与裴迪》），进而深感"举世无相识"（《寄荆州张丞相》），产生了强烈的孤居避世情绪："虽与人境接，闭门成隐居"（《济州过赵叟家宴》），渴望到自然中寻找解脱：

---

① 庞德这首名作，国内有多种译文，但大多出现动词，此处特根据英文原作，由本书作者译出，以显示其"意象叠加"的神韵。

"安得舍尘网，拂衣辞世喧。悠然策藜杖，归向桃花源"（《口号又示裴迪》）。

其次，他们都热爱自然，极力表现自然，在自然中寻找人生的安顿，透过自然追索人生之谜。

丘特切夫和王维都终生热爱自然，陶醉于自然，自然是其诗歌最主要的形象。如前所述，丘特切夫热爱自然，亲近自然，观察自然，陶醉于自然。即使长期身处慕尼黑、彼得堡这样的大都市，他也总是想方设法回到自然中去。他是俄国诗歌史上最早使自然在文学中占据主要地位的作家之一。他的绝大多数诗里，都有一个独特的形象——自然。他赋予自然以生命、灵魂、意志、爱情和语言，他的诗根植于自然。没有自然，他的诗便不可能产生。王维是我国山水田园诗派的代表，他流连忘返于自然，重视自然，表现自然已人所共知，毋庸多言。

在此基础上，两位诗人都渴望与自然合一，并达到了与自然万物合一的境界。于是，当诗人"凝视眺望时，他的整个生命都从自我狭窄的天地中涌出来，随着溪流流走。他活跃的意识扩展开来，他把无知无觉的自然吸入自我之中，自己又消融在景物里……他同样会随着萧瑟的疾风飞驰，伴着月亮环游天宇，并同无形的宇宙生命合二而一"①。

如前所述，由于深感人的异化，个体的短暂、脆弱，丘特切夫渴望在自然中"忘却自我，和瞌睡的世界化为一体"，力求让自己"契合于这普在的生命"，并达到了所追求的"我在万物中，万物在我中"的境界。这样，他那无知觉、无意识的自我化入无目的、无价值的自然，物即我，我即物，自然本体与人之本体合二为一。

王维中年后主要栖居山林，在大自然中逍遥悠游："独坐幽篁里，弹琴复长啸。深林人不知，明月来相照"（《竹里馆》），忘怀自我，物我两冥："我家南山下，动息自遗身。入鸟不相乱，见兽皆相亲。云霞成伴侣，虚白侍衣巾"（《戏赠张五弟𬤇》）。到晚年，他从外面的世界完全退入自然的怀

———————————

① ［丹麦］勃兰兑斯：《十九世纪文学主流》第一分册，张道真译，人民文学出版社1980年版，第175页。

抱："晚年惟好静，万事不关心。自顾无长策，空知返旧林。松风吹解带，山月照弹琴。君问穷通理，渔歌入浦深"（《酬张少府》），往往"行到水穷处，坐看云起时"，并随悠悠渔歌，转入无限深远的空间，去领略自然的静谧与神秘，消融于自然的无限与永恒之中。这样，物无不是物，物亦无不是我，王维便成了他诗中的木芙蓉花：从红萼纷发，生机勃勃到花谢花飞，纷纷凋落，在那寂静无人的地方，无忧无伤，也无喜无乐，只是默默地开，默默地谢，来自泥土，复归于泥土，既无生之喜悦，也无死之哀怨，没有追求，没有爱恶，连一丝心灵的战栗也没有，而是纵浪大化，空灵超脱（《辛夷坞》："木末芙蓉花，山中发红萼。涧户寂无人，纷纷开且落。"）

进而，两者都通过自然寻找人生的出路，成为哲理诗人。

如前所述，丘特切夫深受古希腊罗马哲学、帕斯卡尔的思想，尤其是谢林哲学的影响，在自然中探索人生之谜。当自然作为部分，处于不断变化的过程中时，诗人把自然当做美景欣赏，宣称自然像人一样，有着自己的灵魂、生命、个性、爱情和语言，并从中看到人的生命变化与自然变化的同一性。当自然故叶已坠、新芽方萌的新陈代谢作为一个整体，呈现在作为个体的诗人面前，呈示出永恒循环的特点，与个体的人那生命的一次完结性形成鲜明、强烈的对照时，诗人深感自然的强大、永恒与人生的脆弱、短暂，力求忘掉自我，投入并融化于永恒的普在之中，以求得解脱，找到出路。然而，人永远不能摆脱个体的"我"，因此，只能永远处于惊慌、恐惧、迷惑、矛盾之中。矛盾、困惑的诗人继续矛盾、困惑地探索着人生的本质问题。一方面，他否定那代表永恒的上帝，力图以自己奋斗的成果来证明生，否定死，超越死。另一方面，他又深感人的一切努力都是徒劳的——在社会中，它将随时间流逝而渐渐模糊，被后辈忘记，在永恒的自然里，它甚至是完全无所谓的，最后剩下的，只是自然那茫茫的无限与永恒！丘特切夫就这样深刻生动地揭示了人的悲剧性存在这一深邃的哲学问题。

王维则深受佛教尤其是禅宗的影响，往往以佛教的"无生"、"诸行无常"思想为宗旨，以禅宗的"顿悟"为方法，在自然中寻找人生安顿，探寻生命之谜。面对人事代谢，自然永恒，王维深感"诸行无常"："新家孟城口，古木余衰柳。来者复为谁，空悲昔人有"（《孟城坳》），从而宣称：

"欲知除老病，唯有学'无生'"(《秋夜独坐》)。"无生"，即禅宗讲的"无生无灭"，主要是指涅槃，对不生不灭之实相的领悟。一旦达到"无生"境界，人生的各种病痛、苦楚、灾难也就不复存在了。所以他在《与胡居士皆病寄此诗兼示学人二首》其一中讲述了人间疾苦的产生，在其二中则指出了解脱的办法——信仰禅宗，净心，无生，就会享受佛地仙境的极乐，顿悟成佛。这，就是王维所寻找到的人生出路。这种思想，在其诗集中随处可见，尤以从自然中悟出此境，求得人生解脱为多为好。日本学者加地哲定指出，王维"视人间生死为'无生'；超脱于人世的苦乐、置身于心境冥会的绝对境界，从而使他的诗具有对人生真谛的深刻认识和矢志不渝的觉悟"，"他的诗不仅仅是指描写自然，讲求神韵的产物，而且蕴涵着对人生的深刻的洞察"①。

为什么生长于不同国度，相距上千年的两位诗人，在诗歌创作方面如此相似呢？仔细推寻，大约有以下几方面的原因。

第一，社会文化与家庭环境的影响。

丘特切夫青少年时代，正值俄国获得反拿破仑入侵的胜利，虽然沙皇统治依旧专制黑暗，但由于西欧文明的强烈冲击，民间及一些大学中思想颇为开放。莫斯科大学是传播自由思想、研究德国哲学、鼓励学生全面发展的中心，丘特切夫16岁进入该校学习，深受影响。1822年6月，不满20岁的丘特切夫作为俄国驻巴伐利亚外交使团的一员来到慕尼黑，至1843年7月才返回俄国。当时的慕尼黑，被称为德国的新雅典，以出色的美术馆、博物馆、图书馆吸引了大量的旅行者，并拥有众多的作家、艺术家、哲学家、科学家。丘特切夫通过妻子的关系，进入了慕尼黑的上流社会。在他的客人中，有许多著名的德国诗人、学者、艺术家、哲学家、自然科学家。

王维所处的盛唐，国势强盛，文化政策极其开明、宽容。在意识形态领域，道教风行，佛教兴旺，儒学昌明，三教并行不悖，又相互吸收。在文学创作方面，统治者从未推行文化偏至主义，而是积极鼓励创作道路的多样性。对外国文化，采取一种"有容乃大"的态度，让来自南亚、西亚、中

①［日］加地哲定：《中国佛教文学》，刘卫星译，今日中国出版社1990年版，第56、57页。

亚等地的佛教、伊斯兰教、景教、祆教、摩尼教、语言学、音乐、美术、舞蹈、医术、建筑艺术等一齐涌入，为中华文化增添活力与新意。这是一个朝气蓬勃、生机盎然、气度恢宏、壮丽多姿的时代，文人们视野开阔，思想活跃，热爱生活，珍视生命，注重自我，高扬个性。在道教尤其是佛教的影响下，这种珍视生命、注重自我的精神更多地转向人生哲理的思索及人生出路的追寻。

社会文化环境为两位诗人的健康成长，博学多才，倾向哲学，思想深刻，提供了良好的条件。家庭环境的影响更是深远。他们的家庭都比较富裕。他们都受过很好的文化教育，在绘画、诗歌、音乐、哲学、宗教方面尤为突出。

丘特切夫从小就在绘画方面颇有素养，1985 年俄文版《丘特切夫选集》中，选有他少年时的一幅素描《缪斯与爱神阿摩尔》，颇见功力。关心儿子教育问题的母亲，在丘特切夫童年时，就为他找了一位老师——诗人、翻译家拉伊奇。拉伊奇把俄国和世界最优秀的文学作品介绍给未来的诗人，给他讲解诗歌的秘密，并引导他阅读古希腊罗马哲学与德国哲学。后来，他又受到帕斯卡尔和谢林哲学的深深影响。

唐代开科取士，诗是必考项目之一，因此，王维从小就接受诗歌的学习与训练。《新唐书·王维传》称："维工草隶，善画，名盛于开元、天宝间。豪英贵人，虚左以迎，宁薛诸王，待若师友。画思入神，至山水平远，云势石色，绘工以为天机所到，学者不及也。"王维融合吴道子、李思训两人的画法而自成一家，创造了水墨山水，成为"文人画"的始祖，对中国的山水画影响至深。

丘特切夫由于贵族家庭条件，后来又任外交官而专与上流社会打交道，具有良好的音乐素质。王维的祖父曾任协律郎，精通音乐。受乃祖影响，王维"性娴音律，妙能琵琶"（唐薛用弱《集异记》）。两人的母亲都虔信宗教，因此，两人从小就都深受宗教的影响。宗教，从本质上说，是对人的终极价值、人生出路的探寻，这也决定了他们后来接受哲学的影响，在自然中寻找人生的出路。

他们把各种文化艺术修养用之于诗，与诗歌融合，不仅达到了相当的艺术高度，而且形成了一些共通之处。他们以画法入诗，使其诗歌都极富画意，丘诗还因此影响了俄国著名风景画家列维坦。他们在诗中发挥音乐特长，使诗歌富有音乐性，不少诗成为著名的歌曲，如王维的《渭城曲》被改成《阳关三叠》，丘特切夫的诗更有150多位音乐家为之谱曲，其《春水》、《世人的眼泪》、《杨柳啊……》、《喷泉》、《啊，我记得那黄金的时刻》等，已成为俄罗斯乃至全世界的民歌。他们引宗教、哲学入诗，则形成了其诗歌在自然中探索人生之谜的特点，使风景与哲学融为一体。

第二，个性、经历、人生态度的近似。

两位诗人的个性颇为相近。据《太平广记》记载，王维"风流蕴藉，语言谐戏，大为诸贵人之钦属"。由于王维受禅宗影响较深，而禅宗又重机锋，因此，王维的"语言谐戏"应该是幽默风趣而带机锋。丘特切夫"是老年和青年崇拜的偶像，是贵妇们的宠儿。他是一个很著名的沙龙座谈大师，说俏皮话的能手，口头警句的作者。这些警句常常从一个沙龙传到另一个沙龙"①。

他们的经历也颇相同。早年都壮志凌云，希望在政治上有所作为，受挫后则一边当官，一边沉醉于诗歌、宗教、哲学。两人也多次经历亲朋的死亡和社会的动乱。王维从小就经历了父亲的死亡，18岁时好友祖自虚英年病故，对他刺激尤大，使他悲情汹涌，一气呵成五言长律《哭祖六自虚》。32岁左右，妻子早逝②。此后，又经历了殷遥、孟浩然等好友的死亡。再加上安史之乱的大动荡，更使他深感世事无常，人生脆弱而多苦多难，从而远离人世，到自然中寻找出路。丘特切夫未到10岁，就经历了拿破仑大军入侵、莫斯科大火。他成年时所处的欧洲，更是充满了重大的动荡事件——战争连绵，革命不断，经济和社会关系发生了一系列重要变革。此后，死亡的阴影接踵而至：第一个妻子艾列昂诺拉去世，情人杰尼西耶娃病死，父母兄长撒手人寰，几个子女过早夭折，这使他深感人生短暂而脆弱，力求到永恒的自然中去寻找一条人生的出路。

这样，他们的人生态度也就十分近似：都热爱自然，珍惜生命，对自然

---

① [俄] 别尔科夫斯基：《丘特切夫》，见《丘特切夫诗选》，莫斯科—列宁格勒1962年版，第9页。
② 张清华：《诗佛王摩诘传》，河南人民出版社1991年版，第172页。

与人生进行细致观察，深入了解，在热爱自然与生命的同时，又厌倦充满喧嚣而又险恶的人世，希望融入永恒、普在的自然。

第三，谢林哲学与禅宗思想的近似。

如前所述，丘特切夫深受谢林"同一哲学"的影响。谢林认为，自然界的一切，从物质到人类，都是宇宙精神按一定目的创造出来的。世界本无自我与非我、思维与存在、主体与客体之分，只是因为宇宙精神不自觉的盲目活动，才产生了这些两极对立的矛盾，演变出世界万物。一旦达到"自我意识"阶段，这些矛盾便重归同一，达到无矛盾无差别的境界。人是宇宙精神的产物，他的意识与自然没有任何区别，自然是可见的精神，精神是不可见的自然。宇宙精神不能用概念来解释，也不能用描述的方法来理解或言传，只能通过艺术的直觉来把握。所谓直觉，即是通过事物的本身，从事物的内部，来认识事物。在自然中，每一产物都只能存在一瞬间，艺术必须抓住这一瞬间，把它从时间中抽出来，展示生命的永恒。

王维则信奉禅宗。禅宗是中国人的哲学，是佛教传入中国后，与中国的老庄思想和魏晋玄学结合而产生的一个宗教流派。禅宗宣扬"梵我合一"的理论，达到这一境界，则梵我合一，万物同一，心物一体，主观与客观、物质与精神、物质与物质之间皆无界限。而一切归于本心，因此，他们十分重视人的心灵世界。吕澂指出："禅家一切行为的动机，始终在向上一着，探求生死不染，去行自由的境界，并且不肯泛泛地去走迂回曲折的道路，而要直截了当把握到成佛的根源。这个根源，在他们认识到的，即是人们的心地，也可称为本心。"[1]

禅宗特别重视大自然，其所追求的禅理玄境，经常借大自然来使人感受或领悟，其名言是："青青翠竹，尽是法身；郁郁黄花，无非般若。"其著名的三种境界，都与自然密切相关：第一境，"落叶满空山，何处寻行迹"；第二境，"空山无人，水流花开"；第三境，"万古长空，一朝风月"。为达到"梵我合一"的境界，以便"直探生命的本原"[2]，禅宗特别强调"顿

---

[1] 吕澂：《中国佛学源流略讲》，中华书局1979年版，第376页。
[2] 宗白华：《艺境》，北京大学出版社1987年版，第156页。

悟"。这种顿悟,"不是思辨的推理认识,而是个体的直觉体验"①,是一种神秘的直觉,通过它能把握到存在的本源——表现为瞬刻的永恒。作为直探生命本原的哲学的禅宗,其顿悟"所触及的正是时间的短暂瞬间与世界、宇宙、人生的永恒之间的关系问题"②。"由于禅宗强调感性即超越、瞬刻可永恒,因之更着重就在这个动的现象世界中去领悟,去达到那永恒不动的静的个体,从而飞跃地进入佛我同一、物己双忘、宇宙与心灵融合一体的那异常奇妙、美丽、愉快、神秘的精神境界"③。

具有两极对立的矛盾,强调物我融合、天人一体,重视心灵,重视自然,在心灵与自然中探寻人生出路,强调直觉,强调瞬间,谢林哲学与禅宗思想何其相似!它们的相似使深受其影响的两位诗人本质地类似,殊途而同归。

综上所述,正是社会文化与家庭环境的影响,个性、经历、人生态度的近似,谢林哲学与禅宗哲学的类似等等,使得相距千年、相隔万里的中俄两位诗人,表现出多方面的惊人相似,并把诗歌、哲学、音乐、绘画完美地融为一体,达到了极高的艺术境界。

而他们的相异之处,则显示了中俄文学乃至文化的不同。

第一,在"诗中有画"这一点上,他们也有明显的不同。

丘特切夫往往细致地、条理清楚地把自然景物描画出来,就像西方那有着精确透视法的风景画一样。如前述之《秋天的黄昏》,总的氛围是神秘朦胧,上面是幽蓝的天空和薄雾,下面是凄苦的大地,大地上有斑斓的树木,树丛中有不祥的光辉、紫红的枯叶,时时有寒风卷起落叶……这一切就像西洋画一样构成一个相对平面的整体(完整的画面),它是细致地、几乎一笔一画地涂抹出片片的红叶、点点的闪光。

王维既是画家,又是诗人,作为南宗的始祖,他的诗也像其山水画一样,不讲究精确的透视,而代之以更富自由与表现力的散点透视,重瞬间,重神韵。如其《终南山》:"太乙近天都,连山到海隅。白云回望合,青霭入看无。分野中峰变,阴晴众壑殊。欲投人处宿,隔水问樵夫。"全诗以目

---

① 李泽厚:《中国古代思想史论》,人民出版社1986年版,第207页。
② 李泽厚:《中国古代思想史论》,人民出版社1986年版,第207页。
③ 李泽厚:《禅意盎然》,载《求索》1986年第4期。

光扫视的次序，把全部山形切成一段一段的画面，选取每一画面中最有特点、最富表现力的物象进行细致的描绘，采用了"远近高低交替"、"虚实相间"、"点状形态"等手法①。

第二，对自然本体观照上的不同。

丘特切夫虽是西方少有的、达到了审美体验的最高境界——对自然本体的观照的诗人，但其观照是一种尚有知性参与的自我观照，因此，他总希望"忘却自我"、摒弃个性、化入自然。王维则因禅宗的"梵我合一"、"物我一体"理论，又与自然平等相亲，而进入审美的自然本体，又由于庄禅的影响，须"坐忘"、破"我执"、"丧我"，故为"以物观物"，这是一种"无我之境，人惟于静中得之"（王国维《人间词话》）。

第三，终极追求上的差别。

丘持切夫虽然宣扬逃避人世，潜入内心，遁入自然，但他一生中，更主要的是对人生意义与价值的追寻，及对生命、心灵、自然、宇宙之奥秘的执著探索。而王维则在中晚年逃入自然，寄情于山水，形成了自己空、寂、静、冷的心境，只想彻底地化入无知觉的大自然，对人生一无所求，更谈不上探求什么宇宙的奥秘，就像其笔下的木芙蓉花，对生死无一丝心灵的战栗，只是一味默默地淡漠、冷清、空灵、寂灭！

这实际上也是中俄山水作品乃至整个文学的不同。其根本原因在中俄文化的差异。

中华民族受儒释道思想的影响，本已形成"一种清醒冷静而又温情脉脉的中庸心理：不狂暴，不玄想，贵领悟，轻逻辑，重经验，好历史，以服务于现实生活，保持现有的有机系统的和谐稳定为目标，珍视人际，讲求关系，反对冒险，轻视冒险……"② 这是一种重视个体恬然快乐的"乐感文化"，它对一切缺乏执著的追求与探索，过于重视实用。而王维又受佛教一切皆空的思想影响较深，再加上失去亲人的痛苦和官场的不利，从而"一生几许伤心事，不向空门何处销"（《叹白发》），他自然像中国大多数的士

---

① 参见黄南南：《时空交融的艺术》，载《江西社会科学》1982 年第 6 期。
② 李泽厚：《中国古代思想史论》，人民出版社 1986 年版，第 306 页。

大夫一样，逃进自然，去与自然"无言独化"了！

丘特切夫则不同，他是俄国（西方）"罪感文化"的一个代表。他从小受基督教的影响。基督教是向外观察，从十字架、殉道中看到悲剧式的崇高，从而内模仿产生一种崇高感，同时宣扬一种博爱。这就造成了丘特切夫对一切、对自然的爱，也造成了他诗中自我分裂、自我争辩、自我斗争及融入混沌与普在的生命的悲剧的崇高感。对异化的感知，谢林哲学的影响，使他更深入地思考人、宇宙、生命的问题，更深刻地进入自然之中。而西方自然科学、哲学的发达，使人们有一种对事物、对宇宙（无限）进行精心、细致的探索与穷究的可能，从而产生了西洋画的精确的透视，也产生了丘特切夫笔下如风景画的诗及其诗中对人生本质问题的执著探寻。

俄罗斯民族从普希金、莱蒙托夫到屠格涅夫、托尔斯泰、陀思妥耶夫斯基以至现当代许多作家，都有一种探索心灵的传统，都有一种忧郁深沉的超越要求，托尔斯泰、陀思妥耶夫斯基更是两座高峰。丘特切夫继承了这一民族传统，并结合自己对哲学的把握，从而不仅在爱情诗中，而且也在自然诗中，认真探索了人的心路历程，表达了自己的超越要求。

中国人对自然采取一种欣赏者的态度，重视"得意忘言"、"得鱼忘筌"，从而遗形取貌，重在韵味。而西方（包括俄国）对自然则采取一种征服者的姿势，强调钻研解剖，彻底战胜，从而理性分析，知性颇重。这样，王维与丘特切夫的诗，尽管有诸多类似，但一个是凝练而富有韵味，一个是深沉而更具哲理；一个是内向的、封闭的，一个是外向的，开放的；一个冷静地让自然自己呈现自己，一个热烈地把自己放入自然之中。

总之，丘诗与王诗的不同，从根本上说，体现了中俄（西）文化的不同，也即刘小枫先生所说的逍遥与拯救的不同："在中国，恬然乐之的逍遥心境是最高的境界。庄子不必说了，孔子的'吾与点也'就是证明；在西方，通过耶稣所体现的爱，使受难的人类得到拯救，人与亲临苦难深渊的上帝重新和好是最高的境界。这就是'乐感文化'与'爱感文化'的对立、超脱与宗教的对立。"①

---

① 刘小枫：《拯救与逍遥——中西方诗人对世界的不同态度》，上海人民出版社1988年版，第31页。

结　语

丘特切夫对俄国诗歌的独特贡献

> 他是俄国第一个哲理诗人，除普希金而外，没有人能与他
> 并列。
>
> ——［俄］陀思妥耶夫斯基

> 托尔斯泰和陀思妥耶夫斯基需要用鸿篇巨制来表达的东西，丘
> 特切夫却只需用短短几行诗就可以表达……丘特切夫对于俄罗斯抒
> 情诗所做出的贡献，几乎等同于他们对于俄罗斯叙事文学所做出的
> 贡献。
>
> ——［俄］梅列日科夫斯基

列昂诺夫在其《文学与时代》中说过："一部真正的艺术作品，尤其是语言作品，总是在形式方面有所创造，在内容方面有所发现的。"

丘特切夫以其明显地超越了自己时代的思想和绝对独特的创作方法，在俄国诗坛上继普希金之后另辟蹊径，开创了俄国的哲理抒情诗，从而影响深远。他的哲理抒情诗是真正优秀的艺术品。它们在内容方面有新的发现：

第一，在俄国诗歌史，同时也在俄国文学史上，最早使自然作为独特的形象，在文学中占据主要的地位，并使之与哲学结合起来。

在此之前，俄国文学中还没有谁如此亲近自然，理解自然，让自然蕴涵着深刻的思想与丰富的情感。杰尔查文、卡拉姆津还只是发现俄罗斯自然的

美，开始在诗歌中较多地描写。普希金还主要把自然当做纯风景来欣赏，其《冬天的早晨》、《风景》、《雪崩》、《高加索》、《冬晚》等描写自然的名诗莫不如此。茹科夫斯基虽在自然中做朦胧的幻想与哲理思考，但往往只是触景生情，更未想到过让自然与哲学结合起来。莱蒙托夫的自然与普希金、茹科夫斯基近似。只有在丘特切夫这里，自然才拥有自己独特的地位。"他的生活同大自然息息相通：/他理解潺潺不绝的溪流，/懂得树上叶子的窃窃私语，/感觉到小草在瑟瑟发抖。/他能看懂星罗棋布的天书，/海上的浪涛也向他倾诉衷曲。"① 他细致生动地描绘了千姿百态的大自然，并使之与谢林哲学等融为一体（详前）。所以，皮加列夫指出："丘特切夫首先是作为自然的歌手为读者所认识的。这种看法说明，他是让自然形象在创作中占有独特地位的第一个俄国诗人，从某种意义上说，也是唯一的俄国诗人。"②

第二，率先从异化的高度，深刻、全面地探讨了个性与社会的矛盾，并最早对人类命运之谜进行了颇为现代的探索。

在此之前，普希金在其南方叙事诗、《波尔塔瓦》和《叶甫盖尼·奥涅金》等叙事诗中对个性的问题进行了较深刻的探索③，莱蒙托夫则在《当代英雄》中触及这一问题。丘特切夫却是从异化的高度来表现个性与社会的矛盾，而且既看到社会对个性的压抑、限制、异化甚至扼杀，又看到脱离群众的个人主义的自由、个性的极端解放是虚幻的自由。从而，既富有哲学的深度，又颇具现代色彩。别尔科夫斯基指出，在这方面，他比托尔斯泰和陀思妥耶夫斯基早了 1/4 世纪④。

"人类命运之谜对大多数人来说不足介意；但诗人却始终将它置于想象

---

① ［俄］巴拉丁斯基：《悼念歌德》，见《俄罗斯抒情诗选》上册，张草纫译，上海译文出版社1992 年版，第 314 页。

② ［俄］皮加列夫：《丘特切夫的生平与创作》，莫斯科 1962 年版，第 203 页。

③ 参见张铁夫等著《普希金的生活与创作》（修订版）第四章第二节、第六章第二节、第八章，中国社会科学出版社 2004 年版；或见曾思艺：《文化土壤里的情感之花——中西诗歌研究》，东方出版社 2002 年版，第 15—67 页。

④ ［俄］别尔科夫斯基：《丘特切夫》，见《丘特切夫诗选》，莫斯科—列宁格勒 1962 年版，第42—44 页。

之中。死的观念会使庸夫俗子失魂落魄，却能使天才格外大胆无畏"①。而此前，普希金、莱蒙托夫较注重现实，对这一问题关心不多，杰尔查文虽有所表现，但只是偶感而发，茹科夫斯基在诗歌中对彼岸、永生有所表现，但或过于感伤，或仅限于宗教的宿命观，且茹诗大多为模仿之作或他人的变体，真正属于自己的东西很少。丘特切夫则毕生对人类的命运之谜，对死亡兴趣浓厚，深入系统地进行探索，而且达到了相当现代的高度（详前）。

第三，最先在抒情诗中进行心理分析。

俄罗斯民族有一种刻画心理、表现心理、分析心理的传统，起始于普希金，莱蒙托夫、屠格涅夫、托尔斯泰、陀思妥耶夫斯基等继续深化之，苏联学者弗赫特把这种文学现象称为"心理现实主义"。但在抒情诗乃至诗歌中真正进行心理分析的是丘特切夫，而且，他的心理分析达到了辩证分析和较为现代的高度。由于谢林哲学等的影响，其自然诗展示自然过程即剖析心灵过程，这不能不说是他的一大贡献。在"杰尼西耶娃组诗"中，他更是辩证、深刻地揭示人的爱情心理中复杂的深层心理，并发现了两性相爱中的原始性敌对，对人性中的爱情心理层次有了更深、更新、更现代的开拓。而这，已为现代生理学及心理学所证明："只有非常肤浅的研究者，才会忽视两性之间的原始排斥和原始对抗——它们比两性之间的吸引更加真实和持久。两性之间的吸引可能一度占优势，然而两性之间的反感却始终存在，而且其表现要广泛得多，常常还相当有力。在爱情之下，永远潜在着仇恨。当然，这正是人间悲剧最深刻的根源之一！"② 这更是丘氏的独特贡献。此外，丘特切夫还最早在诗歌中对梦幻、潜意识等非理性内容进行开掘。

丘特切夫的哲理抒情诗也以绝对独特的创作手法，在形式方面有所创造：

第一，把俄国的哲理诗发展为哲理抒情诗，并把深邃的哲理、独特的形象（自然）、丰富的情感、瞬间的境界完美地结合起来，使之达到炉火纯青

---

① ［法］斯太尔夫人：《德国的文学与艺术》，丁世中译，人民文学出版社1981年版，第43—44页。

② ［美］冯·德·魏尔德：《理想的婚姻——性生理与性生活》，杨慧林等译，东方出版社1989年版，第160页。

的艺术境界，奠定了俄国文学中哲理抒情诗的坚实基础。

在此之前，波洛茨基、罗蒙诺索夫等创作的是诗味不浓的哲理诗，杰尔查文则创作了不少哲理诗，别林斯基对之评价颇高："在杰尔查文的讽刺的颂诗中，显露出了一个俄罗斯智慧人物的有实际意义的哲理，因此，这些颂诗的主要特质就是人民性。"① 但杰尔查文或重在理趣："人们捉住了一只歌声嘹亮的小鸟，/并且用手紧紧地按住它的胸膛，/可怜的小鸟无法歌唱，只能吱吱哀叫，/而他们却喋喋不休地对它说：/ '唱吧，小鸟儿，快快歌唱。'"② 或与讽刺性结合，具有强烈的政治性，已成政治讽刺诗。当然，前述杰尔查文的《午宴邀请》等诗已初步具备哲理抒情诗的特点，但毕竟为数甚少。此后，茹科夫斯基、普希金、莱蒙托夫等也写过一些哲理诗，或触景生情，如茹氏之《乡村墓地》、《黄昏》，或对某物直表哲理，如普希金的《诗人与群众》、《先知》，莱蒙托夫的《沉思》、《惶恐地瞻望着未来的一切》。只有到了丘特切夫，才把抒情、哲学、自然完美地结合起来，并以瞬间的境界、短小精练的形式，巧妙地表达出来，对人、自然、心灵、生命等本质问题作长期、系统的哲学探索，从而形成一种独特的哲理抒情诗。因此，陀思妥耶夫斯基称丘特切夫为"俄国第一个哲理诗人，除普希金而外，没有人能和他并列"。

第二，较早在俄国诗歌中达到情景交融。

普希金、莱蒙托夫、茹科夫斯基等人在部分诗作中也做到了情景交融，但丘特切夫与他们不同的是，他"作为深刻的思想家，几乎是每脉情思，每个感觉都与客观世界，尤其是大自然的运动变化息息相关"③，他那颗"不断扩张的心不但能接受风暴、雷雨和波浪，也能和任何自然现象起共鸣"④，进而他能取消物我之间的界限，潇洒自如地实现自然与心灵间的随意过渡，在崇高与卑微、精神与物质等之间自由转化，使诗歌具有无穷的情调和变化莫测的境界。这种善于把人和自然结合为一个整体，使人的思想、

---

① 转引自易漱泉、王远泽、张铁夫等著《俄国文学史》，湖南文艺出版社1986年版，第58页。
② 转引自易漱泉、王远泽、张铁夫等著《俄国文学史》，湖南文艺出版社1986年版，第53页。
③《丘特切夫抒情诗选》，陈先元、朱宪生译，漓江出版社1986年版，第274页。
④《丘特切夫诗选》，查良铮译，外国文学出版社1985年版，第182页。

感情与自然景色水乳交融的手法，是其哲理抒情诗的特色，也是他对俄国文学的贡献。它对费特、涅克拉索夫、尼基京、屠格涅夫、托尔斯泰甚至列维坦，都产生了有益的影响。

第三，象征与多层次结构及通感手法（详见本书第三章第二节、第三节）。

丘特切夫把有真正发现的内容与绝对独特的创作手法完美地结合起来，达到了空前的艺术境界。这样，他在俄国诗歌史上，同样也在俄国文学发展史上有着独特的地位。

他的艺术成果和一些思想观念，对俄苏诗歌乃至文学产生了深远的影响。苏联学者拉赫金娜指出，丘诗对 19 世纪末一大群诗人，如索洛维约夫、斯卢切夫斯基、安德烈耶夫斯基、明斯基、蒲宁、采尔捷列夫、福法诺夫、勃洛克、伊万诺夫、索洛古勃、梅列日科夫斯基、吉皮乌斯、巴尔蒙特、勃留索夫等有着明显的影响①。科日诺夫则撰有专文《谈谈俄国诗歌中的"丘特切夫流派"》。俄罗斯当代学者谢列兹尼奥夫更是在其专著《19 世纪后期—20 世纪初期俄国思想中的丘特切夫诗歌》中，分 5 章论述了丘特切夫诗歌在 19 世纪后期至 20 世纪初期多方面的影响：第一章"19 世纪后半期文学美学批评中的丘特切夫诗歌"，介绍了 19 世纪后半期俄国文学美学批评对丘特切夫诗歌的评价；第二章"音乐中的丘特切夫诗歌"，介绍了丘特切夫诗歌进入音乐的情况；第三章"丘特切夫诗歌的哲学阐释"，包括从抒情诗的直觉到观念的说明、丘特切夫的抒情诗对索洛维约夫创作的影响、美——宇宙的力量、丘特切夫诗歌的形而上学热情、混沌和宇宙：丘特切夫的直觉与索洛维约夫的观念；第四章"丘特切夫诗歌中人的宇宙"，包括作为微观宇宙的艺术作品、昼与夜的思想—形象、美好的南方和严峻的北方、从现象到本质从表象到本体；第五章"在两个深渊之间。无和上帝"，包括丘特切夫是异教徒泛神论者自然哲学家反基督分子吗、尘世和天空自然和超自然、人的存在悲剧、两个深渊的声音、孤独：自然的沉默与人世繁华的喧

---

① ［俄］拉赫金娜：《丘特切夫与 19 世纪末的俄国哲理诗》，见《对俄罗斯只能信仰——丘特切夫和他的时代》（论文集），图拉 1981 年版，第 121 页。

嚣、爱情：人间的幸福与狂暴激情的盲目、病痛的世纪：信仰与缺乏信仰；在结语中，作者进而综合介绍了丘特切夫活生生的思想的长期以来多方面的影响。因此，正如列夫·奥泽罗夫所说："无论俄国文学的哪一本文选，无论哪一本诗选，没有丘特切夫是不行的。对俄国诗歌，对苏联各族人民的诗歌，对世界各国人民的诗歌，丘特切夫过去、现在都有明显的影响。"①

综上所述，丘特切夫绝非无足轻重的二流诗人，而的确如涅克拉索夫所称的"第一流的诗歌天才"和"俄国文学中不多见的光辉现象"，他对俄国抒情诗所做出的贡献，相当于托尔斯泰、陀思妥耶夫斯基对俄国叙事文学所做出的贡献②，他在俄国文学史上的地位，完全应与普希金、莱蒙托夫并驾齐驱，对他的介绍与研究，应更进一步展开并深化。

---

① ［俄］列夫·奥泽罗夫：《丘特切夫的银河系》，见《丘特切夫诗选》，莫斯科1985年版，第14页。

② 参见［俄］梅列日科夫斯基：《俄罗斯诗歌的两个奥秘》，杨怀玉译，载《国外文学》1997年第3期。

附录一

略谈费·伊·丘特切夫的诗

〔俄〕屠格涅夫

　　"诗歌的复兴即使不是在整个文学中，那也可以在杂志上一目了然。"这类话近来可以相当频繁地听到。它所表示的意见是对的，我准备同意这一看法，只是保留以下意见：我并不认为我们当前的文学中缺乏诗歌，尽管人们一致指责诗歌往往过于散文化和庸俗化；不过，我理解读者欣赏和谐诗律、富有节奏魅力四射的抒情语言的愿望；我理解这种愿望，十分赞同并且完全支持它。正因为如此，我不能不为费·伊·丘特切夫那些至今仍散见各处的诗编辑成集而感到由衷的高兴①，他是我国最优秀的诗人之一，仿佛是普希金用欢迎和赞赏②把他嘱托给我们。

　　我刚刚说过，丘特切夫先生是最优秀的俄国诗人之一；我还要说：在我看来，不管这会令同时代人的自尊心多么不快，属于上一代人的丘特切夫先

---

① 丘特切夫是一位罕见的不重视自己诗歌发表的诗人，此前其诗歌偶尔零星散见于一些杂志，1836年普希金在其主编的《现代人》杂志首次发表丘诗24首，此后几年，《现代人》又发表了丘诗15首。1854年，屠格涅夫终于说服丘特切夫，并亲自担任丘特切夫诗歌的编辑者和出版者，首次把他散见各处的诗歌92首收集成集，先是作为《现代人》杂志的增刊发行，随后又单独成书出版，产生了很大的反响。

② 1836年，普希金收到丘特切夫的好友加加林公爵托茹科夫斯基转来的一组丘诗，普特列涅夫教授后来回忆道：普希金为这些"色调明丽，充满新意，语言有力"且处处可见"新颖画意"的诗而狂喜，"沉浸于其中整整一星期之久"。在加加林面前，他"对这些诗作了应有的评价"，"把它们大大称赞了一番"。

生在阿波罗的领域①无疑要比同行们高出一筹。不难指出，我们当代比较有才气的诗人在某些个别因素上超过了他：费特②那迷人却又稍显单调的优美，涅克拉索夫那刚劲而往往干涩、生硬的激情；迈科夫③那严谨合度有时又冷冰冰的写生手法；但只是在丘特切夫先生身上，才有着他所属的那个伟大时代的印记，那个在普希金身上表现得如此鲜明、强烈的伟大时代的印记；只是在他身上才表现出那种与其本身才华相称、与作者的生活一致的特点，——总之，至少表现出了那种在自己的整个发展过程中构成其伟大天才的特殊标志的东西。丘特切夫先生的视野并不开阔——这是事实，但他在自己的天地里却那么得心应手。他的才华不是由那些毫无联系、支离破碎的部分组成的：他自成一体，并自我调节；他身上除了纯粹的抒情成分外，没有别的成分；但这些成分确定而清晰，与作者本人的个性浑然一体；他的诗歌没有一丝臆想的气息；它们似乎全都是有感而发即兴创作，就像歌德所希望的那样，也就是说，它们并非绞尽脑汁想出来的，而是像树上的果实那样自然生成的，因此，根据这一可贵的品质，我们发现了——顺便说说——普希金对它们的影响，我们在其中看到了普希金那个时代的反光。

有人会对我说，我攻击诗歌中的臆想纯属徒劳，因为没有创造性想象力的自觉参加，除了某些原始的民歌之外，任何一部艺术作品的产生都是无法想象的，因为每一种才华都有其外在的一面——技艺的一面，没有它就不会有任何艺术；这一切的确如此，而且我丝毫也不反对这一点：我只是反对让才华脱离那惟一能给它营养和力量的土壤，反对才华脱离那给予它天赋的个人生活，反对才华脱离那个人本身所属的人民的总的生活。才华的这种分离可能会有好处：它能促进创作更趋完善，让其中的高超技艺充分发挥；但是高超技艺的充分发挥总是依靠它的生命力来完成的。用一段锯割好的干燥树

---

① 阿波罗是古希腊神话中的太阳神、医神，也是艺术庇护神，分管艺术和诗。此处喻指诗歌领域。

② 费特（1820—1892），俄国"纯艺术派"代表诗人。其诗歌主要以自然、爱情、人生、艺术为主题，往往把情景交融、化境为情，意象并置、画面组接和词性活用、通感手法结合起来，是当前俄罗斯公认的五大诗人之一，对俄国象征派诗歌及苏联"静派"诗歌也有很大影响。

③ 迈科夫（1821——1897），俄国19世纪诗人、画家、剧作家，"纯艺术派"诗人之一，其诗以自然与爱情为题材，既富哲理，又颇细腻，尤其善于以类似写生画法的艺术手法写诗。

木可以雕刻出任何合乎心意的图像，但是不管春天的太阳怎样温暖它，它身上已再不会长出新鲜的绿叶，再不会开放芬芳的花朵。一个作家的不幸，就在于他受能工巧匠的廉价胜利的诱惑，受它那已庸俗化的灵感的平庸权力的支使，想要用自己生气勃勃的才华去制作毫无生气的玩具。不，诗人的作品不应该是他垂手可得的东西，他也不应该用别人的方法加速作品在自己身上的发展。有人早已精辟地指出，诗人应该在自己的心里孕育作品，一如母亲在腹中孕育婴儿；他自己的血液应该在他的作品中流淌，外来的任何东西都不能代替这股使作品生气勃勃的血流：无论是睿智的评论和所谓真诚的信念，甚至无论伟大的思想，如果真有这样的思想的话……而它们，这些最伟大的思想，如果它们的确很伟大的话，也不只是从头脑里产生的，而且来自心灵，按照沃弗纳格警策的说法，就是："Les grandes penseès viennent du coeur"①。希望创造某种完美作品的人，必须全身心地投入其中。

"臆想"的因素，或者更确切地说，瞎编的因素，华丽的词藻，大约十五年前曾在我国的文学中风行一时，而今当然已经是强弩之末了：现在谁也不会灵机一动，再去莫名其妙地炮制出一个五幕剧来，描写某个不入流的意大利画家，此人身后只留下两三幅很糟糕的画，搁置在三等陈列馆的阴暗角落里；现在无论是谁都不会突然陷入一种过度的欣喜若狂之中，去歌颂世界上也许从未存在过的某个姑娘的卷发；但瞎编在我们的文学中仍旧没有消失。它的痕迹相当明显，在我们许多作家的作品中都可以看到；然而这在丘特切夫先生的作品里全然没有。丘特切夫先生的缺点属于另一种类型：在他那儿常常可以遇到古老陈旧的言辞，苍白无力的诗句，他有时显得仿佛不擅长使用语言；他那才华的外在方面，也即我们上面谈到过的那一面，可能还没充分发挥出来；但是所有这一切都由其诚挚的灵感，每一页诗行中散发出来的浓浓诗意补足了；在这灵感的作用下，丘特切夫先生的语言常常以成功的超出常规和用语几乎是普希金式的优美，而使读者不胜惊喜。观察一下那些为数不多（不超过一百首）但又标明其创作轨迹的诗歌是如何从作者的

---

① 法语，意为"伟大的思想来自心灵"。沃弗纳格（1715—1747），18 世纪法国作家，以《格言集》名世。

心里产生的，是饶有兴味的。如果我没有说错的话，他的每一首诗都发源于一种思想，但这一思想好像一粒火星，在深挚的情感和强烈的印象的作用下熊熊燃烧起来；因此，如果可以这样说的话，丘特切夫先生自己的思想由于具有这一起源上的特点，对于读者来说无论何时都不是赤裸裸的和抽象的，而总是同从心灵或自然界捕获的形象融合在一起，总是充满着形象，并且总是不可分割、牢不可破地浸透着形象。丘特切夫先生诗歌的抒情情境是异乎寻常的，几乎是转瞬即逝的，这使他必须表达得凝炼、简短，仿佛是他把自己圈定在一个局促而精致的狭小范围之内；诗人需要表述出融为一体的一种思想，一种感情，于是他就主要通过一个统一的形象把它们表述出来，正因为他需要表述，所以他既不想在别人面前夸耀自己的感觉，也不想在自己面前玩弄这种感受。在这个意义上，他的诗歌确实堪称务实的诗歌，也就是真诚的、严肃的诗歌。丘特切夫先生最短的诗几乎总是他最成功的诗。他对大自然的感觉非同寻常的细腻、深切和准确；然而，用上流社会不完全通用的话来说，他并不利用它为自己牟利，不用它来雕琢和粉饰自己创造的形象。人类世界同与其亲邻的自然界的对照，在丘特切夫先生那里从来不是生硬牵强和冷冰冰的，从来不带教训的口吻，都尽可能地不成为作者头脑中出现并被他当作自己的发现的某个平凡思想的注解。除了这一切之外，丘特切夫先生还有精细的鉴赏力——这是多方面的教育、学富五车和丰富的生活经验的果实。他熟悉激情的语言和女性心灵的语言，并且运用自如。我不太喜欢丘特切夫先生那些不是从自己的源泉中汲取的诗作，例如《拿破仑》等。在丘特切夫先生的才华中，没有任何戏剧的或史诗的因素，尽管他的智慧已经无可争辩地洞察到当代历史问题的核心。

根据所有这一切情况，我不想预言丘特切夫先生会广受欢迎——那种喧嚣一时、令人怀疑的广受欢迎，看来丘特切夫先生也根本就没想要这种广受欢迎。他的才华，按其自身的特质来说，是不会面向普通人们的，他也并不期望从他们那里获得反响和称赞；如果要对丘特切夫先生作出充分的评价，读者本身就应当具有某种精细的理解力，应当让他那长期无所事事的思想具有某种灵活性。紫罗兰不会把自己的芳香散发到二十步以外：只有走到它跟前，才能闻到它的芬芳。我再说一遍，我不想预言丘特切夫先生会广受欢

迎；但我预言他的诗歌将会获得所有珍爱俄罗斯诗歌的人发自内心的赞赏和
热情洋溢的回应，而这样一些诗歌，一如：

　　　　上帝，请把欢乐带给……

　　和别的一些诗歌，定将传遍俄罗斯的四面八方，并且将比当代文学中许
多现在看来似乎会流传千古并且造成轰动效应的作品存在得更长久。丘特切
夫先生可以对自己说，他，按一位诗人的说法，创造了注定不朽的语言；而
对一位真正的艺术家来说，没有比意识到这一点更高的奖赏了。

　　　　　　　　　　　　　　　　　　　　　　　　　　　　　1854 年

（曾思艺译自《屠格涅夫文集》第 9 卷，莫斯科，1962 年）

附录二

丘特切夫的银河系

［俄］列夫·奥泽罗夫

　　他喜爱尘世的一切，喜爱现实生活的丰富多彩，渴望用自己的整个生命去了解它们。他喜爱春天的雷雨和初萌感情的汛滥，喜爱太阳下闪光的白雪和群山的顶峰，喜爱骑兵队似的海浪和当"万物在我中，我在万物中"的黄昏时候神秘的宁静，喜爱一端架在森林上，另一端隐在白云中的彩虹，喜爱喷泉的飞沫和黏糊糊的新叶，喜爱天空中飞翔的鸟群和"在悠闲的犁沟里"闪闪发光的"蛛网的细丝"。世界的一切元素对他敞开：大地，水，火，空气。他并不掩盖自己对大地和尘世的迷恋。

> 不，我不能够隐藏
> 我对你的深情迷恋，大地母亲！
> 作为你忠实的儿子，我不希望
> 有一颗不结果实的嗜欲的心！

　　他是大地的儿子，同时又是俄罗斯最具诗魂的诗人之一，对于山峰，对于天空，对于星星，对于融化在"天空蓝色深渊里"的一切，都充满着诗情。他从人间的现实升上了梦想的高度，升上了无穷。在这种从人间到天上、从肉体到精神、从个别到普遍的渐进而又自然的转换中，也总是有一种思想在伴随着他。这是一种渗透一切的、深邃的、敏锐的思想。丘特切夫——是一个热烈的、不安静的、思想极其动荡的诗人。他那精致的抒情小品浑厚的历史—哲学底蕴便是从这里来的。他的八行诗——十二行诗，都是汇入银河的河口。

他既看得清楚沙粒，又能够洞察星星的世界。他不仅仅欣赏它们。丘特切夫总是从欣赏上升到理解。这种理解不是思辨性的、抽象的，而是充满诗意的、富有感情的。

在丘特切夫看来，沙粒和星星存在于它们那活生生的统一体中。他是世界的无限性的歌手。在他看来，"海洋围抱着陆地"，他从可见的世界扩展到看不见的、想象的、预感的世界。

> 星星的荣光灼灼燃烧的苍穹
> 从深处神秘地向下凝眸，——
> 我们浮游着，深渊烈火熊熊，
> 从四面八方包围着小舟。

诗人看见并且歌颂了这个"烈火熊熊的深渊"不迟于1830年最初的几个月。现在，多亏丘特切夫的了解，它在我们这些原子裂变和宇宙飞行时代的现代人眼中成为可见的了。涅克拉索夫在自己的文章里援引了丘特切夫这首诗，他写道："最后的几行诗是令人吃惊的：读着它们，你会感到不由自主的战栗。"

丘特切夫作为18世纪的遗产继承者，19世纪的儿子，成了对20世纪最敏感的先驱之一。我们在20世纪读这个诗人的诗，就像读同代人的诗一样。他在俄国诗歌中留下了深刻的内容与极完善的美有机统一的诗境。

在半个多世纪里，丘特切夫只写了近400首诗。写得虽少，表达出的东西却很多。我们是多么珍惜他的每一行诗！

丘特切夫胜利了。"胜利"一词应用于他这样的人和诗人，意味着什么呢？他不仅没有寻找赞扬，而且还躲避它，他没有对自己的手稿和印刷品表现出任何注意，可他在我们今天却是读者最多的俄国诗人之一。丘特切夫的名字——自然而然地、习惯地与普希金、巴拉丁斯基、莱蒙托夫、涅克拉索夫的名字连在一起。

他的诗决定性地进入了 20 世纪的门槛。诗人的生活完整地写进了 19 世纪的历史。

＊ ＊ ＊ ＊

新历 1803 年 12 月 5 日（旧历 11 月 23 日），在奥尔洛夫省勃良斯基县奥甫斯图格村家族的领地上，贵族伊万·尼古拉耶维奇·丘特切夫和他的妻子叶卡捷琳娜·里沃芙娜（娘家姓托尔斯泰），生了第二个儿子费多尔，未来的伟大诗人。

1812 年卫国战争开始时，丘特切夫还不到 10 岁。像传记作者说的那样，大人和小孩都过着"紧张的生活"。丘特切夫一家在雅罗斯拉夫尔度过了动荡不安的时期，但战争的回声不能不落到正是对惊慌如此敏感的未来诗人的心里。在经受考验的时期，精神上的成熟是很迅速的。"无论在丘特切夫身上，还是在所有他的同龄诗人的身上，难道不是这些童年的印象，燃起了那种对俄罗斯的顽强的、炽热的爱——这种爱在他们的诗中呼吸着，后来已经是任何生活环境也无法扑灭了？"诗人的传记作者阿克萨科夫这样写道。难道不正是当时在诗人心里产生了后来体现在《穷困的乡村》、《凭理智无法理解俄罗斯》和别的一些献给俄罗斯和她的历史命运的诗篇中的一部分深藏于内心的题材？

作为列夫·托尔斯泰关于上一代生活的长篇小说基础的俄国历史事件，对于丘特切夫来说却是本人生活和童年的事件。莫斯科近郊特罗伊茨克的丘特切夫家被洗劫一空。赶走法国人后的第一个夏天全家是在奥甫斯图格度过的。

1812 年应该作为丘特切夫传记的标题。战争与和平在他童年的心里留下了印象。

丘特切夫很早就有阅读的嗜好，很早就学会了讲法语。然而，他母亲希望，她的儿子首先要很好地懂得俄语。她替他找了一位老师。这样，在文学界以拉伊奇名字著称的诗人和翻译家谢苗·叶戈罗维奇·阿姆菲捷阿特罗夫就出现在丘特切夫家里。老师和学生之间建立了最友好的关系。他们在交谈中度过时间，在散步时大声朗诵贺拉斯的颂歌，并且交替使用拉丁语和俄语。

后来拉伊奇回忆道："亲爱的学生对于教育表现出的非凡的天才和激情

使我惊异，也使我感到安慰，过了大约 3 年，他已经不是学生，而是我的同志了——他这样迅速地发展了他那好学的、接受力强的智慧。"拉伊奇把俄国和世界最优秀的作品介绍给未来的诗人，给他介绍诗歌的秘密。还只 12 岁，他的学生就开始翻译贺拉斯的颂歌，并且，像拉伊奇回忆的那样，"取得了极好的成绩"。

丘特切夫在早年的诗中极力模仿罗马古典作家。这个时候他的一首诗《一八一六年新年献辞》被当时著名的诗人和批评家梅尔兹里亚科夫注意到，他在俄罗斯语言爱好者协会上朗诵了它。这个在俄国著名的协会授予小男孩"同行"的荣誉称号。

早在去德国以前，丘特切夫还没有直接熟悉德国浪漫主义，就从自己的老师那里了解并熟悉了它的样品。

1819 年秋，丘特切夫进入莫斯科大学语文系。而 1821 年 11 月 23 日，在他 18 岁那天，莫斯科大学委员会批准给予自己过去的学生副博士的称号。

大学毕业后，丘特切夫于 1822 年年初来到彼得堡，被列为俄国外交部超编的官员。

1822 年 6 月 11 日，丘特切夫作为俄国驻巴伐利亚使团的官员，从莫斯科来到慕尼黑。

丘特切夫在外交部服务了 17 年：作为一个超编官员，在驻慕尼黑使团当过二等秘书（1822—1837），在都灵当过一等秘书和代办（1837—1839）。后来的两年，丘特切夫住在国外，无所事事。由于擅离职守从都灵去瑞士，他被解除了职务。

丘特切夫用法语写信和讲话，自己内心的隐秘却只付托给俄语。他那些独具匠心的诗和翻译表明，诗人在诗行上付出了多大耐心和深刻的劳动，他的俄语又达到了多么高的纯度。

1836 年春，普希金在自己的杂志《现代人》上，发表了这位还不知名的诗人的一组诗，标题是《寄自德国的诗章》。它们以姓名的第一个字母署名：Ф. Т.①。1836 年《现代人》的第三、四卷，刊载了诗人的 24 首诗。

---

① 即费多尔·丘特切夫的简称，俄文为：Федор Тютчев。

留在德国的最初岁月里（正是在 1826 年）艾列昂诺拉·彼得逊——一个驻德国二级宫廷的俄国外交官的年轻寡妇，成了丘特切夫的妻子。

1837 年丘特切夫与妻子和女儿们一起回到俄国。在此之前（1825 年和 1830 年），他已两次在祖国度过自己的假期。在这里他很快得到新的任命，成为俄国驻都灵使团的秘书长。

丘特切夫同全家离别后，过了 10 个多月。他从报纸上知道，他的家人乘坐的那艘轮船起火了。轮船的失事损害了妻子的健康，她很快就死了。这个事件使丘特切夫震惊。

丘特切夫具有广泛地与人交往的才能，他在各个时期同许多文学活动家——从茹科夫斯基和维亚泽姆斯基到波隆斯基和费特，建立了密切的联系。他的个性的魅力，智慧和言语的敏捷，把许多人吸引到身边。

在 5 年内（1836—1840），《现代人》发表了丘特切夫的 39 首诗，这些诗大多数是在 30 年代中期以前写的。在 9 年时间里（1841—1849）丘特切夫没发表 1 首诗。人们开始忘记丘特切夫，只有批评家和时评家迈科夫在 1846 年（在普希金之后，在涅克拉索夫之前）向俄国读书界提到《寄自德国的诗章》。文章的作者说道，"看到真正的诗艺的作品被忘却，比看到用狂妄的自命不凡武装起来的毫无才能的劣诗，更使人悲哀"。

《现代人》杂志 1850 年 1 月号刊载了涅克拉索夫的文章，他在文章中写道，"Ф．Т."这位在当时不大为读者所知的诗人——是一位"有力的和出类拔萃的天才"。

涅克拉索夫文章的标题是《俄国的第二流诗人》，不应算作错误。关于这点，涅克拉索夫写道："尽管标题……我们坚决把 Ф.Т. 先生的天才列入俄国第一流诗歌天才。"

赞美丘特切夫抒情诗的屠格涅夫，说服诗人出版诗集，并亲自担任了诗集的编辑和出版者。

丘特切夫的第一个选集出版于 1854 年，此时诗人已经 51 岁了。在这个时候别的一些诗人已经开始汇编自己的诗集了。丘特切夫却以初登台者的资格出现。这并未使他感到有任何难为情。

屠格涅夫不仅出版了丘特切夫的诗集，还为他写文章。他在丘特切夫身上看到了"他是我国最优秀的诗人之一，仿佛是普希金用欢迎和赞赏把他嘱托给我们"。在这篇文章中还说：丘特切夫"创造了注定不朽的语言"。

后来，列夫·托尔斯泰回忆道："以前，屠格涅夫、涅克拉索夫和 K° 勉强说服我读一读丘特切夫，然而当我读过以后，简直被他巨大的创作天才搞得目瞪口呆。"丘特切夫是托尔斯泰最喜爱的诗人之一，他说："没有丘特切夫，我就不能活。"陀思妥耶夫斯基认为丘特切夫是我们的"第一个哲理诗人"。象征派的诗人们，首先是勃洛克和勃留索夫把丘特切夫当做自己的先驱和老师。革命后的诗人阿赫玛托娃和帕斯捷尔纳克高度评价了丘特切夫的遗产。

丘特切夫在早年表现出的巨大的诗歌天才，在他整个一生中都没有暗淡。在晚年这个天才不仅没有暗淡，还以一种新的、空前的力量燃烧起来。丘特切夫用新的观念对待生活中的许多现象，更加充满热情。丧失了亲人的长久的怀念，熟悉俄国生活（已经不是在远方，而是在身边），亲身的经验——这一切庄严地进入诗中。丘特切夫在《西塞罗》这首诗中说到自己的命运："谁在宿命的时刻看到这个世界，谁就会感到自己幸福无比！"

＊　　　　＊　　　　＊　　　　＊

丘特切夫在生命的晚期体验了炽烈的感情，这在他的诗和信中鲜明地表现出来。

丘特切夫在 1850 年与叶莲娜·阿列克山德罗芙娜·杰尼西耶娃认识，那时，他正处于自己生命的第 48 个年头，正准备出版自己的第一本诗集。这是推迟很久的出版。这是姗姗来迟的爱情。这种爱情，像诗人自己说的那样，是最后的爱情，它改变了他的生活的整个秩序。

丘特切夫待在家里，在彼得堡的沙龙里，在大公爵夫人们举办的一次次隆重的招待会上，他悲惨地感觉到自己与喜爱的东西相距遥远，是在过着"双重生活"。他"处于可怕的分裂状态，而我们是命中注定要在其中生活的"。

丘特切夫的抒情自白作为世界爱情诗的高峰之一，在我们今天得到了承认。它具体体现在著名的"杰尼西耶娃"名下（这个名称不是作者取的）的组诗中，它们构成了一部独特的"诗体长篇小说"。在丘特切夫之前，还没有谁塑造出这样具有个性、心理学特征的深刻的妇女形象。"杰尼西耶娃组诗"讲述了一个高傲的年轻妇女，她向上流社会挑战，为爱情建立了功勋，并且在为这一爱情的绝望的斗争中毁灭。这个形象在性格方面和陀思妥耶夫斯基的娜斯塔西雅·费里波夫娜以及托尔斯泰的安娜·卡列尼娜有共同之处。

尽管处于丧失亲人和朋友的沉痛中，尽管疾病缠身，诗人还是继续对世界的事件、俄国国内的事情有着浓厚的兴趣，他还同人们交往，甚至在对他来说最沉重的时刻，也没有失去自己特有的幽默。

对他来说，生活就是：思想和感受。

1873 年 6—7 月，70 岁的费多尔·伊万诺维奇·丘特切夫处于生死关头。看来，末日降临了……不料丘特切夫睁开眼睛，问道："近来政治方面有些什么消息？"

他喜爱生活、运动、光、声音。"请你们让我稍稍感受自己周围的生活吧"，临终前，诗人这样请求他的亲人（他死于 1873 年 7 月 27 日——旧历 7 月 15 日）。他渴望恢复和唤起已经习惯的生活感受以及生活的愉快和节奏。

这，就是丘特切夫的一切——首要的是热烈的、不安宁的、追求的思想。"我思故我在"，丘特切夫完全可以重复笛卡尔这个公式，但他，首先只是——他自己。

费多尔·丘特切夫留给我们的遗产是他的艺术世界和诗歌。他的诗歌既充满了对于生活奇迹的欢欣，同时又悬念着整个地球以及地球上每个人的不幸。既有充实的生命，又有热情、思想和冲动的毁灭。大海在歌唱，它保持着和谐。而现代人的心"不是大海那样歌唱"，不是"沉思的芦苇喃喃细语"那样歌唱（丘特切夫就这样——在帕斯卡尔之后——称呼人）。

芦苇不仅思想，它还在各个季节的和风以及暴风雨中摇晃。它英勇斗争，同时能痛苦和怜悯。

"好似双重生活"的门槛按自己的方式制作丘特切夫生活和创作个性的模型。表面上看，丘特切夫是一个平静的、彬彬有礼的俄国外交官、官吏、宫廷官员——这只是一个方面。另一方面，是一颗动荡不安的诗人的心

（"跑向哪里，为什么跑"），这颗心无论在政治中（他是俄国诗人中罕见的如此了解政治和对它抱有兴趣的诗人），还是在社会里，或者在精神生活中都没有为自己找到安宁。诗人所具有的那些可怕的预感，与文化空前发达、科技发明硕果累累而且进入太空的 20 世纪极其合拍。丘特切夫创造了许多凌驾于"动荡的混沌"之上的充满热情的诗章。它们由不安宁的心灵写出，而且也不叫读者安宁。丘特切夫强迫自己的思想进行工作，并且深入了诗人们极少深入的天地。

"预言的心灵"——"两个世界的住户"——使我们处在"双重生活"的门槛上。无论是在丘特切夫之前，或是在他之后，在俄国文学中没有过如此突出地揭示生命的悲剧的抒情诗。诗人揭示了人的精神生活的矛盾："有两种力量——两种宿命的力量"。一种是——死，另一种是——人的法庭。一种是——自杀，另一种是——爱情。即使是爱情，也是：一方面——"心灵与亲爱的心灵结合"，另一方面——"致命的决斗"；一方面——幸福，另一方面绝望（指迟来的爱情）。到处是矛盾，对抗，互相排斥以及正在形成的爆炸。丘特切夫是一位浓淡相宜的素描画大师。他的"两种力量"，一个人的两种面目，当然，不是口是心非，而是活生生的、有积极作用的心灵的辩证法的化身。他把白天描绘成金线编织的金碧辉煌的帷幕。但黑夜马上降临——作为白天的对映体——既撕下"美好的帷幕"又"向我们展示一个带着各种恐慌的黑暗和深渊"。又是那个 10 年前就已称之为"烈火熊熊"的深渊。

丘特切夫的艺术世界——这是整个的银河系。这是沙粒和星星，彩虹和喷泉，黎明和落日，黄昏和积雪的山顶，乡间大道的雷雨和炎热的中午。这是在宏伟的夜色面前的欣喜和为过早逝去的爱情的祈祷，对暮年的沉思和对生命的春天的歌颂。丘特切夫的诗歌遗产只是一本小小的诗集，但——用费特的话说——"这本小小的诗册比卷帙浩繁的文集分量还沉重许多"。无论俄国文学的哪一本文选，无论哪一本诗选，没有丘特切夫是不行的。对俄国诗歌，对苏联各族人民的诗歌，对世界各国人民的诗歌，丘特切夫过去、现在都有明显的影响。

列宁很喜爱丘特切夫的诗，据同时代人证明，他经常读他的诗。正是列宁在应当为之建立纪念碑的过去的杰出活动家的名单上，写上了丘特切夫的名字。

他有着完全的哲学的灼热，有着诗人所有的让思想飞翔的意图，但他的缪斯行走在大地上，他醉心于她的恩赐与美。丘特切夫歌唱着"鲜花烂漫的五月的欢乐，红红的光，金色的梦"。诗人凝神倾听树叶和蜻蜓的声音，丁香树枝和少女欣喜的眼睛也使他激动不已。他力求把整个世界都吸收进自己的心里，同时把自己的热情，自己的心献给它。

善于在一目了然的东西背后发现隐藏的东西——这种高度的才能，确实，是诗人的特性。在平静的背后他听到骚动的混沌。他的大自然活着，运动着，欢欣着，痛苦着。他反对那些在心灵中拒绝大自然的人。

> 大自然并不是你们想象的那样：
> 它不是图形，不是一张死板的脸——
> 它有自己的灵魂，它有自己的自由，
> 它有自己的爱情，它有自己的语言……

这些话扣人心弦，令人感觉到：在丘特切夫时代，怎样进行和进行着什么样的哲学争论。

丘特切夫的许多诗进入了人民的日常生活，诗人塑造的形象常常被引用，人们从中寻找生活提出的问题的答案，从中吸取智慧并得到休息。

翻开丘特切夫诗集，读者马上进入一个复杂的世界，一个深刻地、满怀激情地思索着的人的世界。他的思想在感受着，他的感情在思想着。这就使得这位经历了巨大而复杂的内心生活的诗人所具有的矛盾的激情，获得了生动的统一。自然之谜——他不是夜间俯身在它们之上吗？人的心灵的秘密——难道不正是它们以一种越来越大的力量引导他步入老年，因此即使是真正的衰老也不显得衰颓，而是经验的高峰，而是回顾走过的生活途程的瞭望台。

丘特切夫的魅力还在于，诗人无论何时何地都不掩盖自己"双重生活"的矛盾，也不把它简单化。在诗句里诚实地揭示自己心灵的创伤和痼疾，就像揭示社会生活的创伤和痈疽一样——这是丘特切夫诗歌所以具有永久生命的原因之一。他没有为自己把抒情形象分为"从这里和到那里",他让所有的心弦同时在诗句里震响。

丘特切夫的诗总是终生地伴随着读者。我们可以在欢乐的日子读它,也可以在忧伤的日子读它。对于心灵的许多状况我们可以在其中找到答案。为什么呢?这是一个向你逼视的诗人。他戴着眼镜看着我们,既不非难,也不讽刺,而只是专心凝视。这是他的特点。

当我们翻开丘特切夫的诗集,展现在我们面前的是:一种诚信的、深刻的、不安的思想——它在思考着时间和永恒,思考着"从高处观察被自己抛弃的肉体"的灵魂。展现在我们面前的还有:人所能及的庞大无比的精神世界,心灵的宇宙和"烈火熊熊的深渊"。

好像在暴风雨后,正当到处一片漆黑,冬日那晴朗的白天来临了,它带来了闪光的白雪和宁静。在读了丘特切夫那些惶惶不安的、激昂的、盘旋上升的诗以后,我们落到一个有着诗的宁静与和谐的极其幸福的世界里。

> 森林被冬天这巫婆
> 用魔术迷住,呆呆站立——
> 披着一片冰雪的流苏,默默无语。
> 却又闪耀着奇异的生机。

"奇异的生机"的闪光,早晨的宁静,夜的沉入幻想的宽广,春天的繁荣,"微笑在一切中,生命在一切中"的时候,夏天的正午,凉爽的灌木林,风平浪静的大海,令人狂喜的蓝色海湾,"一颗颗喷泉的珠玉",往远处浮游的白云,所有这一切充满了丘特切夫的诗。人们被生活矛盾弄得疲惫的心灵渴望着感受自己的整个存在。

> 树林在歌唱,流水波光粼粼,
> 爱情融化在大气之中,
> 鲜花烂漫的自然界,
> 陶醉于生命的丰盛。

陶醉于"生命的丰盛"之中，成为丘特切夫诗最吸引人的特征之一。我们能够在这位诗人那里找到矛盾，忧郁，甚至否定（"在创造中没有上帝，思想也不在祈祷中"。)，毕竟这些诗的基础是"生命的丰盛"和生命的陶醉。陶醉于充满了意义和美的生命之中。

（曾思艺译自《丘特切夫诗选》，莫斯科，1985 年版）

附录三

丘特切夫

〔俄〕 别尔科夫斯基

一

　　在俄国诗歌中，我们伟大的诗人费多尔·伊万诺维奇·丘特切夫的名字是与普希金、莱蒙托夫、涅克拉索夫相提并论的。丘特切夫于 1803 年 11 月 23 日（12 月 5 日）诞生在奥尔洛夫省勃良斯基县奥甫斯图格村一个古老的贵族家庭。丘特切夫的少年时代是在莫斯科度过的。他很早就对文学产生了兴趣，开始留心俄国的诗歌。懂得拉丁语和其他新语系为他开辟了一条掌握古代文学和现代欧洲文学的通路。从 1819—1821 年，丘特切夫在莫斯科大学语言文学系学习。从 1822 年起他开始在外交部任职。同年，通过亲属关系他进入驻慕尼黑的俄国外交使团——其实，职位是很低微的，很长时间，他只是一名编外人员，直到 1828 年才提升为官员——也仅仅是个初等秘书而已。无论是当时，还是以后，丘特切夫从不追求高官厚禄，虽然，他并不富裕，而且他的官薪在他的收支计划中完全不是多余的。

　　丘特切夫在国外度过了 22 年，其中有 20 年是在慕尼黑度过的。他结过两次婚，两个妻子都是外国世袭名门望族的女子。无论在国外，还是晚些时候回到俄国，他通常用的语言是他精确掌握的国际外交语——法语。在丘特切夫大量的通信中他总是使用这一种语言，很少例外。甚至他在写政论文章时都是用法语。但不能由此下结论：丘特切夫从精神上失去了与俄国的联系。他把俄语视为最珍贵的语言，不愿把它浪费在日常交际上，而为自己的诗歌把它完整地保存起来（对此，伊万·阿克萨科夫在其传记中很好地描述过）。

当时丘特切夫居住的慕尼黑是德国乃至欧洲的宗教中心之一。虽然巴伐利亚的教权主义统治着慕尼黑，但它当时仍以具有丰富的艺术和思想生活而著称。在学术空气浓厚的慕尼黑居首位的是正走向衰老的谢林和亲近他的自然哲学流派。丘特切夫常与谢林会晤，也许，这些会晤使丘特切夫更从内心上吸收德国哲学。然而，对谢林学说和当时德国其他哲学学说的深入了解，并非出于丘特切夫被命运带到巴伐利亚首都这一偶然经历。早在离开俄国前，以及后来在莫斯科、彼得堡的二三十年，他都强烈渴望掌握德国的文化——哲学，科学，艺术。丘特切夫似乎是特地到慕尼黑与它会面一样，而当时没有一定的国外游历的俄国活动家们只能待在家里研究它。丘特切夫对谢林的兴趣是与对当时德国人称之为"异教的"歌德的诗和哲学的热爱紧密相连的。丘特切夫透过歌德洞察谢林乃至德国的精神文化，这种接受方法带来很大补益——歌德，在艺术和抽象思维方面是个现实主义者，他强化了德国文化对丘特切夫的良好影响，在最大限度上限止并截断了其中不健康、含混、消极、带有经院哲学味道的部分。

在慕尼黑丘特切夫开始了与当时德国最大胆、思想最解放的作家海涅的友谊。丘特切夫终生都受着海涅诗歌的影响——或是翻译，或是自由变体，或是把海涅诗歌的一段、半段写进自己的诗里。

丘特切夫与西方文学的关系有时只显现出一个方面——只是同德国的联系。事实上其他欧洲国家的作家对于丘特切夫也有着极大的意义：他吸收了拜伦的诗歌，不止一次地读过莎士比亚，透彻地了解法国浪漫主义、法国现实主义和长篇小说，以及法国的历史科学。

在慕尼黑和巴伐利亚，然后是都灵和意大利时期，不仅使丘特切大大获教益——它们还把他"推进"欧洲，从这些城市他还可以很好地看到其他欧洲国家首都的政治、文化生活。丘特切夫完全没有显出外交官员的勤勉，却能锁上使馆的门，去另一国家，办理特殊的私事，而不向上司请示。这种事在都灵就发生过。然而他却热衷于国外的各种政治问题。对欧洲所发生的一切他都消息灵通，这是他所在的外交部的上司也无法相比的。他有大胆的政治主张，这是那些成天被钉在收收发发的公文上的人们做梦也不曾想到的。在慕尼黑时期，丘特切夫自己形成了一种对欧洲命运的看法，他用世界历史的经验充实自己，从这一角度去评判俄国的事务，并反过来——通过对俄国问题的理解去评价世界历史的进程。

1844 年，丘特切夫回到俄国，住在彼得堡。中断一个时期之后，在这里他重新进入外交部任职。从 1858 年起他担任外文书刊检查委员会主席。

就像在国外一样，公务没有占据整个丘特切夫。首先，作为上流社会的一员，他经常光顾彼得堡和莫斯科的贵族沙龙——丘特切夫常去古都，在那里，他觉得自己不是客人，而是主人。对于上流社会一员的丘特切夫，至今还保留着许多的回忆，他是老年和青年崇拜的偶像，是贵妇们的宠儿。他是一个很著名的沙龙座谈大师，说俏皮话的能手，口头警句的作者。这些警句常常从一个沙龙传到另一个沙龙。在这种活动场所中，维亚泽姆斯基公爵、科兹罗夫斯基公爵是他的前辈。在说漂亮话的艺术方面，他的竞争对手——还是那个维亚泽姆斯基，索洛古勃，格里戈罗维奇，在评论他的谈话时都带着认可和赞美。但丘特切夫的沙龙华丽辞藻远不像已不行时的老一辈能说会道者们的言辞那样显得毫无意义。丘特切夫渐渐创造出一种社会舆论，用自己的语言去抨击异己思想，讥讽政府不成功的措施，并对外国宫廷予以一针见血的评价。丘特切夫最喜欢的谈话内容是外交政策。他按自己的方式去进行评论——不是在外交部，而是在上流社会里。从他的书信里我们知道他经常出外旅行。夏天他留居彼得堡。有时一路侃到拉金岛，那里是贵族们度夏的好去处，有时住到皇村，有时也到彼得果菲，那里能看到朝臣们和宫廷的情况。他向上流社会的贵妇们灌输自己的政治主张。他的第二个妻子，是普费费里男爵小姐，当时住在奥尔洛夫村，他在寄给她的信中，广泛地评论了西方和东方的外交与战争。丘特切夫希望通过对他信赖的贵妇们、亲人和朋友，把自己的政治观点传到沙皇那里，传到一等文官那里，传到外交部。他希望按自己的方式来论证俄罗斯帝国在欧洲的政策，并按自己的方式来引导它——但这不过是徒劳无益的工作。丘特切夫的政治思想因哲学的充斥而显得过分复杂，其中还有过多的敏感和美学。当局不喜欢用自己还未掌握的武器来维护自己的利益。制造这种武器的丘特切夫，被当局认为是不可靠、招致危险的人，当局很少听他的意见，而更多的是疏远他。亚历山大二世有时对丘特切夫的批评很不客气。丘特切夫对政府的反应迟钝和在那些其实是急切想帮助它的意见面前所表现出的胆怯觉得很奇怪。丘特切夫不止一次地以口头和书面的形式，用恶意的嘲讽短诗报复政府——口头的表现在散文中，书面的表现在诗歌中。

丘特切夫构思了一篇政治哲学方面的大型专题论文，名为《俄罗斯与西方》。他完成了其中的一部分，写出了三篇大文章——《俄罗斯与德意志》（1844），《俄罗斯与革命》（1849），《罗马教廷与罗马问题》（1856）——这些文章可视为他为专题论文做的准备工作。文章的内容倾向于他最喜爱的斯拉夫主义者和泛斯拉夫主义者的思想。19世纪40年代末丘特切夫开始宣扬俄罗斯的政治和精神从欧洲独立出来。根据他的论文，俄罗斯——是一个伟大的宗法制帝国，是秩序的支柱，是基督教无个性、平和的忏悔者。基督教的思想在丘特切夫那里是与征服的热情，扩张领土、攻占君士坦丁堡的口号毫不相斥的。君士坦丁堡应该成为联合沙俄统治下的斯拉夫人民的国家的中心。类似的思想在丘特切夫的一些政治诗中也表露出来。丘特切夫的政治理想部分是他在欧洲体验的影响下形成的：基督徒的温顺与至爱应该把东方从西方资产阶级社会的无政府主义状态中拯救出来，从统治那里的极度个人主义中拯救出来，在丘特切夫的观念里，宗法制的国家权力就是为此服务的。但丘特切夫本人却过分地被欧洲新文化所感染。

实行进攻政策的民族国家——也就是富有战斗性的个体，其侵略特性会转变为一种共性。在后来的陀思妥耶夫斯基的《作家日记》里，我们也找到了社会内部基督徒式的平和和在国际舞台上的进攻性国家的军国主义异教徒式的双重说教。陀思妥耶夫斯基像丘特切夫一样，没有战胜个人主义：它被赶走，但又以他们有时认不出的面貌重新回来。

丘特切夫的政论文和政治诗离不开环境对他的熏染，尽管它们之间是如此的不协调。那里看得到贵族，帝国官员，沙龙讲演者。这些政论文并不代表整个丘特切夫，只反映了他意识的表层，甚至与他日常生活的个性都完全不相吻合。保皇派应该是和沙皇宫廷有联系的，但在舞会和招待会上相遇时，他却认不出那些大人物——实际上他们在他心目中是不占什么地位的，他们对他来说也是很不现实的。在伊萨基耶夫大教堂举行的盛大礼拜仪式上他感到寂寞，便穿着自己的高级侍从制服跑到街上，让自己显现于从身旁走过的化装的人们面前。专制制度和东正教对他产生的影响，很明显，是疲惫和压抑的。第一个冲动就是躲开它们远一些。他对政府的口头评论，对于那些认为自己是官府的一员或与之有联系的人来说，常常是超乎可能和想象的。

丘特切夫最深刻、最美好的个性力量体现在他的抒情诗中。在这里，他和自己独处，没有外来的愿意或不愿意接受的压力。他与大自然和谐相处，与它融成一体，并通过大自然与大千世界，与他的追求融成一体，不用考虑宫廷和那些办公部门会去怎么评论。丘特切夫在自己的抒情诗中找到了自我，事实上他同时也进入了他所在的历史生活的广阔世界。与广阔的当代世界直接或间接的联系，促进了诗人个性的净化和发展。在丘特切夫的抒情诗中，最突出的是他富有人情味的个性。他把自己身上的东西都扔掉，以便能减轻负担，似乎，他甚至改变了自己的样子，从身体的不断衰弱中解放出来。身材矮小、虚弱的、怕冷的、永远感觉不舒服的他，在抒情诗中获得了自然的声音，前所未有的威力，法官、魔术师、预言家的能力。丘特切夫的政治思想——这是他与世纪的斗争，他自己与自己，自己与自己的抒情诗的斗争，幸好，未能获胜。传记的方式对丘特切夫的抒情诗是无能为力的。传记力图解释，甚至对诗人所创造的一切做详尽无遗的解释。对于丘特切夫来说，传记本身——变成了一种谜，需要特别解释，与他的抒情诗的内容和性质相比，显得如此贫乏。传记和诗应该倒装过来——不是从传记到诗，而是从诗到传记，应该从诗人的个性中寻找并找到指明诗意的东西，而且这一任务并不轻松，诗将提出诸多问题，而传记仅能勉强做出回答。普通的、表面上显而易见的事实在这里很少能助上一臂之力。也许，透过丘特切夫的永久的漂泊——有时在俄国，有时在西方国家的长久旅行，透过他日常生活和精神上的无所适从，透过内心的不安，透过对交流的痛苦渴望——假如他常与周围的人们失去联系，不管在任何情况下，他无论如何都要马上恢复它，——可以略见端倪。他的同代人向我们讲述了这一切。丘特切夫似乎感到自己日常生活的外套很累赘，在旅行中，在他度过的放荡不羁和不太值当的贵族生活中，丘特切夫似乎力图穿破这件外套，穿坏它，使它变成刚好能掩饰住裸身和裸心的碎片。

在丘特切夫的生命中，有一件在他诗中留下痕迹的非同寻常的事情，使他成为上流社会的直接对立面。从1850年起丘特切夫开始与斯莫尔尼中学（他的两个女儿在那里读书）学监的侄女叶莲娜·阿列克山德罗芙娜·杰尼西耶娃建立联系。当丘特切夫与杰尼西耶娃认识时，她24岁。他们的关系持续了14年之久，直到杰尼西耶娃去世，——她患有恶性肺痨。受尽折磨之后，她死于1864年8月4日。这一天作为无法弥补的悲痛的一天，留在丘特切夫的记忆里。杰尼西耶娃为丘特切夫生了一个女儿、两个儿子。丘特切夫并未与自己正式的家庭脱离关系。尽管他住在客栈和彼得堡近郊，仍然遭到残酷的辱骂——人们不能原谅他的这段风流韵事，但他并不在意，因为这是最真诚、永恒的，无须对世上任何人隐瞒的热情。事实上对杰尼西耶娃也进行了公开的迫害。在丘特切夫和杰尼西耶娃之间发生的这一插曲对他来说是艰难的、沉重的。关于她，除了丘特切夫献给她的诗以外我们知道得很少。留给我们的仅仅是一些只言片语的资料，把杰尼西耶娃描述成带有陀思妥耶夫斯基笔下的另一类精神上受尽折磨、能做出最忧郁的乖常举动的女主人公的特征。

丘特切夫作为诗人的命运是不同寻常的。从15岁起已经是发表诗作的诗人了，但多年以来他一直是一个没有读者的诗人。1836年普希金发表了丘特切夫的诗——在《现代人》杂志上出现了一组命名为《寄自德国的诗章》，署名为Φ. T.（费·丘·）的诗。尽管受到普希金圈子里诗人们的善待，丘特切夫仍然没能真正地进入文学界。只是到1850年，在已是完全由另一些人出版的那本《现代人》上，刊出涅克拉索夫对丘特切夫的肯定评价，把他视为出色的俄国诗人和最重要的诗人之一。1854年，丘特切夫的诗歌选集第一次出版。涅克拉索夫关于丘特切夫的评论，得到了杜勃罗留波夫和车尔尼雪夫斯基的共识。在屠格涅夫、列夫·托尔斯泰、陀思妥耶夫斯基、费特、迈科夫眼里，丘特切夫的地位是很高的。他在诗歌方面的成就对于他们来说是毋庸置疑的。他对于他们——是他们在个人思索中很受爱戴的同路人，他们深深地记得他，在自己的作品里援引他的诗。

丘特切夫本人是他久未进入读者和文学圈子的造因者。他以一种冷漠的态度对待自己诗歌的命运，这种冷漠让某些人觉得迷惑不解。对他来说，必须做的事情是写诗，至于能否发表，在何时何地，他完全听天由命。文学史家们有时力图推翻丘特切夫对自己诗歌漠不关心的事实。结果证明，丘特切夫在某次比往常表现出较大的兴趣——如此而已！当伊万·阿克萨科夫准备出版丘特切夫的新诗选时，都不能让他哪怕浏览一下自己的手稿。

也许，是许多种激情起作用的结果。普希金曾说："灵感无法出卖，但可以出售手稿。"作为抒情诗人的丘特切夫出卖的正是灵感——诗中的抒情自白，因此他躲避这类事情。还有其他方面的原因：丘特切夫的诗歌，受到异己流派的欢迎，如果把整个身心投入其中，并继续按此发展下去的话，必将导致他与上流社会决裂。诗歌本身就能把他从上流社会里拯救出来，而他还未做好准备坚定地去面对这场冲突。他选定诗歌作为自己生命中的主要事业，但并未把它视为非做不可，而只是业余的家庭作业。

丘特切夫虽然不是职业文学家，却与俄国许多作家保持着密切联系。他并未满足于只是注意并与他们中的许多人相识。在晚年他虽还认为自己是卡拉姆津和茹科夫斯基的同代人，但也与列夫·托尔斯泰（他母亲方面的亲戚）、屠格涅夫、陀思妥耶夫斯基交朋友，他认真细致地阅读他们的作品，并且非常喜欢评价他们。在风格上与他相差甚远的一些作家，如麦伊、麦里尼可夫—别契尔斯基、皮谢姆斯基等，也是他熟悉和感兴趣的范围。对丘特切夫诗歌的分析表明，他记忆中用俄语诗和散文记下的美好东西都在他的诗歌里留下了痕迹。

1873 年年初丘特切夫重病缠身，但他不愿承认自己有病而中断社会生活。1873 年 7 月 15（27）日在皇村，丘特切夫经过长期痛苦折磨后与世长辞了，但病痛并未毁掉他精神上的朝气。在弥留之际他仍然显示出诗人、政治家的风采，坚持要求从探访者那里了解最近的政治新闻，并试图以口述的形式写诗，但已不连贯了。他一从自己最后一次病中返过神来，立即开始询问占领西瓦的详情。对于死亡来说，这个人是一个难以得到的战利品，他是如此地富有精神生命力，如此地以自己的存在来对抗死亡。

二

丘特切夫作为一个诗人，成熟于19世纪20年代末30年代初。在此之前他成了一个习惯于欧洲的人。他在欧洲度过的那些日子是异常紧张的。他与当时欧洲的思想和文学在精神上有着毋庸置疑的联系。但丘特切夫并未模仿任何作家，也未为任何作家写过插图式的附属东西。对产生西方诗人和哲学家的土壤、对欧洲人民的现实生活，他有自己的看法。他亲身体验了那一时期的欧洲——它刚刚走出法国大革命并建立了新的资产阶级秩序。这个秩序受到了波旁王朝复辟的限制，然而后者也受到这个秩序的限制。当时欧洲思想和诗歌的对象也同样是丘特切夫的对象，他从精神上掌握了这种对象。因此欧洲的作家谁也没能一味地影响丘特切夫。这些作家——是精神上完全独立的丘特切夫的助手、谋士。丘特切夫来自一个落后的国家，但这并不妨碍他评论和理解当时西方取得的进步，这种进步已给他指出俄罗斯未来的样子。欧洲的经验一半是别人的，一半是自己的。历史的进程表明，新的文明就像对西方一样，对于俄国也是刻不容缓的事情。丘特切夫在20年代、30年代、40年代，研究的既有西方问题又有俄罗斯问题。丘特切夫关心的是那些从欧洲推广到俄罗斯的东西。作为一个抒情诗人，丘特切夫在自己的诗里，预见到一些重大问题，社会与个人的危机。四分之一世纪后，陀思妥耶夫斯基和托尔斯泰的心理小说才向全世界讲述了这一切。

然而在俄国诗歌和俄国文学中，丘特切夫不只是预见到，而且继承了许多。他与俄国诗歌传统的联系常常可追溯到很远的年代。——他与献身于重大哲学问题的崇高体诗人杰尔查文相联系，同时又进行了有特色的变化。杰尔查文和他的同代人的崇高体——其优越性是得到教会和国家赞美的官式崇高体。丘特切夫根据自己的创意，认为，正因为自己带着崇高体印记，因此崇高体对他来说就是生活的真实内容，它全部的热情，它的主要冲突，而不是激励着老一辈颂歌诗人们的官方提倡的信仰原则。俄国 18 世纪的颂体诗实际上是哲理诗，在这方面丘特切夫继承了它，并有一个非常重要的区别：他的哲学思想——是自由的，是间接的暗示事物本身的，而以前的诗人则服从从前留下的律令和众所周知的真理。丘特切夫只是在自己的政治诗中才常常回到官方教条上去。而恰恰是这些对他的诗有害处。

丘特切夫当然也与从卡拉姆津、茹科夫斯基那里开始的俄国朦胧抒情诗的发展相联系。丘特切夫对茹科夫斯基及其诗歌终生存有感激之情。丘特切夫与普希金的关系颇为复杂，并非一目即可了然——这两位诗人经常试图进行彼此间的完全独立。但毫无疑问，随着岁月的流逝，丘特切夫没有与普希金走远，反而靠近了。成熟时期的普希金在抒情风格中进行心理分析，所作的诗越来越吸引丘特切夫，而他一开始是崇尚与茹科夫斯基的诗相近的直接抒情风格的。

在自己的某些兴趣上，以及在常常是很专业的作诗细节上，丘特切夫与莫斯科的"爱智协会"的成员——舍维廖夫和霍米亚科夫的诗一致。不过，与丘特切夫的相似并未迷惑霍米亚科夫，他清楚地认识到，丘特切夫在诗歌中的地位远远高出自己。

在自己的创作意向上，丘特切夫有时与巴拉丁斯基彼此呼应，可他比巴拉丁斯基更深刻地意识到自己的问题，因此，比较而言，丘特切夫是一个更自由的诗人。

像他在慕尼黑的朋友海涅一样，丘特切夫是在 19 世纪 20 年代的欧洲革命中开始文学生涯的，革命使波旁王朝危机四伏，尽管它依然顽固地反对革命。我们不应对丘特切夫的直接政治流露——对普希金的《自由颂》那些冰冷、颓废的语言和写给十二月党人勉强友善的字句而感到迷惑不解，这里展现在我们面前的并非最不容置辩的整个丘特切夫。在这里丘特切夫的传记的成分远远多于诗的成分。丘特切夫心灵的最精华部分，与当时笼罩欧洲的不安和恐慌有着密切关系。不管丘特切夫自己是否意识到，但正是在掀起1789 年革命的欧洲，激发了他诗歌创作的灵感。

如果我们断言，在丘特切夫面前创立了一个新的社会——一个带有文明、意识形态、美学和道德观念的资产阶级世界——那么是需要补充说明的。更正确地应该说，这个新的社会和文化世界，对于丘特切夫及其同代人来说，起初是没有名称的，只是慢慢地获得了名称，并逐渐地明确化。他们怎样称呼它，并不是那样重要。重要的是，名称不是马上就有的，而是留下了等待、允诺、希望的空间。原来在旧制度中产生了一个空前美妙、自由的世界。几年，10年过去了，在明白新生社会也有自己的界限、绝非偶然之前，已经感受到了这些界限的狭隘。

丘特切夫能双重地看待事物，在这方面，他是当代的一个天才，他能看到事物的各种可能性及孕育其中的所有疑惑；还能从形成结局的角度上看待它们。展现在他面前的是浪漫的正在成长的欧洲。同时他也知道已经站立起来的欧洲，摒弃了浪漫主义并指出所有现象的时间和地点——"此时此地"。我们马上可以说，丘特切夫最主要的精神冲突在哪里，就在于用"可能"去反对"真实"的永恒絮语，在于真实生活的诗篇与近期历史所指明的生活形式间的永恒冲突。

在欧洲陈旧的秩序崩溃了，哲学家和作家们在思想上完成了实际还未发生的崩溃。在这一时期，欧洲的一切都重新创立，而原来稳定的东西使人感到已经毁灭，很自然的会有成为创作生活中首位的哲学、诗学观念的胜利。丘特切夫翻译的歌德《浮士德》的第一场描述道："波浪在斗争，元素在争论，生命在变换——这是永恒的潮流……"浪漫主义的欧洲离此还差得远，只是把歌德的《浮士德》作为一部在热情上与欧洲一致的作品而接受。不管怎样，"生命的永恒潮流"这一观念符合浪漫主义者的追求。他们处处看到这种反对停滞不前，能吸引一切并能战胜一切的潮流。丘特切夫翻译了浮士德第一场的独白，似乎它们也是他自己要说的话。他给我们留下不少的译作。这些译作不是为了普及和用于抽象的教育的目的。丘特切夫翻译的目的，是为了让别人的诗成为自己未来的第一个特写，他不止一次地预先准备把别人的诗写进自己的作品中。

如果现代世界已局部地重建，那么丘特切夫绝不认为它是用应有的方式重建的。按丘特切夫的观点，在现代人周围的世界，他们几乎并不认识，也几乎并未掌握。世界的内涵超出现代人的物质和精神需求。世界是深邃的，神秘的。丘特切夫描述了"两重深渊"——天空的深渊，反映在海中同样也是深渊，向上的无限性和向下的无限性。

"元素在争论"——这是丘特切夫从《浮士德》中翻译的一句。他力图"在争论中"，换句话说，在矛盾中看清事物。后来，他写了一首叫《孪生子》的诗："有一对孪生兄妹——对于人来说是一对神灵——那是死和梦……"丘特切夫的孪生子并非相同的人，不相互重复，他们一个是女性，一个是男性，每一个都有自己的含义，既相互吻合，又互相对立。丘特切夫把同代人谢林和黑格尔的哲学辩证法，溶化到自己的血液里。对他来说，很自然的是处处都是对立力量，它们是唯一的又是双重的，互相适应又相互对立。

一方面是"自然"、"元素"、"混沌"，另一方面是文明、宇宙——这几乎是丘特切夫诗中实际具有的最重要的对立。"混沌"的形象和思维，是他通过谢林取自古希腊、罗马神话与哲学。混沌与宇宙——有条理、建设完好的世界是互相联系的。混沌——对于宇宙来说是条件、前提、活材料。在丘特切夫的诗中，没有古希腊、罗马意义上的宇宙概念。它只作为否定的形式出现在其中——作为与"混沌"概念对立的某物，作为它的合适或不合适的"孪生子"。

时代的同龄人又重新创造了一切——技术、生活、人、人与人的关系，——丘特切夫学会了以特别的观点看待事物：对他来说它们是融化物，可变形进入它们的主要原则中。丘特切夫将它们分类，区别它们的成分；不久前看上去还是简单的事物在丘特切夫的手里显出了它们的复杂性。但丘特切夫还是辨别，分类，以便使区分开的事物以一种最出人意料的方式彼此靠近。他从存在的一切都是统一的，到处都隐含着一致性的前提出发。可以想象，他为此分析了现象的各种细微差别，将一种现象和另一种现象加以对照，以便更深地渗透到统一的、包罗万象的自然之中。古典主义的诗歌则按照另一种方式来进行。对古典主义的诗歌来说，世界是严格地按照逻辑分门别类制定的，是排斥任何彼此混合的。我们还能在普希金那里找到这一痕迹。在他的哀歌《白昼的明灯暗淡了……》（1820）中有一行诗重复出现："忧郁的海洋，在我脚下汹涌澎湃……"在普希金那里，海浪不是别的什么，它就是海浪，物质的波浪，属于物质的自然界。普希金在哀歌中非常巧妙地把心灵的波浪与海浪连成一体，但毕竟不允许这两类事物轮廓不清地混在一起，以致消除各自的界限。我们在哀歌中读到："我激动地、悒郁地渴望到那里……"这个"波浪"与重复句"在我脚下汹涌澎湃……"有着惊人的近似，即便如此，这里和那里用的还是不同的词；普希金并未架起它们之间比喻和比较的桥梁。普希金对两个概念、两句话、与外部生命和内部生命有关系的两个形象可能的同一，给予隐隐约约的暗示，但实际上同一并未产生。丘特切夫则完全是按另一种方式写诗："绵绵紧随的思想，滚滚追逐的波浪——同一自然元素的两种不同花样……"把海浪与人、人的心灵相比——这是丘特切夫诗中最惯用的手法之一。对丘特切夫来说，一个生命的种类与另一种类之间不存在禁止超越的古老界限。在诗歌的语言和形象方面，丘特切夫拥有极大的自由。他从自己的时代中借用了推翻的精神。在诗人丘特切夫那里，没有事物的等级和概念的某些牢不可破的原则：低档的可以与高档的结合，它们能够互换位置，它们可以不停地重新评价。丘特切夫的诗歌语言——这是形象与形象的无穷替换，是代换和变化的无限可能。在《海驹》一诗里，马的形象取自自然马，就是养在马厩里的马，用的都是与它有关系的自然词语。运用最基本的形象和语言，又增加更高诗境的语言——海浪的语言。这些语言互相渗透，一部分转换到另一部分，在第二部分中直到最后结束的几行，我们读到的都是有关马的情况，在这里只是间接地写到海浪，直到最后一行才突然点明。《海驹》提供了一连串的比较。马和海浪的比较并未完全结束。诗的命意所在是第三种最高的力量——人的心灵和个性。它们像波浪，但又与它有着悲剧的区别。在它们所获得的这种或那种形象里，不像海浪那样变化无常和不太稳固，但它们也不是那样愉快地和漠不关心地与自己的形象告别，像海浪——海驹所做的那样。

丘特切夫在自己的诗歌辞典里找不到"偏见"二字，他使各种等级的词汇渐渐接近，他的比喻把互相分隔得很远的语言和概念连成一体。他的语言王国能透过一切，在各个方向上，就像毫无阻碍地透过现实世界一样。丘特切夫的时期——是古老的特权和优越地位在欧洲更换的时期，是回到原始平等的时期，并在此基础上，像预计的那样，应按新的方式，无论是在物之间，还是在人之间产生差别。普遍的可变性，普遍的对原始元素、对"混沌"、对自然的回归，从中重新产生宇宙和文化——这就是丘特切夫关于世界的观念，和其语言最深刻的内涵。

对于丘特切夫来说，世界无论在何时何地都没有终结的轮廓。一切物体，所有已结束的形象每天都在重新产生，它们应该每天证实自己。在自己的存在中它们总是变化的。丘特切夫在《阿尔卑斯》一诗中写到，阿尔卑斯的早晨怎样诞生——在夜间被艰难地驱散后，重又形成明亮的、突出的阿尔卑斯的风景。在《山中的清晨》里对自然的理解也同样如此——在喜悦的外表后面，是初步艰苦的工作：原来的宫殿开始变成废墟，从废墟中又矗立起新的宫殿。成熟时期描写在美人的卧室里早晨是怎样产生的诗《昨夜，在醉人的梦幻中……》是很精彩的。物质的、清晰可见的一切在这里表现得若隐若现，就像暗中窥探到的秘密。在宁静的清晨，当人们还未享用这一切时，它们又会如何呢。地毯——"在幽暗中微光闪烁的"，正如丘特切夫所称呼的那样，地毯成为阴影和色彩的调色板。女郎，她的卧榻，周围的物品描绘得就像篝火的燃料马上要燃烧起来。阳光射进了窗户，照亮了被子，并迎面扑向美人。在最后的四节诗行里写了太阳，它在晨间的漫游，而且一次也没有出现太阳这个称呼，没有名词，只有代词"它"，有大量绚丽多彩、优美生动的形容词、数词和并未失色多少的动词。丘特切夫剥去了太阳的物质外壳，它的一切——就是光流，是来自于物体本身一种特殊的游动的力量，是美妙的、迷人的、无法辨明的一种现象："什么东西如烟一般轻盈，百合般幽洁，突然飘进纱窗。"

按丘特切夫的观点，掌握某种现象——这不仅要了解它的成形，而且还要了解它构图时，甚至创造之前的情形。早晨应在它诞生的那一刻开始了解，人——应在他个性的内在部分显露出来之时，和他身上敏锐、特有的一切逐渐衰弱之时。但这并不意味着，丘特切夫认为草稿的样子高于誊清的，非特殊的高于特殊的。他力图知晓，在人身上还有些什么样的可能，可以比过他有能力更新自己。显然，《灰蓝色的影子溶和了……》一诗的意义就在这里，它像是个性心灵形成过程的再现，首先是原始的无区别，在那里个性未与无个性、意识未与物质分离——"一切在我中，我在一切中"。在这里可能与谢林有某些类似，谢林认为，再现物质的历史，它们的形成过程——这就意味着从实质上认识它们。在《灰蓝色的影子溶和了……》一诗中，人好像藏在以往的经历中，这个经历比他在意识生活中经历带给他的一切更为开阔。在这里能听到与自我分离的忧愁和对于知道了自己还保留着原封未动的财富的个性来说可能获得某些新收获的欢欣。读着这些叙述个性怎样为了紧随在灭亡之后就要降临自己的复活而把自己交给灭亡的诗，列夫·托尔斯泰老泪纵横。

丘特切夫直到诗歌道路的终点都保持着原始、完整的感觉——一种统一体，一切都由其中产生，以及现象、概念、语言之间界限的相对感。丘特切夫的比喻可以在任何方面扩展力量，无须担心力量对比喻的反抗。丘特切夫的对比是冲破了一切思想障碍产生的。在 1871 年年初丘特切夫写了一首在自己诗学的独创性方面非同寻常的四行诗：

> 这样一种结合我真不敢想象，
> ——虽然我迷迷糊糊地听见，
> 雪橇，在雪地上吱吱作响。
> 春天的燕子，在软语呢喃。

这些晚期诗极大程度地表现出了丘特切夫风格的原则——否定那把物与物分离开的绝对力量。丘特切夫消除了四季的区别，在这里他根本不重视时间秩序。在这首诗里没有比喻，没有比拟，用最简单的形式观察并一个接一个地称呼这些现象，而大自然中这些现象是不可能一同出现的。透亮的远景通过整个世界，一切都是透明的，是可渗透的，整个世界从头到尾都清晰可见。

从气质上说，丘特切夫是一个即兴诗人。他高度评价了人身上自然的、下意识的力量。丘特切夫在自己的诗中作为艺术家，作为大师依靠的是自己心灵中"自然"这一自然因素——依靠即兴的自然力量。丘特切夫追随自己的灵感，把希望寄托在感情和思维的奇想上——它们本身应该把他引领到正途上去。在诗歌的叙述中，他进行急剧的跳跃和转折，使自己突来的精彩之处合法化——这是否会成为诗的思想，是否会成为诗的语言，——他并不为它们寻找证据，而是坚信自己猜测的正确性。

> 漫无目的地游荡，
> 也许无意中偶然遇见
> 紫丁香清新的芬芳
> 抑或光辉灿烂的梦幻……

在这几行诗里——有丘特切夫即兴诗歌的纲要。他醉心于生活的观感，紧随着它，感激它们提示所暗示的东西。作为真正的即兴诗人，他根据突然间冒出来的契机，不做准备，但准确无误地写起诗来。即兴诗歌的印象，毫无疑问，赋予丘特切夫的诗一种特殊的魅力。丘特切夫所属的浪漫主义时代尊敬即兴诗人，认为他们是汲取了生活和诗歌的本源的最高级别的艺术家。当然，并不要求诗人就是事实上的即兴诗人，一如普希金的中篇小说里所描写的外来的意大利人那样在集会的观众面前作诗。但在诗风上需要即兴的冲击，突然性和急速性。

三

丘特切夫常常固执地宣布自己是个泛神论者。《自然并不是你们想象的那样……》一诗——是泛神主义的雄辩的宣言，同时也很近似于谢林的哲学观念。

泛神主义在这样或那样的主题上，几乎触及 18 世纪末 19 世纪初头几个 10 年中所有从事艺术活动的人。其中有各代和各派的浪漫主义者——德国的，英国的，一部分法国的，同时也有站在浪漫主义另一方的艺术家们——如歌德，贝多芬。在俄国，泛神主义的情绪或多或少地出现在莱蒙托夫、巴拉丁斯基、韦涅维季诺夫、柯尔卓夫身上。泛神主义从谢林早期的"同一哲学"中找到了远非艺术家们所经常关心的自己的理论根据。

这数十年来的泛神主义——按其意义来说是双重的现象。在反对官方的宗教的同时，其本身恰恰又是宗教的一种类型。丘特切夫写了不少诗，对宗教和教会进行冷嘲热讽：《我爱路德派新教徒的祈祷仪式》、《灵柩已经放进墓茔》。这两首诗——都是波旁王朝的召唤，并带着对它绝对的甜言蜜语和假仁假义。但毕竟在丘特切夫身上还保留着一些对上帝的信仰。即使是在他充满自由思想的年代里——对谢林和泛神主义的信仰。

泛神主义从人们日常的环境中消除宗教。在泛神主义的影响下家庭和教会的祭坛冷清了。泛神主义把宗教移居到自然的深处。以往宗教的最高上帝获得了新的名称和新的理解：在谢林那里这是——绝对，"世界的灵魂"，物质界永恒精神的本质，它与物质界同一。似乎泛神主义为物质世界的利益做出了重大的让步。"不，大地母亲，我不能隐藏我对你的深情迷恋！"丘特切夫写道，在谢林哲学的精神境界里感性被认为是正当的。看来，泛神主义维护发展的财富和美——在谢林笔下泛神主义首先就是发展的理论。但泛神主义对自己的每一让步消耗太多，泛神主义的上帝给予物质世界的那一份，不如它消耗自己的利益那样多。

歌德、拜伦、丘特切夫的泛神主义抒情诗都有着自己特殊的、有活力的脉搏，通过环境、历史性的时刻加以暗示，具有完全非宗教的、心理的现实内容，泛神主义的教理只是补充增加到内容中。诗人、艺术家们感觉到了在他们自身，在同代人身上积聚的巨大生命力，这一生命力要求扩展。丘特切夫的抒情诗的主脉搏——是人的心灵和人的意识对于扩张，对于无限占领外部世界的热烈冲动。诗人是富有的，时间使他富有，以至于他有足够的自己的精神财富去面对其他人，面对世界上所存在的一切事物。丘特切夫的抒情诗向我们说明人和盘旋在空中的白鸢、人与山间的溪流、人与飘垂于水面上的可怜的杨柳的"同一"。在丘特切夫的抒情诗里，整个世界都归入意识和意志力。但"同一哲学"并未因此得到证明。实际上证明的完全是另一种东西：一切本质——在处于诗歌中心的人身上，在他内心生活的紧张活动中。人的慷慨，时代精神赋予他的慷慨，表现于这些诗中所描写的一切对象上——杨柳，石头，小溪，白鸢，海浪。丘特切夫具有运用内部夸张法的权利——心灵的压抑和"热情"是如此的强烈，以至使它们提到一次比一次更高的层次上来。在丘特切夫的诗里，生活的内在力量远远退居到其应定的界限，以便与物质世界的物质形成同一。它就这样表现出自己的无限性，高于世界的权力范围。如果物质在它面前，而按其实质它无能为力，这个力量就准备冲击。它的扩张范围——是像丘特切夫所说的"从大地到遥远的星星"。我们认为，这给丘特切夫的泛神主义抒情诗以永恒的活力，使之独立于泛神主义本身，独立于它的教条。这就是生命的容量，这就是生命的能量（"一股沸水"），这就是它的激情和鼓舞力——它们正在传播，并将一代代传播下去，它们独立于哲学观念，丘特切夫的抒情诗与之相似。也许，对这些观念可以漠不关心，也许可以敌视它们，但丘特切夫的抒情诗却将带着对它的感激，带着对它的完全的同情而永存。

但是，泛神主义的观念和教条对于丘特切夫本人来说是必要的。在他的诗中生命和意识的力量，当然，远不是诗人的单独的力量。时代的和集体的内容已进入这一力量中，没有这一内容它就会削弱。在 1823 年丘特切夫兴奋地用充满朝气的语言，把正好处于 18 世纪启蒙家们古老的自然神论观念和新的浪漫主义的泛神论之间的席勒的《欢乐颂》译成俄语：

> 亲密的心灵！噢，天国的光辉！
> 请尊重这共同的感情！
> 它引领你们走向星空，
> 那里有冥冥的天庭！

席勒和丘特切夫的"冥冥的天庭"——这是对人们的集体生活的最高赞许。"亲密的心灵"——这是在远处监视的最高权力允许的人们之间道德的亲近。应该记住，正是丘特切夫改译的席勒的《欢乐颂》，回响在陀思妥耶夫斯基长篇小说《卡拉玛佐夫兄弟》中，回响在取自丘特切夫的泛哲学、伦理和社会主题的小说中，它们常常按新的方式赋予许多人以生命。

丘特切夫的泛神主义——是一种哲学、社会和艺术的乌托邦。在经历了法国革命的丘特切夫的同代人面前，摆着"混沌"、"自然"——它们是原始建筑材料，从中产生新的社会、新的文化。泛神主义——这是丘特切夫和其他人针对身边进行的貌似现实，却远非始终令他们满意的实际建设，而提出的个人建设方案。混沌需要照亮，在它里面应该注入理性的组织，善良，人性。应该用共同目标的纽带把所有的人联系起来，步调一致地采取行动。鉴于充满个人主义的资产阶级社会不是一种团结的力量，那么大地上新的城市的建设，只好部分是像《圣经》上说的那样，借助于天使的帮助，按过时的样式建成。

这一切说明，丘特切夫的诗虽然表现了人的意识的强大能量和发展中的生命的力量，毕竟还是需要某些宗教的或半宗教的性质作保障，而这些保障来自谢林所宣扬的"世界的灵魂"。

丘特切夫是怎样看待在他自己的理想形象里现代世界的发展的，比如，可以由《紫色的葡萄垂满山坡》一诗来判断。这首诗描述得缓慢而庄严。它描写了很平稳的运动。一个台阶接着一个台阶，从风景的较低部分升向较高的部分。首先叙述的是垂满葡萄的山坡，河流和低垂的山岭，以耸立于山巅的"灿烂的圆形的金殿"结束全诗。垂满葡萄的风景——这还是自然风景，但已经在向文明过渡，这是已具有文化和理性特征的混沌。圆形的金殿——是纯洁和自由形象的文明和艺术。金殿是运动的完结——它把人引到泛神主义可以看到的自己最高境界的那一界限。开头的四行诗严格地平行移动，诗歌的句法内在相适应，修饰语位于诗行及附着修饰语的概念的中心——在边缘，在韵脚中。大自然以缓慢的移动过渡到文明，过渡到人手的创造，但一切——都在过渡。发展的完善像是从时间的虚幻中解脱出来。丘特切夫在最后一行诗里，创造了怡然自得的广阔气氛——生活的理想已让位于生命本身的极限，不允许能带来骚乱或使之变得粗俗的任何东西靠近自己。

丘特切夫是一个狂热的泛神主义者和谢林分子，同时他又是一个反对这些流派的激烈、难以抑制的争论者。美妙的乌托邦无法期待他的忠贞，他对于现实的影响是十分坦率的。丘特切夫写诗的日期证明，在这里没有任何时间先后顺序的连续性：首先是这些观点，然后是另一些不同的观点。丘特切夫写出自己泛神主义的宣言《大自然并不是你们想象的那样》，显然，是在

1836 年，而更早，在 1830 年的《疯狂》一诗里，他就毅然愤怒地表达出反对谢林精神中的某些思想。他既相信这些思想，又并不依次全都相信，他徘徊在从确信到否定，又返回确信之间。就像这些观点几乎随时出现在他的诗中，丘特切夫也在这里，在《疯狂》中，从直观的形象出发，带着全部热情洋溢的力量——丘特切夫的哲学思想就是从这种感情的力量中获取的。他描写过干旱、严酷、凄凉景色的每一细节，无雨，无风，旱灾，人被孤苦伶仃地挤在炎热、干旱的沙漠里。有机的生命好像永远终止了。而人仍然"在白云里寻找什么"——寻找泛神主义的上帝，寻找"世界灵魂"的标志，它对于他是仁慈的，能给他送来雨、水、生命。人的疯狂也在于此。在最后一行写道，这个耳贴着大地的人，希望听到地下迸涌的泉水在汩汩流淌。对最后一行有个注释（K. B. 皮加列夫）：丘特切夫暗指"寻水者"。可以继续这个注释。寻水者，找矿者——在谢林及其信徒的眼里是有着特殊意义的人。寻水者——是大自然把自己的秘密告知和托付的人。丘特切夫在慕尼黑听说过 1807 年闻名于这个城市的著名寻水者卡姆别基的故事。卡姆别基是慕尼黑的谢林分子——利杰尔，巴杰尔，最后是谢林本人——最喜爱的人。谢林在其已为丘特切夫所熟知的关于人类自由的研究论文（1809）中写到寻水者。这样，在《疯狂》的最后一行——按其情节来说"卡姆别基一行"——准确说明，丘特切夫是带着怎样的世界观来进行争论的。

《疯狂》在我们面前展现的是一个孤独者，他力不胜任地只身担负着使世界振兴的职责，因此他周围的一切显得如此贫瘠和唯命是从。泛神主义在人类集体的宽阔肩膀上需要某些暗示，以便它们承担使一切朝气蓬勃的担子。

在 1838 年丘特切夫写了一首诗：

> 从山顶滚下的石头躺在山谷。
> 它是怎样跌落的？如今已无人知，
> 是它自己有意从山巅坠落，
> 还是一只有思想的手把它掷弃？
> 过了一个世纪，又一个世纪，

还没有谁能解答这个难题。

在 1857 年丘特切夫又复述了这首诗——在 H. B. 格尔别里的纪念册上，为四行变体诗。代替诗句"还是一只有思想的手把它掷弃"的是"或是别人的意志把它推下"。丘特切夫在本质上修正了原文，虽然迟了几乎 20 年。在第一稿里主题分成两个，清晰度减弱："有思想的手"——修饰语离开了正确的轨迹。要知道哲学的问题并不在于有思想或无思想的手推动石头。这首诗的情节和问题不在手，而在石头，在于它的命运如何，它的存在方式如何。在格尔别里的纪念册里，终于出现了适合于主题的真正的修饰语：说的是"别人的意志"，而这是重要的——外来的、别人的力量作用于石头上。争论正是因此而进行的：石头在整体上与整个自然的关系怎样，它的元素在自然中是怎样联系的——外部的或内部的联系。丘特切夫的诗在自己的这一或另一形态上，与斯宾诺莎给 Г.Г. 舒列尔信中的著名观点彼此呼应：如果飞落的石头具有了意识，它可以想象，是按自己的意愿飞起的。在诗的最后一稿里，丘特切夫更明显地表现了斯宾诺莎的思想。在斯宾诺莎看来，自然是非本性固有的，它是用外部原因将彼此相连的力量机制。对斯宾诺莎进行沉思，做好准备重新承认他的哲学观点向我们展示，《疯狂》一诗中到底有什么，丘特切夫又是如何经常对谢林那自然是有活力的，像人的学说缺乏信心。谢林本人那时候背离了斯宾诺莎，但给自己制定的目标是克服他的机械、唯理论的调子。对丘特切夫来说被谢林完成的克服工作报废了——在丘特切夫面前又是按机械学家和几何学家的规律确定相互关系的外部力量的"石头哲学"。丘特切夫在 1836 年的一首诗里对持不同观点的人生气地写道：

大自然并不是你们想象的那样，
它不是图形，不是一张死板的脸……

而在这里他自己相信：大自然——图形，大自然——死板的脸，生活和意识——对于自然来说只是偶然的附属物。

对于泛神主义，对于谢林的哲学来说有机的生命，是揭开生活之谜的钥匙。无机体的自然被视为有机体的自然的退化，就像它的部分和畸形的情况。

泛神主义把所有有机的生命作为一个整体保护起来。离开泛神主义的先决条件，优势似乎转到某种机械的概念一边。按照这种先决条件，生命——也就成了"外部的、异己的力量的游戏"。在1836年的诗中丘特切夫推翻了有机的和机械的两种概念——为了赞扬前者同时也为了嘲笑后者。但石头一诗使情况发生了变化，其中的一切评价——完全相反。

丘特切夫的动摇取决于他接受了谁的观点——可能的和希望的世界观或者现存的和实在的世界观。丘特切夫往往从"美妙地臆造"的幻想转向事实，而当时展现在他面前的是欧洲生活最深处的不祥实质。

丘特切夫以自己的方式并在重压下经历了当时世界的矛盾。生活潜力的无穷性及其内在的可能性的浪漫主义感情，和另一种也是浪漫主义的——每一生命形式的不自由和相对性，也是丘特切夫的特色。无论什么事出现在丘特切夫的面前，他总能发现处于公开和隐蔽的、现存的和潜在的、正在生活中进行的和已经过去了的之间的巨大抵触。经常的实践显示，现代世界处于像丘特切夫在诗中所称呼的好战的个人和他的"罪恶的生活"的状态之中，到处显现出这个既导致毁灭，同时又充满一切的"罪恶的生活"的后果和回声。

对于人性的题材，丘特切夫怀着极大的热情，这种感情对于经历了阿拉克切耶夫，而后是尼古拉沙皇制度的文明的俄国来说，是自然而然的。丘特切夫回到俄国所写的那些诗，总是围绕同一个问题：祖国的生活和发展是多么少，在这里人及其主动性处于何等不受重视的状态。丘特切夫还是在做青年学生的时候对波戈金说："俄罗斯所有的办公室和营房"，"全部随着鞭子和官僚运转。"他在自己成熟时期所写的诗中，有一首是关于一切都昏睡在沙皇帝国的"残酷的梦"（试与关于十二月党人的"严酷的冬天"一诗比较）。"人只是自己梦见自己"——丘特切夫这样讲述俄国的现实。他感到死一般的沉寂；所有人和所有的一切全都被故意监禁在贫困中，生活的表现形式就像"热病患者的梦呓"。先是普希金，然后是果戈理，对俄罗斯社会的恶劣命运进行了悲剧性的控诉。丘特切夫的控诉与他们是同一根源。

丘特切夫迫不及待地接受了资产阶级革命所宣告的个性自由。在20年代，拜伦死后，丘特切夫使拜伦的题材复活了。丘特切夫又带着天生的俏皮和勇敢来探讨个性主题。

丘特切夫的抒情诗对于个性及其命运的艰难和离奇现象，在陀思妥耶夫斯基和列夫·托尔斯泰之前就进行了探讨。资产阶级社会只知道确立个性的一种形式——个人主义，脱离群众的个人主义自由的冒险，孤独者的自由，也就是虚假的自由，因为社会在整体上没有自由，不能支配个人生活的进程。丘特切夫诗中的个人主义——对于时代的个性来说是痛苦的必然性，在某种程度上它的解放，就像破坏一样。个人主义——是个性内心生活各个方面的大引力、小成就，广阔，规模宏大，同时又沉闷，萎缩，窒息。陀思妥耶夫斯基的主人公——斯维德里盖罗夫和斯塔夫罗金就动摇于这些极端之间。丘特切夫反对个人主义，自己又不由自主地成为它的俘虏。丘特切夫的个人主义比较明显地表现在一个方面，似乎，它在那里完全不适合——在爱情诗中。如果在这里也能找到它，那就意味着，它是无所不在的。丘特切夫的爱情诗强调，在爱情中人与人之间也没有内心通道。丘特切夫的爱情——是某种自我异化，是在其各个深处和真实中自我个性的拒绝。《东方变白了，船儿出发……》一诗——其实，讲述的是准备自我牺牲的年轻女性的心灵。她把自己献给爱情，与她所知道的无忧无虑，愉快、神圣的一切告别。像这首诗一样丘特切夫献给爱情的另外一些诗《你爱假装，你善于假装……》、《在郁闷空气的寂静中……》、《我的朋友，我爱看你的眼睛……》中，也同样讲说着情欲。对于人来说，爱情被故意表现得不充分，带有一些不能容忍的片面性，并违背人的意识和意志而把握这些关系。

得到自由的人性，却失去了主要的东西：它不能摆脱自由，它浸在过多的生活中没有出路。人只有在别人的帮助下或通过别人才能表现出来。如果他没有通向这些别人的道路，那么他就会停留在原地，毫无结果。著名的《沉默吧》完全不是个人主义的强制，像有时注释这首诗时所说的那样。在这里防御的思想较进攻的思想占据优势。何况，这首诗——是我们的心灵进入闭塞、进退维谷的怨诉。

丘特切夫有两首诗，按日期是大约相近的，讲述的是同一件事——人的个性不能完全实现自我，并使任何时候也不能变成外部生活的内心生活注定要失败。这就是《在人群中……》、《你看他在广阔的世界里……》。

在丘特切夫看来，人的思想，精神活动所受的压抑，不会少于他在情感生活上所受的压抑。《喷泉》是一首杰出的诗。丘特切夫找到了极好地阐明了内部关系的一种可见的形象。一般喷泉带着罕见的压力，带着灵感，往外迸出。似乎，水流是放任自流，用它自身的能量来支配，对于这种能量是不可能有外部界限的。然而，界限是存在的，是预先设置的，水流上升到哪一点，它的"朝思暮想的"高度由喷泉的建筑师确定。每次，一旦达到高度，水流就并非自主地降落地面。人类思想的预定性也同样如此。它被预言，事先不知道自己的界限在哪里。思想认为自己是自由，不受监督的，但必须通过对它来说是异己的、生命中注定的形式来存在。思想——是活生生的、原初的现象。然而机械，制作，静止控制着它。

《喷泉》依靠诗的比较方法而存在——这是丘特切夫常用的方法。他喜欢把整首抒情诗归结为两种主题的平行发展和交叉进行。丘特切夫的比较是卓有成效的——它为我们理解事物增加了新的东西。丘特切夫把思想与"喷泉"比较。因此我们的思想就比纯思想性多了些东西，其中包含了自然要素，其中参与了整个人。在第一节诗中丘特切夫采用了"喷泉"（фонтан）一词——这是个异国的、工艺学名词。只是在第二节中才出现"喷泉"（водомет）一词——这是个自己的、民族的、生动的和富有特点的名词。在我们面前的是同一形象的词的两种不同表现形式：一种是人的思想——呆板的形象，另一种——从内部运动的直接的生命。

《喷泉》一诗——是丘特切夫式的、俄国《浮士德》主题的论著，确切一点——这是一首本质上总的来说不是浪漫主义作品的带有浪漫主义情调的诗。歌德的浮士德也经历了同一折磨：他不能接受建立在他的认识之上，使他局限于精神体验的界限。浮士德主动的、革新的、进攻的——"自然的"东西——与集体的、形式化的、传统的——"文明的"东西冲突起来了。丘特切夫以惊人的才力和简练叙述了浮士德的主题。这就是当时探讨世界性主题的俄国诗歌和俄国思想的优点。当俄国的作家们着手研究资产阶级社会和资产阶级文化的主题时，西方已说出自己最初的总结性的词语。因此给俄罗斯提供了一个台阶：总结的总结。我们还记得普希金的一些带有西方情节或《浮士德》中的一场小型悲剧，很显然，它代替了西方所了解的，大型、完备的《浮士德》，并且与之没什么两样。

浮士德的主题以特殊的方式，也进入了《杨柳啊，是什么使你……》一诗。质朴的杨柳是这首诗的主人公，近于民间创作的形象，这在丘特切夫那里是罕见的。一股水流奔涌着，并且溅起水花，而杨柳却够不到水流。并非杨柳自己想要俯身，而是某种力量使它俯身。杨柳在这里体现了人及其精神的命运。水流从旁边经过，杨柳却无法用嘴唇触及它。生命的元素近在身边，但无论是人，还是杨柳都不能与它融为一体。人的个性与自然、与直接的生命的联系不是笔直的，而是曲折的——这在丘特切夫的小诗中极其明显地表现出来了。我们知道，这种联系是怎样进行的——通过文化，通过文化和社会的形式，而这就像《喷泉》诗意的生动性所暗示的那样。杨柳并非靠自己的个人意愿生存，它被安排好了，被迫俯身，一种外在的力量决定了它。捕捉不到的水流嘲笑着不成功的杨柳。还在 20 年代，丘特切夫就以自己的方式，翻译了海涅关于松树和棕榈的诗——在丘特切夫这里是雪松和棕榈。树是人的代替品，在悲剧中没有情感也没有任何联系，这样，对于丘特切夫的诗学来说又是一种新的形象。

海涅把自己的另一部分诗称为"极大的讽刺短诗"。这也可以和丘特切夫相比较。他的这些诗——讽刺短诗，具有题词的强劲简洁、俏皮，按其含义来说是巨大的。丘特切夫——是浪漫主义中独特的古典主义者。他善于把浪漫主义最不明确的东西明确化，以坚定的语言表达出它的灵活的真理。丘特切夫的诗对于俄国和世界的浪漫主义来说——是典范的典范，是使进行了几十年的争论结束的最后话语。

四

丘特切夫给精神力量塑造了一个总结性的形象，而这种力量隐藏在注定要"沉默"的某些人的本质中。他写了一首关于城市上空夜间喧哗的诗。叙述的不是关于孤独者的思想，而是整个人类的思想。人们的思想在梦中被解放出来，离开他们，离开这些思想，站立着的是城市的喧哗。整个城市醉心于白天控制着它并没有耗尽的生活——它在夜晚的时候。在梦中离开了人们（《墨绿的花园睡得多么甜美……》）。

在这儿比平常更广阔地显示出占首位的丘特切夫的主题——未被现实吞没的生活的可能性。在当代个人的周围——是有有目的、广泛的、充分与人交往这样生活的可能性的，而人在撕毁并破坏这一切。古老的世界把"混沌"遗赠给他。而他应该从中建立自己的宇宙；作为孤独者，他自己是混沌的载体，他使混沌合法化，扩大它的面积。

在丘特切夫的描写里，现代世界的建筑应始于此的所有这些第一物质，这整个的混沌，所有这些可能性，大部分不在某件事中，没给它们任何模式，也不予承认，于是它们就变成凶恶的力量并且暴动了。丘特切夫有一对特别的主题尤为重要：夜与昼。夜——这是生活的所有部分，自己威力的全部内容，而昼——这是具有外形和经过深思熟虑的构造的生活。这些形象观念既适合又不适合于丘特切夫的其他的"孪生子"——混沌和宇宙。在丘特切夫看来，夜与昼——是表现现状中的混沌与宇宙。昼的范围在现代世界中是太狭窄了——很难适合宇宙。夜的范围过分广阔——现代生活给混沌提供过大的权利。

在丘特切夫看来，明亮的白天本身里面是黑暗的、身受某种对它来说是力不胜任的东西控制："某种过剩的生命在炎热的空气中流溢……"丘特切夫的夜似乎使白天的生命现出原形：隐藏在昼的帷幕后的东西，正是它在夜间模模糊糊地向人们显示自己。丘特切夫最重要的"夜歌"之一是以这样的几行开始的：

> 好像海洋围抱着陆地，
> 尘世的生命被梦笼罩……

这些梦——是一种潜力，就这样成为地球生命的矿藏，力量，它们虽然控制着人类，但尚未进入人类的明确意识中。白天，人们想要并且能够摆脱这些力量，夜间这些力量的景象变得令人讨厌了。在夜间生命的视野无穷无尽地扩展着："自然的伟力击打着海岸，以轰鸣的波涛"。夜间的光亮尤为辽阔与无情。这首诗无论在任何程度上都不是对混沌与夜的赞扬——它讲述它们就像讲述需要束缚和纪律的原理一样。一切不幸在于掌握这些原理的现代方式在它们中只引起愤怒。整首诗——是莎士比亚《暴风雨》中普罗斯彼罗独白的改写。这个术士和魔法师，莎士比亚的浮士德，通晓一种方法，使自然力服从于人的智慧和意志。散布在这首诗上的普罗斯彼罗的影子，对理解其含义是重要的。

生命的强大的、最初的原理，只是在夜间才出现在现代人面前——这样它们又具有某种危险的、犯罪的、敌对的色彩。人把它们驱逐到白天的，意识实践的界限之外，但在黑暗时它们又回到他身上，怒吼着，威胁着。丘特切夫的诗充满了对现代生活自身力量的可怕压力的感觉及其个性力量，而这种力量企图驱逐感情并将其化为乌有。专横地对待被创造的生命，并与其自然环境不相适应，是造成灾难和惨祸的源泉。丘特切夫有一次称混沌为"亲爱的"，也就是人类的亲属。生命的元素能做人的朋友，鼓励他在与其粗俗的交往过程中成为破坏性的和危险的力量。丘特切夫在许多诗里形象地、隐喻地描写了夜的恐惧与可怕。假如人遵守理性、善良、社会性的准则，如果他在元素中也寻找理性，那他就会在其深处找到它。如果他自己是无秩序的、随意的，那元素就会从黑暗的一面靠近他，并且毫不饶恕他。不幸的荷马·普路同，对世上的一切都表现得迟钝，没有肉体的兴趣，没有宗教寄宿学校学生的生活，在果戈理那里受到可怕的惩罚，生活把他变成无意义的、昏暗的、置人于死地的维娅的面孔，大地的精神，为他与它毫无感情的关系而百倍地向他报复。近于维娅绝非偶然。果戈理进入了丘特切夫关心的同一个"夜的主题"的范围。自然和心灵的"夜的方面"——19世纪最初10年文学的选题和象征，无论是晚期浪漫主义，还是转向资本主义时代的人及其意识和道德的现实主义。哲学家谢林和浪漫主义者蒂克、霍夫曼，现实主义者果戈理、巴尔扎克、梅里美进入了这一文学。进行了一种把丘特切夫与18世纪的夜的主题，和杨格及别的前期浪漫主义者联系在一起的缺乏说服力的尝试。事实上丘特切夫的联系正是在这种情况下，有着强烈的现代感，这使他与周围文学最有特色的现实紧紧地联系在一起。

当丘特切夫在描述文明描写什么是它的"昼"时，就出现了多义的，经过周密思考的定义。文明和文明的昼——就是"金色的挂毯"，但当别的力量到来时，这"金色的挂毯"就缩卷起来了。文明——挂在高空上的"用金线编织的地毯"。在《海上的梦》一诗里的文明，是金色的海市蜃楼，阿拉伯式的童话："花园美丽芬芳，宫殿富丽堂皇，人群在无声无息地奔忙。"暴风雨在夜间摇荡着游船，睡在船上的人正在做着这个文明的梦，但真切现实的粗野声音闯入梦中——"海之深渊的轰隆声"。丘特切夫有时阐述的文明——是马马虎虎的，其中有太多人为的加工、装饰和太少的原始、健康的自然。丘特切夫与古希腊文明和西徐亚文明的关系是：像古希腊人，他能评价它们的美；像西徐亚人，他蔑视它的不真实、不稳固。文明诱发混沌——用自己在它面前的软弱，和侮辱它的暴力。

从美学角度看丘特切夫动摇于美与崇高之间。在 18 世纪这些类别的严格区分就形成了。美——对人来说是亲切的，是使人驯服的，是合理的。但美中没有力量，雄伟，严肃。谁选择美，那么一些小东西和闪光点就是它们的造化。巨大的、生动有力的、在人们头上享有权威的——缺少美和魅力，它是严酷的，它不怀好意地抬高自己。爱德蒙特·别尔克早已确定美学中的这些区别。对于他来说在资本主义社会的艺术宫殿里经常的冲突是明显的：一方面美没有规模、没有本质的力量，另一方面——却是敌对于美的规模和力量。丘特切夫勇敢地做出了自己的选择。作为诗人，哪里最富有生命力他就在哪里，就让它们也在丑陋的假面具里显露出来吧。丘特切夫在《病毒的空气》一诗里表示了对美的怀疑——它是否只是一件轻便的遮掩物，带着让我们和解的目的出现在凶恶的生活现象面前。无论是普希金，莱蒙托夫，涅克拉索夫，还是丘特切夫，都反对小巧的、脆弱的、含糊的美。他渴望大容量的生活。美应该征服这个生活，如果它想证明自己——就让今天在这里的一切对于美都是绝对的，甚至是与之对立的。

他在《幻影》里准确地说明，诗的使命是什么，诗的真谛在哪里。

> 在那万籁俱寂的午夜，
>
> 有一段神仙显灵的时间：
>
> 宇宙中那辆灵活的马车，
>
> 自由自在地滑向天空的宫殿。

> 夜色正浓，犹如混沌与水交融一体，
>
> 人失去知觉，仿佛阿特拉斯压着大地；
>
> 只是在预言的梦境里，
>
> 上帝惊扰了缪斯纯洁的灵魂！

　　这首诗从开头到结尾，在精神和风格上可说是古希腊式的。不仅仅是一个阿特拉斯，和一些缪斯，也不仅仅是一些从古希腊世界里借用的上帝。宇宙中灵活的马车——又一个古希腊式的形象，古希腊人称大熊星座为马车。可以猜测，这首诗与古希腊哲学有着某种有机的联系。赫拉克利特·艾菲斯基称熟睡者为"宇宙事件的劳动者和参与者"——即使是从著名的施莱尔马赫为这个哲学家写的一本书（出版于 1807 年）中，丘特切夫也能了解赫拉克利特。赫拉克利特的箴言给予丘特切夫一个占首位的启示：在自己夜晚时分人了解了世界的运行，世界的历史，这些东西在白天的意识里被削弱。同一个赫拉克利特指出，自然喜欢隐藏——它对不知情的人隐藏的正是自己永恒的运动。在"万籁俱寂"的时刻，按丘特切夫的观点，宇宙生命不愿沉默的工作显现出来了，人丧失了自己日常的支柱——因循守旧的幻想，在他面前世界处于一种自己力不胜任的真理中。最后的两行诗直接与诗的作用和诗的使命有关：世界在其令人害怕的深处，世界在其崇高、生动的内容里，它还站在缪斯面前，像丘特切夫在这儿说的那样，惊扰了她的梦。诗不怕折磨人的情景和动荡的场面，它能用那各种各样的真理使人振奋起来。哪里一部分人"失去知觉"，昏迷不醒，丧失力量，哪里就有诗人，缪斯——进行预言的朝气和理由。

　　丘特切夫以其对元素的辨别力——这种元素不能被现存社会控制在自己的界限里，以对它的感情，感觉到历史革命动荡的伟大。他能写出有着著名诗行的诗《西塞罗》："谁能看到这世界翻天覆地的一刻，谁就会感到自己幸福无比。"幸福，在丘特切夫看来，是在"翻天覆地的一刻"，在抑制和强力的束缚终于被摆脱的时候。四行诗《最后的激变》，像《西塞罗》一样，显然，写于革命的 1830 年。它预言了"自然的最后时刻"，在宣告古老世界秩序的结局的宏伟形象中预测了它。

巨大的社会爆发对丘特切夫来说绝非枉然，它与"自然的最后时刻"是一致的。欧洲资产阶级的物质秩序是丘特切夫所不能接受的，但他认为它是最后的、终结的，因此在它之后没有一个更高的秩序。所以丘特切夫悲剧的特色是惊慌和叛乱。他是一个有艺术家的视野和力度的抒情诗人，酷爱叙事文学和悲剧。他本人在自己的抒情诗里达到了悲剧的规模和热情。

"自然"和"混沌"是丘特切夫诗歌的先决条件，应该从它们开始建立现代社会。丘特切夫的诗向大众展示，新的社会也不能脱离"混沌"状态。现代人在世界面前没有完成自己的使命，他不允许世界同他一起进入美，和谐，理性。因此丘特切夫有许多诗，其中人好像作为不能胜任自己的角色而被唤回自然元素里。按丘特切夫的观点，在没有人类和人类出现之前，自然比人类出现其中之后过着更真诚、更有意义的生活。

叛乱反对文明表现在，文明被宣布为多余的。文明不是高耸于大自然之上——而应该消失在大自然之中。人的意识是自私自利的，它只服务于人们的个性本身，为此人们常受到足够的惩罚——渗入他的自身贫乏感和对死的恐惧。丘特切夫不止一次地宣布自然的完美是因为自然尚未达到意识境界。在《恬静》一诗里写的是雷雨终了，它击倒了高高的橡树，而在树林的顶空，一切又热闹起来，欢快起来，虹桥也搭起了。自然又开始庆祝自己中断的节日——在倒下的英雄，不曾哭泣，也不曾感到自己的灭亡的橡树的躯干上。当丘特切夫在 1865 年写下自己的纲领性之一的诗《在海浪中有动听的音乐……》时，在该诗中他对自然和谐的理解也是这个意义上的。自然不假思索地，一步一步地超越自己，它通过局部实现自己，它对局部漠不关心。

人自身所具有的个性意识，对他来说会成为病症和废物："关于我们的思想，你、我都是人类的诱人事物。"对个性生存的评价在丘特切夫的这些诗中说法不一，如《树叶》、《海驹》。"绿叶"——"脆弱的族类"，它们只能生存一个夏天，可是它们鲜艳，它们美丽。海驹——大海的波浪，它永远变换着自己的形象，以便消失在海里，消失在它的永恒之中。显然，丘特切夫在这里珍视个性存在的短暂，短暂——却是紧张的。但丘特切夫也思考了其他问题：自然的生命是循环往复的，绿叶生长，凋落，又重新生长；波浪产生，消散，又产生，是不是与自然的生死交替一起留在自然中比像人那样，给自己买下个性更好呢，人为此付出的代价是只生一次也只死一次，并且永远如此。

时间的主题是与此相联系的——这是丘特切夫根本的、不懈进行的那些主题中的一种。有自然的无限时间和个体的短暂时间，由此种种，就像在《树叶》和《海驹》中间接形容的那样。丘特切夫的时间主题表现得很精彩，他引导我们走向新欧洲诗歌的基本主题。个体时间这一主题，早已在文艺复兴时期带着它所固有的表现力出现了，从此再未消失。这是在文艺复兴时期的文化中初次形成的浮士德和唐璜的主题。中世纪的集体生活形式崩溃了，个体走出群体，这改变了以往和时间的关系。淹没在氏族集体中和社会中的个性，用无限的，像是消失在宇宙时间中的那种氏族时间来衡量自己的时间。生命的个体从群体中分离出来，拿到手的是那极其贫乏的、极少的时间本身。与此相联系的是唐璜和浮士德对生命的渴望和生活的紧张。他们作为瞬间的英雄，想从中获取一切——可能的和不可能的，时间对于他们来说处于分解状态。他们以新的历史个性固有的新方式，力图集中时间，把时刻与时刻，与别的时刻的无限性组合起来，这在浮士德工作和事业的广博，在其遥远的漫游中表现出来，也在根据"一千与三"的莫扎特歌剧改编的唐璜可爱的奇遇中表现出来。

丘特切夫的书信和诗歌充满了对时间和空间的抱怨，"它们"，丘特切夫在给妻子的信中写道，"是人类的压迫者和暴君"（1858 年 6 月 26 日）。他在自己的一首法文诗中写道："人身上的现实性是多么少，而它又是多么容易消失。当它在这儿时，它的意义小得可怜；当它远离我们时，它什么也不是。它的出席——是仅有的一个点，它的缺席——似乎它拥有整个空间。"在丘特切夫看来，人由于生命而运动，时间在缩减，为它敞开的空间在增长。"个体"一词意味着"不可分割"。在丘特切夫看来，个体却可分为：它的个性的意识——烟，幻影，这是它的一部分，另一部分——它毕竟还是物体。在丘特切夫的意识里很难摆脱死的恐惧。当人从自己的社会、精神联系中跌落出来，它的生物命运就残酷无情地显露在他面前。"一切无踪无影，就这么轻易地从世间消失！"丘特切夫在晚年为兄长逝世而作的一首诗中写道，重复着较早的、距此30年前的自己的法文诗。"就这么轻易地从世间消失"——因为个性的生活本身就是动摇的、脆弱的，没有广阔发展的联系和关系，因为这一个性不足以在周围的环境中扩充自己，不能与之融为一体。

丘特切夫的诗按其内在形式——是瞬间的印象。他渴望瞬间并把最大的希望寄托于瞬间，就像唐璜、浮士德、新文化最初的著名人物那样。瞬间的激情——同样也是即兴创作。丘特切夫的诗并非长期的收集，需要迅速的行动，对摆在面前的任何问题，都要快速的回答。丘特切夫力图在瞬间的印象中容纳下整个自己，早已拥有的思想、感情及生活本身的所有无限性。他的诗——是为时间，为在短短的期限里有轰轰烈烈的生活而进行的特殊的斗争。

丘特切夫60年代在给妻子的信中写道，他是多么需要与各时代的人会晤，"所有这一切过去的，充满生命力的复活的，推动着现实的"。他苦恼，为什么整个夏天不去基希尼克尼："这样的地方，能渐渐与时代接近，能帮我恢复时间的链条，它是我本质的迫切需要。""恢复时间的链条"——丘特切夫自己找到的是能决定热情、和他的抒情诗连在一体的话语。

丘特切夫诗歌的悲剧特色与他身上角斗士的朝气和力量结合在一起。他认为人的可能性的历史界限是绝对的，强大力量和冲劲终究要渐渐推动它。他所固有的感情我们从其他伟大的诗人如莎士比亚、歌德身上早已感觉到了，那就是一旦运转起来的生命历史的力量，不会被消灭，也不会离开舞台。"混沌"应走出原始状态并获得自己在"宇宙"体系中的合法位置。作为抽象的思想家，作为斯拉夫主义的政治家，丘特切夫宣传向后运动——这再一次告诉我们，他认为现代文明在其确定的形式里绝对不容置疑的程度有多深：只能从它那里退缩，走得更远些——这对于一切，对于所有的人和每个人来说，都是不准许的。作为诗人，他号召别的——掀起新的、反复的暴风雨和猛攻。作为政论家和哲学家，他证明，所有灾难来自人的个性，对自己要求太多，因此他建议完全消除它。在自己的诗里他展示的又完全是另外的东西：个性是被释放得太少了，它被封闭于自身中，应该结束这种局面，为使它参与世界的生命，应给它新的财富。

丘特切夫的暴风雨和猛攻在《两种声音》（似乎写于 1850 年）一诗里获得了胜利。在这里——一个是预告的、制止的声音，因为斗争是绝望的；另一个——号召继续不懈斗争的声音。在丘特切夫的这首诗及其所有诗中都能听到第二种声音。在这个声音里有着巨大的信心，有着真正的丘特切夫式的精神振奋。丘特切夫不承认今天被征服的就是永远被驯服的——他的感情就是这样。因此他写道："鼓起勇气吧，斗争吧，勇敢的朋友们……"所以丘特切夫没有抛弃艺术家自己的活动场所，即使是他似乎在政论文中放弃了自己的艺术事业，它们的思想和热情之后。

在回忆录作者的转述中，为我们保留了列宁对丘特切夫一些看法的基本意思。"他（列宁）陶醉于丘特切夫的诗中。他清楚地知道，他出身于哪一阶级，而且完全准确地估计到他的斯拉夫主义的信念、心情和体验；他谈到这位预感到当时在西方酝酿成熟的巨大事变的伟大诗人的原始反抗性"（В. Д. 邦奇—布鲁耶维奇：《弗拉基米尔·伊里奇·列宁关于文艺批评和新闻。回忆录》——《文学的列宁格勒》，1935，No 4，1 月 20 日）。这些思想的新发现是以回忆录作者手稿的准确性为保证的。在列宁之前无论何时，也无论何地谁也不曾谈到过丘特切夫的反抗性，谈到过丘特切夫的诗充满欧洲危机感——列宁给我们的关于丘特切夫及其诗的观点，为我们开辟了非同寻常的新境界。

五

40 年代末特别是 50 年代丘特切夫的诗明显地有了新意。他回到俄国并更贴近俄国的具体生活，而在此之前他是以非常概括性的观点，并将其带进世界生活中来加以说明的。在现实和民主的气氛中，在丘特切夫那里产生了与出现在当时俄国文学现实和民主流派中精神上相一致的东西。苏维埃的研究者们在丘特切夫的晚期诗作与屠格涅夫的散文、涅克拉索夫的诗作之间发现了有教益的类似现象。重要的不是部分的巧合和彼此呼应。重要的是俄国的解放思想和视为基础的实践运动打动了丘特切夫，并在他的诗中引发反响。丘特切夫的诗按其基本外形是保存下来了，原先形成的世界观也坚持下来了，而古老的主题并未枯竭，古老的诗歌方法像原来一样被运用，在丘特切夫的诗中仍然出现了与古老的方法和古老的思想相争论的潮流。争论远未结束，矛盾并未得到充分展开，没有证据表明，它对于诗人本身是完全清楚的，但毕竟晚年的丘特切夫——是这种诗歌的作者：他写出了在主题、思想、风格方面焕然一新的、过去无论何时也未写过的诗，即便这些诗歌并不排斥丘特切夫继续以往那些诗。

　　丘特切夫在诗歌中的转变是一目了然的，如果比较一下他的两首既彼此相似又迥然相异的诗。两首诗的创作时间相距差不多四分之一世纪：1830年的《秋天的黄昏》和1857年的《初秋有一段奇异的时节》。其中第二首似乎从起首的第一行就与第一首相符合，但同时它是以另一种方式，即自己的方式热情洋溢，目的明确地创作的。它没有风景的泛神主义思想，而1830年的诗中却以非常细致和特别的方式加以突出，在那里秋天——是羞愧的、短暂的痛苦，自然病态的一种微笑。如果在晚期的诗中也有"自然的心灵"，那这个心灵是局部的，而非全世界的，首先这是景观的特点，局部的线条和色彩。1857年的秋天——是有特色的俄罗斯秋天，而且是劳动的、农民的秋天；在丘特切夫以往的风景中没有"锋利的镰刀"。"只是在空闲的田垄的犁沟上，还有蛛网的游丝耀人眼睛"——"空闲的田垄"得到列夫·托尔斯泰的赞赏，这是丘特切夫秋天风景的中心细节。空闲的田垄——那是犁无法犁的地方。秋天的"心灵"现在对丘特切夫来说，是农民的田间工作在秋天即将结束，劳动的田垄空闲下来，它和所有与它相关的只是成为直觉的理由。"蛛网的游丝"——在这里对于丘特切夫来说是注意风景的新的热情和亲近——这民族风景带着一种亲近和共同参与的感情在他最琐碎的和不引人注目的生活中度过。"但冬天的最初的风暴还远未到来"——秋天在丘特切夫那里似乎是行动之间暂时休战的时候，夏日悲伤的一幕已经演完，但冬天这一幕时间还未到来。在丘特切夫那里出现了新的兴趣——不仅是对行动的顶峰，而且对它们之间的间隙，对时间的平静点，都很感兴趣。以前的丘特切夫——"瞬间的诗人"——从时刻、从瞬间的感受陡然地、迅速地奔向自然和历史的最大主题，奔向永恒。现在丘特切夫的这种从小到大，再到最大的距离延长了，"瞬间"本身也延长了，分成一些小小的部分，包含值得参与和应予研究的整个世界本身。

　　说到1849年，就要提起丘特切夫的《退退缩缩，勉勉强强……》一诗。丘特切夫以新的面貌在这里又一次出现在我们面前。像往常一样，他用矛盾的心理去思考自然的生命，像往常一样，他表现悲剧，行动力量的冲突。但这一次他整个的兴趣在于，冲突刚出现还未得到发展，大雷雨就来临了，和某种来势汹汹的温和混杂而减弱了，太阳、阳光和恬静又回来了。丘特切夫开始对生命、日常生活的中间状态以及它的情况和它的细微差别加以注意。他从埃斯库罗斯的悲剧高度降落到赫西俄德的庄稼地，走向赫西俄德的《工作与时日》，或者，如果更近些，降落到屠格涅夫、列夫·托尔斯泰、冈察洛夫、涅克拉索夫的庄稼地里。对日常生活及其艰难历程的兴趣，对人民大众的关心——这是成熟时期的普希金最初表现出来的俄罗斯文学民主精神的本质体现之一。有着众所周知的贵族习气，想使普遍的生命只是生活在一个"翻天覆地的时刻"，在爆炸和灾难的时刻，无视通向他和准备通向他的一切，无视紧随其后的一切。晚年的丘特切夫抛弃了自己的这些骄傲的观点：他的热情——是巨大的历史枢纽，但他现在还注视着这些枢纽是怎样一天天在俄国生活中联系在一起的。

　　还有一首1849年的诗：

> 在那夏末静谧的晚上，
> 天空中的星星淡红微吐，
> 田野身披幽幽的星光，
> 一边安睡，一边悄悄成熟……

> 它那无边无际的金色麦浪，
>
> 在夜色中渐渐地平静，
>
> 那如梦的柔波也无声无息地
>
> 被月光染得洁白晶莹……

　　这首诗，初看似乎只是简朴的描写，大概，这也就是文选读本的编者如此重视它的原因。其实，它充满思想，只是思想在这儿谦逊地掩藏起来了，在这里与被描写和叙述的生活相适应，它是朦胧的、不显眼的，隐藏的，有最高意义的。这首诗主要靠动词来表现：淡红微吐——成熟——染，似乎给我们展现了夏天六月夜间田野的一幅静止的画面。然而在这画面中，动词以匀称的脉搏跳动着，它们是主要的。传达了生命的静静运动，传达了它的成长，田野里庄稼的成长。丘特切夫从田野里农民劳作的庄稼升向天空、月亮和星星，他把月光、星光与成熟的田野连在一起。丘特切夫的夜、梦和宁静在这里被特别地表现出来。庄稼的生命，世界固有的生命，在深深的沉默中得到完善。为了描写，抓住了夜晚的时刻，此时这个生命完全属于自己，此时只有它能够听得见。夜晚的时刻表现出，这个生命是多么伟大——它无论何时都不停止，它白天在走，夜间也在走，连续不断。诗与自然有着直接的联系，但人——是一种运动的、生产的人——间接地参与其中，因为田野的庄稼是他用双手劳动的成果。整首诗可以称作颂歌，宁静的、朴素的、明快的、自然和人的劳动与日子的颂歌。

　　从40年代起在丘特切夫那里出现了自己新的主题——带着完全的参与和充分的同情认识的另一个“我”，另一个人的形象。以前丘特切夫为失去与别人的有机联系而苦恼，但他不知道怎样找到这些联系，现在丘特切夫具有战胜与世隔绝的最现实的方法。对另一个“我”的关注——是充满丘特切夫成熟时期和晚期的民主意向的成果。从《给一位俄罗斯妇女》（1848或1849）一诗开始转向匿名。它的女主人公——许多中的一员，几乎是俄国的每一个妇女，她们由于没有权力，由于条件的制约和恶劣，由于不能自由地掌握自己的命运而痛苦。转向匿名，转向共性的形象，在丘特切夫那里使你觉得就像是转向他很熟悉、很亲近和与他自己有关系的人物形象一样！对于诗人来说——匿名也是一种具体的、活生生的存在，它引起对自身的集中而忧郁的关注。在丘特切夫那里，个体与大多数之间，自己与别人之间的界限消失了。居然出现了与涅克拉索夫及其在40年代、50年代为妇女们所写的那些诗类似——在那里，涅克拉索夫同情她们现在的灾难，也预感到她们未来的灾难及摆在她们面前的不幸和毁灭（如《三套马车》、《我是否在夜间行走……》、《昨天，在五点……》、《我拜访了你的坟墓……》、《纪念阿谢尼可娃》、《婚礼》、《给占卦的未婚妻》）。丘特切夫的诗还超越了勃洛克其他一些写匿名妇女和在思想、感情上具有民主性的诗。丘特切夫的《世人的眼泪》大概写于1849年，也许，正是这首诗，显露出整个丘特切夫诗歌新时期的纲要。丘特切夫在这里是以社会同情的名义，以那些被欺凌和被侮辱人们的名义说出这些话的。由于这些诗，他进入了以涅克拉索夫和陀思妥耶夫斯基的名字为标志的俄国文学的广阔领域中。带着在一些诗行里重复的多格的扬抑抑格诗行，——一个波浪接一个波浪，带着长韵脚的词语，并伴有两个扬抑抑格的韵脚的隐藏的——无数的——扬抑抑格诗行，使我们与熟悉的涅克拉索夫的诗一步步靠近。诗的过程本身——是雨的运动，眼泪的运动。这里还有民间文学创作的远远反照——涅克拉索夫与农民哀歌通常有联系。这一民间文学以特殊的方式使我们注意到，诗里写的是谁的眼泪——这是那些在城里受鄙视的、被驱逐到街上或挡在城郊的人们的眼泪。后来迟些时候的一首诗在主题和内在特性方面与《世人的眼泪》有着内在的联系——《穷困的乡村》（1855），其实，在那里社会性的同情已不只是停留在尘世的事情上，而且与基督教的思想相联系。

还在30年代丘特切夫就熟悉了"不幸的人们"这一主题。我们搞到了他尚未完成的译自勃朗宁的《生命不得不在峡谷里结束……》。在新的时期——这是他自己的主题，这个主题已到了与他难以分离的程度，以至于能间接地表现出来，变成为其他主题的支柱和隐喻。以新面貌出现的丘特切夫不仅传播这一主题，他还思考这一主题，通过它走向距之甚远又使他倍感亲切的其他主题。

1850年6月丘特切夫写出了献给杰尼西耶娃组诗中的一首诗。1850年6月——这是丘特切夫与她认识和接近的时间。这首诗——是对爱情的间接的、隐秘而热烈的乞求。这首诗建筑于徘徊在炎热的马路上的"不幸的穷人"这一间接形象的基础上。穷人透过栅栏看花园——那里绿树清新，喷泉凉爽，岩洞呈现出浅蓝，所有这些属于别人的，他是多么需要，可对于他来说却永远无法得到。"不幸的穷人"这首诗是以热情、慷慨和广泛的同情写成的。诗人并未考虑把他变成与自己相同的人。诗人幻想着对他禁止的爱情，就像那个在太阳下晒得褪色的穷人，被别人的花园——富人住处的阴影、露水、绿荫召唤。这首诗敬献的人也很富有——她控制着一切，并可以做一切。

杰尼西耶娃在世时丘特切夫写的诗和为纪念她而写的诗，很久以来就被称为俄国抒情诗的最高成就。创造这些诗的丘特切夫本人，考虑最少的就是文学方面的事。这些诗——是他以极其严肃的态度、以极大的热忱，希望在这位妇女面前补偿罪过——他承认自己有罪——而做的关于自己的报告。虽然丘特切夫不关心文学，但在献给杰尼西耶娃的诗里，当时俄国作家的影响是很明显的。屠格涅夫、列夫·托尔斯泰、陀思妥耶夫斯基都写过长篇心理小说。在丘特切夫晚期的抒情诗中出现了心理分析。早期的抒情诗则避免分析。每一首关于自己精神内容的抒情诗都是完整的。欢乐，痛苦，埋怨——这一切都阐述着一种激情，带有要表达的极大勇气，没有考虑这种心灵状态到底意味着什么，所有的激情都表现得准确而强烈。在那里没有诗人对自己的审判。晚期的丘特切夫处于道德的威力之下：民主主义观点和道德意识是他主要的收获。无论是在俄国小说中，还是在丘特切夫的抒情诗中，心理都与道德、与作家对自己及对别人的要求分不开。丘特切夫在晚期的抒情诗中献出了自己的感情并对之进行验证——什么在其中是谎言，什么是真理，什么在其中是正义的，什么是错误的甚至是犯罪的。当然，即使是在以后的诗中也可以听到无法控制的、天然的抒情诗，但如果看一看整个杰尼西耶娃组诗，那么在这抒情组诗中就具有分裂、分析和"内省"的印象。这种印象在最初那起首的诗《上帝啊，请把一点欢乐……》中就可捕捉到。诗人祈求爱情，但他又认为自己不配，没有权利得到它——这种情调放在与穷人的比较里：穷人——在权力和法律的关系上是贫穷的。在抒情诗的感情里有一种对自己的缺乏信心，它带着某些内部的补充说明出现，既勇敢，又怯懦——在这里也就出现了他的新自然。过了一年，在给杰尼西耶娃的另一首诗里，丘特切夫又诉说自己的"不幸"："但我在她面前是多么不幸"——并且他又有忏悔、妄自菲薄的一行："在你的爱情面前我痛苦地想起自己"（《你不止一次地听我承认》，1851）。

俄国的心理长篇小说按其本源是社会小说。社会主题也进入了杰尼西耶娃组诗里——显得不太明确，但毕竟决定了组诗的性质。不管怎样，丘特切夫触及了妇女这一普遍的主题，而妇女的主题在当时是，也不能不是社会主题——在涅克拉索夫的诗中是如此，在俄国的长篇小说直到列夫·托尔斯泰的《安娜·卡列尼娜》以至更远的作品中都是这样。当一名妇女就意味着在社会中处于某种附属的、无权的、得不到保护的地位。尤其是丘特切夫诗中的女主人公。她献身于"非法"的爱情而且甘愿把自己置于只是对她有可能最坏的地位上：

> 人群涌进来了，人群闯进来了，
>
> 纷纷闯进你心灵的圣殿，
>
> 你不禁感到那内心的秘密和牺牲，
>
> 都已经无可眷恋。

社会主题实质上在丘特切夫以前的诗里就曾出现过——他时时处处表现出，人性的社会命运是怎样的，个性在现代社会里能做什么和不能做什么。杰尼西耶娃组诗中的新东西在这里被表现为社会命运的区别，在同一世纪，和同一种情况下的区别。男主人公和女主人公——两者都是被驱逐的，"人们的闲话"摧残着他俩，但一切重压都落在女主人公身上，在他俩的共同命运中有着自由的可能，但自由的优先权总在男主人公一边。丘特切夫经常揭开自己抒情长篇的侧幕，并且以博大的胸怀去做这件事，不是为自己的利益，而是为女主人公的利益。如果他像剧中人物一样有罪，那么作为作者他就纠正过错——在自己叙述的事件中，通过他对它的阐述。女主人公以自己的行为使自己与社会舆论分开，丧失了在社会上的立脚点。而且从此她自己也完全处于心上人的支配之下，她没别的依靠了。他有力量，在他们的个人关系之内和之外都处于优势地位——在有许多不实之言的社会中，他保留的比失去的更多。看上去他俩都退出了社会——爱情把他们从社会中，从上流社会生活中除了名。实际情形却是另一回事：在他俩的个人关系中社会仍然在起作用。按社会的法律，他——强者，她——弱者。无论他怎样珍重她的爱情，她的牺牲。他毕竟拒绝不了他的财势。他与她进行斗争，他与自己进行斗争。通常能够通过内部关系看到"致命的"外部——就像丘特切夫常常称呼它们的那样。

杰尼西耶娃组诗的这种在其社会性质和现实细节中对生活矛盾的接近，在其诗的形式上也得以表现，它比在此之前的丘特切夫的诗风更朦胧、更富有描写性。关于杰尼西耶娃的回忆资料是很少的，但我们从丘特切夫的诗中直接了解到这位女性的不少情况。《我见过一双眼睛》一诗几乎是精雕细刻的。我们在诗中读到杰尼西耶娃生孩子（《你不止一次地听我承认》）和这样的细节：母亲摇着摇篮，而在摇篮里的是"没有取名的小天使"，因而，这里讲述的是，还在受洗礼之前，还在婴儿得到名字以前的情况。在诗中描写了杰尼西耶娃最后的病情，她是在仲夏，在炎热夏天的嘈杂雨声中去世的（《一整天她昏迷无知地躺着》）。杰尼西耶娃的生平、丘特切夫对她的爱情经历非常清楚地在他的诗中浮现出来。丘特切夫所创造的这些诗行是用刻画肖像，描写日常生活的小事等从未用过的方式："她坐在地板上，挑选着一大堆书信。"但丘特切夫所有这些对家庭、熟悉的日常生活的接近完全不表示，他作为一个诗人准备把自己献给世俗的圈子，不假思索地将自己固锁在与之贴近的范围内。在写有关信件的同一首诗里就是从日常生活开始的，但从第二节开始就对人的心灵那不平凡的、最高境界进行急剧、突然的攀登。对此要用另一种语言和另一种描写方式。

在杰尼西耶娃组诗中出色地加进了丘特切夫往昔的旋律。它们是这组诗的基础，正题。丘特切夫加入的新东西——仅仅是反题，仅仅是与他长期以来积累的经验的斗争。《噢，我们狂热地爱着……》、《命数》、《孪生子》——在所有这些诗中有着过去的主题：个人主义、命运、元素、对一个个人主义的个性来说是力所不胜的爱情的悲剧。爱情，在《命数》中被说成——"致命的决斗"。在《孪生子》中爱情与自杀相近。丘特切夫在一些特别的诗中单独描写了什么样的力量横亘于杰尼西耶娃组诗的男女主人公之间，什么样的力量把他俩分开并破坏了他们的关系。他概括了这些力量，给我们指出，它们怎样以平常的、日常生活的形象出现。社会鼓励男主人公，因为他是自私自利的，因为他坚持自己的特殊权利。丘特切夫的诗表现出，甚至在个人生活中远离平庸的人类最高尚的情绪、最高尚的感情里都有着平庸行为的巨大诱惑。"我感到脸红，我竟然把你活生生的灵魂视为无生命的偶像。"——丘特切夫在一首来自男主人公名字的诗中自我揭发说。他想进行崇高的行动，但那里什么也没有，而且陌生的东西把他推向了对立面。男主人公利用强者的地位和女主人公弱者的地位，他的行为的平庸也就在其中。他像所有人一样抑制不住，违背自己的意志。丘特切夫的男主人公，随着自己的热情高高升起，但是，他无法超越所指定的条件，并不可避免地从高处落下，就像丘特切夫已写过一次的激溅的喷泉一样。社会生活的秩序影响着他，进入他的天性，不用他的赞同就在他里面固定下来。像那个"喷泉"一样，他生存，并由内部的某种结构支配，他将终生依靠它。

在普希金的前辈那里，在他的同龄人那里，部分地是在普希金本人早期，爱情属于优美感情的一个方面："醋意的衣服落到角形的地毯上。"在古老的抒情诗中它的主人公不能是友好的——他们只是情人，并由于他们关系的狭隘而依赖于融洽和一心一德，主人公常常处于这种状态中。他们知道的只是爱情中的一种不幸——当它无法分割时，当它没有答案时。在杰尼西耶娃组诗中爱情的不幸在其幸福中，主人公爱着并且在爱情中成为仇敌。丘特切夫的爱情关系伸展得很远，它们吸引了所有的人，并且在爱情的精神内容不断增长的同时产生出人类所有的根本弱点，他们所有的、从社会的日常生活中传给他们的"凶恶的生命"。

这一爱情的精神成长——也就是丘特切夫如此英勇地维护它的原因：他想将爱情从外部世界拯救出来，而最困难的——是从他自己所在的内部世界拯救出来。在杰尼西耶娃组诗里有很高的热情。丘特切夫希望接受心爱的女人的观点，他不止一次地以她的眼光观察自己，那时他以严厉无情的态度审判自己。《不要说，他还像从前那样爱我……》一诗是人物角色的出色转化。诗是以她的名义而写的，而整首诗——都是反对他的起诉词。丘特切夫如此进入另一个心灵的生活，如此充满了精神生活，以致使自己成为自己的对手。在这首诗里丘特切夫以另一个的主观性——通过另一个"我"——来表现主观，在自己与自己的关系上表现出坚定的客观性。他不怕自我责备。在那首诗里以女主人公的名义说："他为我小心翼翼地试探四周的空气……"——"小心翼翼"一词在这里是起诉的词，这里所指的不是在某种关系中小心翼翼，而是在自己对自己的关系中要小心翼翼，在消耗自己的储存时要谨慎从事。在杰尼西耶娃组诗里我们找到另一个"我"的特别抒情诗的范例——能转到另一个"我"的位置的抒情，如果这是它自己的抒情的话。俄国诗歌是富于抒情的，它见于：莱蒙托夫，涅克拉索夫，勃洛克。对于它来说我们有强大的美学前提。它与俄国的长篇小说和俄国的剧本相近，在那里天才可以从内心进入别人的生活，并与其等同起来，以它的名义说话和行动，他是那么伟大。在给杰尼西耶娃的诗中描述了强者与弱者之间——"致命的决斗"。对于强者来说是痛苦的、不幸的东西掩盖着一种在俄国经典文学中常见的思想。强者在弱者那里寻找拯救，受保护的人在没受保护的人那里寻找保护。在无权的生存中，个性自由的要求是巨大的，而得到它生存有可能不只是意味着自己一人，而是与其他的无权者一起。在社会中软弱者身上包括那个个性社会的典范，在那里拒绝强者，他幻想这种社会，像弱者一样需要它。

在杰尼西耶娃组诗中，也许，精神境界最高的是写于她死后的那些。似乎女主人公正在复活。由于她的去世，作者悲伤地试图改正在她生前无法改正的东西。这里与成熟期普希金的抒情诗有着内在的相似，悲惨地呼唤着爱情（《出现了，心爱的幻影》），普希金的那些情绪与天才的《美人鱼》融为一体。《一八六四年八月四日周年纪念前夕》（杰尼西耶娃去世的那天）一诗，完全是——对死的呼唤，和在她面前处于罪孽中的迟到的懊悔。这种懊悔——是上流社会的独特的祈祷，带着非上流社会怀疑的语言："灵魂栖息在哪里"（祈祷者不知道，死者的灵魂去向何方）。不是向上帝祈祷，而是向人，向他的影子："这就是我和你一同生活过的那个世界，我的天使，你是否听到了我的声音？"在这里第一次在组诗中出现了"我们"一词——在杰尼西耶娃生前没有这一迫切需要的词，也正因为这样他俩都如此残酷地受到伤害。

在杰尼西耶娃逝世四年后又写了些诗：

> 我又站在涅瓦河上，
> 而且如同过去一样，
> 还像活着似的，凝视
> 河水梦寐般的荡漾。

"还像活着似的"——丘特切夫在这里说的是以后，以便他能感觉到从前的一切。杰尼西耶娃死了，但丘特切夫就连说到自己时也仿佛当时他死了一样：从此他的生活已变得空洞。最后一节——是回忆：

> 这是我梦到的一切，
> 或是真实地看到这样？
> 还是在这一轮明月下，
> 我和你活着一起眺望？

又是对他俩如此迟到、如此必不可少的"我们"，又是关于两人统一的生命，他们曾共同活着，他们的生命是不能就此分开的：一半——给一个，一半——给另一个。

丘特切夫在献给杰尼西耶娃的诗中，服务于这位女性，同时又服务于在俄国出现的新人的思想和情绪。丘特切夫终生对他在 20 年代和 30 年代接受的诗歌流派忠贞不贰，然而他找到了与后来 10 年俄国文学的个人联系，而与它，与民主的社会性，与它的信念，与它的新道德，与它的时代、艺术观，也有着不可分割的联系。

（曾思艺译自《丘特切夫诗选》，莫斯科—列宁格勒，1962 年）

后　记

　　《丘特切夫诗歌研究》在远隔 11 年后，经过修订，又有机会重新出版了。当再一次校改完全部书稿，准备写后记的时候，不禁心潮澎湃，感慨万千。

　　1985 年 9 月 22 日，一个偶然的机会，见到了查良铮翻译的《丘特切夫诗选》。没想到的是，它竟然就此改变了我这 20 多年的学术生涯。尽管那时我刚考上硕士研究生，依旧爱诗，但由于出现诗歌创作危机，已准备放弃诗歌创作，转向小说创作与研究（1984 年夏天，我创作了好几个中短篇小说，其中最好的是《从城里到乡下的孩子》）。但查译丘诗以它独特的魅力，紧紧地抓住了我：不仅在艺术上实现了我极力追求的简洁优美又含蓄深沉，而且在内容上提前 100 多年说出了我盘踞心中已久的许多思想。于是，我毫不犹豫地选择丘特切夫诗歌作为毕业论文的研究对象。那时，湘潭大学中文系世界文学专业没有硕士学位授予权，我们还得到外校去答辩拿学位，而丘特切夫在当时尚不太为人所知，资料也很缺乏，我很可能因此拿不到学位。但当时年轻，无知者无畏，居然凭着一股朝气，完全超脱于世俗的考虑，在导师张铁夫教授的大力支持下，写出了 5 万多字的硕士论文，并得到导师和答辩委员会的高度评价。深受鼓舞的我，毕业后继续沉迷于丘特切夫的诗歌世界。但由于其思想广博而深邃，艺术精湛而有现代性，为了研究得更深入更贴切，我花了将近 12 年时间，大量阅读文学、美学、宗教、哲学、绘画乃至自然科学方面的著作，多方面进行扎实的准备。1997 年，《丘特切夫诗歌研究》获批湖南省教育厅科研立项。1998 年秋天，我开始写作《丘特切夫诗歌研究》，但很快便感到已有的储备还不够。于是停下笔来，重新开始阅读哲学、宗教、美学方面的最新著作。一年后，终于感到似有成竹在胸，于是再次拿起笔来。那是多么紧张而快乐的一段时间：每天清晨起来，就坐在书桌前开始写作，文思泉涌，运笔如飞，一天可以乐此不疲地工作十几个小时；即使是上完课回来，也是情绪饱满，坐到桌子边便有了灵感。在短短的半年时间里，居然一口气写完这部著作，而且写了30多万字，深感酣畅淋漓！

工夫不负苦心人。2000年4月，《丘特切夫诗歌研究》在湖南文艺出版社出版后，在国内学术界赢得了良好的反响。

《湖南日报》2000年7月22日发表了乐晓莉的书评《一部有创见的专著——读〈丘特切夫诗歌研究〉》，指出该书作为迄今为止国内第一部综合性研究丘诗的专著，有三个特点："首先，专著从文化的角度，从宗教、哲学、历史、美学的高度来研究丘诗的创作"，"其二，专著在对丘诗进行文化阐释的同时，力避了当前文学研究的弊端，在艺术上对丘诗进行了既宏观又细致的分析，进而对丘诗的总体特征进行了归纳和总结，弥补了丘诗研究领域这一缺陷"，"其三，专著在世界文学的背景下，运用比较文学的方法，重新梳理了丘诗与俄国文学乃至世界文学的关系……这种多角度、全方位的视角，使专著更显开阔、厚实"。

《三湘都市报》2000年10月21日发表了李广平的书评《一部独到、朴实的学术著作——谈〈丘特切夫诗歌研究〉》，认为本书的特点一是从文化的角度进行深入探讨；二是对丘诗的艺术进行了多层面的剖析，并熟练地运用比较文学的方法；三是平易朴实的文风，深入浅出的分析，有理有据的考察，而这种朴实，"在丘诗与普通读者之间真正架起了沟通的桥梁，使丘诗走进每个读者的心中"。

《邵阳日报》2001年5月13日发表《一位学者的诗意人生》，首先介绍了《丘特切夫诗歌研究》的作者既是诗人又是学者一手治学一手写诗的诗意人生，接着重点介绍了该书："这部著作最大的特点，是激情与理性的高度融合：既饱含诗人的激情，又不失学者的严谨；行文汪洋恣肆，旁征博引，而又逻辑缜密；字里行间无不渗透出对丘特切夫的热爱与崇敬，而又不动声色，冷静客观。在很大程度上，《丘特切夫诗歌研究》已经远远超越了单纯的学术研究著作的价值。它是一个诗人对另一个诗人心灵的高度观照与体贴，是两颗诗歌之魂跨越时空的遥遥应和。"

　　2001 年 6 月《湘潭大学学报》当年第 3 期发表了南秀的《研究手法多样化的学术结晶——读曾思艺教授新著〈丘特切夫诗歌研究〉》，认为"作为一部拓荒之作，专著的开拓性与建设性不言而喻，其中最富有意义与价值的在于：多样化研究手法为丘特切夫诗歌研究提供了宏阔的视野，从而使整部专著显得开阔、厚实"，其多样化的研究手法表现为：社会历史、传记研究，文化研究，比较文学研究（影响研究、接受美学研究、平行研究、跨学科研究），从而使"专著材料广博，繁而不乱，博而不散"，最终指出，"为确保材料的准确与结论的科学，著者翻译了不少俄文诗作及俄国论文（如附录的两篇俄国学者的研究论文，就是经著者翻译首次与国内读者见面的）"。

　　《中华读书报》2001 年 8 月 22 日第 2 版撰文《曾思艺：诗意人生》，并配发照片，介绍《丘特切夫诗歌研究》及其作者，指出作者对丘特切夫此情不渝，10 多年来一直潜心研究丘诗，而"我能理解这么多年来他研究的不易，要知道，即使现在，丘特切夫对多数人来说，也不是一个耳熟能详的名字。关于他的译介和研究实在是寥寥无几，资料匮乏对研究来说几乎是致命伤，但曾思艺居然挺住了，单这一点就不容易，也可见其爱丘之深切、之痴迷"。

　　2002 年 3 月《外语与翻译》当年第 1 期发表郭玮的评论《在诗与思之间——读〈丘特切夫诗歌研究〉》，认为："该书最为显著的特点就是对丘诗的研究全面而透彻"，"该书的又一特点是将丘诗置于俄国以及世界的宗教、文化传统背景之下，以历史唯物主义的观点进行全面审视"。

　　2002 年 8 月《盐城师范学院学报》当年第 3 期发表李广平的《〈丘特切夫研究〉：一部拓荒之作》，认为该书的学术视野是多角度的，主要体现在："首先，从文学自律性角度梳理了丘诗的发展脉络，生动地阐释了丘诗的精神意蕴和艺术特征"；"其次，在世界文学与俄国 19 世纪文学发展的大背景中把握丘特切夫及其创作，评价其诗歌价值和贡献"；"最后，本书的学术价值还体现在作者严谨而朴实的文风上"："作者的语言平易通俗但又丰盈鲜活，处处透露出作者认真执著的精神气质；而他每个观点的提出，都是以大量的材料和事实作论据加以论证（全书有 700 多条注释），论证过程环环相扣，全书是一个严谨论证的逻辑整体。"

钱中文先生在《比较文学"湘军"的学术风采——评湘潭大学〈比较文学与世界文学研究丛书〉》一文中，高度评价了笔者对丘特切夫的研究："这里我先要提及的是曾思艺先生。他对俄罗斯诗人丘特切夫的研究，也是很突出的。据我过去所知，就是俄国学者对这位杰出的抒情诗人的研究，也并不是很多的……曾思艺先生就丘特切夫写下了40万字的专著，不能不说这是对治学的追求与执著了……曾先生把文本、文化、比较研究，结合到了一起。"① 在《反思与重构——谈谈近20年来我国中青年学者的俄罗斯文学研究》中他又谈到："90年代后，我国学者对19世纪俄罗斯作家创作的研究，是取得了巨大成绩的，几乎重建了过去我国俄罗斯文学研究的格局，达到了很高的水平。张铁夫主编的《普希金》从多种视角切入普希金，使人视野大为开阔。朱宪生的《在诗与散文之间——屠格涅夫的创作和文体》，使我直观地感到这是一个富于创意的课题，果然该书抓住了屠氏文体中诗体、散文交叉与变化特征，显示了作者精细的艺术感受。他的《俄罗斯抒情诗史》，既是俄罗斯抒情诗不同风格的展现，又是作者抒发性的散文式的解读，有很高的可读性。此外还有曾思艺的《丘特切夫诗歌研究》，吴泽霖的《托尔斯泰和中国古典文化思想》与《叶赛宁评传》，邱运华的《诗性启示——托尔斯泰小说诗学研究》，王加兴的《俄罗斯文学修辞特色研究》，王志耕的《宗教文化语境下的陀思妥耶夫斯基诗学》，石南征的《明日黄花》，黎皓智的《俄罗斯小说文体论》，查晓燕的《普希金——俄罗斯精神文化的象征》，胡日佳的《俄国文学与西方审美模式比较研究》等著作。其中如《丘特切夫诗歌研究》，我年轻时候只读到过俄国学者的一本小册子，现在我国青年学者竟然写出了这么深入的大部头著作，令我称奇。"②

此外，还有一些诗人以诗歌的形式对该著作进行评价。湘潭大学的离休干部、俄苏文学翻译家、"白竹诗人"陈耀球先生为此写有两首七律。一首是《题曾思艺教授〈丘特切夫诗歌研究〉》："江山代有才人出，学海欣看又

---

① 《中国比较文学》2003年第3期。
② 《俄罗斯文艺》2009年第2期。

一碑。哲理远从希腊辨，诗风近识辋川规。四百本书资博引，十年之积费凝思。丘公泉下应含笑：旷代他乡有我知。"一首是《贺思艺教授乔迁》："忘年应是有前因，书海同舟寄此身。功力我钦君学者，才情天许本诗人。五洲赏粹张华彩，广论丘公足世珍。今日乔迁情更得，会看群马逸麒麟。"湖南的文学青年、诗人马笑泉则写有《读〈丘特切夫诗歌研究〉有感》："飞雪四合蜡烛升起/俄罗斯的白银多么纯粹而耀眼/引导跋涉异域的长旅//一双眼睛注视着另一双/相隔异代却彼此洞察/一种呼吸传接着另一种/默默神合而无须翻译/伟大的声音要求/一个对称/一种精确阐释的/旋律回荡/于雾纱朦胧的白桦林/我们却在中国清雅的竹林里/听到了他异乡的知音//是谁抵达并长久盘膝/在丘特切夫僻静的小屋里/双手劳动静静咀嚼/内心的力量不断滋长/无名而温暖/然后拍马离去回到故乡/在小屋之外蓝月亮高挂白昼——/阐释者是另一个创造者。"

2002 年 2 月，《丘特切夫诗歌研究》获得湖南省第六届社会科学优秀成果三等奖。

然而，10 多年眨眼间就过去了。这些年里，我一直在研究丘特切夫，我国的丘特切夫诗歌研究也在慢慢铺开和深入，我自己也有了不少新材料、新想法。何况，2000 年该书只是自费印刷了 500 本，早已用光了，也没在新华书店发行，许多图书馆也无收藏。这些年来不少读者和一些新结识的朋友查找不到，找我要书，我却无法满足他们的要求。实在是有必要出版一本新的修订本。天津师范大学科研处处长杜勇教授、文学院院长赵利民教授很有学术眼光，大力支持，把本书列入天津师范大学学术出版基金和天津市比较文学与世界文学重点学科资助出版的著作之一，使之能以新的面貌与广大读者见面，在此表示衷心的感谢！

这个修订本，对书中原来存在的一些文字错误进行了修改，重写了丘特切夫与东正教一节，增加了丘特切夫与托尔斯泰一节，对不少地方进行了补充，尤其是对丘特切夫在中国的译介和研究一节进行了大幅度的补充，并把当年未曾谋面、后来成了我的博士生导师的朱宪生教授为本书写的一个书评作为序言二。为了适当体现西方学者的观点，特意请我的博士研究生——天津理工大学的英语教师蒲海丰把英国学者勒尼的论文《丘特切夫在俄国文学中的地位》翻译成中文，并把一些重要观点补充到本书中。为节省篇幅，删去了《丘特切夫生平与创作年表》（因为 2009 年人民出版社出版的《丘特切夫诗歌美学》附录有一份更新更全面的年表），补入屠格涅夫的《略谈费·伊·丘特切夫的诗》作为附录一（这是世界上最早的兵诗研究文章），并对附录三别尔科夫斯基的长文《丘特切夫》进行了文字润色，但这是我迄今为止唯一的一件直译风格的作品，是读硕士期间为研究丘诗而翻译的，为保持年轻时候的直译风格，未做大的改动。

由于《丘特切夫诗歌研究》出版时间太久，当时我又是用笔写作，出书前找了家打印社输入电脑，打字的却都是些新手，错误多得令人哭笑不得。历尽艰辛，终于成书，可惜时间太长，当时保存的软盘电子版完全失效。这次出书，又辛苦我的 4 位硕士研究生刘慧敏、貌青青、赵晓坤、纪妍彦，分头帮我输入电脑。我的另一位硕士研究生张晶鑫则认真细致地对全书进行了校对，为我减少了不少文字错误。在此，对她们一并表示诚挚的谢意！

特别要致谢的是人民出版社的陈鹏鸣先生，2009 年他担任《丘特切夫诗歌美学》的责任编辑，以极其认真负责的态度和相当的学术眼光对该书提出了许多很好的意见，减少了该书的不少文字错误；这次，他又以同样认真负责的态度和宏阔的视野，对本书提出了不少建设性的意见，让本书在某些方面更趋完善。这种认真负责的工作态度和视野开阔、眼光独到的学术水平，是特别值得提倡和学习的！

2011 年 8 月 31 日天津市竹华里揽旭轩

责任编辑:虞　晖
封面设计:诸若朦

图书在版编目(CIP)数据

丘特切夫诗歌研究/曾思艺 著. -北京:人民出版社,2012.3
ISBN 978－7－01－010704－2

Ⅰ.①丘… Ⅱ.①曾… Ⅲ.①丘特切夫(1803～1873)-诗歌研究
　Ⅳ.①I512.072

中国版本图书馆 CIP 数据核字(2012)第 030543 号

丘特切夫诗歌研究
QIUTE QIEFU SHIGE YANJIU

曾思艺　著

人民出版社 出版发行
(100706　北京朝阳门内大街166号)

涿州市星河印刷有限公司印刷　新华书店经销

2012 年 3 月第 1 版　2012 年 3 月北京第 1 次印刷
开本:700 毫米×1000 毫米 1/16
印张:31　字数:490 千字

ISBN 978－7－01－010704－2　定价:69.00 元

邮购地址 100706　北京朝阳门内大街 166 号
人民东方图书销售中心　电话 (010)65250042　65289539